SOCIÉTÉ

DES

ANCIENS TEXTES FRANÇAIS

BENOIT DE SAINTE-MAURE

ROMAN DE TROIE

VI

Le Puy-en-Velay. — Imprimerie Peyriller, Rouchon et Gamon.

LE
ROMAN DE TROIE

PAR

BENOIT DE SAINTE-MAURE

PUBLIÉ D'APRÈS TOUS LES MANUSCRITS CONNUS

PAR

Léopold CONSTANS

PROFESSEUR A L'UNIVERSITÉ D'AIX—MARSEILLE

TOME VI

PARIS
LIBRAIRIE DE FIRMIN-DIDOT ET Cie
RUE JACOB, 56

M DCCCCXII

Publication proposée à la Société le 29 mars 1903.

Approuvée par le Conseil dans sa séance du 8 juillet 1903, sur le rapport d'une Commission composée de MM. J. Bédier, P. Meyer et A. Thomas.

Commissaire responsable :
M. A. Thomas.

INTRODUCTION

Chapitre 1er. Les Manuscrits.

§ 1er. — *Description.*

A. — Manuscrits complets (ou en grande partie complets).

Le plus ancien manuscrit que nous possédions du *Roman de Troie,* si l'on en excepte les fragments de Bâle et Bruxelles (*B'*) est celui de la Bibliothèque Ambrosienne de Milan. Il est probablement des dernières années du xiie siècle [1] : c'est pourquoi nous

---

[1] On peut le conclure de l'absence presque complète d'abréviations, en dehors du trait (d'ailleurs rare) indiquant la nasale, et de la conservation de certaines formes du xiie siècle, rajeunies dans les autres mss., comme la négation *nen* devant une voyelle (cf. 1248, où la leçon de *M'R* aurait peut-être dû être préférée, 1991, 2282, 3389, etc.), l'appui du pronom *vos* à une conjonction (*ne, que, se*) ou à un autre pronom (*jo, ço, que*) avec suppression du *v* (*nos, quos, sos,* etc.), *quar* = quare, *comestable* 3158, etc. — M. P. Meyer (*Romania,* XVIII, 89, note), sur des renseignements fournis par Léon Cadier, dit qu'il est du xiiie siècle : en tout cas, nous ne croyons pas qu'il faille descendre plus bas que les toutes premières années de ce siècle.

le décrivons le premier [1]. Nous décrirons ensuite les six
autres manuscrits principaux, dont nous avons reproduit toutes les variantes, et les autres à la suite par ordre
alphabétique, enfin les manuscrits fragmentaires.

M². — MILAN, Ambrosienne D 55, vélin, 199 feuillets [2]
de 280ᵐ sur 180ᵐ, écrits sur deux colonnes, ordinairement de 36 vers (quelquefois 35 et 37 à partir du
fᵒ 193), précédés et suivis de deux feuillets de garde en
papier. Sur le vᵒ du premier des feuillets de tête, on lit
ces mots, d'une écriture cursive moderne : *Darete frigio messo in romanzo francese antico. Nella fine del
libro e un instrᵗᵒ di divisione d'alcuni luoghi tra' Veni-
tiani e l'imperatore di Constantinopoli ;* puis, d'une autre
main : *Sotto Marino Zeno Podestà di Constantinopoli,
elettosi* [3] *anno 1205 coma della cronaca di dandolo* [4].
Au rᵒ du second feuillet, on lit, également d'une
écriture cursive moderne, mais différente : *Darete
frigio messo in romanzo francese antico* [5]. *Ins-
trumento de divisione tra li Veneziani e l'Imperatore
di Constantinopoli di alcuni luoghi in calce ;* puis, au
dessous, d'une autre main : *Codex seculi XIII.* Au vᵒ,
Darete frigio, et au-dessus le nom du dernier pro-

---

1. Cette description est en grande partie empruntée à notre
article, *Le manuscrit du* Roman de Troie *Milan, Ambroisienne,
D 55,* publié dans la *Revue des langues romanes,* XXXIII, 127,
sauf, bien entendu les changements nécessités par un long examen du ms. postérieur à la date de cet article (1889).

2. Le foliotage est moderne et fait au crayon. Avant la reliure
actuelle, il n'y avait pas de foliotage.

3. Lecture suggérée par M. A. Thomas. Nous avions d'abord lu :
e detto sì, en constatant que le *d* était douteux.

4. La Chronique latine de Venise de André Dandolo, doge de
1342 à 1354, publiée par Muratori, *Rerum Italicarum scriptores
præcipui,* t. XII.

5. Au-dessous, au crayon, la rectification qui suit : *Benoit de
Saint* (sic) *Maure* (corrigé en *More*) *le roman de Troie.*

priétaire, *Io. Vinc. Pinelli,* qui l'a offert à la Bibliothèque [1].

Début : *Salemons nos enseigne e dit...* Fin (f° 196 r°, c. 2) : *Celui gart deus e tiegne en ueie Q^i bien eissauce e monteplie.* — Au r° du feuillet suivant, on trouve sept lignes d'une écriture gothique très effacée, surtout la fin de chaque ligne et la première tout entière, dans lesquelles on peut reconnaître des vers provençaux, étrangement altérés [2]. Les voici tels que nous avons pu les lire (nous mettons en italique les lettres douteuses et nous remplaçons par des points les passages tout à fait illisibles) :

Un gaides cors trame leu cui des*ir* de mū cors 7 man-
treit... autri || Car sum gent cors nō || ue*it* En leu s*i* tuit
biben *c*ult a gausir... || Si li gens sui q; no bras neni man
gor nō susplei Se t*u* nobir... || audire tan longament li sui

1. Nous tenons ce renseignement du savant préfet de l'Ambrosienne, l'abbé Ceriani, qui, lors de nos deux voyages à Milan et depuis, nous a témoigné la bienveillance la plus empressée. Le manuscrit avait été signalé, d'abord, au commencement du xviii° siècle, par Montfaucon, dans son *Diarium Italicum, sive Monumentorum veterum Bibliothecarum notitiae singulares* (Paris, in-4°, 1702), sous ce titre légèrement erroné : *Versio Daretis Phrygii gallico metro,* puis, en 1875, par Tyrwitt (éd. de Chaucer, note au v. 15147 des *Contes de Canterbury*), qui constate, d'après les vers cités par Montfaucon, l'identité du texte avec celui du ms. Harléien 4482 (= *L'*), lequel contient le poème de Benoit de Ste-Maure. Cf. Joly, *Benoit de Ste More et le Roman de Troie,* II, 7.

2. C'est (sauf lacunes) la première strophe d'un *descort* de Pons de Capdueil. Cf. Bartsch, *Grundriss,* 375, 26, *Un gai descort tramet leis cui desir,* et Max von Napolski, *Leben und Werke des Trobadors Ponʒ de Capduoill* (Halle, 1880), XXVII (p. 91). L'identification avait été déjà faite par M. Giulio Bertoni (*Romania,* XL, 83, n. 3), qui ne cite d'ailleurs que le premier vers. M. B. conclut de la présence de l'acte de partage signalé plus haut (et aussi, semble-t-il, de ce fait que Pons alla en Terre Sainte), que le ms. a été exécuté en Orient. Tout au plus pourrait-on admettre qu'il a été écrit par un Vénitien ; voir pourtant ci-dessous, p. 5.

mentire car plusur nen nõlare mire tro al sen ' ama... ‖ dũc
ert ela plus gens del mun q; aor; qui esat dumenst de ² ioi
7 damurs 7 tut leur (sic)... ‖ dona 7 segnur ben ne forfait per ³
quei dreis q; mair gar el munt no saren tot lautre m... ‖ nõ
poc ren far ne dire mais per lafer qũ de₇ senõ perdone la
colpe el falir dume mal mesgeren.

Au bas, on voit douze groupes de deux ou trois mots
en ancien français, qui semblent être des fragments de
vers empruntés au *Roman de Troie*. C'est certain pour
trois vers qui figurent au vᵒ : *Ainȝ le deit hom si
demonstrer* [Q]u[e] *om i ait prou 7 onor Car si firent
nostre ancesor* ⁴, et probable pour quatre autres vers,
d'une autre main, placés au-dessus et dont le commencement est illisible : .... *fu* ‖ ... *de grant uertuȝ*
(sic) ‖ ... *large sa baillie* ‖ *alot la segnorie*. Au vᵒ du
fᵒ suivant (198), on lit l'acte en latin signalé deux
fois sommairement ⁵ en tête du manuscrit. Au vᵒ
du fᵒ 199 et dernier (en ne tenant pas compte des deux
feuillets de garde ajoutés par le relieur), plusieurs personnes se sont exercées à traduire en italien dialectal,
après les avoir transcrits, non sans italianiser parfois
l'orthographe, six vers isolés du *Roman*. Voici un

---

1. Cf. l'édition : *Sitot nom vire Li son mentire, Non la remire,
Del faillimen, Car plus soven Trop ai fol sen*, sans variante signalée des trois mss. connus *CDI*, ce qui indique, pour le ms. si
maladroitement transcrit, des différences notables. Puis viennent
les vers 15 (presque illisible), 36, 37, 38, 19, 20 (puis les mots
tot lautre m...), 23, 22, 25, et enfin 26, qui est assez différent
(éd. : *per c'ades me guerrei*).

2. Écrit *d'*.

3. Ici et à la ligne suivante (deux fois), *per* est écrit par un *p* barré.

4. Vers 4, 5 et 6 : ils sont, comme on peut le voir surtout par
le vers 6, empruntés à un ms. autre que *M²*, ou peut-être sont-
ils simplement transcrits avec négligeance.

5. C'est un acte de partage entre Geoffroi de Villehardouin et
Milon de Brabant, bouteiller de Henri, empereur de Constanti-
nople, et les représentants de Marino Zeno, podestat de Venise.
Cf. *Romania*, XVIII, 89, n. 1.

échantillon de la chose : *Or m'estuet merʒi crier Or mi chonuien merʒe criare.*

Les feuillets portant aujourd'hui les nᵒˢ 127 et 128 ont été placés par erreur, lors de la dernière reliure, là où ils se trouvent : leur place véritable serait après le fᵒ 136. Il faut d'ailleurs observer qu'ils forment le double feuillet externe d'un cahier dont les trois feuillets doubles internes (2 à 7) ont disparu, d'où une lacune de 864 vers (20569 à 21426). Une première lacune de 1152 vers, correspondant à un cahier complet (vv. 18131-19179), se remarque précisément à l'endroit où l'on a inséré à tort les fᵒˢ 127 et 128, et explique (sans la justifier), par le défaut de suite des parties rapprochées, l'erreur commise au moment de la reliure.

Le scribe était sans doute un provençal du Sud-Est, qui copiait un manuscrit offrant quelques traces d'italien, ou peut-être (mais c'est moins probable) un italien de Vénétie [1], qui copiait un manuscrit écrit par un provençal. La première hypothèse est appuyée par des formes comme *ergueil et ergoillos* (constantes), *oʒberc*, *osberc* (fréquent au début, puis *hauʒberc, hausberc*) [2], *ences* 13392, *chauda* 23293, *cors* (pour *cuers*) 1278, *cor* 1872, *escurs* 7350. La seconde ne s'appuie guère que sur quelques exemples de ʒ mis pour *c* doux, ce qui, du reste, n'est pas étranger aux scribes provençaux [3].

1. M. P. Meyer (*Romania*, XVIII, 89, note) penche pour cette hypothèse, en se fondant sur la copie qui figure au vᵒ du fᵒ 198 (voir plus haut, p. 4). M. A. Thomas nous écrit qu'il partage l'opinion de M. P. Meyer.

2. Aussi *auʒberc* 2492, 2518, 6392, etc., *ausbers* 2580, 6458, etc., sans que l'élision justifie la suppression de l'*h*. Ce n'est plus alors qu'isolément qu'on trouve *osberc* (*oʒberc, osbers*) ; cf. 6722, 7399, 12454, 12479, etc. Nous avons relevé *hauberc* 14162, *haubers* 8606, 9715, 14464, *l'aubers* 12060 ; mais cette graphie est en somme l'exception.

3. *Terra* 1734, et autres formes semblables, ne peuvent trancher la question.

Il convient de noter la graphie à peu près constante
tiel 840, 871, 1094, 1102, 1206, etc., *tiels* 706, 776,
1087, etc., *tieus* 2889, 3134, etc. (formes qu'on trouve
aussi, mais un peu moins souvent, dans *F*) [1] ; il faut en
rapprocher (pour l'*i* après *t*) *portier* (inf.) 3795 et 5855,
reconfortier 4668, *escoutier* 4008, *astier* (pour *haster*)
4447, *autiel* 5816 et 5829, *mortiel* 4928, *mortiels* 4568,
ostiel 5852, 6487, etc.; — à noter encore *beus* alternant
avec *beaus* (plus rarement *biaus*) 1267, 1270, 1609, 2906,
3490, 3727, etc., et *beuté* 1331, 2958, etc., *beutié* 4211
(cf. *chastieus* 6012 et *chasteus* 1011, *forneus : praeus*
3135-6, *oiseus* 1151, *heume* (à côté de *heaume*) 1824,
1895, etc., *heumes* 6033, *d'eumes* 1742, *l'eume* 6554,
etc.); — *sachez* (pour *sachiez*) 1117, 1162, etc. (forme
constante); — *e* pour *ie* assez fréquent devant *r* à la fin
des mots : *archer* 1189, *engigner* 1339, *veiller* 1772,
enseigner 30, *travailler* 33, *comencer* 34, etc., et à la
fin du vers, dans *-ee* pour *-iee*; — *ei* pour *ai* à la protonique devant *s* ou *ss* (très fréquent); — *siet* (3ᵉ pers.
prés. de *saveir*) 21, 31, 793, 861, etc., *sievent* 2238,
4511, etc.; — *a* protonique pour *e* à peu près constant
dans *farai*, etc., *fareie* (fut. et condit. de *faire*) (excep-
tionnell[t] *fera* 4727), *manace, manacier* et *davant* ; [2] —
lur pour *lor* (constant); — *niul* pour *nul* (constant); —
doncs, adoncs pour *donc, adonc*; — *e = et* constant (3 ou
4 exemples de *et*); — *asez* pour *assez* (fréquent); —
quelques exemples de *eiez* pour *iëz* à la 2ᵉ pers. du pl.
de l'imparfait et du conditionnel : *esteiez* 10348, *veeiez*

---

1. Ce trait semble plus particulièrement bourguignon. On le
trouve cependant chez le Renclus de Moiliens; cf. l'édition Van
Hamel, *Introd.*, cxx-cxxii.

2. *Devant* alterne avec *davant* dans la seconde partie du ms.,
celle où le scribe ou son modèle semble avoir changé (voir § 2
Classification); de même *-oie*, de *ĕ, ĭ*, y alterne avec *-eie*; *-eit*
(3ᵉ pers. ipf. 1ʳᵉ conj.) est mis souvent pour *-ot, ainc* pour *onc, car*
pour *quer*, *dom, don* pour *ont*, etc. Voir § 2.

26684, *aveieẓ* 1055, *avreieẓ* 6461, etc. Cf. *N*. — Signalons enfin que *v* est parfois employé pour *u*, non seulement à l'initiale (*vslerece* 16572), mais encore à l'intérieur des mots (*junovis* 16629 pour *junouis* (mauvaise
lecture de *junonis*), *trovs* 17120) ; et (ce qui vaut mieux)
que *j* remplace *i* quand il précède ou suit *u*, *n* ou *m*,
ce qui facilite la lecture.

E. — Paris, Bibl. nat., fr. 794, anc. 7191[2], Cangé 73,
anc. Bibliothèque Dufay 1890[1]. — Manuscrit sur vélin de
321ᵐ sur 240ᵐ, contenant 423 feuillets écrits sur trois
colonnes de 44 vers, à peu près au milieu du XIIIᵉ siècle.
Lettres ornées ; reliure ancienne en basane portant au
dos ces mots : ROMANS MSS. DE LA CHARETTE, DU BRUT ET
8 AUTRES ; pagination ancienne, parfois refaite en chiffres arabes.

Après une table des matières moderne, écrite sur le
feuillet de garde, vient une table en 10 vers, un pour
chaque poème (deux pour le neuvième qui comprend
deux parties)[2] :

Erec et Enyde est a la premiere ensoigne.......	.j.
Lancelot en charrete la seconde tesmoigne......	.xxvj.
Cliget qui welt trover la tierce ensoigne proigne.	.liiij.
Li chevaliers au lion a la quarte voigne.........	.lxxx.
Athis, Profilias la quinte nos donra............	.cvj.
Et lou romant de Troies la siste ensoignera....	.clxxxiiij.
Estoires d'Eingleterre la septime avera..........	.ijᶜlxxxvj.
Des emperours de Rome l'uitime vos dira........	.iijᶜxliiij.
De Perceval lou viel quant tu en wels oïr........	.iijᶜlvj.
A la nuevime ensoigne qu'est par soi dois venir...	.iijᶜlxxxvj.

1. Cf. le *Catal. des mss. francais* de la Bibl. Nat., t. I (1868),
p. 82-3. — C'est le ms. utilisé par Sandras, *Étude sur Chaucer
considéré comme imitateur des trouvères* (Paris, 1859), pour toutes
ses citations, sauf la 1ʳᵉ, qui est empruntée à Frommann, *Germania*, II (Ms. de Vienne = *W*).

2. Cf. la description de Leroux de Lincy, *Brut*, I, p. xxv ss.

Au f° 105, le scribe s'est nommé : *Explicit li Chevaliers au Lyeon.* | *Cil qui l'escrit Guiot a non* | *Devant Nostre Dame del Val*[1] | *Est ses ostex tot a estal.* Le f° 183 r° et v° est resté en blanc ; au f° 184 r°, commence sans rubrique, mais avec une grande initiale ornée, comme, du reste, les autres poèmes du recueil, le *Roman de Troie*, qui se termine au f° 286 r°, au milieu de la 1re colonne (le *Brut*, qui suit, commence au haut de la 2e col.) par ces mots : ... *posé et mis* (v. 30304) *Que plus ne meins n'i a mestier. Ci voldré autre comancier Et cestui lerré aïtant. Beneoiz soit de Deu le grant Qui le comança et feni : A Deu comant l'ame de lui. Explicit Troya* (en grosse cursive).

Ce manuscrit, plus correct que son proche parent *H*, offre plus de lacunes que lui : ces lacunes spéciales, presque toutes volontaires, se trouvent à peu près exclusivement dans les trois derniers mille vers du poème, où le copiste tenait à abréger sa tâche. Cf. surtout 3629-42 (bourdon), 15698-727 (bourdon), 26723-27030[2], 27119-28, 27171-332, 27339-560[3], 27587-600, 27617-64, 27667-28548 (réduits à 20 vers par la suppression complète de la vengeance de Nauplus et de la

---

1. Cangé a mis à la suite de la table placée en tête du ms. la note suivante : « L'abbaye du Val (*Vallis Sanctæ Mariæ*), fondée à Paris l'an 1136, fut desservie par des moynes de Citeaux. C'est en parlant de cet ordre que Fauchet raporte les deux vers suivants de la Bible Guiot : *Si ne fu oncques de leur Ordre, Mais por ce raponnés* (sic) *en fui* ».

2. Suppression d'une grande partie du discours d'Ajax dans la Dispute du Palladion : le scribe, qui était intelligent, a su reprendre 8 vers avant la fin, à un endroit où la coupure n'est pas trop sensible. C'est ce qu'ont fait également les scribes de *K* et de *L*, dont la lacune commence pour le premier au vers 26815, pour le second au vers 26891.

3. Le vers précédent est modifié pour permettre la coupure et termine la phrase : *Antrent es nes comunemant*, au lieu de *Senz autre lonc porloignemant*.

mort de Palamède et la mention sommaire du meurtre d'Agamemnon et du procès d'Oreste), 28555-78, 28585-90, 28595-700, 28715-46, 28771-936, 28969-82, 29053-814 [1].

Pour la graphie, nous signalerons : *oit* pour *ait* 1297, 3160, 4024, 4727, 5807, 7052 (cf. *N*), 7797-8 (cf. *N*), etc.; *ei* pour *ai* : *fei* 1795, *compeignon* 969, 987, 1778, etc., *beisier* 6643, etc.; *e* très fréquent pour *ai*, surtout à la 1re pers. sing. du futur (cf. *l'e* 2828); *ell* pour *eill* : *consellier, mervelle*, etc.; *e* protonique pour *a* devant *n* : *meniere, remenoir, menaie, eniax* 1931 (*levez* 2016 est sans doute une distraction); *an* pour *en*, surtout dans le premier quart (cf. *N*) [2]; en revanche *Prienz* 3043; *i eroiz* pour *i iroiz* 4195 (cf. *D*), *i eroit* 5990 (cf. *i eront J*), *don* pour *dont*, etc. Il semble qu'à partir du v. 6500, ou à peu près, le manuscrit que copiait le scribe ait été changé, ou plutôt que le scribe ait été moins attentif à reproduire son modèle pour la graphie : ainsi *Elene* (ou *Eleine*) fait place à *Helene* (ou *Heleine*), *an* pour *en* est moins fréquent, etc. — Signalons enfin la graphie *st* (avec *s* longue) pour *lt*, qui n'est qu'une particularité d'écriture (*costiax* 26563, *moston* 767, 892, etc.), mais qui indique que, pour le scribe, l'*s* dans une syllabe fermée était devenue muette et qu'il ne se rendait pas bien compte des cas où elle était étymologique; cf. *Osteviens* 1698, et surtout *mestre* (passim), *mestent* 7075, 7352, etc.

F. — Paris, Bibl. nat., fr. 821, anc. 7209. Cf. le *Catal. des mss. français de la Bibl. Nat.*, t. I, p. 82-3. — Manuscrit sur vélin, de 364m sur 264m, écrit au xive siècle en Italie sur deux colonnes de 44 lignes et qui

---

1. Nous négligeons les lacunes de 2 vers.
2. On trouve encore, communes à *EN*, d'autres particularités de graphie, comme *corpes* pour *colpes* 8902, *huitantes* 12804 (cf. *wuitantes B*), *remassist* 7177, etc.

contient 290 feuillets numérotés d'une main moderne,
dont plusieurs en blanc. Il n'est pas tout entier de la
même main : les nombreuses différences d'écriture
qu'on y relève ne peuvent pas toutes s'expliquer par
des changements de plume ou d'encre, et le *Roman de
Troie*, qui n'occupe guère plus de la moitié du volume,
présente plusieurs de ces changements ', dont le principal va du f° 132 v°, c. 2 au f° 155 r°, c. 2.

Le verso du feuillet de garde contient, écrite au xv° ou
au xvi° siècle, la table complète, disposée sur six lignes,
des ouvrages qui précèdent le *Roman de Troie*. Nous
la reproduisons ici : *Rithme et prose | Traict. Nous
trouons par escriptures | Caton en rime | Boece auec
dame p̄h̄lie | Passion de n̄r̄e Sʳ | Livre de la doctrine des
Roys.*

(F° 1-12 v°, c. 1). Poème des *Enfances d'Hector*.
Début : *Nos trovons por escripture Qe hercules outre
nature...* Fin : *Por ice ci men vuel soufrir : Ne dirai
plus, ainꝫ voil theisir* ².

1. Les particularités de graphie que ce manuscrit offre pour le
Roman de Troie se retrouvent dans les autres textes qu'il contient,
ce qui prouve que l'exemplaire copié n'a pas changé.

2. Poème d'un peu plus de 2040 vers octosyllabiques, dont on
connaît quatre autres mss. : Florence, Riccard. 2433; ~~Londres,
Musée Britannique, Bibl. reg. 17. E. II (Catal. de Casley, p. 286)~~;
Oxford, Canonici 450, et Venise, Marciana, gall. XVIII, notre
V² (voy. la description, ci-après). Ce dernier ms., publié par Bartoli dans l'*Archivio Veneto*, III, 344-366, est plus fortement italianisé que les autres, en particulier que notre ms. *F*. Cf. P. Meyer,
Documents inédits, 158-60 et 245-6, qui croit que le poème est
l'œuvre d'un Italien, et surtout W. Meyer[-Lübke], *Franko-ital.
Studien*, III, dans *Zeitschr. für rom. Phil.*, X, 363-410 ss. —
D'après Bartoli, la source unique de ce poème serait Darès : j'ai
peine à croire que l'auteur anonyme ait eu plus d'imagination
que Benoit, qui cependant n'avait pas, croyons-nous, exclusivement à sa disposition les maigres résumés qui nous sont parvenus sous les noms de Darès et de Dictys. Voir **ch. IV,
Les Sources.**

Pour les parties qui suivent jusqu'au f⁰ 81, nous renvoyons à l'article de M.W. Meyer[-Lübke], qui a décrit
ce ms. et en a étudié les particularités linguistiques [1].

A la suite du résumé de l'histoire de Rome, resté incomplet [2] vient, du f⁰ 81 r⁰ au f⁰ 249 v⁰ c. 2 (sans rubrique
ni titre, simplement avec une grande initiale historiée),
écrit sur deux colonnes, le *Roman de Troie* en vers :
*Salamons nos anseigne et dit..... Fin : Qi bien avance
et mouteploie. Et me doint Dex a joie vivre, Qe
je ne voi[l] mais troye(n) escrivre* [3]. *Celui qu'est mestre
soverain Gart al scribain la destre main El cors e l'ame
autresi; Pardon li face et merci* [4].

Le f⁰ 250, r⁰ et v⁰, est resté en blanc. Du f⁰ 251 r⁰ au
f⁰ 263 v⁰ col. 1, on trouve, assez complet (déduction faite
du premier chapitre et des 3 derniers qui concernent
l'Assyrie et les Hébreux), le n⁰ 6 de l'*Histoire ancienne*
(histoire d'Enée) [5].

*(F⁰ 263 v⁰, c. 1), Coment Aschanius fil Eneas regna après
sa mort, et son frere Silves, Postumus et autres regnerent
avec aus.*
*(F⁰ 264 r⁰, c. 1)... Et après regna Procas Silvie³ (l'espace
de quelques lettres laissé en blanc) anz. Et de cestui comença
les ystoires des Romans et de ceus qi fonderent Rome* [6].
Si vos dirai comant.
Ici comence l'estoirement de la cité de Rome.

1. M. A. Thomas se réserve de démontrer prochainement l'origine italienne de ce ms., qui a fait partie de la collection des
Visconti à Pavie.

2. Il reste trois lignes de blanc à la col. 2 du v⁰ du f⁰ 80, ce
qui semble prouver que là s'arrêtait, dans l'exemplaire que le
scribe copiait, cette partie de l'*Histoire ancienne jusqu'à César.*

3. Ces deux vers se retrouvent dans *S* avec de légères variantes.

4. Ce fait, que l'*explicit* complémentaire finit à la dernière
ligne de la 2ᵉ colonne, semble indiquer qu'il a été ajouté par le
scribe, par un amour exagéré de la régularité.

5. Cf. P. Meyer, dans *Romania*, XIV, 43 et 46.

6. Cf. P. Meyer, dans *Romania*, XIV, 46, milieu.

Au f° 265 v°, c. 1, l. 32, l'histoire de Rome est subite-
ment interrompue (au milieu d'un chapitre intitulé :
Coment li senators (sic) *anprès la mort Romulus tindrent
la cité .l. anẓ* [1], après ces mots : *Et il an noma .xij.
pour garder les luneisons et les biseustres, si que len ne
perdist mie por droiture contre le certain terme.*

Le f° 266 est resté en blanc.

Au f° 267, r° jusqu'au f° 269 r°, c. 1, on lit le *Roman
de Landomata, fils d'Hector*. Ce texte diffère un peu de
celui que l'on rencontre, à la suite de l'histoire de
Troie, dans le Roman en prose et dans la 2ᵉ rédaction
de l'*Histoire ancienne jusqu'à César* (voy. *Romania*,
XIV, 73). M. H. Morf (*Romania*, XXI, 35) croit qu'ils
dérivent tous deux d'un texte en vers indépendant qui,
comme la mise en prose du ms. 821, ne se référait pas
à Benoit, v. 29781 ss. : c'est vraisemblable.

(*Fol. 269 r°, c. 2*),[J] [2]E ne vos dirai plus del roi Assuerus,
ainz vos dirai de ciaus qi après lui regna (sic) an Perse...
(*22 lignes plus bas*) si come vos avez oï ca en arieres. Et
si comence le regne de Macedoinne a eslever an sa poesté
soveraine desour toz les autres regnes por Alixandre, qⁱ
dedenz .xij. anz qⁱl regna conqist .xij. reaumes... (*Histoire
d'Alexandre*).

(*F° 290 r° c. 1*). Tout primierement qe li siecles ot esté
comenciez .iiijᵐ.ixᶜ.x. anz, si comenca a reignar (sic) davant
la naisance Jhesu Crist an terre .ccc. xlviij. anz, si comme
l'estoire reconte. »

Puis cet *explicit* en vers : *La grant ystoire et la plus
maire De celui roi qe* (sic)*vainqi Daire A* (sic) *ci finee an
roman. Ja nus pois le tans Adan N'an fu tant larg ne*

---

1. Le compilateur s'est sans doute aperçu que ce qui suivait
faisait double emploi avec ce qui est raconté f° 80 v°.

2. La place des lettres ornées et des rubriques est restée en blanc
jusqu'à la fin.

tant cortois, Duc ne prince ne cont ne rois, Ne n'en sera
jusqe a la fin : De ce serai ge tout devin.

Le scribe n'avait qu'une connaissance très imparfaite
du français, comme le prouvent les nombreux vers faux,
les mots mal coupés, les inepties nombreuses qu'il
commet par suite de mauvaises lectures : par exemple
dagnier pour *dampner* 60, *ian ioie*, pour *lan i ait* 5 ;
a tollete retenuʒ, pour *en autorite tenuʒ* 74, *ontiʒ*, pour
oinʒ 1673, d'où au vers suivant, pour la rime, *beschariʒ*
(= *besoinʒ*) ; *an raien consoil et ansain mier*, pour *au*
mien c. et au san (sen) mien 11805, d'où, au v. suivant,
bier pour *bien ; macoint si an ce mairement*, pour *Ma*
conscience me reprent 20325 ; *premiers* pour *preïmes*
19575 (var. de *HN*), et, au v. suivant, *lo fait mes*, pour
lo feïmes ; en .c. anʒ, pour *en iceʒ anʒ* 163 ; *lo mel lo*
son druant, pour *lo uiel lo souduiant* 13118, etc. [1]. Il
semble bien d'ailleurs qu'il fût italien [2] : cf. *en poche*
dore, pour *en petit d.* 1926 ; *bene*, pour *bien* (passim),
batailla 10321, et autres finales en *a* = *e* féminin
(qui d'ailleurs pourraient être provençales) ; *ʒ* = *g* ou *ç*
(*ʒant* Addition après 12986 et ailleurs, *contenʒon*
59, etc.) ; parf. 1re conjug. 3e pers. pl. en *arent*
(*creuantarent* 158, *aiostarent*, etc.) ; *scrit* Add. après
12986, etc. (cf. à l'*explicit* spécial *scribain)* ; très exceptionnellement, *da* pour *de, chi* pour *qui*, etc. Ces
exemples sont en somme peu nombreux. Signalons
comme traits intéressants : *tiel, tiex* (plus souvent *tel,*
tex; cf. *M²*), et l'emploi presque constant de *por* au lieu
de *par*, de *lo* pour le cas régime masculin singulier de
l'article et du pronom (ce dernier trait commun à *N)*

---

1. Il faut mettre à part les nombreux cas de *ir* pour *rr*, dus
sans doute à une mauvaise lecture de son modèle : *queire* 154,
175, etc., *noiriʒ* 90, *oireʒ* 167. 178, 185, 201, 377, 385, etc. Ici l'*i*
est accentué, ce qui empêche de lire *rr*.

2. C'est l'avis de M. P. Meyer, dans *Romania*, XVIII, 92.

et de *ir* pour *rr* (voy. ci-dessus), trait qui semble montrer que le scribe copiait un texte où le premier des deux *r* ressemblait à un *i*.

K. — Paris, Bibl. nat., fr. 2181, ancien 7991, anc. Lancelot 171. Cf. le *Catal. des mss. fr. de la Bibl. Nat.*, t. I, p. 369. — Manuscrit sur vélin de 225ᵐ sur 154ᵐ (reliure en basane), composé, outre un feuillet de garde, de 117 feuillets (pagination moderne) écrits à deux col. de 40 vers, d'une écriture très régulière [1], vers le milieu du xiiiᵉ siècle (ne contient que « Troie »). Le dernier feuillet (fᵒ 177) est déchiré irrégulièrement sur le bord extérieur [2] et donne, au vᵒ, col. 2, comme derniers mots : *La fille*, commencement du v. 29623 : il a donc disparu 5 feuillets, dont le dernier était écrit seulement au rᵒ. Il manque, de plus, les vers 6717-6874 (1 feuillet), 12284-9 et 18601-6 [3].

Il faut signaler particulièrement une addition de 8 vers, communs à *KS*, après 20070 [4], l'absence des

----

1. Le feuillet 117 est d'une encre plus noire et d'une écriture spéciale, plus droite que la précédente (de même les 16 derniers vers du fᵒ 116); il a une justification moindre : 32 lignes, au lieu de 40, dont les 6 dernières ne contiennent que 3 vers. Le dernier (v. 19773) est reproduit, conformément à la leçon des autres mss., en tête du fᵒ 118, ce qui semble indiquer que le feuillet a été rapporté. D'ailleurs la graphie diffère : ainsi l'on a *oi* pour *ei* et *ei* pour *ai*.

2. Pour les vers ainsi emportés, voir les variantes au bas du texte, t. IV, p. 345-350 (cf. *M*).

3. Les vers 19603-78 ont été transcrits deux fois, la 1ʳᵉ fois à leur place naturelle (fᵒ 116 vᵒ, col. 2), la 2ᵉ (texte moins bon) au fᵒ 118 rᵒ col. 2, après le v. 19918 (16 vers) et fᵒ 119 rᵒ col. 1. Les vers 19679-716, omis à leur place naturelle, sont reportés au fᵒ 119 rᵒ, col. 2, après la 2ᵉ version des vers 19603-78. A la suite, les vers 19717-56 sont répétés d'après le même ms. qui a servi pour la 2ᵉ version des v. 19603-78. Voir aux *Variantes* de l'édition, t. III.

4. Les vers 20071-3 sont par suite modifiés en conséquence dans les deux mss. et *S* ajoute 4 vers de son crû.

v. 13953-62 (un paragraphe) et des v. 26815-27030
(pour abréger le discours d'Ajax), et le déplacement
des vers 18977-19087, placés à tort après 19294. M.
Joly s'en est aperçu trop tard, dit-il dans ses notes, pour
rectifier l'erreur; cependant l'incohérence du texte et
les deux rimes isolées qui en résultaient auraient dû
l'avertir et l'engager à consulter les manuscrits, qui
sont *tous* d'accord pour rectifier l'erreur de *K*.

Notons enfin qu'au vº du fº 63, dans la marge du
haut, on lit, d'une écriture du xvᵉ siècle, ces mots :
Petit set en age qui n'aprent en enffance ; et relevons
quelques petits changements de graphie qui se mani-
festent à partir du commencement du second tiers du
poème : *Hectors* (*Ectors*) au lieu d'*Hector*, *fut* au lieu
de *fu*, *chascun* au lieu de *chascon*, etc.

M. — Paris, Bibl. nat., fr. 19159, anc. Saint-Ger-
main 1243. — Manuscrit sur vélin de 294ᵐ sur 210ᵐ,
composé de 187 feuillets (pagination moderne) à deux
colonnes de 39 à 43 vers (xivᵉ siècle); demi-reliure
(ne contient que « Troie »). La place avait été
laissée pour de nombreuses miniatures, de la largeur
d'une colonne; mais elles n'ont pas été exécutées.
Postérieurement, un scribe ignorant a rempli ces blancs
par des groupes de 10 à 15 vers empruntés le plus souvent à des parties voisines du poème. Parfois aussi, il y
a inséré des réflexions ou des conseils dont la forme est
plus que médiocre [1]. Au fº 169, il a renoncé à remplir
le blanc.

1. Voici le premier morceau qu'on rencontre (après 714,
Rubrique, *Comment Peleus li rois envoia Jason querre la toison
d'or) : Tu qui as l'espce saisiee Dont gent doit estre justifice, Que
ne peches en justisant, Ne soit pas de toy mesprisant La raison
pour qu'est aguisant L'espee en la pointe devant, Ou li dui tran-
chant sont devant. Voi comment vont* [en] *aguisant : Des .ij. pars
la pointe vont bessant ; Mes entent bien que je te chant. Or ne di
pas que je t'enchant* (...déchirure) *sanz nulle boidie »* ; — et voici

Le premier feuillet, qui devait avoir une miniature, ayant disparu, le f° 1 actuel commence par ces mots : *Cil qui a Athenes le trova* (v. 119) et les vers 149-156 et 199-202 sont mutilés par une déchirure. — Fin : *Celui gart Dieu et tiegne en vie Qui bien essauce et monteplie. Ci fenist l'ystoire de la grant destruction de Troie la grant.*

Ce manuscrit contient un assez grand nombre de vers faux par pure négligence. Il donne presque toujours ȝ au lieu de *s* à la fin des mots, ce qui l'amène à écrire plusieurs fois *esmeȝ* pour *et mais* (« et plus ») ; cf. 7538, 7552, 7781, 11936, 23236, 24256, 27673, etc., et *armés* 366.— Parmi les lacunes, il faut surtout signaler, comme réellement importantes, celles-ci, en dehors de celle du début : 9151-78, 9179-10018 (abréviation voulue ; cf. *BC*), 15273-408, 15699-852, 21359-489, 27409-578. Pour la lacune des vers 10825-76, commune à *K* et à d'autres mss., voyez plus loin, § 2, *Classification*.

M¹. — MONTPELLIER, Bibliothèque de la Faculté de

le second, qui semble y faire suite (après la rubrique qui suit le v. 972) : *Chevaliers, tex estre deveȝ Que vou[s] ai dit, tel ordre aveȝ]. Se vostre espee s'est posee, Si con el(le) doit estre sauvee, Se vrai juge vous ai trouvé, Donc ai je charité trové [Et] en court d'avance lavee* (sic) *Ou Saint' Yglise est lavee. La s'est charité bien prouvee, Qui sus povre n'a main levee, Ne ne veil recuieillir* (sic) *corvee, Pour quoy povres soit agrevee.* — Le troisième reproduit les vers 2463-74 (texte de *M*) après le v. 2218. De même, après le v. 5092, on trouve les v. 6275-89 (ce dernier modifié : *Devant le Roy tuit s'aresterent*); après 5582, les v. 6247-56; après 5610, les v. 6291-6300; après 10330, les v. 12091-102, etc. — Dans le morceau qui suit le v. 4166, le scribe insère un troisième morceau de son crû, mais il ne prend même pas la peine de chercher la mesure et la rime; il écrit : *Et s'en fouirent cil de la cité | Tant en i ont des mors | Que nulȝ ne saroit | Ne ne pourroit dire | La grant pitié qui fu; | Car les fames grosses | Y furent mortes et les | Petis enfans tués y furent | Pour la pueur touȝ ars | Les corps de tout le pue | ple desconfit.* Nous croyons inutile de poursuivre.

Médecine, 251, fonds Bouhier, vélin, deuxième moitié du xiiie siècle. — Manuscrit acéphale de 3oo^m sur 200^m, avec lettres ornées et rubriques à chaque grande division ; reliure en carton épais d'un demi-centimètre avec dos en basane, le tout autrefois recouvert de velours noir en grande partie disparu ; les nervures, au nombre de six, sont très saillantes et les tranches rouges[1]. Ce ms. comprend, dans l'état actuel, 242 feuillets écrits à deux colonnes de 40 vers, sans compter le feuillet portant le titre en lettres rouges de l'époque de Bouhier et le dernier feuillet resté en blanc. L'ancienne pagination dénonce l'existence primitive de 347 feuillets, le f° 1 actuel correspondant au f° .lxxxxviij. ancien. Le *Roman de Troie*, qui figure en tête du ms., a perdu les 4720 premiers vers ; il commence ainsi : *Sire, fet el, se Dieu pleüst*, et finit ainsi : *Qui onques fust en nul tempoire* (explicit complémentaire). Comme il suffisait de 3o feuillets pour la partie disparue, on est en droit de conclure que les 67 premiers feuillets du ms. contenaient primitivement le *Roman de Thèbes*, dans la rédaction représentée par les mss. de la Bibl. Nat., fr. 6o et 784 (*B* et *C* de notre édition)[2]. En effet, immédiatement après *Troie*, qui va du f° 148 (ancien ccliij) au f° 207 (anc. cccxij), v°, col. 1, le scribe a transcrit l'*Éneas* : il aurait donc complété ainsi le cycle de l'antiquité, comme celui du ms. Bibl. nat., fr. 6o. Et après l'*Éneas*, nous trouvons le *Brut* de Wace (*Qui veut oïr et veut savoir*), poème qui, étant donné les idées généralement adoptées au moyen âge sur les origines des Bretons, pouvait être considéré comme une suite naturelle des poèmes anti-

---

1. Le même genre de reliure, nous écrit M. Girard, bibliothécaire de l'Université de Montpellier, se trouve dans beaucoup d'autres volumes provenant du fonds Bouhier et doit avoir été exécuté sur son ordre.

2. Voyez notre édition (Société des Anciens textes français, 1890), t. II, p. vii-xi et li ss.

ques. Il va du f° 207 v°, col. 2 à la fin, où il s'arrête, par
suite de la perte des derniers feuillets, au v. 5783 de
l'édition Le Roux de Lincy [1].

En dehors de la lacune accidentelle du début [2], ce
manuscrit offre encore, entre le f° 96 et le f° 97, une
grande lacune de 1318 vers (20273-21590) par suite de
la perte, également accidentelle, des f°* 194 à 201
(inclus) de l'ancienne pagination. De plus, il supprime
volontairement, avec *D*, un certain nombre de paires
de vers (cf. 6785-6, 6951-2, 7581-2, 7651-2 [3], etc.), et
les vers 11847-52 ; enfin, avec *BD*, la *Géographie de
l'Orient* (230 vers) [4].

Comme particularités de graphie, nous signalerons :
l'emploi assez fréquent de *s* pour *ss*; *aseʒ* (passim), *angoi-
seus* 18684, *angoiseuse* 18962, *fusent* 18377, *porchaca-
sent* 20269, *foseʒ* 18831, *puisant*, etc. ; — la suppression
également assez fréquente de l'*s* devant consonne : *chacun* 4927, 18928, etc., *conquitrent* 4955, *pritrent* 5017,
destruitrent 6340, etc., *dicorde* 10533, *melees* 18780,
etoire 5105, *etoit* 7981, *etoient* 8979, *mesetance* 5526,
echiele 7730, *etrange* 18610, *deveʒ* 8878, etc. ; — *ei* pour
ai (fréquent), même à la 1re pers. sing. du parfait de la
1re conjugaison et du futur (à noter en particulier *meille*
pour *maille* 9418, etc.) ; — *en* pour *an* dans *mengier* ;
— *requert* pour *requiert* ; — *tot jors* pour *toʒ jorʒ*

1. Cf. P. Meyer, dans *Romania*, XVIII, 94.
2. Toutes les autres lacunes de *M*[1] sont également dans *D*, qui
lui est intimement lié. Voy. plus loin, p. 33.
3. Ces deux vers manquent aussi à *A*.
4. Nous relèverons deux détails curieux. Au vers 18473, où le
rubricateur avait noté un *A* au lieu d'un *L*, le miniaturiste, qui
a mal compris le mot *alifanʒ* dans la rubrique (*Comant il rassam-
blent ensemble a tout leur olifanʒ por bataillier*), a représenté un
éléphant avec une tour et un guerrier luttant contre un homme
à cheval. Et au v. 29815, la rubrique porte à tort : *Si conme la
cité de Troye fu trahie et destruite et arse et les genʒ ocis*, et la
lettre initiale a été ornée en conséquence.

(constant); — *bluiaut* (constant); — quelques traces de picard : *s* pour *ʒ* finale, *-ie* pour *-iee* 8445-6, 8501-2, 8787-8 (surtout à la rime avec *mesnie*), *frances* 4915, *chevaucent* 19239, *aroie* 6339, 13678, etc.; — *vremeil* pour *vermeil*, etc. — Constatons enfin, que *sus* est employé presque exclusivement pour *sor*, préposition, et que l'emploi du cas régime pour le cas sujet est très fréquent, en dehors des exemples assurés par la critique des mss.

N. — NAPLES, Bibl. Naz., XIII c. 38, vélin, commencement du XIIIᵉ siècle; écrit en Italie sur deux colonnes de 41, 42 ou 43 vers; dimensions : 248ᵐ sur 170ᵐ. Reliure en basane, sur le dos de laquelle on lit : *Poesie provenʒali* [1], ce qui fait qu'il est resté longtemps ignoré, jusqu'au moment où il a été signalé par Bœhmer, *Roman. Stud.*, III, 132 [2]. Bientòt après (1880), M. Teza en publia le début et un passage correspondant à l'extrait du *Roman de Troie* qui figure dans la *Chrestomathie* de Bartsch [3].

Le ms. est folioté de 1 à 177; mais il y a deux fᵒˢ 78 et deux fᵒˢ 83, et un dernier feuillet resté en blanc, sauf qu'au vᵒ on lit en cursive : *Qui scripsit scribat senper cum domino viuat | Viuat in celis Antonius nomine felis | Scribere qui nesit* (sic) *nullum putat esse laborem*. Le poème se termine au fᵒ 177 vᵒ, col. 2 par ce vers : *Qui bien avance et monteploie.* — L'écriture change probablement au fᵒ 23, mais certainement au fᵒ 33 vᵒ, col. 2, où elle devient plus fine, en même temps que l'encre pâlit pour redevenir plus noire au fᵒ 41 vᵒ, col. 1, v. 9. Un certain nombre de vers isolés et deux ou trois cou-

1. L'ancien catalogue désigne de même ce manuscrit sous le nom de : *Raccolta di Poesie provenʒali.*

2. Voir aussi *Rivista di Filologia romanʒa*, 163, note.

3. *Giornale di filologia romanʒa*, III (1880), 102, *Di un codice a Napoli del* Roman de Troie.

ples de vers ont été laissés en blanc, parce que le scribe
ne les comprenait pas : la plupart ont été écrits un peu
plus tard, ce qu'indique l'encre plus noire [1]. A noter
surtout le v. 17085, où *crieue* a été écrit postérieurement, *brande* (que le scribe ne comprenait pas) ayant été
laissé en blanc, et 17086, où *se lieue* a été écrit à la suite
de *sespande* biffé [2].

Au f° 168 r° bas, on lit : *Augustinus S^e R. E. Diac^s
car ^{lis} Triul^s et c^s S^{ti} Hadriani*, ce qui semble indiquer que le ms. a appartenu au Cardinal Trivulzio,
mort en 1548 [3]. Ajoutons que l'on trouve, de la même
écriture ou d'une écriture très semblable : au f° 25 r°
(marge de droite), *Trestos c...h* (avec un groupe bizarre
(= *s* longue et *v* liés ?) entre *c* et *h*); au f° 33 r° haut,
Et fur et latro leo fontana Potas (avec un sigle hori-
zontal en zigzag (~) (sur *ota*), et au f° 87 r° h. : *Amore
gratiosa et dolce uoglio.*

Pour la graphie, *N* a beaucoup de ressemblance avec *F*.
Nous relèverons surtout parmi les traits communs : *an*
pour *en* (très fréquent); *lou* (= locum) plus fréquent que
leu; *lo* pour l'article et le pronom régime masculin (à
peu près constant); de même *saust, aust* pour *seust, eust,
amedous* pour *ambedous,* -*oille,* -*oillent*, etc. pour -*eille,*
-*eillent,* et -*oine,* -*oinent,* pour -*eine,* -*einent,* ce dernier
trait moins général et plus fréquent dans *N* que dans *F* [4].

1. Par ex. au v. 12392, où le ms. *F*, qui est très voisin de *N*,
donnait : *Et qui de rien ne les contandent.*

2. *F* donne : *espande : sespande,* et *G : Tres par main ains que
laube espande Ne que li grans chalors sestande.*

3. C'est l'opinion de M. Miola, le savant conservateur de la
Bibliothèque nationale de Naples, qui mérite toute notre recon-
naissance pour l'accueil empressé qu'il nous a réservé dans les
deux voyages que nous avons faits à Naples en vue d'étudier le
manuscrit.

4. On trouve isolément dans *N* -*oint* pour -*eint*; cf. *point* 7309,
etc., *toint* 7355, 7816, etc., *atoint* 8519, etc., et *voincu* pour *vencu*
(forme à peu près constante).

Notons dans *N* (indépendamment de *F*) : 1° un certain nombre de parfaits en *-ié* dans les verbes à radical terminé par une dentale : *perdié* 512, 20953 (cf. *F*), 20994, 28691 (cf. *F*), *abatié* 9008, 9928, 15681, et peut-être quelques autres exemples ; — 2° *oit* (3ᵉ p. sg. subj. prés. de *aveir*) pour *ait* (à l'intérieur du vers) 5429, 5431, 5432, 6778, 7797 (aussi *F*), etc., et au pluriel *oient* 6693, 6712, 6892, etc. (moins fréquent) ; — 3° quelques exemples de *-eiez* pour *iez* à la 2ᵉ pers. plur. de l'imparfait de l'indicatif et du conditionnel[1] : *osseiez* (= *osiëz*) 6456, *aveiez* 13758, *saveiez* 26683, *estoiez* (sic) 10348, *meneiez* 6462 (et ailleurs) ; — 4° *paller* et *pallement* pour *parler* et *parlement*, etc.

A. — Paris, Bibl. nat., fr. 60, anc. 6737³, Colbert 198. Cf. le *Catal. des mss. français, de la Bibl. Nat.* t. I, p. 4. — Manuscrit sur vélin grand in·f°, de 432ᵐ sur 320ᵐ, contenant 186 feuillets écrits à trois colonnes de 44 à 48 vers, lorsqu'il n'y a ni rubrique ni miniatures. Ces miniatures, qui semblent italiennes, sont assez nombreuses, et occupent ordinairement la largeur de deux colonnes. Celle qui commence le *Roman de Thèbes* au f° 1 prend toute la largeur de la page et les 2/3 de la hauteur ; celles qui commencent le *Roman de Troie* et l'*Énéas* sont un peu plus hautes.

Le ms. *A*, qui contient les trois principaux poèmes du cycle de l'antiquité, semble être de la fin du xivᵉ siècle. Il a appartenu, au xviᵉ, au spirituel et savant procureur de Dijon, Estienne Tabourot, sieur des Accords, dont la devise bien connue, *A tous Accords*, se lit à la suite de l'*explicit*, et dont la signature, *A moi Tabourot*, se trouve au bas de la première page du texte. Au dessous de la miniature est placée une rubrique géné-

---

1. Ce trait se retrouve isolément dans *M*ᵇ. Cf. *savroiez*, ms. *E*, Addition après 4308.

rale qui marque la dépendance des trois poèmes : *Ci commence li roumans de Thebes, qui fu racine de Troie la grant, ou il a ml't de merveilles diverses. Item toute l'istoire de Troie la grant, comment elle fu .ij. fois destruite par les Grijois et la cause pour quoi ce fu, et les mortalitez qui y furent. Item toute l'histoire de Eneas et d'Ancisès, qui s'en fuirent après la destruction de Troie, et comment leurs oirs plueplerent* (sic) *les regions de decain* (sic[1])*, et les granz merveilles qui d'eux issirent.* — Le Roman de *Thèbes* se termine, au f° 41 v°, par cet *explicit : Ci fenist le ronmans de Thebes. Et après vient le ronmans de Troye la grant. Et après Troye vient le ronmans de Eneas.* Le Roman de *Troie* va du f° 42 r° au f° 147 r°, col. 2 bas (Début : *Salemons...* Fin : *Et bien essauce et monteplie).* Le v° du f° 147 est resté en blanc et l'*Éneas* va du f° 148 r° au f° 186, où il finit par cet *explicit : Ci fenist Troie la grant Et le romans de Eneas Et premierement Thebes.*

« *Thèbes* » a été transcrit par trois scribes différents : les deux autres poèmes semblent être de la main du troisième, qui savait mieux le français que les deux premiers et était sans doute picard (cf. *perderoit* 13192 et les nombreux *s* pour *z* à la finale), à moins qu'on n'aime mieux admettre que, français, il copiait un manuscrit picard ; mais c'est moins probable [2]. Il est assez souvent indépendant : alors, ou bien il rajeunit le texte (cf. 20737-8, etc.), ou bien il suit un mauvais manuscrit, ou même il a des fautes spéciales ; cf. *Patroclus qui* pour *Prothoïlus* 5689, *Antyalus* pour *Euria-*

lus 5678, *Cist mont n'a guieres gaaignié* pour *Cist n'i ont g. g.* 27546, etc.

Au f° 139 r°, col. 2, v. 6, l'histoire d'Ulysse s'interrompt, avec le v. 28654, jusqu'au f° 143 v°, c. 2 milieu, et le scribe insère ici les v. 14193-15480, qui manquent à leur place [1]. Devant ce dernier vers (*Por coi voulez si tost guerpir*), on lit ces mots, d'une écriture du xv° siècle (?) : *si rencommance lou nombre de xlix foillos* ; et l'histoire d'Ulysse ne reprend qu'au v. 28659, c'est-à-dire après une lacune de 4 vers. La note signalée doit viser le modèle transcrit, puisque le ms. *A* n'a qu'une foliotation moderne. — Signalons un certain nombre de suppressions ou abréviations volontaires : 563-600, 10003-48, 17367-86, 20215-54 [2], 20299-306, 21241-56, 23537-46, 25461-808, surtout vers la fin, le scribe étant sans doute pressé de finir : par exemple, v. 29039-78, 29091-6, 29213-8, 29223-8 (réduits à 2 vers), 29371-6 (réd. à 2 v.), 29449-54 [3], 29505-10, 29659-62, 29681-8, 29785-94, 29799-80, 29835-40, 29915-22 (cf. *B*), 29933-8, 29941-8, 29967-70, 29989-92, 30011-4, 30031-4, 30053-62, 30071-6 [4]. En revanche, il répète les v. 16123-37 après 16161, et les v. 22987-23076 et 23117-248 après 23248 [5],

---

1. Il y a un signe (*a-d*) de renvoi aux deux endroits. Le v. 14193 devrait être au f° 93 v°, col. 3 bas.

2. La lacune des vers 20215-54 est sans doute due à un accident.

3. L'absence des v. 29455-62 est due à un bourdon (*Beaus niez*). L'indication placée au bas du texte est incomplète ; il faut lire (l. 11) : 29455-62 *m. à A*.

4. Nous négligeons les suppressions de deux vers.

5. Notons que la reprise du texte ainsi interrompu a lieu en tête d'un feuillet (f° 122 r°). On ne s'explique d'ailleurs pas bien pourquoi, dans cette répétition de 222 vers, on en a omis 40, ce que ne justifie pas le sens : il est probable que le scribe a voulu remplir la page précédente et s'est arrangé en même temps de façon à rattacher le texte du f° 122 à celui du f° 123.

d'après un manuscrit de la même famille, mais moins bon [1].

A[1]. — PARIS, Bibl. de l'Arsenal, 3340, anc. Belles-Lettres fr. 206, anc. bibl. de Paulmy[2], Belles-Lettres 1742, anc. bibl. des Célestins, 13. Cf. Henry Martin, *Catal. des mss. de la Bibl. de l'Arsenal*, t. III (1887), p. 337-8. — Manuscrit sur vélin de 325^m sur 225^m; reliure en maroquin rouge à filets d'or, tranches dorées; grandes initiales en or et couleur avec ornements; petites initiales rouges et bleues et deux initiales à miniatures aux pages 1 et 5. Ce ms. comprend 189 folios [3] à deux colonnes de 40 vers et ne renferme que « *Troie* ».

Début : *Salemons nos anseigne et dit Et se list l'anan son escrit....* Fin : *Celui gart Dex et teigne et voie* [4] *Qui bien essauce et monteploie. Explicit li romans de Troie. | Il fu fait an lan de mil et | deus .c. et .xxxvii. an*₇ | *et aparsuit ou mois de jugn.* Puis viennent des annotations de diverses mains : *Expliciunt — Nunc dimittis servum → Ave Maria gracia plena*, etc.

Le bas des folios 43, 54, 61, 66, 80, 96, 101, 106, 114, 127, 130 est coupé sur une longueur d'environ 12 centim., ce qui semble indiquer que le scribe copiait un exemplaire plus court et qu'il tenait à ne pas dépasser le nombre des vers à la colonne que présentait son modèle.

---

1. Ainsi, au v. 22990, il donne *perilʒ* au lieu de *esperiʒ*; au v. 23117, *que seul* au lieu de *c'un seul*; au v. 23152, *creant* au lieu de *rentrant*, etc.

2. A signaler parmi les notes dues au marquis de Paulmy celle où il dit : « Tout prouve qu'il est de l'année de la composition, c'est-à-dire 1237. » Inutile de dire que c'est la date de l'achèvement de la copie.

3. Le f° 173 manque, mais il y a un f° 12 bis.

4. Ce ms. doit donc être joint (ainsi que *J* et *S'*) à *M²CFLM¹NR*, qui ont *et veie* au v. 30315. (Voir aux variantes).

A noter une particularité curieuse. A la fin de la dédicace qui occupe les vers 13457-70, le scribe, ne
réussissant pas à deviner quelle était la dame visée par
Benoit [1], a cru qu'il s'agissait de la Vierge et a accentué
son opinion en rédigeant ainsi les quatre derniers
vers, ce qui n'est peut-être pas très orthodoxe :

> Riche fille de riche rei,
> De vos nasquié tote leece
> Le jor de la Nativité :
> Vos fustes fille et mere Dé.

Ce manuscrit, qui donne un assez grand nombre de
leçons de détail spéciales sans valeur (cf. var. à 7693-
7702, t. V, p. 331) et quelques paires de vers évidemment interpolées, ne peut être d'un grand secours pour
la constitution du texte, sauf dans la lacune de *BCM*
(v. 9179-10018), où il peut servir jusqu'à un certain
point à contrôler *K* [2].

A[2]. — Paris, Bibl. de l'Arsenal, 3342, anc. Belles-
Lettres fr. 207, anc. bibl. de Paulmy, Belles-Lettres
1741, anc. La Vallière. Cf. H. Martin, *Catal. des mss.
de la Bibl. de l'Arsenal*, t. III, p. 338-9. — Manuscrit
sur vélin de 272^m sur 170^m, qui contient 147 folios [3]
grand in-4° à deux colonnes de 50 vers, et de 51 vers à
partir du f° 3 v° où l'écriture change et devient plus
menue [4], puis de 50 de nouveau. L'écriture change
également au f° 49, là où le ms. reprend après une
lacune d'environ 1585 vers (v. 9524-11108, 8 feuillets

---

1. Sur cette question, voir plus loin, ch. III, § 2.
2. Godefroy, qui le cite souvent, lui donne par erreur le n° 3314.
3. « Le f° 144 manque, mais il y a un f° 130 bis », dit une note,
datée de mai 1884, au v° du feuillet de garde. Depuis, on a paginé 143, 145, 146, 144, pour réparer le désordre produit par le
relieur. Il y a de plus deux feuillets liminaires *A* et *B*.
4. C'est exactement 17 vers avant la fin du f° 33.

disparus); elle change aussi au f° 71 et peut-être (en
tout cas c'est la plume) au f° 118 r°, v. 1. Ce ms., qui
ne contient que « *Troie* ». date du commencement du
xiiie siècle, comme le marque l'alternance du vert et
du rouge dans les initiales ordinaires. Il y a, de plus,
de grandes initiales or et couleur. Reliure en maroquin
rouge à fils d'or et tranches dorées.

Début : *Salemons nos enseigne et dit, Si le list on en
son escrit...* Fin : *Jo n'en sai plus ne plus n'en dist
Beneois, qui cest livre fist* [1]. Laus tibi sit, Christe :
suum liber explicit iste. — *Cest livre escrist Gerars
li Chaus, U il n'a mie un mot de faus.*

La graphie (à peu près constante) *s* finale pour *z* et
quelques autres indices ne sont pas suffisants pour qu'on
puisse affirmer que le scribe était picard, car il n'y a pas
de rime proprement picarde dans les passages spéciaux
qu'il fournit [2]. Ce scribe était d'ailleurs instruit et ne
manquait pas l'occasion de donner la preuve de son
érudition. Ainsi, après le v. 5680 (*De la cité, de l'onor
d'Arges*), il ajoute ces 2 vers : *Dunt sire estoit rois
Adrastus, Cui fille avoit dans Tydeus,* ce qui prouve
qu'il avait lu le *Roman de Thèbes ;* au v. 2950, au lieu
de *Andromacha,* l'aînée des filles de Priam et d'Hécube, il met *Creüsa* (rectifiant ainsi Darès), et il ajoute :
qui ert mariee, ce qui est exact [3]; après le v. 28256,
il ajoute 10 vers qui mentionnent la fondation d'Albe,
de Reims et de Rome, ce qui prouve simplement qu'il
connaissait l'*Histoire ancienne jusqu'à César* (voir *Romania*, XIV, 36 ss.). Ajoutons qu'il avait à sa disposition deux mss. de famille différente et qu'il s'est par-

---

1. Cf. *C°DH* (*c. romanz f.*) et *V'* (*c. r. escrit*).

2. A noter la rime hybride *lances : blanches* (var. à 23987-8,
4 v. au lieu de 2), qui semble indiquer une région intermédiaire
entre l'Ile-de-France, la Normandie et la Picardie.

3. Elle était l'épouse d'Énée ; cf. Virgile, *Æn.* II, 738.

fois diverti à les contaminer, par exemple dans le portrait de Troïlus (ct. 5393-5446, Var. complémentaire, au t. IV), et dans l'*Entrevue d'Achille et d'Hector* (cf. v. 12987-13184 de l'édition Joly, et notre édition, II, 277 ss. (var.); IV, 399 ss.)[1]; de plus, v. 14441-2, 15035-6, 15869-70, 15885-6, 16115-6, 17087-8, 17381-2, et peut-être ailleurs.

B — Paris, Bibl. Nat., fr. 375, anc. 6987, anc. Mazarin 1147, anc. La Curne de Sainte-Palaye, not. 888[2]. — Manuscrit sur vélin de 382ᵐ sur 316ᵐ, composé de 346 feuillets écrits à quatre colonnes de 60 vers (par exception 59 ou 58) jusqu'au fᵒ 46, puis de 53 à 60 (ce dernier chiffre rarement atteint); reliure en maroquin rouge, avec les armes de France au dos et sur les plats. Ce volume a réuni deux parties distinctes. La première, qui va jusqu'au fᵒ 34, offre un caractère particulier et contient l'*Apocalypse*, les *Prophéties de Cassandre* et le *Livre de Sénèque* : elle est d'une autre main que le reste du volume et la disposition du texte y est différente. La seconde partie, d'une écriture menue et régulière, est l'œuvre de Jehan Madot, neveu du trouvère Artésien Adam le Bossu, comme le montre le curieux *explicit* placé à la fin du *Roman de Troie*, fᵒ 119 vᵒ, par où l'on voit que la transcription de ce poème a été terminée le 2 février 1288[3]. Nous croyons devoir le donner ici :

1. A ce passage, on trouve également une contamination des deux rédactions dans *F*, dans *R*, etc.

2. Pour la description de ce manuscrit, cf. notre livre : *La Légende d'Œdipe* (Paris, Maisonneuve et Cⁱᵉ, 1881), p. 156-60, et notre édition du *Roman de Thèbes*, t. II, *Introduction*, III, ss. (Cf. aussi le *Catal. des mss. français de la Bibl. nat.*, I, 30).

3. C'est donc à tort qu'une main postérieure a mis en tête du poème la date de 1280, dans le titre suivant : *Les guerres de Troye et Thebes de Jehans Mados, neveu d'Adam li bœuf* (sic) *d'Arras, MCCLXXX, à la Chandeleur*, où l'on attribue le poème au copiste.

Celui gart Dieu et mete a voie,
Qui si s'avance et monteploie
Que nului por dengier n'ancline.
Explicit : li livres define.

Devant vous ai dit et retrait
Qui premiers ot trové et fait
Le dite rime, et le matere,
Qui prisie doit estre entere.
Mais cis qui c'escrist, bien saciés,
N'estoit mie trop aaissiés,
Car sans cotele et sans surcot
Estoit, por un vilain escot
Qu'il avoit perdu et payé,
Por le dé qui l'ot engignié.
Cis Jehanès Mados ot non,
C'on tenoit a bon cempaignon.
D'Arras estoit; bien fu conus
Ses oncles Adans li Boçus,
Qui por revol (et), por compaignie,
Laissa Arras : ce fu folie,
Car il ert cremus et amés;
Quant il morut, ce fu pités,
Car onques plus enginez hon
Ne morut, por voir le set on.
S'en prions a Dieu bonement
Que s'arme mete a sauvement,
Et gart Madot de vilonnie,
Qui l'escripture a parfurnie,
Ensi com vos oï l'avés.
Cis livres fu fais et finés
En l'an de l'Incarnation,
Que Jhesus soufri passion,
Quatre vins et mile et deus cents
Et wit : biax fu li tans et gens,
Fors tant ke ciex avoit trop froit,
Qui surcot ne cote n'avoit.
Li jours *Purificationis*
Estoit *beate Virginis*,
C'on apele le candelier.

Diex le garde de destorbier,
S'il li plaist, et de vilain cas,
Qu'il ne perge jamais ses dras.

Il est probable que Madot reçut à ce moment le prix du travail déjà exécuté, puisque, ayant déjà transcrit le *Roman de Thèbes* (f° 36 r°-f° 67 v°) et le *Roman de Troie* (f° 68 r°-119 v°, col. 1), il a encore transcrit le *Siege d'Athenes* (*Athis et Porphirias*), qui se termine au f° 162, les *Dits de Jehan Bodel*, et une partie du *Roman d'Alexandre*, du f° 163 au f° 182 r°, col. 1. Au bas de cette colonne, l'écriture change, et un troisième copiste, qui continue jusqu'à la fin, nous donne successivement, outre la fin du *Roman d'Alexandre*, la *Chronique des Ducs de Normandie*, *Guillaume d'Angleterre*, *Flore et Blanchefleur*, *Blancandin*, *Cligès*, *Erec et Enide*, le *Conte de la Violette*, le *Roman d'Ille et Galeron*, le *Miracle de Théophile*, le *Roman d'Amadas et Ydoine*, le *Conte de la Châtelaine de Vergy*, une *Chanson de saint Étienne*, des *Vers sur la mort*, des *Louanges à Notre-Dame* et des *Miracles de la Vierge*.

Au f° 35 r° se trouve un catalogue en vers octosyllabiques où, à la suite d'une rubrique donnant le titre de chaque poème et son numéro d'ordre, il est résumé en 10 vers. Ce catalogue a perdu son commencement; en effet, le premier poème qui y figure, *Flore et Blanchefleur*, y porte le numéro 10, tandis qu'il est le 8e des romans transcrits dans le ms., et qu'il devrait porter le n° 11, si l'on tenait compte des trois ouvrages qui en constituent la 1re partie. D'autre part, on lit, à la fin du *Roman de Thèbes*, l'*explicit* suivant : *Explicit li sieges de Tebes et de Thioclet et de Pollinices li tierce branke* ; de même, après le *Roman de Troie : Ci faut de Troies et de Thebes li quarte et puis li sieges d'Athaines*, et ainsi de suite après chaque poème : ce qui montre que

dans la composition primitive du volume (dont ne fai-
saient pas partie les 34 premiers feuillets actuels), il y
avait bien neuf poèmes avant *Flore et Blanchefleur*, et
que les deux premiers (qui étaient sans doute mentionnés au début, aujourd'hui perdu, du catalogue) [1], ont
disparu. Quels étaient ces poèmes ? Peut-être la fondation de Thèbes ou l'établissement de Danaüs en
Grèce, ou même l'histoire fabuleuse de Ninus et de
Semiramis, légendes qui figurent avant la guerre de
Thèbes dans certaines compilations en prose d'histoire
ancienne [2].

Le catalogue se termine par cet *explicit : Or disons
tot : amen amen. Explicit. Ce fist Peros de Nesle, qui
en trover los s'escervele*, qui semble en indiquer l'auteur [3]. Mais Adolphe Tobler, rendant compte de l'édition de Leo Jourdan [4], corrige avec vraisemblance :
Explicit. — Ci fenist Peros de Neele, Qui, etc., et croit
que ces deux derniers vers ne sont pas de Perrot de
Nesle, mais du scribe. Ce scribe serait celui qui a suc-
cédé à Madot et a terminé le manuscrit.

Il convient de noter que la composition du recueil
est ancienne, comme le montre l'écriture de la pagination, sans qu'il soit possible de préciser l'époque où la
soudure a été faite. A ce moment, les lacunes signalées
existaient déjà, puisqu'il n'y a aucun trouble dans le
chiffrage. Ajoutons que Bréquigny a écrit, au v° resté
blanc du f° 35, la table des matières actuellement con-
tenues dans le manuscrit.

Le *Roman de Troie* a, dans le ms. *B*, à peu près

---

1. La partie qui subsiste a été publiée partiellement par les éditeurs de divers poèmes qui y figurent, et en entier par M. Leo
Jordan, en 1904, dans les *Romanische Forschungen*, XVI, p. 73 ss.

2. Cf. Paul Meyer, dans *Romania*, XIV, 36 ss.

3. Cf. Paulin Paris, *Manuscrits françois de la Bibl. du Roi*, I,
67 ss. ; III, 191 ss.

4. *Zeitschrift für rom. Philologie*, XXVIII, 354 ss.

24700 vers, soit environ 5600 vers de moins que notre texte critique : c'est dire qu'il présente beaucoup de suppressions et d'abréviations volontaires, d'ailleurs faites avec intelligence. Cf. 10201-560, etc. Mais c'est surtout dans la seconde moitié et à partir de la bataille qui suit les funérailles d'Hector, que Madot, pressé de toucher le prix de son labeur, se hâte vers la fin. Ainsi du vers 18819 à l'*explicit*, il n'y a que 6854 vers, au lieu de 11498, et depuis les *Retours* (27561) jusqu'à la fin, 2080 vers, au lieu de 2756 [1].

C. — Paris, Bibl. nat. fr., 782, anc. 7189. Cf. le *Cat. des mss. français de la Bibl. Nat.*, t. I, p 80. — Manuscrit sur vélin de 335ᵐ sur 240ᵐ, comprenant 207 feuillets à deux colonnes de 41 ou 42 vers, quand il n'y a pas de miniatures; ne contient que « *Troie* ». Début : *Salomon nos enseigne e dit...* Fin : *Celui gard Deus et teigne et voie Qui bien essauce et monteploie.*

Les miniatures, qui sont assez nombreuses, occupent toute la largeur de la page sur environ 1/4 de la hauteur, lorsqu'elles sont au bas, et seulement une demi-largeur quand elles sont dans le haut [2]. Le rᵒ du fᵉ 1 est encadré d'une bordure rectangulaire de 2ᶜᵐ environ d'épaisseur. Entre les deux colonnes du texte on voit sept médaillons superposés représentant les sept arts, qu'encadre une bordure plus large que la bordure extérieure. Reliure en basane, aux armes impériales (N couronné), portant au dos : *La destruction de Troyes.*

Au vᵒ du feuillet de garde, on lit en haut sur le bord,

---

1. Voir, pour les principales abréviations, les *Variantes complémentaires*, t. IV, et pour les suppressions, les variantes placées au bas du texte.

2. Celle du haut du fᵒ 1 représente l'auteur debout montrant ou lisant son livre à trois personnages assis; dans celle du bas, on voit également l'auteur offrant son livre à deux personnages assis.

d'une écriture bâtarde : Destruction de Troie. | Rithme, et six centimètres au-dessous, de la même écriture : « Destruction de Troye en vieil françois, commençant à l'expédition des Argonautes par Beneuois (*sic*) de Sainte-More. Voyez la page 2, colonne 2, et la page 8. Voyez aussi le manuscrit 7624 (notre ms. *J*) et comparez les tous deux avec le ms. grec 3352 (d'une main postérieure : *aujourd'hui 2878*). » — Au-dessous, on a collé un morceau de papier d'environ 15cm de longueur portant ces mots : *Vide et Cod. 7624 | f° 8 v° col. 2 pass. | versum 12. Cod. græcobarb. | (f° 2. 1°)* ὁ βασιλεὺς τῆς ἔπιχεν μεγαλην χαρμοσυνην, etc. Suivent 17 autres lignes de grec, et en face, à droite, avec des traits indiquant la correspondance au grec, les vers 1301-22 du *Roman de Troie*, d'après le ms. *C*, ce qu'indique d'ailleurs la mention suivante : *Cod. Gallic. 7189, Pag. 9, col. 2, vers. 29.*

Le feuillet qui donne les vers 306-622 (f° 4) est placé après le f° 3, qui contient les vers 623-812 (635-60 manquent). Le f° 6 donne les vers 964-1086, le f° 7 les v. 1087-1230, le f° 8 les v. 813-963, le f° 9 les v. 1231 ss., etc. [1].

Le scribe savait très mal le français, d'où des graphies bizarres et un grand nombre de vers faux : il appartenait certainement à l'Italie [2]; cf. *nella* (*ne la*), *da* (pour *de*), *el* (pour *le*); peut-être à la Vénétie (cf. *vetre* (pour *vostre*), qui est la forme normale dans *V*[1] et *V*[2]). Il écrit constamment, comme *M*[3], *e = et*, sauf vers la fin, où il fait alterner, comme lui, *e* et *et*. Nous avons relevé, entre autres lacunes, les deux suivantes : 9179-10018 (cf. *BM*) et 12273-334. Il y a, de plus, quel-

---

1. Au bas du 7° feuillet, on lit, d'une écriture du xviii° siècle (?) ces mots : *transposition, tournez le feuillet suivant*, et au haut du f° 9, *suite du 7° feuillet*, ce qui explique l'erreur d'une façon insuffisante.

2. Cf. P. Meyer, dans *Romania*, XVIII, 93.

ques passages abrégés, et le scribe montre une assez grande indépendance par rapport à son modèle.

C¹. — Cheltenham, Bibl. Thomas Phillipps, 8384. Début : *Salomons...* Fin : *Bençois qui cest romanz fist* ¹.

Ce ms., de valeur médiocre, offre des variantes nombreuses, qui sont généralement sans intérêt et qui montrent seulement, soit que le scribe ne comprenait pas son texte et cherchait à l'éclaircir, soit qu'il se préoccupait fort peu de le reproduire exactement. — Nous n'avons pu prendre copie que des vers 13391-456, qui se rapportent à une partie du morceau publié par nous dans notre *Chrestomathie* (1883)² et des vers 13521-51 et 14281-300, que nous avons utilisés pour notre classification provisoire ³. La note qui devait nous servir à décrire ce ms., que nous avons vu sur place, a été égarée ; mais nous pouvons affirmer qu'il y a peu de chose d'intéressant à en dire.

D. — Paris, Bibl. nat., fr. 783, anc. 7189³, anc. Cangé 9. Cf. le *Catal. des mss. fr. de la Bibl. Nat.*, t. I, p. 80. — Manuscrit sur vélin, de 310ᵐ sur 230ᵐ, composé de 172 feuillets à deux colonnes de 40 vers (xiiiᵉ siècle); miniature en tête du manuscrit et quelques lettres ornées; reliure en marroquin avec au dos : Romans (sic) de Troye : ne contient que *Troie*.

Ce ms. a de nombreuses petites lacunes, d'accord, soit avec *M¹*, qui est son proche parent, soit avec *HM¹*, soit avec *H* dans les deux lacunes accidentelles de *M¹* (voir § 2, *Classification*) ⁴. De plus, il supprime (avec *BM¹*)

1. Cf. *DH* : de plus *A²* (*qui c. livre f.*) et *V¹* (*che c. romanz escrit*).
2. 2ᵉ édition, Paris, Bouillon, 1890; 3ᵉ édition, Paris, Welter, 1906.
3. Cf. *Notes pour servir au classement des manuscrits du Roman de Troie*, dans *Etudes romanes dédiées à Gaston Paris* (Paris, Emile Bouillon, 1891), p. 195 ss.
4. Dans ces deux lacunes de *M¹*, il y a très peu de suppressions spéciales à *D*. Cf. pour la 1ʳᵉ, 2313-4, 2711-2, 2719-22; pour la 2ᵉ, 20985-90.

la *Géographie de l'Orient* (v. 23127-356). Il a perdu, entre les f°s 112 et 113, un cahier correspondant aux vers 18053-19378, que Cangé a transcrits à la fin, en 5 feuillets ajoutés, à l'aide d'un autre manuscrit qu'il possédait, notre ms. *J*. Le même Cangé a écrit, au-dessous du dernier vers (*Qui onques fust en .i. tempoire*)[1] ces deux vers : *Je n'en sai plus ne plus n'en dist Beneois, qui cest Romans fist*[2], en y joignant cette note (à droite) : « Ces deux vers se trouvent à la fin d'un autre Ms. qui m'appartient et qui est écrit vers la fin du xiiie siècle » (notre ms. *H*). Au dessous, on lit : *Amen* (en majuscules ornées), et au-dessous encore : *Explicit Troye laGrant*.

Dans la colonne 2, Cangé a transcrit les quatre derniers vers du ms. B. N. fr. 1610. Voir sous *J*.

Le ms. a appartenu, comme le n° 784[3], à Jacques II de Bourbon, comte de la Marche et de Castres, mort en 1438, puis à son petit-fils, Jacques d'Armagnac, duc de Nemours, mort en 1477, dont la collection est célèbre. Cf. A. Thomas, *Jaques* (sic) *d'Armagnac bibliophile*, dans *Journal des Savants*, 1900, p. 633 ss.

Comme graphies particulières, nous noterons seulement *fiuz* (filios) et *Menalax* (cette dernière forme constante).

G. — Paris, Bibl. nat., fr. 903, anc. 7268[4] (de la Mare). — Manuscrit in-4° sur vélin, de 260^m sur 195^m, incomplet du commencement et de la fin, et contenant 204 folios à deux colonnes, et à trois du f° 60 au f° 64 et aux f°s 120 et 121. Début : *Puis lor a dist* : « *Qui(l) tuera Honme, fame, maudis sera…* » Fin : (f° 204 r°, c. 2, l. dernière) : *Plore et demaine si grant duel, Regarder non puet de sen euel : Ja l'ocirroit, c'il eueust son wel*. Le verso est resté en blanc, ce qui prouve que

---

1. Cf. IV, 386-7.
2. Cf. *C'H*; de plus *A²*(*qui cest livre f.*) et *V¹*(*che c. romanz escrit*).
3. Cf. notre édition du *Roman de Thèbes*, t. II, Introduction, x.

la copie n'a pas été achevée [1]. Le ms., qui date de la première moitié du xive siècle, est au moins de deux mains différentes, probablement de plus de deux, et les lignes sont tantôt plus, tantôt moins serrées, de sorte que le nombre des vers varie de 40 à 65 par colonne [2].

Le *Roman de Troie* y a été inséré dans une traduction en vers de la *Bible*, non par l'un des copistes du présent manuscrit, mais par l'auteur même de la *Bible*, c'est-à-dire par le wallon Jehan, surnommé Maukaraume, qui écrivait vers le milieu du xiiie siècle. Par un procédé semblable a été introduite, au f° 188 v°, col. 1, à la suite de l'histoire de Susanne, comme preuve de la puissance de l'amour, le conte de *Pyrame et Thisbé*[3], et au f° 190 la *Généalogie de la Vierge* rattachée à l'histoire de Ruth, dont on la fait descendre. Les premiers vers du ms. (le premier feuillet ayant disparu) se rapportent à Noé sortant de l'arche, les derniers ont trait à la haine du roi Saül contre David. — Cette tra-

1. Au premier des deux feuillets de garde de tête en haut, on lit : « Ce livre contient d'anciens vers sur la Bible : ils commencent à Noë. Dans la suite, il y est traité des anciens héros, comme Jason, Peleus, Achille, etc. » — A l'un des deux feuillets de garde de la fin, on a dessiné à la plume une grande Vierge à l'enfant assise avec deux chiens à ses pieds; plus bas, on voit un dragon dû à la même plume.

2. Les f°s 146 et 147 semblent être d'une main un peu postérieure et contiennent 43 vers à la colonne, au lieu de 46 ou 47 qu'il y a dans les f^{os} qui précèdent. Le monologue d'Achille ajouté ici à Benoit (26 vers, plus un vers de soudure) a peut-être été destiné à remplir le blanc laissé en trop. Cependant le vers de soudure, qui donne avec ce qui suit un couplet de 3 vers, semble bien porter la marque de Maukaraume. Voir ci-dessous, p. 37, note 3.

3. *N'est mie bon la busche mestre, Qui est seche, au feu, et* (lis. *ne*) *[puet] estre Que n'empraigne, si con nus montre De .ij. jones Ovide(s) et conte*, etc. Ce texte, qui n'a que 216 vers, est tout différent de celui du poème du xiie siècle (d'environ 1000 vers) dont traite l'*Histoire littéraire de la France*, XIX, 765 ss., et auquel fait allusion Chrétien de Troyes, *Charrette*, 380 ss.

duction de la Bible (et aussi les parties du *Roman de Troie* non empruntées à Benoit) est d'un style assez inégal, parfois emphatique, le plus souvent plat et embarrassé, et la versification est souvent incorrecte (rimes insuffisantes, hiatus, vers trop longs, etc.) [1]. L'auteur, qui d'abord avait traduit assez fidèlement sans omettre les détails, s'en tient aux traits essentiels à partir du livre de l'*Exode* (f° 5o), ce qui ne l'empêche pas d'ajouter des commentaires aux Commandements. Après l'histoire de Troie, il prend encore plus de liberté, abrégeant le livre de *Josué*, insérant dans l'histoire de Samson une explication symbolique où Samson est comparé à Jésus-Christ et « Dalida » (Dalila) au peuple Juif [2], puis passant brusquement à Susanne et à *Pyrame et Thisbé*, exposant la Généalogie de la Vierge à propos de Ruth, et terminant par l'histoire de Samuel et celle de Saül, qui est brusquement interrompue, laissant l'ouvrage inachevé [3].

L'histoire de la destruction de Troie, qui se confond avec le poème de Benoit de Sainte-Maure (voir p. 39-40), commence au bas de la 1ʳᵉ colonne du v° du f° 54 et finit au bas de la 2ᵉ colonne du f° 181 v°. Voici comment elle est soudée à l'histoire de Moïse :

1. Sur la langue de Maukaraume, voir J. Bonnard, dans le *Recueil inaugural de l'Université de Lausanne* (1892), p. 211-8, où ce savant a publié le conte de *Pyrame et Thisbé*, avec des renseignements sur la langue d'où il résulte que la rédaction de cet épisode semble due à Maukaraume lui-même. — M. Bonnard vient de publier, dans les *Mélanges Wilmotte*, p. 49 ss., un autre morceau intéressant de la *Bible* de Maukaraume, le *Monologue* de la reine d'Égypte amoureuse de Joseph.

2. Cf. J. Bonnard, *Les Traductions de la Bible en vers français au moyen âge* (Paris, 1884), p. 55 ss.

3. Peut-être était-il achevé dans le ms. original, car le ms. 9o3 n'est qu'une copie. Entre autres preuves de ce que nous avançons, voir le morceau intercalé dans *Troie* après 20710, où il y a certainement des lacunes. Cf. la note 3 de la page suivante.

Que que Moisex la mer passa,
Ains qu'il morust ne qu'il passa,
Oiez qu'avint a l'eretaige
De Troiez la grant par le outraige
Laomedon, qui an fu rois ;
Conment Jason et ses conrois,
Ses chevaliers et ses anmis
Mist fors dou port ou furent mis,
Quant Greu furent le verre ' querre,
Qui estoit d'or, dedens la terre
De Oëthe, de Colcos yle,
Ou Jason espousa sa fille
Medea, qui tant des ars sout
Que le verre' li donna tout.
Au revenir fu Troies destruite :
Laomedon n'i fu pas cuite,
Ains i morut par la bataille
Ou ont depecié mainte ant[r]aille.
Priamus la refist puis faire,
Laomedon filz, et retraire
En plus grant force et (plus) grand pooir
Qui (*lis.* Que) n'ot esté et plus valoir ²,
Que Paris fist, dis Alixandre,
De Helaine la mist en cendre,
Quant sa tante ala requerre
An Grece, qu'amena en serre
Thalamon, qui l'out par la guerre ³.
En .j. moutier la prent Paris
Delez la mer, don fu marriz

---

1. *Verre* pour *velre* (voir Godefroy, s. v.), toison, lat. class. *vellus*.

2. Les trois derniers mots sont exponctués et, à la suite, on a écrit : *mais li esforce*, qui se lie bien à ce qui suit, mais détruit la rime. Il manque sans doute deux vers.

3. Il y a dans Maukaraume (aussi bien dans la *Bible* que dans *Troie*) de nombreux exemples de rimes triples : il n'y a pas lieu de supposer la chute d'un quatrième vers complétant le second couplet. Voir *Variantes complémentaires*, t. IV, 390 (v. 26-8), 391 (v. 26-8), etc.

> Menelaüs, car ces maris
> L'ala requerre ou (*lis.* an) toute Grece.
> La demoura .x. ans del piece,
> Si con orrés ancor ancui,
> Si de l'oïr n'aves anui.
> Omers, qui fu clers merveillox, etc. (*v. 45-144 de notre text*)
> Or escoutés. Donc je conmense
> Ma matiere a grant grevance :
> Grand grevance i a sans faille
> Et grant painne et grant travaille.
> Peleüs fu .j. riches rois, etc. (*v. 715* '.)

A partir du second tiers du poème environ, le ms. *G* (sans doute déjà Maukaraume) abrège certains passages, par exemple, les vers 10535-48 en 6 vers, 11557-626 en 2 vers, 11633-64 en 2 vers, 11677-706 en 2 vers, 13199-256 en 4 vers, 15733-16382 en 61 vers, 16815-74 en 19 vers, 19679-716 en 2 vers, 21903-22066 en 64 vers, 23037-126 en 21 vers, 23127-90 en 19 vers, 23781-812 en 2 vers. Il supprime la dédicace (v. 13457-70) avec 11 autres mss. et réduit la fin du poème, à partir de la mort d'Hécube (v. 26591-30300), à ces 8 vers : *Des Grijois vous dirai la fin : Assez en ala de declin : Ulixès si erra .x. ans Par mei la mer a grans ahans. Eneas an Toscanne vint, Si fonda Rome et tout lasin* (lis. *a tout la fin*). *Des Grigois demoura grant part Par mer, par terre et par essart.* Puis 15 vers de transition pour passer à l'histoire de Josué [2].

En revanche, Maukaraume insère : après le v. 1299, 100 vers pour un monologue de Médée amoureuse de

---

1. Le résumé est naturellement supprimé.
2. Nous négligeons les suppressions sans importance; mais il faut relever la disparition d'un feuillet entre le f° 64 et le f° 65, disparition qui a amené la perte des vers 2788-2920 (ce que nous avons découvert trop tard pour le noter aux variantes), et d'un autre feuillet correspondant aux vers 9695-9906, après un vers isolé qui remplace les v. 9695-6.

Jason; après le v. 4018, 46 vers, où il fait raconter à
Hécube, d'après les *Héroïdes* d'Ovide, le songe menaçant qui lui fit reléguer Pâris dans une forêt et le
confier à « la garde du bois » pour l'élever, et ses
amours avec Œnone, qu'il vient d'abandonner ; — après
le v. 4365, 30 vers, où Pâris déclare sa flamme à Hélène,
qui lui répond ; — après le v. 19448, 26 vers (monologue d'Achille) et un vers de soudure ; — au lieu des
v. 20711-30, 26 vers spéciaux allongeant le monologue
d'Achille amoureux de Polyxène ; — au lieu des vers
21853-6, 74 vers spéciaux, où, dans un monologue,
Hécube pèse les raisons qui peuvent la pousser à faire
tuer Achille en trahison ou l'en détourner, en faisant
dialoguer *Traïson* et *Raison* ; — après le v. 22589 (en
34 vers) l'épisode d'Achille à Scyros, qu'il applique à
Neoptolème (appelé ici Pyrrhus), oubliant qu'Ulysse y
remplace Ménélas [1], — sans compter quelques passages
légèrement développés. Pour toutes ces particularités,
voir, au t. IV, les *Variantes complémentaires* et l'*Errata*
du t. V, p. 329 ss.

Ce n'est pas simplement par amour du synchronisme que Maukaraume a inséré le poème de Benoit
dans sa traduction de la Bible, c'est à titre d'ornement [2].
Moins scrupuleux encore que la plupart des écrivains
du moyen âge, qui cependant ne l'étaient guère, il ne

1. Quelques vers plus haut, la réponse de l'oracle est développée pour amorcer cet épisode, et l'arrivée de l'enfant à Scyros est
racontée en 20 vers.

2. S'il en était autrement, il aurait abrégé Benoit au lieu de le
transcrire. Mais les passages qu'il a modifiés ou *agrémentés*
montrent quel piètre versificateur il était. Il faut noter surtout de
très nombreux hiatus et la liberté avec laquelle il ne tient pas
compte non seulement de l'*e* féminin protonique, mais encore de
l'*e* féminin posttonique, alors même qu'il est suivi de -*s* ou de -*nt* :
ces licences ne se rencontrent guère qu'en Lorraine et au
xɪvᵉ siècle, et la *Guerre de Metẑ* (*1372*) est le plus ancien poème
où elles soient fréquentes. Cf. G. Paris, dans *Romania*, XXI, 630-1.

s'est pas contenté d'emprunter à un versificateur de talent, qui avait signé jusqu'à quatre fois son œuvre, un poème qu'il jugeait devoir plaire à ses lecteurs : il se l'est approprié en le démarquant de la façon suivante. Au Prologue, vers 131-4 (au lieu de : *Ja retraite ne fust ancore, mais* Beneeiz *de Sainte More L'a contrové e fait e dit E o sa main les moꝫ escrit*), il dit : *Ne ancor ne fust elle traite, Ne fust* Jehans *qui l'a refaite,* Maukaraumes *dis a sornon, L'a remise en tel mernon* (lis. : *sermon*) *Et comencie et faite et dite Et a ses mains l'a tote escrite*; — v. 2065-7 (au lieu de : *Ne* Beneeiz *pas ne l'alonge, Ne pas n'i acreistra mençonge, Daires n'en fait plus mencion*. *Ne* Jehans Maukaraume *longe Parole dira ne mansonge S'ainsis con* Dayres *fait mention*; — v. 5093-4 (au lieu de : Beneeiz *dit, qui rien ni lait De quant que Daires li retrait*), Jehans Maukaraumes *n'i lait Chose nulle que Darès trait* ; — enfin, v. 19207-8 (au lieu de : Beneeiz, *qui l'Estoire dite, Oëꝫ queinement l'a escrite*), Jehans *qui l'Estoire a dite, Oieꝫ qujant* (lis. *commant*) *il l'a escrite* [2].

H. — Paris, Bibl. nat., fr. 1450, anc. 7534[5], anc. Cangé 27. Cf. le *Catal. des mss. fr. de la Bibl. Nat.*, t. I, p. 231-2. — Manuscrit sur vélin petit in-f°, comprenant 264 feuillets de 300ᵐ sur 230ᵐ, écrits au xiiie siècle sur 3 colonnes de 59 vers, d'une très petite écriture gothique [3], avec, en marge, des sommaires qui semblent être du xve siècle. Reliure ancienne portant au dos ce

---

1. Il est probable que Jehan Maukaraume s'était aussi nommé dans le Prologue de la *Bible*, aujourd'hui perdu à cause de la disparition du f° 1 du ms.

2. Une fois, au moins, il croit devoir, comme il convenait à un traducteur de la Bible, affirmer la fausseté des divinités du paganisme. Au lieu de : *Un sacrifise apareilla A la deuesse Diana* (v. 4291-2), il écrit : *Un s. a. A cest diable dist Dyana.*

3. Jusqu'au f° 29 v°, l'écriture est un peu plus grosse, puis elle se rapetisse.

titre : ANCIENNES POESIES. Lettres ornées. Sur le feuillet de garde, on lit, d'une écriture moderne : RECUEIL D'ANCIENS ROMANS, et au f° 202 v°, une note en gothique semble indiquer que le ms. a appartenu à Mos. Bet^m (= Monseigneur Bertrand) Goyon de Matignon. Début (écriture contemporaine du ms.) : *Chi coumenche li remans* (sic) *de Troies*, indication répétée au-dessous, d'une écriture moderne (Cangé?).

Le *Roman de Troie* va du f° 1 au f° 83 r°, col. 2 milieu, où il se termine ainsi : *Qui onques fust mise an memoire. Jo n'en sai plus ne plus n'en dist Beneois, qui cest romans fist* [1]. Et l'*Éneas* suit sans explicit, ni titre, ni intervalle, signalé seulement par un grand Q historié où l'on voit un bonhomme grotesque, armé d'une hache. Puis viennent successivement : f° 112, *li Remans des rois d'Engleterre et de leurs oevres* (1re partie du *Brut* de Wace); f° 140, *Erec et Enide*; f° 158 v°, *li Remans de Percheval*; f° 188 v°, *Cligès*; f° 207 v° (la pagination passe de 218 à 221), *le Chevalier au lion* [2]; f° 225, *li Remans des rois et des barons de Bretaingne et de leur fais et du bon Roy Artus*, rimé par Me *Gasse* (suite du *Brut*); f° 238, *li Remans des VII Sages de Rome*, qui est resté incomplet.

Au bas des pages, en marge, il y a fréquemment des sommaires (*Commant*, etc.), d'une écriture cursive qui semble du commencement du xve siècle : les sommaires cessent avec l'*Éneas*. Une pagination moderne, plus exacte, a été substituée à la pagination ancienne. Ainsi le f° .xxj. (le f° précédent n'etant pas paginé) est devenu le f° 22, et ainsi de suite. De plus, il y a deux .*lxx*. dans l'ancienne pagination, qui revient ensuite à

---

1. Cf. C'D; de plus, A' (c. *livre f.*) et V' (c. *romanẓ escrit*).

2. D'après le *Catalogue des mss. fr.* (loc. laud.), cette insertion de quatre romans de Chrétien de Troyes au milieu du *Brut* aurait été amenée par le désir de rattacher à l'histoire les aventures de la cour du roi Artus.

.lxj., etc., de sorte que le moderne 83 correspond à l'ancien *.lxxj.*, etc.

Outre les lacunes que ce ms. a en commun avec *E*, ou avec *EM'*, ou avec *M'* dans les lacunes de *E*, nous avons remarqué celles-ci, qui lui sont particulières (nous négligeons celles qui ne sont que de deux vers) : 1553-70, 13367-406, 16459-90, 17377-82, 1748-58, 18556-63 (bourdon), 20765-806, 22893-6 (remplacés par 22841-4 répétés), 23033-40, 25565-8.

Le scribe, qui était picard, a donné à sa copie une forte teinte dialectale et n'a pas craint d'introduire parfois de petites modifications dans le texte pour obtenir des rimes picardes. Il emploie souvent *lei* pour *li* féminin, lorsque le pronom n'est pas proclitique, *avolc* pour *avoec*, etc.

I. — Paris, Bibl. nat., fr. 1553, anc. 7595. Cf. le *Catal. des mss. fr. de la Bibl. Nat.*, I, 248-252. — Manuscrit sur vélin de 264ᵐ sur 180ᵐ, comprenant 524 feuillets à deux colonnes de 44 vers (50 du fᵒ 91 au fᵒ 254), suivis de 3 feuillets blancs, où l'on trouve (au 3ᵉ) la Table des 52 poèmes que contient cet énorme volume. Au vᵒ du fᵒ 1, grande miniature médiocre et usée, représentant la Vierge portant l'enfant Jésus, dans un encadrement gothique. En tête du fᵒ 2, miniature de la largeur d'une colonne, à deux compartiments, représentant l'auteur qui écrit et un roi qui lui ordonne d'écrire. Lettres historiées et ornées (xiiiᵉ siècle) [1]. Le *Roman de Troie* va du fᵒ 1 au fᵒ 161 vᵒ, col. 2, v. 15. Fin : *Celui gart Dex et tiengne en vie Qui bien essauche et monteplie, Et sel conduie a bonne fin Par le proiere saint Martin. Chi define li romans de Troies.*

Ce manuscrit, dont la graphie a une couleur picarde prononcée, offre beaucoup de variantes qui décèlent un

1. Il change assez souvent les rimes, soit pour les remplacer par des rimes picardes, soit pour rajeunir et éclaircir son texte.

copiste inattentif et capable de versifier pour son compte. Il conserve assez bien les noms propres et, sous ce rapport, est utile pour l'établissement du texte critique.

J. — PARIS, Bibl. nat., fr. 1610, anc. 7624. Cf. le *Catal. des mss. fr. de la Bibl. Nat.*, t. I, p. 272. — Manuscrit in-4° sur vélin comprenant 181 feuillets de 245m sur 168m écrits à deux colonnes de 39 à 42 vers : ne contient que *Troie*. Quelques lettres historiées. Aux fos 17 v° et 18 r°, grande miniature occupant deux pages avec cinq compartiments, trois à gauche et deux à droite (1re prise de Troie); de même aux fos 154 v°-155 r° (2e prise de Troie). Le r° du premier feuillet et le v° du second sont restés en blanc. Il y a, de plus, en tête des grandes divisions, quelques petites miniatures de la largeur d'une colonne et à peu près carrées. Au f° 96, l'écriture est différente : on compte 39 vers au r°, col. 1 et au v°, col. 2. Pagination moderne.

Fin : *Celui gart Dex et tiegne et voie Qui bien s'avance et monteploie* ꞁ AMEN. ꞁ *Ci faut li bons romans de Troie Celui doint Dex hanor et joie Qui volentier l'escotera Et le romant ne blamera.* ꞁ *Cist romanʒ fut escriʒ an l'an Nostre Seignor mil et dos cenʒ et sexante et .iiij. anʒ, o mois de may.*

Sur un feuillet de garde, on lit : *Compareʒ ce ms. avec le ms. grec 3352* [1]. ꞁ ROMANS DE TROIE ꞁ *Composé par Benoies* [2] *de Sainte-More d'après Darès le Phrygien et Dictys de Crete.* ꞁ *On trouve dans plusieurs vignettes de ce ms. l'Aigle Impérial à Deux Testes d'Argent, Champ de Gueules. Le père Menestrier observe* [3] *qu'il*

---

1. Cf. la description du ms. *C, n.*

2. Un renvoi à droite rectifie ainsi : *ou Beneois de Sainte More.*

3. Un autre renvoi donne : *dans son Traité intitulé : De l'Origine des Armoiries.*

*est difficile de marquer précisément le temps et l'occa-
sion de ces deux Testes. Ce ms. donne une date. Il est
écrit l'an 1264.*

Nous avons relevé les lacunes accidentelles suivantes :
4007-4166 (1 feuillet perdu), 12641-978 (2 feuillets
perdus), 15915-16230 (2 feuillets perdus) ; ces trois
lacunes commencent et finissent exactement avec le
folio. Pour les suppressions voulues, *J* marche presque toujours d'accord avec la sous-famille *y*. Voir § 2,
Classification.

La graphie de ce manuscrit est assez semblable à
celle de *E*, mais il y a de plus des traits bourguignons
ou lorrains, en tous cas appartenant à l'est du domaine
français, comme *lo* pour *le*, *ai* final accentué pour *a* à
la 3e pers. du sing. de *avoir*, des futurs et du parfait de
la 1re conjugaison (plus rarement *a* pour *ai*; cf. *a* 5289,
sera 5911, *leira* 5912, etc.). Notons encore comme
graphies spéciales *por* au lieu de *par* (fréquent; cf. *F*).
Le scribe ne se pique pas de fidélité à son modèle : il
change assez souvent la rime quand elle lui paraît
inexacte, ou pour rétablir le cas sujet quand il est remplacé par le cas régime.

L. — Paris, Bibl. nat., fr. 12600, anc. suppl. fr. 464.
— Manuscrit sur vélin de 335m sur 220m, petit in-fo
de 186 feuillets à deux colonnes de 40 vers, avec un
feuillet de garde en papier (xive siècle). Petites lettres
simplement ornées à la plume en rouge ; lettres bleues
plus grandes ; trois ou quatre lettres historiées ; en tête,
miniature grossière d'une demi-hauteur au dessus de
l'S initiale ; reliure veau racine avec dos rouge. D'après
un *ex-libris* gratté au bas du fo 186 vo, qui est mentionné d'une main moderne sur le feuillet de garde, il
appartenait en 1370 à Loys Salon.

Ce manuscrit, qui ne contient que *Troie*, a peu de
valeur : il est l'œuvre d'un scribe inattentif, qui altère

gravement les noms propres et ne craint pas d'ailleurs de changer le texte, quand il ne comprend pas, par exemple au v. 27292, où, au lieu de : *Que de la ligniee Atreï Ne seront il mais apelé*, il écrit : *Ne prodome ne bon ami Ne s. il m. a.* — A relever, après le v. 25246 (25247-50 manquent) la répétition des vers 25015-38 avec une graphie légèrement différente (voir aux *Variantes*), qui se continue et coïncide avec un changement de famille du ms. pendant près de 3000 vers (voir § 2, *Classification*), et, d'autre part, la suppression des v. 26891-27030.

L¹. — LONDRES, Musée britannique, Harl. 4482. Cf. Ward, *Catalogue of romances in the department of manuscripts in the British Museum*, t. I (1883). p. 35-39. — Manuscrit sur vélin contenant 188 feuillets in-8° oblong à deux colonnes de 40 vers ; initiales rouges et bleues ; grandes initiales avec figures en tête du Prologue et des quatorze parties entre lesquelles le scribe a distribué le poème (la première entourée d'une bordure).

Ce ms., qui ne contient que *Troie*, date, d'après Ward, de l'an 1300 environ. Début : *Salemons nous ensaingne et dit...* Fin : *Qui tost i porroit empirie[r]*. Nous en connaissons : 1° les vers 45-47, 87-94, 129-38 et 2183-92 ¹, cités par Wright dans son article sur Benoit de Sainte-Maure de la *Biographia litteraria Britannica* (Londres, 1846); 2° les vers 1-6, 57-74, (129-38), 139-144, 705-728, 3177-86, 13086-90, 29815-21 et 30301-14 (les deux derniers vers ont disparu) publiés par Ward ²; 3° les vers se rapportant aux principaux passa-

---

1. Ce passage est pour Wright le seul qui ait quelque valeur poétique : tout le reste lui semble peu intéressant, lourd et ennuyeux (*heary and dull*).

2. La plus grande partie des citations de Ward tendent à prouver le rapport étroit de l'*Historia Trojana* de Guido de Columna avec le *Roman de Troie*.

ges critiques [1], qu'a bien voulu transcrire pour nous l'érudite provençaliste, Madame Janvier, de New-York, à qui nous adressons ici nos sincères remerciements [2].

Ward a compté dans ce ms. 29896 vers, ce qui suppose (en dehors des deux derniers vers disparus par mutilation) l'absence d'environ 400 vers. Nous n'avons pu vérifier l'exactitude de cette affirmation.

L². — LONDRES, Musée britannique, Addit. 30863; provient de la Bibliothèque A. Firmin-Didot [3]. Cf. Ward, *Catal. of romances*, etc., I, 924-5. — Manuscrit sur vélin contenant 132 feuillets in-8° large à deux colonnes de 40 ou 41 vers [4] (XIII° siècle). Il commence au vers 1455 (*Veintre et donter et justisier*) et finit au v. 27342 (*Cil qui despoilla les boissons*). Nous connaissons de ce ms., outre les vers 1455-60, 27289-90, 27297-308 et 27333-42, publiés par Ward, les mêmes passages que pour *L¹*, communiqués également par Mme Janvier. On peut constater déjà, d'après Ward, l'absence des vers 27291-6 et 27309-32 (30 vers). Si l'on tient compte des parties du ms. disparues, 1442 v. au début et 2886 (30108 – 27222) à la fin, en tout 4328 [5], il devrait rester 25780 vers. Or, d'après Ward, il n'en

1. En particulier, les v. 13121-260 (*Entrevue d'Achille et d'Hector*).

2. Il faut mettre à part les vers 7885-904, déjà publiés par M. P. Meyer, dans *Romania*, XVIII, 70 ss.

3. Vente de 1878, n° 31. Antérieurement, il avait figuré sur un catalogue Libri, 1864 (Londres, Sotheby), n° 65, et sur un catalogue Téchener (*Description raisonnée d'une collection choisie d'anciens mss., 1862*), n° 164. [P. Meyer, dans *Romania*, XVIII, 91].

4. Les f°s 1 à 4 et 45 sont légèrement mutilés à la marge, ce qui supprime quelques lettres. — Au bas du f° 14 v°, on lit, d'une écriture du XIV° siècle, ces mots : *A madame de Martignie, madame Maulevrier saluʒ et bone amor.* [D'après Ward].

5. Nous prenons les chiffres de l'édition Joly, parce que, comme nous le verrons plus loin (§ 2), ce ms. est de la deuxième famille.

reste que 21120 environ : il y a donc eu suppression de 25780—21120, c'est-à-dire de 4660 vers environ. Nous avons, pour notre part, pu reconnaitre l'absence (par rapport à l'édition) des vers 10877-960 et 21667-86, d'où l'on peut conclure que le scribe a saisi toutes les occasions d'abréger sa tâche.

P. — Paris, Bibl. nat., nouv. acq. fr. 6774 [1]. — Manuscrit acéphale sur vélin, in-f° moyen oblong, de 335m sur 125m. Reliure en bois recouvert de cuir avec cinq cabochons de fer, dont un au centre : les deux [2] cabochons intérieurs manquent à la partie antérieure de la couverture. Nombreuses mutilations par enlèvement d'initiales historiées, dont quelques unes subsistent, entre autres une, assez libre, au f° 125 r°.

Ce ms. renfermait à l'origine 292 f°s, ainsi qu'il appert d'une note en latin (de foliis cclxxxxij). Dans l'état actuel, il n'en a plus que 263, répartis en 32 cahiers, dont le premier a perdu son premier feuillet. En effet, le premier vers donné est le vers 1861, *Envers vos ne soient irié*. Or, chaque page (à une seule colonne) contenant le plus souvent 55 vers [3], cela donne 880 vers par cahier, soit 1760 vers environ pour les deux cahiers disparus, si l'on suppose les cahiers de 4 feuillets doubles; et il resterait seulement 100 vers pour le troisième cahier primitif [4]. Le premier cahier actuel a perdu

1. Pour d'autres détails, voir la description de MM. G. Mazzoni et A. Jeanroy, dans *Romania*, XXVII, 574 ss.

2. Un seul, d'après la notice de la *Romania*, : le second a dû tomber depuis que le ms. a été examiné par M. Mazzoni chez M. Grigolli de Dezenzano, province de Brescia, qui l'a cédé à la Bibliothèque nationale.

3. Remarquons que les cahiers 24 et 25 (f° 172 à 189) contiennent 60 ou 61 vers à la page.

4. La vérité, c'est que beaucoup de cahiers ont 10 feuillets au lieu de 8. A la fin de chaque cahier figurent les premiers mots du cahier précédent et le n° de celui qui finit.

le feuillet double intérieur, qui correspondait aux v. 2640-2755 et 3430-3539 et le feuillet double central, qui correspondait aux v. 2982-3209; il est réduit à 2 feuillets doubles. Il manque également les v. 9195-9306 et 9419-9529, c'est-à-dire deux feuillets simples indépendants. Nous avons de plus relevé l'absence des v. 29287-305 : il y a d'ailleurs beaucoup d'autres petites lacunes, que nous négligeons.

Le poème se termine au f° 140 v°, l. 11 ¹, puis vient l'*Éneas* en prose :

Que devindrent (d)icil de Troye qi escamper porent.

Quand Troye fu destruite, qatre manieres de genz s'en partirent.... Au tens que Romulus ot .xxxvij. anz, trespassa il de ceste vie. Et au tens que Rome avoit duree .iij. anz des qele estoit comencie, furent ravies les Sabinianes don des (*lis.* les) Romains acrurent lor ligniees...

Les cinq derniers chapitres traitent de Romulus et de la fondation de Rome ².

Le scribe était italien, comme le montrent ʒ pour ç (*menʒoigne*), *faʒon, ʒà*, etc., *vestre* pour *vostre* ³, *a lor* pour *a aus* 29274, *reges* pour *reies* 1908, *a* féminin pour *e* (*contra, ultra, trenta, quaranta*, etc.) ⁴. Il a d'ail-

---

1. L'*explicit* est un peu écourté : *Ce qe dist Dayres e Ditis I avons si retrait e mis* (30303-4) *Qe, se as jugleors plaisoit, Ja nus nos vers ne blasmeroit* (30305-10); *Ainʒ se porr[oi]ent il bien taire Del livre blasmer e retraire, Car tex i voldroit afaitier Qe tost le poroit ampirer. Celui gard dex e tiegne en vie Qi si le garde e monteplie* (30311-6). Il se termine par ces vers spéciaux : *Or nos dont dex leesce e joie, Honiʒ soit cil s'il ne m'otroie, Cui j'en lirai, de sa monoie, Ou buen cheval ou dras de soie.* Amen.

2. Ce texte ne se confond avec celui d'aucun des mss. de l'*Histoire ancienne* qu'a cités M. P. Meyer (*Romania*, XIV, 1 sqq.). Le ms. dont il semble se rapprocher le plus est Paris, Bibl. nat., fr. 246.

3. C'est la forme ordinaire des manuscrits de Venise, *V¹* et *V²*.

4. Dans certains passages, il y a des traces d'un dialecte de l'Est; cf. *ai* = *a* latin tonique et *an* pour *en*.

leurs commis un assez grand nombre d'incorrections
qui montrent qu'il connaissait mal le français ; cf.
v. 2626, *Niés er lo rei filȝ de sa seror* ; v. 3550,
Ne qui la els puis auera ; v. 7897, *Li es trestuȝ* (pour
Li estres tuȝ) de cuir boiliȝ, etc. Il écrit assez régulièrement *e = et, qe*, sujet fém. du relatif, *ei = ē ï* (rarement
oi). Enfin, il marque souvent d'un accent les *i*, surtout
pour les différencier des *u*. Les suppressions (en dehors
de celles qui sont aussi dans *Dy*), sont nombreuses un
peu partout : ainsi rien qu'entre les v. 23412 et 23592,
nous relevons l'absence des v. 23413-6, 21-2, 45-6,
23523-30 et 23579-92. A noter, en particulier, l'absence
des v. 26879-906.

R. — Rome, Bibl. Vatic., Reg. 1505. — Manuscrit
provenant de la reine Christine, sur vélin, mesurant
284^m sur 220^m et contenant 233 feuillets à deux colonnes
de 30 à 43 vers, quand il n'y a pas de miniature ; reliure
en maroquin rouge aux armes de Pie IX. Les miniatures, assez grossières, occupent le plus souvent toute la
largeur de la page et les deux tiers de la hauteur et les personnages n'ont pas moins de 10 à 15 cm. Rubriques aux
miniatures et indications aux principaux passages. Voici, d'après M. Langlois [1], dont nous avons sur place con-
trôlé les renseignements, les trois dernières légendes :
Dictis, Greȝois, escrist della traison jusq̄ (Langlois :
*jusqu'à) la fin, e il o ses eus le vit. — Daires, Troïens,
chi escrist cest liure jusq̄* (L. : *jusqu'a) la traison de
Troie, et o ses eus le vit* (L. : *eus vit). — Beneoit de
Sainte More, chi tot le liure translata de latin en françois, einsi com aueȝ oy.* La première de ces miniatures
représente Dictys assis de profil en robe rouge et

---

1. Cf. Ernest Langlois, *Notice des mss. français et provençaux
de Rome antérieurs au* xvie *siècle*, p. 168 ss. (dans *Notices et
extraits des mss. de la Bibliothèque nationale et autres bibliothè-
ques*, t. XXXII, 2e partie).

capuche ; la deuxième, Darès de face en robe vineuse
pâle et manteau de fourrure ; la troisième, Benoit en
costume de moine, avec une tunique brune, dont le
bras sort d'un grand manteau noir à capuchon relevé.
— Ce ms. porte la signature de Bourdelot. Dans le
cadre qui orne le 1er feuillet, un écu de sable à deux
fasces d'or au chef chargé d'un lion passant d'or. *Ci*
(Langlois : *Ici*) *commence le prolege* (L. : *plege*) *en
l'estoire de Troye et de Greze por* (L. : *par*) *daire ·
et por ditis* (L. : *par Datis*) *et translatee por* (L. : *par*)
Beneoit de Sainte More. — *Salemons nos ensegne
e dit... molteploie.* | Ameis (sic) | *Explicit Roman-
cium belle* (sic) *troianæ* (en rouge). | *Explicit* (en
noir). | *Finito libro referamus grã χρϖ* (en rouge). |
Ci faut li romanz de Troie. | *Deus mantegne e doint
joie Celui qui le fist escrire Et celui qui ot pene a les-
crire* | *Et jor et nuit i soffri granz martire. Ci poet
lom tel chose lire, O lom devreit granz sen prendre;
Et qui raison set entendre Ne croie que par romanz
Seit dannez nus homs vivanz.* | *Icest livre ot chartes
.ccxxxiiiiot.* [1], *por la graze de Dies et de S. Jaque.*

Ce ms. a été formé par la réunion de deux parties,
dont la 1re, qui comprend les 16 premiers feuillets et est
écrite d'une encre assez pâle, remonte au dernier tiers
du xiiie siècle. La 2e, qui commence au v. 2205, est de
la 1re moitié du xive. Le z y est écrit ç [2], sauf peut-être
une seule exception, au v. 18758, qui, ayant d'abord

1. La différence entre ce chiffre et celui que donne la pagination
provient de ce que deux feuillets (dont il reste une faible trace)
ont été arrachés, emportant les vers 12593-752 et 16815-974. Par
contre, les vers 11583-720 sont répétés. Un feuillet est d'ailleurs
resté non paginé entre les f° 74 et le f° 75, ce qui fait qu'il y a 233
feuillets au lieu des 232 notés.

2. Ce ç est caractéristique des mss. copiés dans le nord de
l'Italie. Cf. Giulio Bertoni, *Il canzoniere provenzale della Ricar-
diana n° 2909, Pref.*, xxxiii, et, sur l'aboutissement du z au
c cédille, A. Thomas, dans *Romania*, XL, 156.

été laissé en blanc, a été écrit d'une autre main ; les majuscules initiales sont barrées d'un trait rouge. A partir du v. 29177, il y a un changement d'encre, mais le copiste semble bien être le même.

Il y a d'assez nombreux italianismes : *les tres deessas* 3879, *folia, mia, puta, cosa, della, incombrier, che, insi, insuz, oltra, vinti, leges,* etc.

Notons en particulier le pronom neutre *o* (pour *lo, le*), ·17344, qui est plutôt provençal. Les deux scribes connaissaient mal le français, mais copiaient un bon ms. Tous deux conservent souvent (même le second), des formes archaïques, comme *çous, sous, sius, keus, quin.* Une main postérieure a parfois fait des corrections malheureuses (cf. *schorge* pour *serorge, pannoni* pour *pannoine,* etc.), qui tendent le plus souvent à italianiser le texte ; cf. *mas* (pour *mais*), *chanbiast* (pour *chanjast*), et surtout ce vers ajouté après le vers 4176 : *Si cuz* (= *cum*) *ie li sant* (= *lisant*) *lu truis.*

S. — SAINT-PÉTERSBOURG, fr. 3 ; provient du cabinet Dubrowsky (XIVe siècle) [1]. — Manuscrit gr. in-fo mesurant 420ᵐ sur 280ᵐ, écrit sur vélin à deux colonnes de 46 vers (qu'il y ait ou non une miniature) et contenant 167 feuillets. Reliure ancienne (ne contient que *Troie*). Chaque colonne est encadrée, sauf au ro du fo 1 et aux fos 2, 3 et 4. Presque à chaque page, il y a au bas une miniature très soignée d'environ 10ᶜᵐ de largeur, souvent prolongée à droite (parfois à droite et à gauche) par de riches architectures. Les grandes lettres ornées (de 6 à 7 centimètres de largeur) qui commencent les grandes divisions du poème sont souvent surmontées d'une miniature de la largeur de la colonne, par conséquent débordant la

1. Nous avons pu examiner pendant quelques jours ce ms., ainsi que *S'*, grâce à la bienveillance du gouvernement russe, sollicité par notre Ministère des affaires étrangères.

lettre à droite : c'est le cas aux f⁰ˢ 1 r⁰ et 5 r⁰. Au f⁰ 167 v⁰,
le bas de la page est occupé par une miniature remontant à droite pour remplir le blanc. De riches encadre-
ments en or et couleurs entourent chaque page.

Au f⁰ 1, sous la miniature, rubrique : *Ici coḿce les-
toire anciene qui ert tot|iors mes apparissant come griu
au* (sic) | *tres grant paines et a dolors par tra|hison
exilla tote troie por helaine selōc lauctor de celui quil
uit et qui le|scrit toɀ ensint com uos ici orreɀ par* |
ordre, rubrica. .

Salamons | *nos ensei|gne et dit* | *Et si lisons en son
escrit* | *Que nus i* | *ne doit son* | *sens celer* | *Einɀ le
doit* | *issi demostrer* ; et au-dessous de l'*S* ornée : *Que
len ait preu et honor*, etc. [1]. — Fin (f⁰ 167 v⁰, dernier
vers). *Et molt essauca et ml̃'t crut* (col. 2) *Ci ferons fins
bien est messure. Mes encore tient li liure et dure. Si
com dist daire e ditis. Lauons escrit et plus nō mis. Et
sil pleust as iugleors. Je les prioroie* (sic) *por honors.
Qil ne se meissent en tant. Qe cist liure nalast* ***chantāt.***
Ore moi dont dex a ioie uiure. Qe plus ne uoil de ***troie***
escrire [2].

Ce ms., dont le texte est très corrompu et offre beaucoup de vers faux, ne contient guère que 28400 vers.
Cela tient à ce que, en maints endroits, il abrège systématiquement : par exemple, les vers 13717-40 sont réduits
à 8 vers, dont 7 figurent dans l'édition. Puis le discours
de Calcas est simplement indiqué par ces deux vers :
*Calcas respondit quand ce oit, Si se covri au mielɀ q'il
poit*, et le scribe passe aux vers 13835 ss.

S¹. — Saint-Pétersbourg, fr. 6 ; provient, comme *S*,

---

1. Au bas de la page, d'une écriture moderne : *Ex Musæo
Petri Dubrowski* (avec un paraphe qui semble destiné à indiquer
que la mention est de la main du propriétaire du ms.). Sur Pierre
Dubrowsky, cf. L. Delisle, *Le Cabinet des mss.*, *II*, 52, et P. Meyer,
Notices et extraits, XXXVI, 678, n. 1.

2. Ces deux vers se retrouvent dans *F* avec de légéres variantes.

du cabinet Dubrowski. — Manuscrit sur vélin, d'une écriture gothique de la première moitié du xvᵉ siècle, composé de 182 feuillets à deux colonnes de 41 vers (le 1ᵉʳ est coté 2 au vᵒ) : ne contient que *Troie*. Le fᵒ 183 est resté en blanc et porte seulement au vᵒ deux notes en russe émanant sans doute d'un bibliothécaire. Pas de miniature. Reliure en basane, avec dos orné de feuillages et fleurs dorés entrelacés portant ce titre : Roman de troye. Au feuillet de garde, folioté, on lit en haut, d'une écriture du xvᵉ ou xvıᵉ siècle, la signature *Matheus dauerton*, et au centre, d'une écriture moderne : « Le Roman de Troye. — Ce Roman est de Benoit de Sainte-More. Il se nomme luy même au commencement de son ouvrage, page 2 [1]. Voiés au sujet de ce Roman la dissertation de M. Galland sur quelques anciens Poëtes et sur quelques Romans Gaulois peu connus, insérés (*sic*) dans le tome II des *Mémoires de l'Académie des Inscriptions et Belles-Lettres*, page 673 (728 de l'éd. de 1717), etc. [2] ».

Au-dessous, d'une écriture plus moderne : « Ce Mss. vient de la fameuse Bibliothèque du Duc de la Vallière. Il avait appartenu a la fin du xvᵉ siècle à Charles V, roi d'Espagne et Empereur d'Allemagne, dont la signature est au commencement et à la fin du volume [3] ». — Début : *Salemons nous enseigne et dit...* Fin (fᵒ 182 vᵒ, c. 1) : *Riches hons fu et [fist?] grant bruit. Ci ferons fin, bien est mesure : Auques tient nostre livre et dure* (col. 2). *Benois soit qui l'estoire a dite :*

---

1. En réalité, c'est au haut du vᵒ du fᵒ 1, côté 2 d'une main moderne.

2. Ce « Discours », nous dit Galland, est écrit d'après un ms. de Foucault, gr. vol. in-fᵒ contenant cinq romans en vers de 8 syllabes. C'est notre ms. *H*.

3. Au haut du rᵒ du fᵒ 2 et du vᵒ du fᵒ 182. — Au bas du fᵒ 2 (en réalité le 1ᵉʳ du texte) et du fᵒ 182 vᵒ, on lit : *Ex Musæo Petri Dubrowski*. Voir p. 52, n. 1.

Plus ne mains ne vous en a dite. Mes c'il plesoit as jugleours, Qui de cc sont encuseours Et en autres fès reprenans Et a trestous bien avenans, Ne que nus n'avra ja honour Que il n'aient ire et doulour. Ci se pourroient il bien tere De l'uevre blasmer et retrere; Car tex i voudroit afetier Que tost i pourroit empirier. Celui gart Diex et tiengne et voie, Qui bien garde et monteploie. Et cil ne vient mie a reüs, Qui de nïent vient au desus. Miex vaut eüx que esperance; Et qui en Dieu a sa creance, Ne li puet pas mesavenir Se il en Dieu se veut tenir. Icist fenist la mieudre estoire Que nus hons oit mes en memoire[1]. — *Ici fenit li roumans de Troie*[2]. — *Ce livre est a Jehan Daverton, seigneur du Consdercan*[3].

Ce ms. offre de nombreuses leçons spéciales, qui n'apportent rien, ou à peu près, à la constitution du texte et dénotent simplement chez le scribe (ou sa source) une grande indépendance à l'égard de son modèle[4]. Le texte est un peu meilleur que celui de *S*, en ce sens que les vers y sont généralement de mesure exacte et qu'il y a peu d'absurdités; mais les variantes bizarres n'y manquent pas et dénotent un scribe peu intelligent.

V[1]. — VENISE, Marciana, gall. XVII; a fait partie de la Bibl. des Gonzagues[5]. — Manuscrit in-f° sur vélin, de 342^m sur 230^m, contenant 234 feuillets à deux colonnes, dont le nombre de vers est très variable et

---

1. Pour les 8 derniers vers, cf. *A²C'DHM'V'*.

2. Ces six mots sont répétés à la ligne suivante d'une main postérieure.

3. Lecture peu sûre. L's longue est reliée à une lettre qui pourrait être un *o*; l'*e* et l'*r* qui suivent sont douteux, ainsi que les deux *n*, qui, à la rigueur, pourraient être des *u*.

4. Signalons en particulier une addition de 16 vers après 10876. Voir à la fin du t. V, les additions et corrections au t. IV.

5. Cf. P. Meyer, dans *Romania*, IX, 497 ss.

va de 32 à 90 par page. D'après Bartoli [1], ce ms. serait de la 1re moitié du xive siècle, d'après K. Bartsch (*Chrest. de l'anc. fr.*) du xiiie : nous croyons pouvoir l'assigner à la fin de ce siècle [2]. Il a été écrit dans l'Italie du Nord. Miniatures très nombreuses, peu artistiques, mais intéressantes pour le costume. Quelques lacunes, qui doivent être assez importantes, si l'on en juge par le total de 29853 vers que donne Bartoli, comparé au chiffre de notre édition (30316), qu'il devrait reproduire, puisqu'il appartient dans l'ensemble à la 1re famille, que nous avons prise pour base. Le ms. contient 234 feuillets à 2 colonnes. Début : *Salamons nos ensigne e dit....* Fin : *Je n'en sai plus ne plus n'en dist Beneois, che* (Bartoli *qi*) *cest romanz escrit* (Bartoli *escrist*) [3].

V². — VENISE, Marciana, gall. XVIII; a fait partie de la Bibl. des Gonzagues. — Manuscrit sur vélin de 367m sur 250m, contenant 152 feuillets écrits à deux colonnes de 50 vers, orné d'un assez grand nombre de rubriques dans sa première partie [4]; première moitié du xive siècle. Pas de miniatures. La première page est enguirlandée, et au bas sont les armes des Gonzagues, avec deux *G* entrelacés. L'*S* capitale est ornée d'une figure de roi. Ce ms. contient, d'après Bartoli (*loc. laud.*), 28184 vers, chiffre que nous n'avons pu vérifier minu-

---

1. *I codici francesi della Biblioteca Marciana di Venezia* (Venezia, 1872), p. 7, n. 2.

2. P. Lacroix, dans les *Mélanges historiques* publiés par Champollion-Figeac pour la *Collection des Documents inédits*, t. III, p. 362, dit qu'il est du xiiie ou du xive siècle et antérieur, non seulement au ms. de Naples, mais encore au ms. de Milan (!!). Il décrit d'ailleurs ce ms. en lui donnant le n° XVIII.

3. Cf. *C'DH* (*c. r. fist*) et *A²* (*c. livre fist*).

4. Dans la 2e partie, les sommaires sont en noir et placés en marge, de sorte qu'ils ne diminuent pas le nombre de vers par colonne.

tieusement, faute de temps, quand nous l'avons examiné sur place, mais qui doit être à peu près juste,
car, si l'on ne tenait pas compte des rubriques, il aurait
28284 vers : il a donc des lacunes importantes ; il y
en a surtout beaucoup d'un, de deux ou de quatre vers.
Ce ms., écrit dans l'Italie du Nord, est l'œuvre d'un
scribe ignorant, qui a accumulé les erreurs et les
inepties. — Début : *Salamons nos ensegne e dit...* Fin :
Molt le menacent et defient (v. 29906). A la suite vient
l'Epilogue suivant [1], qu'on ne trouve dans aucun
autre ms. et qui est, par conséquent, l'œuvre du
copiste : *Mes tant ai hore travailié Que l'istoire ai tot
contié, Ai ajosté complis Ce que nous conte Ditist Des
Grejois et des Troïens, Coment ill consovent lor tens
Et com Troiens furent en poine Por la biauté de dame
Elaine; Car ravie (n) l'avoit Paris E menee a Troie
a ses amis. Or me voil taire et repolser, Ne me voil
plus travailier. A grant joie et a grant anor Puisons
vivre por maint jour, En joie, en solaç longuement.
Amen dient, Amen dient comunement.* Deo gratias
Amen.

Ces derniers vers se trouvent au f⁰ 142 r⁰, col. 2
milieu : le reste du r⁰ et le v⁰ sont restés vides. Au f⁰ 143
r⁰ commence, sans titre et d'une écriture plus ancienne
(fin du xiii⁰ siècle?), le *Roman d'Hector*, poème de
2040 vers de 8 syllabes dont le texte est fortement
italianisé, comme le montre la comparaison avec celui
de notre ms. *F* (voir ci-dessus, p. 48) [2].

W. —Vienne, Bibl. impér. et roy., 2571 (Bibl. Euge-
niana LXVII). — Manuscrit in f⁰ sur vélin (xiv⁰ siècle),

---

1. Nous en devons la copie à la complaisance du savant bibliothécaire de la Marciana, M. Frati, à qui nous adressons ici nos
sincères remerciements.

2. Le scribe, *Guiaume*, se dit de *Portuiel*, que Bartoli croit
être *Porto Vecchio*, près *Portogruaro*, en Vénétie.

contenant 189 feuillets à deux colonnes de 40 à 42 vers.
Nombreuses miniatures. Début : *Salomon nos enseigne
et dit...* Fin : *Celui gart Deus et teigne et voie Qi bien
essauçe et monte ploie.* — Nous n'avons connu de ce
ms. que les vers (assez nombreux) publiés par M. Georg
Karl Frommann dans la Préface et les notes de son
édition du *Liet von Troye* de Herbort von Fritslâr et
dans le t. II de la *Germania*, et de plus les variantes des
vers 15187-604, données par K. Bartsch, dans sa *Chrest.
de l'anc. fr.* ; cf. la 9ᵉ édition, revue par Leo Wiese
(1908), p. 96 ss.

B. — Manuscrits fragmentaires.

B¹. — 1° Bâle, Bibl. publique. — Deux fragments
sur vélin consistant en deux feuillets doubles écrits à
deux colonnes de 52 vers. Le premier feuillet double
renferme les vers 6749-6954 et 7779-7982 : deux feuillets doubles intérieurs du cahier sont perdus. Le
deuxième donne les vers 14247-660 (2 vers sont coupés
en tête de chaque colonne) : les deux feuillets for-
maient le centre d'un cahier. Le ms. a été écrit en Angleterre vers la fin du xiiᵉ siècle, sous Richard Cœur-
de-Lion, peut-être même dans les dernières années du
règne de Henri II († 1189) [1]. Le fait qu'il a été écrit
outre Manche explique certaines formes particulières,
comme *vendera* 7870, *fra* 14431. Les nombreux cas
d'emploi du régime pour le sujet appartiennent à l'auteur, ainsi que la réduction de *vos* à *os* dans *jos, nos,
quos*, et l'appui fréquent de *en* (*n*) au pronom ou à la

---

1. D'après P. Meyer, qui a publié ces fragments dans *Romania*, XVIII, 70 ss., avec le fac-similé de la 2ᵉ partie du feuillet
double. Ils avaient déjà été utilisés par M. H. Stock pour son
étude sur la phonétique du *Roman de Troie* comparée à celle
de la *Chronique des Ducs de Normandie* (*Romanische Studien*,
III, 443-492).

particule qui précède (*quin, sin*). Notons *migie* pour
mirgie (cf. *A*), « médecine » 14606, qui n'est peut-être
qu'un *lapsus*.

2° BRUXELLES, Bibl. royale. — Un feuillet vélin à deux
colonnes de 52 vers, soit en tout 208 vers, correspondant aux vers 27815-28024 du texte critique, publiés
par M. Scheler, dans le *Bibliophile belge*, IX (1874),
181-192. M. P. Meyer, d'accord avec M. Ruelens, le
savant conservateur de la Bibliothèque royale de Belgique (*loc. laud.*, 72), a reconnu que ce feuillet prove-
nait du même ms. que ceux de Bâle et qu'il offrait les
mêmes particularités d'écriture et de graphie. Il faut y
noter la forme *dimire* pour *dimile*, *dis mile* 27841 et
27912 (cf. *vint mire* 27914). — Les divers fragments de
B¹ offrent des leçons spéciales en assez grand nombre ;
voir § 2, *Classification*.

B². — BORDEAUX, Bibl. municipale, 674 ¹. — Manuscrit in-4° sur vélin (reliure moderne) contenant
31 feuillets à 2 colonnes de 30 vers (d'une assez grosse
écriture qui semble être de la fin du xiiie siècle), avec
initiales rouges et bleues alternées. Le recto du f° 1
est à peu près illisible à cause de l'usure, ainsi que
quelques passages isolés. Les deux fragments dont se
compose ce ms. (15 et 16 feuillets) correspondent aux
vers du texte critique 9065-10816 et 10995-12965 ².
Les vers qui manquent entre les deux représentent un
feuillet perdu et deux colonnes rendues illisibles par

---

1. Publié par M. Carl Jacobs, d'abord dans un Programme de
l'École supérieure municipale de Hambourg (1889), puis comme
thèse de doctorat de l'Université de Kiel (1890), avec une étude
sur la langue. Nous n'avons pas cru devoir examiner ce ms.,
ainsi que les mss. fragmentaires autres que ceux de Paris.

2. Par une distraction regrettable, nous avons donné les chiffres
extrêmes sans tenir compte de la lacune intermédiaire, dans nos
Notes pour servir au classement des mss. du Roman de Troie
(voir *Études romanes dédiées à Gaston Paris*, p. 235).

l'humidité. Le scribe de ce médiocre manuscrit, qui
était d'origine wallonne, a donné à son texte une
couleur dialectale prononcée.

B³. — BESANÇON, Archives départementales[1]. — Feuillet double détaché d'un volume in-4°, écrit sur trois colonnes de 40 vers (ou 39, lorsqu'un vers est écrit sur
deux lignes) et donnant en tout environ 480 vers. Ce
feuillet ne formait pas le centre d'un cahier : la première
partie correspond aux vers 3004-3238 de l'édition critique, la deuxième aux vers 5125-5366 et 5373-5 (les v.
5367-72 manquent). Entre les deux, il devait y avoir 4
feuillets doubles, ce qui donnerait, à raison de 39 vers à
la colonne, 1872 vers, chiffre assez rapproché de celui
de notre texte critique (1886), ce qui prouve qu'il y avait
tantôt 40, tantôt 39 vers à la colonne. L'écriture est de
la fin du XIII° siècle ; la graphie offre quelques traces de
picard, comme on peut le voir aux variantes, que nous
avons fidèlement reproduites pour les passages dont
nous avions la copie.

B⁴. — BRUXELLES, Archives générales du royaume de
Belgique. — Fragment de 160 vers découvert à Bruxelles
par M. A. Bayot, qui lui a consacré, en 1906, une
courte étude, dont il nous a obligeamment communiqué un exemplaire. Nous lui empruntons les renseignements suivants : « Feuillet de parchemin amputé du
sommet de la marge intérieure, 0ᵐ285 × 0ᵐ180 ; deux
colonnes de 40 vers et de 0ᵐ220 de haut par page ; let-
trines alternativement bleues et rouges, avec des fili-
granes rouges et bleus prolongés dans les marges ;
milieu du XIII° siècle ».

1. Communiqué par l'archiviste, M. Jules Gauthier, à M. P.
Meyer, qui a bien voulu nous céder ses notes et la copie qu'il
avait faite des v. 3004-40, 3209-38, 5125-40 et 5313-75. Ces vers
étant suffisants pour assurer le classement du ms., nous n'avons
pas cru devoir faire nous-même ou demander une copie du reste.

Ce fragment correspond aux vers du texte critique
4129-4288 : il présente quelques leçons spéciales. Pour
ce qui est de la graphie, nous ne trouvons à noter que
la forme *lo* (pour *le*) article 4143, 4241 et pronom
4165 ; *no* pour *nou*, *nel* 4150, *do* pour *dou*, *del* 4265 et
4275, et *ou* 4255, *o* 4230 = *el*.

M³. — Münster, Bibliothèque de l'Université. —
Fragment de 84 vers, du commencement du xiv⁰ siècle,
correspondant aux v. 16331-416 de notre édition, dont
les cinq premiers sont fortement mutilés du commencement et les six suivants légèrement. Il contient en outre
le début des vers 16432-61, souvent réduit à quelques
lettres ou fragments de lettres. Le tout est écrit sur
deux bandes de parchemin ayant servi à consolider la
reliure d'un volume imprimé au commencement du
xvi⁰ siècle, les *Consuetudines totius presidatus seu
Turonensis baillivie* de Johannes Sainson. Voir, pour
d'autres détails, *Zeitschrift für romanische Philologie*, XXXIV (1910), 358-61, où ce fragment a été
publié par M. K. Christ.

Il faut noter la graphie constante *ei* pour *ai : meis*
(passim), *eive* 16370, *cheitives* 16348, *pleit* 16391,
breire 16410, et surtout *feille : bateille* 16393-4 ; de
plus *seit* (sapit) 16387 à côté de *torné* (= *tornei* 16373.

N¹. — Nevers, Archives départementales¹. — Fragment de la seconde moitié du xiii⁰ siècle : feuillet simple
à trois colonnes de 53 vers. La troisième colonne du r⁰
est en grande partie lacérée dans le sens de la longueur, ce qui a entraîné une mutilation correspondante
de la première colonne du verso. De plus, une déchirure à la marge interne a fait disparaître quelques mots
de la première colonne. Ce feuillet servait de couverture à un des registres de l'état civil de Dompierre-sur-

---

1. Les renseignements qui suivent sont empruntés à M. P.
Meyer, dans *Romania*, XVIII, 102.

Nièvre, arrondissement de Cosne. Il a été remarqué
par M. H. de Flamare, archiviste de la Nièvre, qui, y
ayant reconnu un fragment du *Roman de Troie*, l'a
détaché et placé dans ses Archives, puis en a adressé
une copie à M. P. Meyer, qui l'a publiée dans la
Romania, après l'avoir collationnée.

Ce fragment, dont le scribe montre quelque négligence [1] et prend quelques libertés avec son modèle [2],
correspond aux vers 25049-378 de notre édition.

N². — NAMUR, Archives provinciales. — Trois fragments, dont les deux derniers se font suite, écrits dans
la première moité du XIIIe siècle et publiés (non sans
quelques erreurs dans les essais de restitution des vers
mutilés) par M. Wilmotte, professeur à l'Université de
Liège, dans le *Moyen âge*, IV (1891), 29 sqq. Les
détails qu'il donne, insuffisamment clairs, il est vrai, en
ce qui concerne le 3e fragment, nous permettent cependant d'indiquer assez nettement l'état de ce ms. fragmentaire, bien que nous n'ayons pu le voir.

Les deux premiers fragments, qui correspondent aux
vers 14069-209 et 14791-933 du texte critique, rem-
plissent le deuxième feuillet double d'un cahier ordinaire (f°s 2 et 6), écrit sur deux colonnes de 36 vers,
dont les trois premiers du haut ont disparu, par suite
d'une rognure, au f° 2, et les deux premiers au f° 6 [3].
La longueur actuelle est de 0[m]21, la largeur de 0[m]29.
Le troisième fragment (mutilé) est inscrit sur deux

1. Cf. *Vos bienuoillance* 25371 (hiatus, cf. 25376), *Com* pour
Coment 25316 (d'où hiatus), etc., et la suppression des vers
25113-4 et 25155-6.

2. Cf. 25297, *Ytis* pour *Ditis* 25338, etc. Notez *lor* pour *eus*
25366.

3. M. Wilmotte ne donne que 33 vers, au lieu de 34, pour la
1re col. du r[o]. Y a-t-il ici 3 vers rognés ? C'est peu probable,
puisque la 2e col. a 34 vers. Un vers a probablement été oublié
par l'éditeur.

bandes de 0ᵐo35 de largeur et 0ᵐ24 de longueur, découpées dans la 2ᵉ section du premier feuillet double du même cahier (fº 8). La 1ʳᵉ et la 3ᵉ bandes du feuillet, préalablement dépecé en quatre lanières, ont disparu ; mais la 2ᵉ et la 4ᵉ, qui restent, permettent de se rendre compte vers par vers du contenu primitif du feuillet[1] : il correspondait aux vers 14934-15182 de notre édition (les vers 14937-8 manquent). Les colonnes ont ici le chiffre normal de 36 vers : c'est dire que les bandes n'ont pas été rognées par le haut. Mais le total des vers du fragment n'est que de 140, au lieu de 144 (36 × 4), par la raison que les vers 17977-80 occupent huit lignes de la 4ᵉ bande au lieu de quatre. La partie gauche de la 3ᵉ bande, qui a disparu, avait ici une grande lettre ornée, ce qui explique que ces vers aient été conservés entièrement[2].

Pour la graphie, nous noterons seulement *mont* (multum), qui est constant comme dans *D*, *paller* pour *parler* (cf. *N*) et l'emploi fréquent de *an* pour *en*, et de *et* pour *est* lorsque ce mot est précédé de *n* (*net* = *n'est*); cf. *set* = *s'est* 14849 (exceptionnel).

P¹. — Paris, Bibl. nat., nouv. acq. fr. 5094[3]. — Une note en marge indique que ces fragments ont été offerts à la Bibliothèque royale (par conséquent avant 1848) par M. Ludwig Tross, professeur au gymnase de Hamm sur la Lippe (Westphalie). Le manuscrit, d'une écriture assez fine du milieu du xiiiᵉ siècle, était à deux colonnes de 40 vers chacune, dont 25 subsistent encore. Ces frag-

---

1. A la 2ᵉ bande sont restées attachées les initiales de la 2ᵉ colonne ce qui facilite encore l'identification.

2. Le vers 15004 semble bien avoir été omis par le scribe, car la colonne a le chiffre régulier de 36 vers.

3. Nous empruntons cette description à M. P. Meyer (*Romania*, XIX, 109), qui a signalé et publié ces courts fragments. Nous avons revu le manuscrit.

ments comprennent les vers 319-43, 359-82 (le v. 364 manque), 399-422 et 439-63.

Pour la graphie, nous nous contenterons de noter l'emploi constant de *lo* pour le cas régime de l'article [1].

P². — Paris, Bibl. nat., nouv. acquis. fr. 6534, (xiiie siècle). · Onze fragments sur parchemin in-4°, provenant d'un registre du xviie siècle, découverts par M. Vidal, correspondant du Ministère de l'Instruction publique, aux Archives départementales des Pyrénées-Orientales, et identifiés par M. Paul Meyer [2]. Les vers contenus dans ces fragments, écrits sur 2 colonnes de 30 vers, sont les suivants : 1° 7626-8607 (8 feuillets), 2° 9573-689 (1 f.), 3° 9943-10157 (2 f.) [3], 4° 10399-516 (1 f.) [4], 5° 12542-783 (2 f.), 6° 13021-247 (2 f.), 7° 14465-580 (1 f.), 8° 15079-206 (1 f.), 9° 20883-21810 (1 f.) [5], 10° 24747-254 (1 f.), 11° 25363-498 (1 f.). Nous les avons tous utilisés pour l'établissement du texte. — Pour la graphie, il n'y a guère à relever que la finale *-ierme* pour *-iesme*, dans

1. Le seul exemple qu'il y ait de *lo* pronom personnel est écrit *le* (v. 369).

2. Cf. *Bulletin historique et philologique du Comité des travaux historiques pour 1894*, p. 7-14, M. P. Meyer a en même temps publié les v. 7626-54, 7885-7904, 14465-88 et 25461-98. Ajoutons aux renseignements qu'il donne que le feuillet du 9e fragment a la cote originaire *clxij*, celui du 10e la cote *ccij* et celui du 11e la cote *ccv*. Les autres feuillets n'ont pas de cote, ou il n'y en a que de très faibles traces. Il n'y a pas d'ailleurs, dans l'écriture des deux groupes de fragments, de différence assez visible pour que l'on doive admettre que nous avons affaire à deux mss. différents. Cf. cependant ce qui est dit ci-dessous, § 2, *Classification*.

3. *P²* ajoute, après le v. 10106, 26 vers, où un Troyen conseille à Hector de ne pas se lancer seul dans la mêlée, ce qui rappelle l'épisode du Grec Theseüs (v. 8913 ss.). Voir aux *Variantes complémentaires*.

4. Ce feuillet commence par deux vers spéciaux. Voir aux variantes.

5. Feuillet fortement rogné dans sa partie inférieure.

les nombres ordinaux. Cf. 8007, 8008, 8010, 8018, 8119, 8120, 8121, 8122, 8123, 8125.

S². — SARAGOSSE. — A la fin d'un Chansonnier provençal du xIV^e siècle appartenant à D. Pablo Gil y Gil, doyen de la Faculté de philosophie et lettres de Saragosse, qui a été signalé par M. Amédée Pagès[1], on a copié un fragment du *Roman de Troie*, correspondant aux vers 12987-13234 de l'édition Joly, c'est-à-dire à la deuxième rédaction de l'*Entrevue d'Achille et d'Hector*. Voici les deux échantillons qu'en donne M. Pagès (c'est le début et la fin du morceau) :

	Achillès vait veoir Hector	*12987*
	Sor un destrier d'Espagne sor;	
	O luy .lx. compaynons,	
	Qui molt eren de gran ronoms (*sic*)...	*12990*
13252	Senpre sainsist Hector sa spee.	*13230*
13257	Mes li baro o[n]t dit e fait	
	Que l'un et l'autre mal n'i ait,	
	Ae (*lis.* Ne) rien n'i ait de desonor.	
13260	Ensi departirent le gor.	*13234*

L'absence des quatre vers qui suivent, dans la Ire famille, le vers 13230 de l'édition (*Senpres sesist Hector s'espee*) suffirait à exclure *S²* de cette famille, si le nombre total des vers du morceau et les 4 premiers vers publiés n'indiquaient déjà qu'il n'a pas la rédaction spéciale à la Ire famille pour ce passage. La section I de la 2e famille résumant en 10 vers les v. 13185-242 de l'édition, c'est donc à la section 2 que se rattache *S²*, et dans cette section, particulièrement à *K* (cf. v. 13231), mais avec une certaine indépendance, comme le montrent les v. 13232-3, et, au v. 13230, *ceinsist* (bonne leçon) au lieu de *sesist K (M)*.

1. *Annales du Midi*, ann. 1890, p. 533, *Notes sur le Chansonnier provençal de Saragosse*. — Ce chansonnier a été acquis depuis par la *Soc. d'estudis catalans* de Barcelone.

S². — STRASBOURG, Bibl. impér. de l'Université et de la
Province [1]. — Deux doubles feuillets de parchemin in-4°
(xıııᵉ siècle), écrits à deux colonnes de 30 vers (quelques
vers coupés) et contenant 858 vers. Ces feuillets correspondent, le premier aux vers 28713-832 et 29369-516 de
notre texte, le second aux vers 30025-266, sauf les v.
30048-54, 30079-84, 30111-6, 30140-6, 30171-6, 30205-
10, 30235-40, qui ont été coupés. Il manque donc quatre
feuillets entre les fᵉˢ 1 et 2 du premier feuillet double,
et quatre feuillets également entre le premier feuillet
double et le second; il faut d'ailleurs admettre dans les
deux cas qu'un certain nombre de vers ont été omis.

C. — MANUSCRITS PERDUS.

L'inventaire des manuscrits Visconti rédigé à Pavie
en 1426 [2] renferme les trois articles suivants qui concernent des mss. de notre poème aujourd'hui vraisem-
blablement disparus :

(I). — « N° 305. Troianus, in gallico, parvi voluminis, coperti assidibus cum fondo rubeo. Incipit : *Salamons*, et finitur : *comunemant*. Et est in rithimo.
Sign. ᴅxxxiij. »

On peut admettre que ce ms. avait le même *explicit*
que notre ms. *V²* (Venise, Bibl. Marc., gall. xvııı);
mais l'indication *parvi voluminis* empêche de l'identifier
avec lui.

(II). — « N° 869. Liber unus Troiani, in gallico,

---

1. Publié par M. W. List dans la *Zeitschrift für romanische
Philologie*, X, 185 ss.

2. Cet inventaire, publié en 1875, m'a été obligeamment signalé
par M. A. Thomas, qui a transcrit pour moi les trois articles ci-
après, et va réimprimer avec commentaire la partie qui concerne
les mss. français. Rappelons que notre ms. *F* (Bibl. Nat., fr. 821)
provient de la même collection.

sine principio, in versibus, qui incipit : *Ensi tailier et sicures*, et finitur : *Segnur en fuirent per tut le mont*, cum media asside tantum. »

Ce ms. commençait au v. 135 de *Troie :* il avait donc perdu le premier feuillet. Il donnait l'*Éneas* à la suite de *Troie*, comme le montre le dernier vers, qu'on retrouve, d'après l'éditeur, M. Salverda de Grave, dans l'*explicit* des mss. *FGHI* : *Signor furent par tot le mont*. Par le premier vers, ce ms. se rattache à *M'*; la graphie du dernier montre que le scribe était anglo-normand.

(III). — « Nº 944. Troianus unus, in gallico, historiatus, cum assidibus, copertus veluto azuro cum clavis auricalchi et seraturis argenti, et scriptus est in versibus ad colognellos, et incipit : *Salomons nos ensegna*, et finitur : *Deo gratias amen amen*. Et gubernatur in una vagina corii cocti. »

Ce riche manuscrit, écrit très probablement en Italie (cf. *ensegna*), ne peut être identifié avec aucun de ceux que nous connaissons. L'absence d'indication du vers final empêche qu'on le classe dans l'un des deux grands groupes qui se distinguent par la présence ou l'absence de l'*explicit* complémentaire [1].

(IV). — On lit dans le Glossaire de Du Cange, s. v. PAX :

[PACEM FRANGERE, *Efforcier paix*, in Poemate *de la Guerre de Troyes* MS. :

> Si se resont auques garniz
> Cels de la ville et afaitiez
> Et lor Peis ont efforciez.]

Cf. les vers 15226-8 du texte critique :

---

1. Notre ms. *S* (Saint-Pétersbourg, fr. 3) diffère, pour la graphie, au premier vers.

Si refurent auques guarni
Cil de la vile e afaitié :
Lor pas orent bien esforcié.

Pour le premier vers, le manuscrit cité appartient au groupe *ERn* (*L* et *V²* diffèrent un peu). Au troisième, la leçon spéciale *peis* pour *pas* a amené l'erreur des Bénédictins.

(V). — Un autre manuscrit perdu est celui qui a servi de base à la traduction vers pour vers en franco-vénitien mêlée d'italien pur, dont M. Giulio Bertoni a découvert un fragment, qu'il a publié dans *Romania*, XXXIX, 570 ss. Ce ms. appartenait à la 2ᵉ section de la 1ʳᵉ famille [1] et il était plus particulièrement apparenté à *N* et à *P²* (1ʳᵉ partie) [2]. Voir ch. v, § 3.

§ 2. — *Classification.*

La difficulté d'établir le texte critique d'un poème du moyen âge dépend à la fois (en dehors de circonstances exceptionnelles) de l'étendue de ce poème et du nombre de manuscrits qui en ont été conservés. Si l'œuvre est considérable, il arrive, en effet, presque fatalement, ou que les scribes n'apportent plus la même attention à leur travail et reproduisent moins exactement leur modèle à mesure qu'ils avancent dans leur copie, ou même, s'ils ont quelque facilité pour versifier, qu'ils se

---

1. Cf. v. 8457, *De ʒo che elo si e* (= De (*F* Sor) ce qil est *FN*, texte critique : *Quant a pié fu*). Dans plusieurs passages, cette section se montre réunie soit avec toute la 1ʳᵉ section de la 2ᵉ famille (cf. 8484, *Tir* et 8435-6), soit avec cette section diminuée de *EH*, qui, nous l'avons vu, se séparent assez souvent de *y* (cf. 8435-6, qui sont présents).

2. Pour *N*, cf. v. 8506. *Cinʒaualore* (= Ciciualor *N*); pour *P²*, cf. v. 8452, *oʒixe* (= ocis *P²* : les autres mss. de la 1ʳᵉ famille ont *maumis*).

laissent aller à la tentation, soit de remanier certains
vers en vue de les rendre plus intelligibles ou, à leur
avis, plus corrects, soit de refaire à leur goût certains
passages. Une autre conséquence de la longueur d'un
poème, c'est la tendance aux suppressions ou aux
résumés, et, d'autre part, le passage d'un modèle reconnu
incomplet, par suite de la perte de feuillets, à un autre
modèle destiné à le compléter. Si l'œuvre nous a été
conservée dans de nombreux manuscrits, ce qui est la
preuve de son succès, ces manuscrits en supposent
généralement un bien plus grand nombre aujourd'hui
disparus, et ceux qui subsistent sont rarement assez
semblables pour pouvoir former un groupe homogène ;
plus rarement encore peuvent-ils se remplacer mutuellement dans un classement minutieux [1]. Ces deux genres
de difficultés — étendue du poème et grand nombre
de manuscrits conservés — se trouvent réunis dans le
Roman de Troie, ce qui explique et nos hésitations
dans la longue élaboration de ce texte critique, et les
quelques incertitudes qui subsistent encore malgré tous
nos efforts. On nous permettra donc d'indiquer avec
quelques détails la marche que nous avons suivie et
les résultats acquis.

En recherchant de courts passages de nature à servir
de base à un classement sommaire des manuscrits, nous
avions tout d'abord fait choix des vers 13495-521 de
l'édition Joly, représentés dans la nôtre par les vers
13521-51, et nous en avions relevé le texte dans tous
les mss. [2]. Sur ces entrefaites, M. P. Meyer ayant publié

1. C'est cependant le cas, en ce qui concerne notre poème, d'un
côté pour D et M', qui sont assez voisins pour que D puisse
remplacer M' dans sa grande lacune initiale et dans celle des
vers 20273-21590. C'est aussi le cas de C et de W, qui ont,
comme DM', une source commune directe.

2. Manquait seulement le ms. P, qui n'avait pas encore été
signalé. Il y a d'ailleurs quelques erreurs de détail dans les

(*Romania*, XVIII (1889), 70 ss.) le précieux fragment de Bâle et fait servir les vers 7857-76 (= 7885-7904) de ce fragment à un essai de classement des mss. qui donnait des résultats différant sur quelques points des nôtres, nous étudiâmes, dans la 2ᵉ partie du fragment, les v. 14233-52 (= 14281-300), et les résultats de la double étude que nous avions faite furent consignés dans un mémoire inséré dans les *Etudes romanes dédiées à Gaston Paris* (1891), p. 195 ss., où nous les rapprochâmes de ceux auxquels était arrivé M. P. Meyer. Il en est résulté que nous n'avons pas cru pouvoir nous contenter des copies entières des six mss. (*M'EFKMM'*) que nous avions d'abord destinés à servir de base à notre édition critique. Les copies partielles et les collations que nous avions faites sur place du ms. *N* ont été remplacées, quand nous en avons mieux apprécié la valeur, par une copie complète du ms., dont nous avons pu obtenir le prêt. Dans un second et dans un troisième voyage à Rome, nous avons considérablement accru nos extraits et nos variantes de *R*, qui, quoique d'exécution imparfaite, remonte à une bonne source. Pour ce qui est des autres mss., en particulier de ceux de Paris, nous les avons à maintes reprises collationnés partiellement et nous avons étendu nos recherches à mesure que s'augmentait le nombre des passages critiques que nous jugions à propos d'utiliser [1].

Examinons d'abord, à l'aide de ces ressources, l'ensemble des mss., de façon à établir un classement sommaire, et distinguons nettement les résultats assurés par l'accord de l'enquête de M. P. Meyer avec la nôtre

tableaux abréviatifs des pages 225-6 de nos *Notes pour servir au classement des mss. du* Roman de Troie (*Études romanes dédiées à G. Paris,* 1891, p. 195 ss.).

1. Le nombre de ces passages n'est certainement pas inférieur à mille, si l'on y comprend les cas constitués par la présence ou l'absence d'une ou deux couples de vers.

de ceux qui, différant dans les deux enquêtes, ont exigé des recherches complémentaires. Rappelons d'abord que le classement proposé avec raison par M. P. Meyer, d'après le passage (pass. III de notre mémoire) étudié par lui (v. 7885-904), comprend deux familles, dont la première se subdivise en deux sections composées respectivement des mss. $B'.M'.AA'A'.EH$ et $FGLL'N$, le ms. L' servant en quelque sorte de transition, et dont la seconde, reliée à la première par le ms. I, est composée des mss. $BCKMW.DJM'$. Nos passages I et II (= v. 13521-51 et 14281-300), si l'on se fonde exclusivement sur le critère constitué par la présence ou l'absence des vers 13523-6 (et aussi des v. 14351-2) [1], conduisent également à la fixation de deux familles, mais un peu différemment consti- tuées : famille I, comprenant les mss. qui ont ces vers, $M'AA'B'IRSS'V'V'$ (1re section), et d'autre part $FGLL'N$ (2e section); — fam. II, comprenant ceux qui ne les ont pas, $DM'P$ et EH (1re section) [2] et d'autre part $A'BCC'KL'W$ (2e section), et de plus M, qui a les vers 13523-6, mais non 14351-2, et qui, dans ce même passage (I), se sépare plusieurs fois de son groupe, tandis qu'il y reste fidèle aux passages II et III [3]. Chacune de ces deux familles se subdivise donc en deux sections, dont les plus homogènes sont la 2e de la 1re famille, que nous désignons par x, et la 1re de la

1. Voir nos *Notes pour servir au classement des mss.* du Roman de Troie dans *Etudes romanes dédiées à G. Paris* (1891), p. 227 ss.

2. Il faut joindre le plus souvent à ce groupe le ms. J, qui, il est vrai, donne les v. 14351-2 ; mais nous verrons plus loin que ce ms. fait preuve d'une assez grande indépendance. — Pour les v. 14351-2, nous ne pouvons rien affirmer en ce qui concerne $C'L'SS'$.

3. Nous verrons plus loin comment se comporte ce ms. à l'égard des deux familles; nous représentons par k l'union de K et de M.

2ᵉ famille, que nous désignons par y, appelant e, la
réunion de E et de DM'. Entrons dans quelques détails.

Incidemment, nous appellerons v la 1ʳᵉ section de la
1ʳᵉ famille, et z l'ensemble des mss. de la 2ᵉ section de
la 2ᵉ famille. Le groupe $FGLL'N$ (ou $x+L'$)[1] est bien
assuré dans les trois passages pris pour base et dans la
plus grande partie du poème ; mais c'est le sous-groupe
FN (que nous appelons n) qui a le plus de solidité.
Cf. (entre autres exemples) pour x : (rime différente)
1553-4, 1633 4, 2271-2, 4197-8, 4825-6, 5729-30,
7941-4, 8451-2, 9583-4 (G absent), 10913-4, 12499-502,
13521-2 (Pass. I, G absent), 13527 (P. I), 13681-2,
14282 (P. II), 15637-8, 15723-6 (réduits à 2 vers), etc. ;
(variantes) 3636, 6650, 7890 (P. III, 6), 11062, 13544
(P. I), 15257, 15481, 15482, etc. ; (présence ou
absence) 5335-6, 5729-30, 7941-4, 8005-6, 8255-60,
10723-4, 14477-8, 14589-90, 16915-26, 17805-6,
20215-24, etc. ; — et pour n opposé à GL (ou à L
quand on n'a plus G, ou à G et L séparés) : (rime différente) 4661-2, 10569-70, 13543 (P. I), 16419-20,
17809-10, 24549-50, 27287-8, etc. ; (var.) 13134,
13194, 13543, 17764, 19745, 26050, 29273, etc. ; (prés.
ou abs.) 7001-2, 13077-8, 18071-2, 18077-8, 18087-8,
18095-8, 19979-82, 20049-50, 20138-43, 20215-24,
20621-2, 20679-80, 24813-4 (répétés après 24872),
25253-4, 27843-8, etc.[2] Nous reviendrons plus loin sur
F, G et L ; mais il convient de signaler dès maintenant
l'union assez fréquente de x avec la 2ᵉ section de la
2ᵉ famille dans le dernier tiers du poème (surtout jusqu'au v. 26400 environ, puis isolément), le plus sou-

---

1. Le petit nombre de passages de L' que nous possédions nous
a décidé à laisser ce ms. en dehors du groupement, de sorte que
x ne désigne dans les variantes que $FGLN$ (L' étant noté à part).

2. N'ayant pu vérifier pour G et L un certain nombre de passages,
nous laissons naturellement de côté ces exemples, ne sachant s'ils
doivent être classés sous n ou sous x.

vent avec adjonction de *A*, de *B* ou de *I*, ou de *BI*. Cf.
21380, -81-2, -438, -41-2, -53, -63, -68, etc. [1]; 21967-8,
22351-2, -579-80, -905-8, 23297-8, -765-6, 25469-70,
-656 (2 v. ajoutés), 26399-401, etc.

Une différence essentielle se manifeste de prime abord
entre le classement de M. P. Meyer et le nôtre en
ce qui concerne notre groupe $DM' + EH \ (= y)$:
c'est que *EH*, qui sont de la 2ᵉ famille, 1ʳᵉ section pour
les passages I et II, sont de la 1ʳᵉ pour le passage
III. Cela nous a forcé à étudier de près ces deux
mss. Déjà dans le passage III, on peut noter, au v.
7892, l'indépendance respective de *E* et de *H* : celui-
ci est (avec *plançon*) assez rapproché de la bonne
leçon (*paisson*), tandis que *E* donne la mauvaise leçon
timon avec *J* et *GLL'N*, c'est-à-dire avec *J* (ms. très
indépendant) *x*, puisque le vers est tronqué dans *F*. Et
d'autre part, dans notre passage I, au v. 13534 (1ᵉʳ hémistiche), au lieu de *De vostre cuer*, qu'ont *DM'* et *H*,
E donne avec *x Le cuer de vos*, qui est la bonne leçon ;
et aux vers 13545-6, où *DM'* et *H* changent la rime pour
éviter l'enclise du pronom *ge (vienge : criem ge)*, *E* conserve la rime authentique, tout en modifiant le premier
vers ; et dans notre passage II, aux vers 14289-90, il
sert d'intermédiaire entre *A'BCKMW (A²)(L²)* et *C'DH
JM'PV²*, en retournant le 1ᵉʳ vers du premier groupe.

Sans parler des lacunes nombreuses dont il a été question dans la description du ms., il faut relever dans *E*
un assez grand nombre de bonnes leçons, qu'il donne
d'accord avec d'autres mss., là où *DM'* et *H* (quelquefois
DM' et *H* séparément) en ont une mauvaise (cf. 2685-
6, 4709-10, 7679-80, 9323-4, 14589-90, 16179-80,
16917-8, 17449-50, 19979-82 (présents), etc.), et (*DHM'*,
ou *DM'*, ou *H* étant mauvais) quelques leçons accep-

---

1. Dans ces exemples, comme dans ceux qui suivent jusqu'au
v. 21590, *M* manque, mais le groupement n'en existe pas moins.

tables (spéciales ou communes à d'autre mss.) qui
s'éloignent du texte critique, par ex. 9323-4 (avec B^2),
11783-4, où E change la rime avec B^2, en retournant les
deux vers, pour éviter le prédicat au cas régime, tandis
que DM' l'évite sans changer la rime et que H a la bonne
leçon; 13534 et 14289-90 signalés plus haut; 20221-2,
où E a remédié à ce qu'il croyait être une incorrection
grammaticale, *por Calcas le vieuʒ* (*DHM'* et *L'n* manquent des v. 20215-24); cf. 1185-6, 3631-42 (abs.), après
6352 et 20658 (2 vers ajoutés), 6372 (supprimé dans H),
7678 (H intermédiaire), 7698 (voisin de P^2), 13299-300,
16917, 25271, 25278, etc [1].

D'autre part, H, en dehors des lacunes spéciales dont
il a été question dans la description de ce ms., montre
autant et plus d'indépendance que E en ce qui concerne
les leçons. Ainsi, il change la rime aux vers 2453-4,
2685-6 (plus près de E que de DJ), 3897-8, 12617-8,
17809-10, 20811-2, 27305-6 [2], 27917-8, et offre des
variantes qui ne modifient pas la rime aux v. 7678, 7819,
10299, 10913-4 (abs. avec IR), 18269, 18585, 19191,
19197, etc., et aux v. 25473-4, qu'il intervertit et fait
suivre de 4 v. spéciaux; — et, d'accord avec n, 18094,
18115-6, 18131-2 (intervertis, var. au 1er v.), après
18250 (2 v. ajoutés), 18254, 18450, 19321-2 (intervertis, var. au 1er v.), 19553, 19557, 19575-6, 19711,
19956, etc. Par contre, il donne la bonne leçon, avec
tout ou partie des autres mss., contre le reste de

1. A noter, en particulier, les v. 3383-4, *en un vergier Ert
Thelamon esbanoier*, où E partage le non-sens de D, tandis que H
conserve la bonne leçon, comme aux v. 11783-4. Nous ne par-
lons pas ici des cas où E s'oppose à DHM' (donnant une mauvaise leçon) d'accord avec une ou plusieurs familles de mss.: nous
en dirons un mot plus loin en parlant de DHM'.

2. E a une grande lacune, de sorte qu'on ne peut pas affirmer
que nous n'ayons pas affaire au groupe EH (voir ci-dessous); de
même pour le v. 27918.

la famille *y* (*J* compris ou non), aux vers 6875-906
(absents dans *DEJM'*), 7698, 7974 (où *k* suit *DEJM'*,
en adoptant une variante de *D*, *terre* pour *tertre*),
11023-4, 11677-8, 13137-8, 13451, 19187-8, 21841-2,
etc. Il a même seul la bonne leçon au vers 29453,
Thetis velt que il (au lieu de *Peleüs v. qu'il*) *li pardoint.*
Peleüs, en effet, n'assiste pas à la scène, comme le
montrent les v. 29471-2 (*Ço li respont Neptolemus,
Que face venir Peleüs*), que donnent, aussi bien que
les autres, les mss. qui développent le v. 29453 en un
discours de 16 vers, c'est-à-dire *A'A²CFLMNRS*.

Là où le prototype de *y* avait une leçon spéciale, l'indépendance occasionnelle de *E* (seul ou d'accord avec
d'autres mss.), a réduit le groupe *y* à *DHM'*, ou à *DH*
dans les lacunes de *M'*; cf. 4625, 4709-10, 7679-80,
12597-8 (rime et 4 v. ajoutés), 13515-6, 14589-90,
16179-80, 16917-8, 20077, 20111-2, etc. (voir ci-dessus) [1]. Les cas où nous trouvons, joints à *n*, soit *H*
(voir plus haut), soit *DHM'* (cf. 18267, 18531, 18609,
18705, 18938 (*E* varie), 19984, 20085-6, 20111-2,
20113-4, 20145, 20296, 20297, 20303, 20312, 20313,
20343, 20371, 20372, 20373, etc.), obligent, ce nous
semble, à admettre une contamination. Notons que
DHM', s'ils n'ont en commun qu'un petit nombre
de lacunes de plus de deux vers, la plupart avec *n*
(cf. 11471-8, et avec *n* 19431-4, 19979-82, 19993-6 [2],
20138-43), en ont un très grand nombre de deux

1. Relevons le cas curieux des vers 17741-4, dont les 3 premiers
sont supprimés dans *DHM'*, tandis que le 4ᵉ est développé en
2 vers, où *DHM'* se joignent, pour former le groupe (très fréquent)
BCJky, à *EJ + BCk* qui ajoutent un vers spécial pour rimer
avec 17743.

2. Ces derniers vers, comme plus bas 17521-2, qui manquent
aussi dans *x*, peuvent, à la rigueur, avoir été oubliés par deux
scribes différents; mais la même raison ne peut être invoquée
partout, et l'explication doit être la même dans tous les cas.

vers; cf. 17449-50, 17483-4, 17487-8, 17497-8, 17549-
50, 17563-4, 17573-4, 17579-80, etc., avec *n* 18071-2,
18077-8, 18105-6, 18147-8, 18313-4, 18397-8, 18423-4,
18471-2, 18497-8, 18509-10, 18595-6, 18623-4, 18657-
8, 19079-80, 19317-8, 19789-90, 20113-4, 20281-2,
etc. (avec *x*, 17521-2). — *DHM¹* ont aussi dans les
mêmes passages quelques leçons spéciales (cf. 18609,
19984, 20296, 20297, 20303, -12, -13, -43, -71-2, -84,
91-2, etc.). C'est plus rare dans *Hn*; cf. 18115-6 (prés.),
19321-2 (intervertis), 20371-2, 23213-4 (bonne leçon
avec *J*).

Mais, dans la majorité des cas, *E* et *H* sont d'accord
avec *DM¹* et *J* pour donner une mauvaise leçon, soit
seuls, soit (plus rarement) avec d'autres mss. Cf. 55-6,
919-20, 1225-6 (absents), 2269-70 (intervertis), après
2454 (2 v. ajoutés), après 2488 (2 v. aj.), 4661 2 (abs.),
4811-2 (interv.), 5131-2, 5187-8 (avec *A¹A²Bk* et *P*,
rime inexacte), 5335-6, 6851-2 (déplacés), après 10378
(2 v. aj. avec *AB²*), 10549-50 (avec *AB²*), 10887-90 (abs.),
12285-6 (abs.), 13207-68 (réduits à 10 vers), 21483-4,
26643-4, 29921-2, et sans *J*, après 4408 (2 v. aj.), 5691-
2 (abs.), 13539, 16051-62 (*J* a une lacune accidentelle),
16114-6 (réduits à 1 v. avec *A²P*), 21681-2, 21689-90
(abs. avec *AA¹*), 22663-72 (réduits à 4 v.), 22905-8 (abs.),
22953-4 (abs. avec *A*), 22993-4 (abs.), 23061-2 (abs.),
23125-6 (abs. avec *BS*), 23439 (avec *S*), 23463-4 (abs.),
23497-506 (abs.), 23512-34 (rédaction spéciale en
23 v.), après 23536 (4 v. aj.), 23539-40 (abs.; de même
23543-6, 24109-18, etc.), 23549-52 (8 v. spéciaux),
23679-80 (rime), 23709-10 (r.), 23887-8 (r.), 23889-90
(r.), 23909-10 (r.), 23911-2 (interv.), 23919-20 (r.),
23931-4 (6 v. spéciaux), 23986-24002 (réd. à 3 v.),
24005-20 (réduit à 10 v.), 24084-6 (réd. à 1 v.), 24186,
24189-10, 24191-2, 24547-8 et 24789-90 (r.), 25049-54
(abs.; de même (avec *LP²*) 25431-2, 25447-8, 25471-2,
25481-6, 26653-4), 26155-6 (abs. avec *L*; de même

26303-4, 26307-82), 25825-30 et 26317-20 (réd. à 2 v. avec *L*), etc.

Il faut remarquer les cas (très nombreux) où *y* (avec ou sans *J*) est joint à la 2ᵉ section de la famille II, qui comprend normalement *BCC'RW* et *KM* (= *k*), sous cette réserve que *M* et *R*, comme nous le verrons plus loin, s'en détachent dans certains passages pour se joindre à la 1ʳᵉ famille. Nous citerons : 2387-8, 2397-8, 2399-400, 2445-6, 3501-2 (interv. et changement de rime, *M* manque), 3545-6, 3547-8, 3549-50, 3897-8 (*H* spécial), 4571-2 et 4589-90 (abs.), 6119-20, 6163-4, 6371-2, 6421-2, 6650, 11763-4 (6 vers), 11806 (3 v.,) 11847-8 (8 v.), 11869-72 (abs.), 13523-6 (abs.), où *M* est de la 1ʳᵉ fam., 14297, 14701-7 (abs.; de même 14875-82, 14887-92. 14969-70 (9 vers), 15013-16, 15145-6, 15869-70, etc.), 14940-4 (9 vers), 14986 (var. et 2 v. ajoutés), 15015-6 (var. et 6 v. aj.), 15109-10 (interv. et var.), 15111-2, 15135-6, 15531-2 (4 vers), 15556 (2 v.), 15558 (var. et 4 v. ajoutés), après 15634 (2 v. aj.), 15635 15869-70, 16019 (3 v.), 16375-6 (6 v.), 16393-4 (interv.), 16457-8 (4 v.), etc. A ce groupe se joint assez souvent *M²* (cf. 8291-2 (présents), 10825-76 (abs.; de même 11021-2, 11061-2), 11147-60, 14388 (3 v.), 14394 (*M* est de la 1ʳᵉ fam.), 14475-6, 14479, 15003, 15035-6, 15259-60, 15511-4 (2 v.), 15613-4, 15633, 15637-8, etc.), et aussi *A'* et *A²* (voir plus loin, p. 84-5).

Dans un long passage qui semble commencer avec la grande lacune de *M²* (v. 20569-21426) et s'étendre 500 ou 600 vers plus loin, *A* (puis *M²A* après la lacune) est joint à *y* (accompagné ou non de *J*), souvent aussi à *A²*, à *C* ou aux deux : avec *J*, 20659-60, 21229-30 (avec *A²C*), 21239-42 (abs.), 21277-8, 21287-8 (avec *C*), 21281-4 (abs.) 21323-4, 21325-6 (présents), 21329-30 (abs.), 21335-6 (présents avec *AA'C*), 21353-4 (présents avec *A²C*), 21409-10 (abs.), 21431-2 (interv. et var. avec *C*), 21461-2 (interv. et var. avec *A²C*), 21481-2 (avec A^2C), 21483-4 (M^2AA^2C var. au 2e v.; yJ ont une rime différente), 21519, 21624, 21626, 21965-6, 21967-8 [1]; — rarement sans J, 20755, 20849-50 (abs.), 20989-90 (abs.) [2].

Enfin il arrive très souvent que EH s'opposent à DM^1 ou à DM^1J, soit (1°) qu'ils offrent une leçon particulière, mauvaise ou différente du texte critique, soit (2°) qu'ils donnent la bonne leçon avec une section de la 1re famille ou la 1re famille tout entière. Nous citerons, pour le premier cas : 935-6, 1026 (déplacé), 2077-8 (abs.), après 2862 (2 v. ajoutés), après 2901 (4 v. aj.). 3629-30 (abs.), 4531, 4811-2 (interv.), 6927-34 (abs.), 6951-2, 6961-2, 7139-40, 7155-6, 7273-4, 7281-2, après 7564 (2 v. aj.), 7581-2 (interv.), 7778, 7889, 8133-4 (rime, avec $AA'A^2R$), 10113-4 (2e v. retourné avec G), 10288 (avec B^2), 11835-6 (avec A^2B^2) [3], 12214-51 (abs. avec B^2), 12495-6 (interv. avec B^2), 12619-20 (abs. avec xP^2), 17913-4, 19637, 21480, 23129-30, -47-8, -49, -69-70, 23208 (2 v. aj.), etc., 24637-8 (abs. ; de même 25005-6, 25019-34), etc. A noter l'absence de H dans certaines grandes lacunes de E (voir § 1er, Description), où il est probable que la lacune remonte à la source commune de EH ; cf. 26729-30, 26825-8, 26855-6, 27181-2, 27211-2 (avec L), 27693-866, 27895-6, 27913-4, 27951-6, 28419-22, 28903-4, 29115-6, 29697-8, 29725-6. — Pour le second cas, nous relèverons principalement les vers suivants : 2685-6, 7679-80, 7771-2, 7821-2 (interv. dans DJM^1 et $ABCk$), 7865 (contre DJM^1 et BCk ; de même 7887, etc.), 7895-8, 7901, 7902, 7903-4, 7997-8, 8159-

---

1. Nous essaierons plus loin de déterminer divers autres passages où M^2 et A appartiennent à la 2e famille.

2. Le groupe M^2J se retrouve parfois isolé, après comme avant le passage où nous venons de signaler son union avec y.

3. Au 2e vers, A^2, E et H ont cherché séparément une rime à volez, qui remplace ici voudreiz ; B^2 a le mot-rime de E.

60 ¹, 8281-2, 8300, 8433-4, 8435-6 (présents), 8469-70, 8541-2, 8667-8, 8876, 8943-4 (prés.), 8961-4 (prés.), 9067-8, 10117-8, 10909 10 (*DM*¹ et *J* ont séparément une rime spéciale), 12519-20, 18265-6, 18659-60, 18851-2, etc.

De ce qui précède on a le droit de conclure à l'existence dans *y* de deux groupes distincts, *EH* et *DM*¹, dont le premier est formé de deux mss. assez indépendants, le second, au contraire, de deux mss. étroitement unis. — Quant à *J*, ou bien il a une leçon qui lui est propre ; cf. 5627-8, 8439-40, 8452, 8707-8, 8756, 8757, 10299-300, 11062, 11471-2 (4 vers), 13545 6, 13681-2, 14569-70 (cf. *I* et surtout *K*), 10167-8, après 18606 (2 v. ajoutés avec *A*) ², 18852, 19081, 21295-6, 21689-90, 23077-8 (abs.), 23438 (avec *A*²), 26119-20, (avec *B*), 28628 ; — ou bien il est d'accord avec *M*² pour une leçon acceptable ; cf. 5014, où il se rapproche avec *M*²*C* de la bonne leçon), 7647, 13534-5 (cf. *I*), 16838, 21961-2, 22075-6, après 22498 (2 v. ajoutés), 22535-6, -579-80 (légère var. dans *J* au 2ᵉ v.), -597-8, 23439 (cf. *A*²), 23909 (avec *P*), 25409-10 (avec *B*), 25470 (cf. *P*¹*y*), 26083-4 (cf. *B*), et, d'accord avec la 2ᵉ section de la 2ᵉ famille, 11257-8, 11309, 13457-70 (présents, Dédicace), 18139-44 (aussi *GL*) ; isolément avec la 2ᵉ famille entière, 10961-2 (interv.) ; — ou bien il est d'accord avec *M*² pour une mauvaise leçon ; cf. 13535 (avec *I*), 14127-8, après 22498 (2 v. aj.), 22535-6, 22579-80 (var. de *M*² au 2ᵉ v.), 22597-8, 23439 (avec *A*²), et, d'accord avec la 2ᵉ section de la 2ᵉ fam., 11476, 11477, ou avec la 2ᵉ fam. entière, 10823, 10825-76 (abs.), 10981, 11021-2,

---

1. Ici et dans les exemples suivants jusqu'au dernier, *EH* est opposé à *DJM*¹ + *BCk* + *M*². Il faut joindre *A* au groupe à partir des v. 8433-4.

2. Comme *M*² a ici une grande lacune, on ne peut affirmer que nous ayons affaire au groupe *M*²*AJ*, car, avant la lacune, *M*² et *A* sont souvent séparés.

etc. ¹; — ou bien encore il partage la bonne leçon avec
la 1ʳᵉ famille entière (y compris M^2), comme aux v.
14351-2, 14729-34, 14835-6, 14855-8, 14861-2, 14895-
936, 15145-6, 15153-4, 15169-70, 15233-4 et 15773-
4, qui sont présents, tandis qu'ils manquent aux mss.
de la 2ᵉ famille ; ou (ce qui est rare) avec la 1ʳᵉ fam.
moins M^2, qui est alors passé à la 2ᵉ, par ex. 11061-2.

Pour l'ensemble, on peut dire que le ms. P, bien
qu'il affecte une grande indépendance, appartient au
groupe y et qu'il est parfois plus particulièrement apparenté à J. Citons au hasard : 5187-8 (rime), 5337-8
(abs.), 7517-8 (intervertis), 16114-6 (réduits à 1 vers),
16411-2 (avec AA^2B), 24396 (var. et 4 v. ajoutés), etc.
Ajoutez : avec B, 6695-6702 (absents), 13207-60 (réduits
à 5 v.) ; avec C, 5315-28, 5341-62, etc. ; avec K, 6703-4 ;
avec KMR, 22001-2, etc. Mais l'accord avec la 2ᵉ famille
tout entière ² est bien plus fréquent ; cf. (outre nos deux
passages critiques et celui de M. P. Meyer) 8133-4,
10114, 10825-76 (abs.), 11147-60 (abs.), après 12569
(20 vers aj.), 13121-206, 14383-4, 14388, 14389, 16419-
20, 29455-70 (absents), etc. Il y a cependant parfois
désaccord de P avec y, soit seul, soit joint à d'autres
mss. Cf. 13457-70 (avec $A^2DL'L^2x$) ³, 23512-4 (où Dy
donnent une rédaction spéciale en 23 vers) ⁴, 23536 (y

1. Notez qu'après 8330, J ajoute 2 vers sûrement interpolés,
d'accord avec F, qui, dans ces parages, se sépare assez souvent
de N.

2. C'est à tort que M. Mazzoni et M. Jeanroy (*Romania*,
XXVII, 574 ss.) affirment pour ce ms. une parenté particulière
avec B. Précisément dans un des passages qu'ils publient (portrait d'Hélène, v. 5131-2 de notre texte), où P à la bonne leçon
avec C, B change la rime d'accord avec KMR.

3. Cet exemple, il est vrai, n'est pas tout à fait concluant, car
plusieurs scribes ont pu, à la rigueur, supprimer indépendamment la Dédicace, parce qu'ils ne comprenaient pas quelle était
la personne visée.

4. Cependant P reproduit à peu près Dy aux v. 23515-6, interv.

var. et 4 v. aj.; P suit M^2J), 23543-6 (m. à y; P suit J), 23549-52 (y rédaction spéciale en 8 vers), 29177-220 (présents 1re fam.$+ MP$), etc. C'est, le plus souvent, pour suivre tout ou partie de la 2e section de la 2e famille : nous citerons en particulier les vers 5315-28 et 5341-62 (abs. avec C), après 5370 (2 v. ajoutés), 5617-8 (intervertis dans BPk), 6703-4 (où P change la rime avec K)[1], 20889-90 (mauvaise leçon avec Fk), 22001-2 (ch. la r. avec Rk, B manque) (cf. 22121-2). Enfin, il faut mentionner les cas (très peu nombreux) où P est d'accord pour la bonne leçon avec la 1re famille, par exemple 5131-2 Cn (var. dans M^2) et 5645-6 M^2Cx (lacune dans F).

A partir du v. 25251[2] jusqu'au v. 28096, L suit presque constamment y (souvent réduit à DHM^1 par les lacunes de E), parfois avec l'adjonction de M^2J, ou de l'un ou l'autre de ces mss., ou d'autres mss. de la 2e famille. Cf. 25260, -261, -262, -285, -286, -288 (var. et 2 v. ajoutés), -305-6, -311-2, -315, -316, -320, -323-4, -328, -329, -330, -331, -343-4, -347-8, -359, -371-2, -373-4, -377-8, -385, -409-10, -431-2, -447-8, etc. ; 26167-8, -170, -171, -197-8, -209-10, -221, -229, -230, -241-2, -260, -307-12, -337-8, -366, -390 (2 v. ajoutés), -422, -508, -529, -530, -548, -554, -575, -576, -577, -578, -583-4, -588, -643-4, etc. Puis il revient à la

dans Dy) et supprime, comme ce groupe, les deux vers précédents.

1. Notez que, dans ce passage, M est de la 2e famille et marche presque toujours d'accord avec K.

2. Il est probable que le premier ms. qui servait de modèle à L se terminait avec le vers 25246. Le scribe a transcrit ici, d'après un autre modèle, les v. 25015-38, puis, s'apercevant qu'il recopiait un passage déjà transcrit, il a passé au v. 25251 (*Par son engin ont porchacié*), laissant de côté les 4 vers précédents, qui devaient manquer à ce second modèle, lequel avait corrigé en conséquence le v. 25251 (voir le texte).

1re famille. Comme G n'existe plus à partir du v. 26587, on trouve alors des leçons spéciales de L dans des cas où l'on ne peut pas affirmer que la variante ne remonte pas à l'original commun de GL. Voir plus loin, p. 97.

On trouve (mais rarement) x (ou n) joint a y, généralement pour une mauvaise leçon [1] ; cf. 11257-8 (absents avec AA^2B^2R) 13457-70 (abs. avec A^2 et L^2), 13777-8 (abs. avec A^2), 18139-44, etc.; et avec J, 10539-40, 13639-40, 14122 (rime fausse) [2], 22121-2 (avec A^2), etc. — Il est plus souvent joint à la 2e section de la 2e famille, et, dans ce cas, presque toujours accompagné de R; mais ce groupement ne se produit guère qu'entre les v. 21000 et 23000. Cf. 20523-4, 21335-6, -75-6, -77-8, -841-2, -935-6, -961-2, -965-6, -967-8, 21999-22000, 22005-6, -75-6, -77-8, -89-90, -113-4, -151-2, -159-60, -275-6, -313-4, -315-6, 341-2, -427-32, etc.; 22905-8 (bonne leçon), 23765-6 (b. l.), 23909-10, 25409-10, etc.

Avant d'aller plus loin et d'entamer l'examen des mss. pris isolément, il convient de dire un mot de la contamination, qui tantôt provient de la nécessité de combler les lacunes accidentelles (contamination qui a alors quelque chose de fatal, le manuscrit substitué pouvant aussi bien être que ne pas être de la même famille que celui qu'il remplace), tantôt est due à des causes difficiles à déterminer, tantôt enfin, mais plus rarement, est l'œuvre de scribes désireux de sortir du rôle passif qui leur est dévolu. Ce dernier genre de contamination est surtout curieux à étudier dans la première partie de

1. Cependant les v. 13457-70 (Dédicace), où l'on a $A^2DL'L^2xy$, semblent bien appartenir à l'original. Voir plus loin, ch. III, la discussion sur la date du poème.
2. L'union n'a lieu ici que pour la substitution de *soi* à *joi* à la fin du vers : pour le reste, A^2DJy diffèrent de $A'N^2x$.

l'*Entrevue d'Achille et d'Hector*, qui offre deux rédactions, dont la première (la plus ancienne)[1] n'a que 86 vers (du v. 13121 au v. 13206 du texte critique), tandis que la seconde en contient 198, presque entièrement indépendants[2]. Et tout d'abord, le scribe de *M,* ms. qui, ordinairement de la 2e famille, 2e section, et assez voisin de *K,* est ici et dans quelques autres passages (voir plus loin, p. 95 ss.) de la 1re, voulant insister sur l'accusation de sodomie portée contre Achille par Hector, insère (assez adroitement[3]) les v. 13145-54 de l'édition Joly, vers la fin du discours du héros troyen, entre les v. 13192 et 13193 du texte critique.

Dans le même but, mais en sens contraire, *A*[2], qui, quoique ordinairement de la 1re famille, suit surtout, comme *F*[4], la 2e dans ce passage[5], insère, comme déve-

---

1. La première rédaction se trouve dans les mss. *M'AA'IL'MP'RS'x.* La seconde, que l'on trouve dans *A'BCC'DEHJKL'M'PSS'V'V'W* (et partiellement dans *A'FR*), est postérieure, comme le prouve la rime de *amoie* avec *moie* aux v. 13079-80 de l'édition Joly ; cf. *sachieꝫ* (pour *sacheiꝫ*) : *vengieꝫ* 13088.

2. Les seuls vers communs aux deux rédactions sont les v.13135-40 (= 13049-54 de Joly), 13141-4 (= 13065-8 J., le dernier vers modifié pour se souder à ce qui suit dans la 2e rédaction), 13149 (= 13076 J.), 13163-4 (= 13105-6 J., avec variantes diverses au 1er vers) et 13195 (= 13171 J.).

3. Il change, en effet, au v. 13154, *Combateꝫ vos por voꝫ Greꝫeis* en *Voiant Troïen et Grejoys,* ce qui se lie mieux avec le v. 13193 du texte critique : *Par noꝫ cors en puet estre fin.*

4. *A*[2] et *F* offrent d'ailleurs cette particularité curieuse, qu'ils donnent à la suite l'une de l'autre les deux rédactions (en commençant par la 1re), pour les v. 13121-34 (12987-13048 J.). Mais *F* se distingue de *A*[2] en ce sens que, pour les v. 13165-206, il suit la 1re rédaction, tandis que *A*[2] mélange la 1re et la 2e pour 13165-94 et donne successivement les deux pour 13195-206, en commençant par le 2e. Voir plus loin, p. 92.

5. Notons qu'aux v. 13137-8, *A*[2] suit *M'HIM,* qui changent la rime. La présence de *H,* qui, dans tout le passage, est de la 2e famille, a ici de quoi surprendre.

loppement des v. 13167-8 de Joly, les 18 vers du texte
critique 13177-94 et les fait suivre des v. 13169-70 de
J. De plus, il bouleverse ce qui précède de la façon que
voici : après les v. 13105-54 J., il donne les v. 13167-8,
puis 13155-7 J., remplaçant les v. 13158-9 J. par les
trois suivants : *Troien guerpiront la terre, Mes pere(s)
et trestos mes lignages Et trestos l[i] altres barnages*,
et les faisant suivre des v. 13171-4, qui développent le
v. 13160 J. Ensuite viennent les v. 13161-6 J. et les
2 v. suivants : *Cest covenant et cest otroi, Si cum jo
quit et cum jo croi*, qui facilitent la soudure avec les
v. 13177-94 du texte critique qui suivent. Enfin, *A²*
donne successivement les deux rédactions pour les
v. 13171-84 J. (= 13195-206 du texte critique), en commençant par la 2ᵉ et en ayant soin, pour dissimuler le
double emploi, de changer le 1ᵉʳ vers, *Ire e vergoigne ot
Achillès*, en *Adunc lor a dit Achillès*. — D'autre part,
A²F donnent, immédiatement avant notre épisode,
après le v. 13120, ces 2 vers inutiles : *La ot mout gent
(F mant ʒant) ou ce fu dit, Si cum jo truis el Livre
escrit*, qui sont suivis dans *FL²* de ces 2 autres (non
moins inutiles) : *Li chevalier (F-er) sont a sejor, Si
s'esbanoient (F-ogent) tote jor*. Et après les v. 13123-4,
où il suit *x*, en opposition à *M²AMRS¹ (Si povre d'els
n'en i a (S¹ out) (A n'i estoit) nus Ne seit (A fust) reis,
amiraus o dus)*, *A²* ajoute ces 2 vers : *N'i ot un sol de
si bas prois Ne fust ou amirals ou rois*, qui se rapprochent de ceux de *M²AMRS¹*.

 P² suit la 1ʳᵉ rédaction jusqu'au v. 13134, puis la
rédaction commune des v. 13135-8 ; mais il change la
rime des v. 13139-40 avec la 2ᵉ rédaction et donne les
10 vers qui suivent ; il a ensuite les 4 vers communs
(13141-4), avec cette particularité qu'au v. 13144, *La
mort m'en covendra atendre*, il sert de transition, comme
S¹ (La m. m'en convient a a.), entre la 1ʳᵉ rédaction
(*La m. m'en c. a prendre*) et la 2ᵉ (*Sanʒ recovrer puis*

bien atendre); puis il donne les 4 vers qui suivent dans la
2ᵉ rédaction, en modifiant le premier pour la soudure.
Mout prochaine, ce m'est a vis, au lieu de : *La mort p.
ce m'est vis.* Il revient alors à la 1ʳᵉ rédaction
(v. 13145 ss.), qu'il suit jusqu'au dernier vers du fragment (v. 13247).

Constatons enfin que *R*, qui est d'ailleurs loin d'être
homogène (voir plus loin, p. 87-90), suit la 1ʳᵉ rédaction
jusqu'au v. 13134 et passe alors à la 2ᵉ jusqu'au v. 13170
J., pour revenir à la 1ʳᵉ jusqu'à la fin (v. 13195-206).

La 2ᵉ partie de l'épisode (v. 13207-60) donne lieu
aux observations suivantes : 1° *BJL²Py* résument ce passage en 4 vers, auxquels s'ajoutent, dans *H*, 2 vers spéciaux, qui sont probablement dans *L²* [1] et dont la rime
otrie : fie accuse l'inauthenticité ; puis ils donnent les
6 vers suivants, dont le premier appartient encore à l'épisode précédent et dont les cinq autres forment le début
de l'épisode de Troïlus et Briséïda (= 13261-8) : *Mout
l'en poise (E pesa), mout s'en deshète ; Mès la requeste
qui fu fète De la fille Calcas de Troie Tolt Troylus
deduit et joie : Enragiez est et toz desvez, Car bien
feisoit ses volentez Et de son cors*, etc.

Ici encore, *A²* pratique la contamination [2] : il donne
d'abord les v. 13207-60 auxquels il ajoute (en marge)
ces 2 v. : *Li Grijois et cil de la vile, Dunt i ot plus de*

---

1. Nous savons en effet, par une communication de Mᵐᵉ Janvier,
que ce ms., que nous n'avons pu voir, a ici 12 vers en tout au
lieu de 10, et qu'il les fait précéder de ces 2 vers spéciaux :
*D'amedous parz li roi i vienent, Qui les dous rois chosent et tie-
nent*, qui suivent le v. 13184 de l'édition Joly, *Des plus proisiez
de l'ost grezois.*

2. Un autre exemple curieux de contamination, pour *A²*, est
celui du portrait de Troïlus. *A²* utilise la rédaction abrégée de
CR en 12 vers, sauf les deux premiers. Les v. 3-6 sont placés
après 5434, 7-8 après 5436, et 9-12 remplacent les v. 5443-6. Il
supprime d'ailleurs les v. 5395-6, 5413-6, 5419-20, 5423-6 et réduit à 2 vers les v. 5427-32.

.xxx. mile, puis passe à l'épisode de Troïlus et Briséïda en reproduisant (sauf les changements nécessaires), les quatre premiers vers de *BJL²Py* (*Mais
Troïlus mout se dehaite De la r. qui f. f. De la f. C.
de T. Ice li tolt d. et j.*), et remplaçant les deux autres
par les v. 13265-8 du texte critique[1]. — *A¹* suit *A²*, avec
cette différence qu'il n'a pas les 2 v. ajoutés après
13260 et qu'il rattache le 1er vers à l'épisode précédent,
en substituant *Hector* à *Troïlus : H. durement s'an
deshète.* De plus, il n'a pas les v. 13265-8 et donne, en
conséquence, les deux derniers vers de *BJL²Py.*

Passons maintenant à l'étude particulière des mss.

M² — Le ms. de Milan est certainement le plus ca-
pricieux de tous : on le rencontre tour à tour dans les
deux familles et dans chaque section de ces familles,
sauf dans *x,* où il ne figure qu'accompagné de mss. de
la 1re section, et, outre qu'il donne en assez grand
nombre des leçons spéciales qui n'appartiennent pas à
l'original (cf. 78, 80, 87, 145-6, 3989 90, 4630, 5059-
60, 6515, 9479-80, -85, -87, etc. ; 13365-6, 13892
(3 vers), 14121-2, 14289-90, 14297, 17437-8, 17732,
19423, après 19454 (2 v. ajoutés), 19925-6 (2 v. ajoutés),
26304, etc.)[2], il a des leçons fautives qui lui sont communes avec un seul ms. (rarement deux) : avec *J* (voir
p. 78-79) ; avec *B,* 620, 1448, 29843-8 (abs.), 10885-6,
26083-4 et 27918 (aussi *J*); avec *P,* 5349-50; avec *I,*

---

1. Nous avons relevé plusieurs couples de vers où *A²* donne
successivement les leçons des deux familles, sans doute afin de
ne rien laisser perdre de ce dont il peut disposer : ce sont les v.
14441-2 (où, étant dans ce qui précède de la 2e famille, il
donne d'abord la leçon de cette famille, puis celle de la 1re),
15035-6, 15869-70, 15885-6, 16115-6, 17381-2.

2. Une faute curieuse, commune à *M²B,* se rencontre au v.
8506 : *Cigna les lor* (pour *Cicinalor*), dont il faut rapprocher
Cligna les lor CM¹.

11835-6, un v. ajouté après 13253 (modifié) et un après 13254, 13527, 13534-5 (aussi *J*, légère var. dans *I*), 14732; avec *R*, 1266 (faute), 4059 (*dien* pour *die en*), 4342, 4353, 4386, 4460, 4466, 4477, etc. Cependant un examen minutieux permet de reconnaître, pour ce ms., les directions générales qui suivent.

Il est d'abord de la première famille, puis il passe à la seconde, aux v. 7931-2, c'est-à-dire au point précis où commencent les changements de graphie signalés à la description de ce ms. (cf. *moie* 7934, *soient* 8039, etc.), changements qui indiquent un nouveau modèle, puisque l'écriture ne change pas.

Il revient à la première au v. 9550 (environ) et s'y maintient jusqu'au v. 18130, non sans quelques incursions dans la seconde, marchant alors d'accord, tantôt avec la 2e section seule, 10127-8, 10299-300, etc. (fréquent jusqu'à 10822), 11257-8, 11677-8, 13457-70 (absents dans $A^2L'L^2xy$) [1], 13543, 13639-40, 16114-6, 16223-4, 17521-2 (aussi *EJ*), tantôt avec la famille entière, 10825-76 (absents), 10909-10 (*DJM'* varient), 11021-2, 11061-2 et 11147-60 (abs.), 11358-66, 11386, 11709-12 [2], 14388, -389-90, -401-2, 539-40 (à peu près constant entre 14350 et 14700), 14853-4, 15016 [3], 15035-6, 15229-32, -256-8, -259-60, -353-4 [4], 413-4 (var. et 2 v. ajoutés), -415, etc. (jusqu'à 15514), 15709-12, -723-6, 829-30, -913-4, 18115-6.

Dans la première grande lacune de *M*^{2} (v. 18131-

---

1. Il s'agit de la Dédicace. Ce groupement, dont fait partie notre ms. (*M*^{2}*AA'BCC'IJKMPRSS'V'V*^{2}*W*) soulève quelques difficultés. Voir la discussion de la date du poème, ch. III.

2. A partir du v. 11689, *M* est souvent de la 1re famille. Voir plus loin, sous *M*.

3. L'absence dans *M*^{2} des 6 vers qui suivent dans *A'BCDJV'ky* montre bien le caractère instable de ce ms. Cf. 15109-10, où *M*^{2} suit la 1re famille pour le 1er vers et la 2e pour le 2e, etc.

4. *M* a ici une lacune accidentelle.

19179), *A*, qui a de grandes affinités avec ce ms. (cf. 1633-4, 2219-20, 21775-6, etc.), a le plus souvent la bonne leçon avec *IR* et *GL* contre *A²BCDJkny*, ou avec les autres mss. contre *DHM'n* ; rarement la mauvaise (cf. 18303-4, 18473-4). [1] Dans la seconde lacune (v. 20569-21426), *A* est ordinairement d'accord avec *DJy*, et *M²* se joint ensuite souvent à ce groupe, qui se continue sporadiquement jusqu'à la fin ; cf. v. 21431-2, -462, -481-2, -935-6, 22351-2, 22646-7, 22905-8, 23581-2, 23765-6, 24503-4, 24391-4 (réduits à 2 v.) [2], 24549-50, 25469-70, 26870, etc. Enfin, et pour abréger, nous noterons simplement que *M²*, dans le reste du poème, est le plus souvent d'accord avec la 2ᵉ famille tout entière, quand ce n'est pas avec la 1ʳᵉ section seule : très peu d'exceptions à signaler, par ex. 26643-4 (bonne leçon), 28911, 29177-220 et 29572 (bonne leçon).

La 1ʳᵉ section de la 1ʳᵉ famille, dont fait très souvent partie *M²*, est assez instable, et il n'est pas un des mss. qui la composent normalement (*M²AA²R* et le manuscrit fragmentaire *B'*) [3] qui ne passe, à l'occasion, à la 2ᵉ famille ; par contre, elle reçoit, à certains passages, des mss. comme *CJM*, etc., qui, en général, appartiennent à la 2ᵉ. Passons-les rapidement en revue.

R. — Le ms. *R* montre une certaine indépendance, surtout dans les détails, où les changements apportés, lesquels ne sont pas toujours heureux, remontent plus haut : son scribe est d'ailleurs responsable d'un assez

1. Entre les deux lacunes, *M²* suit également le sort de *A*.
2. Ici *A* se sépare de *M²DJPy* : il a ces 4 vers ; de même pour les v. 23427-8. Par contre, *M²* a les v. 29921-2.
3. Nous n'y comprenons pas *A'L²* et *EH*, qui, quoiqu'ils soient parfois de la 1ʳᵉ famille par contamination, sont le plus souvent de la 2ᵉ.

grand nombre de négligences (vers faux) et d'incorrections ou graphies bizarres. Outre la contamination
simple qu'il fournit dans l'*Entrevue d'Achille et d'Hector*, ce ms. donne de nombreuses preuves particulières
d'indépendance. Ainsi il offre parfois, rarement seul,
plus souvent avec AI (ou l'un ou l'autre de ces mss.), des
leçons intermédiaires entre la bonne leçon et la mauvaise
ou une des mauvaises. Nous n'attachons pas grande
importance aux v. 7235-6 [1], *Ke Nestor amenoit toz frois,
Qui de Pire estoit sire et rois*, où R (seul) est intermédiaire entre la bonne leçon, *Que N. amena o sei, Qui
de Pile e. s. et rei* et celle de M^2, *Qu'amena N. li cortois,
Qui de P. e. s .e reis*. Mais aux v. 17369-70, R (et I) [2]
se séparent de la 2e famille en ce qu'ils donnent 2 vers
au lieu de 4, comme la 1re; mais, tandis qu'au 2e vers
ils donnent un vers cheville, *Chascuns en estoit* (R
Tuit se tienent a) *mal baillis*, ils se rapprochent, au 1er,
du 2e vers (*Ne fu mais si grans doelx oïs*) d'une fraction
de la 2e famille (A^2BE), *Car onc tels dels ne fu oïs*,
dont l'autre fraction (A^1CDHM^1Jk) donne : *Car onc tel
duel* (H *tes cris*) *nus hom* (D *n. h. t. d.*) *n'oï*. Cf. 13543,
(où R (avec I et A^2H) [3] sert d'intermédiaire entre la
bonne leçon, dont elle ne diffère que par la substitution
de *en* à *tot*, et les leçons de deux autres groupes de mss.),
15353-4 (où R est intermédiaire (avec une rime fausse)
entre la bonne leçon de Ax et celle des autres mss.),
15637-8 (où AIR est intermédiaire entre la bonne leçon et *x*, qui change la rime), 17949-50 (où $AIRx$ (qui
n'ont pas la bonne leçon) se subdivisent en deux groupes

1. Il s'agissait ici, en effet, d'éviter l'emploi du cas régime au
prédicat, emploi qu'a admis A, tandis que I tournait le vers de
façon à faire de *rei* un régime.

2. A supprime les v. 17367-86 et modifie en conséquence le
vers suivant.

3. A suit la 2e section de la 2e famille, dont fait aussi partie
ici M^2.

de rime différente Ix et AR; cf. 15229-32, 15869-70, 17949-50, etc., et voir la note 1, ci-dessous.

Dans de nombreux passages, où M^2, accompagné ou non de A, est de la 2e famille, R a la bonne leçon avec x, seul ou accompagné de y (ou de EH seuls), et plus souvent de mss. se rattachant plus ou moins étroitement, comme A, A^2, C ou I, à la 1re famille. Cf., avec A contre M^2, 6515-6 (ACR ont seuls la bonne leçon), 7997-8 (contre M^2I), 8159-60 (contre M^2I), 8251-2 (avec AI), 8281-2 (contre M^2I), etc.; 10825-76 (présents avec AI), 11147-60 (prés. avec AA^2I), 11476-8 (avec A), 11709-12 (réduits à 2 v.; cf. AI), après 11720 (10 v. non ajoutés; cf. AI), 13687-90 (avec AI), 14249, 14388 (1 v. au lieu de 3; cf. A), 14863-6, 15035-6 (cf. A; IR ont une faute commune, $sospris$), 15259-60 (avec AI et GL), 15411-2 (présents), 15440 et 15441-2 (avec AI), 15452 (avec AI, 1 v. au lieu de 3), 15511-4 (avec A), 15558 (avec AI; n'a pas les 4 v. ajoutés), 15567-8 (avec AI), 15712 (avec AI), 15829-30 (avec AI), 15857-8 (avec A; I change la rime), 17381-2 (avec I; lacune de A), 17437-8 (avec AI; M^2 a une rime spéciale), etc.; — contre M^2A, 8327-8, 8341-2, 8433-4, 8435-6, 8469-70, 8541-2 (légère var. dans R au 2e v.), 16559-60 (avec I), etc. — Rarement c'est A qui est de la 2e famille, M^2 étant de la 1re (cf. 16411-2, 16419-20, 16457-8); aux v. 22645-8, il semble d'abord que $AA^2CIJRkn$ aient la bonne leçon (car celle du texte critique n'est que dans M^2y), mais il y a ici un bourdon qui peut être attribué à plusieurs scribes différents. — Parfois même, AIR (ou même AR, lorsque I est indépendant) [1], constituant seuls la 1re section de la 1re famille, donnent la

---

1. Aux vers 15869-70, AR s'adjoint M^2, tandis que I a une leçon moins bonne avec A^2x (G résume le passage). Le groupe est d'ailleurs réduit à IR quand A passe à la 2e famille (voir sous A), et il est alors souvent joint à x.

bonne leçon contre *x* et la 2ᵉ famille (cf. 15437 et
15438 *AIRV²*); plus rarement une mauvaise (cf.
15067-8 *ARV'V²*, 15977-8, etc.).¹ Mais le plus souvent ce groupe est joint à *x*, ou à *GL*, lorsque *n* se
sépare de *x* pour former le groupe *Hn* ou *DHM'n*
(voir p. 74-5). En somme, ce n'est qu'exceptionnellement (en dehors des 3580 premiers vers, où il est de la
2ᵉ famille, des vers compris entre 3581 et 5474, où il
oscille, et de l'*Entrevue d'Achille et d'Hector*) que *R*
(en particulier le groupe *AIR*) a une mauvaise leçon;
cf. 17375-6 *IR* (acceptable), et, pour *AIR*, 17761-2 (intervertis avec *M²*), 17761 (var.), après 17830 (14 v.
ajoutés), 18286-8 (réd. à 1 v.). Cela arrive surtout lorsque *x* (ou *n*) marche d'accord avec la 2ᵉ section de la
2ᵉ famille et qu'on a *B*(ou *BC*)*Rkx* (voy. p. 71 et 81)².

A. — Ce ms., qui offre un assez grand nombre de
leçons spéciales (cf. 1233, 5427-30 (réd. à 2 v.), après
7518 (2 v. aj.), etc.), accuse parfois, malgré des altérations dues surtout à la grande différence des dates, une
parenté réelle avec *M²*; cf. 1633-4, 2219-20, 21775-6,
etc. Il ne le suit cependant pas servilement dans toutes
ses évolutions : ainsi dans la 1ʳᵉ moitié du poème, où il
est le plus souvent de la 1ʳᵉ famille, on le voit aussi
réuni (ordinairement contre *M²*) à la 2ᵉ (cf. 1825-6,
4823-6, 4971-2, 4983-4, 5027-8, 5061, etc.; 7677-8,
7771-2, 7777-8 (*EH* var.), 7821-2, 7901-2, -3-4, -77-8,
10047-8, 10079-80, etc.), particulièrement à la 1ʳᵉ section de cette famille; cf. 5125, 5131, 5144, 5176, 5187,
5335-6, 5337-8, 5448, 5633-4, 5679, etc. ; 10375-8,
10549-50, etc. — Au v. 16163, après la répétition des
v. 16123-37, d'après un ms. de la même famille que

1. Ainsi, au v. 19994, *AR* ont la bonne leçon *de Gontaut* avec
A'EJK. Il faut noter quelques leçons spéciales indifférentes de *R*
d'accord avec *M²*, par ex. aux v. 4466 et 4477.

2. C'est à tort que nous avons affirmé (*Revue des langues romanes*, XXXVI, 603) l'étroite parenté de *R* avec *M²*.

lui, mais moins bon, *A* passe à la 2ᵉ famille ; mais il revient parfois à la 1ʳᵉ avec *IR* (ou *R*, si *I* est indépendant), plus rarement avec A^2 ou M^2, ou l'un et l'autre, jusqu'au v. 18500 environ : ce groupe a alors le plus souvent la bonne leçon (voir p. 88-9) [1]. — *A* forme groupe (parfois avec adjonction de M^2, de A^1, de A^2 ou de *C*, ou de plusieurs de ces mss.), avec *J* et la 1ʳᵉ section de la 2ᵉ fam. (*y*), du v. 20579 au v. 22000 environ, point où disparaît le groupe DHM^1 ou $DHM^1 n$ (*DH*, *DHn* dans la lacune de M^1) par le retour de *E*, qui s'en était séparé. Ensuite *y* se présente le plus souvent isolé ; cf. 22026-30, 22097-8, -99-100, 22580, 22615-6, 22627-8, etc. Enfin, on peut considérer *A* comme étant de la 2ᵉ famille dans le groupe hybride formé de *x* et de la 2ᵉ section de la 2ᵉ famille au dernier tiers du poème, jusqu'au v. 26400 environ. On peut dire la même chose de *B* et de *I* dans ce cas. Voir p. 71-2.

I. — Ms. très indépendant et qui ne craint pas de refaire les vers dont la rime ne lui convient pas (les exemples abondent), ou de choisir une leçon intermédiaire entre les deux familles (cf. 7902-4, etc.). Dans son ensemble, il est de la 2ᵉ famille. Cependant on peut y relever, surtout du v. 11000 à 16000, un certain nombre d'exemples où il appartient à la 1ʳᵉ ; cf. 10825-76 (présents), 11147-60, -386, -507-8, -521-2 -565-6, -720 (la 2ᵉ fam. ajoute 10 v.), -832, -846, -847-8, 12013-8, -23-8, -37-8, -85-90, -117-26, -141, -215-6, -221-4, -569-71 [2], 13121-260 (*Entrevue d'Achille et d'Hector*),

1. *A* s'en détache parfois pour rejoindre un autre groupe qui a une mauvaise leçon ; cf. 10909-10, -11-2, -13-4, 16207-8, -373-4, -375-6, -411-2, -419-20, -621-2, -990, 17105-6. Les vers 17367-86 ont été supprimés volontairement par le scribe, qui a corrigé en conséquence le vers suivant, à moins que la lacune fût déjà dans l'exemplaire qu'il copiait, ce qui revient au même.

2. *I* n'a pas ici les 20 vers que la 2ᵉ famille intercale entre 12569 et 12570 ; d'ailleurs la leçon qu'il donne montre son éclec-

13523-6, -27, 14282, -84, -89 -90 (var. au 2ᵉ v.), -97, -441-2, -855-8, -875-82 (prés.), -895, -936 (prés.), 15229-32, 15511-4, 16247, 16247, 22351-2. — Il est apparenté étroitement avec *B* au v. 13360 (*arvir*, *B* *avir*, bonne leçon), et ailleurs (par ex. v. 6066), surtout entre les v. 18520 et 24000; cf. 18521-36 (20 vers) -983, -984, 19178-82, (*I* réd. à 3 v.), -207-8, -165-204 réd. à 4 v. dans *B*), 253-73 (réd. à 19 v. dans *I*; *B* manque des v. 19249-80), -282, -285-6, -287, -288, -337, -373-4, 19983-20042 (rédaction spéciale réduite dans *B*), 20134, -135, 23778, 23929-30, 24503-4, -505, 24813 -42, -43-4, -46, -934, -935-6. Mais il s'en sépare ensuite nettement (cf. 25081-2, -142, -222, -285-6, -288, etc., 26643-4, etc.). Rappelons que les v. 14895-936, absents dans *B*, sont présents dans *I*. — Le groupe *A²I* se rencontre aussi de temps en temps. Voir sous *A²*.

A². — Ms. également très indépendant, dont le scribe tenait à montrer ce qu'il savait faire. Les leçons spéciales sont innombrables (cf. 1274 (2 v. ajoutés), 1276, 187-8, 2382, 2402 (2 v. aj.), 2443, etc.), et le scribe use, nous l'avons vu, avec une certaine virtuosité de la contamination. Il est donc impossible de classer exactement son ms. Tout ce qu'on peut dire, c'est qu'il sait à l'occasion passer d'une famille à l'autre pour donner la bonne leçon et qu'il est le plus souvent de la 1ʳᵉ famille dans la première moitié du poème jusqu'à 14000 (cf. cependant 2315-6), et tantôt de la 1ʳᵉ, tantôt de la 2ᵉ section. Dans la seconde moitié, les exemples où il est de la 2ᵉ famille sont moins rares, sans toutefois être très fréquents (cf. 14284, -289-90, -335, -373-4, -388, etc. ; 15259-60, 353-4, etc.), sauf, naturellement, dans le cas où le groupe *AIR* (ou *AIRx*) se sépare nettement des autres

tisme : *Et la nuit vont as paveillons Li autre, et mandent les barons. Assemblerent soi li haut home : De lor consaus oëɀ la some.*

mss. (cf. cependant 17731-2). Le groupe A^2I se rencontre isolé, non seulement dans nos deux passages critiques (avec B, v. 13528 et 14292 (légères variantes) [1] (cf. 23807, où il faut probablement admettre le groupe BI; voir ci-dessus, et sans B, 13541), et dans celui de M. P. Meyer, v. 7902 (cf. R); mais encore sporadiquement ailleurs (cf. 13122, 25410, etc.). Mais ces deux mss. sont le plus souvent opposés par ce fait que I est essentiellement de la 2e famille, et A^2 de la 1re; cf. 1983-4, 2633-4, 6977-8, 7697-8, 8281-2, 8876, etc.

A^1. — A^1 n'est pas plus exempt que A^2 de contamination. Quoiqu'il appartienne, dans son ensemble, à la 2e famille, 2e section, il se sépare de la plupart des mss. qui ont la 2e rédaction, dans l'*Entrevue d'Achille et d'Hector*, en suivant la 1re famille aux vers 13195-206 et en ne réduisant pas à 5 vers les v. 13207-60 (ce que font BJL^2Py), suivant en cela A^2CKRS et les mss. qui ont la 1re rédaction (voir p. 85). Il se rattache également à la 1re famille au vers 7725, au passage critique de M. P. Meyer, 7885-904 (cf. cependant 7901, qui accuse la contamination), aux v. 8133-4, -63-4, 10117-8, 10825-76 (présents), 14875-82 (pr.), -886,- 887-92 (pr.), 14895-936 (pr.), 21777-8, 26643-4, 28244, 29359-60, et dans quelques autres passages [2]. — Pour A^1L^2, voir sous L^2.

L^2. — Ms. de la 2e famille et qui s'y maintient même lorsque A^1, qui en est assez voisin dans l'ensemble et y est intimement lié dans certains passages (cf. 13522, 13534, 13545-6, 13551 (cf. I), 14285, 14291), passe à la 1re famille. Voir, en particulier, 10825-76, 13195-206, 13207-60, 13457-70 (Dédicace), 14875-82, 14887-92,

---

1. Cf. 14291, où I est isolé par suite de la modification qu'il a apportée au vers précédent.
2. Notons que A^1 a une rédaction spéciale des v. 28719-28, également en 10 vers; qu'il développe en 6 vers les v. 27685-6, et qu'il fait passer du style indirect au style direct le récit des aventures d'Ulysse à partir du v. 28747.

14895-936 [1]. On peut y relever d'ailleurs un certain nombre de leçons spéciales ; cf. 7892, 7901, 11849-50, 20223-4, 21667-86, etc.

B. — *B*, en dehors de ce qui en a été dit à propos de M^2, de A^2 et de *I*, n'offre guère rien de particulier que ses nombreuses abréviations volontaires. Il est assez régulièrement de la 2e famille : en effet, l'absence des v. 14957-8, n'est pas tout à fait concluante, non plus que l'exemple du v. 16620, où, d'accord avec *nL*, il substitue *enuie* à *grieve*, pour conserver (par à peu près) la forme normale du mot dans le poème, *triuë*, et éviter *trieve*. Notez cependant 13534 (avec *AMR*), 18167-8, 21287-90, 27918 (avec M^2J, et en partie avec DM^1 et *L*), 29087-8, et les cas où il fait partie du groupe *KRn(KRx)*, ou *Rkn* (*Rkx*), si *M* est présent ; cf. 21380, -438, -441-2, -497-8, etc.

C. — *C*, qui est souvent assez indépendant (cf. 13097-8, 13111, 13112, etc.), suit d'abord la 2e section de la 1re famille [2], puis passe, aux v. 6951-2, à la 2e section de la 2e, et non à la 1re section (cf. en particulier 7581-2, 10117-8, -299-300, -549-50, -821-2, etc.), et marche alors généralement d'accord avec *B* [3]. Cependant il s'en sépare parfois, soit pour être indépendant,

---

1. Cependant il a avec A^2DL^1xy (1re et 2e fam. mélangées) les v. 13457-70 (Dédicace), sans doute par contamination, puisqu'il est normalement (avec A^1) de la 2e section de la 2e famille, et non de la 1re.

2. Aux v. 4661-2, *A une part li home esteient Que d'autre part les femes veoyent, C* a le 1er vers commun (à très peu près) avec *BRk*, mais dans le 2e, qui est faux, *veoyent* semble dérivé de *estoient*. L'original portait peut-être : *D'autre part les femes esteient* : on aura cherché de différentes manières à éviter la répétition d'un même mot à la rime. Cependant, aux v. 2219-20, 4825-6, *C* est bien de la 2e famille, et l'absence des vers 3637-42, d'accord avec *B*, affirme déjà sa parenté future avec ce ms.

3. Pour la grande lacune commune à *BC* et à *M*, voir plus loin, sous *M*.

soit pour se joindre à un autre groupe, ou encore pour revenir à la 1ʳᵉ famille, par ex. v. 13207-60 (prés.), -365-6, -504 (dérivé de *x* 13503), -521-2, -533-5, 16411-2, 18473-4, 21689-90, 21931-2, 22905-8, 23427-8, 23765-6, 24503-4, 24549-50, 25656 (2 v. ajoutés), 25672 (2 v. aj.), 25759-66, 26577-8, 27917-8, -67-8, 28911, 29007-8, 29177-220, 29455-70, 29587-8, 30061-2, etc. — Le groupe *CR*, surtout entre 3900 et 6900, se rencontre assez souvent, tantôt isolé (cf. 3990, 4198, 6649-50, etc.), plus souvent avec *A* (cf. 6187-8, 6515-6, etc.), ou avec *AA²* (cf. 6361-2, etc.) : ces deux derniers cas sont moins surprenants [1], puisque le gros de la 1ʳᵉ section de la 1ʳᵉ fam. est ainsi reproduit.

L'affinité particulière de *C* avec *R*, lorsqu'il est de la 1ʳᵉ famille, se manifeste surtout par une rédaction abrégée en 12 vers du portrait de Troïlus (v. 5393-5446), que *A²* combine avec la rédaction commune (voir sous *A²*). Dans la 2ᵉ partie, où il est le plus souvent de la 2ᵉ famille, *C* forme, par exception, un groupe isolé avec *K* aux v. 13289-91 et 13545-6 [2].

C¹. — *C¹* est plus voisin de *C* que de *K*, quand il n'est pas indépendant, ce qui lui arrive très souvent; cf. 13533-4, 13545-50, 14281-2, etc.

K. — Ce ms., qui est parfois indépendant (cf. 7839-40, 19187-8, 26643-4, 27917-8, etc., et les lacunes ou abréviations constatées à la *Description*, est essentiellement de la 2ᵉ famille (2ᵉ section); ce n'est que tout à fait par exception qu'il est de la 1ʳᵉ, par ex. v. 23438 [3].

M. — Ce ms., qui est d'ordinaire uni assez étroite-

1. Il faut noter les v. 2811-2, où *AC* donnent une rime spéciale, 5315-28 et 5341-62, qui manquent à *CP*, 5335 et 5339-40, où *C* est joint à *A²*: nous oublions sans doute quelques exemples analogues.

2. Il a une leçon spéciale avec *A¹* 13617-8, une avec *P* 6703-4, une avec *M²* 24918.

3. *K* et *A¹* vont ensemble aux v. 13639-40 et 13681-2. Pour *KP* ou *kP*, voir sous *P*, p. 79.

ment à *K*, s'en sépare assez souvent, ainsi que de la 2ᵉ famille, 2ᵉ section ou de la 2ᵉ fam. entière, pour se joindre (ordinairement avec la bonne leçon), soit à la 1ʳᵉ famille entière, soit à la 1ʳᵉ ou à la 2ᵉ section de cette famille. Cf. (outre la contamination constatée dans l'*Entrevue d'Achille et d'Hector*) les v. 176, 727-8, 2315-6, 8163-4, 8439-40, après 11720 (absence des 10 v. ajoutés par *M'A'BB'CDJKL'S'y*), 11763-4, -805, -806 (3 vers), -830, -831-2, -835, -836, -846, -847-8, -869-72, 12013-8, -23-8, -37-8, -83, -84, -85-90, -116, -117-26, -215-6, -217-20, -221-4, -272-4 (absence des 12 vers spéciaux), -393-4, -495-6, -499-500, -501, -502, -503-4, -521-2 (absence des 2 v. ajoutés), 13289-90, -451-2, -527, -533-5, -545-6, -611-2, -681-2, 19187-8 (où *K* est isolé), 23427-8, 23438, 24918 (cf. *M'*), 26643-4, -798, -829-30 [1], -897-9, -913-4, -945-6, 27025-8, 28169-72, -265-8, -371-2, -467-8, -707-8, -911, -927-8, -931-2, 29007-8, 29359-60, 29368, 29419-20, 29441-2, 29455-70, 29471, 29481-2, 29921-2. Le nombre des mauvaises leçons de *M* est, dans ce cas, presque insignifiant; cf. 175-6, 11709-12 (réduits à 2 v.), 13360 (ou *K*, avec *aïr*, est plus voisin de la bonne leçon *avir*), 13528, 29368. Comme on le voit, la séparation de *M* et de *K* a lieu le plus souvent dans des passages nettement déterminés : de 11720 à 12522, de 13289 à 13682, de 26643 à 26914, etc., surtout de 28900 à la fin. — La grande lacune de 840 vers (de 9179 à 10018), qui est commune à *BC* et à *M*, lacune précédée d'ailleurs dans *M* d'une autre de 28 vers (v. 9151-78) amenée par un bourdon (*deshaite*), se trouvant dans un passage où *C* et *M* sont de la 2ᵉ fa-

---

1. Cet exemple et les quatre suivants ne sont que probables, étant donné la grande lacune de *K*; mais *M* est visiblement, dans ce passage, de la 1ʳᵉ famille. Il en est de même du dernier exemple, où *K* manque également, et aussi des cas où *K* a une leçon spéciale, comme 12284-9 (supprimés), 24918, 26643-4, et quelques autres.

mille, n'intéresse que cette 2ᵉ famille et ne peut s'expliquer que par une contamination, *M* appartenant, comme nous l'avons dit, dans la 2ᵉ section, à un sous-groupe $k = K + M$.

W. — Ms. très voisin de *C* et qui, le plus souvent, en reproduit les plus petits détails, et même les bizarreries de graphie. Cf. sur ce dernier point, v. 83, *Cornellus* ; 5150, *machainꝫ* ; 7885, *Sion* C, *Syon* W ; 13102, *Dien* ; 14330, *Tant* comer (*C* guer) *moi est* derianz, pour *Tant com vers mei iert depreianꝫ* ; 15364 (var. de *BCKW*), *huelnes* C, *huenels* W, pour *humles* ; 15271, *Landon-mata* ; 15378, *Laurone* ; et, pour les leçons spéciales communes, v. 92, 13091, -93, -94, -97-8. -109, -111, -114, -118, 14295, -297, 15238, -340, -354, -361, -404, -421, -425, -438, -444, -463,-474, -493, -505, -520, etc.

GL. — Les ms. *GL* constituent une sous-famille de *x* qui, le plus souvent, marche d'accord avec *n* et *L'*, mais qui s'en sépare assez souvent un peu partout (même fréquemment entre les vers 18000 et 20700) pour se joindre à la 1ʳᵉ section de la 1ʳᵉ famille. Le groupe se montre ensuite assez régulièrement complet jusque vers 25250, où *L* se joint à *y* jusqu'au v. 28096 (v oir p. 80), ce qui le réduit à *FGN* jusqu'à la disparition de *G*, et à *FN* ensuite. Nous ne relevons que les exemples les plus probants : 4661-2, 6027-8, 16419-20, 17809-10, 18071-2, -75, -77-8, -87-8, -93-4, -95-8, 18105-6, -115-6,-139-44,-147-8, -150,-153-4, -165,-167-8, -171,-172-3 (présents), -174, -175-6, 199-200, -213-4, -231-2, -233-4, etc. ; 18313-4, -335-8, -345-8, -397-8, -471-2, -473-4, -595-6, -605-6, -623-4, -657-8, etc. ; 19079-80, 19575-6, 20049-50, 20085-6, 20138-43, -215-24, -253-4, etc. ; 20621-2, -675-6, -679-80 (où d'ailleurs *G* a une rime spéciale) [1]. — *G* et *L* montrent quelque indé-

1. Dans la plupart des exemples cités ici, *n* est joint à *H* ou à *DHM'* (*DH* dans la lacune de *M*')ꝛ ꝛ

pendance à l'égard l'un de l'autre dans certains passages. Ainsi G s'oppose à Ln aux v. 2633-4 [1], 3591-2, 11943-4, 12983-4, 12987-8, 13325-6, -615-6, -775-6, -865-6, 14297, 14539-40, 15069-70, 16619-20, 24885, etc., et à L seul (n étant à part), 13615-6 (L manque), 20679-80 (L a la bonne leçon), 24392, 24550, 25748, etc. Il est parfois isolé, quand L se joint à y; cf. 25371, -479, -998, 26143-4, -159, -215, -508, -577-8, etc. De son côté, L, outre le long passage où il forme le groupe Ly, est parfois indépendant; cf. 15068 (v. déplacé), 16477-8, 18213-4 (absents), 21776 et ailleurs [2].

F. — D'autre part, F, en dehors de la contamination signalée dans l'*Entrevue d'Achille et d'Hector*, et de deux passages (v. 3825 à 4018 et 9363 à 10024), où il est de la 2e famille, s'oppose encore ailleurs à LN et plus souvent à GLN, par ex. 5619-24 (déplacés), 5627-48 (abs.), après 8330 (2 v. ajoutés avec J), 13611-2, 14080 (bonne leçon), 14390-4, 14831-2, 15479-80 [3], 20890 (avec KP), 21011-2, 21605-12 et 25617-86 (absents), 25372, etc.

S et S^1. — Les deux mss. de St-Pétersbourg appartiennent dans leur ensemble, S à la 1re famille, S^1 à la 2e. Cf. 7887, 7895-8, 7901, 7902, 7903-4, 11709-12, 11720 (10 v. ajoutés dans la 2e fam.), 11763-4, 13121-206, 13523-6, 14287, 14887-92, 16111-2, 16114-6, 21935-6, 29007-8 (S rime spéciale avec I), 29455-70, 29587-8 [4]. Cependant ils se trouvent assez souvent réu-

---

1. Il faut mettre à part ces vers, où L, qui garde la rime de n, est d'accord, pour le 1er hémistiche du 1er vers, avec la 2e famille (qui change la rime avec G), et peut par conséquent être considéré comme intermédiaire.

2. L'absence des v. 3981-2 dans GN ne prouve rien, car ils ont pu être supprimés par des scribes différents.

3. Ces vers manquent aussi dans H, qui rattache le v. suivant au v. 15478, ce que ne fait pas F.

4. Aux v. 14887-92, S^1, puisqu'il a ces vers, serait de la 1re famille, tandis que S, qui ne les a pas, serait de la 2e : il est difficile d'expliquer cette anomalie, qui se rencontre encore dans l'*En-*

nis, par le passage de S^1 à la 1re fam., par ex. 10825-76
(présents; cf. en particulier les 2 premiers vers, où l'on a
le groupe ASS^1), 13457-70 (prés.), -523-6 (prés.), 14284,
-875-82 (prés., où d'ailleurs S n'a que 2 v. au lieu de 8),
-895-936 (prés.), 20138-43 (prés.), 22121-2, 23438; ou,
au contraire, par le passage de S à la 2e, par ex. 12569
(20 v. ajoutez), 23427-8 (abs.), 26643-4, 27967-8. C'est
à la 1re section de la 2e fam., plutôt qu'à la 2e section,
qu'appartient S^1; cf. 21935-6, 22663-72, etc. — L'un et
l'autre ms., surtout S, montrent d'ailleurs une assez
grande indépendance. — Signalons enfin quelques
groupements particuliers où entrent S et S^1: SI 29007-
8, SEH 23127 et 23129, $SAMV^1$ 13289-91 et 13321-2;
S^1I 26119-20, S^1A^2I 18541 et 22669-70, S^1A 22685-6 et
22687-8, etc.

V^1 et V^2. — Les deux mss. de Venise se comportent
à peu près comme S et S^1, en ce sens qu'ils sont tantôt
réunis et tantôt séparés; mais ils n'appartiennent pas
dans leur ensemble, comme ces derniers, à deux familles opposées : ils sont, avec beaucoup d'indépendance (et aussi d'inintelligence pour ce qui est de V^2,
qui d'ailleurs pratique beaucoup de suppressions), de la
même famille, laquelle est généralement la 1re, 1re section. Cf., pour la 1re famille, 13521-2, -523-6, -534, -543,
-545-6 et 550 (V^2 manque), 611-2, etc.; 14284, -287 et
-289-91 (V^1 manque), 15510, 15527-8; pour la 2e,
14282, 15209, 15231-2 (V^2 var. inepte au 2e v.), 15259-
60 (V^2 manque), 15353-4, 15395-6 (4 vers), etc.; leçon
spéciale, 13867-92 (absents), 15207, 15211-2, 15213-14,
etc.; 15462, 15467, 15517; avec M^2A, 13264; avec A,
15066, 15323-4; avec AR, 15067-8, etc. — Cependant
ils sont assez souvent séparés, soit à cause de l'absence

---

trevue d'Achille et d'Hector, où S^1 a la 1re rédaction (1re fam.),
tandis que S a la 2e (2e famille), mélangeant parfois les deux rédactions et insérant plusieurs additions. Voir t. IV, p. 407-9.

de l'un des deux ou de leur indépendance propre, soit parce que l'un d'eux passe à la 2ᵉ famille, par ex. *V¹*, v. 15015, 15016, 15018 (6 v. ajoutés), 15342, etc.; plus souvent *V²*, v. 13297-8, 13527, 13528, 14297, 15356 (2 v. ajoutés), etc. — Relevons enfin la parenté de *V¹* avec *H* (*V²* a une rédaction spéciale) à l'*explicit* complémentaire; cf. v. 3, *Ml't* (au lieu de *Miex*), et surtout v. 8, *mise en memore* (au lieu de *en nul tempoire*) [1].

Passons aux manuscrits fragmentaires.

B¹ — Nous désignons ainsi les deux feuillets doubles de Bâle et le feuillet simple de Bruxelles qui proviennent du même exemplaire, lequel appartenait à la 1ʳᵉ section de la 1ʳᵉ famille et avait des affinités particulières avec *A*. Il y a lieu cependant de faire des réserves en ce qui concerne le fragment de Bruxelles. Si l'on peut avoir des doutes quand on le trouve joint au groupe *kn*, cas qui est fréquent, nous l'avons dit (voir p. 71), dans le dernier tiers du poème, il n'en est pas de même quand il donne une leçon spéciale avec *k* (cf. 27384, 27846, 27857), ou avec *K*, *M* étant alors de la 1ʳᵉ famille (cf. 27839-40, 27876, 28001), ou avec *y*, réduit à *DHM¹* dans une grande lacune de *E* (cf. 28012), ou avec *ky* (cf. 28013 [2]) : on ne peut nier qu'il ne soit alors de la 2ᵉ famille et qu'il ne représente par conséquent un ms. déjà contaminé. — Ajoutons que les leçons spéciales, dont la plupart sont loin de s'imposer, sont assez nombreuses dans les trois fragments. Cf. 6812 (2 v. ajoutés), 6941 (cf. 14594), 7906 (4 v. aj.), 7919-20, 7963-4, 7970, 7972 (avec *P²*, qui est ici de la sous-famille *n*), 14271,

---

1. La présence des v. 13457-70 (Dédicace), que l'on trouve (en gros) dans *v* et *ꝣ* (1ʳᵉ section de la 1ʳᵉ fam. et 2ᵉ section de la 2ᵉ), confirme en somme notre classification, et l'absence (avec *A*) des v. 5407-8 (où *CR* ont une rédaction spéciale) n'y contredit pas.

2. Cf. 2ᵉ fragment de Bâle, v. 14515.

14290 (cf. 14289 avec *IS*), -314, -329-3o, -334 (peut
être la bonne leçon), -359, -373-4, 14404, -410, -416,
-434, -437, -451, -455 (avec *A*), -470, -471, -472, -473,
-594, -600, -616, -626, -643, 27842, -844, -859, -860,
-865, -891, -916, -918, -926, -928, -945, 947, -961,
-976, -984.

B² est de la 2ᵉ famille, 1ʳᵉ section, et a de grandes affinités avec *E* ou *EH*; cf. 10375-8, 11743-4 (remplacés
ici, comme dans *EH* par les v. 11725-6 répétés), 11782
(cf. *EH*), 11783-4 (cf. *E* ; *H* a la bonne leçon), 11808
(cf. *EH*), 11830 (cf. *A¹EH*), 11835-6 (cf. *EH*, surtout
E), 11285-6 ¹, 12214-51 (absents par bourdon dans
B²EH), 12280 (*B²E* répètent les v. 13399-400) ; parfois,
au contraire, il suit *M¹* si *EH* changent de famille ; cf.
10676, -712, -767, 11247, -261, -296 (2 v. aj.), -311,
-312, -387-8, -401-2, -403, -459, -629, -630, 12794.

B³, qui a quelques leçons de détail particulières (cf.
3009, 3234, 3236, 5140, etc.), appartient, pour le premier fragment, à la 1ʳᵉ famille, particulièrement à la
2ᵉ section, sous-famille *n* (cf. 3025, 3032, 3215) ², et
pour le second, où il est apparenté à *A* (cf. 5351, 5356,
5367-72), à la 2ᵉ famille, 1ʳᵉ section ; cf. 5131, 5132,
5139, 5335-6, 5337-8 (absents), etc.

B⁴ est strictement de la 2ᵉ famille, dont les deux sections sont généralement réunies dans le passage qu'il
contient ; cf. 4130, -33, -34, -39, -47, etc. ³, et surtout
4229-3o (intervertis) et 4279-80 (rime spéciale). Pour les
détails, il suit tantôt *K* (cf. 4160 et 4194), tantôt *E* (cf.

---

1. Pour plus de détails, voir notre mémoire, dans *Etudes
romanes dédiées à Gaston Paris*, p. 235-6.

2. Le v. 3o22, où *B³* donne, avec *M²Rk* : *De trestot l'empire de
France*, au lieu de : *De tot l'empire al rei de F.*, ne suffit pas à
infirmer ce classement.

3. Au v. 4279, on a, pour le dernier mot, *BB⁴JMy*, c'est-à-dire
yʒ, moins *K*, qui donne *qu'avoient* au lieu de *qu'amoient* ; de
même *K* offre une variante au v. 4170.

4232 et 4288), tantôt *y* (cf. 4154,etc.), tantôt même *F*
(cf. 4151 et 4288). Il a d'ailleurs un assez grand nombre
de leçons spéciales; cf. 4152 (dérivé de *K*), 4176, 4203,
-8, -18, -19-20 (supprimés), 26, après 4228 (2 v. ajoutés),
4231, -42, -54, -63, -70, -84 [1].

M[3] est franchement de la 2ᵉ famille, 2ᵉ section; cf.
16373 (16374 manque, et aussi les 5 premiers vers du
développement en 6 v. de 16375-6), 16389, 16411-2
(*A'CKM*). Il est d'ailleurs particulièrement apparenté à
K; cf. 16352 *emprès* (16353 *empreis*), 16359 *Que ne[l]
p. rien r.*, 16411-2 (*A'CKM*) [2]. Il fournit quelques
leçons particulières, généralement mauvaises : 16338
nous vandra (pour *vous vaudra*), 16344 *proie* (pour
poie), 16386 *chiere* (pour *fiere*), 16393-4 (intervertis),
16410 *S'el[s] ne se f. soutenues*, 16413 *Ne p. a nul four
muer*, 16414 *eüst grant doul a couer* [3].

N[1] appartient à la 1ʳᵉ famille et plus particulièrement à
la 2ᵉ section, groupe *n*, où il suit plutôt *N* que *F* (beaucoup moins bon); cf. 25067 (avec *N*; *F* est plus près de la
bonne leçon), 25096 (avec *Kn*), 25284 (avec *A²n*, etc.
Quand il se sépare de *n*, c'est généralement pour donner
la bonne leçon, le plus souvent avec *M²*, parfois avec l'ensemble des mss.; cf. 25188, 25237, 25286, etc. Au contraire, au vers 25336, *senez*, incompris, a subi la correction qui se présentait naturellement (cf. *EM¹*), et aux vers
25083-4, où l'on a voulu éviter *iceant* de *N* (*iciant* de *F*),

1. On constatera quelques différences de détail entre ces renseignements et ceux que donne l'éditeur du fragment, M. Bayot,
différences qui ne changent cependant rien au classement général
qu'il en a fait.

2. Par exception, au v.16362, ce ms. suit *M²* (.*xxx*. au lieu de
tantes), qui est d'ailleurs de la 2ᵉ famille dans ce passage.

3. Au v. 16383, la leçon du ms. donnée par l'éditeur doit sans
doute être lue : *Les cuers nos convient [bien partir]*. — Rappelons que les variantes de ce ms. ne figurent pas au bas de notre
texte, le passage auquel il correspond ayant été publié avant que
le fragment nous fût connu.

la correction, qui devait exister déjà dans le modèle de
N^1, a été corrompue au premier vers par le scribe de ce
dernier ms. Au v. 25227, je soupçonne qu'il faut lire
releuer (*relever*), au lieu de *relerier*. — Les leçons
spéciales sont d'ailleurs nombreuses ; cf. 25049, 25084
(rajeunissement), 25096, -175, -183, -278, -295, etc. A
noter l'insertion après 25115 d'un vers spécial rimant
en *-er*, ce qui a amené la suppression du v. 25117 et la
rime *-er*, *-ier*, le vers 25118 étant maintenu.

N^2, qui a de nombreuses leçons particulières (cf. 14079,
14085, 14087, 14108, 14113-4, etc. ; 14811-2, 14841,
14854 (développé en 3 v.), 14900, 14951, etc.) [1], appartient, comme N^1, à la 1re famille, ce que montrent
(sans parler des leçons semblables) l'absence des v.
14863-6, 14919-20 et 14911-6 de l'édition Joly, la présence des v. 14835-6, 14855-8, 14861-2, 14875-82,
14887-92, 14945-6, 14969-70, 15013-4, absents dans la
2e famille, et les v. 14985-6, que la 2e famille développe
en 4 vers. L'absence dans ce ms. des v. 14799-800, et
les leçons qu'il donne aux v. 14080, 14108, 14122
(variante), 14156, etc., 14833, 14911, 14957-8, etc.,
l'assignent plus particulièrement à la 2e section de
cette famille.

P^1 appartient à la 1re famille et se rapproche surtout
de la 2e section (en particulier de N) [2]; cf. 321, 336, 376,
422, 446. Les leçons spéciales sont nombreuses ; cf.

---

1. Aux v. 15047-8, le scribe de N^2, sans doute aussi embarrassé
que celui de N, qui les a laissés en blanc, a donné 4 vers dont
les deux premiers sont inintelligibles et manquent du mot final ;
les deux autres, qui manquent aussi du mot final, peuvent être
rétablis ainsi : *Iceste chose avient [sovent]* : *Trop en doit l'en estre*
[dolent].

2. Par exception, les v. 13077-8 manquent à P^2 et à GL, tandis
qu'ils sont dans F et N, mais, pour ce dernier ms., renvoyés au
bas de la page et d'une écriture cursive notablement postérieure,
ce qui semble bien indiquer que le ms. que copiait le scribe de
P^2 était dérivé de N.

319, 328, 333, 334, 341, 377, 380, 415, 447, 450, 456, 458. Enfin, il faut relever l'absence des vers 323-6, (concernant le Sagittaire) qui manquent aussi dans *K*, ce qui est peut-être un effet du hasard.

P^2. — Les huit premiers des fragments qui composent ce recueil factice appartiennent à la 2ᵉ section de la 1ʳᵉ famille [1]; cf. 7793-4 (légère var. de P^2), 7812, 7813-4, 7853, 7901, 7941-4 et 8255-60 (absents), 9599-600 (*F* 2ᵉ fam.), 10088, 12601-2, 13125, -26, etc. Ce ms., qui a très fréquemment et dans toutes ses parties des leçons spéciales (cf. 7628, 7670, 7708, 7713-4, 7829, 7830, 7839-40, 7883-4, 9949-50 (4 vers), 26 vers spéciaux après 10106, etc., etc.), est ici plus particulièrement rapproché de *N* ou de *LN*; cf. 8383, 9672, 10481-2, etc. — Les 9ᵉ, 10ᵉ et 11ᵉ fragments appartiennent, au contraire, à la 1ʳᵉ section de la 2ᵉ famille [2]; cf. 20889-90, 20901-4, 20930, 20941, 20985 (lacune de *DM¹*), 24748, 24781, 24800, 24813-4 (intervertis avec *M²*), -18, -26, -27, -28, -57, -60, 25371-2 (avec *L*, qui est dans ce passage joint à *y*; cf. 25373-4, -77-8, -84, -85, 25408 (*M¹* varie), etc.), 25393, 25402, -10, -41-2, -94. — Rappelons enfin que P^2 se comporte d'une façon toute spéciale dans l'*Entrevue d'Achille et d'Hector*; voir p. 83.

S^3. — Nous avons déjà assigné S^2 à la 2ᵉ section de la 2ᵉ famille (voir p. 64) : il nous reste à dire un mot de S^3. L'absence dans ce ms. des v. 29459-70 suffirait à le classer dans la 2ᵉ famille ; mais on peut préciser davantage et affirmer qu'il est plutôt (presque toujours,

1. Je relève dans le 1ᵉʳ fragment, v. 7790 (au v. 7789, P^2 a une leçon spéciale), un exemple où P^2 appartient à la 2ᵉ famille : il est vrai que l'on peut à la rigueur admettre ce changement chez deux scribes différents.

2. Nous avons dit plus haut que, dans les lacunes de *E*, *y* se réduit à *DHM¹* (ordinairement accompagné de *J* et de *P*), réduction qui a lieu dans les deux premiers fragments (1ᵉʳ feuillet double).

dans le dernier fragment) de la 1re section de cette famille, d'accord avec J et (souvent) M^2 ; cf. 30028, -45, -55, -61-2, -98, -99, -100, -139, -166, -167, -168, -203, etc., et sans E, 28788, 29370, etc. [1]. Dans les deux premiers fragments, il marche le plus souvent avec la 2e famille toute entière, du moins avec yK (M étant alors de la 1re famille) ; cf. 28720, -22, -24, -31, -33, -39, -49, -74, -76, -95, -800, -817, -832, etc. ; -29383, -436, -439-40, -42, -55-70, -812, etc.

L'extraordinaire complexité des rapports entre les 39 mss. dont nous disposons ne permet pas de résumer les résultats de l'étude qui précède en un tableau exact dans tous ses détails : nous devons donc nous contenter d'en donner l'essentiel, en désignant par O l'original, par α et β la 1re et la 2e famille, par v la 1re section de la 1re famille, par χ la 2e section de la 2e famille, et par des majuscules italiques les mss. contaminés.

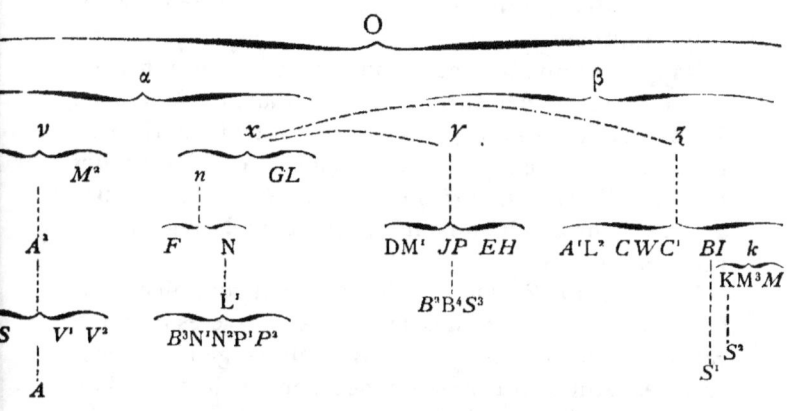

1. Pour les détails, il est souvent joint à M^1 ; cf. 28747, 28755-6, 28780, etc.

§ 1er. — *Versification.*

A. — Rime.

Le *Roman de Troie* a, dans notre texte critique, 30316
vers octosyllabiques. Sur 15158 paires de rimes, il y
en a (sauf erreur) 4372 de féminines, soit une proportion de 28,18 %. La proportion des rimes féminines
varie beaucoup d'un groupe de 1000 vers à un autre ;
elle va de 113 paires de rimes à 161, soit de 22,60 à
32,20 %, sans qu'on puisse établir une gradation ascendante ou descendante régulière. Ainsi, on passe brusquement de 119 paires sur 500 pour le premier mille,
à 154 pour le deuxième et à 161 (chiffre le plus élevé)
pour le troisième, et ce chiffre revient au neuvième
mille, tandis que le plus faible (113) se rencontre au
vingt-huitième.

Rappelons que la proportion des rimes féminines est
sensiblement supérieure (37,10 %) dans le *Roman de
Thèbes*, dont nous croyons avoir démontré l'antériorité[1].
Elle est également supérieure dans la *Chronique des
Ducs de Normandie* (33,60 %), qui, étant postérieure
à Troie (voir au ch. suivant), rentre dans la règle généralement admise.

L'auteur du *Roman de Troie* rimait fort bien pour
l'époque. Presque toutes les rimes inexactes qu'on y
rencontre se justifient par des licences généralement
admises. Ainsi on trouve un peu partout la rime d'un
mot où l'*r* fait partie d'un groupe de deux (ou trois)
consonnes avec un mot où il n'y a pas d'*r* : *chevaleros* :

---

1. Voir notre édition (Paris, 1890), p. cxiv ss.

meillors 10821, *resplendors* : *dous* 14629, *barge* :
rivage 27623, *trovent* : *covrent* 7245, *esfrei* : *mei* 1503,
: *tei* 4109, *Rei* : *esfrei* 271, : *sei* 6005, 6057, etc., ou
celle de voyelle + *r* + *s* (*ʒ*) avec *r* + voy. + *s* (*ʒ*) : *braʒ* :
parʒ 18977, *grosse* : *destorse* 9325 ; *Epistrot* : *mort*
12193) (cf. comme aussi celle de *mm* (lat. m'n) avec *n*
dans *femme* : *regne* (prononcé *rene*) 7884, etc. (voir aux
Liquides). Il faut noter ici la rime de *ui* avec *i* (*pris* :
truis), de *ue* + *n* avec *e* + *n* (voir § 2, p. 122-3). Quant aux
rimes où *s* + cons. rime avec une consonne seule (*crisolite* : *ametiste* 14637, *arbaleste* : *saiete* 28889, etc.), elles
montrent simplement l'amuïssement de l'*s* [1] (voir p. 125).
Il reste comme rimes un peu insuffisantes, mais qui ne
sauraient être assimilées à des assonances : 1° la rime
de *n* et de *ñ* dans *mainent* (: *acompaignent*) 25113,
demeine (: *remaigne*) 25157 et celle de *m* avec *n* :
tienent, *criement* 10549, où il s'agit toujours de nasales ;
2° celle de *n* et de *l* dans *Athenes* : *teles* 5695 et *espaules* : *aunes* 20629 (liquide et liquide nasale).

Au point de vue de la richesse, les rimes donnent :
pour le premier mille, sur 500 paires, 15,2 % de rimes
pauvres (c'est-à-dire qui seraient aujourd'hui insuffisantes) [2], 3,6 % de rimes riches et 81,2 % de rimes
communes ; — pour les 1000 vers compris entre 14631
et 15630, 13,2 % de rimes pauvres, 9,6 % de rimes
riches et 77,2 % de rimes communes ; — pour les 1000
derniers vers (de 29317 à la fin), 21,4 % de rimes pauvres, 4,2 % de rimes riches et 74,4 % de rimes communes. Deux points sont donc à noter : une augmenta-
tion considérable, vers la fin du poème, des rimes pauvres, et une diminution relativement plus forte des
rimes riches.

1. Pour les détails, voir ci-après, *Phonétique*, *Liquides*, R.
2. Nous comptons naturellement parmi les rimes pauvres celles
qui sont inexactes.

B. — Brisure du couplet.

La brisure du couplet est particulièrement fréquente. Nous en avons relevé dans les 3000 premiers vers, 67 exemples (dont 20 ont un fort repos après le second vers, qui est par conséquent isolé[1]); — dans les 3000 vers qui vont du v. 14000 au v. 17000, 299 exemples, dont 64 avec le 2e vers isolé) ; — dans les 3000 derniers vers, 359 exemples (dont 97 avec le 2e vers isolé) ; — soit 4,46 % pour le premier groupe, 19,93 % pour le second, 23,93 % pour le troisième, en moyenne, 16,10 %. On voit d'ailleurs que la progression est constante. De plus, elle est notablement plus rapide au commencement (les chiffres sont : pour le premier mille 14, pour le second 20, pour le troisième 33), et elle se ralentit, comme il est naturel (sans cependant cesser d'avancer), quand elle a atteint un degré élevé [2].

La brisure a même lieu d'un chapitre à un autre [3] aux vers 6658, 21190, 21838, 24272, 27548, 27932 ; plus rarement dans des subdivisions de chapitres (alinéas), par exemple aux vers 15738, 17806, 18349, etc.

L'enjambement n'est fréquent qu'à partir de la seconde moitié du poème. Ainsi, nous n'en relevons que quatre exemples dans les 2000 premiers vers et 17 du vers 2000 au vers 14000, tandis qu'il y en a au moins 130 du vers 14000 à la fin. Il est d'ailleurs souvent atténué (à peu près une fois sur deux) par ce fait que la phrase,

1. La brisure est ici moins frappante que dans le cas où le sens se continue avec le couplet suivant, mais elle n'en existe pas moins.

2. La brisure du couplet est un peu plus fréquente dans *Éneas*, et, quoiqu'elle aille en progressant comme dans *Troie*, la différence est moins sensible du commencement à la fin. Ainsi, il y a environ 76 cas, soit 15,2 %, dans les mille premiers vers et 97, soit 19,4 % dans les mille derniers, ce qui donne une moyenne de 17,3 %.

3. C'est-à-dire quand l'auteur passe à un nouveau récit, ce que nous avons marqué par des titres appropriés.

suspendue par le rejet d'un ou de deux mots, se complète au même vers à l'aide d'un complément circonstantiel, par exemple : *veant mil Greus e plus* 498 ; ou d'une proposition incidente commençant le plus souvent par *ço* et s'appliquant à la phrase tout entière, par exemple : *jo n'en sai al* 2613, *jo nel cuit mie* 3999, *ço fu dolor* 2625, *c'est lor us* 23327, *mais ço n'iert mie* 26699, *ço sai de veir* 27499, etc.

C. — Mesure du vers.

Diérèse.— 1° Les terminaisons *-ion* (*-ions*), *iez̦* de l'indicatif imparfait et du conditionnel sont encore dissyllabiques [1] : *avïon* : *merrïon* 4311-2, *ferïons* 4437, *avïez̦* 1055, *erïez̦* 12092, *estïez̦* : *dïez̦* 16027-8, *cuiderïez̦* : *travaillerïez̦* 1343-4, etc. — 2° Le mot *visio* ne donne que *visïon* (*visïons*), et non *vison*, mais *avison* (= *advisionem) 3873 et 29846 est assuré par la critique des manuscrits. — 3° Il faut noter, dans les noms propres, la diérèse de *eu* : *Teücer* 9074, *Eürus* 4172, *Eürope* 3811, 18191, *Eüfras* 7974, *Eüfratès* 6844, 23264, *Eüfrate* 9501, *Eüfeme* 7929, *Eüfemes* 6696, *Eüfemis* 12307, 12647 (mais *Eufeme* 7929), *Eürialus* 5013, 5677, 8384, 11309, *Eüforbius* 4090, 14107 (mais *Euripilus* 5565, 8270, 16059, *Eurisacis* 27321); surtout dans la finale *eus* : *Menesteüs, Peleüs* [2]; les noms en a u s resserrent, au contraire, *aü* en *au* : *Menelaus* 187, 4223, etc., *Menelau* 4782, 11613, etc., *Proteselaus* 8249, 16829, et ceux en a x donnent, naturellement, *-aus* : *Aïaus* : *taus* 9431, 26609, : *maus* 263, : *comunaus* 27061, etc.; — celle de *oe* : *Oënidus* 27535, *Oëaus* 27933, *Eboëan* 27901,27997; — celle de *ai* dans *Aïaus* 190, 264, etc. — celle de *oi* dans toutes les formes issues de

---

1. Dans *M²*, *ïez̦* est assez souvent écrit *-eiez̦*; de même, mais moins souvent, dans *N*.

2. De plus, *Idomeneüs* 20081, 25825, 28098; ailleurs *Idomeneus*.

Trojanum (voir plus loin, *Vocalisme*, E, 7°). — Dans
Laomedon, *ao* compte toujours pour deux syllabes (au
vers 1003, *Laumedon* des mss. M²F n'a pas été admis
dans le texte critique). Au contraire, il y a synérèse
dans *Laudamanta* 15271, 29643, 29656, 29769 (lat.
Laodamanta, accus.), altéré de diverses façons, et en
particulier en *Landomata*; voir la note à 15271.

Élision. — L'élision, dans les monosyllabes, est
facultative pour *jo*, *ço* ¹, *iço*, et, parmi ceux en *e*, pour
que (pron. et conj.), *ne* ², *se* (voir ces mots au *Glossaire*). — L'élision de l'*i*, dans l'article masculin au
sujet singulier, n'est pas rare, principalement devant
airs, *haubers*, *autors*, *autre*, *escriz*, *om*, *oz*, *uns* (voir
au *Glossaire*, sous ces mots et sous *le*). Au sujet pluriel, *li* n'est jamais élidé. — L'élision de l'*i*, dans le
pronom masculin ou féminin de la 3° personne employé au datif singulier comme proclitique, a toujours
lieu devant le pronom *en* et n'a lieu qu'à cette place
(voir au *Glossaire*, sous *lui*).

Enclise. — L'enclise de *le* pronom a lieu avec *jo*, *tu*,
te, *ço*, *ne* (adv.), *se* (conj.), *si*, *qui*, *que*, *cui*, *ele*, *a*, *de*
(voir ces mots au *Glossaire*), et de plus avec *mere* 10219
et *faire* 8357, 10359, 15863, 19097, 22267, 25449,
29412; celle de *les* avec *jo*, *ço*, *ne* (adv.), *se* (conj.), *si*,
qui, *que*, *ja*, *de*, et (ce qui est fort rare) avec *me*, dat.
(*mes* : *mes* 21723); celle de *en* avec *tu*, *qui*, *cui*, *ja*, *si* (voir
ces mots). — L'enclise de *vos*, qui perd alors le *v*, est
particulièrement fréquente dans notre poème : on la
rencontre avec *jo*, *ço*, *que* (pron. et conj.), *ne*, *se*, et
exceptionnellement avec *si*, 15922 (voir ces mots).

---

1. L'élision avec *ço* est particulièrement fréquente (en dehors
du cas où il précède *est*) : on la trouve même après les prépo-
sitions *de* et *por*; voir au *Glossaire*.

2. Nous avons relevé environ 50 exemples de *nen* devant un
mot commençant par une voyelle; voir au *Glossaire*.

Hiatus. — Aucun des exemples d'hiatus des poly-syllabes cités par M. Settegast [1] n'est confirmé par la critique des manuscrits. Il en est de même d'un certain nombre d'autres exemples qu'offre *M²* (seul ou en com-pagnie d'un ou plusieurs mss.) et où l'hiatus provient le plus souvent de la chute de *e* commençant le vers et répété à l'intérieur. Cf. 3556, 7225, 7922, 12002, 15540, 16134, 16878, 17310, 17803, 23058, 28415, 28445, 29614, 29832.

Il faut cependant admettre l'hiatus de *jusque* au v. 14036, *E jusque aus arçons des sèles* (l'élision a lieu au vers précédent), et celui de *sache* devant son sujet *il* au v. 29505, où il s'explique par l'emphase.

§ 2. — *Phonétique*.

A. — Vocalisme.

A. — 1° *A* tonique devant *l* dans une syllabe ouverte donne plus souvent à la rime *a* que *e* : *nasal* : *contreval* 2527, *mal* : *vassal* 4163, 11011, etc., : *cheval* 11605, *al* (= *ale, class. aliud) : *cheval* 3821, 23969, *cheval* : *leal* 8133, ch. : *comunal* 12447, *mortal* : *vassal* 12701, 14355, 22789, *cendal* : *cheval* 7554, 9563, 24293. — Au sujet sing. et au régime plur., les rimes caractéris-tiques en *-aus* abondent : *taus* : *vassaus* 22, *mortaus* : v. 553, *naturaus* : v. 19425, *chevaus* : *jornaus*, etc. Mais, d'autre part, la finale *-eus*, à côté de *-aus*, est bien établie pour certains mots : *charneus* 62 (*damedeus* :), à côté de *charnaus* 8030 (*chevaus* :); *teus* (: *Greus*) 5353, 6788, : *deus* (deos) 13795, 29173 (cf. *Deus* : *auteus* 26205), à côté de *taus* : *vassaus* 227, : *Menelaus* 11505,

1. *Benoît de Sainte-More, Eine sprachliche Untersuchung über die Identitæt der Verfasser des « Roman de Troie » und der « Chronique des Ducs de Normandie »* (Breslau, 1876).

: *Aiaus* 9431, 26609, etc., et de *tal* qui rime avec *mortal*, *ostal*, etc., lesquels riment d'ailleurs avec *vassal*, *cheval* et autres mots où *al* = all latin. Quant à *autel* (= *aletale), la rime que nous avons dans *x* (: *bel*), au v. 16699, est suspecte, le produit de *a* latin libre ne rimant pas dans ce texte avec le produit de *e* latin entravé ; cependant le sens semble meilleur que celui que donne la leçon de *M²* et de *AA²BCIJky*, *a neel*, qui n'est qu'une cheville. Il faut peut-être lire : *Quar tuit erent li bastoncel.* La forme *crual* à côté de *cruël* (= ˙crudalis) est assurée par la rime *vassaus* : *cruaus* 24619 ; mais partout ailleurs on trouve écrit *cruël* (*cruëus*), en rime avec des mots qui ont -alis en latin, comme *mortel* 2071, 13761, *tel* 9051. — La rime *nasaus* : *precïaus* (= *pretiali s) 23437 est intéressante, parce que l'écriture confirme ici la prédominance de *al* sur *el* et qu'aucun manuscrit ne donne *precïëus*. D'autre part, -*os* (= o s u s) n'était pas encore arrivé à *eus*, contrairement à ce que sembleraient indiquer les vers 28569-70 de l'édition Joly, où *eus* (de *HK*) qui rime avec *ploreus*, doit être remplacé par *nos*, que donnent la plupart des mss. et les meilleurs, comme l'avait soupçonné M. Settegast (*loc. laud.*, p. 26) [1] : nous sommes donc obligé d'admettre, dans *precïaus*, la substitution du suffixe -a l i s à -o s u s.

2° *An* et *en* sont généralement distincts, sauf dans les mots qui ont partout les deux formes, comme *dolent*, *talent*, *ardent*, *orient*, *sergent*. Pour ces mots, voir au *Glossaire* les cas où ils riment en -*ant*. Il faut y ajouter *sanglant* : *maintenant* 2500, 22730, *sanglantes* : *corantes* 12810 (plus souvent *sanglent*) ; *penitance dotance* 18739, : *semblance* 20723.—Par contre *manant*, qui rime, selon l'usage, en -*an* aux v. 3848 et 27563,

---

1. Les rimes *preu* : *leu* des v. 10237-8 et 22255-6 (Joly) disparaissent également par l'examen des mss.

rime une fois en *en*, 26667 : *Encore i fust l'or e l'argent Dont vos estes riche e manent* (cf. *Girart de Rossillon*, éd. Fr. Michel, p. 339).

3° Il faut noter le changement assez fréquent de l'*o* en *a* devant *nt* issu de *mt* ou *mpt* [1] : *De querre Esiona, lor ante* ; *Come Antenor, le riche cante* 175-6 (cf. 13522) ; *De Pise en i avait oitante Li vieuz Nestor, totes a cante* 5627-8 (cf. 5646, 11678, 18720); *Mais trop par est as Greus pesante, Quar, si com li Livres recante* (var. *nos cante*) 10909-10; *Anceis que jo trespas avant, Dreiz est e biens que jol recant* 6659-60. A l'atone, cette forme ne se rencontre, dans *Troie*, que très exceptionnellement et dans un manuscrit isolé : elle est toujours déguisée sous les formes de *chanter*, de sorte que, le sens étant satisfaisant, on ne saurait affirmer qu'il y a eu confusion. Cf. 691 (*M²*), *Chanté vos sera li ahanz*.

4° *Ordene* (3ᵉ pers. du prés. de *ordener*) rime avec *Diane* au v. 7665, et *pene* (= pinna) avec *tumiane* (= θυμίαμα) au v. 13391. Mais au v. 18175, à *fame* (: *dame*) des mss. *DEHJM'*, on doit préférer *femme* : *regne*, rime fréquente dans notre texte et ailleurs.

AI.—1° La diphtongue *ai*, à la tonique, lorsqu'elle est suivie d'une consonne autre qu'une nasale, vient exclusivement de *a* + *yod*. Dans *vais* (cf. *fais* : *revais* 2671, seul exemple assuré par la rime), il y a attraction de l'*i* : *vas* est assuré une fois, 1385 (: *torneras*). *Vait* (cf. v. : *fait* 474, 1462, : *estait* 10260, : *garait* 8693, : *trait* 12031, etc.) est beaucoup plus fréquent que *va*, qui

---

1. Ce trait se retrouve dans la *Chronique des Ducs de Normandie*, 3002, 4818, 9021, 12314, 23207, 35271, 41389, dans la *Vie de saint Martin* de Pean Gatineau : *Une eglise, si com l'on cante, Ou il mist chanoinnes cinquante* (Dʳ Werner Sœderhjelm, *Das Martinleben des P. Gatineau*, Helsingfors, 1891, p. 16), et souvent à l'atone; dans les *Merveilles de Rigomer*, 14215, *autant* : *cant* (1ʳᵉ pers. subj.), et sans doute ailleurs ; mais il est en somme rare.

n'offre que deux rimes : *trovera* : *va* 1811, *va* : *ora* 3579.

2° *Ai* ne rime avec *è* que dans les groupes *ais, ait, aist, aisse, aistre* : *lais* : *travers* 19709 ; *set* : *hait* 9763, 17223, : *plait* 7503, : *deshait* 8253, 9527 ; *test* : *desplaist* 17285 ; *presse* : *laisse* 21173, : *eslaisse* 12127 ; *estre* : *naistre* 1737, 10689, 11163, 14749, 21719, : *maistre* 3963, 5317, 7659, etc. — On peut rapprocher la rime *ei* : *è* dans *otreiz* (pluriel de *otrei*) : *prez* (= *prest* + *s*) 21935, 27305.

3° *Ai* et *ei* ne sont guère confondus que devant *n* et *ñ* : *a*) *rein* (remum) : *funain* (cf. *reins* : *funains* 923), *novains* : *pleins* 23265, *meins* : *Troïains* 5293, : *mains* 28691, *empeinz* : *guaainz* 16107, *esteinz* : *ainz* 25585, *preinz* : *ainz* 28763, *maint* : *esteint* 13463, *empeint* : *guaaint* 8773 ; — *Heleine* : *chevetaine* 25967, : *sisaine* 8199 ; *meine* : *vilaine* 4837, : *disaine* 8221 ; *demeine* : *chevetaine* 19179, *peine* : *prochaine* 25253, : *saine* 26665, : *quinzaine* 28357 ; *areine* : *dereraine* 7717 ; *demeines* : *chevetaines* 12829, : *chataines* 16845, : *premeraines* 15969 ; *creime* (tremit) : *aime* 18105 ; — *b*) *teigne* (teneat) : *remaigne* 13119, *enseigne* : *compaigne* 6777, 7089, 13945, : *engraigne* 8099, : *mahaigne* 8881, etc., *entreseigne* : *Espaigne* 11443, *preigne* : *ovraigne* 19491, *feigne* : *mahaigne* 7491, *restreignent* : *plaignent* 21453, *destreignent* : *mahaignent* 21659.

En dehors de ces deux catégories de mots, les seules rimes que nous ayons relevées sont : *raie* : *baleie* 11352 et *baleient* : *traient* 12015, 17097.

E. — 1° *e* ouvert (de *ĕ, æ* latins) et *e* fermé (de *ē, ĭ, œ* latins) entravés sont encore séparés, sauf devant les nasales [1]. *Maissele, mamele, ancele, estincele,* qui

***

1. La substitution de *assez* à *adés* dans *M²*, au v. 10566, *Diomedès ala après : Chevaliers ot pro e assez* (et de même au v. 10383) est due, soit à la répugnance du scribe à admettre *adès*

semblent faire exception, viennent de *maxella, *ma-
mella, *ancella, *scintella, par un changement de
suffixe bien connu. — *Senestre* rime en *e* ouvert (: *estre*
8987), par analogie avec *destre*, mot auquel il est souvent opposé. — *Prest* rime ordinairement avec des mots
venant de *i* bref : *saiete* : *preste* 9067, *saietes* : *prestes*
7867, *arbaleste* : *preste* 8765, *arbalestes* : *prestes* 7161,
preʒ : *iceʒ* (ecce-istos) 8725, 10569, 13963, *ceʒ* :
p. 22617, et aussi avec *est*, qui s'il a un *e* bref en latin
classique, avait un *e* long en latin vulgaire. Que l'on
adopte, pour étymologie de *prest*, *præstitem* ou *præsto*
(que nous préférerions), il faut admettre que *æ* y était
de bonne heure passé à *e* fermé ; cf. *præda*, qui a donné
preie (*proie*). — *e* alterne avec *i* dans *meesme* 29431
(: *esme*) comparé à *meïsme* (: *abisme*) 28883.

2° *e* et *ie* ne sont pas confondus, comme il arrive
dans certains dialectes, en particulier en anglo-normand : *entere* rimant avec *frere* 9039 est une exception unique : en dehors de cet exemple, la forme analogique *entiere* (au lieu de la forme phonétique *entire*)
est seule employée dans notre texte. — *Cuider*, ici comme dans la *Chronique* de Benoit et le *Roman de Rou* de
Wace, remplace *cuidier*, qui n'offre pas d'exemple
assuré par la rime ; cf. *cuider* : *penser* 27739, *cuidé* :
autorité 919, : *tempesté* 5077, *outrecuideʒ* : *volenteʒ*
10391. De même *regné* n'a que *e* : *r.* : *demandé* 1255,
: *retorné* 2391, : *quiteé* 29529. — Au contraire, *irié* est
seul assuré, à l'exclusion de *iré*.

3° Les mots qui ont en latin *ĕ*, *ĭ* ont ici *ei*, selon la
règle : *segrei* : *mei* 3907, 1775, : *sei* 28309, : *otrei*
27713 ; *segreiʒ* : *conseiʒ* 6977. — La rime *degete* : *re-*
grete 26121 exclut les formes *degiete*, *giete*, etc. (nous

dans le sens un peu spécial qu'il a le plus souvent dans notre
texte (voir au *Glossaire*), soit à la tendance à employer le mot le
plus usuel.

avons corrigé aux *Errata* celles que nous avions admises par mégarde). Il faut mettre à part *discret*, qui a l'*e*
fermé (cf. *discreʒ* : *seneʒ* 23136, : *passeʒ* 27509) : c'est
un mot savant. — A l'atone, il y a régulièrement *e* (non
ei) dans *conreé, conreer, esfreé, esfreer* : l'*e* s'est conservé après la chute du *d* intervocalique. Pour *baubeot*
5244, 5330, qui semble bien issu de *balbizare*, les plus
anciens mss. hésitent entre *baubeiot (balb.), balbiot*
et *baubeot (balb.)*.

4° *e*, de *e (a)*, *æ (a)* latin, dans les noms propres,
rime avec *a* latin libre, à la tonique : *Panthesilee*
(*recontee* :) 638, : *contree* 23360, : *serree* 23593;
Galatee : *fee* 8023, : *espee* 13909, 15560; *Cee* : *lee*
14105. Il faut ajouter le nom hébreu *Tharé* : *Thareʒ* :
neʒ 9987, *nomeʒ* : *T.* 8130.

5° *e* + nasale et *e* + nas. + *s* riment avec *ue* + nas. et
ue + nas. + *s*, ce qui prouve que la diphtongue *ue* commençait à devenir ascendante (cf. plus loin, sous *UEU*
et sous *UI*) : *sen* : *suen* 6413, : *buen* 11805, *sens* : *buens*
18453, *suens* : *tens* 25927, *porpens* : *suens* 9283, etc.

6° Les noms propres en *er* ont l'*e* ouvert : *Jupiter* :
enfer 21715, *Teücer* (*fer* :) 9074.

7° Le nom propre équivalant au latin T r o i a n u s, que
Benoit avait à employer si souvent, rime de six façons
diverses, toujours avec diérèse de l'*i* : *a*) en *en* : *Troïen*
: *sen* 2709, 5821, 6837, 12606, 13235, : *nequeden* 18659,
23765, *Troïens* : *tens* 593, 7205, 20481, 20815, 20999,
21124, 23823, 25035, 27543, : *rens* 12023, 22767; cf.
Oteviën : *sen* 28725, *Atheniëns* : *rens* 18627, : *tens*
8527, 14495, 15291; *Galiëns* (*tens* :) 10248, *Aliʒoniëns* :
rens 12389; — *b*) en *uen* (cf. 5°) : *Troïen* : *suen* 13209,
Troïens : *suens* 113, 18767; — *c*) en *ein* : *meins* (m i-
n u s) : *Troïens* 5293; — *d*) en *ain* : *Troïains* (*humains* :)
66, : *premerains* 2165, 13939, 18763, 25379, : *prochains*
7697 (cf. *Lidïains* : *Germains* 14137, *dis e uitaine* : *Tri-
cïaine* 8261); — *e*) en *ien* : *Troïen* : *chien* 13101, : *bien*

2423, 7623, 8888, 10033, 10973, 12133, 12335, 12895
18853, 19523, 20683, 21781, 23833, 23893, 24221,
25273, : *rien* 21085, 25917, *Troïiens* : *chiens* 7569,
: *biens* 22987, 25407, : *riens* 9232, 10663 (cf. *Crestïiens*
(*biens* :) 29568, : *Citarïiens* (*chiens* :) 3868 ; — *f*) en *an* :
Troïans : *chans* 2315. Cette dernière forme est savante ;
Troïen est la forme ordinaire du francien. — Les formes *a*, *c*, *d*, *e* se retrouvent dans la *Chronique*, les formes *a*, *e*, *f*, dans *Énéas*.

8° *ĕ* (*œ*)latin ne se diphtongue pas et rime en *e* fermé
dans *deus* (deus), *Greus* (Græcus) [1] et *ere*, *erent*, imparfait de *estre* : *deus* : *teus* 13795, 29173, *auteus* 26205,
Greus (*teus* :) 5353, 6787, *ere* (3e pers.) 4941 et 29391
(: *frere*), *erent* : *eschaperent* 15205, : *amenerent* 6865,
: *tornerent* 15736, : *roberent* 26093, : *resemblerent*
29783. — Mais le futur de *estre*, à la 3e personne (la
seule qu'on rencontre à la rime) a toujours *ie* (: *iert*
: *quiert* 4075, : *fiert* 15455, 19601), ce qui autorise à
écrire à la 1re *ier* 19615 et 25042. et à la 3e du pluriel
ierent 4868, 8841, 9364, 15785, 23350, 24914.

I. — 1° Deux verbes en -*izare* hésitent entre *i* et *ei* à
la tonique. On a : *flambie* (*folie* :) 12102, et *reflambie*
(*Labastrie* :) 14632, mais *reflambeie* (*seie* :) 7654 et
11135; *plie* (: *mie*) 17215, mais *soplei* (1re pers. prés.)
(: *mei*) 15149, *desplei*, déverbal de *despleier* (*conrei* :)
19987, *despleiʒ* (: *esfreiʒ*) 10627, (*conreiʒ* :) 22604. —
Otreier n'a que *ei* : *otrei* (1re pers. prés.) : *mei* 1457,
: *conrei* 1549, etc., *otreie* : *veie* 4021, 13115, 17857,
25657 et 25977; *otreient* : *porveient* 27219. — *Legare*
donne les formes analogiques ordinaires en *i* : *liënt*
(*ociënt* :) 4502, *ralie* (*rescrie* :) 23676, *raliënt* (*ociënt* :)
11194, et *precare* donne *pri*, *prie*, selon la règle (cf.,

---

1. L'*e* fermé est confirmé par les formes parallèles *dé*, *Gré* ;
cf. *dé* : *volenté* 7933, (*beauté* :) 2983, *raseüré* : *damedé* 25609,
tré: *Gré* 19301, *Grés* : *remés* 9309, 20997, 27355.

pour *pri*, 13574, 14298, 25862; pour *prie*, 946, 3398,
etc.), exceptionnellement *preie* (*otreie* :) 26359, où tous
les manuscrits non picards donnent *otreie*, ce qui
empêche de lire *prie* : *otrie*.

2° *Merciër* a un *e* pur, selon la règle, à cause de la
dentale disparue : *trover* : *merciër* 6451, *aler* : *m.*
29609, *gré* : *merciё* 29503, *greɜ* : *merciёɜ* 17029; mais
aussi *ie* : *merciié* : *espleitié* 6653, *lieɜ* : *merciieɜ* 2124.
— *Criër, fiёr, obliёr* n'ont que *e* ; au contraire, *lapiier*
n'a que *ie* (cf. 26584 et 27186, mais *lapiderent* 26569
(intérieur), où il faudrait peut-être écrire *lapiierent*,
malgré les mss.). — *Chastiier, espiier, sacrefiier, sain-
tefiier* n'ont également que *ie* (voir au *Glossaire*).

O. — 1° *Mot* a ici ordinairement un *o* fermé ; cf. **mot** :
tot 283, 26674, *moɜ* : *toɜ* 145. 13853, : *proɜ* 12880,
13618, 13682. Une seule exception : *moɜ* : *les noɜ* 19068.

2° *O* ouvert tonique libre (= ŏ du latin classique)
devant *l* se diphtongue régulièrement (*duel, vuel* (noms),
suelent), mais il ne se diphtongue pas et reste ouvert, par
exception, dans certains mots : *escole* (*parole* :) 86, *vole*
(*p.* :) 24725, 27529, *volent* : *afolent* 9157. L'*o* persiste de
même dans *rose*, qui rime avec *chose* 5125, lequel a
d'ailleurs ici toujours un *o* ouvert. Il rime, au contraire,
en *o* fermé devant *r* dans *demore* (cf. 8929 : *socorre,*
20369 : *socore,* 24361 : *decore* (= decurrat), 2551 :
sore, 3345 et 4035 : *d'ore,* 13981 et 17801 : *hore*), forme
analogique qui s'explique par *demorer* (voir *Vers de la
mort*, éd. Fr. Wulff et Em. Walberg, *Introd.*, LXIX), et
de plus dans *devore* (cf. 18691 : *l'ore,* 21102 : *d'ore,*
25192 : *plore*) et dans *acore* 20633 : *l'ore,* qui s'expliquent de même ; — même si l'*r* est suivie de *n*,
comme dans *morne* 1120, 1520, etc., où la nasale
semble avoir exercé son influence malgré l'interposi-
tion de la liquide [1].

1. Voir Horning, *La Langue et la Littérature françaises*, p. 20.

3° *Or* (avec ŏ bref en latin a généralement l'*o* ouvert à la finale des noms propres : *Hector : or* 11543, 11733, 14937, etc., *Nestor : tresor* 25477, *or : Castor* 2547, etc., rimes qui rendent probable l'*o* ouvert pour les noms propres en *or* qui riment avec *Hector, Castor* et *Nestor* (cf. *H. : Prothenor* 10935, *H. : Antenor* 11759, etc.)[1]. Il y a aussi des rimes probantes pour les cas où *or* est accompagné d'une *s* de flexion, ce qui est exceptionnel : *Antenors : cors* 24952, *Prothenors : galos* 8686, *Nestors : defors* 22492, *Hectors : cors* 12789. La seule rime probante que nous ayons pour *Antenor* est en *o* fermé : *Antenor : honor* 24977 ; cf. *l'onor : Prothenor* 5607. Dans *Antenor : Mennor* (pour *Mennon*) 11129 (cf. *M. : Sicamor* 7472) et *A. : Agamennor* (pour *Agamennon*) 26317, l'*o* est probablement fermé. — L'*o* est également ouvert dans les noms propres en *-os : os* (= ausus) : *Colcos* 838 (cf. *Dindialos : os* 13367) ; mais dans *Terose* (= Thera) : *preciose* 23239, l'*o* est fermé.

4° *O* bref suivi d'une *r* dans une syllabe entravée se diphtongue dans *muert* et *tuert* (3° pers. du prés. de *morir* et *tordre*), qui riment ensemble 22904 (cf. *deiuert : muert* 12196). En dehors de l'accord des meilleurs manuscrits, la diphtongue est assurée par la rime *muert : porquiert* 613, qui montre d'ailleurs qu'elle commençait à devenir ascendante.

5° Dans notre poème, *bon*, adjectif, rime, avec ŏ, ŭ + *n*, s'il est proclitique ou prédicat précédant le verbe (il n'y a naturellement pas de rimes) ; mais l'*o* se diphtongue en *ue*, s'il est placé après le nom, ou employé comme prédicat et alors placé après le verbe : par ex., *Ja*

1. Aux v. 19679-80, *Nestor : Libanor*, la valeur de l'*o* est douteuse, parce que *Nestor* rime ordinairement en *o* ouvert et qu'il n'est pas sûr que *Libanor* représente le génitif pluriel L i b a n o - r u m. Ce mot est d'ailleurs purement savant et semble une simple cheville (à cause de la préposition *de*).

resera li torneiz buens 8632 (*des suens:*), mais *se bon li
est* 4710. — *Buen, buens* riment tantôt avec *suen, suens*
(possessif), qui rime avec *cuens*, cas sujet de *comte*, tantôt avec des mots en *en* : *Sicilien* : *buen* 18599, *sens,
buens* 18453, *buens* : *porpens* 9283, : *tens* 25927, : *liëns*
4717. — *Suen, son* suivent la règle de *buen, bon*, tant
pour l'alternance des deux formes que pour la rime en
en; cf. *sen* : *le suen* 6413, *Paflagoniëns* : *suens* 20525.
Voici les seules exceptions que nous ayons relevées :
bon (nom) : *Deiphebon* 4193, *bon* (adj. placé après le
nom [1]) : *gonfanon* 2518, : *sermon* 6453, *bons* (prédicat) :
respons 3489 (adj. placé après le nom [1]), : *prisons* 20599,
li son : *sablon* 9935, *les sons* : *compaignons* 2417.
—*Cuens* (cas sujet de *conte*) rime naturellement avec
suens 1035, 3731, etc.

6° H o m o ne donne pas de forme diphtonguée
(*huem, hoem, uem, oem*), comme on en trouve souvent
dans la *Chronique* (cf. *Jerusalem* : *hoem* 31752), et rime
toujours avec *o* fermé provenant de $\bar{o}$, $\breve{u}$ latins. Cf. *hom* :
Patroclon 10332, : *baron* 10380, : *defension* 11235, et
pour le pronom indéfini : *om* : *retraçon* 6419, : *non*
12219 et 15263, : *lison* 13399, : *Palladion* 26997, : *façon*
27323, : *son* (= summum) 30025. — Il en est de même
de s o n u s et des formes verbales accentuées s o n a t,
s o n a n t, que l'on trouve diphtonguées dans certains
textes. Cf. *sons* : *chançons* 5307, : *boissons* 2385, *sone* :
areisone 3293, 15507, 19563; *done* : *resone* 1937,
24321, *resonent* : *donent* 10761.

OI. — 1° La diphtongue *oi* n'est jamais ici une transformation de *ei*, issu de $\breve{e}$, $\breve{i}$ toniques libres : elle provient uniquement de *o* fermé (= $\bar{o}$, $\breve{u}$ latins) + *yod*
(*soing, poing, loing, point*, etc.), ou de .o ouvert (= *au*
lat.) + *yod* (*bloi, poi, joi, Troie, joie*, etc.); et *ói* et *òi*

---

1. Dans ce cas, l'adjectif n'est, en somme, qu'à moitié emphatique.

ne riment jamais ensemble. Aucun des exemples de pareille confusion réunis par M. Settegast (*loc. laud.*, p. 25) ne résiste à la critique des manuscrits.

2º Les noms propres de contrée en *ŏnia*, *ŏnia* donnent dans les mss. tantôt *oine*, tantôt *one*. Les rimes *Paflagoine* : *troine* (*trone*) 6815, *Licoine* : *t.* 7927 sembleraient appuyer les formes en *one*. Mais *Caledoine* rime avec *essoine* 5639, 9120 et 13955, et de même *Paflagoine* 8145 et 15919 (cf. *essoigne* : *broigne* 6803, 9865, 21179, etc.): nous avons donc cru devoir écrire *troine*, et non *trone*.

3º Pour *ŏ* + *l* + *yod* dans une syllabe ouverte, la graphie variant non seulement d'un manuscrit à l'autre, mais encore dans un même manuscrit, et les mots de cette espèce rimant naturellement ensemble, il est difficile de trancher la question de savoir si l'*o* persiste, ou s'il se diphtongue. Cependant les meilleurs manuscrits donnant le plus souvent des formes diphtonguées, nous les avons admises partout dans le texte critique. Nous écrivons donc *dueil* et *vueil* (1re pers.), *dueille*, *vueille*, *mueille. acueille*, *orgueil*, *ueil*, etc. Pour les syllabes fermées, où l'*e* est vocalisé, voir plus loin, sous *UEU*, *IEU*, *EU*.

OU. — *Ou*, provenant de *ō*, *ü* + *l* suivis d'une consonne, rime avec *o* fermé, ce qui prouve que la diphtongue *ou*, bien qu'étant encore en partie descendante, tend à se réduire à *o* fermé, dont le son commence à se rapprocher du son moderne *ou*. Cf. *tomoute* : *gote* 4537, *douç* : *toç* 20731, *tribous* : *enoios* 29141, *sous* (solus): *vos* 1449, 12997, 18169, : *nos* 429, 3967, : *perillos* 18981, : *angoissos* 14147, 21035, : *engignos* 14877. Ces exemples prouvent de plus que la vocalisation de l'*l* est déjà un fait accompli. — Les rimes avec *dous* (duos) sont particulièrement nombreuses : *dous* : *vos* 13167, 27027, : *rescos* 13189, : *desiros* 7281, : *precios* 25625, : *haïnos* 28683, : *orgoillos* 6099, 27603, : *angois-*

sos 10721, 14113, : *corajos* 19417, : *merveillos* 22773, : *perillos* 22793 ; *ambedous* : *vos* 12863, : *merveillos* 6739, : *precios* 14517, : *haïnos* 29099, : *resplendors* 14629 ; *entredous* : *rescos* 6409 [1]. — Ici se rattache la rime de *lous* (lupus) avec *fameillos* 9159, 21089.

Parallèlement à *ou* (avec *o* fermé) + consonne rimant avec *o* fermé + cons., nous avons *ou* (avec *o* ouvert) + cons. rimant avec *o* ouvert + cons., ce qui prouve que la diphtongue est encore descendante : *tout* (tollit) : *ot* 15745, *cous* (colaphos) : *dos* 7181, : *os* 20141.

UEU, IEU, EU. — 1º De même que nous avons vu la diphtongue *ou* (avec *o* fermé ou *o* ouvert rimer avec *o* fermé ou *o* ouvert (cf., ci-dessous, *ui* rimant avec *i*), de même la triphtongue *ueu* (= ŏ + *l* + consonne) rime avec la diphtongue *eu*, issue de *ill* + cons. : *dueus* : *eus* 6167, 6403, 12235, 13237, 17109, 18501, 19123, 24439, : *cheveus* 16747, 27287 ; *vueus* (pl. de *vuel*) : *eus* 20173.

2º D'autre part, le produit de ŏ + *l* + *yod* + cons. rime avec le produit de ĕ + *l* + *yod* + cons. : *ieuʒ* (oculus) : *vieuʒ* (*veclus) 20221, 22679, 23027, 23343, 23729, 25663, 28169 ; *vieuʒ* : *orguieuʒ* (*orgolium + s) 28169, : *sarquieuʒ* (*sarcolium + s) 14589, aussi bien qu'avec lui-même (cf. *ieuʒ* : *orguieuʒ* 519, 1275, 5113, 9151, 11161, 13307, 14317, 14441, 15041, 18623, 19335, 23939, 27047).

3º Jocus, locus, donnent *gieus, lieus*, comme le mon-

---

1. Il faut ajouter les rimes un peu incertaines *dous* : *Tricios* 5657, *Crenos* : *dous* 5693, où l'on pourrait hésiter entre *os* et *ous*, qui se trouvent dans la plupart des manuscrits ; mais le suffixe *-os* est probable pour *Tricios* = *Tricius* (de *Trica*, Darès : *Tricca*) + *osus*, et *Crenos* est plus rapproché que *Crenous* (voir les variantes) de *Cernus*, que donne Darès. — Malgré la rime *eus* : *deus* (duos) 12421, qui doit être considérée comme une licence, il ne semble pas que *ou* dans *dous*, pas plus que *o* venant de ŏ, ŭ latins, soit encore arrivé à œ (*eu* du français moderne). Voir sous EU.

trent les rimes avec *cieus* (forme régulière de *cælus*) :
cieus : *gieus* 1625, 4279, 14743, 29165, : *lieus* 13034,
26049, 27475. Ces mêmes mots riment aussi avec *fieus*
(= feŏdos), qui figure avec *oilʒ*, dans une assonance
en *oe* du *Rollant* : *lieus* : *fieus* 6119, 28197, *gieus* :
f. 18005. Nous écrivons donc à l'intérieur du v. 16972,
fieu, et non *fié*, que donnent la plupart des manuscrits.

4° *Bues* (boves) rime, selon la règle, avec *ues* (opus)
1351, 1721 ; et avec *lues* (var. *feus*) 18878, mais, aux
vers 27917-8, il rime incontestablement avec *eus* (illos),
ce qui fait qu'on se demande s'il ne faudrait pas admettre, aux vers 1887-8, *feus*, qui est assez bien appuyé.
Mais nous avons vu que, pour Benoit, *eu* est encore
diphtongue et qu'il ne semble pas qu'il ait prononcé *œ*
(*eu* moderne) l'*o* fermé provenant de ŏ, ŭ latin (cf. p. 122,
note). Peut-être prononçait-il *bœus* en conservant la
diphtongue avec *o* très fermé et appuyant sur *œ*, ce
qui était un acheminement à la prononciation moderne.

UI, I. — *Ui* provient ici, très régulièrement, de ŏ latin, suivi d'un *yod* issu d'un *i* en hiatus ou d'une guttu-
rale (*truis, puis, nuit, muire,* etc.), ou de *u* long + *yod*
(*duire* et ses composés, *fruit,* etc.), qui se confondent à
la rime ; cf. *enui* : *sui* 29449, *nuit* : *conduit* 349, *duiʒ*
(doctus) : *conduiʒ* 17809, etc. Il rime souvent avec *i* de
toute provenance, ce qui prouve que la diphtongue
commençait à être ascendante. Cf. *destruire* : *martire*
2643, : *ocire* 9627 ; *respit* : *nuit* 24783, : *enuit* 4127 ;
cuit (cogitet) : *desconfit* 9333, *eslit* : *recuit* 329 ; *pris*
(pretium) : *truis* 71, 729, 2053, 17335, : *puis* 4231 ; *conquis* : *puis* 1723, *dis* (decem) : *p.* 6027 ; *sis* : *truis* 23159 ;
muire : *mire* 11967 ; *nuire* : *m.* 11507 ; *isse* : *puisse*
15337, 23117, 29917, : *honisse* 6329. — *Ui* est réduit
à *u* dans *pertus* (: *desus* 7817, : *jus* 1531, : *plus* 22879)
et *us* (ostium) 15495 (: *plus*).

B. — CONSONANTISME.

I. *Palatales.* — *Sace* rime, comme dans beaucoup
d'autres textes, avec des mots où *ce* provient de *te (ti)*,
ce (ci)+ voyelle : *sace : place* 21295, 25435, : *face* 6187,
6361, 8755, 10881, 19905, : *Therace* 7721, : **Trace**
26723, 27065. Il faut sans doute admettre en latin vulgaire une forme *saciam refaite sur faciam. A l'intérieur du vers, on ne trouve guère que *sache* dans tous
les manuscrits. — Pour le subjonctif de *taire*, *plaire*, les
formes primitives *tace* et *place* sont assurées par les
rimes (cf. *tace : face* 25589, *place : f.* 853, *desplace : f.*
1607, 26171, etc., *d. : manace* 1097); mais les formes
nouvelles le sont aussi, quoique moins souvent (cf.
taise : aise 23203, *plaise : a.* 20099, *desplaise : a.* 10457,
22525. — Le suffixe -*itia* donne ordinairement -*ece* :
destrece : hautece 467, : *forterece* 2217, 4209, etc., *ri-
chece : h.* 4647 (cf. *Boëce : Grece* 3353, 8193, 10911,
: *espece* 8141); exceptionnellement -*eise* : *corteise* :
proëise 2951. — Les formes dialectales *negun* pour
nes un, *segur* pour *seür* et son dérivé *segurain*
pour *seürain* (cf. *segurtance* 27505 W), relevées par
M. Stock dans l'édition Joly (*loc. laud.*, p. 483), ne
sont pas confirmées par la critique des mss. Il est
vrai que *M²* lui-même emploie assez souvent la forme
negun (cf. 1262, 3634, 5368, etc.), là où les autres
manuscrits ont *nes un*; mais ce ms., quelle que soit
sa valeur, ne saurait s'imposer dans tous les cas
pour la graphie, à cause des formes incontestablement
dialectales qu'il présente (cf. *tiel*, *portier*, etc.), et il
offre d'ailleurs quelques traces de provençal. Voir ci-
dessus, ch. 1ᵉʳ, § 1, la *Description des manuscrits*.

II. *Dentales.* — A la 3ᵉ pers. du sing. du parfait des
conjugaisons autres que la 1ʳᵉ, le *t* ne persiste, selon
la règle, que lorsqu'il est protégé par une dentale (*fail-*

lit ¹ : *vit* 55, *petit* : *vit* 10942, *dit* : *entroblit* 22, 14751),
ou une labiale aboutissant à *u* (*dut* : *aparçut* 2375 ;
conut : *a.* 4349, 27719, *eslut* : *c.* 7723, *c.* : *estut* 9975,
etc.; *mut*, *crut* 2831, : *plut* 11983), et dans les parfaits
faibles en *u* (*corut*, *morut*, *valut*, etc.).—*Fu* (fuit) est seul
assuré par la rime, à l'exclusion de *fut*. Cf. *fu* : *res-
pondu* 231, : *socoru* 469, : *vestu* 1819, : *veü* 8733, etc.—
A côté de *cuit* (cogito) 14664 (*recuit* :), on trouve fréquemment *cui* rimant avec *lui*. Cf. 5782, 6961, 12436,
24146, 29336. — La dentale finale est également tombée dans *dei* (= *ditum* pour *digitum*). Cf. *dei* : *tei* 6319,
: *mei* 8571, 16937, : *sei* 8645, : *rei* 9743. *Deit* ne se rencontrant pas à la rime, nous écrivons *dei* à l'intérieur
du vers. — Signalons encore la chute du *t* dans *bor*
23454 (*or* :), à côté de *bort* (: *fort* 912, : *port* 27907), et
dans *nequeden* 18659 et 23765 (: *Troïen*), 5035 (: *sen*).—
Par contre, on ne trouve pas, comme dans la *Chronique*,
plai (pour *plait*) et *lai* (pour *lait*), fém. *laie*. Cf. *lait* :
retrait 561, : *fait* 3403, *laiz* : *faiz* 229, etc.

III. *Labiales*. — Nous n'avons à noter ici que la
chute exceptionnelle de l'*f* finale, issue de *b*, *p*, *v*, dans
tré (: *Gré* 19301), *chié* (: *comencié* 22535), *chaiti* (*Ele-
ni* :) 16419, *blé* (« bleu ») (: *goté*) 22407 ; mais on a *blef*
(*tref* :) 27594.

IV. *Continues*. — On sait que l's suivie d'une liquide,
d'une spirante ou d'une sonore était sonore et qu'elle
a disparu de très bonne heure dans la prononciation,
tandis que l's suivie d'une sourde (*p*, *t*, *c*) était sourde
et n'a disparu qu'au xiiᵉ siècle, et tout d'abord dans les
poèmes de Wace, dans la *Chronique* et chez Marie de
France et Garnier de Pont-Sainte-Maxence ². Dans *Troie*,

1. *Faillit*, ici et 2844 (*petit* :) est une licence amenée par la
rime. Cf. *failli* : *reverti* 23779 et la graphie à l'intérieur des vers
3595, 10217, 10967, etc.
2. Elle se prononce encore dans Chrétien de Troyes, qui est
postérieur. Voir W. Fœrster, *Cligés*, p. lxxiii, et G. Paris, dans *Ro-*

nous avons relevé les rimes suivantes : devant *m, setmes :
pesmes* 8003 (qui se prononçait sans doute *sèmes* [1] :
pèmes), *uitmes : pruismes* 8113 ; — devant *t, despout :
cost* (écrit *cout* dans *M* [2]) 8439, *destre : ceptre* 23057,
saietes : prestes 7867, *saiete : preste* 9067, *arbaleste : s.*
28889, *hastent : combatent* 8477, *deshait : plaist* 13649,
dit (p. passé) : *fist* 14127, *crisolite : ametiste* 14637,
crisolites : ametistes 16703, *listes : escrites* 16809.

La distinction de *s* et de *ʒ* n'est pas strictement main-
tenue, surtout pour certains mots : 1° *Pris* (p r e t i u m)
n'a qu'une rime en *ʒ* : *diʒ* (DKM¹ *ris*, C *avis*, M² *fis*
= f i d u s) : *priʒ* 19605, tandis que les rimes en *s* abondent : *pris : Felis* 13953, : *Eüfremis* 12307, : *Philemenis*
15930, : *truis* 17517, : *Paradis* 13397, 16683, : *païs*
7741, : *pris* (p r e n s u m) 13132, 23355, : *desconfis* (impér.)
19057, : *lis* [2] (*l i l i u s) 14923, : *truis* 71, 729, 2053,
17335, : *maumis* 24099, : *sis* 6719, : *apris* 6801, : *em-
pris* 18331.

2° Le produit de d e c e m rime d'un côté avec *piʒ* (p e c-
t u s) 22183 et *desconfiʒ* (partic.) 20889, de l'autre avec
des mots qui n'ont que *s,* et enfin avec *pris* (p r e t i u m)
321, 7813, 13405, 25769, qui, nous l'avons vu, a plutôt *s* que *ʒ* ; mais le produit de d i c i s ne rime qu'en *ʒ* :
contrediʒ : fiʒ (f i l i u s) 15439, *merciʒ : diʒ* 8939, *marriʒ :
diʒ* 9869, tandis que celui de d i c o ne rime qu'en *s* :
dis : enemis 2261, : *païs* 6529, : *ocis* 29525 [3] ; de même

---

mania, XV, 614 ss. M. O. Ulbrich, dans *Zeitschrift für rom. Phil.,*
II, 521 ss., montre que *s* devant *m* est tombée de bonne heure.

1. Ecrit ainsi dans *M²* au v. 7926.

2. La rime *lis : sis* 13345 montre que *lis* n'a pas ici le *ʒ* qu'on
trouve dans certains textes du xii° siècle. Il n'est pas sûr que dans
Cadorʒ de Liʒ (: *Daviʒ,* rég.) 8125, *Liʒ* représente *l i l i u s. Voir
aux *Liquides.*

3. La forme normale *di,* qui est seule employée à l'intérieur
du vers offre d'ailleurs quatre rimes : *di : midi* 3381, : *bani* 12629,
: *ami* 13579, : *sousi* 28887.

fis (feci); cf. *vis* : *fis* 24625. — *Raïʒ* n'a que *ʒ* : *escriʒ* : *r.* 12935. Il en est de même de *feiʒ* (vicem) : *f.* : *destreiʒ* 1941, : *torneiʒ* 5223, etc.

3° Fidus donne le plus souvent *fiʒ* (cf. *hardiʒ* : *fiʒ* 2155, *guariʒ* : *fiʒ* 4839, etc.), mais aussi *fis* (cf. *requis* : *fis* 11777, *mis* : *fis* 13150, *fis* : *ocis* 15513, *fis* : *tramis* 30125) : nous écrivons *fiʒ* à l'intérieur du vers.

4° *Fais* (facis) rime avec *revais* 2671. *Fais* (fascem) ne rime qu'en *s* : *fais* : *eslais* 7293, : *mais* 7781, 8995, 19063, : *esmais* 22211, : *adès* 3683, : *Achillès* 27067, etc. Pour *f.* : *pais* 26811, voir ci-après.

5° *Pais* (pacem) a tantôt *ʒ* (: *faiʒ* 3785, 21489, 25891, : *laiʒ* 4401, : *traiʒ* 9257, : *mautraiʒ* 6711, : *mesfaiʒ* 28243), tantôt (et plus souvent) *s* : *p.* : *mais* 3297, 3601, 3715, etc. ¹, : *mauvais* 3523, : *lais* 6589, : *Ulixès* 25340, 26803, : *Crisès* 26959, etc., : *palais* 12891, 27491. — *Palais* semble n'avoir que *s* : *p.* : *mais* 3031, 11935, : *Diomedès* 6405 (*p.* : *pais*, 12891, 27491, est douteux.

7° Brachium donne ordinairement *braʒ*; cf. *b.* : *esclaʒ* 14233, : *maʒ* 29575, : *parʒ* 18977, : *baraʒ* 21409, : *talevaʒ* 21153, : *cendaʒ* 22827, : *a quaʒ* 15487, 23021 et 26190, etc. *Braʒ* rime également avec *faʒ* (facio) 1645, 1873, etc. (qui rime de son côté avec *solaʒ* 15146), avec *laʒ* 5415, 13141, 13381 (qui rime avec *plaʒ* 24233, *faʒ* 17687 et *solaʒ* 1293), avec *porchaʒ* (qui rime avec *faʒ* 15120, 25687, 28711). Tous ces mots riment exclusivement en *ʒ*.

8° Un fait intéressant à noter, c'est la présence de *ʒ* pour *s* au suj. sing. et au rég. plur. des noms verbaux *conrei, convei, tornei, otrei* : *conreiʒ* : *palefreiʒ* 4809, 5345, : *apareiʒ* 5046, : *estreiʒ* 23709, : *dreiʒ* 15717, : *baillereiʒ* 9849, : *freiʒ* 9311, : *feiʒ* 5045 (cf. *conreiʒ* : *torneiʒ* 2459); *conveiʒ* : *feiʒ* 17393, : *destreiʒ* 21043 ; *torneiʒ* : *feiʒ*

---

1. Il est à remarquer qu'au v. 28244, la 2ᵉ famille change la rime *mesfaiʒ* en *ja mais* pour avoir *pais* avec *s*.

6619, 12079, 21183, : *destreiʒ* 15193, 21235, : *herbeiʒ*
23605; *otreiʒ* : *dreiʒ* 10505, : *sacheiʒ* 19853, : *feiʒ* (fides)
26255 ; *otrèʒ* : *prèʒ* (= *prest* + *s*) 21935, 27305. **Conreiʒ** s'explique par la dentale du primitif germanique
red : il a probablement influencé les trois autres mots.
Pour ʒ résultant de la mouillure de l'*l* devant *s*, voir
ci-dessus, aux *Liquides*.

9° A n n + s donne *anʒ* : *ahanʒ* : *combatanʒ* 3751,
a. : *anʒ* 691, *anʒ* : *granʒ* 163, 23111 [1]. — R n + s, dans
jor, ne donne qu'une rime en ʒ (*corʒ* : *jorʒ* 813) contre
quatre en *s* : *jors* : *estors* 28231, : *Amors* 1465, : *colors*
2367, : *ancessors* 24523. Cependant nous écrivons *jorʒ*
à l'intérieur du vers, en tenant compte de la graphie
des plus anciens manuscrits, et nous considérons *jors*
comme dû à la rime. — R n + s, dans *cor*, donne ʒ :
corʒ : *esforʒ* 12499.

V. *Liquides*. — L. L'*l* suivie d'une consonne est complètement vocalisée, comme le prouvent les nombreuses
rimes citées plus haut (p. 121), sous *OU*, auxquelles il
faut joindre les rimes suivantes : *osteus* : *damedeus*
11103, *teus* : *deus* (deos) 13795, 29073, : *Greus* 5353,
6787, : *charneus* : *damedeus* 61, *Deus* : *auteus* 26205.—
Exceptionnellement, l'*l* tombe sans compensation
devant *s* dans *tes* (tales) : *rimés* 19511.

Les mots en *ê* ou *ĭ* + *l* + *yod* + *s* donnent simplement *eiʒ* : *conseiʒ* : *feiʒ* 13077, 19725, 19953, 26643,
26963, : *segreiʒ* 6977, 19941, : *dreiʒ* 27025, etc.; *apareiʒ* : *freiʒ* 22597, *conreiʒ* : *a*. 5045 ; *arteiʒ* : *feiʒ* 19275,
freiʒ : *trepeiʒ* 7401, *feeiʒ* : *dreiʒ* 30061, *merveit*
(3° pers. sbj.) : *destreit* 30111, etc. — Ceux en *ĭ* + *l* +
yod + *s* donnent *iʒ* : *periʒ* : *partiʒ* 21941, : *marriʒ*
26985, : *traïʒ* 28895, : *saisiʒ* 13533. Il en est de même de
filius (filios) : *fiʒ* : *mordriʒ* 687, : *esliʒ* 3585, : *departiʒ*

---

1. A remarquer la rime *comenʒ* (1ʳᵉ pers. de *comencier*) : *engenʒ*
(*ingenius) 23213, qui rapproche *n* + *s* de *n* + *yod* + *s*.

2817, : *entreplevi*ʒ 24935, : *esperi*ʒ 29493, : *gari*ʒ 29423, : *peti*ʒ 27313, : *obi*ʒ 29067, : *merci*ʒ 17053. Le cas régime est régulièrement *fil*, qui semble avoir l'*l* pure (cf. *gentil* : *fil* 6273) : une seule exception : *saisi*ʒ : *fi*ʒ 28567 [1].

Ce traitement de l'*l* mouillée n'a lieu dans notre poème que si elle est précédée d'un *ï* ou d'un *ĭ* (voyelles palatales), mais non pas si elle est précédée d'une voyelle vélaire ou semi-vélaire, comme cela a lieu dans la *Chronique* (*murai*ʒ, *genoi*ʒ). — Devant un *t*, l'*l* mouillée se vocalise comme l'*l* pure : *despout* : *cost* 8439.

Esmal, fermal, mural et *portal* ont une *l* pure : cf. *esmal* : *egual* 1553; *fermal* : *mal* 14701 ; *mural* : *val* 18513 ; *baus* (plur. de *bal*) : *portaus* 25909.

Le produit de *é*, *ĭ* latins + *l* rime une fois avec le produit de *é*, *ĭ* latins + *l* + *yod* : *merveilles* : *esteiles* 29839. Les rimes de mots similaires, comme *esteile* (= *stela pour stella) et *veile* (930, 1135, 5979, 28459), ne prouvent rien ; mais nous trouvons dans le *Roman de Thèbes* : *ceiles* (celas) : *merveilles* 847 ; dans la *Chronique, merveilles* : *veilles* et dans le *Drame d'Adam*, p. 60 et 62, *esteilles* : *m.*, ce qui fortifie la rime unique de *Troie*.

Dans les mots terminés en *il* qui ont ʒ au pluriel, il semble qu'on serait en droit de supposer que le singulier a un *l* mouillée. Cependant, *peril* qui rime au régime pluriel trois fois en -*i*ʒ (jamais en *is*), rime au singulier avec *il* (illi) 11896 ; avec *eissil* 4155 et 25180, qui rime partout ailleurs en *l* pure (voir ci-dessous) ; avec *gentil*, qui n'a, quand il est suivi de *s*, que des rimes en -*is* (26073, 26815), et rime avee *mil* (mille) 6879 et *fil* 6283 ; enfin, avec *fil* 27889, qui n'a, comme *peril*, que ʒ (non *s*), et rime d'autre part avec *gentil* 6283,

---

1. On sait que cette forme est entrée de bonne heure en concurrence avec la forme normale *fil*.

mais aussi avec *peril*, comme nous l'avons vu. — *Vil*,
qui rime en *s* au suj. sg. et au rég. pl. (cf. 13103 : *chaitis*), rime avec *il* 9370 et a, par conséquent, l'*l* pure. De
même *eissil*, qui rime aussi avec *il* 4026, 10441, et de
plus avec *cil* 2911, 3313 et 7528 et *mil* 19631.

L après *i* est assez souvent remplacée par *r* dans certains mots : *Pire* : *sire* 9181, *P.*: *pire* 9269 (mais *Pile* :
vile 3545) ; *Seʒire* (Sicilia) : *empire* 8135 ; *concire* :
dire 5719, 19927, 24821, 25679, : *empire* 205 (mais
vile : *concile* 25001) ; *mile* ¹ : *pire* 8021, 9823, 12437,
13949, : *ocire* 18165. — Elle tombe simplement devant
l'*s* flexionnel dans *vil* (cf. *vis* : *chaitis* 13103, *gentil* (cf.
vis : *gentis* 26815, *bis* : *g.* 26073) et *sorcil* (cf. *sorcis* :
soutis ² 5133).

R. — La prononciation de l'*r* devant une *s* semble
avoir été assez faible pour que l'auteur ait pu faire
rimer assez souvent voyelle (ou diphtongue) $+ r + s$
($ʒ$) avec voy. (ou dipht.) $+ s$ ($ʒ$) : *galos* : *Prothenors*
8685, *resplendors* : *dous* (duos) 14629, *Greʒeis* : *veirs*
9427, *Achillès* : *envers* 10701, *dos* : *entors* 14447,
socors : *vos* 4205, *vos* : *plusors* 18265, *esforʒ* : *noʒ*
19865, *lais* : *travers* 19709, *sospirs* : *ententis* 15035;
— ou même voy. (ou dipht.) $+ r + s$ ($ʒ$) avec $r +$
voy. (ou dipht.) $+ s$ ($ʒ$) : *braʒ* : *parʒ* 18977, : *regarʒ*
1269, *Edras* : *eschars* 6887, *mars* : *Eüfras* 7973,
estros : *socors* 8921, *proʒ* : *jorʒ* 5985 et 11885, *près* :
envers 19251, *enverse* : *presse* 9027, *grosse* : *destorse*
9325, *gros* : *cors* 10857, *Engrès* : *porvers* 26575. —
Signalons encore la rime de voy. (ou dipht.) $+ r +$ consonne (autre que *s*, *ʒ*) avec voy. (ou dipht.) $+$ cons.
(autre que *s*, *ʒ*) : *piece* : *tierce* 1773, *mer Roge* : *serorge*

---

1. Nous écrivons *mile* (et non *mire*) pour éviter la confusion
avec le nom issu de m e d i c u s.

2. *Soutis* = *subtivus par changement du suffixe *-ilis* en *ivus*.
Aux vers 14923-4, il rime avec *lis* (*lilius), qui ne rime dans
notre poème qu'en *s*.

13821, *force* : *caboce* 21323 et 27163, *corage* : *encharge* 21961, *barge* : *rivage* 27623 ; celle de *r* + voy. + cons. avec voy. + cons. + *r* : *trovent* : *covrent* 7245, ou avec voy. + *r* + cons. : *Epistrot* : *mort* 12193, et celle de voy. + *n* + cons. + *r* avec voy. + *n* + cons. : *encontrent* : *acontent* 8687.

Les deux nasales *m* et *n* riment ensemble exceptionnellement, par licence : *tienent* : *criement* 10549. La rime de *n* et de *l* est un peu plus hardie : *Athenes* : *teles* 5695, *espaules* : *aunes* 20629.

n et *ñ* semblent confondus dans les rimes suivantes : *maignent* (manent) : *acompaignent* 25113, *demeigne* : *remaigne* 25157, mais *maignent* et *demeigne* se trouvent dans des conditions particulières : le premier, que l'on rencontre aussi dans la *Chronique*, v. 23955 (: *constraignent*), a été sans doute influencé par le subjonctif; quant au second, qui n'est pas très rare, il se justifie phonétiquement à côté de *demeine*, tout comme *chevetaigne* à côté de *chevetaine* (cf. 3737, 8159, 20429). — *Regne* : *femme* (passim), qu'on trouve partout, montre que l'on prononçait *rene*.

§ 3. — *Flexion*.

A. — Nom, adjectif et participe.

I. Nous groupons ici quelques observations qui ne sauraient entrer dans les paragraphes suivants :

1º Bien qu'on ne trouve ni dans le *Roman de Troie*, ni ailleurs, *sen* employé au cas sujet, il n'est pas sûr qu'on ne l'ait pas considéré au moyen âge comme un mot différent de *sens*. Il est donc peu logique d'admettre cette forme comme un doublet de *sens* au cas régime, ainsi que le veut Lebinski [1]. Voici les exemples que

---

1. *Die Declination der Substantiva in der Oïl Sprache. — I. Bis auf Chrestien de Troies* (Posen, 1878), p. 18.

nous avons relevés à la rime : *sen : Troïen* 2709, 5822, 6837, 12605, 13236, 15461, : *Oteviën* 28725.

2º *Gluz*, au cas régime, est assuré par la rime aux vers 1716 et 1905. *Mahez* (pour *Maheut*) l'est au vers 8009 par la rime *apelez*. Il n'y a pas lieu d'admettre ici l'emploi, très rare partout, du cas sujet pour le cas régime. De même pour *contenz* 17210 et 18526 (: *a denz*), 21612 (: *cinc cenz*) et *esforz* (passim), qui se rattachent le premier à *contencier*, le second à *esforcier* [1].

II. *Neutre.* — Nous avons relevé deux exemples parfaitement assurés du neutre pluriel : 1º *trei charre* 26854 (: *Citare* = Cythera) ; cf. *Rollant*, 131 et 186 ; — 2º *a dou deie* 20737 (: *la meie*). Il faut y joindre les adjectifs numéraux multiplicatifs *dou* et *trei* devant *mile* (= milia) : *dou m.* 2356, 6741, 6824, 7731, 8183, 8677, etc., *trei m.* 2359, 4176, 7162, 7269, 7552, 7781, etc. ; et aussi les adjectifs pris substantivement au neutre, *autretel* 3615, 11083, 13175, 13901, 19779, 19919, 27182, 27215, 27968, 29413 (cf. *autretal* 26083, 28241) et *autretant* (cf. *d'autretant* 28298, *en a.* 24267). Voir au *Pronom* [2].

III. *Noms féminins de la 3e déclinaison latine.* — La plupart des noms féminins de la 3e déclinaison latine hésitent au cas sujet du singulier entre la forme ancienne sans *s* (*z*) et la forme analogique postérieure avec *s* (*z*). Nous relevons : 1º *flor* 5120 (*soror :*), 4808 (*pascor :*),

---

1. Si *content* est assuré par des rimes nombreuses à côté de *contenz*, il n'en est pas de même de *esfort*, bien qu'on le trouve dans certains manuscrits, en particulier dans *F*.

2. C'est à tort que nous avions admis, dans une *Etude* précédente [*], la conservation du neutre dans un assez grand nombre de cas où il convient d'admettre plutôt l'emploi du cas régime pour le cas sujet.

[*] *La langue du* Roman de Troie, dans *Revue des Universités du Midi* (janvier-mars 1898), p. 60 (p. 28 du tirage à part).

9635, 13125 et 20885 (: *meillor*), 24533 (: *defendeor*), 26878 (*honor* :), mais *flors* 13348 (*colors* :), 29786 (*ancessors* :) ; — *honor* 19609 (: *plusor*), mais *deshonors* 19022 (*socors* :). — La forme sans *s* est seule justifiée dans *olor* 27582 (*chalor* :), 14911 (: *dolor*), *dolor* 679 (: *plusor*), 28783 (: *jor*), *amor* ' 28744 (*plusor* :), et la forme avec *s* dans *hautors* 16718 (: *colors*) ;

2° *cité* 2075 (: *verité*, rég.), 6731 (: *poesté*, rég.), 23422 (*plané* :), et de plus 657 et 3173, où la rime est moins sûre, puisqu'il faut admettre un prédicat au cas régime² ; — *clarté* 1662 et 4806 (: *levé*, préd. pl.), 14643 (: *esté*, rég.), 16711 (: *estelé*), 26052 (*entredoné* :) 22271 (: *alumé*), 23030 (*duré* :), mais *clartez* 27911 (: *afondez*) (23838 c. : *verté* non concluant) ; — *verté* 28761 (: *trespassé*), 26989 (: *mené*), où nous avons corrigé à tort à l'*Errata* ; — *santé* 18073 (: *amé*) ; — *maligneté* 29400 (*desfaé* :), où il faut admettre le vocatif au cas rég. ; — *meitié* 28902 (*perillié* :), mais *meitiez* 8976 (*chaciez* :) ; — *pitié* 15478, 17766 et 26182 ³ ;

3° *gent* 184 (*assemblement* :), 2326 (*content* :), 3095 (: *Oriënt*), etc., mais *genz* (: *dedenz*) 15790 (cf. 21032, 22882, 23592, 23748, 24276) ; — *fin* 10147 (: *cosin*, voc.), 13193 (: *matin*), 18271 (: *devin*, préd.) ; — *nuit* 10967 (: *duit*), mais *nuiz* 1518 (*enuiz* :) ; — *rien* 4337 (: *terriën*), 10664 (*Troïien* :), 5341 (: *sien*, préd.), mais *riens* 9231 (: *Troïiens*) ; — *acheison* 22253 (: *traïson*,

1. *Amors*, le dieu d'amour (passim) est invariable, quoique employé comme masculin singulier.

2. Au v. 25108, *noble citez* (vocatif) ne pourrait être corrigé en *n. cité* qu'à condition de mettre au cas régime le prédicat *aneientez*, ce qui choquerait un peu, les trois participes prédicats qui précèdent étant au cas sujet. Cependant ce n'est pas impossible.

3. Dans les trois exemples, il y a également la tournure impersonnelle *me* (*vos*) *prent pitié*, de sorte que, d'après les habitudes de l'auteur (voir à la *Syntaxe*), *pitié* peut être un accusatif. Aux vers 26181-2, il faut corriger *reneiez* : *pitiez*

préd.); — *reison*, préd. 17472 (*non* :) ; — *retraçon*
24449 (: *dampnacion*) ; — *moillier* 10233 (:*chier*, préd.);
— *sort* 23580 (*mort* :) ; — *mort* 19446 (*confort* :), 11800
(*port* :), mais *morʒ* 9674 (*esforʒ* :) ; — par contre, *corʒ*
813 (: *jorʒ*), mais souvent *cort* à l'intérieur ;

4° *neif* ne rime qu'en *s* : *neis freis* 10242, : *Mirmido-
neis* 20718, : *maneis* 23452, ; mais la graphie *neif* n'est
pas sans exemple à l'intérieur du vers (cf. 5278) ; —
de même *palu* fait *paluʒ* au cas sujet 12711, 23562.

Les adjectifs et participes qui n'ont en latin qu'une
forme pour le masculin et le féminin ont généralement
ici une forme unique, sauf les exceptions connues, qui
remontent au latin vulgaire : *dolente*, *douce*, *comune*,
corteise (et les autres adjectifs en -*ensis*). Cependant
grant, s'il n'a pas pris l'*e* final analogique des adjectifs
de la 1re déclinaison, a déjà assez souvent l'*s* de flexion
du masculin, comme les noms féminins de la 3e déclinaison latine. Ainsi l'on a, au cas sujet du singulier,
granʒ 40 (*romanʒ* :), 163 (*anʒ* :), 7279 (: *quanʒ*), 12924,
24754 et 24802 (*Prianʒ* :), 16055 (: *entranʒ*), 18511 et
20518 (: *olifanʒ*), mais *grant* 764 (*lisant* :), 5729
(: *Priant*), 7982 (: *portant*), etc., et au cas régime (passim) ; — *semblant* 5132 (*auquant* :) ; — *pesant* rég.,
14396 (*lisant* :) ; — *soignant*, rég. (pris subst¹) 7915
(: *combatant*); — *fort*, rég. 1940 (*resort* :) et 2981
(: *tort*), suj. 911 (: *bort*).

Teles 5696 (: *Athenes*) ne doit pas surprendre, *tel*
étant un des mots qui, de très bonne heure, ont pris
facultativement l'*e* féminin analogique ; cf. *Éneas* 2574
et 4413. Cependant partout ailleurs il y a *teus ;* cf. 4473,
8841, 8916, etc., et *teles* doit être dû à la rime.

IV. 2e *déclinaison masculine* (*noms à accent fixe*). —
Les noms de la 2e et de la 3e déclinaison latine en *er*
ne semblent pas avoir subi l'addition de l'*s* analogique.
Ainsi *maistre* au cas sujet est assuré par la rime *estre*
aux vers 18826 et 25572, et par la mesure aux vers 502,

851, 1036, 3732, etc. La mesure assure également *povre* 1145, 4967, 6919, 13069, 13522 et 13731, *autre* 2937, 8108, etc., *pere* 2873, 12271, 12681, 22573, 22937, 29003, 29068, *frere* 9893, 28661. Quant à *livre*, il semble bien qu'on l'ait de bonne heure rattaché à la 1re déclinaison masculine pour le distinguer du nom féminin issu de l i b r a. En tout cas, on ne trouve ici que *livres* au cas sujet (cf. 14957 et 20572) : au v. 30202, il faut sans doute voir dans *nostre livre* un exemple de l'emploi du cas régime pour le cas sujet, si fréquent dans notre poème. Voir à la *Syntaxe*.

H o m o n'a que les formes régulières : *hom*(*om* pron.) rimant en -*on*, *home* ; *home*, *homes*. Les exemples de *home* pour *hom*, 2238, 4677, 17783, cités par M. Settegast, *l. l.*, p. 41, ne résistent pas à la critique des manuscrits : 18253 seul est légitime, mais s'explique par l'apposition, de même que *cante*, 176 et 13522, s'explique par son emploi comme prédicat. Voir à la *Syntaxe*.

V. *Noms à accent mobile*. — L'emploi fréquent que fait Benoit du cas oblique pour le cas sujet (voir à la *Syntaxe*) nous permet de diminuer le nombre des irrégularités réelles dans les noms à accent mobile. Ainsi *soror* 5119 (: *flor*) doit être considéré non comme un cas sujet, mais comme un cas oblique, qui s'explique parce qu'il est prédicat ; mais *suer* se trouve au cas régime, justifié par la mesure, aux vers 27187 et 28690. Il en est de même de *baron* au vers 16939, *Seit rei, seit prince, seit baron*.

Li pire (au prédicat pluriel) est assuré par la rime aux vers 9269 (*En furent Troïen li p.* « eurent le dessous ») et 12582 (*Tant que cil en soient li p.*). *Li peior* n'est pas assuré par la critique des mss. : il faut lire : *orent de la bataille le peior* au v. 420, *en ont tot le p.* au v. 7540, *en aveient le p.* au v. 9306 [1]. Par contre, on

---

1. Dans la *Chronique*, v. 18731, on trouve : *avront le pire*.

trouve deux fois la forme issue de pejus prise comme
substantif neutre : *en ot le pis* 2411 et *en a esté si lor li
pis* 21220.

Maire au cas régime singulier est assuré par la rime
au v. 25241 pour le masculin (: *afaire*), et au v. 835
pour le féminin (: *faire*).

Amita ne donne pas, comme dans plusieurs textes
du XIIe siècle, par la combinaison de la déclinaison
romane avec la déclinaison germanique, *ante* (suj.),
antain (rég.) au singulier. L'analogie y a développé une
déclinaison double. On a d'un côté *ante* (rég.) 175, de
l'autre *antain* (suj.) 18624, et, naturellement, aussi *ante*
suj. et *antain* rég. De même (mais ici l'accent est fixe),
on trouve au cas régime *Esiona* 2793 (: *naistra*), 3261
(: *ça*), à côté de *Esionain* 18202 (: *antain*) (cf. *Esionan : an*
3937 et 6350), et par contre, *Polixenain* au sujet 17511
(: *l'endemain*), 17599 (: *hain*), 26157 (: *soҙterrain*), et
au régime 5541, 5574, 15525, 17540, et *Polixena* à l'intérieur du vers 16491. D'autre part, *Arenain*, au cas
régime, 28655, est assuré par la critique des mss. à
l'intérieur du vers. — La double déclinaison due à l'analogie est ici nettement accusée dans *felon*. Nous avons,
en effet, au cas sujet singulier, à côté de *fel*, *felons*
12281 (: *barons*) et 27341 (: *boissons*), et *feus*, qui rime
très fréquemment avec *cus* (= illos) et une fois avec
osteus 30182, où il vaudrait peut-être mieux lire *osteus :
teus* avec CFN. Au v. 20264, *Trop est mis cuers muable e fel* (: *el* = illud), *fel* doit sans doute être considéré comme étant au cas régime, à cause de *muable*, ce
qui compléterait (avec le régime plur. très fréquent *feus*)
la déclinaison analogique *feus, fel, fel, feus*, sauf que
le sujet plur. *fel* ne se rencontre qu'au v. 4500 (AN,
fels C), où la plupart des scribes ont hésité à admettre
cette forme.

L's analogique ne semble pas avoir atteint le cas sujet
singulier des noms à accent mobile. Ainsi *sire* est

assuré par la mesure aux vers 166, 1036, 3732, 6923, 8200, 8246, 13520, etc., et par la rime aux vers 851 (: dire), 2885, 3529, etc. (: Pire), (: martire), 4245, 16905, etc. (: empire), 3503 (: ocire), 2885 et 3499 (: ire), etc. De même, l'on a *combatere* 7708, 16822 et 24551 (: mere); *governere* 7865 (: frere); *emperere* 5440 et 27051 (: frere); *maire* 835, 25206, 29152 et 29418 (: faire), 13454 (mesfaire :), 102, 3757, 25241 (rég.) et 25873 (: afaire), 6031 (: traire), 257, 2771, 7789, 20153 et 26125 (: retraire), 26143 (: Daire), 28843 (: aire).

VI. *Noms propres d'origine latine.* — La plupart des noms propres latins (ou grecs transcrits en latin), ou bien sont invariables, ou bien présentent des formes calquées sur le latin. Parmi les noms invariables ou mixtes, nous citerons les suivants.

1ʳᵃ *déclinaison latine.* — *Esiona* (rég.) 2793 et 3262 (voir ci-dessus, p. 136); — *Antenoridas* = accusatif plur. grec de *Antenoridæ* (probablement régime, quoiqu'il soit construit avec *ot non*) 3144 (: pas); — *Dardanides* (rég.) 3148 (après :); — *Ylia* 3147 et *Ceca* (= *Scæa*) 3148; — *Trojana* 3154 (intérieur); — *Hermiona* (rég.) 29597 (: mena); — *Erigona* 28525 (intér.), etc.

2ᵉ *déclin. lat.* — Un certain nombre de noms de cette déclinaison offrent des rimes probantes : *Priamus* [1] (sujet) 2878, 3099 (: benus), 6661 (: dus), 24511 (: refus), régime 3944 (*Helenus* :), 24618 (plus :), 26728 (*Polidorus* : (rég.); —*Teücer* 9074 (: fer); — *Palladion* [2] (suj.)

---

1. Ordinairement, ce nom est ainsi décliné : suj. *Prianz* 2865, 2960, etc. (: enfanz), 432, 5296, etc. (: granz); rég. *Priant* 188, 262, 296, 432, 472, 650, etc. *Priant* a été refait sur le sujet, où l'*m* devant *s* de Priamus a été traitée comme *nn* + *s*. On trouve exceptionnellement la forme plus régulière *Prians* (= Priamus) 14570 (: chans = campos).

2. A côté de *Palladion*, on trouve, mais seulement à l'intérieur du vers (à cause de la rareté de la rime), la forme francisée *Pallade* (rég.) 26604 et 27074, et *Pallades* (suj.) 26671 et 26699.

25403 (: *veneracion*) ; *Ylion* 3041 (: *donjon*), 3089
(: *façon*), 10428 (: *non*) ; *Delfon* (rég.) 209, 5794, etc.,
Delfos (suj.) 5786 (intér.); *Tenedon* (suj.) 4611 (intér.),
rég. 217 (: *non*), 4609 (: *l'om*), etc. ; — *Colcos* (rég.) 838
(: *os*), mais *Colcon* : *Jason* 1137; *Antipus* (suj.) 5641(: *dus*),
6769 et 8595 (: *Thalamus*), 8275 (: *Amphimacus*),11324
(*Acamus* :), rég. *Antipon* 12129 (: *poumon*) ; *Deïphe-*
bus (rég.) 503 (: *plus*), mais *Deïphebon* 4194 (*bon* :) ;
Egistus (rég.) 28390 (*plus* :), mais *Egiston* 28331 (: *achei-*
son); *Patroclus* (rég.) 257 (: *plus*),16831 (: *Scedius*), mais
Patroclon 10331 (: *hom*) (cf. 13147, intér.) ; *Pirrus* (rég.)
695 ; *Telegonus* (rég.) 30231 et 30269 (: *plus*), mais *Tele-*
gonon 30241 (: *non*) ; *Antilogus* (rég.) 22373 (: *plus*),
mais *Antilogon* 22282 ; *Telopolus* (suj.) 11301 (: *Sthe-*
lenus), 17194 (*plus* :), rég. *Telopolon* 17227 (: *braon*) ;
Dorius (rég.)16836 (: *Ifidus*), mais *Dorion* 5624 (*compai-*
gnon :) ; *Glaucus* (rég.) 15377, mais *Glaucon* (suj.) 6685
(: *Sarpedon*). A l'intérieur, v. 623 et 26452, nous avons
admis au cas rég. *Pirron*, et au v. 28289 *Idomeneu*,
comme suffisamment autorisés par les mss. De plus, au
rég. (invariables) : *Archilogus* 16835, *Argus* 894, 962,
964, *Pirrus* (passim), *Tydeüs* (passim), *Pollus* 2110, 2443,
3451, 4305, *Idomeneüs* 28081 et 28289. — Notons encore
Dolon[2] (suj.) 9017 (: *Polixenon*, rég.), à côté de *Dolonz*
7996 (: *seconz*). Pour *Polixenon* (rég.)8218 et 9018, voir
plus loin, p. 140.

3e déclin. lat. — Pour les noms en *or*, dont les uns
sont déclinables et les autres indéclinables, voir *Phoné-*
tique, O, 3°. — Sont invariables : *Castor, Jupiter, Egial,*
Sanson, Salemon, Telamon, Agamennon, Eson, Jason,
Laomedon, Margariton, Mennon, Merion, Sarpedon,
Paris, Philemenis, Thetis, Achillès, Diomedès, Ulixès,
Calcas, Eneas, Thoas, etc. ; *Aïaus, Menelaus, Protese-*
laus [1] et autres noms où, dans *-aus*, la diérèse a fait

---

1. *Menelau* au cas régime est assez souvent appuyé par la
graphie des meilleurs manuscrits ; cf. 4782, 11613, 11639, 11649,

place à la synérèse, etc. ; cf. *Potarcaus* (suj.) 5653
(: *Proteselaus*), à côté de *Potarcus* 8250 (= Darès *Po-
darcès*, ms. *G Potarcus*).

Theano étant devenu un homme a, outre *Theano*
25450 (forme latine probablement indéclinable)[1], des
formes tirées de *Theanus* : suj. *Theans* 25451, 25653,
rég. *Thean* 25617 : il n'y a pas de rime, mais les bons
manuscrits sont d'accord.

Les noms étrangers au grec et au latin sont parfois
invariables : *Doglas*, *Edras*, *Ludel* suj. 9245 (: *quar-
rel*) ; mais *Fanoël* fait *Fanoeaus* 8117 (: *Gemeaus*), et
Cassibilant[2] fait au cas sujet *Cassibilanꝣ* 8007, 9037,
9133 (: *Prianꝣ*). *Daviꝣ* qui offre une rime au cas sujet
14776 (: *petiꝣ*), rime avec *Liꝣ* au v. 3126, où il est
régime.

D a r e s ne se rencontre qu'au cas sujet et toujours à
la rime (110, 5201, 6527, 23810): partout ailleurs on lui
substitue D a r i u s, qui fait *Daire* au cas rég. et, au cas
sujet, tantôt *Daires* (cf. 12440, en rime avec *Saietai-
res*, et 30303 (d'après la mesure du vers), tantôt *Daire*,
assuré soit par la mesure (cf. 91), soit par la rime (cf.
14094, 16262, 21187, 21419, 24395, 26144). En dehors
de ces cas, nous écrivons *Daires* sujet et *Daire* régime.

Athenes, justifié par la rime *teles* 5695 et par la
mesure (8184, 9775, 17253), fait place à *Athene*
aux vers 192, 482, 13520 et 20547 (mesure du vers).

23625, 25959. — *Proteselaus* fait au cas régime *Proteselaus* 8249
et 16829 (: *vassaus*), mais au v. 10401, il rime avec *vassal* et doit
être écrit *Proteselal* avec *B*[3] (plutôt que *Proteselau* (: *vassau*). Les
scribes de *JKLMN*, embarrassés, ont tourné la phrase de façon
à avoir le cas sujet *Proteselaus*.

1. T h e a n o fait fonction de datif dans Dictys, V, 8 ; mais ce
mot y est indéclinable. Cf. le grec Θεανώ (gén. -οῦς), épouse d'Anténor dans Homère, *Il.* V, 69 ; VI, 298.

2. Forme qui semble refaite sur *Cassibilanꝣ* (= *Cassibilanus*,
comme *Priant* sur *Prianꝣ*. Les exemples de *Cassibilans* manquent. — *Cassibilant* (suj.) 261 est un fait de syntaxe.

Les noms suivants, qui ne se rencontrent pas au cas
sujet, ont au cas régime des formes se rapprochant
d'accusatifs latins : Elles se terminent : 1° en *an* (= am) :
Larissan : *Arisban* 26775-6, *Diomedean* (= Diomedean)
26837 (: *ahan*) et *Diomedan* 26926, *Ypodamian* 26925
(cf. *Esionan* : *an* 3937 et 6350, et *Sillan* 28876) ; ou en
en : *Astinomen* 26919 et 26933 (intérieur) ; — 2° en -*on*
(= um) : *Mercurion* 3874 (*avison* :), *Ismaron* 27171
(: *Palladion*), *Egeon* 27570 (*lison* :), *Sigeön* 25964 (*cover-
çon* :), 26004 (*sermon* :), *Polixenon* 8218 (*aveit non* :)[1]
et 9018 (*Dolon*[2] sujet :) ; 3° en -*in* : *Gerapolin* 26841
(: *orfelin*), *Caribdin* 26876 (*fin* :).

Notons encore, en dehors de l'accusatif latin : 1°
l'emploi curieux de formes tirées de l'accusatif grec
latinisé : *Forbanta* (suj.) (= *Phorbanta*, de *Phorbas*)
26835 (: *guerreia*), *Laudamanta* 15271 (suj. (?) avec
ot non), 29643 (rég.) (*engendra* :), 29656 (rég.) (*Andromacha* :). *Simoënta* 9831 (: *ariva*), *Briseïda* (passim).
Tolias, pris pour une ville, 5630 (*Thoas* :) (cf. Darès,
XIV, *ex Ætolia*), est sans doute une simple licence pour
Tolia (« Ætolie ») ; — 2° les génitifs latins singuliers naturellement avec ellipse de *de* (assurés par la rime) : *Esca-
lopi* 5656, *Dardani* 27383, *Atreï* 27292, *Heleni* 4023,
16419[2], *Junonis* 16629, *Veneris* 10411, *Apollinis* 5796,
16643, 21925, 21987, 22098, 22174, 25530, 26109,
Antenoris 25258, 25337, *Chironis* 29148, *Polinicis*
27986, *Nestoris* 20494, *Pelopis* 25029 (intérieur) ; —
3° les génitifs pluriels en -*orum* : sans la préposition *de*,
Sarrazinor (entaille) 10239 (: *entor*) ; avec la préposition *de*, *Libanor* 19680 (*Nestor* :), *pascor* 1168

---

1. Au v. 8218, il vaut mieux admettre le cas régime (cf. 6364 et
27527), bien que le cas sujet avec *aveir non* soit plus fréquent ici
même ; car il n'y a pas, dans notre texte, d'exemple de nom de
la 2° décl. lat. ayant *on* aux deux cas.

2. Ici la préposition est exprimée (*e d'Heleni*), mais c'était
nécessaire pour la clarté.

(*jor :*) (cf. *en pascor : flor* 4807); — 4° le datif *Apollini*
5823 (: *merci*, 25581 (: *autresi*); — 5° le nominatif
Fortis, épithète appliquée à *Sanson*, 18045.

B. — Pronom

Jo est souvent non élidé devant une voyelle, non seulement là où il est emphatique, comme 2291, 3267,
etc., mais encore ailleurs, par exemple 1439, 1613,
1644, 3225, 3743, etc. Il est alors souvent écrit ainsi
dans les plus anciens manuscrits : c'est ce qui nous a
déterminé à écrire partout *jo* et non *je*. Dans l'inversion
criem ge qui rime en -*ienge*, 8469, 13546, 21223,
21931, 22081, nous avons écrit *ge* (*g'* devant voyelle à
l'intérieur du v. 13457).

Le pronom emphatique de la 3ᵉ personne est très
régulièrement *lui* au masculin, *li* au féminin : les rimes
abondent (voir au *Glossaire*).

Le féminin *el*, pour *ele*, est souvent employé comme
sujet devant une consonne (cf. 171, 172, 200, etc.);
plus rarement au pluriel, *els*, 509, 2198, 8167, 20680,
23286, 23613; parfois même *els* est régime de préposition, par ex. 13658, 14426, 15574. — Au neutre, on
trouve exceptionnellement comme sujet (sans doute
pour la rime) *el* 20263 (: *fel*). Comme régime, *le* est
parfois remplacé par *la*; voir au *Glossaire*.

Les formes appuyées du régime *le*, *les* sont nombreuses avec *jo* : 141, 3302, 3859, etc.[1] (beaucoup moins
nombreuses pour le pluriel : *jos* 10161, 16965, 26598;
cf. *mes* (= *me les*) 21723); — nous avons relevé en
outre avec *tu*, *te* : *tul* 1426 et 1712 (corrections à peu
près sûres), *tel* 845, 8942; — avec *ço* : *çol* 1783,
13865, *ços* 21686, 25554, 28053; — avec *qui* : *quil* (=

---

1. Pour le relevé complet (sauf erreur) des formes appuyées,
voir au *Glossaire*.

qui le) 120, 302, 5348, 5362, etc., *quis* 249, 3289, 6008,
6253, etc. ; — avec *cui* : *cuil* 20599 ; — avec *que* (pron.
fém.) : *ques* 3068, 11032, 20042, 24243 ; — avec *que*
(conj.) : *quel* 1606, 2522, 3302, etc., *ques* 6253, 7028,
14519, 19843, 22341, 23834, 26338, 27456 ; — avec *de*
devant un infinitif : *del* 2116, 4449, 4506, 19507,
19663, 20516, 24797, 24961, 25205, 28181, *dels*
2551, (8435-6? cf. *R* et *H*), 19081, 27115-16 ; — avec
si : *sil* 2, 1546, 2284, etc., *sis* 2700, 3701, etc. ; —
avec *se* : *sel* 11774, 18368, 29539, *ses* 11780, 18119 ;
— avec *ja* : *jas* 2653, 8701, 9608 ; — avec *ele* : *elel*
1860, 30291 ; — avec un nom : *merel* 10219 ; — avec
un infinitif : *fairel* 8357, 10359, 15863, 19097, 22267,
25449, 29412 [1].

Il faut rapprocher l'enclise de *en* : *jan* (= *ja en*)
8586, 10898, 15946, 18166, 21060 ; — *cin* (= *ci en*)
14223 ; — *sin* (= *si en*) 1953, 2642, 2792, etc. ; — *quin*
(= *qui en* 665, 1346, 1357, 5005, etc. ; — *cuin* (= *cui
en*) 3159, 8558 ; — *tun* (= *tu en*) 1425, 21886.

L'enclise de *vos*, assez rare ailleurs, sauf dans les
textes normands et anglo-normands, et dont il y a de
nombreux exemples dans la *Chronique*, est attestée fréquemment, dans certains mss. de notre poème, par l'écriture et la mesure du vers et doit être reconnue dans
un assez grand nombre de cas à travers les altérations
que les scribes ont fait subir au texte. Nous signalerons
(en renvoyant au *Glossaire* pour compléter les listes) :
jos (= *jo vos*) 6907, 6918, 12191, 13541, etc. ; *ços* (=
ço vos) 4772, 5599, 6231, etc. ; *quos* (= *que* (pron.) *vos*)
3827, 4677, 4689, 12175, 12183, 12189, 12954, 23089 ;
quos (= *que* (conj.) *vos*) 7845, 11050, etc. ; *sos* (= *si vos*)
15922 ; *sos* (= *se vos*) 1458, 5773, 6380, 8859, 9375, etc.

---

1. Cf. l'enclise de l'article avec *que* conj. : *quel* 29647 ; avec
contre : *contrel* 7356, 20906, *contres* 18856, et avec *entre* : *entrel*
24311, *entres* 18649.

Le relatif féminin et neutre a assez souvent, au cas sujet, dans les bons manuscrits, la forme ancienne *que* pour que nous ayons cru devoir l'adopter partout. Il y a d'ailleurs plusieurs exemples d'élision (cf. 7903, 10127, 17563, 23244, 25904, etc., pour le féminin ; 18927, 23219, etc., pour le neutre), exemples qui, il est vrai, ne sont pas concluants, puisque l'élision se rencontre aussi avec *qui* masculin, mais qui appuient cependant notre thèse. Pour *cui*, voir au *Glossaire*.

Il convient enfin de relever les pronoms neutres suivants : *cel* 5757 (suj.), 25304 (rég.), 6767 (*de cel*) ; — *cest* 13457, 19677, 24467 (et le fém. *ceste* employé comme neutre 13199) ; — *al* (= *ale pour aliud), « autre chose », 2613, 3821, 23969, 23995, 25730, 27811 (toujours à la rime (cf. *l'al*, dans : *Mais jo dot* l'un *plus ne fa*z l'al 17841), et *el* 1335, 1367, 1641, etc. ; — *autre* 7281, 11163 ; — *un* 9355, 9485, etc. (voir au *Glossaire*), et le fém. *une* employé comme neutre 3479.[1]

C. — Verbe

1° *Personnes.* — La 1ʳᵉ pers. du pl. hésite entre *-ons* et *-on* ; cf., pour *-ons*, *doterons : respons* 5783, *prisons : ferons* 4425, *lisons : paveillons* 23697, : *compaignons* 27439, : *visions* 29909, : *tençons* 26635, *paveillons : dirons* 24333, etc. ; pour *-on*, *traïson : rentreron* 2677, *prison : non* 3473, *savon : non* 3473, *Palladion* rég. : *creon* 25415, *livrisson : perdicion* 19885, *defension : lison* 16819, : *l'om* 13399, *poon : prison* (rég.) 12615, : *mencion* 23195, *raison : dion* 26320, *diron : guion* 5984, : *traïson* 24915, : *guerredon* 25804, etc. Bien que

1. *Atal* 9753, imprimé à tort *a tal*, doit plutôt être considéré comme le cas régime de *ataus* mis en apposition (voir au *Glossaire*). Il faut noter cependant que l'on a encore aujourd'hui, dans la plupart des dialectes méridionaux, *atal, aital*, etc., au sens de « ainsi ».

les formes en *-on* dominent dans certains mss. (par exemple dans *M²* et *K*), nous n'avons pas cru devoir l'adopter à l'intérieur du vers, les rimes en *-ons* étant sensiblement plus nombreuses. — Il n'y a pas de forme en *-omes* assurée.

La 2ᵉ pers. du pl. est toujours *-eiʒ* au futur, selon la règle (les rimes abondent). Cette forme n'est pas rare au subjonctif présent de la 1ʳᵉ conjugaison : *ameiʒ* 4689 (: *avreiʒ*), 15039 (: *destreiʒ*), *baisseiʒ* 19496 (*feiʒ* :), *hauceiʒ* 27035 (: *dreiʒ*); ou même des autres conjugaisons : *guerpisseiʒ* 6394 (*avreiʒ* :), *sacheiʒ* 3302 (*dreiʒ* :), 7693 et 19582 (*feiʒ* :), 19853 (: *otreiʒ*), 20699 et 22319 (: *destreiʒ*), *haeiʒ* 11729 (: *feiʒ*). *Demoreiʒ* 1059 semble également assuré par la rime *sacheiʒ*. — A l'imparfait du subj., la forme régulière en *-eiʒ*, qui se rencontre assez souvent telle quelle ou, dans les mss. moins anciens, déjà transformée en *-oiʒ*, est d'ailleurs assurée pas la rime au v. 11740 (*veïsseiʒ* : *feiʒ*)[1]. A la 1ʳᵉ pers. du sing. de l'indicatif présent de la 1ʳᵉ conjugaison, l'*e* analogique ne se montre pas encore. Cf. *desir* 2013, 3840, etc., *refus* 4758, 13673, etc., *pens* 11075, *bais* 13700, *hast* 17718, *coveit* 3789, 17881, *mant* 6363, 17756, 17805, 17842, *demant* 3253, *pri* 13504, *despeir* 24623. — De même à la 1ʳᵉ et à la 3ᵉ pers. du sing. du subjonctif : *acort* 24653, *aim* 13675, *aint* 5429, 17786, *plaist* 18623, *esfreit* 22830, *guaaint* 8773, *aparout* 1319, *areisont* 1319, *abandont* 9147, *trenst* 20544, 29684, *dont* 1320, *apareit* 4993, etc.

La 3ᵉ pers. du pl. accentuée, à l'imparfait du subj. n'est assurée que dans les trois exemples suivants, qui se réduisent à deux à cause de la rime : 11569-70 *Por tant fu bien aparissant, Ainʒ que li trei jor passissant*; 4549-50, *Se desarmeʒ les trovissant, Ja mais Troie ne*

---

1. Cette forme rime partout ailleurs avec elle-même; cf. 11745, 13759, 29411, etc.

veïssant ; la forme en -*ont*, 26347-8, n'est pas confirmée par la critique des mss.

2° *Temps et modes*.— L'imparfait de la 1ᵣᵉ conjugaison en -*oë* est encore distinct de celui des autres conjugaisons en -*eie*, avec lequel il ne rime jamais. D'ailleurs la forme -*ot* est assurée à la 3ᵉ personne par de nombreuses rimes avec *ot*, *sot*, *plot*, *pot* (cf. *sot*: *getot* 4145, : *desirot* 28673, : *devisot* 25507, : *alot* 6822, etc. ; *ot*: *desirot* 5453, : *esguardot* 11368, : *demostrot* 27726; *plot*: *mirot* 4345, : *cuidot* 13857 ; *pot*: *guardot* 775, : *demandot* 1223, : *amot* 27145, etc.), et par la rime *Epistrot*: *amot* 12193.

Les 3ᵉ personnes du parfait en -*ié*, -*ierent* ne sortent pas du groupe des verbes dont le radical est terminé par une dentale : *pendié* 26883 (: *pechié*), mais *pendi* 28397 (: *dechaï*) ; *abatierent* 9096 et 9948 (*peceierent* :), 15697 (: *mahaignierent*), mais *abatirent* 9751 (: *firent*); *embatierent* 29203 (: *neierent*), mais *entrembatirent* 9418 (*firent* :); *combatierent* 11356 (: *fierent*), mais *combatirent* 222 (*venquirent* :); *perdierent* 21038 (*aïdierent* :), mais *perdirent* 2448, 2664, etc. Pour ces verbes et pour d'autres semblables, les rimes en -*i*, -*irent* sont plus nombreuses ou même exclusives.

Les formes issues de v e n i a m, etc. et t e n e a m, etc. rimant le plus souvent ensemble, on pourrait hésiter sur la graphie à adopter, si l'on n'avait cinq rimes de *vienge* avec *criem ge* (8469, 13546, 21223, 21931, 22081) et quatre avec le subjonctif *crienge* (1ᵣᵉ pers. 12903, 15352; 3ᵉ pers. 23744, 24959). Il est donc légitime d'écrire *retienge : vienge* 15359, *sostienge : v.* 22927, *covienge : detienge* 14753, etc.

Les formes analogiques du subjonctif en -*ge*, après une dentale, une nasale ou une liquide, fréquentes dans les mss., surtout dans *M²*, sont assurées par les rimes suivantes : *prenge* 9903 (: *renge* n. fém.), 12227, 20009 et 24301 (: *venge*), 25446 (: *losenge*), *prengent* 2121

(: *vengent*), mais *preigne* 19492 (*ovraigne* :), 22674
(*compaigne* :). — Pour le subj. de d o n a r e, nous avons
dont assuré par la rime; cf. 1320 (*areisont* :), 17744 (*con-
font* :), 21800 (*somont* :); mais cette forme est rare
dans nos manuscrits et nous lui avons préféré *doint*,
sauf aux vers 16611 et 20318, où nous avons écrit *donge*
avec *M²* à cause de la mesure (*doigne* est aussi bien
appuyé); de même aux vers 25183-4, *reponge* : *donge*
et 29453-4, *pardonge* : *esponge* (à corriger dans notre
texte), et à la 1ʳᵉ personne 13621 et 18622, *donge*. —
Pour le subj. de *aler*, nous écrivons, à la 3ᵉ pers., avec
la plupart des mss., *aut* (cf. : *saut* 18117, : *chaut* 21309,
aut 22155, et la mesure du vers) ; exceptionnellement
aille à la rime (: *vaille* 15433, : *faille* 27251), bien que
M² donne souvent *auge* (*vauge*, *fauge*), et *K alge*, etc.,
quand la mesure du vers n'exige pas *aut*; à la 1ʳᵉ pers.,
nous écrivons toujours *aille* (cf. a. : *vaille* 12181,
12905), et à la 3ᵉ du pluriel *aillent* (cf. : *vaillent*
22545).

Notons encore le subj. de *ester* : *estace* (1ʳᵉ pers.)
25305 (: *face*), *estace* (3ᵉ pers.) 5524 (*espace* :), 25759
(: *manace*) (cf. *arestace* (3ᵉ pers.) : *place* 17617), et la
3ᵉ pers. du pl. du présent *estont* 16686 et 18760 (*vont* :),
cf. *contrestont* 15896 (: *avront*).

A côté de la forme régulière *aidier*, qui donne, pour
les formes accentuées sur le radical, *aïde* 9232, 9586 et
27819 (mesure du vers), *aïe* 518 (*folie* :) et *aiuë* 7251
et 8673 (: *nue*), *aïdent* 2442, 7493, 23591, 23643 et
24031 (intérieur) et *aiuënt* 9053 et 15827 (: *remüent*),
subj. 3ᵉ pers. *aït* 12408, nous avons ici souvent les
formes analogiques *aïdier* (voir au *Glossaire*) : (*aïdoë*
18432, *aïdierent* 15883, *aïdast* 24789, *aïdanz* 5458,
22000) et *aïder* 29688 (*livrer* :) (*aïdé* 27829 (: *pené*).

Parmi les participes en *-eit*, formés d'après c o l-
l e c t u s, nous citerons *toleit* 8667 (: *dreit*), 12553,
17820 et 24877 (: *destreit*), 13709, 22117 et 29638

(: *aparceit*), 28933 (: *creit*), *chaeit* 28731 (: *destreit*),
eschaeit 6177 (: *dreit*), *meschaeit* 16422 (: *creeit*) ; —
au pluriel, *toleiʒ* 18291 (: *destreiʒ*), 21723 et 29445
(: *dreiʒ*), 21847 (: *feiʒ*) ; — au fém., *toleite* 29680 (intér.).
Cf. le nom *acoilleit* 3617 (: *haeit*), 27408 (*espleit* :),
28127 (: *dreit*).

§ 4. — Syntaxe et particularités de style.

Les remarques suivantes, bien que n'offrant à peu
près rien de spécial à notre poème, nous semblent
pouvoir être utiles à l'histoire générale de la langue :

I. — *Article*. — Devant des noms de nombre qui en
décomposent un autre : *Si aveit del Rei uit enfanʒ* : *Les
cinc vasleʒ, les treis meschines* 2930-1 ; *C'erent sis rei
poësteïf* : *Les quatre en ocist Achillès, Les autres dous
Diomedès* 12650-2 (cf. 12658-60, 16703-4). — Avec
ellipse d'un nom déjà exprimé qui régit le complément
déterminatif qui suit (en français moderne on emploie
le pronom démonstratif *celui*) : *Mil chevaliers esliʒ e
buens, Que des son pere, que des suens* 7699-7700 ; *Dès
qu'il le Troïlus enmaine* (s.-e. *cheval*) 10779 (cf. 11186-
7, 22810-11). Le nom, d'ailleurs facile à suppléer (*homes,
genʒ*), n'est point du tout exprimé aux v. 15665-6 : *Sor
lui fu li trepeiʒ si granʒ E des Menelaus i ot tanʒ*. —
Article contracté (avec *a* ou *de*) devant un infinitif régi
par la préposition, dont il est séparé par le régime du
verbe (l'article de l'infinitif est supprimé) : *As morteus
chaples maintenir* (= *al maintenir les m. c.*) 13927 (cf.
9391); *A l'entasser del pas saisir* (= *del s. le pas*) 12299;
des testes perdre (= *del p. les t.*) 25361.

II. — *Nom*. — A. — *Cas régime pour cas sujet*. — Il
est fait, dans notre texte, un emploi extrêmement fréquent du cas régime pour le cas sujet. On le trouve en
particulier : *a*. — Comme prédicat : *De la puör des cors
porriʒ Qui n'esteient enseveliʒ* 343-4. Cf. 658, 732, 967 :

soit 4 exemples dans le premier mille contre 51 du cas sujet. Le nombre des exemples augmente peu à peu : ainsi on en compte 7 du vers 10000 au vers 11000 et 9 du vers 29900 au vers 30000. A noter le mélange avec le cas sujet, v. 24696, *Trop sereit lait damage e dueus*, et peut-être 13681, 25536 et 26906, où l'on peut aussi considérer *proʒ* comme une forme exceptionnelle du régime *pro*.

b. — En apposition à un nom de personne au cas sujet : *Come Antenor, le riche cante* 176 (cf. 573, 597 : soit 3 exemples dans le premier mille contre 10 au cas sujet); — plus rarement en apposition à un verbe ou à une proposition entière : *E ceus qui en estorstrent vis* 666, *Après reprenent lor escuʒ, Feus e dolenʒ e irascuʒ* 12199-200 (cf. 15618, 19794, etc.); — un cas particulier est celui où un pronom personnel est joint à un nom par une copule, *e* (ou *ne*), après le verbe commun aux deux sujets et se présente comme une espèce de correction (cf. Adolf Tobler, *Vermischte Beitræge ʒur franʒœsischen Grammatik*, I, 187) : 18252-3, *C'est cil qui ja plus n'en fera, Ne mei ne home que jo aïe*; 19053, *S'i veniëʒ, tei e tes genʒ* 28035-6, *Por co qu'il erent parçonier Del regne, lui e sa moillier*; — mais le cas sujet est plus souvent employé pour le pronom (ordinairement *il*), et aussi pour le nom qui suit *e*; cf. 4803-4, 5653-4, 8189-90, 8595-7, 8633-5, 12225-6, etc. (pour le nom au cas régime 28131, 28555).

c. — Après un verbe pris impersonnellement [1], verbe que l'on fait aujourd'hui précéder du pronom neutre *il*, que l'on appelle improprement sujet grammatical (*il m'est arrivé des parents de province; il en*

---

[1]. Le nom est placé, par exception, avant le verbe aux vers 14234-5, *Que rais e gotes e esclaʒ Lor saut del cors*, et de plus aux vers 7280-1. *Jo ne sai mie queus ne quanʒ En i neia*, où, il est vrai, il n'y avait pas d'autre construction possible.

résulta une grande agitation [1]; cf. Ad. Tobler, *Verm. Beitr. zur franz. Gramm.*, I, 191, et Meyer-Lübke, III, § 37) : 691-2, *Conté vos sera les ahanz Que Ulixès sofri set anz*; 1545, *De la nuit est alé partie*; 2216, *Que d'eus fust fait desconfiture.* Cette construction, très fréquente ici, se trouve encore aux vers 2846, 3121-2, 3986, 6344-5, 7431, 7935, 9687-9, 11132, 11160, 16817, 20238, 20650, 21316, 23383-4, 23420, 23946-7, 24476-7, 24533, 24884, 25024, 25027, 25386-7, 26064-5, 26194, 26892-3, 27486, 27593-4, 28483-4, 28872-3, et dans quelques autres passages où il peut y avoir doute.

d. — Aux temps périphrastiques du verbe réfléchi : 12211, 13874, 16283, 24961, 27645, 27830, 29702. A noter le verbe réciproque *entreplevir sei*, qui emploie le cas régime au v. 24936, *De ço se sont entreplevi*, et le cas sujet, régulièrement, au v. 13511 qui est identique à 24936.

e. — Après *come* (*com*): 1836, 12163, 14467, 18896 (ce cas se rattache à *g*).

f. — Rarement, pour rendre le vocatif : *lou enragié* 15477, *beau cosin* 10148, *douz ami chier* 15447, et *sire vassal* 2589 et 11406, où l'on peut aussi voir un cas d'apposition.

g. — Très souvent comme nom sujet. Nous avons relevé de ce cas les 170 exemples suivants : 261, 324, 414, 472, 530, 554, 908, 1167, 1471, 1885, 2050, 2107, 2517, 3990, 4004, 4098, 4099, 4257, 4894, 6314, 6323, 6396, 6405, 9014, 9410, 9715, 10414, 10491, 10764, 11402, 11510, 11584, 11953, 11991, 12023, 12038, 12056, 12180, 12389, 12691, 12847, 13353, 13768, 13859, 14094, 14375, 14383,

---

1. Il est exprimé aux vers 3853 et 13307. A noter surtout les v. 11315 ss., *Quar il i fu reis Pandarus, Apon*, etc., où nous voyons une longue énumération de noms propres au cas sujet.

14556, 14571, 14602, 14681, 15635, 15913, 16001,
16183, 16226, 16262, 16388, 16707, 16807, 16930-1,
16939, 17056, 17109, 17401, 17492, 17511, 17522,
17583, 17599, 17611, 18042-3, 18138, 18206, 18250,
18953, 19004, 19324, 19338, 19588, 19611, 19624,
19725, 19941-2, 19966, 20009, 20086, 20551, 20854,
20905, 21062, 21178, 21187, 21343, 21419, 21566,
22006, 22092, 22113, 22603, 22757, 22962, 22986,
23054, 23100, 23154, 23368, 23418, 23504, 23542,
23577, 23609, 23635, 23680, 23701, 23777-8, 23832,
24010, 24130, 24254, 24299, 24348, 24390, 24395,
24479, 24525, 24542, 24565, 24572, 24750, 24826,
24910, 24985, 25002, 25045, 25049, 25050, 25151,
25348, 25679, 26154, 26157, 26524, 26643, 26667,
26844, 26882, 26894, 27287, 27528, 27544, 27606,
27670, 27709-10, 28076, 28131, 28226, 28555, 28574,
28627, 28702, 28872, 29045, 29107, 29128, 30186,
30302.

Cette construction est parfois mêlée à la construction régulière (cf. *a*) : *Li heaume e le fin or vermeil* 20905 ; de même 26524, 27709-10, 28131.

B. — *Emploi irrégulier du cas sujet.* — Comme il est naturel, ce n'est qu'exceptionnellement qu'on trouve le cas sujet là où l'on attendrait le cas régime : 1° apposition à l'infinitif, *Lor estut la vile guerpir E as herberges revertir Mout laidi e mout desconfit* 23687-9 (*Toz cuide estre rescos Prianz*, 23724, est moins surprenant) ; — 2° avec *sembler* 18997 ; — 3° après une préposition : *por*, 11558, *Qui toz por morz en fu portez* (cf. 16761, 20076) ; *a* (après *tenir sei*), 4839, 26307, 27915 (voir Ad. Tobler, *Verm. Beitr. zur franz. Gramm.*, I, 221) ; — 4° (?) avec *n'i aveir* : des deux exemples que fournit notre poème, l'un, *Ni ot si jovne ne si vieuz* 14590, pourrait être écarté par le rapprochement avec 20222, *Ne remaint por Calcas le vieuz* (voir la note) ; l'autre, *Si povre d'els n'en i a nus*

Ne seit reis, amiraus o dus 13123-4, a été exclu, peut-être à tort, du texte critique[1].

C. — Le cas régime correspondant au datif latin est assez fréquent, non seulement avec un nom propre (cf. 300, 3315, 6185, 7643, 10265, 10706, 12135, 12311, 12546, 13091, 17043, 17445, 18748, 24446, 25581, 27869, 27968, 28223, 29684, 29971), mais encore (ce qui est rare ailleurs) avec un nom commun désignant une personne (cf. 2250, 2584, 8935, 10071 (*dant Hector*), 10884, 11507, 12307 (*un riche rei, Eüfemis*), 12312 (*cele*), 12549 (*celui*), 12863, 13500 (*autrui*), 13515 (*ceus*), 15635 (*set cenƷ*), 17842, 24382 (*eus*), 24475, 24935, 25297, 25538 (*ceus*), 29041). Aux vers 19795 et 21798, où il y a un rapport d'aboutissement, il faut sans doute, contrairement au texte critique, écrire *a Gamennon*, au lieu de *Agamennon*. Cf. *de Guamenon*, Guiraut de Calanson, *Fadet joglar*, dans K. Bartsch, *Denkmæler der Prov. Litter.*, 99, 32.

III. — *Adjectif.* — Pour les emplois variés de *tant*, voir au *Glossaire.* — Pour *tant* et *maint* construits avec le pluriel, voir plus loin, X, *Syllepse.* — Pour le comparatif remplaçant le superlatif (*E qui i reçut greignor pris* 2859), voir *Glossaire* s. v. *plus.* — Propositions comparatives abrégées : *Mieuʒ est qu'encontre lor ailleiʒ Que vos ici les atendeiʒ* 2685-6 (cf. 28265-6) ; *Mieuʒ voudreie estre desmembreʒ Qu'eüsse esté a cest conseil* 18360 (cf. 1391, 16210-11, 18305-9, 18375-7) ; *Si ne fu onques graindre amor De pere a fil, ne n'iert ja mais, Que aveit o lui Ulixès* 29924-6. — Dans le second terme d'une comparaison, *de* est encore assez fréquent : nous en avons relevé 28 exemples, dont 18 devant un pronom et 10 devant un

---

1. Cette leçon s'expliquerait (comme aussi le v. 20222) par l'accord suivant le sens, *i a* étant considéré comme l'équivalent de *est*.

nom [1]. — Il faut mettre à part les exemples où *plus de* est suivi d'un nom de nombre : dans ce cas, ce nom de nombre peut se mettre, comme on sait, au cas sujet. Cf. *Li conveiz fu des fiz le Rei : O li s'en issent plus de trei* 13423-4 ; *Bien furent plus de cent milier* 13933-4, et voy. Ad. Tobler, *Verm. Beitr. zur franz. Gramm.*, I, 222.

IV. — *Pronom.* — Le génitif du pronom personnel (au sens subjectif) est souvent employé pour le possessif : *del sanc de lui* 9574 (cf. 10222, 10229), *del s. d'eus* 14336 (cf. 6504, 20011, 23864), *li cuers de mei* 15303 (cf. 17667, 19570), *el cors de vos* 11605 (cf. 19786), *l'ombre de sei* 17692. Le sens objectif se rencontre au v. 23406, *la perte de lui*. — *Cel*, pour *nul, personne* (dans une proposition négative), suivi d'une proposition relative (le plus souvent avec ellipse du relatif) est assez fréquent : *Mais n'i a cel ne seit irié* 19092 (cf. 12001, 13914, 14413-4, etc.). *N'i a cel d'eus nel face bien* 18854 ; — avec le relatif exprimé : *N'i ot celui qui ne saignast* 14413 ; — avec les deux constructions juxtaposées : *N'i a cel n'ait heaume lacié E qui n'ait lance o bon espié* 7797-8. — Le neutre *le* pour *ço*, annonçant une proposition complétive directe, se trouve 4782 et 21556.

A noter la tournure essentiellement provençale [2], mais souvent employée en français dans le langage populaire, qui consiste à introduire par *que* une proposition relative, laquelle se transforme aussitôt en une proposition plus analytique avec le pronom personnel de la 3e

1. Pour l'emploi plus fréquent de *de que* de *que* devant un pronom, voir Olivier M. Johnston, *Use of* de *and* que *after the comparative in old French*, dans *Zeitschrift für rom. Phil.*, **XXX** (1906), 641 ss.

2. Le provençal moderne et la plupart des patois du Midi répugnent encore aujourd'hui à l'emploi du pronom relatif précédé d'une préposition, comme aussi de *dount = de que, del qual*, etc.

personne comme régime : *Que ne m'ocit le rei Priant,
Qui par mei est vis confondus E que ses fiʒ li ai toluʒ?*
22962-4. — Il semble que le pronom de la 3ᵉ personne
atone puisse être employé, au lieu de la forme accentuée, s'il suit le verbe à l'infinitif (*por aprendre li*
13823, *de metre les* 15805, *De faire les torner ariere*
15994, *A guerpir les si desvengiees* 18311), ou s'il en est
éloigné et placé devant le verbe régisseur : *Dès qu'il ne
s'ot de quei defendre* 9770, *Ne l'ot cure de plus sofrir*
22782. Mais la forme emphatique se trouve, selon la
règle, devant l'infinitif : *De lui honorer mout se peine*
2004, *Com fu de lui ensevelir* 435, etc. — Le pronom
atone semble de règle s'il est mis après un verbe à un
mode personnel placé en tête de la proposition sans
sujet exprimé : *dist li* 14060, *dist lor* 29825, *font li il*
11895 (mais, avec le sujet exprimé, *cil refiert lui* 2493,
etc.); *honora les* 1203, *vit le* 1858, *guarderai le* 13601,
etc. — Dans *mei i eslurent* 5877, le pronom accentué a
un sens emphatique (« moi, et non un autre »); de
même aux v. 13586-7, *Tel cuer preneʒ e tel corage Que
mei preneʒ a chevalier* ; au v. 3753, *Cil iert mis fiʒ, lui
amerai*, au v. 5377, etc. Il sert aussi à marquer une
opposition : 2493, *cil refiert lui* ; cf. 11399, 23931. —
Notons encore, pour la place donnée au pronom : *Senʒ
aveir en aucun retor* 17642, *D'aveir en autretel loier*
11779, *Vos qui ameʒ honor e priʒ, Vos combateʒ por
dame Heleine* 19606-7.

Pour *qui* au sens adversatif après une proposition
négative, et pour *qui* introduisant une proposition conditionnelle indéterminée (fréquent), voir au *Glossaire*.

V. — *Verbe.* — Emploi de l'auxiliaire *aveir* : 1º avec
des verbes de mouvement qui prennent ordinairement
estre : *tant a venu* 2739, *tant i aveit venu* 5717, *tant a
alé* 2739 (cf. 8090), *ont tant alé* 4495 (cf. 5857), *A com
grant duel i a entré* 15846 ; 2º avec des verbes réflé-
chis : *A Hector s'a tant combatu* 10133, *Paris s'a bien*

aparceü 11601, *Tot dreit a lui s'a eslancié* 12257, *Toʒ les cheveus s'a esrachieʒ* 16471 [1] ; — ou réciproques, 11501, 16277.

Comme subjonctifs-impératifs, il faut noter, outre *saches* 819, 845, 1382, 1679, 1781, etc.), *seies* 6601, *oies* 817 (et 1038, où il est immédiatement précédé de *entent a mei*) ; — comme infinitifs mis à la place de l'impératif négatif : *nel cuider mie* 1383, *Ne faire ja avant un pas* 1706, *Ne lor faire destruiement* 6600, *Ne nos laissier, ne nos guerpir, Ne nos faire de duel morir* 15441-2, *ne targier* 23006 [2] ; — comme 3e pers. du pl. sans sujet au sens indéterminé : *N'eüssent pas son frere ocis* 28132, *Que par merveille e par envie Orent son fil gelé de vie* 27683-4, *Firent* (« on avait fait ») *un drap enchanteor* 13342, *Les dames mistrent* 4661, *Sa plaie li ont estanchiee* 10095. Signalons enfin six exemples du gérondif avec *aler* pour exprimer une action qui se prolonge : 3553, 6195, 8348, 13166, 16854, 22768.

La forme d'hypotypose consacrée pour l'énumération et la description, *qui donc* (*lors*, etc.) *veïst*, employée absolument pour exprimer l'admiration, n'offre ici que deux exemples : *Qui lores les veïst embatre* 7244, *Qui donc veïst en com grant peine* 15449. C'est une des raisons qui s'opposent à ce qu'on attribue à Benoit le *Roman de Thèbes,* où cette locution est particulièrement fréquente.

L'infinitif, dans *N'i ot plus rien que aprester* 927 et dans *Dont il avront asseʒ que plaindre* 2921, s'explique comme dans les phrases modernes *je n'ai que faire, je ne sais que faire* (*dire*, etc.) : c'est un mélange des deux tournures latines *non habeo quod faciam* et *non*

---

1. M. Leo Wiese, *Die Lieder des Blondel de Nesle,* 108, voit là un trait picard, renvoyant à W. Foerster, *Yvain*[2], p. LXII : nos exemples semblent contredire cette assertion.

2. Pour l'infinitif dans une proposition subordonnée introduite par *que,* 1758-9, voir à l'*Anacoluthe.*

habeo facere (cf. Cicéron, *Ad Atticum*, II, 22, 6 : *De re publica nihil habeo ad te scribere*). Bien différentes sont les phrases comme *En Menelau n'ot que irier* 11649, *N'avra en eus que corrocier* 2255-6, où *que* est, non plus pronom, mais conjonction (*ne... que = seulement*), et où l'infinitif est pris substantivement, comme dans l'expression plus usitée *n'i a que de*. Sur cette dernière locution, qui n'est pas dans notre poème, voir Ad. Tobler, *Verm. Beitr. zur franz. Grammatik*, I, 18.

L'emploi de *saveir* comme adverbe (cf. lat. *scilicet*), pour introduire une proposition dépendant d'un verbe de sens interrogatif ou dubitatif, est ici, plus que dans tout autre texte, fréquent et varié : on trouvera tous les exemples réunis au *Glossaire*.

L'accord du participe passé avec le régime placé après, dans les temps périphrastiques conjugués avec *aveir*, construction qui, sans être bien rare, sort de la règle communément observée et qui est restée, se rencontre au moins quatre fois : *Quant Helenus ot achevee La parole qu'il ot mostree* 3983-4, *Desconfiz ont les Troïens* 7570, *Que asise ont la grant cité* 7607, *Tuit li ont faite feeuté* 29519, cf. par contre, 7587, *De lor gent i ont perte fait*.

Il faut signaler un emploi hardi et tout latin de la proposition participiale absolue, où le participe conserve toute sa valeur verbale : 7703-4, *Pris par enarmes les escuz. Escuz pris*, comme *lances baissiees, lances dreciees, les armes prises*, etc., est d'ailleurs fréquent.

Nous signalerons encore un curieux exemple de dérogation à la règle de concordance des temps : *Si durement les encontrons Qu'ariere el champ les retornons, Tant que li nostre recovrassent E que tuit cil autre arivassent* 7457-60 ; — un infinitif indiquant le but avec *trametre* 30126-7 ; — le futur au lieu du subj. prés. : *E por ço me vueil travaillier... Que... La voudrai*

si en roman\z metre 33-7 (cf. *Chron. des Ducs de
Norm,* 7312), dont il faut rapprocher cet exemple du
conditionnel mis au lieu du subj. imparfait : 1709-10,
*Crieme sereit se nel faiseies, Que chierement le com-
parreies*; — enfin un emploi hardi de l'impersonnel *a*
(« il y a ») accompagné d'un participe : 6747, *E de
Peoine, une contree Ou mainte merveille a trovee,* « où
l'on a trouvé, où l'on trouve » (*mil an\z aveit e plus*
25922 est normal).

VI. — *Mots invariables.* — Quand *plus* est répété
dans une proposition proportionnelle, on trouve *et (e)*
devant le second *plus : E qui plus s et, e plus deit faire*
31. — *Pas* augmentatif est ajouté à *ne* dans une
phrase où *rien* est sujet et où il ne pourrait pas figurer
aujourd'hui : *Que rien nel poüst pas sofrir* 23617 ; —
dans une subordonnée indéterminée dépendant d'une
proposition négative : 13672, 16865, 26767.

VII. — *Ellipse.* — La conjection *que* est très souvent
supprimée : 1° dans les propositions consécutives :
après *tel* 777-8, 1947 (*que* est exprimé au v. précédent),
3838, 4207, 6389, 6787, 7425, 8326, 8785, 9480, etc. ;
après *itel* 2331 ; après *tant* 980-2, 2312, 2771-2, 2887,
3110, 3510, 3592, 4518, etc. ; après *si* 2091, 2716, 6492,
7421 (*si fait*), 8569, 9374, etc.; — 2° après *guarde\z*
8744, 18436, 27962 ; — 3° devant un subjonctif négatif
dépendant d'une proposition négative : *Ja ne verrai
vostre message, Sempres ne m'aie\z al rivage* 2171-2,
*Ne seront hui del champ parti, Ain\z ne seient d'eus mil
feni* 14265-6, *Ne vos trairei\z de mei si près, Ne me
traie plus près de vos* 14166-7, *Que j'a n'iert mais ne
nuit ne jors, Ne sente le verjant d'Amors* 17571-2 ;
— dans ce cas, c'est le plus souvent le relatif qu'il faut
suppléer : exceptionnellement devant une proposition
affirmative :*Ja n'i avra grant ne petit De remaneir quiere
respit* 5043-4 (cf. 18437) (dans 14909-10, *So\z ciel n'est
rien que la receive, Ja fous corages le deceive,* le relatif

est remplacé par le pron. personnel : il y a anacoluthe);
presque toujours devant une proposition négative, en
particulier après *n'i a cel* (*celui*) 7797, 12001, 13914,
18854, 19092, *n'i a un sol* 10203, 12203 (*n'i ot un sol*
7553), *n'i a nul* 9875 (cf. 10291-2, 27573, 28301-2, etc.);
ajoutez : *n'i remaint dame... n'en isse fors* 10207, *E si
n'i ra ne haut ne bas Pris n'en redoint Polidamas* 10289-
90, *Ja ne troveront plus les aint* 17786, *Nus ne s'i rent,
nus n'i est pris, Sempres maneis ne seit ocis* 11891-2,
*Onques nus hom... Ne vit plorer tant chevalier Ne plus
se peinent del vengier* 20110-12, et d'autre part 18876,
19568, 22506-7, 22720, etc. ; — 4° ellipse de la conjonction *que* devant le second membre d'une proposition comparative de supériorité : *Mais jo dot l'un plus
ne faz l'al* 17741 ; — 5° devant une proposition conditionnelle au subjonctif suivant une première proposition
conditionnelle avec *de* : *Se tu lor vueus faire dreiture,
La dame rendes e l'aveir E faces dreit a lor voleir, Ço
te mandent, qu'il le prendront* 6304-7 ; — 6° après les
verbes déclaratifs : *Bien veit n'en puet senz perte aler*
2693, *Li un dïent mout a bien dit* 6270 (cf. 3332, 10339,
etc.); souvent après *sacheiz* ; cf. 776, 12332, 12442,
12692, etc. ; assez souvent avec *ço* annonçant la proposition subordonnée; cf. 6357, 6528, 12677, 14321
(*que* est au vers suivant), etc. — Autres ellipses de *que* :
N'aveient paor ne reguart Maus lor venist de nule part
4489-90, *Mout en faut poi ne l'a ocis* 12057.

Ellipse du relatif déjà exprimé à un cas différent :
N'a rien sor li qu'il ne retraie E (s.-e. *que*) *ne li face
mortel plaie* 17561-2 (cf. 17588-9, *Onques si gente
(pucele) nus ne vit Ne ne sera jamais nul jor*, où il s'agit
d'un nom), *vos la dorreiz Cui vos plaira e vos voudreiz*
16998. — Ellipse du pronom personnel (régime direct
avec anacoluthe : *S'orreiz des riches reis parler, E l'un
après l'autre nomer, Qui la vindrent* 239-41, *Qu'a cent
en fait les chiés voler E de la place remuër* 14091-2,

Por sa femme grant mal li vuet E porchace tant come il puet 29677-8.

Se est supprimé (comme en latin *ne*) dans le premier membre d'une interrogation indirecte double : *Por ço vos vueil mostrer e dire, Saveir quel conseil en prendrons, Sera raienz o sel prendrons* 11773-5.

A noter encore l'ellipse de *de*, quand cette préposition est déjà exprimée et que sa répétition obligerait, pour conserver l'inversion, à avoir deux *de* consécutifs : *De blans haubers, d'caumes aguz E de maintes colors escuz* 2351-2, *Tost conut Prianz lor corage E qu'il erent guarni e sage De traïson estre entrepris* 24791-3 (cf. Adolf Tobler, *Verm. Beitr. zur franz. Gramm.* I, 181 ss.) ; — et celle de *por saveir* (ou autres mots de même sens) dans *Al deu veneit criër merci Por ceus de Troie, qu'il fereient E coment il se contendreient* 5824-6.

Enfin il faut signaler l'ellipse, assez fréquente, du verbe déjà exprimé au singulier, quand un nouveau sujet est introduit à l'aide de la copule *e : Reis de Troie Laomedon A oï dire que Jason Est arivez e Herculès* 1003-5 (cf. 6795, 6887, 8396, 9206, 11645, 29731, 29764) ; — avec le second sujet au pluriel : *Sovent se pasme de dolor E si home tuit li plusor* 12197-8 (cf. 13753-5, 28131) ; — avec le second sujet au cas régime : 28121, 28555.

VIII. — *Pléonasme.* — *Que* est répété après une proposition conditionnelle ; cf. 747-8, 12799-800, etc. ; — *en* fait double emploi : *En i ot tant des espasmiz* 23670, *Treis choses... que... E que chascuns deit bien saveir Que faire en deit tot son poëir* 2245-8 ; — au v. 10324, *il* est justifié par l'éloignement du nom qu'il représente (*champ* v. 10321) ; de même *de cel* au v. 16523 (*d'un drap* est au v. 16518) et *icele* au v. 29979. — Notons encore : *il sis cors,* « lui-même » 23703 ; *Car il i fu reis Pandarus* 11315 ; *Chascune est dreiz, ço dit, qu'il l'ait* 3888.

IX. — *Anacoluthe.* — Passage du style indirect au style direct : *Calcas lor a dit e conté Tot en ordre la verité, Com cil de Troie l'enveioënt Al deu, cui lor dons presentoënt, E por oïr e por saveir.... Ne s'il se porrient tenir Vers vos, qu'i deviëz venir, Mei i eslurent e tramistrent,* etc.; 5867 ss., *Danʒ Ulixès mout l'en mercie E mout li promet e afie Que, se lieus est, le guerredon A cort terme vos en rendron,* etc. 12912-4 (cf. 13102-5, etc.). — Passage du pluriel de politesse au singulier : *Jo ne vueil mie faire a gieus De vos e de mei l'assemblee; Par ço vueil estre aseüree. Sor l'image ta main metras* 1627 ss. — Passage du pronom relatif au pronom personnel : 29643-5, *E nes son fil Laudamanta, Qu'Ector li coilverʒ engendra E ja en cuide son heir faire.* — Impératif dans une proposition dépendant d'un autre impératif; *Guart que sovent revien a mei* 8057 ; — aux vers 1758-9, l'infinitif négatif remplace le second impératif, et un verbe de désir remplace le premier : *Mais doucement te vueil preier Que de tot ço rien n'obliër.*

Contrairement à l'usage, aux vers 14787-9, l'accord du verbe se fait, non avec le sujet le plus rapproché, mais avec le premier : *Que l'armonie esperital, Ne li coron celestial, N'est a oïr si delitable.*

Voici des anacoluthes particulièrement hardies : *Fors que fole gent esbaïe.... Par iceus fu dit e cuidé* 5074 ss. (où il faut noter la syllepse), *S'il truevent qui lor viet les porʒ, Ja n'i avra si grant esforʒ En ceus de la ne tel poëir, Ainʒ que vienge demain al seir, En i avra mil arivees* 7905 ss., *Mais por cent livres de fin or Ne fu pas faiʒ, tel i aveit* 7602-3, *Joie en avrai, se tant puis faire Que la douce, la de bon aire... Se jo de li esteie amé, Conquis avreie tot a tant* 18069 ss., *Sera raienʒ o sel prendrons, O membre a membre seit desfaiʒ, O vilment a chevaus detraiʒ* 11774-6.

Il faut noter surtout les cas où la phrase introduite

par un nom au cas sujet, avec ou sans développements, est reprise en remplaçant ce nom par un pronom au cas régime ou accompagné d'une préposition : *Chascuns qui remire sa face, Ne puet muër ne li desplace* 20445-6, *Gent sauvage d'une contree... Cil les prenent* 13372-5 (syllepse), *Uns des plus hauz d'este contree... Cel avons pris e retenu* 12600-7, *Uns dus corteis de Salamine... Cel a Hector tel cop feru Que...*12397-402, *Merionès, uns riches reis... Celui ataint Hector premier* 14136-41 ; — il faut sans doute y joindre, d'après *y* et contrairement au texte que nous avons adopté, les vers 14102-16 : *Dui mout haut conte de noblece, De la ville de Troie né, Riche, vassal e honoré* (suit une parenthèse de 6 vers); *Conte erent cil e de granz nons* ; *Onques Hector n'ot compaignons Qui plus pro fussent de cez dons : Iriez dut estre e angoissos, Que veant lui e assez près Les li ocist danz Achillès*; — mais aux vers 5985-9, *Philotetès, uns vassaus proz.... — Cil ot esté premierement Al premerain destruiement, — Cil les conduist,* le cas sujet est maintenu.

X. — SYLLEPSE. — A. — *Syllepse du nombre* (verbe au pluriel avec un nom collectif) : avec *gent,* 1° dans la proposition où figure le nom collectif : *Que ne sai quant de nostre gent Destruistrent Troie* (*quant* peut aussi être considéré comme un sujet pluriel) 5751-2 (cf. 7605-8, 11194-5, 13372-5, 14263-4, 17280, 18065, 25232, 27893, 28187, 28437-8) ; 2° dans une proposition relative qui en dépend : *come gent Qui de bien faire orent talent* 9390 (cf. 4859, 5027-8, 5074-5, 5748, 8191-2, 8307-8, 10151-3, 13372-3, 13549, 19704, etc.); — avec *poi : Mais poi sont gent* 1125, *Poi eschapa des autres vis* 2756; — avec *pueple* 4119-21 (le sing. est dans la prop. relative) ; — avec *tot : tot ocit e navre e tue E de la place les remue* 16141-2 ; cf. 4368-9, *Paris o tot ses Troïens Ont pris d'Eleine le congié* ; — de plus, le pluriel est dans la proposition relative

après *compaignie* 24316-8 ; — après le *remenant*
27361-3 ; — après *bataille* : *la bataille oitaine, Que des
Greȝeis n'iert pas lontaine, Ainȝ s'en trairont ancui bien
près E mout lor chargeront grant fais* 7975-8 ; — après
maint : maint navré qui 11518-9, 14856-8, 20048, *m. des
lor qui* 15810-11 (cf. 9522-3, *E sin font maint chaeir a
denȝ Pasmeȝ e freiȝ, de la mort près*) ; *mainte rien que*
28441-2 ; — après *tant : Ha! tante dame ai mise en duel,
Dont lor seignor e lor ami Sont ja par mei enseveli !*
22944-6, *La veïsseiȝ tant chevalier Qui ne pueent nuire
n'aidier* 12123-4, et avec ellipse du relatif, *Onques nus
hom de mere neȝ Ne vit plorer tant chevalier Ne plus se
peinent del vengier* 20110-2 ; — par contre, nous trouvons le sing. avec *poi* dans la principale : *De ceus i a
poi qui s'en rie* 12732.

B. — *Syllepse du genre.* — Avec *rien : Soȝ ciel n'est
rien que la receive, Ja fous corages le deceive* 14909-10,
Chose ne rien que tant seit lait 13450 (cf. 853-4), *Que
rien n'ataint que ne seit morȝ* 12453 ; — avec *quant que*
(accord avec le complément déterminatif) : *Quant qu'il
porent de gent aveir... A Athenes fu assemblee* 5589-93.
— A noter de plus : *Sist toȝ armeȝ sor Galatee, Qui de
dur mestier ert apris* 15560-1, *De lor cinquante nes guar-
nies S'en eissirent les compaignies, Armé por defendre
lor cors* 7225-7, *Cele chose que jo ne face, Que bel te
seit ne que te place* 853-4.

C. — Accord du participe passé ou participe passé-
adjectif, non avec le nom de matière, mais avec le
nom qui régit le nom de matière : *De dras de seie a
or brosdeȝ* 1143 (cf. 13333-4), *E lençueus blans deugieȝ
de seie* 1559, *Li cercles ert d'or esmereȝ* 1827 (cf.
16520, 21968, 23049), *De cuir boilliȝ escuȝ aveient*
6839 (cf. 12373), *E sis heaumes a or vergieȝ* 11240,
O chaeines bien entailliees E de fil d'or menu treciees
14897-8, *Traient les branȝ d'acier moluȝ* 15633, *De
dras de seie a or batuȝ* 23321.

On voit qu'en somme, dans la langue de Benoit de Sainte-Maure, les traits dialectaux se réduisent à peu de chose. On peut en dire autant des deux autres poèmes antiques, bien que, sous ce rapport, le *Roman de Thèbes* se place un peu à part. Cela tient, selon nous, à ce qu'il est le plus ancien des trois et qu'il a été composé au moment où commençait à se former cette langue littéraire qui, née, semble-t-il, entre Seine et Loire, absorba peu à peu, du milieu du xii⁰ siècle à la fin du xiii⁰, le normand propre et les parlers de l'Ile de France, de la Champagne et même de la Bourgogne¹. Il y a, en effet, bien peu de différence, pour la langue, entre Wace, Chrétien de Troyes, Raoul de Houdan et Marie de France d'un côté, Benoit de Sainte-Maure et les auteurs anonymes de *Thèbes* et d'*Éneas* de l'autre ; il y en a moins encore pour le vocabulaire². Ils se servent tous également d'une langue littéraire, comme les troubadours se servaient du *dreg proensal*³ ;

1. Voir Philipon, *Les parlers du duché de Bourgogne aux* xiii⁰ *et* xiv⁰ *siècles*, dans *Romania*, XXXIX, 483.

2. Il faut noter chez Benoit un certain effort pour varier le style à l'aide de synonymes de même racine, et sa prédilection pour les verbes réciproques commençant par *entre* et pour les verbes précédés du préfixe *re*, en particulier aux temps périphrastiques avec les auxiliaires *aveir* et *estre*. Voir ces mots au *Glossaire*, et aussi *redeveir* et *revoleir*.

3. M. Félix Lacôte, dans son remarquable *Essai sur Guṇāḍhya et la Bṛhatkathā* (1908), après avoir dit, en parlant de la langue de Guṇāḍhya, que, bien que fondée sur un dialecte vivant, elle a cependant quelque chose d'artificiel et de littéraire, ajoute : « Les particularités des divers prâkrits ne sont ni complètement irréelles, ni complètement conformes à la réalité du langage parlé. C'est affaire de goût, de choix et de mesure. Dans chaque prâkrit, les traits d'un dialecte déterminé sont dominants, mais des traits sont aussi empruntés à d'autres, et ce mélange composite est réglé artificiellement par une grammaire savante qui n'oublie jamais tout à fait la norme sanskrite ». Et M. J. Vendryes, dans son compte rendu paru dans le *Bulletin de la Société de lin-*

mais, cette langue commune, ils lui impriment chacun la marque particulière de leur esprit.

Sans essayer de résoudre la question, d'après nous oiseuse, de savoir à quelle province revient la principale part dans la constitution de ce *beau parler de France* dont plusieurs se font gloire aux XIIe et XIIIe siècle [1], nous croyons pouvoir affirmer que les auteurs des trois grands poèmes antiques y ont surtout contribué. Il faut sans doute admettre l'existence d'un centre où les études classiques étaient plus particulièrement cultivées : ce centre, nous serions tenté de le fixer à Orléans, dont Jean de Tuin, dans son *Histoire de Julius Cesar* (vers 1240), cite deux fois les « maîtres » [2].

Si nous voulions examiner en détail notre poème au point de vue littéraire, nous serions obligés d'étendre notablement cette *Introduction* déjà assez longue. Contentons-nous de noter que, contrairement à ce qu'on pourrait croire, le *Roman de Troie* ne fut pas écrit pour être lu en particulier, mais pour être lu (ou récité) publiquement.

M. Muret, dans son édition de *Tristan* (*Introd.*, p. LXVI), dit que ce poème était destiné à être récité, « tandis que les élégants récits d'un Benoit de Sainte-Maure, d'un Chrétien de Troies, se prêtèrent dès leur

guistique de Paris (XVI, 1), à qui nous empruntons cette citation, la fait suivre de cette importante remarque : « Cette conclusion mérite d'être retenue, car la portée en est considérable. La question qu'elle résout en quelques mots si nets et si fermes est une des plus importantes et des plus délicates à la fois de la linguistique : c'est tout simplement celle de la formation des langues littéraires. » Nous nous rallions complètement à cette manière de voir pour ce qui regarde le *français littéraire* du XIIe siècle.

1. Voir H. Suchier, *Geschichte der franz. Litt.*, et G. Paris, dans *Journal des Savants* de 1901, p. 786.

2. Éd. Fr. Settegast (Halle, 1881), 241, 9 et 244, 1.

apparition, à la lecture solitaire. » Nous ne saurions accepter cette affirmation en ce qui concerne Benoit. En effet, nous trouvons dans son poème de nombreuses preuves que, en réalité, il avait été écrit pour être lu ou récité devant un public. Cf. *oëẓ* (impér.) 16799, 23122, 23126, 24304, 25613, 27102, 27409, 27670, 27695, 27874, 27880, 27937, 28039, 29138, 29219; *s'orreiẓ* 27551 et 27553; *porreiẓ oïr* 27548, 27560, 27818, 28576, (*Ja me porreiẓ oïr retraire* 24396); *porriëẓ oïr* 28571-3; *oïr poëẓ* 27708, 27967, 28524. De plus : *Or vos dirai d'Ector la some : Ja ne l'orreiẓ mieuẓ par nul home* 5327-8; *Mais qui or vueut oïr chançon* 2068; *Qui or voudra oïr avant Escout, quar bien savrons retraire Tot quant qu'en dit l'estoire Daire, etc.* 11092 ss.; *Ensi e por çо quos oëẓ* 28039, et surtout 2825 ss. : *Or vient uevre, s'est qui la die, Ja mais tel ne sera oïe. L'uevre e la chançon vos ai dite, Si com jo l'ai trovee escrite, Saveir par com faite acheison, etc.* ; 2848-62 : *Qui la chose voudra saveir, Si atende : nos li dirons Solonc ço qu'el Livre trovons, Com faite-ment içо ala, etc.... Içо que j'en l'Estoire en truis Me porra oïr reconter Qui bien me voudra escouter*, et 10551 ss. : *Ne puis toẓ les respons retraire, Quar trop ai a dire e a faire. Ensi remest : n'i ot plus ore, Mais vos orreiẓ asseẓ ancore, Saveir a que çо torna puis. Mais, si com jo el Livre truis, etc.* — Par contre, il semble tout d'abord que la lecture privée soit indiquée v. 28070-2 : *Ainẓ que toẓ seit liẓ n'acheveẓ Li Livres, sera bien retraite La venjance que en fu faite*; mais *seit liẓ* indique très probablement la lecture à haute voix.

§ *1.* — *Les deux Benoit.*
Chronique des ducs de Normandie.

En 1876, M. Settegast[1] étudiait parallèlement la langue et le style du *Roman de Troie* et de la *Chronique des Ducs de Normandie*, et il concluait à l'identité du *Beneeit* de la *Chronique*[2] avec *Beneeit de Sainte-More*, qui se nomme ainsi au v. 132 du *Roman de Troie* et simplement *Beneeit* aux vers 2065, 5093 et 19207[3]. Trois ans après, M. H. Stock[4] reprenait, en l'approfondissant, l'étude de la phonétique des deux ouvrages et arrivait aux mêmes conclusions. Enfin nous-même, revenant sur la question en 1898, dans un mémoire destiné à préparer la constitution du texte critique de *Troie*[5], en nous fondant sur le matériel critique dont nous disposions, nous indiquions que nos

1. Franz Settegast, *Benoit de Sainte-Maure, eine sprachliche Untersuchung über die Identität der Verfasser des « Roman de Troie » und der « Chronique des Ducs de Normandie ».* Breslau, 1876.

2. Nommé deux fois, mais seulement dans les sommaires (avant le v. 12631 et avant le v. 31779), lesquels ne sont sans doute pas de l'auteur.

3. Hermann Stock, *Die Phonetik des « Roman de Troie » und der « Chronique des Ducs de Normandie »,* dans les *Romanische Studien* de Bœhmer de 1879.

4. Notez que le scribe du prototype de la 2ᵉ famille des mss., pour éviter à la rime la répétition de *seit* au v. 2070, a écrit : *Si com Beneeiꝫ l'aparceit.*

5. L. Constans, *La langue du* Roman de Troie, dans *Revue des Universités du Midi,* IV, 1, p. 1.

doutes sur l'identité des deux Benoit allaient en augmen-
tant à mesure que nous pénétrions plus profondément
dans l'intimité de l'auteur du *Roman de Troie*. Aujour-
d'hui, nous croyons pouvoir nier formellement cette
identité, et affirmer catégoriquement que le versificateur
habile de *Troie*, l'ingénieux inventeur des amours de
Troïlus et de Briseïda n'a pas pu *postérieurement* devenir
le rimeur pénible tantôt vulgaire [1], tantôt prétentieux et
diffus, de la *Chronique*, que nous n'hésitons pas, à la
suite de Gaston Paris [2], à mettre au-dessous de son rival
Wace. Et il ne s'agit pas simplement d'une impression
vague : outre que le clerc scrupuleusement dévot [3] qui
a rimé la *Chronique* n'a pas dû se complaire dans les
scènes purement courtoises de *Troie* [4] et dans les
subtiles analyses psychologiques qui donnent leur
marque caractéristique aux amours de Médée, de
Briseïda ou d'Achille, il faut bien avouer que les
ressemblances constatées par M. Settegast [5] dans les
procédés stylistiques chez les deux Benoit se retrouvent
ailleurs à la même époque, en particulier chez les au-

1. Notez. en particulier l'accumulation des proverbes (passim)
et, pour les expressions triviales, v. 21605-7, 36308-9, etc.

2. Voir *La Littérature française au moyen âge*, § 93.

3. Il est inutile d'accumuler les preuves pour montrer que
nous avons ici affaire à un clerc, et spécialement à un moine ;
il suffit de rappeler les formules pieuses dont il se sert à la fin
de chaque grande division de son œuvre et à tout propos, et les
éloges enthousiastes de la générosité des ducs envers l'Eglise.
D'autre part, il parle à plusieurs reprises du parchemin qui lui
sert à écrire sa chronique (cf. 28086-7, 41765-6, 41830, etc.) : rien
de tout cela dans *Troie*.

4. M. Gröber exprime aussi des doutes à ce sujet dans son
Grundriss der romanischen Philologie, II, 583.

5. Aux observations présentées dans notre mémoire précité,
il convient d'ajouter que les trois exemples de négligences
relevés dans *Troie* par M. Settegast (p. 69), aux vers 6129-30,
15060-1 et 16842-3, sont dues au scribe de *K*.

teurs du *Roman de Thèbes* et d'*Éneas* [1], poèmes qu'on
ne saurait plus aujourd'hui, sans parti-pris, attribuer à
Benoit de Sainte-Maure. Quant au vocabulaire, s'il y
a quelques ressemblances incontestables (voir § 3), les
différences sont infiniment plus nombreuses. Nous
allons d'ailleurs noter rapidement les particularités
essentielles qu'offre la *Chronique*, par rapport à *Troie*,
au point de vue de la *phonétique*, de la *morphologie*,
de la *syntaxe* et du *vocabulaire* : il sera alors, croyons-
nous, difficile d'admettre que ces particularités soient
dues au hasard.

A. — *Phonétique.* — 1° Il y a confusion accidentelle de *e* et de *ie* dans la *Chronique* : *bracee* : *duree*
12931, *moillier* : *loër* 42133 (*cuider* et *aïder* sont aussi
dans *Troie* [2]). — 2° *Geus* (j o c u s) (*gous*) rime avec *feus*
(f o c u s [3]) 22302-3, 37258-9, en même temps qu'avec
feus (*f e o d u s) 15624-5, 21048-9, 37258-9 ; et ce dernier
rime aussi avec *greus* (gravis) 1357-8 (qui, dans *Troie*,
n'a que la forme *griés*), avec *niés* (n e p o s) 32464 et 34228-
9, et avec *leus* (leu), *935*, *1133*, *1285*, 8468, 8944,
14032, etc., tandis que, dans *Troie*, il ne rime qu'avec
gieus 18005 et *lieus* 6119 et 28197. — 3° H o m o, qui
donne toujours *hom* (*om*) dans *Troie*, se diphtongue
parfois dans la *Chronique,* comme le montrent, à côté de
rimes en *on*, les rimes *hom* : *Roëm* 6831, 32426, *huem* :
R. 35031, *Jerusalem* : *huem* 31752, 41441, etc. — 4° Le

---

1. Au v. 2415, *descercher* (ms. de Tours *deslacier*), qui rime
avec *couper*, doit être corrigé en *descercler*, et au v. 7907,
assigner en *assener*.

2. Voir pour *Thèbes*, L. Constans, *Le Roman de Thèbes*, p. cxiv
ss., et pour *Éneas*, id., ibid., p. cxviii et J. Salverda de Grave,
Éneas, Introduction, p. xxiv-xxix.

3. Ce mot ne se trouve pas à la rime dans *Troie*. Il rime, il est
vrai, avec *bues* aux v. 1887-8, dans *AA²CK*, mais la critique des
mss. exige *lues* (voir notre mémoire précité, p. 48) ; il est un peu
mieux établi au v. 13035, mais *cieus* semble préférable.

mélange de *ai* et de *ei* (en dehors des cas où ils précèdent une nasale) n'est guère plus fréquent dans la *Chronique* que dans *Troie*, où il se réduit au verbe *baleier*
(cf. *enchaeit* : *mesfait* 5583, *chaeiʒ* : *laiʒ* 33600, etc.) ;
mais il est plus fréquent devant *n* mouillée. — 5° Les
mots en *ẽ* (*ĭ*) + *l* + *yod* + *s* donnent *-eiʒ* comme dans
Troie ; de même ceux en *ĩ* + *l* + *yod* + *s* donnent *iʒ* ;
mais, contrairement à *Troie*, le même traitement de l'*l*
mouillée est appliqué lorsqu'elle est précédée d'une
voyelle non palatale : *muraiʒ* : *refaiʒ* 3035, : *paiʒ* 6535,
: *traiʒ* 27159, : *esmaiʒ* 18807, : *fraiʒ* 20533, : *faiʒ* 26014
(cf. *Troie* 25919, *terraus* : *muraus* [1] et *Chr.* 37699,
hauʒ : *murauʒ*) ; *travaiʒ* : *paiʒ* 3354, 23823, : *faiʒ* 12605,
36434 (cf. *assalʒ* : *travauʒ* 4017) ; *averaiʒ* : *traiʒ* 30432 ;
genoiʒ (*jenoiʒ*) : *voiʒ* 267, 5165, 25076, 37348, : *croiʒ*
25118. Le traitement du groupe *-oilʒ* est caractéristique :
on a *orguiʒ* : *nuiʒ* 4465, : *ennuiʒ* 32128, 32384 ; *uiʒ*
(oculos) : *n.* 25002, : *ennuiʒ* 23443, : *viʒ* (vivus) 22429,
: *duiʒ* 12724(*uiʒ* (*oilʒ*) : *orguiʒ* (passim), : *bruiʒ* (« breuil »)
914, ne sont pas concluants) ; et, d'autre part, *quiʒ*
(coctos) : *veiʒ* (*veclos) 26825 [2]. — 6° Le *t* final tombe
souvent dans *plai* (cf. *p.* : *fai* (impér. 2) 6483, 13607,
: *deslai* (*delai*)16253, 20645, 31198, 34925, 36976, 38711,
: *esmai* 21851, 28000, 28324, : *lai* (= laicum) 23359,
39229, : *essai* 34671, : *retrai* 40106, : *verai* 41251, :
Jornai 35317), et dans *lai* (cf. *l.* : *delai* 31044, 40695,
: *lai* (= laici) 30172, fém. *laie* 14250 (*paie* :), 16940 et
19910 (*plaie* :), f. pl. *laies* 983, 22192 et 22518 (*plaies* :) [3].

---

1. Il faut peut-être lire *terrauʒ* : *murauʒ*, mais l'absence de
rime pour le singulier ne permet pas de se prononcer.

2. Mais *oilʒ* (oculos) : *vieuʒ* (*veclos) 29819, *oiʒ* : *veuʒ* 30198-9 ont
leur pendant dans *Troie* ; cf. 20221, 22679, 23027, 23343, 23729,
25663, et d'autre part *orguieuʒ* : *vieuʒ* 28169, *sarquieuʒ* ! *v.* 14589.

3. *Plai* et *lai* ne se rencontrent pas ailleurs, du moins à la
rime. Godefroy donne deux exemples à l'intérieur du **vers,** l'un
de *Horn*, l'autre du *Besant de Dieu*.

— 7° La confusion de *s* et de ʒ est plus étendue que dans *Troie*; cf. *gemissemenʒ* : *sens* 911-2, *continenʒ* : *s.* 12761, *fiʒ* : *pais* 317, *oilʒ* : *veʒ* (vivus) 22429, *mues* : *pueʒ* 6091, *pris* : *criʒ* 29545. La *Chronique* ajoute *deslei*, *renei* et *envei* aux noms verbaux en -*ei* qui, dans *Troie*, ont le pluriel en -*eiʒ* (*convei*, *conrei*, *otrei*, *tornei*); cf. *desleiʒ 733*, 2083, 4552, 7898, 12929, 17429, etc.; *enveiʒ* 22644, 42035; *reneiʒ* 2096, 11623, 26670, 39608. — 8° Notons encore *pou* (à côté de *poi*) 23639, 35016, 39021, 42138, et d'autre part, *çai* (au lieu de *ça*) 975 et *lai* (au lieu de *la*) 30172.

B. — *Morphologie.* — *Maire*, qu'on ne trouve, dans *Troie*, que deux fois au cas régime, une fois au maslin, v. 25241, une fois au féminin, v. 835, offre, dans la *Chronique*, plusieurs exemples assurés par la rime : 4281 (: *contraire*), 8995, 39434 et 39488 (: *faire*), 39864 et 39911 (: *retraire*), sans compter ceux qui sont à l'intérieur du vers (6832, 6892, 13041, etc.); cf. *mendre* 403, 4390, 13041, 20714, 23040, 24501, 31150, etc. — 2° Les noms féminins de la 3e déclinaison latine prennent à peu près toujours l'*s* analogique. — 3° L'enclise de *vos* est plus fréquente que dans *Troie* et s'étend à un plus grand nombre de mots; cf. *dos* = *de vos* 298, 4271, 24418; *los* = *le vos* 24311, 41703; *entros* = *entre vos* 3699, 23179. — *Eille* = *ele* 15410 (: *merveille*) est certainement dû à la rime. — 4° Pour ce qui est des verbes, il faut noter de fréquents changements à la conjugaison ordinaire : *adocier* (*aducier*) 4659, 23091, 23479, 38356 (*adulceʒ* 8799), *escerviënt 1731*, *cherie* (prés. de *chereier*, « caresser ») 27423 (: *plie*); (lis. *chereie*; cf. *cherei* (1re pers.) 23006 (: *mei*), *chereie* (3e pers.) (: *leie*) 4153), *istre* 14549, *tresir* 15386, *fuire* 4550, 15145, 22414, 39126, *guerpun* 285 (sbj.), 4331 (impér.), *guerpe* (sbj.) 4223, *guerpeient* 4215, *gerpent* 2441, 38758, etc., *enfuent* 958, 18398, *enfoëient* 27530, *gastie* 7060, etc., *gasties* 4837 (*agasties* 22741), *gastir*

4987 ; de plus, les formes *faimes*, 1ʳᵉ pers. du prés. de
faire 2073, 2906, 6742, 8189, 24343, etc. ; impér.
1830, 8597, 8969, 26719, etc. ; *dimes 1485* ; *li* (1ʳᵉ pers.
pr. de *lire*) 35585, 40497, 41552, 42063 ; *eres* (ipf.
de *estre* 25643, *ereient* (Tours) 17688, *erront* (fut.)
14235 ; et de nombreux subjonctifs en -*ge*, qui ne
sont pas tous assurés, faute de rime. Citons seulement : *corgent* (de *corir*) 19545, *veugent* (de *voleir*)
19747, *rapeaugent* 10013, *meinges* 10195, *euges* (2ᵉ pers.
sbj. de *aler*) 21957, *quergez* (: *peignez*) 4919, *aprenge*
26650 (: *loënge*) ; enfin, parmi les participes passés,
creeit 40094, *creeiz* 5775, 20916, 24375, *revertu* 37615,
s. -*uz* 11924, 27982, 36249, f. -*ue* 4238, 35510, 30984,
37564, etc. (*reverti* est moins fréquent), *offri* 4549,
offriz 18496, 29555, 29843, 30089, 31718, etc., *offrie*
4083 (: *plevie*), 18158 (: *Normandie*), etc., *soffri* 31059,
eissies (n. verbal, « sorties ») 27988, etc.

C. — *Syntaxe*. — Pour la *Syntaxe*, nous nous contenterons des deux observations suivantes : 1° L'emploi
du cas régime pour le cas sujet est notablement moins
étendu dans la *Chronique* que dans *Troie*, lorsque le
cas régime est employé comme prédicat ou en apposition au sujet ; d'autre part, les noms employés comme
sujets au cas régime sont quatre ou cinq fois plus nombreux dans *Troie*. — 2° On ne trouve qu'exceptionnellement dans la *Chronique* le verbe *deveir* suivi d'un
infinitif, si fréquent dans *Troie* (voir au *Glossaire*),
employé pour indiquer qu'un fait se produit, parce
qu'il est dans la nature des choses qu'il se produise.
Cf. 19245-6, *Ainz quel soleiz deüst espandre Ses rais
d'a munt e sa chaline.*

D. — *Vocabulaire*. — Dans une première étude de la
Chronique, tout en nous préoccupant surtout des
rimes, afin d'y trouver les éléments d'une comparaison
avec la langue de *Troie*, nous avions constaté entre les
deux poèmes de réelles différences dans le style, prin-

cipalement dans le vocabulaire. Une lecture spéciale
faite à ce point de vue particulier a confirmé notre première impression. Voici une liste de mots qui ne se
trouvent pas dans *Troie*, liste qui serait notablement
augmentée, si nous n'avions pas exclu ceux qui
expriment des idées spéciales au sujet traité par l'auteur
de la *Chronique : aasmance* (émoi) 21872, *aceint* 18181,
aceinte 40797, *acembele* 18181, *achaisonanꝣ* 20599,
achaisonos (chicaneur) 17449, 25667, *aclasse 850, aclot
36, acost* (appui) 17473, 17745, *acuvertee* (réduite en
esclavage) 15726, *adetiꝣ* (adonné, dévoué) 6565, 11083,
18381, etc., *s'adola* 41129, *afiancié* (qui a reçu une
parole) 14205, *afiancent* (se rendent prisonniers sur
parole) 16480, *afflictions* (génuflexions) 19342, *agasties* 4837, 22741, 28637, *ahoge* (énorme) 10946, 25059,
25147, 41428, *ainse, aïsse* (angoisse) 29200, 29565,
29868 (cf. *ainsos, Tr.*, 577), *aire* (de mal) 14815, *alieson*
17930, *aloër* (placer), *amaisierent* 35964, *amaisieꝣ*
40080, *amassee* (assemblée) 38968, *amasseor* 37855,
ameilloreꝣ 14973, *amertor 164*, 695, 3401, 7660,
13098, 14355, etc., *amors* (acharné) 38968, *aoit(e)*
(var. *aoist*), prés. de *aoire* (accroît) 35955, *aovert*
18230, *apareissance* 31536, *aplaidee* (joste) 22204,
aprient (tenu serré, opprimé) *508*, 14871, 39059, *aquer-
remenꝣ 617, ardiꝣ* (suj.) 28336, *arochanꝣ* (suj., insolent)
32793, *arsiꝣ* (suj., incendie) 35411, *artillos* (habile, rusé)
37983, 41139, 41963 (cf. *arteillos* 36942), *assegrejé*
(var. *asegreꝣié*) 4484 (*quant auques fu a.*, quand il commença à faire nuit), *atapiꝣ* (cachés) 38584, *atisone* 13693,
atribler (écraser) 18196, *auquetes* (un petit peu) 14645,
averaiꝣ, rég. pl., (butin) 27234, 30432, *avilance* (mépris)
14555, 34501, *avile* (s'avilit) 35133, *avileꝣ* (suj., désho-
noré) 30923, *baate comment* (cherche avidement à) 15020,
baissement 18040, *basse* (bas-fond) 1401, *bendel* 36309,
boschage (genꝣ) (rude) 39056, *brasholes (braholes)*
(broussailles) 39127, *buille* (entrailles) 21415, 37623,

buisnart (imbécile) 27229, *caractes* (opérations magiques) *711*, *cenglee* (entourée) 19290, *certement* 17203, *chaance* (accident) 14250, 38800, *chasé* (donné en fief) 33913, 38332, *chatien* (pour *chatal*) 32468, *chatiens* 29742, *chaumei* 16993, *chenine* (*ovre*) 27487, *cinsneors* 7401, *cloisun* (*-on*) (clôture) *1014*, 3136, 3461, 5731, 5934, 5960, etc., *conjoignemenȝ* 24185, *conquerement* 38220, 41153, *conquest* 37280, *conqueutice* (*gent*) 15920, *conseillanȝ* (conseiller) 39392, *consenteors* 24521, *costiȝ* (côteau) 28497, *covaine* (conduite) 26877, *covenanciee* 14543, *creables* (*non*) (incrédules) 9984, *creissemenȝ* 39203, *cruciement* 23440, *cuter* (se cacher) 39126, *cutoënt* 3495, *cuvertage* (esclavage) 16706, *decevance* 36906, *decevauntment* 19013, *defit* (= deficit) *108*, *deite* (dû) *204*, *delaiance* 35927, *delitos* 33972, *desbruiseïȝ* 1224, *desconreëe* 30979, *descorreillieȝ* (déverrouillés) 31391, *desdeignance* 8535, *desestances 76*, *desfail* (*ne m'en*) 34678, *deslace* (explique) 30512, *desleié* (déloyal) *passim*, *desleier sei* (se conduire déloyalement) 34912, 36762, 36793, *despèle* (sbj. 3, explique) 1016, *a desseü* (en cachette) 28181, *destoute* (obstacle) *104*, (chemin de traverse) 19949, 33018, *destresçables* (*maus*) 32900, *donnailles* (fiançailles) 40955, *dormeor* (dortoir) 10997, 42072, *dotis* (suj. de *dotif*, qui craint) 1337, 7307, *drincant* (buvant en compagnie) 39090, *drinkeries* (beuveries) 39032, *ducheaumes* (duchés) *444*, 2831, etc., *effreïson* 27208, *eissies* (sorties) 27988, *enar tanȝ* (ingénieux) 14598, *enbrevemenȝ* (lettres) 42033, *enbrive* (impulsion) *42*, *encisement* 24028, *encontreïȝ* 1223, *encorça* (*s'*) (se raccourcit) 36470, *encriesmé* (renforcé, fieffé) 34156, *enermi* (solitaire) *1343*, 35942, 38590, *enfeloniȝ* 32477, *s'enfeloni* 32725, *engerreia* (fit la guerre à) 34956, *engreent* (agréent) 23088, *engreja* (empira) 39326, *enmaladisseit* 34131, *enpernanȝ* (suj., entreprenant) *251*, *2652*, etc., *enpoȝ* (impotent) *369*, *7204*, *28528*, *enprision* (entreprise, accord) 14498,

14538, 14651, 17931, 18189, etc., *enquerement* 7277, 7714, 11125, etc., *enseignoriʒ, enseignorissum* (dominer, tyranniser) *1250*, 7581, 14773, *enticié* (excité) 35199, *ententivement* 26324, *entrailles* (cadeaux de noce) 20323, *entrement* (ravîtaillement d'une ville) 19287, *entronchié* (tronçonné) 30296, *errei* 6866, *escerviënt 1731*, *eschaitiviee* (réduite en esclavage) *1155*, *escharri (a)* (en petit comité) 31908, 32776, *-iʒ* 33456, *eschac* (suj. *eschas*, butin) 2265, 3851, 16500, etc., *escriptions* (écritures) 42032, *esdit* (interdit, stupéfait) 11426, *esdiʒ* 14921, *esjoiance* 9987, *eslavement* 24129, *esmaiable* (mouvant) 12623, (ému) 20921, *esmaianʒ* (ému) 36683, *esnuent* (dépouillent) 26695, *espanduement* 19850, *espeient* (percent) 28757, *esquartierent* (mettent en pièces) 21610, *esrajeïce (fure)* (rage) *867*, *esrese* (râpée) 27080, *estament* 7458, 8588, 27477, 29907, *estopeʒ* 32521, *estorcenos de* (qui refuse énergiquement de) 36560 (cf. *torcenos, torçonnos* 36587), *estreper* (arracher) 35648, *estruiement* (préparation) 21386, *estruit (d'or e d'argent)* (tissus ?) 38742, *faillance* 32513, *farciʒ* (intrigues) 21232, *fator* 7284, *faitor* 20880, suj. *faitre* 2114, 9179, etc., *faitres* 5 (auteur, créateur), *favele* (discours, récit) 18180, 18356, etc., *feeument* (fidèlement) 11760, 15522, 41761, *feeuté* 17228, 41754, *feeuteʒ* (serments de fidélité) 41, *feintié* 2935, 5858, 16786, 20199, 38558, *fenie* (conjoncture) 41673, 42228, *fianços* 9159, 12417, etc., *flammanʒ* (furieux) 36219, *fonderes* (suj., fondateur) 39391, *fraigneïʒ* 33448, *fremir* (transitif, attaquer vivement) 30945, *fuil* (feuillet) 8463, 32350, *fur* (suj., voleur) 7278, *furt* (vol) 7300, 7368, *gaignon* (chien de berger) 28507, *gardain* (gardien, garde) 11293, 14060, etc., *genterise* 2846, *gerrive (terre)* 19410, *genʒ g.* 38877, *grejance* (peine) 35693, *grejos 240*, 36865, 37705, 38192, etc., *gregos* 11193, 13783, *gringnos* (revêche) 25666, *guenche (faire la g., f. g.)* 15326, 33224, *haor* 13667, 29221,

etc., *hobeleïʒ* (bavardage) 37246, *hoquerel* (piège)
15634, *humiliance* (humiliation) 9060, *humilïanʒ* (suj.,
humble) 30778, *jafuer* (vie de plaisirs) 18436, 41232,
jugleïs (forfanterie) 21536, *lai* (: *delai*) 31044, f.
laie 14250 (: *apaie*), 16940 (: *plaie*, lis. : *paie*), *laissor*
(permission) 34331, *lanceïʒ* 21552, 32366, *laür* (largeur) *23*, *lermé (oil)* 11230, *lermeʒ (oilʒ)* 15746, *leu*
(nul) (nulle part) *1133* 18819, 36592, 41980, etc.,
ligance (engagement) 8309, 11455, 17728, 26376,
33130, *lime* (querelle?) 23453, *loignement* 24124, *loi-
gniee* 5510, 21683, *loigniees* 39167, *loignier* 24602,
loignieʒ 21451, 41464, *maillei* (suj. pl., coups de masse)
21638, *maistriement* (tutelle) 38809, *majorie* (supréma-
tie) *121*, *malartous* (fourbes) 32693, *manjoʒ* (manches)
28529, *marchir* (être voisin) 13552, 42009, *martirié*
16944, *marvaument* (merveilleusement) 37384, *mau-
queranʒ* (qui cherche noise) 20405, *meiteiee* (réduite de
moitié) 39102, *mendie* (appauvrie) 39243, *merre* (3ᵉ pers.,
attriste) 30186, *mervaument* (merveilleusement) 16936,
merveillance 22757, 24063, *merveillanʒ* (qui s'émer-
veille, très étonné) 385, 1368, 9020, 36682, f. *-ante* 9020,
merveilment 18108, *mès* (bonne portée pour tirer)
40801, *mesbaillir* (maltraiter) 15200, 33327, 33703,
37655, *meschater* (perdre au change) 1142, 21660, 31042,
mesdeveneit 8142, *mesdevienge* 31628, *mesestance*
40537, *miserele* 25503, *miserin* 17536, 23365, 25894,
26654, etc., *miserine* 22812, *muement* 23922, 41743,
mulʒ (= m u l t o s) 28096, 41598, *muʒ* 32575, *mun*
(après *saveir*) 1343, 1345, 3283, 17676, 36494, *nais-
sement* *82*, 6950, 19074, *navire* (fém., flotte) 2197,
nei (déni) 20829, *noçailles* (noces) 20323, (présents de
noces) 27445, *noinʒ* (suj., renom) 21003 (cf. *nontion*,
p. 177), *nonfei* (perfidie) 30315, *nunfeiʒ* (suj.) 23705,
norissere (suj.) 20949, *noveliere* (ami du changement)
38524, *oëor* (auditeurs) 12670, *offenduʒ* (qui ont offensé)
8783, *oiance (en)* (publiquement) 6597, 8534, 9398,

11409, etc., *osteier* (faire campagne) 36589, 40337, *osto-lains* (ennemis) 19228, 19444, *otreiance, ottr.* 6509, 6598, 7565, 8280, 17222, etc., *ove* (dissyllabe, avec) 10376, 13651, 16818, 18732, 33719, 40381, etc., *paisi-bleté* 34987, *panceil* (suj. pl., entrailles) 37222, *panteise* (réfléchit) 16108, *pardonables* (indulgent) 39464, *parfun-desce, -ece* 34, 20952, 23900, *parfundité* 23770, *par-tissemen*̧ (distributions) 39479, *patible* (3ᵉ pers., se fâche ?) 21880, *perement* (de même) 23889, *pesenç

os* (affligé) 31123, *petitece* (dès) (dès son enfance) 41457, *plai* (pour *plait*) 6484, 10720, 16253, 21851, *plora-blement* 17030, *poan*̧ (puissants) 2748, *poier* (transi-tif, élever) 18450, *porsee* (subj. = *por- sï d a t, possède) 6807, *praeus* (couvents ?) 32064, *provance* (preuve) 18462, 30185, 35843, *quidance* 41690, *quirees* (cui-rasses) 21539, *quiteé* (au sens de « tranquilité »), joint à *pai*̧ 627, 7396, 39216, etc., seul 7461, *radei* (courant) 28524, 28597, *rebonent* (cachent) 19680, *rebunt* 956 (se cache), *se r.* (se refuse) 6657, *recontable* (non) (iné-narrable) 23234, *reformance* 23840, *remasance* 26972, *rennei* (perfidie) 3458, 11623, 13341, 14650, etc., *repen-tables* (repentant) 39463, *resceic* (se) (se lève) 14690, *resceient (se)* (s'excitent) 4142, *reseant* (attaché à la personne de) 20753, 21584, *resplendissable* (resplendis-sant) 23915, 24248, *restoriere* (qui restaure) 13981, *re-traite* (3ᵉ pers. de *retraitier*, raconter) 8725, *re*̧ (rang de pierres de taille au ras du sol) 26067, *roëleï*̧ (rou-lement) 5661, *rocherei* 34407, plur. *-eï*̧ 39127, *roün-desce 33, saintisse* (sbj. 3ᵉ pers. de *saintir*, devenir saint) 40770, *saluable* (pour *salvable*, salutaire) *1974*, 4087, 4342, 5776, 6138, etc., *seigneres* (ornements) 15947, 17192, *seignorement* 40171, *seignorier* 15122, *Septentrian* (Ocean :) 272, *serves* (forêts) 38590, 39113 (cf. *Troie, selve*), *seü* (seņ mon) 18461, *se*̧ *(lor)* (leur soûl) 21857, *sié* (siège épiscopal) 41536, *maistre sié* (ca-thédrale) 8357, 17305, *sodoisna*̧ (= *sodoma*̧ ?, sodomite)

28574, *sodus* (subit) 6298, *sodose* 21671, *sodosement*
9279, *soffrables* (qui supporte bien) 20921, *sorcoilliʒ*
(très riche?) 38087, *sordent* (obstacle), 17966 *sormunta-
ble* (supérieur) 23233, *soros* (point essentiel d'un différent?) 35973, *so(r)pernaument* (supérieurement) 22016,
sorquidance 34953, *sosjoër* (subjuguer) 14398 (*sosjoon*
14470, *suʒjua 767*), *soudes* (panique) 24990, *tarjance*
(retard) 2991, 7327, 13027, 35610, *teise (a)* (à bride abat-
tue), *tel (pur)* (c'est pourquoi) *1143*, 781, 5844, 39662,
41135 (correction), etc., *tenance* (ôtage) 8820, 10203,
10300, etc., (relations) 31994, *tendrur* 26350, 27053,
27459, 29821, *tenebrur* 19727, plur. -*ors* 23849, *tole-
menʒ* 21677, *tooil (touil)* 19908, suj. *tooilʒ* 3643, 37445,
traianʒ (mamelles) 27530, *traieïʒ* 4019, 11866, *traie-
menʒ* 21552, 32366, *travailles* (f. pl.) 37250, 41150,
travers (en) (complètement) 20008, 21526, 23446, *tres-
tremble* 35929, *tresvait* (passe) 39719, *umbree* (obscurité) 23835, *uneie* (f.) (unique) 23970, *uneis* (suj. mas.)
23972, *uniaument* 23890, 24163, *valie (de)* (de valeur)
35248, *vantances* 35876, *veables* (visibles) 23933, *veiant
(mun)* (à ma vue) 14528, *vergoin* (1re pers. prés.) 31325,
versers (li) (le renversement) 33446, *verteier* (véridique,
sincère) *490*, 20395, 32947, *vice*, *viʒe* (adj., avisé, habile) ¹6187, 6200, 10313, 13310, 14919, 31385, etc.,
viandier (hospitalier, généreux) 27472, 37125, *vile-
naille 823*, 27974, *vivifiement* 24230, *voluntive* (zélée)
23489, *welcumier* (faire bon accueil) 18609.

A ces mots, il faut joindre une série de verbes où le
besoin de la rime a fait introduire des suffixes particuliers, comme nous venons de le voir pour les noms et
les adjectifs, d'où un changement de conjugaison, par
exemple : *adoucier* pour *adoucir* 27355, *fuire* pour
fuir 22415, etc. Voir ci-dessus, sous B, 4° ².

---

1. Cf. *Troie* 17476, *vice*, « habileté » (var. *visde*).
2. Par contre, il faut noter qu'on ne trouve pas dans la *Chro-*

D'autre part, il convient de remarquer que l'auteur de la *Chronique* a une prédilection frappante pour les mots savants, même dans les passages où il n'a pu être influencé par les sources latines. Nous citerons au hasard, sans donner généralement les chiffres, pour abréger : *abitations, affinitez, afflictions* (génuflexions), *aliëne, ampleté, astronomiën, auntif* (actif, pratique) 11185, 11187, *auntivement* 11186 (cf. *aucidenz* 11591), *benigne, charitos, coëternaus, commendation, compunction, condonation, confusions, consummation* (*la grant*) (la fin du monde) 11141, *contemplative* (adj. f.), *convice* (injure) 37194, *dampnation, demendemenz, deshonorance, edifices, enputres* (suj., pourri, lâche) 7204, *exterminé* (exilé) 14472, *formations, grandité, infame* (infamie) 14606, *intervariement* 24164, *legion* (corps de troupe), *miseration, misericordios, misericordiosement, mutations, nontion* (annonciation) (cf. *noinz* p. 174), *obedience, obedienz* (suj.), *occupations, omnipotent, participation, perhennitez, perpetuaument, pestilence, plasmation* 23854, *promission, regeneration, remission, sacration, salvations* (suj.), *sauvation, soffime* (sophisme) 25668, *soffimement* (sophistication) 14602, *surrection* 38732, *surrex* (ressuscita) 24252 (et 24149, *surrexit*, où le vers est trop long), *temporaus, termineison, terreïne, tributaire, unction, vite* (= vita) 5073 (: *merite*).

Voyons, par contre, quels sont les mots spéciaux communs à *Troie* et à la *Chronique* : ils se réduisent à cinq : 1° *ainsos*, « angoissé » : *Tr.* 577 ; *Chr.* (aussi *aissos, aisos*) 5634, 17668, 25891, 26337, 30725, 40832,

nique, tant s'en faut, la même prédilection que dans *Troie* pour les verbes réciproques composés de *entre*. Ces verbes sont, dans *Troie*, au nombre de 35, fournissant 85 exemples. Le Glossaire de la *Chronique*, qui, il est vrai, n'est pas complet, n'enregistre que 3 exemples : *entramaisnié* (*se sont*) 6817, *entramiié* (*s'erent*) 10151, *entrenbracié* (*molt sont andui*), ce dernier sous la forme intransitive.

41115; — 2° *die*, fém. pour *di* : *Tr.* 21793, 25764, *dies* 25764; *Chr.* 19232 : *La nuiz passa e vint lo* (var. *le*) *die, Que l'aube clere est re[s]clarcie*; — 3° *macaing* : *Tr.* 5150, *macainz* (prédicat) (*atainz*) ; *Chr.* 16036, *Sage est ceste genz e macaigne* (: *ovraigne*); — 4° *Queinement*, « comment » ; *Tr.* 19208 (*Oëz q. l'a escrite*), 22059, 24389 et 24392 ; *Chr.* 1940 (ms. de Tours, écrit *quenement*), 611 (Tours), 20813, 21895, 23743 (Tours), 25920 (Tours), 29952 (Tours), 31612 (Tours, écrit *quenement*), 39219 (ms. Harléien *queiement*, Tours *queiennement*); voir notre note au v. 19208, t. V, p. 15 ; — 5° *veilier*, « mettre à la mer, embarquer » : *Tr.* 4170 (cf. v. *sei* 5929, 27310) ; *Chr.* *1044* (ms. Harléien *volé*), *1279*, 1339, 2031, 27182, 27933, 38912, 40407 [1].

On peut ajouter *qui* (neutre *que*), pronom relatif introduisant une proposition elliptique de sens adversatif, laquelle s'oppose à une proposition négative, ce qui constitue plutôt un fait de syntaxe : *Tr.* 1832-31, *Ne somes pas en ceste peine Por Menelaus ne por Heleine,* Qui *por aveir honor e pris*, et avec le pronom neutre, 18682-3, *Ici n'ot pas eschar ne ris,* Que *duel estrange e merveillos*, et 28744-5, *Mais n'i esteit pas fine amor,* Que *traïson e decevance* [2] ; *Chr.* *1439, Non volentiers,* qui *d'ire espris* ; *1610-1, Ne fu mie pensis n'embruncs,* Qui *haitez e pleins de joiance* (cf. *1689*, 244, 723, 1687, etc. [3]).

---

1. Il est d'ailleurs probable que des recherches postérieures feront découvrir des exemples de ces mots en dehors de nos deux textes, comme il est arrivé pour plusieurs autres, par exemple pour *cante = conte.*

2. Il faut peut-être y joindre l'exemple des vers 15271-3, bien que nous ne l'ayons pas admis dans le texte critique : *Laudamanta ot non li uns, Qui ne fu laiz ne neirs ne bruns, Mais genz e blonz e blans e beaus*, où *M²A'KM'V²* donnent *qui* et *A cui* au dernier vers.

3. Voir notre note au v. 19208, t. V, p. 15, et cf. G. Paris, dans *Romania*, V, 583.

Les mots rares, mais non spéciaux à *Troie* et à la *Chronique*, ne sont guère plus nombreux que les mots qui leur sont spéciaux. Ce sont : 1° *adès* au sens de « assez » : *Tr.* passim ; *Chr. 1118*, 1771, 2874, 4949, 6414, 6998, 25295, 25400, 35774 ; — 2° *desplei* (déverbal de *despleier*) : *Tr.* 10628, 19988, 22604 ; *Chr.* 3480, 28305 (cf. Jean Bodel, *Ch. des Saisnes*, cxxvi, éd. Fr. Michel) ; — 3° *joi* (le plus souvent pour fortifier, la négation ou l'interrogation) : *Tr.* 12986, 13626, 13640, 14122, 15158, 15870, 16428, 17739, 17879, 27123 ; *Chr.* 10936, 15299, 15324, 15525, 17292 (cf. *Thèbes*, passim ') ; — 4° *navie* (masc.) : *Tr.* 2806, 3940, 4028, 4151, 5022, 5920, 20178, 25945, 25980, 27306 ; *Chr. 1168*, 34003, etc.; — 5° *sousi*, « trou profond, caverne » : *Tr.* 28888 (voir la note, t. V, p. 21) ; *Chr.* 36207 (*en uns soussis*) (cf. *sousir Chr.* 25144 et *sousi Thèbes* 5073, 5157, *sousiz*, suj. 5075 et voyez Godefroy, s. v. *soussis*) ; — 6° *tenerges* ² (toujours en rime avec *herberges*) : *Tr.* 13010, 19272 et 22160 ; *Chr.* 5710 (ms. Harléien *tenegres*), 19735 (*tanergres*), 37207 (*teniegres*), 39396 (cf. *Voyage de saint Brandan*, 1647 dans *Rom. Studien*, V) ; *tenierge*, *Livre des manières*, 661 (Kremer) ; *tenegre*, *Prothesilaus* (Godefroy), et, comme nom, *Saint Edouard le confesseur*, 2988 (Godefroy) ; — 7° *travaille* (fém.) :

1. Les quatre exemples de *joies* masculin de Guillaume de Soignies, dont trois sont cités par Godefroy, et ceux d'*Erec*, 6636 et d'*Antioche*, II, 148 sont peut-être à corriger ; cependant cf. Fœrster, note à *Erec*, 6636.

2. De t e n e b r i c u s, « obscur » ; cf. Cicéron, *Tusc.*, II, 9, 22, *e Tartarea tenebrica abstractum plaga*, et Tertullien, *Pall.*, 4, fin, *tenebrica vestis*. L'existence du mot pourrait d'ailleurs être déduite de *tenebricare*, *intenebricare* (auteurs ecclésiastiques), de *tenebricosus*, « obscur », Catulle, III, 11 ; Cicéron (passim) et Sénèque, *ad Lucil*, L, 2, et de *tenebricositas*, « obscurcissement de la vue », Cæl. Aurelianus, I, 4.

Tr. 292, 10189; *Chr.* 5479, 22779, 41150 (cf. Chrestien, *Perceval* dans Godefroy).

On ne peut donc nier que le vocabulaire de la *Chronique* ne soit, en somme, assez différent de celui de *Troie*; mais, malgré le grand nombre de termes spéciaux qu'il renferme, il n'est réellement pas plus riche, la plupart de ces termes étant, soit des termes techniques, soit (et surtout) des néologismes dus à la difficulté qu'avait l'auteur à trouver la rime. Ajoutons que le nombre des rimes féminines est sensiblement supérieur dans la *Chronique* (33,60 o/o contre 28,18 pour *Troie*), tandis que celui des brisures du couplet semble inférieur : il est de 28,20 o/o (environ) pour les 3000 premiers vers et de 17,80 o/o (environ) pour les 3000 derniers, soit, en moyenne, de 13 o/o, contre 16,10 o/o (environ) dans *Troie*[1].

Mais, si l'auteur de la *Chronique* n'est pas l'auteur de *Troie*, il a certainement connu ce poème, comme le montrent les allusions des vers I, 645-660, II, 27934-5, 31359-65 et 37639 ss., citées plus loin[2], et les rapprochements suivants, dont le nombre pourrait être augmenté[3] : 1177-8, *Seignors, fait il, mustrer vos voil Que del munde le maire orguil... Avez si vencue e matee* (cf. *Tr.* 6081-2); — 1067-9, *Li venz venta devers la terre, Qui les nefs tost del port deserre ; Les veiles drecent contre munt* (*Tr.* 973-5) ; — 5326, *Par sus les morz*

1. Il est vrai que nous n'avons pas relevé tous les exemples, et que, dans la *Chronique*, les cas de brisure sont notablement plus nombreux au début que dans la suite.

2. Voir au chap. VI, *Allusions*.

3. Il connaissait aussi le *Roman de Thèbes*. Cf. 12079-80, *Il nen a home ne veisin Od qu'il ne face paiz e fin* (*Th.* 1157-8, *Il nen a si povre v. Cui il ne prêt de faire f.* ; — 20552-3, *Deus faiz u treis u plus se point Qui contre aguillon eschaucire* (*Th.* 4995-6, *Q. c. a. e. D. f. se p., tot tens l'oi dire*); — 13221, *Après li jurez menbre e vie* (*Th.* 8322, 8324, 8382; cf. *Chr.* 6802, *Jurent sa membre e sa vie a garder*), etc.

passent li vif (*Tr.* 12125 ; cf. 14229) ; — 6818, *Mil en
i plorent de pitié* (*Tr.* 20437); — 8341, *Dès or i fait
buen esculter* (*Tr.* 392 et 16502) ; — 9654-5, *Tant cof-
fre ne tante vaissele, Tante despoille riche e bele*; cf.
9924, *De dras, de robe e de vaissele E de despuille
chere et bele*, et 1569 (*Tr.* 10117-8 et 18901-2); —
9244-5, *Le petit pas, estreit serré, S'en eissirent de la cité*
(*Tr.* 7415 ; cf. 4483, 7266, etc.); — 11852, *Tant, n'i
pot rien descovrir l'oil* (*Tr.* 10803 ; cf. 17323, 19373);
— 15974-5, *Grosses paroles e enflees En unt assez
entr'eus parlees* (*Tr.* 24665-6); — 17349, *Eissi li vait
cum Deus en done* (*Tr.* 29810); — 17630-1, *(Ne serai
plus en sa baillie) Ne je ne home que je aie* (*Tr.*
18253); — 18789-90, *Que c'est merveille e iert toz dis
Coment sis cors en estorst vis* (*Tr.* 9301-2 et 20935-6,
et, pour le 1er vers, 6813); — 19232-3, *La nuit passa e
vint le* (lis. : *la*) *die, Que l'aube clere est re[s]clarcie* (*Tr.*
21793-4, et, pour le 2e vers, 2296 et 11102) ; — 21839,
Li quirs des mains li est partiz (*Tr.* 12747 ; cf. *Chr.*
1435 ; — 22420, *Dunt le plus a la mort baaille* (*Tr.*
15823 ; cf. 21362); — 22684-5, *Entrent es nes, drecent
les veiles, Curent au jor e as esteiles* (*Tr.* 1135-6,
5979-80 ; cf. 4217-8); — 26920, *C'unc n'ont joie ne
geus ne ris* (cf. 13771 et 16813) (*Tr.* 13527); —
35954-5, *Teus quide sa honte vengier Qui en doble
l'aoit(e) e creist* (*Tr.* 2845-6, var. au 2e vers).

Outre ces différences de forme, il convient de signaler
une différence importante pour le fond. Anténor ne
fonde pas Corcyra Melæna : remontant sans doute le
Danube, il s'établit avec ses compagnons en Germanie ;
de lui sont extraits les *Danois*, qu'on appelait aussi
Northmans (v. 645 ss.) [1].

---

1. On sait que d'autres textes latins et français (cf. *Brut de Mu-
nich*, 100-104 ; Brunet Latin, *Tresor*, p. 47, etc.) le font débarquer en Vénétie, où il fonde Venise et Padoue.

§ 2. — *Date du Poème.*

Avant d'essayer de fixer approximativement la date du *Roman de Troie*, nous devons établir l'ordre chronologique des trois poèmes de *Thèbes*, de *Troie* et d'*Éneas*, qui ont entre eux des rapports si étroits qu'on les a, jusqu'à ces derniers temps, crus l'œuvre d'un même auteur, Benoit de Sainte-Maure, à qui l'on attribuait en outre la *Chronique des Ducs de Normandie.*

Nous avons vu plus haut que le *Roman de Troie* seul appartient à Benoit de Sainte-Maure, tandis que la *Chronique* est l'œuvre d'un autre Benoit, et *Thèbes* et *Éneas* l'œuvre de deux auteurs anonymes. Depuis la publication de notre édition critique de *Thèbes* (1890), on est d'accord pour considérer ce poème comme le plus ancien des trois. Pour ce qui est de *Troie* et d'*Éneas*, les avis sont partagés, mais la majorité des critiques (G. Paris [1], H. Suchier [2], J. Salverda de Grave [3], G. Grœber [4], E. Langlois [5]) placent *Éneas* avant *Troie*, et nous avions nous-même accepté cet ordre avant la publication d'*Éneas* [6]. Nous croyons aujourd'hui l'ordre inverse préférable. Étudions d'abord, après M. Langlois, certains passages des deux poèmes où l'un des deux auteurs a évidemment imité l'autre.

M. Langlois considère le texte de *Troie*, dans le

1. *Romania*, XXI (1892), 285.
2. Hermann Suchier et Birch-Hirschfeld, *Geschichte der französischen Litteratur* (Leipzig, 1906), 118.
3. *Éneas*. Texte critique, etc. (Halle, 1891).
4. *Grundriss der romanischen Philologie* (Strasbourg, 1902), t. II, 582.
5. *Chronologie des romans de* Thebes, d'Éneas *et de* Troie (Extrait de la *Bibliothèque de l'École des Chartes*, LXVI, 1905).
6. Voir *Le Roman de Thèbes*, II, p. cxvii.

passage qui suit, comme une maladroite altération
de celui d'*Éneas* :

Deus chalemels de fin or pristrent
Les deus chiés enz el nes li mistrent[1],
Les altres deus en deus vaissels ;
Li uns fu d'or merveilles bels,
Un sestier tint et neient meins ;
Cil fu de basme trestoz pleins ;
Li altres fu d'une sardine,
Et fu toz plains de terbentine.
Li vaissel furent estopé
O buens covercles seelé,
Que de l'odor n'alast point fors
Se par les fistres[2] non el cors,
Dedenz lui aillent les odors
De cez especiëls licors :
Toz tens le guarront de porrir.
                (*Éneas*, 6467-82).

Dous vaisseaus ont apareilliez
D'esmeraudes bien entailliez,
Toz pleins de basme e d'aloès ;
Sor un bufet de gargatès
Les ont asis en tel endreit
Que ses dous piez dedens teneit.
Del basme grant planté i ot :
Jusqu'as chevilles i entrot.
Dui tuëlet d'or geteïz,
Merveilles bel e bien faitiz,
Desci qu'al nes li ataigneient
E dedenz les vaisseaus esteient,
Si que la grant force e l'odor
Del vert basme e de la licor
Li entroënt par mi le cors.
                (*Troie*, 16769-83).

La principale différence entre les deux textes consiste en ceci que, dans *Éneas*, les récipients qui contiennent les liquides destinés à conserver le corps sont
soigneusement fermés, afin d'éviter l'évaporation à l'air
libre, et ne laissent passer que les deux tuyaux, pré-
caution à laquelle n'a pas songé Benoit, qui, en
revanche, fait agir les parfums non seulement à l'intérieur du corps par les tuyaux, mais encore à travers la
peau des pieds. Il y a ici, ce nous semble, une intention, de la part de l'auteur d'*Éneas*, d'améliorer son
modèle : on ne voit pas, au contraire, pourquoi Benoit,
qui n'était pas inintelligent, aurait à plaisir gâté le sien,

1. Leçon du ms. *D*, que nous croyons, avec G. Paris, préférable à *Les chiés dedanʒ les nes li m.* de l'édition, le pluriel *nes*,
au sens de « narines » ne se rencontrant pas ailleurs. — Il n'y a
pas lieu de rapprocher le v. 16779 de *Troie*, *Desci qu'as nes li
ataigneient*, puisque *as* ne se trouve que dans le ms. suivi par
Joly et que les autres ont *al*.

2. Édition *sistres*.

ce qu'il faudrait admettre, si l'on croyait son œuvre postérieure à *Éneas*.

Nous estimons que M. Langlois attache trop d'importance, au point de vue de la thèse qu'il soutient, au
passage où il est question des portes de Carthage (*Én.*,
465-70), comparé à ceux qui concernent les portes de
Thèbes (*Th.*, 5173-5256) et de Troie (*Tr.*, 3143-62) :
« L'auteur de *Thèbes* », dit-il, « donne le nom de chaque
porte et celui du comte qui en avait la garde tels qu'on
les trouve dans Stace ; s'il y ajoute le dénombrement des
hommes que chacun des comtes réunissait sous sa
bannière, il n'en est pas moins évident que son unique
source ici est le manuscrit latin en vers ou en prose,
qu'il suivait [1]. Dans sa description de Carthage, Virgile dit simplement des portes : *Miratur portas* (I, 422),
et ces deux mots sont représentés dans *Éneas* par les six
vers qu'on vient de lire [2]. Il serait difficile de ne pas
voir dans ce développement une influence de *Thèbes*. »
Ce n'est pas contestable. M. L., constatant ensuite que,
pour la description des murs de Troie et de Carthage,
Troie et *Éneas* ont des particularités caractéristiques
communes (carreaux de marbre de couleurs dessinant
des figures) exprimées dans des termes semblables, en
conclut que ces deux poèmes dérivent l'un de l'autre.
Rien de mieux, mais il va trop loin, ce nous semble,
quand il affirme que, pour les portes, *Troie* est tributaire
d'*Éneas* et non de *Thèbes* : « L'hésitation » dit-il,
« entre ces deux alternatives serait légitime, si l'on s'en
tenait à l'unique passage qui vient d'être cité ; mais si
l'on prend en considération ceux qui précèdent et sur-

---

1. Cf. notre édition du *Roman de Thèbes*, I, p. cxix.
2. Voici ces vers : *Set maistres portes i aveit; Uns cuens sor
chascune maneit, Son feu en teneit et sa terre; Se a Carthage
sordeit guerre, Chascun conte estoveit servir Et .vij. c. chevaliers
tenir.*

tout ceux qui suivent ¹, le doute ne sera plus permis ;
pour l'ensemble de la description, il y a rapports certains
d'emprunt entre *Troie* et *Éneas* ; pour les portes, il est
tout naturel de croire que *Troie* est débiteur d'*Éneas*,
puisque c'est à *Thèbes* qu'*Éneas* a lui-même emprunté,
comme on l'a vu précédemment. » Il y a ici une conclusion excessive. De ce qu'*Éneas* imite *Thèbes*, qui est
d'ailleurs infiniment plus étendu (84 vers contre 6),
dans ce qu'il dit des portes de Carthage, il ne s'en suit
pas que *Troie* dérive d'*Éneas* pour le même objet : ce
poème peut aussi bien, et plus probablement, dériver
de *Thèbes*, non pas parce qu'il donne les noms des
portes, car *Thèbes* et *Troie* ne font ici que suivre leur
source, mais parce qu'il y a d'autres preuves de son
antériorité sur *Éneas* ².

La comparaison entre *Troie* et *Éneas* s'impose en ce
qui concerne le donjon de Carthage et Ilion :

A une part de la cité	Quant achevez fu Ylion,
Asist Dido sa fermeté :	Mout par fu de riche façon ;
Tors i ot forz et bon donjon	Mout sist en orgoillose place,
Ki ne criement se foudre non ;	Tote rien par semblant menace :
N'i peüst l'en neient forfaire,	Menacier puet, que rien ne crient,
Por nul asalt ³, lancier ne traire ;	*Se devers le ciel ne li vient.*
Nus engins ne li forfeïst,	(*Troie*, 3089-94).
Se devers le ciel ne venist.	
(*Éneas*, 497-504).	

M. Langlois reconnaît, en ce qui concerne le dernier
vers, que « l'absence, dans *Troie*, d'un sujet exprimé lui

---

1. Il s'agit surtout des deux passages que nous discutons ci-
dessous.
2. La restriction contenue (si restriction il y a) dans le v. 3143,
Sis portes i ot solement, peut viser aussi bien Thèbes que Carthage, qui ont chacune *sept* portes.
3. Nous mettons, après *asalt*, une virgule qui nous semble
indispensable.

donne une allure plus fière [1] ». Il ajoute : « mais combien ce sujet, dans *Éneas*, ne le rend-il pas plus naturel, révélant en cela son droit de priorité. » Ici, nous
ne sommes plus d'accord : en effet, cet *engin* qui
vient du ciel (pour désigner la foudre) ne peut vraiment
pas être considéré comme une trouvaille, et l'ensemble
du passage trahit, à notre sens, l'effort d'un imitateur
pour varier son modèle tout en le copiant.

Comparons encore les vers d'*Éneas* où est décrite la
fermeture du tombeau de Camille avec ceux de *Troie*
qui traitent de la fermeture du tombeau d'Hector :

Desus fu li covercles mis,
Molt sotilment joinz et asis :
Toz fu entiers de calcedoines,
De jagonces et de sardoines [2].
D'autres pierres menu triblees,
O sanc de serpent destemprees,
Fu li mortiers toz seelez
Et li sarqueus bien asenblez.
(*Éneas*, 7651-8).

Ciment fait o sanc de dragons
Ont pris li sage e destempré,
Sin ont le sarcueil seelé
O une mout riche plataine
De pierre qu'on claime egetaine,
Plus preciose e mout plus riche
Que calcedoine ne qu'oniche.
(*Troie*, 23064-70).

M. Langlois estime que, si l'auteur d'*Éneas* avait
écrit postérieurement à l'auteur de *Troie*, étant donné
les efforts qu'ils font pour se surpasser mutuellement par
la richesse des descriptions, le premier ne se serait pas
contenté d'une pierre (la *calcedoine* dédaignée par son
devancier). Nous croyons, pour notre part, que de
pareils passages montrent surtout le désir de varier les

1. La modification de sens qui résulte du changement, au vers
précédent, de *qui riens ne crient* (Joly) en *que* (= « car ») *rien ne
crient* (texte critique), ne saurait infirmer ce jugement : au contraire.

2. Nous croyons qu'il faut lire ainsi avec la famille *y*. Le texte
de l'édition, *calcedoine : sardoine* est choquant, à cause du
mélange du singulier et du pluriel *jagonces*, même en rattachant
le second vers (*De jagonces et de sardoines*) à ce qui suit,
comme le fait M. Langlois.

descriptions, ou peut-être de dissimuler, autant que possible, un emprunt [1].

Lorsque deux poèmes de la même époque présentent des procédés analogues de composition et de style qui décèlent l'imitation, et c'est le cas, en particulier, pour *Thèbes*, *Troie* et *Éneas*, l'antériorité (nous l'avons affirmé il y a déjà longtemps pour *Thèbes*) [1] doit être attribuée à celui des deux auteurs rivaux qui montre plus de sobriété et de mesure dans l'emploi des ornements communs : c'est, croyons-nous, le critère le plus sûr. Or, dans le passage que nous venons d'examiner, comme dans plusieurs autres [2], ce n'est assurément pas Benoit qui abuse le plus des développements descriptifs : c'est l'auteur anonyme d'*Éneas*. Le poème de Benoit se place, à ce point de vue, entre *Thèbes* et *Éneas*. Nous avons reconnu d'ailleurs (voir ch. II) que la même place doit lui être assignée en ce qui concerne

---

1. M. Witte, *Der Einfluss von Benoit's Roman de Troie auf die altfranʒœsische Literatur* (Dissertation de Gœttingen, 1904), p. 153 ss., et M. Dressler, *Der Einfluss des altfranʒœsischen Eneas-Romanes auf die alfranʒœsische Litteratur* (Dissertation de Gœttingen, 1907), p. 58 ss., ont relevé, dans *Troie* et *Éneas*, un grand nombre d'autres passages où se manifeste une imitation systématique, parfois même littérale de l'un des auteurs par l'autre. Ils concluent d'ailleurs tous deux à l'antériorité de *Troie*. Cf. *Histoire de la langue et de la littérature française des origines à 1900* (1896), t. I, p. 199-200.

2. Par ex., on peut rapprocher la vigne d'or du palais de Didon (addition postérieure (?) des mss. *DFG*), avec ses fruits de pierres précieuses et ses oiseaux qui volent et chantent (*Éneas*), du pin d'or placé devant le palais de Priam, et le tombeau de Camille, du tombeau d'Hector et de la Chambre de Beautés, qu'il tend à surpasser surtout par des merveilles de mécanique spéciale (lampe inextinguible, etc.). Il faut relever également une subtilité plus raffinée dans les analyses psychologiques de l'épisode de Lavine, etc. M. Langlois lui-même (*l. l.*, p. 8, note) fait remarquer l'absurdité des détails dans la peinture du cheval de Camille, qu'il oppose à celui d'Antigone (*Thèbes*), dont la robe est rare, mais n'a rien d'invraisemblable.

la langue. Même classement, *Thèbes*, *Troie*, *Éneas*, si l'on considère la façon dont le couplet est traité [1] : l'auteur de *Thèbes* finit, en effet, assez régulièrement la phrase avec le second vers d'un couplet [2], tandis que *Troie* et *Éneas* (ce dernier encore plus souvent que *Troie*) la finissent souvent avec le premier vers [3]. Enfin, il n'est pas inutile de rappeler la brusque entrée en matière d'*Éneas*, qui présente le poème comme une suite naturelle de *Troie*, dont il résume le sujet : *Quant Menelax ot Troie asise, Onc n'en torna tres qu'il l'ot prise ; Guasta la terre et tot le regne Por la venjance de sa femme ; La cité prist par traïson* [4].

Mais la place que nous donnons à *Troie* entre *Thèbes*, que nous avons daté approximativement de 1150, et *Éneas*, dont aucune allusion n'indique la date exacte, laisse une assez grande marge pour fixer la date de notre poème, date qu'il importe cependant de préciser le plus possible.

Un élément essentiel pour cette datation est assurément la dédicace que l'on trouve insérée au milieu de

1. Cf. P. Meyer, dans *Bulletin de la Société des Anciens textes français*, xvii, 53, et *Romania*, XXIII, 16. La règle trouvée par M. P. Meyer est aujourd'hui généralement acceptée : elle est d'un précieux secours pour la datation des poèmes en vers octosyllabiques de la deuxième moitié du xiie siècle et du commencement du xiiie.

2. La plupart des exceptions se rapportent à des cas où la brisure est suivie d'un fort repos après le second vers.

3. Voir ci-dessus, ch. iii, § 1, B.

4. Cette allusion à la trahison d'Énée, que l'auteur ne pouvait trouver dans Virgile, est confirmée par le nom de « traitre » donné plusieurs fois à Énée par la mère de Lavinie (cf. v. 7948, 8583 et 8618), et par l'attitude embarrassée qu'il a aux Enfers devant les princes Troyens (v. 2680 ss.) : *Ne lor osot torner le vis : Tant com poëit se resconsot Et envers els se vergondot Por ce qu'il s'en enbla fuitis D'entr'els, quant il furent ocis.* Cf. Dressler, *l. l.*, p. 161.

l'épisode de Troïlus et Briséida, à la suite du jugement
sévère porté contre la femme, jugement que le poète
semble chercher à se faire pardonner [1]. Voici cette
dédicace (v. 13457-70) :

    De cest, veir, criem g'estre blasmez
    De cele que tant a bontez
    Que hautece a, pris e valor,
    Honesté e sen e honor,
5   Bien e mesure e sainteé,
    E noble largece e beauté ;
    En cui mesfait de dames maint
    Sont par le bien de li esteint ;
    En cui tote sciënce abonde,
10   A la cui n'est nule seconde
    Que el mont seit de nule lei.
    Riche dame de riche rei,
    Senz mal, senz ire, senz tristece,
    Poisseiz aveir toz jorz leece !

Ces vers, qui se trouvent dans les mss. *M²AA'BCC'
IJKMPRSS'V'V²*, manquent dans *A²DEFGHLL'L²
M'N*, ce qui ne correspond qu'en gros à notre classement, sans compter que la 1ʳᵉ section de la 2ᵉ famille se
joint ici à la 2ᵉ section de la 1ʳᵉ pour supprimer ce passage, ce qui prouve que, de très bonne heure, il a constitué une énigme pour les scribes. Il ne faut donc pas
s'étonner si celui de *A'*, ne sachant qui visaient ces vers,
les a appliqués à la Sainte-Vierge [2]. La plupart des critiques, en particulier G. Paris, voient, dans la *riche
dame de riche rei* du v. 12, Aliénor, qui, répudiée en
1152 par le roi de France Louis VII, épousa six se-

---

1. Les vers qui suivent (v. 13471-94) tendent également a atté-
nuer la sévérité de ce jugement, en montrant la difficulté qu'a une
femme belle à rester honnête : *Beauté e chasteé ensemble Est
mout grief chose, ço me semble* (v. 13479-80).

2. Voir la *Description des manuscrits*, p. 24.

maines plus tard Henri Plantegenêt, comte d'Anjou et duc de Normandie, qui devait, en 1154, monter sur le trône d'Angleterre sous le nom de Henri II. Il est vrai qu'à son tour celui-ci eut à se plaindre de la conduite de son épouse et la tint douze ans en prison (1172-1184). Mais il est permis de croire que, dans les premières années de son second mariage, Aliénor se conduisit de façon à mériter (sauf l'exagération permise à une dédicace) les éloges que contiennent ces vers. Nous devrons alors ne pas trop éloigner de 1154 la date de la publication du poème, qui n'a pu d'ailleurs être terminé que quelque temps après la composition de la Dédicace, ce qui placerait *Troie* entre 1155 et 1160, et *Éneas* vers 1165. Ceux à qui il répugne d'appliquer ces éloges à Aliénor proposent le nom d'Adèle de Blois ou de Champagne, seconde femme de Louis VII, qui l'épousa en 1160 [1]. Mais il faudrait alors admettre que Benoit était originaire non de Sainte-Maure, près Poitiers, mais de Sainte-More, près Troyes, ce que ne permet pas la comparaison de sa langue avec celle de Chrétien [2].

D'autre part, il est admis aujourd'hui [3] que les principaux poèmes imités de l'antiquité, *Thèbes*, *Troie*, *Éneas* (auxquels il faut joindre *Alexandre*) sont antérieurs à *Erec*, le premier en date des grands poèmes de Chrétien. G. Paris, qui pense que Foerster (qui a d'ailleurs beaucoup varié) a trop reculé l'activité poétique de

---

1. Voir, en particulier, Léopold Pannier, dans *Revue critique* (1870), 247 ss.

2. Cf. par ex., *en* et *an* confondus dans Chrétien, non dans Benoit (sauf pour un petit nombre de mots en *ant* que l'on trouve partout), et, dans Chrétien, *ie* + *l* + cons. et *ue* + *l* + cons. = *iau* + cons. et *ò* + *ls* = *òs*, *oi* issu de *ei* rimant avec *òi* (ce qui marque d'ailleurs une date postérieure), etc.

3. Voir W. Foerster, *Cligès*, 3ᵉ édition (petite). *Introd.*, p. xvi. Pour les dates des œuvres de Chrétien, cf. G. Paris (compte-rendu de *Cligès*), dans *Journal des Savants*, 1902 (réimpr. dans *Mélanges de littérature française du moyen âge*, I, 260 ss.).

Chrétien, place *Erec* vers 1168 et *Cligès* vers 1170, ce qui confirme les dates que nous avons adoptées pour *Thèbes*, *Troie* et *Èneas*[1].

1. Rappelons qu'il y a dans *Erec* (v. 6343-5) une allusion à la beauté d'Hélène, et qu'il y en a deux dans *Cligès*, l'une qui vise l'entrée d'Hélène à Troie (v. 5298 ss.), l'autre l'art magique de Médée (v. 3028-31). D'autre part, dans *Cligès*, le 2ᵉ monologue de Soredamors est certainement imité d'*Éneas*.

Chapitre iv. — Les Sources.

Benoit a pris soin d'indiquer lui-même ses sources. Ce sont : Darès, qu'il cite d'abord seul, comme étant la base de la plus grande partie de son œuvre (voir le Prologue), et Dictys, qu'il emploie à partir du v. 24425, sauf retour partiel à Darès.

§ 1. — *Darès et Dictys*[1].

On sait qu'il nous est parvenu sous le nom de Darès de Phrygie et de Dictys de Crète deux courts ouvrages en prose, d'étendue et de valeur différentes, mais dont les auteurs prétendent également avoir assisté au siège de Troie, le premier dans les rangs des Troyens, le second dans les rangs des Grecs. Disons un mot de chacun d'eux.

[1]. Voici les principaux travaux que nous avons consultés sur la question du *Darès* et du *Dictys* : H. Dunger, *Die Sage vom Trojanischen Kriege in den Bearbeitungen des Mittelalters und ihre antike Quellen*, Dresden, 1869 (= Dunger[1]), et *Dictys-Septimius : über die ursprüngliche Abfassung und die Quellen der « Ephemeris belli Trojani »*, Dresden, 1878 (= Dunger[2]). — A. Joly, *Benoit de Sainte-More et le Roman de Troie* (Paris, Franck, 1870), I, iv. — Gustav Kœrting, *Dictys und Dares : ein Beitrag zur Geschichte der Troja-Sage in ihrem Uebergange aus der antiken in die romantische Form*, Halle, 1874. — Rudolf Jæckel, *Dares Phrygius und Benoit de Sainte-More : ein Beitrag zur Dares-Frage*, Breslau, 1875. — Robert Barth, *Guido de Columna*, Leipzig, 1877. — W. Greif, *Die mittelalterlichen Bearbeitungen der Trojanersage, ein neuer Beitrag zur Dares-und Dictyssage* : Marburg, 1886 (= Greif[1]), et *Neue Untersuchungen zur Dictys-und Daresfrage*, Berlin, 1900 (= Greif[2]). — Nathaniel Edward Griffin, *Dares und Dictys : an introduction to the study of medieval versions of the story of Troy*, Baltimore, 1907 (cf. le compte-rendu

Le *De excidio Trojæ historia* de Darès [1], divisé en 44 chapitres assez courts, est un assemblage disproportionné de maigres détails écrit en un latin barbare et horriblement monotone [2], où l'expression est réduite le plus possible, bornée souvent à un verbe accompagné du complément indispensable, un nom ou une courte

de G. Hamilton, dans *Modern Language Notes*, XXIV (1909), 16 ss.).

Accessoirement : Chassang, *Histoire du roman dans l'antiquité* (2ᵉ édition, 1862). — Louis Havet, *Sur la date du* Dictys *de Septimius* dans *Revue de Philologie*, II (1877), 238 ss., et *Sur les Préfaces du* Dictys, dans *Revue de Philol.*, III (1878), 81 ss. — Egidio Gorra, *Testi inediti di storia Trojana*, Torino, 1887. — Carl Wagener, *Beitrag zur Dares Phrygius*, dans le *Philologus* de Ernst von Leutsch, t. XXXVIII (1879), 91 ss. — Herman Haupt, *Dares, Malalas und Sisyphos*, dans *Philol.*, t. XL (1881), 107 ss. — Mommsen, *Zu Dictys*, dans *Hermes*, X, 383 ss. — Meister, Ed. du *Dictys*, Préf., vii ss. — Noack, *Der Griech. Dictys*, dans *Philologus*, Supplém. VI (1892), 403 ss.— Patzig, *Dictys Cretensis*, dans *Byzantin. Zeitschrift*, I (1893), 131 ss.; (cf. II, 430 ss.; XI, 158 ss.; XII, 231 ss., etc.). — Fürst, dans *Philol.* LX (1901), 330 ss.; LXI (1902), 374 ss. — Clemens Fischer, *Der altfranzösische* Roman de Troie *des Benoît de Sainte-More, als Vorbild für die mittelhochdeutschen Trojadichtungen des Herbort von Fritslâr und des Konrad von Würzburg*, Paderborn, 1883. — Dunger, *De Dictye-Septimio Vergilii imitatore*, Dresden, 1886. — Collilieux, *Etude sur Dictys et Darès*, Grenoble, 1886. — Colagrosso, *Ditti Cretese e Darete Frigio*, Napoli, 1895. — G. Hamilton, *Gowers's use of the enlarged* Roman de Troie, dans *Publications of the Modern Language Association of America*, XX, 1, p. 179 ss.

1. Édité ordinairement avec Dictys, et par suite moins soigné, pour le texte et le commentaire, comme étant de moindre valeur. Cf. l'édition *variorum* de Artopæus, où le texte de Darès n'est pas annoté. Il faut excepter les éditions de Mercier (Paris, 1618), de Smids (Amsterdam, 1702), de Dederich (Bonn, 1835), et surtout celle de Ferd. Meister (Leipzig, 1873), dont cependant le texte pourrait être amélioré.

2. Les propositions finales sont très rares; il n'y a qu'un exemple de *ut* au sens consécutif; *quoniam* et *quod* (au sens causal) ne se rencontrent qu'une fois, *itaque* et *quia* deux fois. Cf. Jæckel, p. 25-6.

proposition complétive ou relative, et où les propositions et les phrases sont juxtaposées en supprimant,
généralement, toute particule de liaison autre que
les adverbes de temps[1]. Isidore de Séville, dans ses *Origines*, I, 41, cite Darès comme le plus ancien des historiens païens[2] : *Historiam primus apud nos Moyses
conscripsit, apud gentiles vero primus Dares Phrygius
de Græcis et Trojanis historiam edidit, quam in foliis
palmarum ab eo conscriptam esse ferunt. Post Daretem
autem in Græcia Herodotus primus historiographus
habitus est.* Ce qui oblige à placer son livre avant 636.
La langue, comme aussi les ressemblances partielles
qu'il présente avec le *Mythographus Vaticanus primus*,
qui est de la première moitié du vi[e] siècle, permettent
de remonter un peu plus haut (que 636) et de le placer
au plus tard au milieu de ce siècle[3].

Les seules parties un peu soignées et qui offrent un
récit suivi sont : la première prise de Troie avec l'expo-
sition du motif qui l'a provoquée, c'est-à-dire le refus
de Laomedon de laisser débarquer les compagnons de
Jason allant à la conquête de la Toison d'or (ch. i-iii) ;
la mort d'Hector et la scène de la séparation avec Andromaque (ch. xxiv) ; l'amour d'Achille pour Polyxène
(ch. xxvii) et son assassinat par Pâris dans le temple

1. Ainsi *igitur* ne se rencontre que cinq fois, *sed* trois fois, *nam*
deux fois, *at*, *autem*, *enim* et *vero* une seule fois.

2. Le manuscrit le plus ancien ne remonte pas au-delà du
ixe ou du x[o] siècle, mais on trouve dans la Chronique de Frédégaire (vers 660) un abrégé (d'ailleurs peu soigné) de Darès, qu'a
publié Gaston Paris dans *Romania*, III, 129 ss.

3. Cela n'empêche pas l'auteur de mettre en tête de l'*Historia*,
une prétendue lettre de Cornelius Nepos à Salluste, où Nepos
affirme qu'il a trouvé à Athènes et traduit littéralement l'œuvre
de Darès, témoin oculaire des événements, afin qu'on puisse ju-
ger s'il n'est pas plus digne de foi qu'Homère, qui, né longtemps
après lui, fut mis en jugement à Athènes pour avoir fait combattre
les dieux avec les hommes.

d'Apollon, où il avait été mandé pour discuter les conditions de son mariage avec Polyxène (ch. xxxiv);
enfin, les pourparlers des traîtres pour la reddition de
Troie (ch. xxxvii-xl). Le reste n'est qu'une sèche
énumération de batailles séparées par des trêves, dont
la monotonie est telle qu'un imitateur de Darès au
xiiie siècle, Albert de Stade, se raillant lui-même, n'a
pu s'empêcher de dire (*Troïlus*, III, 67-12, éd. Merzdorf) : *Vocibus instare nos semper oportet eisdem : Ster-
nuntur, sternunt; milia multa cadunt.* Le nom de Darès,
que s'est approprié l'auteur de l'*Historia*, est bien
Troyen. Homère, *Iliade*, V, 9, en fait un prêtre de Vulcain, père de deux fils, Phégée et Idéos, dont le premier
tombe sous les coups de Diomède, tandis que l'autre est
sauvé par Vulcain : Ἦν δέ τις ἐν Τρώεσσι Δάρης ἀφνειὸς
ἀμύμων, Ἱρεὺς Ἡφαίστοιο, etc. ; et Virgile met un Darès au
nombre des compagnons d'Énée (*Énéide*, V, 369, 375,
406, etc.), et lui fait disputer à Entellus le prix du ceste.
Mais la présence du prétendu Darès à la guerre de
Troie, imaginée par le faussaire pour donner plus d'autorité à son récit, n'est évidemment qu'une fable. Cependant cette fable a traversé le moyen âge et régnait
encore au xviie siècle, où l'on admettait Darès (comme
aussi Dictys), illustrés l'un et l'autre d'un riche commentaire par Mme Dacier, dans la collection des classiques à l'usage du Dauphin. Son misérable livre avait
d'ailleurs été traduit en français, dès le premier tiers du
xiiie siècle, par le dominicain Jofroi de Watreford et, un
peu plus tard, par Jean de Flixicourt, puis avait passé
dans toutes les langues de l'Europe. Sur les imitateurs
de Darès, Guido, etc., voir plus loin, ch. v, § 2 et 3.

L'*Ephemeris belli Trojani*, du prétendu Dictys de
Crète [1], est trois fois au moins plus étendu que l'*His-*

---

1. Mêmes éditions que pour Darès. Le plus ancien ms., celui
de Saint-Gall, est du ix° ou du x° siècle.

toria de Darès. Il raconte les événements seulement à
partir de l'enlèvement d'Hélène, mais il prolonge le
récit jusqu'au retour des chefs Grecs dans leur patrie
et au meurtre d'Ulysse par son fils Télégonus. Sa valeur,
comme composition et comme style, est d'ailleurs
incomparablement plus grande. Ces deux ouvrages
offrent cependant plusieurs points de ressemblance
incontestables : d'abord l'idée commune aux deux faus-
saires de se prétendre acteurs dans le grand drame de
la guerre de Troie, afin d'opposer victorieusement leur
autorité à celle d'Homère, puis leur partialité respective pour la nation à laquelle ils prétendent appartenir,
ensuite la préférence donnée aux traditions non homériques sur les traditions homériques, enfin le souci
constant d'exclure des événements l'intervention divine
et d'en donner, comme les *logographes*, une explication
évhéméristique [1]. La langue, concise, pleine d'expressions et de tournures archaïques et poétiques empruntées pour la plupart à Salluste et à Virgile, est d'une
latinité postérieure dont il est difficile de préciser
l'époque.

Selon Teuffel (*Geschichte der Rœm. Litter.*, 3ᵉ éd.,
§ 424, 4), à cause de la lettre du prétendu traducteur,
L. Septimius, adressée à son ami Q. Aradius, on peut
hésiter entre le commencement du IVᵉ siècle (un Aradius
Rufinus ayant été préfet de Rome en 304, 312 et 316), et
la seconde moitié du même siècle (un autre Aradius
Rufinus ayant été nommé par Julien, en 363 (cf. Am-
mien, XXIII, 1), *comes Orientalis*); cependant il se
décide pour le règne de Théodose Iᵉʳ. M. Louis Havet
fait observer [2] que la qualification appliquée dans le *Prologue* à Rutilius Rufus, *illius insulæ tum consulari*, ne

---

1. Dictys est, sous ce rapport, moins intransigeant que Darès : il
laisse parfois le choix entre l'intervention divine et une interprétation rationnelle des faits.

2. *Revue de Philologie*, II, 239 ss.

saurait convenir à la treizième année du règne de Néron,
car on ne trouve pas d'exemple de *consularis* [1] employé
au sens d'administrateur d'une province avant Constantin († 337), et l'oubli de cette substitution chez
Septimius doit être sensiblement postérieur. Dans ces
conditions, l'Aradius Rufinus de l'*Epitre* est probablement le *comes Orientalis* de 363, et ne peut être le
préfet de Rome de 304.

Dans un autre article de la même revue (III, 81 ss.),
M. L. Havet résout ainsi la difficulté que soulèvent les
divergences qu'offrent la *Lettre-Dédicace* de Septimius
à Q. Aradius et le *Prologue*. Il croit, avec Dunger [2] et
Teuffel [3], que les deux morceaux sont de la même main,
qui est celle de Septimius, et, avec ce dernier, qu'ils sont
de date différente ; mais il intervertit l'ordre proposé
par Teuffel. Pour lui, il y a eu trois éditions de l'*Ephemeris*. La première n'aurait pas eu de *préface*, mais
plutôt une *post-face* constituée par les dernières lignes
du livre V, *igitur ea quæ in bello evenere Græcis ac bar-
baris.... memoriæ prodidi ; de Antenore ejusque regno
quæ audieram retuli* (en supprimant les mots qui terminent : *nunc reditum nostrorum narrare juvat*. La
deuxième édition, qui aurait été réduite au vi[e] livre,
aurait paru précédée de la *Lettre-Dédicace* : *residua
quinque (volumina) de reditu Græcorum in unum redegimus atque ad te misimus*. Enfin, les six livres auraient
paru ensemble avec le *Prologue*, préface définitive qui

1. Sous Néron, la Crète formait avec la Cyrénaïque une seule
province sénatoriale gouvernée par un proconsul : le mot *consularis* désignait alors un rang, et non une fonction. A partir de
Dioclétien (284-305), elle forma une province séparée, d'où l'erreur
de Septimius.

2. Postérieurement, M. Greif est revenu sur cette question, et il
explique les divergences des deux écrits par le désir de Septimius de dissimuler la fausseté de ses inventions. Cf. *Neue Untersuchungen zur Dyctis und Daresfrage* (Berlin, 1900), p. 5-7.

précise et aggrave (après l'*Epitre*) le mensonge inauguré
dans la post-face du v⁰ livre. Ainsi s'expliqueraient les
divergences entre les deux pièces et entre celles-ci et la
post-face ¹. Nous acceptons volontiers cette ingénieuse
explication.

Un mot maintenant sur les sources de Darès et de
Dictys. La concision extrême de Darès rend très difficile la détermination précise de ses sources. On peut
à la rigueur en rapprocher Homère (c'est-à-dire Pindarus Thebanus) pour le Catalogue des vaisseaux et la
Liste des chefs Grecs ², la fable 14 d'Hygin (ou un texte
qui en dérivait) pour les noms des Argonautes ³, Dra-
contius (*De raptu Helenæ*) pour l'enlèvement d'Hélène
et le *Mythographus Vaticanus primus* pour l'expédition des Argonautes et la première destruction de
Troie ⁴ ; mais le plus simple, c'est d'admettre qu'il a
consulté un de ces manuels scolaires qui existaient tant
en grec qu'en latin et dont on relève encore des traces
au moyen âge, en particulier pour ce qui concerne les

1. « Pour paraître véridique, il fallait mentir avec un aplomb
croissant, soutenir une fable par une autre, dater les faits faux,
localiser les objets imaginaires. Là est la clé de tous les changements introduits dans le *Prologue*, préface définitive de l'œuvre ».

2. Ce point est contesté par Wagener, p. 98 ss.

3. Darès ne donne d'ailleurs pas d'autre nom que ceux de Jason
et d'Hercule (ch. ii, iii), et plus loin (ch. xv), par allusion, celui
de Philoctète. Selon Dunger, il renvoie par ces mots : « demon-
strare eos qui cum Jasone profecti sunt non videtur nostrum esse :
sed qui volunt eos cognoscere *Argonautas* legant », aux *Argonautiques* de Valérius Flaccus. Selon Wagener (*l. l.*, 98), ce serait
à la fable 14 d'Hygin : mais ce dernier ne réfléchit pas qu'en
traduisant *Argonautas* par « les noms des Argonautes », il attribue à Darès une tautologie qui dépasse les limites de l'ineptie
qu'on peut constater chez lui. Les noms que donne le ms. de
Milan, *Ambros.*, B 24, in fine : *ex eis enim fuerunt Hercules, Pelleus, Thelamon, Nestor et Pilius* (où *et* est à supprimer) semblent
bien être une glose passée dans le texte.

4. Cf. Griffin, *l. l.*, p. 5, n. 3.

noms propres, employés à différents cas, non seulement
dans le poème de Benoit (cf. dessus, p. 137 ss.), mais
encore dans les autres poèmes antiques et dans plusieurs
mss. de l'Histoire ancienne jusqu'à César [1].

En ce qui concerne Dictys, bien qu'on ne puisse pas
toujours reconnaître l'origine de certains détails, on
peut affirmer que ses sources sont généralement grecques. Ce sont, en particulier : *Homère* pour le Catalogue des vaisseaux, la liste des chefs Grecs et celle des
alliés de Priam, et le fameux début du discours de
Priam aux pieds d'Achille (III, 21 = *Iliade*, III,
164 ss.); — la Βιβλιοθήκα d'Apollodore pour le chiffre des
fils de Priam et la plupart de leurs noms (Apoll. III, 12,
5), pour les descendants d'Atrée (I, 1 = Apoll. III, 2, 1-
2), pour la généalogie d'Hélène (I, 9 = Apoll. III, 10,
3-4) et celle d'Anténor (IV, 22 = Apoll. III, 12); —
la Κασσάνδρα de Lycophron et ses scholiastes pour la présence du roi de Scythie au sacrifice d'Iphigénie (I, 22
= Lyc., v. 200 ss.), pour les *œnotropæ* (I, 23 = Lyc., v.
580), pour le traitement du cadavre de Penthésilée (IV,
3 = Schol. au v. 999), pour les intrigues d'Œax (VI, 1,
2 = Lyc., v. 612 ss.) et pour la mort d'Ulysse (VI, 15
= Lyc., v. 795 ss.); — la Κοινὴ ἱστορία de Ptolémée Chen-
nus pour l'absence de Ménélas à l'arrivée de Pâris à
Sparte (I, 1 = Ptol., l. V), pour le choix de Palamède à
la place d'Agamemnon (I, 19 = Ptol., l. V) et pour ce fait
qu'Andromaque et ses fils accompagnaient Priam dans
sa démarche auprès d'Achille (III, 20 = Ptol., l. VI) [2].

Les emprunts à des sources latines sont moins nombreux et moins assurés, parce que Septimius use ici de

---

1. Par exemple, dans le ms. B. N. fr. 20125; cf. f° 123 v° : « li
rois *Tantalus* fu pere le roi *Pelopem* ; de celui roi *Pelopis* isci
uns rois c'on apela *Plistinem* », etc.

2. Cf. Griffin (*l. l.*, 109 ss.), qui fait plusieurs autres rapprochements moins sûrs, en particulier ceux avec l' Ἡρωϊκός de Philostrate,
que conteste Hamilton à cause des dates. Voir plus loin, § 2.

plus de liberté. Ce sont : la prise de Troie, IV, 11-13,
et l'invasion des sauterelles en Crète, VI, 11 (cf. Virgile, *Én.*, II, 235 ss. et III, 137 ss.), les noms des loca-
lités voisines de Troie, II, 13, 17 et 27; V, 15 et 16;
VI, 4 et 6 (cf. Pline, V, 30 et 31), la mort de Néoptolème, VI, 12 et 13 (cf. l'adaptation de l''Ανδρομάχη d'Euripide par Ennius, v. 1243 ss.), la dispute du Palladium, V, 14 (cf. Ovide, *Metam.*, XII, où, il est vrai, il
s'agit des armes d'Achille), enfin la mention de Déiphobe comme participant au meurtre d'Achille, IV, 11
(cf. Hygin, fab. 110). Nous aurons à expliquer tout à
l'heure ces derniers emprunts, dans l'hypothèse d'un
original grec de Septimius.

§ 2. — *La question des deux Dictys : les Byzantins.*

Maintenant que nous avons fait connaître sommairement l'*Historia* de Darès et l'*Ephemeris* de Dictys,
nous pourrons exposer avec plus de clarté la question
qui se pose naturellement au sujet de ces deux ouvrages. Sont-ils originaux? c'est-à-dire ont-ils été composés en latin? et l'assertion de leurs auteurs, qu'ils
traduisent un original grec, est-elle un impudent mensonge destiné à faire croire qu'ils avaient assisté l'un et
l'autre à la guerre de Troie? — Ou bien a-t-il existé
réellement, de Darès et de Dictys, un texte plus étendu
que celui qui nous est parvenu, et ce texte était-il un
texte grec qui aurait été, soit abrégé en même temps que
traduit en latin, soit d'abord traduit, puis abrégé? La
réponse à cette question est, on le comprend aisément,
de la dernière importance pour apprécier justement la
valeur des textes du moyen âge qui dérivent, directement ou indirectement, de l'*Historia* et de l'*Ephemeris*.
Ce n'est pas de nos jours qu'est née la controverse sur
l'existence d'un original grec pour Dictys (et aussi
pour Darès) : dès le XVIIe siècle, les critiques furent par-

tagés sur cette question. Parfois le même savant émettait successivement des opinions contraires : c'est ainsi que Vossius, qui, en 1624, s'était d'abord prononcé pour un Dictys grec (*De hist. Græc.*, III, 428) disait trois ans après, dans son *De hist. Lat.* III, 742, en parlant de l'*Ephemeris* : *Quisquis auctor est ejus operis, Latine, non Græce, scripsit* [1]. Gaspard Barth avait bien reconnu (*Adversaria*, XIV et LVII) que les nombreuses différences qui existent entre le *Dictys* latin et les chroniqueurs byzantins qui ont raconté l'Histoire de la guerre

---

1. Même hésitation chez notre illustre et regretté maître, Gaston Paris. Il avait d'abord cru à un Darès (et subséquemment à un Dictys) plus étendu que celui que nous possédons, tout en admettant, avec MM. Dunger et Joly, que Benoit n'avait connu que nos abrégés. Dans un *post-scriptum* à son compte rendu de l'édition de Darès de Meister (*Revue critique*, de 1874, 1er sem., p. 291), écrit après la lecture du mémoire de G. Kœrting, il dit, en effet : « Je crois que l'auteur (G. Kœrting) s'est engagé là dans une impasse (en affirmant que Benoit s'est servi d'un *Darès* et d'un *Dictys* développés) : il se trouvera, au bout de quelques pas, en présence de difficultés insurmontables. *J'ai conservé assez longtemps, même après les travaux de MM. Dunger et Joly, l'opinion qu'il reprend aujourd'hui pour son compte ; mais je me suis vu obligé, après des recherches et des réflexions plus approfondies, d'y renoncer pour me rendre à celle de ces deux critiques.* » Et peu de jours après, dans un article de la *Romania* (III, 129 ss.) où il renvoie à ce premier article non encore paru, il insiste sur l'opinion déjà exprimée : « ...*Toutefois il ne résulte pas de là qu'il n'ait jamais existé un Darès plus complet, et que le nôtre n'en soit pas un abrégé. Des raisons qui me paraissent fort bonnes font, au contraire, regarder le Darès qui est seul arrivé jusqu'à nous comme un très mauvais abrégé écrit sans doute au ve siècle, d'un ouvrage plus étendu, qui pouvait être du iiie.* » — D'autre part, on peut lire dans son *Manuel, La littérature française au moyen âge*, 1re éd. 1888, 3e éd., 1905), § 43 : « A l'époque de la décadence, deux romans, *composés sans doute en grec, puis abrégés en latin*, avaient transmis sur la guerre de Troie des renseignements bien autrement sûrs que ceux d'Homère, etc. ». M. Patzig, M. Hamilton, d'autres encore, ont également varié dans la solution de la question, du moins sur certains points.

de Troie ¹, ne permettaient pas de faire dériver ceux-ci de celui-là ; mais, s'arrêtant en chemin, il admit une traduction grecque de l'*Ephemeris* qu'auraient suivi les Byzantins (1624). Cependant ce n'est que vers la fin du siècle qu'Obrecht, dans son édition de Dictys (1691), émit l'idée d'un original grec commun, sans toutefois étayer de preuves convaincantes cette opinion,

---

1. Ces chroniqueurs sont : 1° Jean Malalas (vıᵉ siècle), livre V de sa Χρονογραφία (de l'Enfance de Pâris aux aventures d'Oreste), éd. Dindorf, dans Niebuhr, *Corpus scriptorum historicorum Byzantinorum* (Bonn, 1831), p. 90, 1 — 142, 20 ; — 2° Jean d'Antioche (vııᵉ siècle), Ἱστορία χρονικὴ ou Ἀρχαιολογία : deux fragments dans la collection Constantin Porphyrogénète (xᵉ siècle), édités par C. Müller, *Fragm. histor. Græc.* (1851), IV, 550, fr. 23 et 25 ; 10 courts fragments dans la collection Saumaise (xvıı siècle), éd. par C. Müller, *ibid.*, fr. 24, 1-10 ; un long fragment éd. par H. Heinrich, dans *Die Chronik des Johannes Sikeliota* (Gratz, 1892), p. 8-10; un long fragment (de la mort d'Ajax à la mort d'Ulysse), qui figure dans une *Hypothesis* de l'Odyssée, éd. par Dindorf, *Scholia græca in Odysseam* (1755), I, 3, 20 — 6, 13; pour d'autres fragments de Jean d'Antioche, voir le Νέος Ἑλληνομνήμων de Lampros et les éditions de Jean d'Antioche de Büttner-Wobst, et de Constantin Porphyrogénète de Boor (d'après Griffin et Hamilton); — 3° L'archevêque Aréthas (xᵉ siècle), *Scholie à Dion Chrysostome*, XI, 92 (le texte invoqué est dans Cobet, éd. de Dion, p. 788); — 4° Georges Cedrenus (xıᵉ siècle), Σύνοψις ἱστοριῶν, éd. Becker, dans Niebuhr, *Corpus script. hist. Byz.* (1838), I, 216, 13 — 238, 13 (la partie de cette chronique (laquelle nous est parvenue intacte) qui se rapporte à la guerre de Troie, va de l'Enfance de Pâris à la Mort d'Enée); — 5° Isaac Porphyrogénète (xıᵉ siècle), Περὶ τῶν καταλειφθέντων ὑπὸ τοῦ Ὁμήρου, éd. Hinck, dans *Polemonis declamationes quæ exstant duæ*, etc. (Leipzig, 1873), p. 80, 21 — 87, 21 (suit très exactement Malalas) ; — 6° Jean Tzetzès (xııᵉ siècle), Ἰλιακά, divisé en Τὰ πρὸ Ὁμήρου, τὰ Ὁμήρου καὶ τὰ μεθ' Ὅμηρον, poème en hexamètres, édité avec notes par F. Jacobs (Leipzig, 1793), puis par I. Bekker (Berlin, 1812), et dont on a une rédaction en prose (Τὰ Τρωϊκά) d'un anonyme (7°) publiée par J. H. Mai dans la *Bibliotheca Uffenbachiana*, Halle, 1720 (dérive, comme Isaac, de Malalas); — 8° enfin, Constantin Manassès (xııᵉ siècle), Σύνοψις χρονική, v. 1107-1471, éd. I. Bekker, dans *Corpus script. hist. Byzant.*

qui fut appuyée par des savants comme Fabricius et
Perizonius, et acceptée sans conteste pendant tout le
xviiie siècle et les deux premiers tiers du xixe. La réaction
se produisit avec Dunger, qui, dans une étude sur les
rédactions de la guerre de Troie au moyen âge et leurs
sources (1869), déclara (d'abord sans preuves) inutile
l'hypothèse d'un Darès et d'un Dictys grecs, mais qui
ensuite, mieux armé pour la lutte, essaya de démontrer
par de nouveaux arguments l'originalité du Dictys latin
en instituant une comparaison de Septimius avec Malalas, tout en affirmant à nouveau l'originalité du Darès,
et étudia, dans un troisième mémoire, les rapports de
Dictys avec Virgile pour corroborer ses conclusions.
Dunger s'attache naturellement à réfuter point par
point Kœrting et Jæckel, qui avaient vaillamment soutenu (1874 et 1875) la thèse du Darès et du Dictys
grecs. A côté de Dunger s'étaient placés Joly, Meister,
Pratje (*Quæstiones sallustianæ*), L. Havet, Wagener,
Haupt, Collilieux, etc., et surtout Greif, dont les deux
mémoires (1886 et 1900) présentent dans toute leur
force les arguments contre l'existence d'originaux grecs.
Du parti contraire s'étaient rangés (outre Kœrting et
Jæckel) Mommsen, Ebert, *Jenær litter. Zeitung*, n° 256
(1874) et *Geschichte der lateinische Litteratur in Mittel-
alter*, I, 574 (1889) ; Wilamowitz, *Homer. Untersuchungen*, CXCII, 34, et quelques autres qui, comme
Lehrs, *Wissenschaftl. Monatsbl.*, VI, 131 ss. et
Teuffel-Schwabe, *Geschichte der Romischen Literatur*,
§ 423, émettaient des doutes timides sur le bien-fondé
des arguments apportés par leurs adversaires. Mais
depuis, la situation a sensiblement changé de face. Les
belles études de Noack et de Patzig sur les chroniqueurs Byzantins (1891 et 1892), si elles n'ont pas
converti Greif, ont cependant rendu très probable
l'hypothèse d'un *Dictys* grec, hypothèse qui, quoique
moins bien appuyée pour le *Darès,* peut cependant,

comme nous le verrons, s'appliquer à ce dernier ouvrage. C'est ce qu'a très bien mis en évidence M. Nath. Ed. Griffin dans sa pénétrante étude, récemment publiée (1907), sur Darès et Dictys, étude sur laquelle nous nous appuierons principalement dans le court exposé qui va suivre.

Sans entrer dans des détails pour lesquels la place nous manquerait, nous nous efforcerons de présenter impartialement les raisons données par les deux partis et de ne pas mériter les reproches que leur fait M. Colagrosso (p. 31) [1], ce qui ne l'empêche pas de tomber à son insu, dans le même travers. Nous commencerons par Dictys, dont M. Griffin, reprenant la thèse de Kœrting et de Jæckel, mais la fortifiant par une comparaison minutieuse entre le Dictys latin (Septimius) et les chroniqueurs Byzantins, s'est particulièrement occupé, et nous exposerons ses vues, tout en donnant aux trois mémoires de Dunger et aux deux mémoires de Greif toute l'attention qu'ils méritent.

Étudions d'abord les allusions à Dictys. Il en est quatre sur lesquelles se sont fortement appuyés les partisans de l'originalité du prétendu traducteur latin Septimius [2]. Ce sont : 1° celle de Syrianus (v° siècle), qui vise l'*Ephemeris* et les caractères employés pour l'écriture de sa source [3]; 2° les deux de Suidas (vers 1050),

---

1. « Il me semble », dit-il, « que, dans toute cette question de Dictys et Darès, les critiques se comportent comme les avocats au tribunal. Ils rétrécissent ou élargissent les lois de la logique pour les faire tourner au profit de ceux que je me permettrai d'appeler leurs clients, ils tiennent les yeux ouverts ou les ferment, selon qu'il leur est plus avantageux de voir ou de ne pas voir, et parfois, dois-je le dire ? ils ne se font aucun scrupule de dire... une sottise ».

2. Pour les n°° 1 et 3, cf. Joly, I, 178 et 196 ; Dunger², 8, 10 et 11 ; Greif², 16 et 17.

3. *Orat. in Hermog.*, c. 17, dans Fabricius, *Biblioth. græca*, I, 31 : « Ἡ γοῦν κατὰ Κάδμον καὶ Δαναὸν γραμματικὴ ἐπί τε τῶν Τρωϊκῶν

s. v. Δίκτυς¹, dont la 1ʳᵉ (altérée) nomme l'Ἐφημερίς, et la seconde parle de sa découverte sous Claudius (erreur qui remonte à Malalas et qui provient sans doute de Claudius Nero, comme celle d'Eudocie, qui en fait deux personnages différents ; — 3° celle d'Eudocie, femme de l'empereur Constantin IX Ducas (1059-1067), dont le début concorde avec Dictys I, 13, et le reste, où est nommé Septimius ², mentionne la découverte de l'ouvrage en Crète, dans le tombeau de Dictys, entr'ouvert à la suite d'un tremblement de terre (cf. Dictys, *Prologue*) ; — 4° celles d'un rhéteur anonyme que cite Allatius, *De patria Homeri*, dont l'une répète d'abord l'assertion de Syrianus, puis affirme, chez Dictys, la connaissance des règles de l'art oratoire, à cause des discours qu'il fait prononcer à Troie par les ambassadeurs des Grecs, Palamède, Ulysse et Ménélas ³ ; tandis que l'autre parle de Sisyphe de Cos (voir plus loin) comme source d'Homère et de Virgile, et dit que l'ouvrage de Dictys fut trouvé sous Claudius Néron (ἐπὶ Κλαυδίου καὶ Νέρωνος ; καὶ est à supprimer) dans une cassette d'étain.

ἠσκεῖτο, ὡς Δίκτυς ἐν ταῖς Ἐφημερίσι φησίν. Cf. Dictys, V, 17 : « Hæc ego Gnosius Dictys, comes Idomenei, conscripsi... litteris Punicis ab Cadmo Danaoque traditis ».

1. Cf. Zonaras, *Lex.*, s. v. Δικτύς : Δ. ὄνομα κύριον. Σημαντέον, ὅτι ἐπὶ Κλαυδίου, etc. (copié de Suidas).

2. Ἰώνια, dans Villoison, *Anecd. græca*, I, 128, (Venise, 1781) : Τούτου ἱστορία εὑρέθη ἐπὶ Κλαυδίου, οἱ δὲ ἐπὶ Νέρωνος βασιλέως Ῥωμαίων, τῆς Κρήτης ὑπὸ σεισμοῦ κατενεχθείσης καὶ πολλῶν μνημείων ἀνεῳχθέντων, ὧν ἐν ἑνὶ εὕρητο γεγραμμένον βιβλίον γράμμασι Φοινίκων καὶ καθερμηνεύθη ἐν τῇ Ἀττικῇ γλώσσῃ, πεμφθὲν τῷ βασιλεῖ, οὗ τῷ προστάγματι Σεπτημῖνός τις Ῥωμαῖος, σοφὸς ἑκατέραν τὴν γλῶσσαν, εἰς τὴν Ῥωμαϊκὴν φωνὴν μετήνεγκεν.

3. Καὶ γὰρ Δίκτυς... δῆλός ἐστιν εἰδέναι τέχνην ῥητορικήν. Δημαγοροῦντας γὰρ εἰσάγει τοὺς ἥρωας, Παλαμήδην ἐκείνων καὶ Ὀδυσσέα καὶ Μενέλαον ἐν τῇ κατὰ Τρώων βουλῇ καὶ ἐν τῇ πρὸς Τρῶας πρεσβείᾳ. Cf. Dictys, I, 6.

Or, parmi ces allusions, celles qui sont attribuées à
Syrianus et à Eudocie ont été reconnues comme des
interpolations postérieures provenant de Septimius, et,
des deux de l'Anonyme, la première, répétant Syrianus,
est par suite sans valeur, et la seconde remonte probablement à Malalas en passant par Tzetzès. Quant à celles
de Suidas, dont la source est sans doute, non l'*Ephemeris*, mais un manuel d'histoire littéraire, il n'y a pas
grande importance à lui donner[1]. Notons d'ailleurs en
passant que dans la première des deux, contrairement
à la tradition manuscrite qui donne à l'ouvrage de
Dictys *dix* livres, il ne lui en donne que *neuf*[2] comme
Eudocie, ce qui prouve qu'ils ont puisé à la même
source. Le chiffre *dix* permet la subdivision en deux
pentades, division justifiée par le sujet et autorisée par
l'exemple de Tite-Live, et, chez les Grecs, de Diodore,
de Dion Cassius et de Josèphe, tandis que Tacite
adopte la division en *hexades*.

Par contre, les autres mentions de Dictys relevées
chez les Byzantins, du moins celles qui sont indépendantes les unes des autres et indépendantes aussi de
Septimius, ont une réelle valeur pour la solution de la
question. Griffin en relève deux importantes dans
Malalas, sur les six qu'il présente : 1° rôle de Dictys à
Troie et son ouvrage (Dindorf, 107, 1-11); 2° découverte de l'ouvrage (Dindorf, 250, 179 ; cf. Septimius,
Lettre, Prolog..e et I, 13)[2]; — deux (sur les quatre qu'il

---

1. Cf. Griffin, p. 24, n. 2 et 26, n. 1.
2. Non pas expressément, mais celà résulte de la comparaison
de la *Lettre* et du *Prologue*. La *Lettre* dit, en effet : « Itaque...
priorum quinque voluminum, quæ bello contracta gestaque sunt,
cundem numerum servari ; residua *quinque* (Meister *quattuor*,
d'après Dederich) de reditu Græcorum in unum redegimus », et
le *Prologue* : « Igitur de toto bello *sex* (Meister *novem*, d'après
Dederich) volumina in tilias digessit (*sc.* Dictys) Phœniceis
litteris ».

présente) dans Jean d'Antioche, dont la seconde est
intéressante : il y est dit que Priam fit demander des
secours à David et à Tautanès; David ne répondit pas;
quant à Tautanès, il envoya Tithon et Memnon à la
tête d'un grand nombre d'Indiens [1]; — une dans Cedrenus (éd. I. Bekker, p. 223, 4-14), où il est dit que Dictys
accompagna Idoménée à Troie, raconta avec vérité les
événements, *traça les portraits des chefs*, qu'il avait pu
voir, et en donna la liste avec le nombre de leurs vaisseaux d'après le 2ᵉ chant de l'Iliade [2] (cf. Septim.,
Lettre, *Prol*. et I, 17); — enfin une dans Aréthas
(*Schol. à Dion Chrys.*, *Or*. XI, § 92) où il est question
de l'ouvrage de Dictys, écrit sur des tablettes d'airain
(χαλκοῖς πίναξι) qui furent trouvées sous Néron et qu'on
transcrivit sur des feuilles en tout semblables à celles
qui servent à transcrire Homère (?).

L'accord qui se manifeste généralement entre ces
allusions et celles de Septimius a fait croire aux
partisans de l'originalité de l'*Ephemeris* que celles des
Byzantins dérivaient, directement ou indirectement,
du texte latin [3]. Mais Griffin en vue de montrer que
Septimius et les Byzantins ont puisé à une ancienne
source grecque commune, a fait ressortir leurs différences : présence ou mention des portraits [4], second
auteur, toujours grec (Sisyphe, Homère, Euripide,

1. L'ambassade à David est évidemment une invention chré-
tienne; pour Tithon, chef des Assyriens, la source est le Dictys
grec; cf. Diodore, II, 22 et voir Griffin, p. 87, n. 1.

2. Nous y relevons ces mots, qui semblent indiquer que son
récit était détaillé et qu'on pourrait indiquer à l'appui de la
thèse d'un Dictys grec : τοὺς δὲ χρόνους καὶ τόπους καὶ τρόπους καὶ
τὰ ἐκείνου τοῦ πολέμου διασαφῶν, μετὰ ἀκριβείας ἱστοριογραφῶν...

3. Cf. Joly, 190 ss. ; Dunger², 8-15 ; Greif³, 15-23.

4. Cedrenus y fait seulement allusion (καὶ τοὺς χαρακτῆρας τῶν
προμάχων) ; mais Malalas et ses dérivés, Isaac et Tzetzès, les
donnent totalement ou partiellement (voir p. 210 ss.).

Pheidalios?), nommé à côté de Dictys, place donnée à
la principale allusion à Dictys au milieu du récit, entre
les Portraits et le Catalogue des vaisseaux [1], enfin
absence de toute mention de Septimius et de l'*Ephemeris*.

Il y a déjà, dans cette constatation, une présomption
sérieuse en faveur de l'opinion que les Byzantins
dérivent, non de Septimius, mais d'un Dictys grec ancien, leur source commune. L'examen de l'ensemble
des textes qu'ils nous ont laissés et de chacun en particulier confirme cette thèse. En effet, dans bien des cas,
les chroniqueurs Byzantins s'accordent contre Septimius. Tantôt, c'est pour la place à donner dans le récit
à certains événements : par exemple, ils placent en tête
de leurs récits sur Troie le récit de l'Enfance de Pâris,
alors que Septimius la fait raconter par Priam dans sa
visite à Achille (III, 26) ; de même ils placent la mention la plus importante de Dictys entre la mort de Polydore et le siège de Troie, tandis que, chez Septimius,
Dictys se met en scène (I, 13 [2]), entre l'Ambassade à
Priam et le sacrifice d'Iphigénie. Tantôt c'est pour une
version différente de certains faits : par exemple, ils
font mourir Palamède lapidé par les Grecs sur une
fausse accusation de trahison, grâce à des lettres fabri-
quées par Ulysse, tandis que, chez Septimius, il meurt
lapidé par Ulysse et Diomède dans un puits où ils

1. Cedrenus, qui omet les Portraits, sauf un portrait d'Hélène
(I. Bekker, 217, 19-21 ; cf. Constantin Manassès, v. 1157 ss.),
place naturellement cette allusion après la mort de Polydore, qui
précède dans Malalas, et il la termine par une allusion au Catalogue des vaisseaux, qu'il omet également (καὶ καθ' ἕνα τῶν
ἀρχόντων μεθ' ὅσων νηῶν παρεγένετο συνέταξε).

2. « Eorum (*sc.* Idomenei et Merionis) ego secutus comitatum,
ea quidem quæ antea apud Troiam gesta sunt ab Ulixe cognita
quam diligentissime retuli, et reliqua quæ deinceps insecuta
sunt, quoniam ipse interfui, quam verissime potero exponam ».

l'avaient fait descendre sous prétetxe de prendre un trésor qui y était caché, et Œnone se pend en apprenant la mort de Pâris, tandis que, chez Septimius, elle meurt de chagrin. Tantôt ils offrent, pour un même fait, plus ou moins de détails que lui [1]. Enfin, point important à noter, le style très simple et peu varié des Byzantins contraste étrangement avec le style emphatique et particulièrement orné de leur prétendu modèle.

En ce qui concerne en particulier Malalas, le plus ancien et le plus important des Byzantins, les partisans de l'originalité de l'*Ephemeris*, qui voulaient que Malalas en dépendît, attribuaient, jusqu'en ces derniers temps, les différences qu'il présente par rapport à Septimius, soit à des erreurs d'interprétation du texte latin, soit à sa propre invention, soit à l'emploi d'autres sources [2], se basant exclusivement, comme terme de comparaison, sur le ms. d'Oxford (Baroccianus, 128), publié par Dindorf en 1831. Mais en 1892, Noack et Patzig ont montré, chacun de son côté, l'importance de la version de l'Histoire de Troie de Malalas (l. V de la Χρονογραφία) intercalée dans l'histoire des Hébreux intitulée Ἐκλογή ἱστοριῶν, qu'avait publiée, dès 1839, Cramer, *Anecd. græc.*, II, 166 ss., version qui, quoique offrant elle-même une assez grande lacune [3], complète cependant Malalas sur bien des points et montre l'inanité de la preuve basée sur les erreurs de traduction qu'il aurait commises. Griffin cite plusieurs exemples concluants par où l'on voit que Malalas n'a pas,

1. Cf. Griffin, p. 43. — Pour d'autres différences moins importantes, voir Griffin, p. 43, n. 2.

2. Cf. Dunger², p. 21 ss.

3. Cette lacune (Dindorf, p. 103) peut être comblée par les chroniqueurs dépendants de Malalas, Cedrenus et Isaac Porphyrogénète Cf. Neumann, *Hermès*, XV (1880), 256 ss. Pour d'autres additions au ms. d'Oxford découvertes depuis 40 ans, voir Griffin, p. 46, n. 2.

comme le croit Dunger [1], trompé par le texte d'Oxford, mal compris Septimius, mais que celui-ci s'est servi d'un texte tronqué comme celui d'Oxford [2], d'où il résulte que c'est au contraire Septimius qui dépend de Malalas et non Malalas de Septimius.

Il est d'ailleurs facile de voir que, si les ressemblances entre Malalas et notre Dictys sont nombreuses, ils offrent des différences de la première importance quant aux procédés de composition et à l'ordre dans lequel sont racontés les événements.

A. — Malalas insère, ce que ne fait pas Dictys [3], outre les portraits des chefs Grecs et Troyens et des principales héroïnes, ceux des principales captives emmenées par les Grecs dans leurs expéditions d'avant le siège : Hélène, Glauca, Dioméda, Astynomé, Hippodamia, Tecmessa, et il entre, surtout pour ces dernières, dans des détails minutieux (âge, taille, etc.) [4]. Les partisans de l'originalité de l'*Ephemeris* expliquent la présence des portraits dans Malalas de diverses façons. Les uns les regardent, soit comme une invention de ce dernier

1. L'importance de l' Ἐκλογή, n'a pas été vue par Haupt, qui, tout en la mentionnant dans son compte rendu de Dunger[2], et dans *Philol. Anzeiger*, X (1880), 539 ss. (cf. *Philologus*, XL (1881), 116 ss.), est resté aveuglément attaché à l'opinion de ce dernier.

2. Nous ne reproduirons que l'exemple suivant : Mal. 125,16, θάπτουσιν αὐτόν (sc. Ἕκτορα) ἔξω παρὰ τὸ τεῖχος τοῦ Ἰλίου (Oxford); Septimius IV, 1, « sepelivere eum haud longe a tumulo Ili regis quondam ». Cf. Ἐκλογή, 218, 6, θ. π. τὸ τ. ἔξω τῆς πόλεως Ἰλίου. Septimius, à cause de la disparition dans son ms. des mots τῆς πόλεως, a traduit comme s'il y avait Ἰλίου. Cf. Griffin, p. 48 ss.

3. Cf. Griffin, *l. l.*, p. 51 ss.

4. Ces derniers portraits (sauf celui d'Hélène) ne sont pas dans Darès, qui, pour les autres, reproduit d'ailleurs une tradition assez différente et se rapproche plutôt de Philostrate. Les portraits de Darès sont également, pour la plupart, dans Malalas, qui en a 18 (les 9 premiers d'Isaac étant absents), et dans les dérivés directs de Malalas, Isaac Porphyrogénète, qui en a 27 (celui

(cf. Dunger[2], 23 ss. ; Wagener, *Philologus*, XXXVIII,
110 ss., etc.), ce qui est possible pour ceux qu'il a
en propre et qui n'appartiennent pas aux deux listes
principales plus ou moins complètement reproduites,
mais non pour ces derniers, comme le montre leur présence dans Darès (ch. xii et xiii), qui n'a rien à voir
avec Malalas et chez qui ils présentent d'ailleurs des
différences nombreuses (cf. Wagener et Haupt)[1]. Joly
(p. 193 ss.) et Meister (*Ueber Dares von Phrygien*,
1871, p. 25) croient que les portraits proviennent d'une
traduction grecque de Septimius, où on les avait introduits d'après Darès[2]. Haupt, et après lui Greif[2], les
attribuent à ce Sisyphe de Cos, dont Malalas invoque
l'autorité pour les Aventures d'Ulysse avec le Cyclope et
avec Circé et pour le Dialogue entre Teucer et Pyrrhus
(voir p. 212). Hertzberg[3] et Kœrting, qui a étudié en
détail cette question (p. 28-43 et 63-4), croient qu'ils

de Philoctète manque), et Tzetzès, qui en a 33, comme aussi
dans l'Anonyme d'Offenbach (Halle, 1720), II, col. 655 ss. (Constantin Manassès (v. 1157 ss.) n'a que le portrait d'Hélène). L'absence, dans Malalas, des 9 premiers portraits, qui sont d'ailleurs
ceux des chefs grecs les plus importants, s'explique par ce fait
que les portraits qui nous ont été conservés viennent après une
des lacunes que présente le texte du ms. d'Oxford.

  1. En dehors de ces différences dans les portraits communs
(différences où se montre la prédilection de Malalas pour les qualités physiques), il faut noter la présence dans Malalas des portraits d'Idoménée, de Philoctète et de Calchas, qui manquent à
Darès, l'absence (en dehors des 9 qui figurent en tête de la liste
d'Isaac, de ceux d'Ajax Telamon, de Podalire, de Machaon et de
Castor et Pollux, et le déplacement de ceux d'Ajax le Locrien, de
Pyrrhus et de Merionès.

  2. Opinion invraisemblable, qu'on rencontre déjà dans Gaspard
Barth, *Adversaria*, XIV, 13 et LVII, 20.

  3. W. Hertzberg, *Die Quellen der Troïlus-Sage in ihrem
Verhœltniss zu Shakespeare's « Troïlus und Cressida »*, dans le
*Jahrbuch der deutschen Shakespeare-Gesellschaft im Auftrage des
Vorstandes*, hergg. durch *K. Elze* (6e année, Berlin, 1871),
p. 169-225. Cf. Dederich, Éd. de Dictys, *Préf.*, xxxviij.

proviennent d'un Dictys grec [1]. Griffin (p. 51 ss.)
apporte à l'appui de cette opinion les raisons suivantes
qui ne manquent pas de valeur : 1° La mention principale de Dictys dans Malalas suit immédiatement les portraits ; 2° il est invraisemblable que Dictys ait omis un
moyen aussi efficace que les portraits pour confirmer
sa prétendue présence au siège de Troie ; 3° la littérature grecque, en particulier la littérature romanesque,
ont recherché de bonne heure (même en Occident) ce
genre d'ornements (cf. Philostrate, commencement du
IIe siècle, après J.-C., et les *Acta Pauli et Theclæ*,
c. 160-170), et l'on trouve déjà des portraits dans un
papyrus égyptien de l'an 103 av. J.-C. [2] ; 4° les portraits
sont attribués à Dictys par Isaac, Tzetzès et Cedrenus,
qui les désignent respectivement par les mots ἰδιώματα,
εἴδη, χαρακτῆρας, et par Malalas, qui emploie l'expression (moins claire) τὰ προγεγραμμένα [3].

B. — Au lieu de raconter les faits dans leur ordre naturel, comme le fait Septimius, Malalas introduit deux
dialogues, entre Ajax et Ulysse et entre Teucer et Pyrrhus, qui troublent considérablement cet ordre. Dans le
premier, les deux rivaux qui se disputent le Palladium
rappellent la part respective qu'ils ont prise aux évé-
ments qui ont précédé la prise de Troie [4]; dans le

1. Kœrting croit qu'Isaac et Tzetzès n'ont pas connu le Dictys
complet qui renfermait les Portraits, mais les ont pris dans une
copie, séparée de bonne heure, de ces χαρακτηρίσματα, copie qui
faisait défaut à l'exemplaire traduit par Septimius. Cela tient à
ce qu'il ne croit pas qu'Isaac et Tzetzès dérivent de Malalas.

2. Cf. Fürst (*l. l.*), qui croit les portraits d'origine égyptienne.

3. Καθὼς ὁ σοφώτατος Δίκτυς ὁ ἐκ τῆς Κρήτης ὑπεμνημάτισε μετὰ
ἀληθείας τὰ προγεγραμμένα καὶ τὰ λοιπὰ πάντα τῶν ἐπὶ τὸ Ἴλιον ἐπι-
στρατευσάντων Ἑλλήνων (Mal. p. 107, 1).

4. Septimius et Cedrenus donnent bien un court exposé du
débat, mais ne répètent pas, naturellement, tout ce qu'ils ont déjà
dit dans le récit direct. Ainsi, dans Septimius, il n'est donné
aucun détail sur les exploits d'Ajax.

second, séparé du premier par un court récit qui comprend la mort d'Ajax et les aventures d'Ulysse, de Diomède et d'Agamemnon, Teucer, revenu à Troie pour prêter son aide à son frère Ajax, et qui l'a trouvé déjà mort et enseveli par Pyrrhus récemment arrivé à Troie, raconte à ce dernier dans un festin ce qui concerne plus particulièrement son père, la mort d'Hector et le rachat de son cadavre, la lutte victorieuse d'Achille contre Panthesilée et Memnon et sa mort. Ces deux dialogues ne sauraient être, quoi qu'en dise Dunger² (p. 28) [1], de l'invention de Malalas, ni, comme le veut Haupt, de celle de Sisyphe (voir § C), puisqu'ils ne contiennent rien qui ne soit dans Septimius et dans Cedrenus, et qu'ils ont été la cause d'une grande confusion et de plusieurs répétitions dans son œuvre. Griffin, qui a analysé minutieusement (p. 55-60) Malalas à ce point de vue, conclut ainsi sur la question de leur origine : « Un scribe, intermédiaire entre Dictys et Malalas, voulant peut-être abréger, mais certainement animer la narration, a introduit deux dialogues particulièrement dramatiques, qui concordent dans l'ensemble avec l'original et dont les matériaux proviennent certainement, non pas d'une chronique hypothétique de Sisyphe, mais de Dictys. »

C. — Les trois allusions qu'on trouve dans Malalas à un Sisyphe de Cos dont il n'y a pas de trace avant lui ont fait croire à l'existence d'une chronique, source secondaire du plus ancien des chroniqueurs byzantins. C'est vraisemblable pour les passages où son autorité est invoquée : les aventures d'Ulysse avec le Cyclope et avec Circé et le Dialogue entre Teucer et Pyrrhus. Mais il est beaucoup moins naturel d'attribuer (comme le font les partisans de l'originalité de l'*Epheme*

---

1. Pour les deux derniers morceaux, le nom de Dictys figure à côté de celui de Sisyphe.

ris ') à Sisyphe de Cos, que Tetzès donne comme le
secrétaire de Teucer, non seulement les parties où Teucer joue le rôle principal, par exemple, le second dialogue et le passage où il remplace Achille dans le commandement de l'armée qui incursionne autour de Troie ;
et il ne l'est pas du tout de lui assigner avec Haupt, qui
pousse ce système à l'absurde, tout ce qui ressemble
plus ou moins à ces parties, comme le premier dialogue,
ou bien les portraits groupés, sous prétexte qu'ils ont
des traits communs avec ceux des femmes emmenées
captives dans la campagne qui précède le siège, ou
encore d'autres épisodes que ce critique attribue à Sisyphe, parce qu'ils manquent à Septimius et qu'il ne veut
pas admettre que Malalas ait pour source une chronique
grecque de Dictys.

Patzig avait d'abord (1892-1893) soutenu que la plupart de ces détails, que Haupt assignait à Sisyphe parce
qu'ils manquaient dans Septimius, avaient été supprimés par ce dernier, qu'il considérait comme un tra-
ducteur-abréviateur du Dictys grec, mais qu'il avait
existé une chronique de Sisyphe que Dictys avait prise
pour modèle, en supprimant les deux dialogues et rédigeant à sa façon le retour des Grecs, et qu'enfin Malalas avait repris les dialogues et les Aventures d'Ulysse
dans Sisyphe et suivi Dictys pour tout le reste. Dix ans
après, il rendait la priorité à la chronique de Dictys, en
se fondant sur le caractère encomiastique des deux dialogues attribués à Sisyphe, dans l'un desquels Ajax et
Ulysse se louent eux-mêmes, tandis que, dans l'autre,
Teucer fait l'éloge d'Achille, de Pyrrhus et d'Ajax.

Greif¹ (p. 9-15 ; cf. Greif², p. 180 ss.) reprend le premier système de Patzig sur l'antériorité de Sisyphe par

---

1. Cette théorie avait séduit même Patzig, qui est resté cependant partisan d'un Dictys grec et n'est jamais tombé dans les
exagérations de Haupt. Voir ci-dessus.

rapport à Dictys, mais il réduit la part de Dictys à ce
que nous offre actuellement Septimius, qui, dit-il, a
transformé les annales de Sisyphe écrites en l'honneur
de Teucer en annales de Dictys (Septimius) destinées à
glorifier Idomenée, tandis que Malalas représente l'état
primitif de la chronique de Sisyphe, à laquelle il emprunte la plus grande partie de son histoire de Troie,
ne prenant à Dictys (Septimius) que les détails pour lesquels il le cite et ce qui offre les ressemblances les plus
frappantes avec le texte latin, comme les aventures
d'Ulysse et l'histoire d'Oreste. Il assigne d'ailleurs
(p. 33) au Κορίννος dont Suidas fait le secrétaire de Palamède les parties où il est avantageusement question de
ce chef dans Septimius, et qui manquent dans Malalas
ou qui y sont autrement traitées, comme aussi celles où
l'on donne le choix entre la croyance à l'intervention
divine et une explication rationnelle.

Griffin démontre de même que ni Jean d'Antioche
(p. 81 ss.), ni Cedrenus (p. 90 ss.), ne dérivent directement ou indirectement de Septimius. Malgré l'insuffisance du texte fourni par les douze courts fragments
de Jean d'Antioche, on peut cependant constater qu'il
marche d'accord, tantôt avec Malalas contre Septimius,
par exemple en faisant arriver Pâris à Sparte avant le
départ de Ménélas pour la Crète; tantôt avec Septimius
contre Malalas, par exemple en ajoutant Ulysse et Palamède à Ménélas comme ambassadeurs auprès de Priam
après l'enlèvement d'Hélène, et en faisant intervenir
Theano, femme d'Anténor, dans la livraison du Palladium à Ulysse et à Diomède; tantôt en partie avec l'un,
en partie avec l'autre, comme lorsqu'il joint, sur l'origine
du Palladium, la version de Septimius (il serait tombé
du ciel) avec celle de Malalas (il aurait été donné au roi
Tros par le philosophe Asios). Les critiques ont, en
conséquence, considéré Jean d'Antioche, les uns (par
ex. Greif[2], p. 24 ss.) comme résultant de la fusion de

Malalas et du Dictys latin, les autres de la fusion de
Malalas avec le Dictys grec. Griffin objecte (avec raison,
selon nous) : 1° qu'il est improbable que Jean ait songé
à extraire de deux sources différentes les matériaux concernant Troie dont il avait besoin pour un chapitre de
sa Chronique universelle; 2° que Jean donne des détails
étrangers à Malalas et à Septimius ou traités autrement
par eux, et dont plusieurs se retrouvent dans Cedrenus,
par exemple, la tunique empoisonnée à l'aide de laquelle
Clytemnestre se débarrasse de son époux; 3° qu'il place
souvent les événements dans un ordre différent; 4° enfin, qu'il emploie, pour raconter des événements pour
lesquels il est d'accord avec Septimius, le style simple
commun aux chroniqueurs byzantins, lequel contraste
étrangement avec celui de Septimius, ce qui ne saurait
être le fait d'un compilateur comme Jean. Et il conclut
qu'il dérive d'une version de Dictys qui unissait au
style de Malalas et de ses successeurs l'ordre plus régulier des faits que présente Septimius, mais qui renfermait le germe des changements à cet ordre que nous
constatons dans Malalas. Cette version serait intermédiaire entre celle qu'a suivie Septimius et celle qu'a suivie Malalas et où figuraient déjà les deux dialogues;
elle serait un peu postérieure à celle qu'a suivie Cedrenus, dans laquelle il n'y avait pas encore d'allusions à
Sisyphe, tandis que Jean d'Antioche invoque son autorité pour l'aventure d'Ulysse avec Circé [1].

Cedrenus, qui nous est parvenu complet, se tient, en
général, plus près de Malalas que Jean d'Antioche.
Ainsi, dans l'Enfance de Pâris, l'Enlèvement d'Hélène,
l'Ambassade à Priam et dans ce qui concerne le siège de
Troie, il concorde, souvent mot à mot, avec Malalas,

1. Comme Malalas, il fait de Circé une déesse solaire (fille du
Soleil, sœur d'Æetès), mais il ajoute (seul) que Calypso était une
déesse lunaire.

en opposition avec Septimius et Jean d'Antioche, et il raconte, d'accord le plus souvent avec Malalas, les Aventures d'Oreste beaucoup plus longuement que Septimius. Cependant il lui arrive de marcher d'accord soit avec Septimius, soit avec Jean d'Antioche, soit avec les deux. C'est ce qui a fait croire qu'il représentait la fusion de Malalas soit avec le Dictys grec (Kœrting), soit avec Jean d'Antioche (Haupt, Patzig, Greif², Fürst). Cette dernière combinaison se retrouve dans le ms. de Paris 1712, qui serait (d'après Gelzer, *Sextus Julius Africanus* (1898), II, 358 ss., et Patzig, *Progr.* de 1892) la source directe de Cedrenus. Griffin l'admet aussi, mais conteste que la version du ms. de Paris 1712 soit composée à l'aide de Malalas et de Jean d'Antioche : il exclut Malalas à cause des différences essentielles qu'offre Cedrenus, en particulier l'ordre régulier du récit (opposé aux deux dialogues de Malalas) et l'absence des Portraits ; et Jean d'Antioche, parce que ses rapports avec Cedrenus ne lui semblent pas assez étroits, et que d'ailleurs ce dernier concorde parfois avec Septimius. Il préfère admettre que Cedrenus et Jean d'Antioche dérivent d'une même version du Dictys grec.

Etant donné d'ailleurs que, d'une part, Septimius a moins abrégé Dictys que les Byzantins, sauf au 6e livre, que, de l'autre, les différences de Malalas avec ceux des Byzantins qui ne dérivent pas directement de lui obligent à admettre une rédaction particulière de Dictys dont il dérive, Griffin donne définitivement ce schéma, qui explique assez clairement ses conclusions :

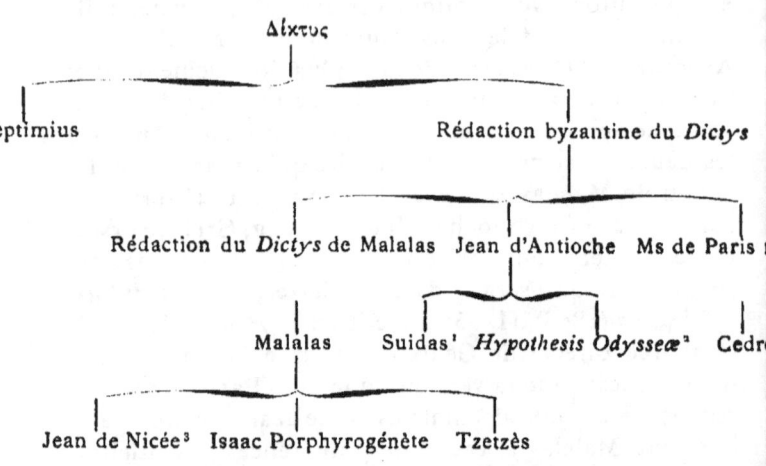

Le principal argument sur lequel s'appuient ceux qui
croient que le livre de Septimius est la source des chroniqueurs Byzantins, et qu'il ne dérive pas d'un Dictys
grec, est basé sur la connaissance du latin chez Malalas,
le plus ancien de ces chroniqueurs, connaissance qu'ils
affirment avoir été suffisante pour lui permettre de
comprendre et de traduire Septimius [4]. Kœrting (p. 18

1. Suidas doit à Jean d'Antioche les renseignements qu'il donne
aux mots suivants de son *Lexique* : Πάριον, Ρῆσος, Παλλάδιον,
Κυνοσσῆμα, Χάρυβδις et Βενεβεντός.

2. C'est-à-dire : « Explication de l'Odyssée ». Ms. du xive siècle
édité par Dindorf dans *Scholia græca in Odysseam* (1855), I, 3,
20 — 6, 13.

3. Chronique de Jean, évêque de Nicée, viie siècle (éd. Zoten-
berg, dans *Notices et Extraits*, ch. xxiv).

4. L'argument tiré de l'absence de tout manuscrit grec de Dictys dès le xve siècle, époque ou Constantin Lascaris chercha en
vain ce texte (cf. Allatius, *l. l.*, p. 1745), n'a pas grande valeur. Le
Dictys grec a pu disparaître comme le texte grec du Pseudo-Callisthènes, qui n'a survécu que dans la traduction latine de Julius
Valérius, dont on a également une rédaction abrégée. D'ailleurs
la découverte récente d'une partie du texte (voir p. 223) tranche
la question.

ss. et 58 ss.), apppuyé par Griffin (p. 104 ss.), le conteste formellement. Suivant Dunger[2] (p. 15 ss.), 1° la
connaissance du latin en Orient était encore assez
répandue du vi^e au ixe siècle, et Antioche, en particulier, pouvait être considérée comme une ville savante,
où les livres latins ne manquaient pas; 2° Malalas
emploie un grand nombre de mots latins, qui ne sont
pas tous des termes d'administration ou des termes
techniques; 3° il cite jusqu'à douze auteurs latins[1]. On
peut répondre à ces affirmations par les considérations
suivantes : il est possible que Malalas ait eu (il est
même probable qu'il avait) une vague teinture du latin,
bien que la connaissance de cette langue n'ait cessé de
s'affaiblir en Orient depuis la publication du code Jus-
tinien et dès avant l'époque où il écrivait (fin du
viie siècle) ; mais les nombreuses bévues qu'il commet,
et dont on a relevé des exemples piquants[2], montrent
qu'il était incapable de traduire un auteur relativement
difficile comme Septimius. Pour montrer qu'il avait
réellement traduit Septimius, on a allégué des erreurs de
traduction; mais les différences avec Septimius proviennent le plus souvent de l'emploi d'une source différente
(voir plus haut, p. 209 ss.), et il n'est pas nécessaire de
voir dans l'*Ephemeris* un original traduit plus ou moins
fidèlement par Malalas[3]. En ce qui concerne les men-

1. Virgile est mentionné six fois (une fois avec citation d'un
vers, *Æn.* IV, 302), Tite-Live trois fois, Lucain, Eutrope et
Servius deux fois, Licinius Macer, Salluste, Pline, Suétone, Juvé-
nal, et un historien inconnu, Brunichius, une fois.

2. Cf. Hodius, *Prolegomena ad Malalan*, éd. Dindorf, c. 36. Rappelons qu'il fait de Salluste et de Cicéron deux poètes (ποιηταί).

3. Ainsi Malalas nous fournit la correction d'un passage sans
doute corrompu par les scribes dans Septimius (IV, 2) : » Cadunt
sagittis reginæ plurimi, neque *ab Teucris* secus bellatum; interim
Ajaces et qui cum his erant pedites contra quos steterant cædere ».
Il écrit (285, 6) : « καὶ κτείνω ἐγὼ Τεῦκρος πολὺ πλῆθος, ὥστε ἐπαινεθῆ-
ναι με, ὡς ἀριστεύσαντα, τοὺς δὲ ὁπλίτας ἀφανίζουσιν οἱ Αἴαντες. Les

tions d'auteurs latins chez Malalas, ce sont probablement des emprunts faits à quelque méchante compilation, par exemple à ce que nous appellerions aujourd'hui
« un manuel de littérature latine écrit en grec » [1]. Je ne
ferais même pas d'exception pour Virgile à cause du
vers qu'il cite, car je croirais volontiers qu'il l'a pris
dans une traduction grecque de l'Enéide, qui a fort bien
pu exister, puisque Suidas nous apprend qu'Arrien
avait traduit les *Géorgiques*. Les erreurs grossières
constatées seraient dues à une lecture superficielle ou à
un défaut de mémoire. N'oublions pas d'ailleurs que
Malalas était un pauvre moine rédigeant sa maigre
compilation pour un public de moines ignorants, et non
un évêque, ou un savant comme Anne Comnène, fille
de l'empereur Alexis, qui, quoique écrivant dans la
première moitié du XIIe siècle, a montré qu'elle savait
fort bien le latin. C'est ce que ne dément pas la langue
de Malalas, pleine de mots et de tournures populaires et
renfermant, naturellement, un grand nombre de mots
latins restés dans le grec vulgaire après que le latin fut
tombé en désuétude [2], mots façonnés tant bien que mal

---

adversaires de Penthesilée sont, non pas l'ensemble des Grecs,
comme le suppose Lûnák, qui corrige : *ab nostris*, mais les archers
que commande Teucer (cf. Lehrs, *Kœnigsb. wissensch. Monats-
blatt*, VI, 132), qui propose : *ab Teucri sociis*). D'autre part, les
Troyens n'accompagnent pas la reine, et *Teucri* ne se trouve pas
ailleurs dans Dictys, qui ne se sert que de *Trojani* : *ab Teucris* ne
peut donc pas être maintenu, et il est impossible d'admettre avec
Dunger[2] (p. 21) que Malalas ait mal compris ces mots. Il faut
simplement lire : *ab Teucro*. Cf. Griffin, p. 79, n. 1.

1. Cf. Hodius, *Prolegom.*, c. 4 : « Hisce insuper addo, mihi
esse exploratissimum nihil aliud esse Joannis nostri Malalæ Chro-
nographiam quam ex aliis autoribus decerptam farraginem ;
solere eum verbatim ex aliis transcribere et autores etiam ab aliis
allatos, quasi ipse legisset, citare. ».

2. On a d'ailleurs remarqué que les mots latins n'étaient pas plus
nombreux dans la partie qui traite de l'histoire de Troie que

d'après les règles de la phonétique et de la dérivation grecques [1]. Enfin, on peut se demander pourquoi Malalas, qui, lorsqu'il cite un auteur latin, spécifie toujours qu'il est latin ('Ρωμαῖος), ne l'a jamais dit de Dictys, qu'il a cependant cité six fois, et pourquoi il aurait été prendre pour source un texte latin, alors que les sources grecques ne lui manquaient pas, étant donné surtout qu'il ne devait pas, comme nous l'avons vu, suivre le plan de Septimius et qu'il présentait les faits dans un tout autre ordre.

Pour montrer que le Dictys latin n'est point une traduction, mais un texte original, on a beaucoup insisté sur les nombreuses imitations d'auteurs latins qu'il présente, ce qui est d'ailleurs conforme à l'usage des écrivains de la décadence [2]. On y trouve, en effet, des expressions de Plaute, de Térence, de Cicéron, de César, de Cornélius Népos, de Tite-Live, de Tacite, d'Apulée, surtout de Virgile [3], et encore plus de Salluste [4], dont il reproduit non seulement les expressions concises et les archaïsmes, mais encore parfois les réflexions, et dont il imite d'assez près certains pas-

---

dans le reste de la Χρονογραφία, et, d'autre part, qu'il y en avait au moins un qui ne se trouvait pas dans le passage correspondant de Septimius : σὺν τῷ σίγνῳ (Mal. 126, 5 ; Ἐκλογή, 218 ; cf. Ephem. IV, 2).

1. Cf. Mullach, *Grammatik der griechischen Vulgarsprache* (Berlin, 1856).

2. Cf. Dederich, *Préf.*, p. xxxvi ; Meister, *Préf.*, viii-x ; Dunger [2], p. 6 ss.

3. Cf. Dunger, *De Dyctie-Septimio Vergilii imitatore* (Dresden, 1886), p. viii ss.

4. Cf. Pratje, *Quæstiones Sallustianæ ad L. Septimium et Sulpicium Severum Gai Sallustii Crispi imitatores spectantes* (Gœttingen, 1874), qui a compté 358 passages imités de Salluste, et surtout Brünnert, *Sallust und Dictys Cretensis* (Erfört, 1883), qui est plus complet encore. Les chapitres iii et iv du I. II sont particulièrement influencés par cet écrivain.

sages à effet [1]. Mais on pourrait retourner l'argument
et dire que, si le Dictys latin ne peut être une traduction d'un Dictys grec pour la raison invoquée, l'œuvre
de Malalas ne peut pas non plus être une traduction
de Septimius pour la même raison, puisque, comme
nous l'avons vu plus haut, elle diffère entièrement pour
le style de celle de Septimius, et qu'il était incapable de
séparer du fond qu'il est sensé reproduire les ornements
qu'y a plaqués Septimius. Mais la forme est-elle donc
tellement liée au fond qu'on ne l'en puisse séparer ? Et
ne peut-on pas admettre que le faussaire intelligent
qui signe Septimius était d'esprit assez libre pour ne
demander à ses sources que les faits et rester maître de
la forme (qu'elle qu'en soit la valeur) dans laquelle il
lui plaisait de les raconter [2] ? C'est là une question de
principe, qui peut se poser à propos d'autres œuvres
et sur laquelle je me permets d'appeler l'attention de
la critique.

L'examen que nous venons de faire, à la suite de

---

1. **Par ex.**, le tableau de l'émotion causée à Rome par la découverte de la conjuration de Catilina (*Cat.*, xxxvii; cf. *Eph.*, III, 16,
émotion causée à Troie par la'mort d'Hector). De même, on peut
comparer le discours d'Ulysse à Priam pour réclamer Hélène
(II, 21) avec le début du discours de Cicéron pour Roscius d'Ame-
rie, et, comme description de bataille, *Ephem.* IV, avec *Jugurtha*,
101 ss.

2. Ainsi, je me demande comment il aurait pu être tenté de
séparer le fond de la forme adoptée par son modèle dans des
phrases comme celle-ci, où l'imitation de Salluste est flagrante
IV, 3 (fin), *hoc modo Amazonum regina, deletis copiis quibuscum
ad Priamum venerat, ad postremum ipsa spectaculum dignum
moribus suis præbuit* (cf. Sall., *Cat.*, LV, 6, *ita ille.... dignum
moribus factisque suis exitium vitæ invenit*, et *Jug.* XIV, 23,
rerum humanarum spectaculum præbes) ; — II, 15, *ita vir optimus
acceptus que in exercitu... circumventus a quibus minime decue-
rat, indigno modo interiit* (cf. Sall., *Jug.* XIV, 15, *fratri, quem
minume decuit, propinquus per scelus vitam eripuit*, et XIV, 22,
quanquam tibi immaturo, et unde minume decuit, vita erepta est).

M. Griffin, des textes Byzantins se rapportant à l'histoire de Troie a, ce nous semble, rendu probable l'existence d'un Dictys grec. Mais cette probabilité s'est
changée (pour nous, du moins) en certitude à la suite
de la publication (qui a suivi de très près celle du
mémoire en question) d'un feuillet de papyrus trouvé
à Tebtunis, et qui contient un fragment du texte grec
correspondant à sept chapitres du livre IV de Septimius
(mort d'Achille). Ce papyrus, d'après les éditeurs [1], date
sûrement de la première partie du IIIᵉ siècle après Jésus-
Christ, ce qui place la composition du texte au plus
tard à l'an 200, probablement au commencement du
IIᵉ siècle, ou même à la fin du Iᵉʳ. Comme le texte latin
qui nous a été conservé ne peut pas remonter plus haut
que le milieu du IVᵉ siècle (voir. p. 196 ss.), il s'en suit
qu'il ne saurait être original, étant donné d'ailleurs que
les deux textes, celui de Septimius et celui dont le papyrus de Tebtunis nous a conservé un fragment, sont certainement traduits l'un de l'autre. Parmi les passages du
papyrus dont la lecture est sûre et qui permettent le
mieux la comparaison avec le latin, il faut surtout noter
le suivant : (col. 1-2) Οἱ Ἕλληνες δὲ συνιδόν- (col. 2)τες τὸ
γενόμενον, ἀναλαμβάνουσιν τὰ ὅπλα καὶ τοῖς τὸν Ἀχιλλέα κομίζουσιν
[βοηθοῦσι], συναψάντων δὲ ἀλλήλους παραδοὺς Αἴας τοῖς περὶ τὴν
Διομήδην φυλάσσειν τὸν νεκρὸν βάλλει πρῶτον Ἀδύμαντος (lis. :
Ἀσίον Δύμαντος), Ἑκάβης ἀδέλφον, μετὰ δὲ τοῦτο Νάστην καὶ
Ἀμφίμαχον, Καρῶν ἡγεμόνας. Cf. Septimius, IV, 12 : *Contra
Græci, cognita re, arreptis armis tendunt adversum,
paulatimque omnes copiæ productæ : ita utrimque cer-
tamen brevi adolevit. Ajax, his qui secum fuerant cada-
vere ejus* (le corps d'Achille qu'il transportait hors du
bois sacré qui entourait le temple d'Apollon Thym-
bréen) *tradito, infensus Asium Dymantis, Hecubæ fra-*

1. *Tebtunis papyri*, éd. Grenfell, Hunt et Goodspeed, t. II
(1907).

trem, quem primum obvium habuit, interficit. Dein plu-
rimos, uti quemque intra telum, ferit, in quis Nastes
et Amphimacus reperti Cariæ imperitantes. — Le traducteur, on le voit, tantôt amplifie (*paulatimque...*
adolevit et *plurimos, uti quemque intra telum, ferit*),
tantôt reste imprécis (*his qui secum fuerant*), tantôt
traduit largement (*tendunt adversum... brevi adolevit*).
Il suit, en général, assez fidèlement son modèle, du
moins dans les cinq premiers livres, et les libertés qu'il
prend semblent correspondre assez exactement à l'expression qu'il emploie dans sa *Lettre-Dédicace* pour
expliquer sa méthode : *cupido incessit ea uti erant*
latine disserere.

L'identité de style que l'on peut souvent observer
entre le *Dictys* du papyrus, Malalas et l' Ἐκλογή d'un
côté, et Cedrenus de l'autre, confirme d'ailleurs ce qui
a été dit plus haut sur la dépendance de ces derniers
textes d'un intermédiaire issu, comme la source de Septimius, du Dictys primitif[1].

§ 3. — La question des deux Darès.

Pour Darès, la question se pose tout autrement que
pour Dictys. Nous n'avons plus affaire ici avec un texte
offrant certains mérites de composition et de forme,
mais avec un texte qui, sauf dans quelques rares passages, est d'une sécheresse et d'une pauvreté telle que
l'on se demande tout de suite, non pas s'il provient

---

1. On trouve des traces d'un Dictys grec, en tout cas d'un Dictys plus pur que le latin de Septimius, dans le *De rebus Geticis* de
Jordanis, extrait de Cassiodore (VIIᵉ siècle), publié par Mommsen
dans les *Monumenta Germanica hist. auct. antiquorum*, V, 1 (histoire de Télèphe) ; cf. Mommsen, *Hermes*, X, 383 ss., dont l'opinion a été en vain combattue par Wagner, *Jahrb. fur Philologie*,
CXXI, 509 ss., par Dunger, *De Dictye-Septimio Vergilii imitatore*,
p. VI, et par Greif, § 12.

d'une source grecque abrégée en même temps que traduite, ce qui est invraisemblable, mais si l'on ne pourrait pas y retrouver les traces d'une œuvre sensiblement
plus étendue et exempte des obscurités et des incohé-
rences qu'on y remarque. Examinons-le rapidement,
en nous aidant de la comparaison avec le *Roman de
Troie*, qui, son auteur l'affirme, est en grande partie
basé sur Darès et, à la fin, sur Dictys. Et tout d'abord,
disons un mot des renvois de Benoit à ses sources.

On serait tenté, et M. Jæckel n'y a pas manqué, de
considérer comme preuves de l'emploi par Benoit d'un
texte plus développé les renvois à Darès (ou à Dictys),
ou à une source vague, qui ne correspondent à aucun
passage du *Darès* (ou du *Dictys*) actuels et ne visent
pas non plus des passages qui soient évidemment
inventés par Benoit. Mais il ne faut pas oublier qu'au
moyen âge les poètes invoquent souvent des témoignages plus ou moins précis pour donner de l'autorité
à leurs affirmations, parfois même pour les besoins de
la rime (alors même qu'il s'agit de détails de pure invention). Chez Benoit, on trouve parfois des renvois semblables pour des développements qui lui appartiennent
certainement et constituent des ornements dans le
goût du moyen âge, par exemple dans la description
du costume de Diomède et d'Ulysse se rendant auprès
de Priam (v. 6220 et 6229), dans celle de la *Chambre
de Beautez* (v. 14766 et 14957), dans celle du palais de
Priam (v. 3119) ou des murs de Troie (v. 3141), ou encore dans celle du tombeau d'Hector (v. 16682) [1]. Cf.
8839. Ici, il n'y a pas de doute; mais là où le doute

---

1. Je ne parle pas du renvoi des vers correspondant, dans la
2e famille, aux vers 12037-8, ni de celui du v. 13011 de l'édition
Joly dans la description du costume d'Hector lors de son entrevue
avec Achille, qui sont dus à l'auteur du ms. prototype de la
2e famille. — Sont encore particuliers à la 2e famille les renvois des
vers 17370 *bis* (17332 de Joly), 28371 *bis* (28242 de Joly).

commence, c'est lorsqu'il s'agit de détails qui manquent dans notre *Darès,* et qui, ne s'imposant pas comme étant l'œuvre personnelle de Benoit, pourraient tout aussi bien remonter à une source ancienne, par conséquent à un Darès antérieur. C'est le cas pour les renvois des vers 1644, 2035, 2959, 5201, 5482, 5495, 7101, 9304, 10011, 12423, 12440, 14383, 14766, 14957, 16258, 19082, 19392, 19952, 20034, 20583, 21419, 21548, 21552, 23782, 24268, 24353, 24364 et 25988 [1] en ce qui concerne Darès, et pour ceux des vers 27273 [2], 27985, 28003, 28713 et 29078 en ce qui concerne Dictys : en tout 33 renvois douteux. Les renvois dont l'exactitude peut être vérifiée sont de deux à trois fois plus nombreux.

M. Kœrting [3] a relevé dans Darès une vingtaine de passages (auxquels M. Jæckel en a ajouté d'autres) où l'obscurité et le manque de suite du texte laisseraient entrevoir une source plus claire et plus logique. M. Greif, dans la première partie de son premier mémoire (1886) appuyé par un second mémoire (1900), a examiné un à un la plupart de ces passages et les a, sans exception, déclarés incapables de fournir la preuve de l'existence d'un *Darès* développé. Tantôt les passages obscurs lui paraissent assez clairs pour qu'un homme intelligent, comme l'était Benoit, ait pu les comprendre et les éclaircir ; tantôt les lacunes qu'il est bien obligé de constater dans la trame du récit lui semblent pouvoir être facilement comblées, et il ne trouve pas étonnant que Benoit y ait réussi ; tantôt enfin, il refuse d'admettre que le prétendu abréviateur n'ait pas indiqué

1. *Si com Daires dit e Ditis :* le renvoi n'est ici exact que pour Dictys ; cf. V, 12, *initio.*
2. Cf. cependant Dictys, V, 17 (p. 101, 15-8) : passage obscur qui a trompé Benoit. Voir plus loin, p. 258, et t. V, notes à 27355-547 et 28253-6.
3. *Dictys und Dares,* p. 65 ss.

d'un mot des faits intéressants qu'on trouve développés dans Benoit et qui sont absents de notre *Darès* [1]. Il est certain que la plupart des passages allégués, comme preuves d'une source plus ancienne, si on les considère séparément, n'emportent pas à eux seuls la conviction, mais il est impossible de n'être pas frappé de leur nombre et de la facilité qu'il y a à les expliquer par l'hypothèse d'un *Darès* développé, au lieu de s'ingénier à leur trouver de subtiles explications. D'ailleurs, certains d'entre eux sont particulièrement significatifs : qu'on nous permette d'y insister un moment.

Darès vient d'indiquer (ch. ix, p. 11, 20, éd. Meister) qu'au moment où Pâris allait atteindre l'île de Cythère, il rencontra Ménélas, qui se rendait à Pylos chez Nestor : on ne nous dit pas pourquoi. Il ajoute, sans doute pour expliquer la solitude où se trouvait Hélène, que Castor et Pollux étaient allés conduire à Clytemnestre leur nièce commune Hermione. Puis viennent ces mots : *Argis Junonis dies festus erat his diebus quibus Alexander in insulam Cytheream venit, ubi fanum Veneris erat. Dianæ sacrificavit.* Peut-on imaginer quelque chose de plus incohérent ? La première partie de la phrase, qui parle d'une fête de Junon à Argos, semble bien se rattacher à ce qui précède et indiquer une troisième cause de faiblesse pour Sparte, beaucoup de ses défenseurs ayant quitté momentanément cette ville pour se rendre à la fête [2]. En corrigeant *Dianæ*

---

1. Par exemple, l'entrevue d'Achille et d'Hector, l'épisode de Briséïda, etc. Il a d'ailleurs raison en ce qui concerne l'interprétation des mots : *multi ductores occiduntur, sed plures a Priamo,* (« du côté de Priam, des Troyens »), où Benoit semble avoir pris l'idée des exploits de Priam après la mort d'Hector, en traduisant : « par Priam ».

2. Cf. Joseph d'Exeter, *De bello Trojano*, III, 207, *Plebs quoque Junoni celebrem confluxerat Argos, Ludificum ductura diem pontusque vacabat Et tellus exuta viris.*

(qui est absurde) [1] en *Dionæ* (« Venus »), ce qui semble
sûr, on n'en a pas moins une fin de phrase bizarrement accolée à ce qui précède, le but du voyage de
Pâris n'étant nullement le désir de sacrifier à Vénus
dans son temple.

L'ensemble donne d'ailleurs l'impression d'une abréviation violemment appliquée à un texte plus étendu et
certainement plus clair. Le chapitre se termine par une
phrase maladroitement accolée qui nous apprend que
les habitants s'informent auprès des Troyens du motif
de leur voyage : ils répondent que Pâris est venu pour
entretenir Castor et Pollux, explication qui n'est guère
de nature à satisfaire leur curiosité [2]. Puis le chapitre x
commence ainsi : *At vero Helena, Menelai uxor, cum
Alexander in insula Cytherea esset* (on attendrait :
cum Alexandrum in i. C. esse audivisset), *placuit ei
eo ire. Qua de causa ad littus processit* [1]. *Oppidum ad
mare est Helæa, ubi Dianæ et Apollinis fanum est* [3].
*Ibi rem divinam Helena facere disposuerat. Quod ubi
Alexandro nuntiatum est, Helenam ad mare venisse,
conscius formæ suæ, in conspectu ejus ambulare cœpit,
cupiens eam videre. Helenæ nuntiatum est Alexandrum,
Priami regis filium, ad Helæam oppidum, ubi ipsa erat,
venisse, quem etiam ipsa videre cupiebat. Et cum se
utrique respexissent, ambo, forma sua incensi, tempus
dederunt ut gratiam referrent.* — Dans *placuit ei eo*

1. Le ms. de Benoit avait déjà cette faute (cf. v. 4291-2). De
plus, le mot *Argis* devait manquer devant *Junonis dies festus
erat* : cf. v. 4275-81.

2. Benoit (v. 4301-14) est ici plus explicite.

3. M. Colagrosso *l. l.*, p. 35) considère cette phrase comme
une note marginale passée dans le texte : sa suppression rend,
en effet, un peu moins décousue la première partie de ce passage
incohérent. Nous croyons qu'on peut également considérer
comme une glose les mots *quem etiam ipsa videre cupiebat*, ame-
nés par le désir de donner un pendant aux mots *cupiens eam
videre*.

ire, eo ne peut se rapporter qu'à l'île de Cythère. Or
Hélène se rend sur le rivage, à la ville maritime d'*Helæa*, sous prétexte d'y faire un sacrifice à Diane et à
Apollon. On s'attendrait à trouver, après les mots *Helenam ad mare venisse,* quelque chose comme ceci :
navem conscendit et Helæam venit, cupiens eam videre.
au lieu de cela, on lit ce membre de phrase, dont la
place est évidemment après la phrase qui suit [1] (*Helenæ... cupiebat*) : *conscius formæ suæ, in conspectu
ejus ambulare cœpit.* Je n'insiste pas sur la bizarre
obscurité des derniers mots, *tempus dederunt ut gratiam referrent,* qu'un critique indulgent traduit ici
en allemand : « beide brachten die Zeit damit hin,
sich gegenseitig gefællig zu erweisen (sich den Hof zu
machen) », ce qui est en effet le seul sens qu'on puisse
raisonnablement en tirer. Mais toutes les explications
et les modifications qu'on pourrait tenter (voir la note au
v. 4281) pour améliorer le texte n'empêchent pas qu'il
ne soit plus simple d'admettre qu'il est l'œuvre de
l'inepte abréviateur d'un texte logiquement ordonné.

On lit dans Darès, XV (p. 20, l. 10) : *Una Athenas proficiscuntur (Achilles et Calchas), perveniunt
eo. Achilles eadem in consilio refert* ; *Argivi gau-
dent, Calchantem secum recipiunt, classem solvunt.
Cum eos* ibi *tempestates retinerent, Calchas ex augurio
respondet uti* revertantur *et in Aulidem proficiscantur.
Profecti, perveniunt. Agamemnon Dianam placat dicit-
que sociis suis ut classem solvant, ad Trojam iter fa-
ciant.* Que représente *ibi* ? Évidemment *Athenas,* la
seule ville dont il soit question dans le texte. D'autre
part, *revertantur* ne peut signifier que « revenir au
point d'où l'on est parti » : or il n'est pas dit que les
Grecs fussent allés à Aulis, où cependant la tradition
voulait que se fût assemblée la flotte, et c'est évidem-

---

1. L'ordre naturel est rétabli dans Benoit ; cf. v. 4333-42.

ment à Aulis qu'Agamemnon avait offensé Diane, ce
que ne dit pas non plus le texte, qui est muet sur les
causes de la colère de la déesse. Il y a donc dans ce
passage une double lacune, et le remplacement de *in
Aulidem* par *Athenas*, que suggère M. Colagrosso (*l. l.*,
p. 37), correction d'ailleurs arbitraire, ne guérirait pas
le mal, car, dans ce cas, c'est en pleine mer que les
Grecs, battus par la tempête, auraient décidé de revenir
à Athènes; et que signifieraient alors les mots : *cum
eos ibi tempestates retinerent?* [1] La seule correction
possible nous semble être celle de *revertantur* en *re-
vehantur*, en traduisant ce dernier mot, grâce à une
légère entorse au sens, par « se remettent en mer ».
Mais il manquerait toujours l'explication de ce départ
pour Aulis. Ici donc encore, l'hypothèse d'un *Darès*
plus étendu que le *Darès* actuel est plausible.

Il y a certainement aussi une lacune dans cet autre passage de Darès (ch. xxxiii, p. 39, 21) : *Achillem vulnere
sauciavit* (« Memnon »). *Achilles de prœlio saucius rediit.
Memnon insequi eum cum multis cœpit, quem Achilles
ut respexit, substitit : curato vulnere et aliquamdiu
prœliatus, Memnonen multis plagis occidit et ipse vul-
neratus ab eo ex prœlio recessit.* ». Nous avons évidemment affaire ici à deux rencontres différentes de
Memnon et d'Achille que l'abréviateur maladroit a réunies en une. Ce n'est, en effet, qu'au moyen âge qu'on
voit des guerriers guéris en un instant par l'application
d'un baume merveilleux. Il est d'ailleurs inadmissible
qu'Achille, serré de près par son adversaire, ait eu le
temps de bander ou de faire bander, même sommairement, sa plaie. Notez d'ailleurs les mots : *et ipse vulne-*

---

1. Benoit, qui motive expressément la colère de Diane
(v. 5947-50), fait *repairier* les Grecs *en Alida* (cf. v. 5968), et il
prend Aulis pour une forêt (v. 5957-9). Son manuscrit portait
donc le mot *revertantur.*

ratus ab eo ex prœlio recessit. Si on les rapproche des mots : *Achilles de prœlio saucius rediit,* on est forcé de reconnaître qu'il s'agit de deux combats, et que ces combats ont dû forcément être séparés par le temps nécessaire à la guérison de la première blessure : *curato vulnere.* Il y a donc lieu d'admettre ici une lacune après *respexit,* lacune que comble d'ailleurs Benoit, qui, non seulement traduit *quem Achilles ut respexit, substitit* (v. 21535-46), mais encore dit formellement (v. 21547-54) qu'Achille s'abstint de combattre pendant huit jours à cause de sa blessure.

Entre autres lacunes ou passages obscurs qui permettent de croire à l'existence d'un *Darès* autre que celui qui nous est parvenu, il faut noter *Darès,* p. 32, 1, où l'on peut se demander d'où vient ce *Pheres Admeti filius* [1], qui tombe sous les coups de Sarpédon [1] ; *Darès,* p. 34, 8, où il n'est pas dit que les efforts d'Achille pour faire abandonner le siège furent vains, ce qui est indiqué chez Benoit, non seulement par le discours de ses contradicteurs, Thoas et le duc d'Athènes, mais encore par l'adhésion générale à ces discours et par la défense que fait Achille à ses gens de combattre (v. 18398-472), et bien d'autres passages moins caractéristiques, mais qui corroborent l'hypothèse d'un texte plus ancien, peut-être issu lui-même d'un original grec [2].

1. *Admeti* est une correction de Peiper admise dans l'édition Meister : le ms. *O* donne *Admeste* et le ms. *L Adasmeste* (avec un *i* sur l'*e*). — A cet endroit, Benoit place la mort, sous les coups des Grecs, d'un roi de Perse (*Perseis*) allié de Priam. Le texte latin est d'ailleurs corrompu : au lieu de *Pheres,* le ms. de Florence donne *Perseus,* que devait donner aussi le ms. de Benoit, d'où est venu *li rois Perseis.* Pour le portrait du roi de Perse (v. 5271-4), voir plus loin, p. 238.

2. L'hypothèse d'un original grec n'est nullement indispensable, si l'on admet, ce qui est plausible, que le texte latin primitif remonte à la bonne époque, c'est-à-dire au second ou même au premier siècle de notre ère ; car alors la littérature grecque

Que devait être ce texte latin primitif dont émanerait
notre abrégé? C'était sans doute un ouvrage régulièrement composé, écrit simplement, mais correctement et
avec suite, ne présentant pas de lacune de nature à
nuire à l'intelligence du sujet, en un mot un travail sans
grande valeur littéraire, mais non dépourvu d'originalité [1]. Le texte actuel du *Darès* donne, au contraire,
l'impression d'une œuvre due à un abréviateur peu
intelligent [2] qui, voulant à tout prix faire court, et
incapable d'une rédaction personnelle, cueille çà et là
les détails qui lui paraissent les plus importants, sans
se préoccuper de les relier entre eux, s'attardant d'ailleurs complaisamment à certains faits qui l'intéressent
davantage, bien qu'ils soient moins nécessaires que
d'autres qu'il néglige à l'intelligence du sujet traité.
Au début cependant, dans les 11 premiers chapitres,
l'auteur est moins concis [3] et semble ainsi se tenir plus
près de son modèle [4], tandis qu'à la fin il semble vrai-

était encore assez connue en Occident pour qu'un pareil livre
ait pu y être composé.

1. Cf. Jæckel, p. 7.

2. Son étourderie éclate dans la façon dont il emploie, pour se
désigner lui-même, la troisième personne : (p. 14, 9) *Dares
Phygius, qui hanc historiam scripsit, ait se militasse*, etc., au lieu
de : *militavit*, se donnant ainsi comme son propre garant. Cf. le
chapitre final (p. 52, 6) : *ruerunt ex Argivis, sicut acta diurna
indicant quæ Dares descripsit, hominum milia DCCCLXXXVI*,
où les mots *acta diurna* trahissent l'existence d'un texte autre
que celui de l'*Historia de excidio Trojæ* que nous possédons.

3. Jæckel a remarqué (*l. l.*, p. 26) que, dans cette partie, le
parfait de narration a son emploi ordinaire, tandis qu'ensuite le
présent historique le supplante complètement dans les descriptions de bataille et domine de beaucoup partout ailleurs. Même
observation pour les scènes postérieures, où l'auteur a admis
quelque développement.

4. Cependant, dès la fin du ch. 1er, il déclare renoncer à donner
les noms des Argonautes (voir p. 234), et, à la fin du ch. 11, au lieu
de raconter l'expédition de Jason en Colchide, il se contente de

ment pressé de finir. Au milieu, où il y a surtout des récits de bataille, la concision est la règle; il n'y a exception que pour les scènes plus importantes qui se prêtaient moins à ce resserrement excessif, comme, par exemple, celle entre Andromaque et Hector, qu'elle veut empêcher d'aller à la bataille.

L'existence d'un Darès latin développé est donc à peu près prouvée par l'état même du texte que nous possédons. La comparaison avec le poème de Benoit confirme cette existence en établissant que ce Darès primitif existait encore au xiie siècle, peut-être, comme nous l'avons vu, dans des manuscrits déjà altérés[1]. D'autre part, on trouve également des traces d'un Darès plus ancien dans un texte du viie ou du viiie siècle publié par Gaston Paris dans *Romania*, III, 129 ss. C'est un court résumé du *Darès*, interpolé dans les trois manuscrits de la Chronique de Frédégaire. Ce pitoyable morceau est sans doute l'œuvre d'un moine ignorant qui avait lu Darès et écrivait de mémoire, ce qui explique les nombreuses bévues qu'il commet[2].

---

dire, après la mention de l'injure que leur a faite Laomedon en refusant de les laisser séjourner sur ses terres : *Colchos profecti sunt, pellem abstulerunt, domum reversi sunt.*

1. On objecterait en vain que l'existence, à cette époque, du *Darès* actuel, dont on a plusieurs mss. du xe siècle et un du ixe, rend peu probable la persistance du Darès primitif, étant donné que les abrégés ont généralement amené la disparition des textes complets. Cf. les *Periochæ* de Tite-Live, qui ont certainement favorisé la perte des 107 livres qui manquent, sur 142, comme les *Prologi* et l'abrégé de Justin ont contribué à la perte totale de Trogue-Pompée. Nous possédons, en effet, pour l'histoire d'Alexandre, à côté de l'*Epitome* de Julius Valérius, le texte latin issu du Pseudo-Callisthènes.

2. Par exemple, c'est *Palamedès*, et non *Polypœtes*, qu'Hector allait dépouiller de ses armes quand il est tué par Achille; *Anténor* (qui n'est nommé nulle part) est remplacé par Ulysse (*Olixis*), qui se joint à Enée pour livrer Troie ; *Néopotolème* devient *Triptolème*; *Ménélas*, qui figure parmi les chefs Grecs, n'est plus le

Quelle que soit la brièveté de ce résumé, le savant éditeur y a cependant relevé certains traits qu'on ne trouve pas dans le *Darès* actuel et qui semblent indiquer une source plus développée, par exemple la mention du fleuve *Simoes*, qui se jette dans la mer au port de Simoïs, l'introduction parmi les chefs Grecs d'un *Alea* (*qui primus tabularum usum repperit*), qui pourrait bien provenir d'une phrase mal comprise où l'invention des jeux de hasard (*alea*) était attribuée à Palamède, bien que ce nom figure plus haut dans l'énumération ; l'indication des morts tombés des deux côtés après chaque combat, et surtout le petit discours, d'un sentiment vraiment antique [1], mis dans la bouche de Néoptolème immolant Polyxène sur le tombeau d'Achille : « *Recipe puellam, pater, pro qua vita caruisti; in futuro uxorem accipe eam* » [2].

§ 4. — *Le poème et ses sources.*

Nous allons maintenant parcourir le *Roman de Troie* pour achever l'étude de ses sources, en insistant sur certaines questions particulièrement intéressantes et en observant, autant que possible, l'ordre du poème.

Darès (éd. Meister, p. 3, 15) ne se croit pas tenu de donner la liste des compagnons de Jason partis avec lui à la conquête de la Toison d'or : *sed qui volunt eos cognoscere*, ajoute-t-il, Argonautas *legant*. Il ne peut

---

mari d'Hélène : c'est *Memnon; Pelias* et son neveu *Jason* sont à Troie, etc. Cf. G. Paris, *l. l.* et Joly, *Benoit de Sainte-More et le Roman de Troie*, I, 172, n. 3.

1. G. Paris compare Sénèque, *Agam.* 674, *Hæmonio desponsa rogo* (*Polyxena*); *Troad.* 203, *desponsa Achillis cineribus*, et *Troad.* 373, où Calchas ordonne que *Pyrrhus parenti conjugem tradat suo*, et ajoute que, « à vrai dire, cette idée forme toute l'inspiration de la partie des *Troyennes* consacrée à Polyxène. »

2. Les explications données par Greif', p. 9-11, qui combat les conclusions de G. Paris, n'entraînent pas la conviction.

s'agir du poème de Valérius Flaccus, qui diffère notablement du *Darès* pour le récit, bien qu'il admette
parmi les Argonautes Philoctète, qui, suivant Darès
(20, 17) [1] fut chargé de la conduite de la flotte dans la
seconde expédition contre Troie parce qu'il avait fait
partie de la première. *Argonautas* doit, selon nous, se
traduire non par « Argonautiques », mais par « noms
des Argonautes » et viser un texte semblable à la fable
XIV d'Hygin, qui énumère très longuement les compagnons de Jason en y joignant l'indication de leur
père (ou de leurs père et mère) et de leur lieu d'origine [2]. Darès a sans doute, dans son désir d'abréger à
tout prix, reculé devant la longueur de cette liste et,
sous une forme indirecte (4, 1) [3], il donne les noms des
principaux d'entre eux, qui, à la prière d'Hercule,
devaient l'aider à venger l'affront que leur avait fait
Laomedon. Ce sont : Castor et Pollux, Télamon,
Pelée et Nestor. Benoit suit ici Darès, sauf qu'au
départ de l'expédition il cite Hercule, *Qui paren₃
ert Jason mout près*, trait qui est évidemment de son
invention et a été inspiré par le rôle prépondérant que
joue Hercule dans l'expédition contre Laomedon. Hercule est également seul nommé parmi les compagnons
de Jason dans le récit des amours de ce dernier avec Médée et de la conquête de la Toison [4]. Il n'y a là rien qui
appuie l'hypothèse d'un *Darès* développé ; mais elle sem-

1. *Utuntur duce Philocteta, qui cum Argonautis ad Trojam
fuerat.* Benoit (v. 5983-90) précise et le fait assister à l'expédition
contre Laomedon : *Cil ot esté premierement Al premerain destruiement.*

2. On y trouve : *Philoctetes, Pæantis filius, a Meliboea.*

3. *Hercules graviter tulit a rege Laomedonte contumeliose se
tractatum* et eos qui una profecti erant Colchos cum Jasone. Ces
derniers mots semblent bien rappeler l'omission volontaire des
noms des Argonautes.

4. On sait que, dans la tradition ancienne, Hercule n'allait pas
jusqu'en Colchide, s'étant arrêté au Mysie à la recherche du

ble quelque peu confirmée par un fragment du *Darès* contenu dans le ms. de l'Ambrosienne B. 24, où, après *Argonautas legant*, on lit : *ex eis enim fuerunt Hercules, pelleus, thelamon, nestor et pilius* (lis. : *Nestor Pilius*) [1]. Elle l'est aussi par le long récit de la conquête de la Toison, si cavalièrement expédié en trois lignes dans notre *Darès* et par celui des amours de Jason et de Médée, dont il n'est rien dit, ce que Greif[1] (p. 18-19 attribue au parti pris de Darès de supprimer tout ce qui offrait un caractère légendaire, car il voulait avant tout passer pour historien. Benoit, il est vrai, a pu trouver quelques détails dans Ovide, *Métam.*, VII, init. et *Her.*, XII, mais les différences et les particularités sont si nombreuses, tout en conservant un caractère antique, qu'il vaut mieux admettre soit un récit romanesque de l'expédition des Argonautes, comme le veut Kœrting (p. 78 ss.), soit, plus simplement [2], un Darès développé ayant utilisé une œuvre de ce genre.

Pour le récit du Jugement de Pâris, Benoit est beaucoup plus complet que notre *Darès*[2]. Il a pu emprunter la mention de la pomme, qui manque dans Ovide (*Her.*, xv, 53 ss.), soit à Hygin (fab. 92), soit au commentaire de Servius (*ad Æn.*, I, 27), plutôt à ce dernier [3], qui parle de l'inscription que portait la pomme (*jactavit malum in quo scriptum erat : « hoc*

---

jeune Hylas, son favori, enlevé, croyait-on, sur les bords d'un fleuve par les Nymphes, éprises de sa beauté. Cf. Apollodore, *Biblioth.*, I. 9, 19 et Valérius Flaccus, *Argon.*, III.

1. Cf. Gorra, *Testi inediti di storia Trojana*, p. 25, note 2.

2. Il y a, en effet, peu de chance pour qu'un récit si particulier se soit conservé jusqu'au xii* siècle. La difficulté est beaucoup moindre pour une histoire complète, mais peu étendue, de Troie, offrant le caractère d'un livre d'enseignement.

3. *In Ida silva* de Darès est devenu chez Benoit *en Inde la Menor* : son manuscrit (ou le prototype de ce ms.) portait peut-être *in Ida monte* ; ce dernier mot, écrit sans doute en abrégé, aura été pris pour *minore*. Notez qu'au v. 26790, il parle des *puiz d'Idee.*

est donum deæ pulcherrimæ » ; cf. *Troie*, v. 3881-5),
et chez qui, comme chez Benoit, la scène du Jugement
se passe dans un songe [1]. Darès ne mentionnait que la
promesse de Vénus à Pâris : Benoit parle aussi, mais
vaguement, de celles de Junon et de Minerve (*Soʒ ciel
n'a rien que jo vousisse Qu'a icele hore n'en traisisse;
N'i ot celi que ne m'ofrist*, v. 3909-11), tandis qu'*Éneas*
(v. 137-62) et *Floire et Blanchefleur* (v. 477-482) donnent
également celles de Junon et de Pallas (et non *Minerve*,
comme chez Darès et Benoit), et expliquent le choix de
Pâris comme juge [2]. La source de Benoit ne saurait être
ni Darès, qui ne donne pas de détails, ni Ovide, puisqu'il
mentionne la pomme, qui manque à Ovide, et ne précise pas les promesses de Junon et de Minerve, qu'Ovide
indique d'un mot, mais nettement : *Regna Jovis con-
junx, virtutem filia jactat : Ipse potens dubito fortis
an esse velim.* Ici encore, il faut admettre une rédaction
particulière de l'épisode, ou plus simplement un Darès
plus étendu que le nôtre [3].

Pour les portraits des principaux héros Grecs et
Troyens, Benoit est en général d'accord avec Darès.
Cependant il y a quelques différences à noter, bien qu'il
se réfère en commençant à sa source (v. 5093-4,

1. Hygin (ou ses dérivés), comme aussi Servius (cf. l'*Histoire ancienne*, 1re réd., ms. B. N. 20125, f° 146 *d*), dans des exemplaires
glosés de Virgile ou même à part (il n'y a pas moins de 17 copies
de son commentaire, du xe au xiie siècle, à la Bibliothèque nationale), semblent avoir été bien connus des clercs au temps de Be-
noit. G. Paris (*Poèmes et légendes du moyen âge*, 734), à propos
de Tristan et de la légende de la voile noire de Thésée, déclare à
peu près impossible que des clercs du xiie siècle aient lu Pausanias ou Hygin. L'affirmation nous semble très contestable en ce
qui concerne Hygin.

2. Benoit l'explique pour Vénus : il ne pouvait le faire pour les
deux autres déesses, dont il ne spécifiait pas les promesses.

3. Pour plus de détails et pour la comparaison avec la rédaction
d'*Éneas*, voir J. Salverda de Grave, *Éneas*, lxii ss

Beneeiӡ dit, qui rien n'i lait De quant que Daires li retrait), et prétende ensuite n'avoir rien ajouté ni retranché (v. 5291-3 et 5581-2). D'abord, après les portraits de Castor et Pollux et d'Hélène, il donne ceux des chefs grecs, au lieu de continuer, comme Darès, la série des héros et héroïnes de Troie. Il rattache, comme lui, aux portraits des Grecs, celui de Briseïda, soit parce qu'elle est censée fille du Troyen Calchas, passé au camp des Grecs, soit parce qu'elle-même s'y rend sur la réclamation de son père (voir p. 248-9), et le fait précéder du portrait du *roi de Perse*[1], qui remplace celui de *Merionès*, dont il n'a retenu qu'une qualité, c'est qu'il est *roux* : ainsi il est très grand, au lieu d'être de taille moyenne, et, pour le reste, n'a rien de commun avec Merionès : (v. 5271-4) *Li reis de Perse fu mout granӡ E mout riches e mout poissanӡ. Le vis ot gras e lentillos; De barbe e de cheveus fu ros*; cf. Darès : *Merionem rufum, mediocri statura, corpore rotundo, viriosum, pertinacem, crudelem, impatientem.* Il est impossible de décider de quel roi de Perse il s'agit, vu que *li reis de Perse* (plus souvent *li reis Perseis*) désigne tantôt Memnon, tantôt son oncle Sersès ou Serse, tantôt Glaucon, le père de Sarpédon (voir à la *Table anal. des noms propres*). Mais il est probable qu'il s'agit du personnage dont les exploits sont racontés v. 17239 ss., qui commande 7000 archers à la 11e bataille, qui y meurt entouré par les Grecs en secourant Sarpédon (son fils ?), et est vivement regretté. A cette place, Darès écrit : *Succedit (Tlepolemo mortuo) Pheres, Admeti filius, prœlium restituit diuque cum Sarpedone comminus pugnando occiditur.* Benoit, dont le ms. portait sans doute, comme celui de Florence, *Perseus* au lieu de

---

1. Dans les mss. de la 2ᵉ section de la 2ᵉ famille, le roi de Perse est remplacé par *Pelidri* = Polidarius (Podalirius), ce qui fait double emploi avec le portrait des v. 5257-62.

Pheres, n'a pas pris garde que le roi de Perse (quel qu'il fût) était un allié de Priam et non un Grec, et, se souvenant qu'il y avait dans sa liste un portrait d'un roi de Perse, il lui a donné le rôle que Darès donne à *Pheres*, traduisant *cum Sarpedone* par « aux côtés de Sarpédon », tandis que, avec le texte de Darès, il faut traduire par « contre Sarpedon ».

Deux portraits sont ajoutés au milieu de la liste des principaux personnages Troyens, ceux de Polydamas, fils d'Anténor [1] (12 vers) et de Memnon (16 vers), avec renvoi pour le premier au *Livre*, pour le second à l'*Écrit*. L'un et l'autre jouent d'ailleurs un rôle assez important chez Benoit; mais cela ne suffit pas pour qu'on lui attribue l'invention de ces portraits, étant donné qu'il ne s'est pas permis de supprimer ceux des deux fils d'Esculape, qui n'ont absolument aucun rôle chez Darès et qui, chez Benoit, sont simplement signalés comme assistant à deux batailles, le premier à la 2ᵉ et à la 5ᵉ, le second à la 2ᵉ et à la 4ᵉ.

---

1. Darès ne dit nullement que Polydamas fût fils d'Anténor : le contraire peut être supposé d'après ce qui est dit à la fin du ch. xxxix, qu'on envoya à Agamemnon, pour traiter de la paix, Polydamas, comme étant le moins suspect des cinq conjurés, Antenor, Énée, Dolon, Polydamas, Ucalégon. Dans Dictys, il semble qu'il y ait deux Polydamas, dus à des sources différentes : l'un, probablement fils de Priam, que l'on voit combattre aux côtés d'Hector et de Déiphobe (cf. iii, 4, et Ovide, *Métam.*, xii, 547 et *Hér.*, V, 94), l'autre, un chef Phénicien qui combat avec Memnon et meurt dans la même bataille que lui sous les coups d'Ajax (cf. iv, 7 et Malalas, 127, 9 et 129, 10, et voyez Greif², p. 15). La source de Benoit pour ce détail est donc inconnue. — Notons que la trahison des *Anténorides* était déjà connue du temps de Strabon (né vers 50 avant J.-C.). Il dit en effet (*Archæologia*, I, 36) que la seule chose en question est de savoir si Troie est tombée par le cheval d'Epius, ou par la trahison des Anténorides, ou autrement. Quant à Enée, on sait que sa participation à la trahison d'Anténor, motivée par ses démêlés avec Priam, fut admise de bonne heure, malgré l'autorité de Virgile.

Pour ce qui est des détails, les portraits de Benoit reproduisent en gros ceux de Darès, non cependant sans offrir certaines particularités, dont plusieurs ne semblent pas être de son invention. Pour Hélène, *ore pusillo* n'est pas traduit : en revanche, on nous dit que « *mout se vesteit bien de ses dras* ». Priam, dont Darès dit seulement : *vultu pulchro, magnum, voce suavi, aquilino corpore* [1], est décrit en 18 vers (il mangeait volontiers de bon matin et aimait la musique et les beaux contes). Hector en a 68 : il n'est pas *candidus*, mais *brun de visage*. Troïlus a 54 vers : il est privilégié, sans doute à cause de l'épisode de Briseïda. C'est presque l'égal d'Hector : il est, comme lui, courtois et « large ». De plus : *Ne fu sorfaiȝ ne outrajos, Mais lieȝ e gais e amoros. Bien fu ameȝ e bien ama* [2] *E maint grant fais en endura*. Pâris est excellent archer : Darès dit seulement : *velocem* (cf. Anténor : *velocibus membris*), ce qui est traduit par : *E mout par ert isneaus des pieȝ*. Polydamas est (dans Benoit) *de bons afaitemenȝ apris... larges e douȝ e frans* : ce qui semble en rapport avec son amour timide pour Hélène. Benoit s'étend complaisamment, comme Darès, sur la beauté de Polyxène; il ajoute sur ses qualités morales quelques mots (v. 5663-70), qui correspondent à *animo simplici, largem, dapsilem* [3]. — Parmi les Grecs, Agamemnon est

---

1. Hécube aussi était *aquilino corpore*, ce que Benoit semble vouloir traduire par *de cors semblot home a bien près*. Mais, dans le portrait de Priam, comme aussi dans celui d'Ajax, fils d'Oïlée, ces mots n'ont pas d'équivalent : faut-il les traduire par « musclé » ?

2. La rédaction abrégée que donnent les mss. *C* et *R* (cf. *A³*) dit : *Unc ne fu nuls moins sorcuidieç Ne de pucelles plus ameç*.

3. Cette dernière épithète, qui surprendra un peu ici et manque dans Benoit, semble signifier « magnifique (dans sa parure) ». Elle est reproduite dans les portraits d'Achille et de Patrocle, où Benoit la traduit dans le premier cas par « despensiers », dans le second par « donere merveillos », toujours après « large ».

sages, cointes e macainȝ (« avisé »?, Dar. *prudentem*).
Pour Ajax-Télamon, *voce clara* est ainsi amplifié :
(v. 5190-2) *Mout ot en lui bon chanteor, Mout aveit la
voiȝ haute e clere, E de soneȝ ert bons trovere.* Diomède
*por amor traist mainte feiȝ Maintes peines e mainȝ
torneiȝ*, ce qui vise clairement son rôle dans l'épisode
de Briseïda. Nestor, *quant ire le sorportot, Nule
mesure ne guardot.* Enfin Polydamas était triste et
Machaon chauve et endormi, tous deux gros et gras.

Le catalogue des chefs grecs et des vaisseaux (comme
aussi celui des alliés de Priam) est dressé d'après Darès,
en particulier d'après un manuscrit de la même famille
que *G* (Saint-Gall, 197) et *L* (Leyde, lat. F. 113), que
Meister n'a pas toujours suivis dans son édition [1]. Pour
la première liste, ce ms. était plutôt voisin de *L*, qui mentionne *Crenos* (Cernus), avec ses 22 vaisseaux, avant
Menesteüs (cf. v. 5693-4). La différence des totaux pour
les navires (1122 dans Darès-Meister, 1253 dans Benoit)
s'explique (en dehors des 22 vaisseaux de Crenos ajoutés)
par des variantes nombreuses de chiffres qu'offrait
le ms. que suivait Benoit. Notons d'ailleurs que
Meister ne s'est pas préoccupé de faire concorder les
totaux qu'il donne à la fin du chapitre (49 chefs et
1130 navires) avec les chiffres partiels; il y a dans
son édition 44 chefs comme dans Benoit : l'absence de
Patrocle à côté d'Achille dans ce dernier est compensée
par l'addition de Crenos.

L'ambassade d'Ulysse et Diomède à Troie est racontée
avant l'expédition d'Achille et Télèphe en Mysie
pour le ravitaillement : chez Darès, l'ambassade est

1. Cf. thesium *L* (thesium *G*) 5625 (*Mercier-Meister* Thalpium),
Uenerius *G* (Onerius *L*) 5631 (*Meister* Nireus), antippus philippus
thoas (toas *L*) *GL* 5641 (*Mercier* Antiphus, Phidippus, *Meister*
A. et P.), Caledonae *G* (Caledonem *L*) 5639 (*Dederich-Mercier*
Calydna), Emeleus ex pirgis *G* (Aemelius expyrgis *L*) 5649-50
(*Mercier-Meister* Eumelus ex Pheris), etc.

d'abord simplement annoncée et les députés choisis,
puis, *dum legati mandatis parent*, a lieu l'expédition.
Benoit reproduit le récit très confus de Darès, qui semble avoir mêlé des traditions différentes sur Télèphe [1]
et confondu Teuthras, roi de Mysie, père putatif de
Télèphe, fils d'Hercule (cf. Hygin, fab. 100 et 101 et
voir Kœrting, p. 101-2) avec Teuthras, roi de Phrygie,
père de Tecmessa (cf. Dictys, II, 18); mais il supprime
ce que contient la phrase énigmatique : *Diomedem
regem ferunt eo tempore venantem cum equis potentibus
et feris ab Hercule interfectum Teuthranti regnum
totum tradidisse* [2], qui semble être le résultat d'une
abréviation maladroite.

Darès (Meister, p. 24, 21) fait mourir Mérionès
sous les coups d'Hector : il s'agit ici du compagnon
d'Idoménée, dont il a donné le portrait et qu'il a fait
figurer au Catalogue, lequel empêche Hector de
dépouiller le cadavre de Patrocle. Dans Benoit, qui
mentionne le fait (v. 8359 ss.), il n'est tué qu'à la fin
de cette bataille (v. 10049 ss.), et Hector lui reproche
l'affront qu'il en a reçu. Plus loin (8e bataille), Darès
dit : *Hector in prima acie Phidippum et Antiphum
duces interficit*, et le ms. G (rappelons que Benoit

---

1. La tradition la plus répandue veut que Télèphe, qui avait été
blessé en résistant aux Grecs débarqués par erreur en Mysie, alors
qu'ils croyaient être arrivés en Troade (cf. Dictys, I, 1 ss.), soit
allé à Mycènes, sur les conseils de l'oracle, se faire guérir par
l'auteur de sa blessure, c'est-à-dire par la lance d'Achille, en
menaçant de tuer Oreste enfant qu'il avait enlevé. Il refusa d'aller
combattre Priam, dont il avait épousé la fille Laodice, mais il fut
le guide des Troyens jusqu'à Troie. Cf. Ed. Jacobson, *De fabula
Telephea* (Kiel, 1864).

2. Il s'agit évidemment du farouche roi des Bistones, qui nour-
rissait ses chevaux de chair humaine et qui fut dévoré par eux,
quand Hercule l'eut vaincu. Il n'est dit nulle part qu'il ait transmis
son trône à Télèphe, lequel était d'ailleurs roi de Mysie, et non
de Thrace.

suit un ms. de la même famille) donne ici : *duces interficit Phidippum et Antippum et Merionem*, ce qui semblerait ressusciter Mérion. Benoit ne commet pas cette faute. D'abord, dans les préparatifs de la 2ᵉ bataille, il place Mérion, le roi de Crète, en compagnie d'Idoménée, à la tête du 12ᵉ corps, tandis qu'il fait commander le 2ᵉ par un autre Mérion ', qu'ailleurs (v. 14136 et 16839) il appele *Merionès* et donne comme un cousin d'Achille, venant du royaume des *Lidiains* (?), et qui est tué par Hector à la 8ᵉ bataille (v. 14126 ss.), comme chez Darès (ms. *G*). Cette distinction est observée dans la liste des chefs tués par Hector qui figure dans l'inscription placée sur son tombeau (v. 16809 ss.); cf. v. 16832, *rei Merion*, et v. 16839, *Merionès* ². Faut-il croire qu'un texte plus développé de Darès distinguait deux Mérion (comme deux Dolon, etc.) ³ et que l'abréviateur les a maladroitement confondus, faute d'une indication spéciale dans chaque cas ? C'est probable.

Les bâtards sont dans Benoit au nombre de trente (cf. v. 8097). Trois ont un commandement particulier à la 2ᵉ bataille : Cicinalor (7709), Cadarz (7799) et

1. Remarquons qu'il fait commander le 3ᵉ par un *Ipomenès* inconnu à Darès (voir la note au v. 8182), qu'on retrouve aux variantes du v. 8226 pour *Idomeneus*. Par contre, la plupart des mss. ont, au v. 8182, *Idomenex* (*Yd.*), ce qui prouve que les scribes connaissaient surtout Idomenée, le roi de Crète, et par suite son compagnon Mérionés (Mérion).

2. Dans la liste des chefs tués qui figure à la fin de beaucoup de mss. et de plusieurs éditions anciennes (cf. Meister, *Préf.*, VIII-IX), un seul *Meriones* est indiqué, immédiatement après Patrocle : c'est donc le roi de Crète.

3. La question est tout autre pour les noms comme *Mercerès* et *Steropeus* (voir à la *Tabl. anal. des n. pr.*) qui, non reconnus, par suite des variantes des mss., à la récapitulation des v. 12647-52 (cf. Darès, XXI), où ils figurent sous la forme de *Menestren* et *Astor*, reparaisent à la 10ᵉ bataille.

Pitagoras (7914); dix s'y tiennent auprès d'Hector
(7989-8022) : Odenel, Antonius, Edron, Dolon, Sicilien, Quintilien, Rodomorus, Cassibilant, Dinas
d'Aron et Doroscalu ; dix-sept restent en réserve avec
Priam : Menelus, Isdor, Chirrus, Celidonias, Hermagoras, Maudan Clarueil, Sarde, Margariton, Fanoël,
Brun le Gemel, Mathan, Almadian, Gilor d'Agluz,
Godelès, Doglas, (Cadorz de Liz) [1], Né d'Amors et
Tharé. Où Benoit a-t-il pris ces noms, qui ne sont pas,
comme on sait, dans Darès [2] ? Dictys (III, xxvi) fait dire
à Priam réclamant à Achille le corps d'Hector qu'il a
eu cinquante fils (cf. Homère, *Il.*, XXIV, 495) : il comprend sans doute dans ce chiffre les six fils d'Hécube,
Hector, Paris, Deiphebus, Helenus, Troïlus et Polydorus [3]. Restent quarante-quatre bâtards : de ce
nombre, il nomme en diverses occasions : (II, 43) Antiphus, Polites, Pammon, Mestor (cf. VI, 9) ; (III, 7)
Arsacus (*Dunger*[2], p. 39 Æsacus), Deiopites, Arche-
macus, Laodocus, Philœmon (corr. de *Dunger*[2], *Meister* Philenor), Melius, Astynous (*Dunger*[2] Astygonus),
Doryclus, Hippothous, Hippodamas ; (III, 8) Gorgy-

---

1. *Cadorʒ* fait sans doute double emploi avec *Cadarʒ*, d'autant
plus qu'il est le seul des bâtards qui n'ait aucun rôle à la 2e bataille.
Il faut le supprimer pour que le chiffre 17 soit exact. Voir les
notes aux v. 8099 et 8125.

2. Darès (p. 6, 4), après avoir nommé les cinq fils (à l'exclusion de Polydore) et les trois filles (Andromaque, Cassandre et
Polyxène) de Priam et d'Hécube, se contente d'ajouter, un peu
naïvement : *nam erant ei etiam alii filii ex concubinis nati, sed
nemo ex regio genere dixit esse nisi eos qui essent ex legitimis
uxoribus.*

3. Apollodore (*Bibl.* iii, 12,53) donne aussi Polydorus comme
fils d'Hécube ; il lui attribue encore Pammon, Politès, Antiphus,
Hipponous, et quatre filles, Creüse, Laodice, Polyxène et Cassandre. Le nombre des bâtards est chez lui de 40, dont 36 fils et 4
filles. Il n'est qu'en partie la source d'Hygin et de Dictys, et
aucun des noms qu'il fournit en dehors de ces deux auteurs ne
se retrouve dans Benoit.

thion ; (IV, 7) Aretus, Echemmon, Dryops, Bias, Cory-
thon, Ilioneus, Philenor, Telestes, Antiphonus (*mss.*
Antipus), Agavus, Agathon, Glaucus, Asteropæus; (IV,
9) Lycaon, soit en tout vingt-neuf, parmi lesquels un
seulement, qui se trouve aussi dans Hygin, a quelque
rapport avec un nom de Benoit : c'est *Doryclus* (Ben.
Doroscalu), encore est-ce douteux. Hygin (fab. 90) cite
54 fils ou filles, légitimes ou illégitimes, dont 17 filles
et 31 fils (sans compter les six fils d'Hécube). Parmi
ces 31 bâtards, nous en relevons seulement cinq ou six
dont les noms aient quelque rapport avec ceux de
Benoit : (éd. Muncker) Antinous (*cf. B.* Antonius),
Dolon, Chirodamas (*cf. B.* Celidonias, *var. 2ᵉ fam.*
Chelydamas, Cherid., Cheridoras : *il faut peut-être lire*
Celidamas ?), Euagoras (*cf. B.* Hermagoras), Doryclus (?) (*éd.* Doricops). Voila à peu près tout ce qu'on
peut faire remonter aux sources connues de Benoit :
parmi les 25 ou 26 autres, 6 proviennent de la Bible :
Edron (= Esdras ?), Chirrus (= Cyrus ?), Fanoël
(= Phanuel), Mathan, Almadian, Tharé ; 6 ou 7 sont
d'origine bretonne : Cadarz, (Cadorz ?), Cassibilant (?),
Gilor d'Agluz (?), Dinas d'Aron¹, Godelès, Doglas ;
Brun et Né d'Amours sont évidemment de l'invention
de Benoit. Nous ne pouvons rien dire de certain sur
les autres ; cependant ceux qui ont une forme gréco-
latine ou latine, comme Rodomerus, Menelus, Margariton, Sarde, Sicilien, Quintilien, pourraient bien provenir d'une source latine inconnue, ou même d'un
Darès développé. En tout cas, ils ne sont qu'en partie
de l'invention de Benoit, et, s'il leur a donné un rôle
à chacun dans la 2ᵉ bataille, c'est sans doute que plusieurs d'entre eux en avaient un dans sa source. Cf.
Dictys, II, 43 ; III, 7 et 8 ; IV, 7 et 9².

1. Voir la note au v. 8008.
2. Chez Darès, au contraire, la plupart des chefs grecs (28 sur
44) ou ne paraissent plus ou ne sont nommés qu'à l'occasion de

Disons maintenant un mot des batailles livrées devant
Troie, pour lesquelles Darès se contente d'ordinaire
de donner les noms des principaux chefs morts et de
dire sous les coups de qui ils succombent. Les armes,
le costume, les mœurs, la tactique nous peignent, naturellement[1], comme dans le *Roman de Thèbes* et *Éneas*,
le moyen âge et non l'antiquité, mais il y a quelque
chose de plus. Benoit décrit ces batailles très longuement et les agrémente d'épisodes; il multiplie les combats singuliers et cherche, non sans qu'il en résulte
quelque monotonie, à donner un rôle à tous les héros
qui figurent dans les listes des chefs grecs et troyens.
C'est surtout dans la deuxième bataille, qui contient
environ 2000 vers (sans compter les 688 vers con-
sacrés aux préparatifs) qu'apparaît le procédé. Les
chefs grecs y sont groupés pour combattre exactement
comme au Catalogue, et nous y voyons aussi lutter dans
les rangs des Troyens (et cela dans l'ordre où ils ont
été énumérés) les Bâtards de Priam, d'abord les dix
qu'Hector avait pris avec lui, puis les dix-sept qui
étaient restés en réserve.

La comparaison de Benoit avec Guido de Columna
pour les noms des Bâtards, quels que soient les rapports de l'*Historia destructionis Trojæ* avec le *Roman
de Troie*, n'est pas sans intérêt. Nous croyons devoir
donner ici ces noms : « Præterea idem rex Priamus .xxx.

---

leur mort, sans autre détail; parmi les chefs troyens, qui sont
au nombre de 29, il ne fait vraiment agir, si l'on met à part les
fils de Priam et d'Hécube, que Sarpédon et Memnon.

1. Qu'il nous soit permis de rappeler ce que nous disions dans
notre étude sur l'Epopée antique (*Histoire de la langue et de la
littérature française* de Petit de Julleville, I, 200) : « Il ne s'agit
pas là d'une transformation systématique de l'antiquité, mais
bien plutôt d'un entraînement irréfléchi et inconscient, qui montre au trouveur l'antiquité comme à travers un voile qui en alté-
rerait les contours et en changerait les couleurs. »

filios naturales habebat ex diversis mulieribus sibi que-
sitos, equestri dignitate conspicuos et fortissimos bella-
tores, qui sunt hi : (*Priamus*), Odinal, Anthonius, Ex-
dron, Deluris, Sinsilenus, Quintilenus, Modenius, Cos-
sibulans, Dinadaron, Dorastarus, Pictagoras, Cicinalor, Heliastas, Menelaus, Isidorus, Carras, Celidonias,
Emargoras, Madian, Sardus, Margariton, Anchilles,
Fanoel, Brunus, Mathan, Almadian, Dultes, Godelaus,
Duglas, Cador de Insulis [2]. — L'addition de *Anchilles*
(pour *Achilles*) provient du v. 8114 mal compris, *E si
fu Achilles mout pruismes* (*Achilles* (au datif) a été pris
pour un sujet). La source de l'autre nom ajouté,
Heliastas (= *Heliastes*? *Helias*? cf. *Telestes*, Dictys IV,
7) nous échappe. En revanche, *Né d'Amors* et *Tharé*
ont été supprimés, parce que le chiffre de 30 était
atteint. Cela n'empêche pas Guido, à la 2ᵉ bataille, de
faire secourir Duglas (qu'il appelle à tort *rex*) contre
Menesteüs par son frère *Deamor* (sic), et bientôt après
par un autre de ses frères qu'il ne nomme pas d'abord
(verum alius frater eorum ipsum aggrediens), sans
doute par la faute de sa source (cf. *Tr.* 9987-8), mais
qu'il nomme un peu plus loin : *et sic omnes tres fratres*

1. Nous suivons l'édition de la Bibliothèque Méjanes d'Aix
(Incun. 118, relié avec le 117), sans lieu ni date, qui est probablement celle donnée à Strasbourg en 1494, comme l'indique une
note manuscrite du xvıᵉ siècle sur le feuillet de garde. La liste
est au *fᵒ c 1 vᵒ, c. 1* (les nᵒˢ des chapitres manquaient à la *Table*
et ont été écrits à la plume au xvıᵉ siècle).

2. La liste donnée par Greif', p. 27, je ne sais d'après quelle
édition (celle de 1492 est citée par Hertzberg, *Die quelle der Troï-
lussage in ihrem Verhœltniss ʒu Shakespeare's « Troïlus and Cressida »*, dans le *Jahrbuch der deutschen Shakespeare-Gesellschaft*,
etc. (1871), p. 169 ss.), offre les variantes orthographiques suivantes : Sinsilensis, Quintilienus, Ysidorus, Ermagorus; de
plus, Greif supprime, avec raison, *Priamus*, qui porte le total à
31. — Les noms des Bâtards sont d'ailleurs, comme les autres
noms propres, souvent altérés dans la suite du récit.

(Duglas, Deamor et *Thoras* ; cf. plus loin)... *frangunt ejus (Menesthei) scutum et cassidem cassant ejus, et specialiter Thoras major' frater.* — *Modenius* provient de (*Ro*)*domerus*, par l'intermédiaire de (*Ro*)*modenus* qu'on trouve parmi les variantes dans *Troie*. *Deluris* est issu de *Delons* pour *Dolon*, au cas sujet. *Dultes*, comparé à *Gilor d'Agluɀ*, est fait pour dérouter, mais la comparaison avec *Dolodageles* de Herbort von Fritslâr (cf. *Dolotalus* dans Konrad von Würzburg) remet sur la voie : la première partie de ce nom complexe a disparu. Enfin *Cador de insulis* provient de *Cador de Lys*, lu *Cador de l'isle*.

L'épisode du Sagittaire, amené à Troie par Pistropleus (l'*Epistrophus* de Darès), roi d'Alizonie (v. 6893 ss.), et qui est tué par Diomède après avoir fait beaucoup de mal aux Grecs avec ses flèches (v. 12404 ss.), devait, à notre humble avis, figurer dans la source de Benoit. C'est à tort qu'on a voulu y voir un souvenir du Pandarus de Dictys (II, 40 et 41) combiné avec les Centaures classiques (voir la note au v. 324). — Par contre, l'épisode chevaleresque du jeune Theseüs, qui engage généreusement Hector à ne pas s'exposer seul au milieu des ennemis, ce dont celui-ci le récompense bientôt en le faisant relâcher par les Bâtards, qui l'ont pris (v. 8913 ss., 9085 ss.), est certainement dû à Benoit, qui a trouvé le nom dans Darès : chez celui-ci, Thalpius (*G* thesium, *L* tesium) ne figure qu'au Catalogue.

L'épisode de la prise de Thoas à la 4ᵉ bataille, quelle qu'en soit la source, est une trouvaille ingénieuse, qui amène la délibération à la suite de laquelle on renonce

---

1. Cf. *Tr.* 9987-8, *Quar mout le requereit Tharex : C'est des freres toɀ li* meinz *neɀ*. L'erreur de Guido provient sans doute d'un manuscrit qui donnait *plus neɀ*, issu de *puis neɀ*, que donne *M²*.

à le mettre à mort, afin de pouvoir, à l'occasion,
l'échanger, si un chef troyen venait à être fait prisonnier, ce qui a lieu en effet lorsqu'Anténor tombe aux
mains des Grecs à la 5ᵉ bataille. L'échange est convenu
dans une entrevue des principaux chefs qui a lieu pendant la trêve qui suit, et où Hector propose à Achille de
vider la querelle pendante entre les Grecs et les Troyens
par un combat singulier qui mettrait fin à la guerre,
ce à quoi s'opposent les chefs des deux partis. La
remise de Briseïda à son père Calchas, qui la réclame,
est concédée par les Troyens, et ainsi s'amorce le bel
épisode des amours de Troïlus et Briseïda, qui doit
nous arrêter un instant.

Il est impossible de n'être pas frappé par ce fait que
Darès, qui donne en dernier lieu un portrait de Briseïda, n'en dit plus un mot dans le reste de l'ouvrage.
Ce portrait, où la beauté de la jeune fille est complaisamment décrite, est exempt de tout blâme au point de
vue moral : les mots *blandam, affabilem, verecundam,
animo simplici, piam* sont traduits par Benoit (v. 5282-
4 et 5287-8), mais il n'y a rien dans Darès qui corres-
ponde aux vers 5285-6 : *Mout fu amee e mout amot, Mais
sis corages li chanjot,* qui visent évidemment l'épisode,
comme les vers 5434-6 du portrait de Troïlus et les
v. 5223-4 de celui de Diomède. Benoit a d'ailleurs
notablement grandi la figure de Troïlus, qui joue chez
lui le premier rôle parmi les Troyens après Hector. Je
ne parle pas de ses combats singuliers contre Diomède
(v. 14286 ss., 15638 ss., 20070 ss.), qui sont destinés à
soutenir l'intérêt de l'épisode ; mais, déjà chef de corps
et l'un des meilleurs dans les premières batailles, après
la mort d'Hector il passe sans conteste au premier rang.
Darès lui-même, qui d'ailleurs loue sa vaillance dans
son portrait, lui consacre un espace relativement
grand : (ch. xxix, 13ᵉ bataille) *prodit in primo Troïlus, cædit, devastat, Argivos in castra fugat;* (le lende-

main) *multos duces Argivorum Troïlus interficit ;*
(ch. xxx, délibération des Grecs) *Diomedes et Ulixes
dicere cœperunt Troïlum non minus quam Hectorem
virum fortissimum esse* ; (ch. xxxi, 15e bat.) *Tr. Diomeden sauciat, multos interficit, ceteros paulatim per-
sequitur. Nox prœlium dirimit. Postera die, Tr. cum
Alexandro exercitum educit... Tr. Diomeden sauciat, in
Agamemnonem impressionem facit nec non etiam sauciat, Argivos cædit... Tr. negat debere dari tam longo
tempore indutias, sed potius impressionem fieri, naves
incendi.* Cf. aussi le ch. xxxii, où il massacre les Mirmidons, et le chapitre suivant, où il tombe sous les coups
d'Achille, qui cherche en vain à enlever son corps
défendu par Memnon. Sa mort est chez Darès, comme
chez Lycophron (*Cassandra*, v. 307 ss.) et chez Tzetzès (*Posthomerica*, 353 ss.), le dernier exploit d'Achille.
Chez Dictys (IV, 9), au contraire, il ne paraît que pour
être mis à mort après avoir été fait prisonnier avec son
frère Lycaon, sur l'ordre d'Achille, furieux de n'avoir
pas reçu de réponse de Priam au sujet de la demande
en mariage qu'il avait faite de Polyxène. L'auteur, il
est vrai, profite de l'occasion pour nous donner de lui
un portrait des plus sympathiques : *Trojani... deflent,
recordati ætatem ejus admodum inmaturam, qui in pri-
mis pueritiæ annis cum verecundia ac probitate, tum præ-
cipue forma corporis amabilis atque acceptus populari-
bus adolescebat.* Selon d'autres (Quintus, *Paralip. Hom.*
IV, 155, 419 ss., et l'auteur des Κύπρια), il est déjà mort
quand commence l'*Iliade*, et ce n'est qu'un enfant dans
la tragédie de Sophocle, dont le Scholiaste nous dit qu'il
fut surpris et tué par Achille au moment où il exerçait ses
chevaux. Cf. Horace, *Odes*, II, 9, 15, *impubem Troïlum*, et Virgile, *Én.* I, 474, *infelix puer*. Homère,
Iliade, XXIV, 257, pleurant ses fils morts avant Hector, l'appelle simplement Τρωΐλον ἱπποχάρμην.

Ce développement que nous constatons, chez Darès,

du rôle traditionnel de Troïlus [1], comme aussi les
termes dont se sert Dictys en parlant de lui, permettent-
ils de supposer (en tenant compte d'ailleurs du portrait de Briseïda) qu'un texte plus étendu a fourni à
Benoit *les grandes lignes* (mais les grandes lignes seulement) de l'épisode, et, par ricochet, les événements
qui le préparent ? Je ne l'affirmerai pas nettement, les
preuves directes manquant complètement, mais je ne le
nierai pas non plus, comme ont cru pouvoir le faire
Dunger, Joly, Joseph [2], Griffin, et tant d'autres. Je crois
que cette solution prudente n'enlève rien (ou peu de
chose) au mérite de Benoit, que je suis loin de contester. On nous permettra, en passant, de trouver étrange
l'objection de Griffin, qui dit (p. 36) qu'il est invraisemblable qu'à la bonne époque la tradition fût à ce
point perdue qu'on ait pu donner Calchas comme un
prêtre Troyen passé du côté des Grecs et Briseïda (Bri-
seïs) comme sa fille. Du temps d'Hygin déjà, on
croyait que Calchas, roi d'Acarnanie, et qui figure
dans le Catalogue des Grecs de Dictys (I, 17) pour
20 vaisseaux, était allié aux Troyens par Leucippe sa
sœur, épouse ou mère de Laomédon (fab. 190 et 250);
et dans Dictys même (IV, 22), Anténor démontre aux
chefs Grecs assemblés sa double parenté avec Priam et
avec les Grecs par Dardanus, petit-fils de Danaüs.
Quoi d'étonnant alors que Calchas, chez Darès, prétexte la volonté d'Apollon pour passer au camp des
Grecs, à qui le rattachait son origine Acharna-

---

1. C'est à tort que Joly prétend (I, 288) que Darès, ch. XXXIII,
p. 33, 17 (et à sa suite Ausone, *Épitaphe d'Hector*), fait traîner
par Achille derrière son char le corps de Troïlus. C'est Benoit
qui est responsable : il n'a pas compris Darès et Joly a négligé de
regarder de près le texte : *Eum cito Achilles adveniens occidit,
[et] ex prœlio trahere cœpit, quod Achilles interventu Memnonis
complere non potuit.*
   2. *Zeitschrift für romanische Philologie*, VIII, 117 ss.

nienne [1] ? Quant à l'attribution qu'on lui a faite d'une
fille pour laquelle on a emprunté le nom de la captive
d'Achille, le premier auteur de cette invention, qui
acceptait la tradition déjà ancienne de l'amour d'Achille
pour Polyxène, tradition essentiellement anti-homé-
rique, trouvait le champ libre et pouvait disposer à son
gré de ce personnage qui, après tout, n'était plus qu'un
vain nom.

Benoit a fait précéder, à titre d'explication et sans
doute aussi d'ornement, le récit des exploits de Penthésilée et de sa mort, d'une Géographie de l'Orient
(v. 23127-301), suivie de détails sur les mœurs des
Amazones (v. 23302-56). La Géographie a pour source
la *Cosmographia* d'Æthicus, et non les *Excerpta* de
Julius Honorius Orator, qui ne contiennent pas le
préambule sur le recensement ordonné par César [2]. Il
suffit pour s'en convaincre de rapprocher les noms des
provinces : *Oceani orientalis famosæ provinciæ
sunt : Persis, India, Isauria, Adonis*, etc. ; cf. *Troie*,
v. 23283 ss. — La légende des Amazones commence
ainsi (v. 23302 ss.) : *Ço nos recontent li Traitié E li*

---

1. Il est à remarquer que, parmi les portraits, que Malalas, et
les Byzantins qui en dérivent directement (Isaac, Tzetzès), doivent
au Dictys grec (voir Griffin, p. 56 ss.) et qui ont disparu dans
Cedrenus (par suite d'une lacune) et dans le Dictys latin, on
trouve celui de Calchas, omis dans Darès, ainsi que ceux de
Philoctète et d'Idoménée : ce qui montre indirectement qu'il
jouait un rôle important dans les textes auxquels remontent
l'*Ephemeris* de Septimius et l'*Historia de excidio Trojæ* de Darès.

2. Ritschl (*Rheinisches Museum, Neue Folge*, I, 481-523) croit
que notre *Æthicus* et notre *Honorius* sont des rédactions diverses
qui remontent à un ouvrage plus complet de Julius Honorius
Orator. Cet Æthicus est en tout cas distinct du géographe *Æthicus Ister*, dont l'ouvrage a été traduit en latin, traduction attribuée à tort à Saint Jérôme, qui a été publiée par d'Avezac (Paris,
1857) et par Wuttke (Leipzig, 1856). Cf. Kœrting, *l. l.*, p. 108,
note.

*grant Livre Historial, Qu'en la partie Oriëntal Est
Amaʒoine, terre grant : Oieʒ que nos trovons lisant.*
Qu'est-ce que ces textes auxquels renvoie Benoit ? Ce
ne peut être Orose, comme le croit Dunger, car il se
contente de dire (I, 15) que les Amazones *externos
concubitus ineunt, editos mares mox enecant, feminas
studio nutriunt*, ce qui contredit sur un point important Benoit, qui dit qu'elles livrent à leurs pères les
enfants mâles. Il a connu sans doute une source latine,
où a puisé également l'auteur du *Roman d'Alexandre*
en vers de 12 syllabes, qui peut souvent être rapproché
de *Troie* dans ce passage [1].

Darès annonce ainsi (ch. xxxvi) l'arrivée de Penthésilée : *Priamus subsistere, urbem munire et quiescere,
usque dum Penthesilea cum Amaʒonibus superveniret.
Penthesilea postea supervenit, exercitum contra Agamemnonem adducit.* Il n'a nullement dit auparavant
que Penthésilée fût attendue. Benoit, au contraire,
qui l'a d'abord dit expressément (v. 23381-2) : *Prianʒ
n'i laissot porte ovrir, Qui les atendeit a venir*,
laisse entendre nettement que c'est par amour pour
Hector que la reine des Amazones est venue au secours
de Troie : *Por Hector que voleit veeir E por pris
conquerre e aveir* [2] (v. 23365-6). En apprenant sa
mort, *Un si fait dueil en demena Que nus ne vit onc
si grant faire; Por poi ne se mist el repaire*
(v. 23386-8), et elle dit à Priam : « *Plus l'amoë que rien
vivant*». Benoit n'a pas trouvé cela dans Dictys, qui fait,

1. Konrad de Würzbourg, qui a écrit sa *Trojanische Krieg*,
imitée de notre poème, entre 1280 et 1287, renvoie ici à un livre
daʒ von Alexander was geschriben (v. 42240).

2. D'après Tzetzès, *Posthomerica*, 13 ss., cité par Hellanicus
(éd. Karl et Theodor Müller, 146), Penthésilée serait venue à
Troie pour acquérir de la gloire, afin de pouvoir avoir commerce
légitime avec un homme; car ce n'était permis qu'aux Amazones
qui s'étaient illustrées dans des guerres contre des hommes.

au contraire, ressortir la cupidité de Penthésilée : (IV,
2) *quæ, postquam interemptum Hectorem cognovit,
perculsa morte ejus regredi domum cupiens, ad postremum*, multo auro atque argento ab Alexandro inlecta,
ibidem operiri decreverat (cf. III, 15, p. 60, 28 ss.) [1]. La
1re rédaction de l'*Histoire ancienne* suppose également ici un *Darès* développé; cf. B. N. fr. 20125,
f° 141 *b-c*.

C'est au v. 24425, et après un résumé introductif de
quelques vers, que Benoit commence à se servir de sa
source secondaire, qu'il suivra jusqu'à la fin, non sans
utiliser parfois Darès jusqu'au moment où celui-ci termine son récit. Ainsi, tout d'abord, après avoir dit
d'après Dictys comment Diomède fit jeter dans le Sca-
mandre (Eschandre) le corps de Penthésilée, il raconte
d'après Darès les vains efforts d'Anténor, de Polydamas,
d'Enée et d'Anchise (ce dernier manque dans Darès)
pour décider Priam à conclure la paix, et le projet de ce
dernier de se débarrasser des traîtres à l'aide de son fils
Antimachus, projet qu'ils arrivent à connaître, Benoit
ignore comment, et qui, par suite, n'est point exécuté [2]
(24462-800).

1. On sait que, suivant Dictys, qui reproduit sans doute une
tradition ancienne, Achille aurait dressé une embuscade, au
passage d'un fleuve, à Hector venu au-devant de l'Amazone,
l'aurait tué et aurait rapporté son cadavre au camp des Grecs;
puis il aurait fait célébrer en réjouissance les jeux funèbres de
Patrocle, à la suite desquels il aurait rendu Hector à Priam,
qui était venu le réclamer, accompagné de Polyxène. Ce n'est
qu'après les funérailles d'Hector qu'arrive Penthésilée (IV, 2).

2. Darès fait dire par Anténor aux conjurés : *maturandum esse :
animadvertisse se Priamum iratum de consilio surrexisse, quia
ei pacem suaserit, vereri se ne quid novi consilii ineat. Itaque
omnes promittunt.* Il n'est point dit, comme dans Benoit, que
Priam, les sachant sur leurs gardes, renonce à son projet
(v. 24771-800), ce qui a fait croire, non sans quelque vraisemblance, que la source de Benoit était plus étendue que le Darès
actuel.

Dans le grand discours qu'Anténor prononce devant le Conseil en faveur de la paix (cf. Dictys, V, 2), il reste dans le vague au sujet de la mort de son fils Glaucus (v. 25039-42), parce qu'il n'a pas bien compris, ce semble, l'allusion contenue dans ces mots de Dictys : *cujus interitus, quamquam acerbus mihi, tamen non ita dolori fuit quam tempus illud, quo adjunctus Alexandro ad raptum Helenæ comitatum sui præbuit.* Il ne suit pas Darès chargeant Polydamas (qui d'ailleurs n'est pas donné comme fils d'Anténor) de toute l'affaire des négociations avec les chefs Grecs : c'est Anténor qui dirige tout, comme dans Dictys, que Benoit suit maintenant, non sans prendre avec lui quelques libertés [1], qui parfois, il est vrai, résultent de l'emploi qu'il a déjà fait de Darès [2]. Mais Darès reparaît dans le passage où il est question du sort de la famille de Priam (v. 26322-552) : Anténor fait rendre la liberté à Hélénus et à Cassandre, en représentant qu'ils se sont toujours opposés à la guerre, et Hélénus, à son tour, fait délivrer Hécube et Andromaque, qui, chez Dictys, sont assignées comme esclaves, la première à Ulysse, la seconde (ainsi que ses fils) à Néoptolème, tandis que Cassandre est donnée à Agamemnon, qui l'aimait. Dans Benoit, c'est Andromaque, et non Cassandre, qui est mise en liberté avec Hélénus [3], puis Hélénus, délivré, demande la liberté de

1. Ainsi, il ne dit rien de la mort, par la chute d'une voûte, des trois fils que Pâris avait eus d'Hélène, Bunonius, Corythus et Idæus, accident qui interrompit le conseil tenu à Troie par Ulysse et Diomède avec Anténor et Énée pour discuter les conditions de la paix. Pour le cheval de bois, voir p. 257.

2. Par exemple, c'est Néoptolème, et non Achille, qui tue Penthésilée, parce qu'il a fait mourir ce dernier (avec Darès) avant l'arrivée de l'Amazone.

3. Cependant le ms. *F* porte en interligne de 2e main, au-dessus de *Dandromacha, Cansandra.* Si l'on acceptait cette correc-

sa *serorge* (v. 26347), c'est-à-dire d'Andromaque
(d'après un groupe de mss., d'Hécube). Le passage est
d'ailleurs peu net. Après avoir dit : *To₇ li comuns vuet*
lor *quitance*, Lor *franchise*, lor *delivrance*, Benoit
ajoute immédiatement : *Quant Helenus fu delivre₇*. Il
semble qu'il manque avant ce vers un passage où l'on
aurait dit qu'Hélénus seul obtint d'abord sa liberté.
Notre texte de Darès (p. 5o, 17) porte : *Helenus pro
Hecuba et Andromacha Agamemnonem deprecatur*. Le
ms. de Benoit donnait peut-être seulement *Andromacha*, tandis que celui qu'avait sous les yeux l'auteur de
la leçon postérieure, *Que sa mere li rendissont*, ne portait que *Hecuba*. Quoi qu'il en soit, Dictys reparaît aux
vers 26353-6. — il est même utilisé par exception, dans
la partie où Darès est la source exclusive (15269-74),
pour la mention de *Laudamanta* (*Laodamas*), l'aîné
des fils d'Hector.

Signalons quelques erreurs commises sur les noms
propres, lesquelles s'expliquent en partie par la leçon du
ms. employé : 25617, *Thean*, 25451 et 25653 *Theans* (suj.)
pris pour un homme (Dictys, V, 8, p. 92, 34) (T h e a n o
est invariable en latin) ; 26769, *la terre de Botrilancie*
(Dict., II, 27, p. 35, 33, mss. BG *botiram cillamque
civitates*) ; 26838, *Polibus* pour *Patroclus*, qui aima
Diomedea, la fille du roi Phorbas ; 26880, *la cité de
Legeron* (Dict., II, 17, p. 28, 15, mss. BG *legeorum
urbem*, Meister *Lelegum u.*; 26859, *Earmoné : fierté*
(corr.(?) *Eetion* (: *renon*) (Dict. II,17, p. 28,12 *Eetione*);

tion que ne justifie pas la critique des mss., il faudrait, au
v. 26347, prendre la leçon de *AA²CKn*, *Que sa* mere *li rendissont*
qui n'est pas davantage assurée. La correction a dû être faite
par quelqu'un qui avait sous les yeux un ms. de Darès semblable à ceux que nous possédons et qui a voulu mettre d'accord
le texte latin et le poème. Il est vrai que le même ms. *F* a plus
loin, au v. 26347, *sa mere :* le correcteur n'a pas renouvelé sa
tentative.

28209 et 28227, *Eneas* pour *Eneüs* (*Œneus*), aieul de Diomède (voir la note aux v. 28253-6); 28327-30, *A* Trofion, *cité vaillant, Vindrent, si com jo truis lisant* ; Focensis *aveit non li sire De la cité e de l'empire* (Dict., VI, 3, p. 104, 10 *ad* Strophium *venit : is namque* Phocensis; Benoit a pris *Phocensis* pour un nom d'homme). — Il faut y joindre deux fautes graves de sens : la 1re dans la traduction de Dictys, V, 17, p. 101, 16 ss., *quæ postquam, præverso de se nuntio, Antenori cognita sunt, regrediens ad Trojam* (s.-e. *Æneas,* et non *Antenor*), etc. (voir la note à 27355-547); la 2e dans celle de Dictys, VI, 6, p. 107, 4, *per idem tempus, Idomeneus dux noster apud Cretam interiit, tradito per successionem Merioni regno; et Laërta, triennio postquam filius domum rediit, finem vitæ fecit* (cf. *Troie* 29063-5), où le ms. de Benoit donnait peut-être : *regno et Laerte* (= *Laertæ*), en supprimant *filius* : le nom de temps *triennio* a pu être aisément corrompu, si le manuscrit portait *.iij. annis.* Voir t. V, p. 61, s. v. *Laerta*.

La dispute du Palladium (26591-27182) est racontée d'après Dictys, V, 14 et 15, avec retour au l. II, 16, 17, 18 et 27 pour le rappel que fait Ajax des exploits d'Achille et des siens propres. Cette dispute a remplacé, chez Dictys et les Byzantins, le fameux jugement des armes d'Achille, si souvent raconté depuis la mention qu'en a faite Homère, *Odyss.,* XI, 542 ss. : de cette littérature, il nous reste, comme on sait, Quintus de Smyrne, *Paralip. Hom.,* V, 184-316 et Ovide, *Metam.,* XIII.

Dans Dictys, V, 9, le conseil de construire le cheval de bois est donné par Hélénus, qui s'était réfugié auprès du prêtre Chrysès dans le temple d'Apollon : chez Benoit (v. 25722 ss.), c'est Chrysès lui-même qui, d'accord avec Calchas, recommande ce moyen d'apaiser Minerve, et c'est aussi Chrysès qui fournit les plans du cheval à Épius. La cause en est sans doute que, chez

lui, Hélénus ne passe pas au camp des Grecs, ce qui
tient probablement à ce qu'il ne perd pas de vue Darès,
qu'il suit pour ce qui concerne le sort de la famille de
Priam (voir plus haut, p. 255). Dans le même ordre
d'idées, notons qu'il remplace *Merion* par *Ménélas*
dans la liste des chefs qui jurent la paix, n'oubliant pas
qu'il l'a fait mourir avec Darès. — Benoit (v. 26017-
25) place Sinon dans le cheval de bois, dont il sort pour
allumer un grand feu qui doit indiquer aux Grecs que
tout est tranquille. Dictys (V, 12, p. 96, 27) dit simplement : *servantes signum quod igni elato Sinon, ad eam
rem clam positus, sustulerat.* La tradition voulait (cf.
en particulier Virgile, *Æn.*, II) que les Grecs eussent
garni le cheval de guerriers d'élite, dont on donnait
même les noms (cf. Virgile, *Æn.*, II, 259-264 et Hygin,
fab. 108); et l'on sait la façon dont Virgile fait pénétrer
dans la ville Sinon, chargé de tirer des flancs du
colosse les chefs, qui devaient alors s'emparer des
portes et faire entrer l'armée.

Les vers 28253-6, *E Eneas s'en fu alez*, etc., sont
une tentative pour justifier l'insertion du passage où il
est question de l'aide prétendue donnée à Énée par
Diomède et de sa réconciliation avec sa femme Égial,
et se rattachent assez maladroitement aux v. 28208-10,
*Si com la Letre nos devise, Eneas, qui esteit remés A
Troie a rafaitier ses nes.* Il y a d'ailleurs contradiction
avec les vers 27249-62, où les Grecs prient Énée de partir avec eux et lui promettent de le traiter comme leur
égal, puis s'en vont sans plus s'occuper de lui.
Benoit a été certainement gêné par la contradiction de Dictys (que d'ailleurs il a deux fois mal compris ; voir les notes à 27355-547 et à 28253-6) avec
la tradition Virgilienne de l'établissement d'Enée en
Italie (*en Lombardie,* v. 28256), après de multiples
aventures sur mer.

Benoit soude l'une à l'autre les deux traditions sur la

mort de Palamède [1] (v. 27680-867) : la tradition classique (cf. Virgile, *Æn.*, II, 81-5 ; Ovide, *Met.*, XIII,
37-39 ; 56-60, et pour le détail, Hygin, fab. 105 et le
commentaire de Servius à Virg., *Æn.*, II, 81), qui veut
qu'il ait été lapidé par les Grecs à la suite d'une
accusation de trahison basée sur une fausse lettre
de Priam qu'avait fabriquée Ulysse, lequel ne lui par-
donnait pas de l'avoir forcé par un stratagème à avouer
qu'il simulait la folie pour ne pas aller au siège de
Troie (Hyg., fab. 95), et la tradition dont se fait l'in-
terprète Dictys, II, 15, d'après laquelle Ulysse et Diomède auraient, à l'aide d'une corde, descendu Palamède dans un puits pour en retirer un trésor qu'ils
prétendaient y être caché et l'y auraient lapidé [2]. Palamède, accusé de trahison, demande le combat judiciaire,
que personne n'accepte, ce que voyant Ulysse, il fait
volte-face et défend Palamède, qui est absous, et lui
inspire ainsi une confiance qui lui permet de réussir
dans sa seconde tentative et d'assouvir sa vengeance.

Les allusions à Narcisse amoureux de son image
(v. 17691, 17704, 17709), bien qu'il ne soit pas question de la nymphe Écho, doivent remonter à Ovide,
Met., III, 339 ss., plutôt qu'à Hygin, fab. 271, qui ne
parle pas de la fontaine.

Les aventures d'Ulysse sont plus détaillées que dans
Dictys, surtout ce qui précède l'arrivée chez Alcinoüs
(Alcenon) : 403 vers (28549-28951) contre 33 lignes de
Dictys. Les vers 28564-75, où Ulysse déclare avoir
échappé avec peine à la vengeance du père de Palamède,
n'ont, d'ailleurs, pas d'équivalent dans le texte latin.

---

1. Il oublie qu'il a changé de source et qu'il l'a fait mourir
(avec Darès) sous la flèche de Pâris. Cf. v. 18819 ss.
2. Une troisième version est celle que donne Pausanias (x, 31)
d'après les Κύπρια : Palamède aurait été surpris et tué, pendant
qu'il pêchait, par Diomède et Ulysse.

Avec le vers 30255 se termine la matière fournie à
Benoit par Dictys. D'où a-t-il tiré la matière des 45 vers
qu'il donne encore et qui parlent des soins et des
égards que Télémaque prodigua à son frère Télégonus
et du retour de ce dernier, au bout d'un an, auprès de
sa mère qui le croyait mort? Est-ce d'un manuscrit de
Dictys plus complet que ceux que nous possédons? C'est
possible, mais on peut aussi admettre l'existence d'un
récit latin continu reliant, à l'usage des écoles, les
plus intéressantes parmi les légendes antiques. Cette
hypothèse, que nous avons dans le temps jugée nécessaire pour expliquer l'état où nous est parvenu le
Roman de Thèbes [1], trouve un commencement de preuve
dans le fragment de la légende d'Atalante et d'Hippo-
mène qu'on rencontre inséré dans le *Roman de Thèbes*
en prose (inséré de son côté dans l'*Histoire ancienne*)
du ms. acéphale [2] de la Bibliothèque nationale, Nouv.
acquis. fr. 3650 (xvᵉ siècle), fragment publié par nous
dans la *Revue des langues romanes*, XXXIV (1890), 600.
Ce texte, qui doit remonter à peu près au milieu du
xivᵉ siècle, comme le prouve l'exemple isolé du main-
tien de la déclinaison (*Lors se senty* (sic) *le jeunes homs
lassez*) qu'on y rencontre, a certainement pour source
un texte latin qui avait mis à contribution pour certains
détails, comme nous l'avons démontré, Hygin et Ful-
gence. Comme notre récit français ne se trouve dans

---

1. Voir L. Constans, *Le Roman de Thèbes*, t. II, cxxi.

2. Le fragment se trouve au début du fᵒ xlviij de l'ancienne
pagination, fᵒ 1 de la nouvelle. Il commence ainsi : *si se hasta
de courre, si que tantost se fut au devant de lui mise*, et finit
ainsi : *et en la fin en est confusement pugni*. Rubrique : *Comment Thideüs vint au lieu où Polinicez estoit retrait et de leur
debat*. L'occasion de cette digression doit avoir été la mention
de Parthénopée, frère consanguin de Tydée, fils de l'Atalante
arcadienne, héroïne de la chasse du sanglier de Calydon, souvent
confondue avec l'Atalante béotienne, fille de Schœnée, à qui l'on
attribue ordinairement l'aventure des pommes d'or.

aucun autre des mss. de l'*Histoire ancienne*, il faut
admettre qu'il a eu une existence indépendante, au
moins en latin, et que c'est une de ces légendes
qu'on introduisait, plus ou moins arbitrairement,
dans les manuels classiques latins de mythologie et
d'histoire ancienne [1].

La même explication peut elle être donnée pour
les passages spéciaux à notre ms. *G* ? Examinons-les
rapidement : 1° Le Monologue de Médée (voir t. V,
p. 329) s'inspire d'Ovide, *Met.*, VII, début, et le traduit parfois (cf. v. 20-1 ; 29 ; 32-36, 48-54) ; mais
la mention de *Chalciope*, sœur de Médée, qui n'est pas
nommée ici dans Ovide, mais seulement *Her.*, XVI,
232, nous reporte peut-être à Hygin, fab. 3. — 2° Le
discours d'Hécube, où elle raconte brièvement le songe
menaçant qu'elle a eu au sujet de Pâris, l'enfance de
celui-ci et ses amours avec Œnone (voir t. IV, p. 389-
90), rappelle, pour le songe, Ovide, *Her.*, XV, 43-
50 et XVI, 237, 40, et pour les amours de Pâris et
d'Œnone, également Ovide, *Her.*, V, en particulier les
v. 25-32, que traduisent les v. 23-32 de Maukaraume.
— 3° Le discours de Pâris en face d'Hélène (t. IV, p.
391) développe et parfois traduit les vers 1 à 12 de la
XV⁰ Héroïde ; les sept vers mis dans la bouche d'Hélène sont un aveu dont l'idée, mais l'idée seule, se
trouve dans la XVI⁰ Héroïde (Épître d'Hélène à Pâris).
— 4° Le Monologue d'Achille amoureux (t. V, *Add. et
corr.* p. 332) est évidemment le produit de l'imagination
de Maukaraume, comme tous les développements à cet
épisode. — Même observation pour les 26 vers spéciaux de *G*, t. IV, 220-1. — Il est donc à peu près certain que Maukaraume doit à Ovide la plupart des

1. C'est sans doute la source de Benoit pour l'allusion à Léandre
(v. 22121-6), les *Héroïdes* xvii et xviii d'Ovide n'ayant pu le
renseigner sur le triste sort de l'amant d'Héro.

embellissements qu'il a apportés à l'œuvre de Benoit,
et l'hypothèse que nous avons émise ci-dessus n'est
ici nullement nécessaire.

Cette hypothèse n'exclut pas, naturellement, l'existence, au moyen âge, d'un Darès notablement plus
étendu que le nôtre et d'un Dictys un peu plus développé, mais elle permettrait, à la rigueur, d'admettre
que ces deux ouvrages n'existaient plus au temps de
Benoit et qu'il n'avait à sa disposition que les deux
abrégés qui nous sont restés et un résumé latin d'histoire génerale de l'antiquité, qui aurait également servi,
un peu plus tard, à la composition des diverses rédactions de l'*Histoire ancienne jusqu'à César*, en particulier des chapitres indépendants de la *Bible*, de *Thèbes*,
de *Troie* et d'*Éneas* [1].

Nous ne pouvons ici passer sous silence un curieux
passage de l'*Ovide moralisé* publié par M. A. Thomas
dans *Romania*, XXII, 272 [2].

Après avoir blâmé « le clerc de Sainte-More »
d'avoir contredit Homère, l'auteur ajoute :

> Car trop est Omer de grant pris,
> Mès il parla par methafore :
> Pour ce li clers de Sainte More,
> Qui n'entendoit que voloit dire,
> Li redargüa sa matire.
> Tuit li Grejois et li Latin

---

1. Carl Wagener, *Philologus*, XXXVIII, 125, qui ne croit pas
cependant à un *Darès* développé, dit que notre *Darès* a peut-
être pour source un résumé écrit en latin à l'usage des classes,
dans le genre du *Mythographus Vaticanus primus*. Un pareil
résumé doit, à plus forte raison, être admis au moyen âge. Pour
nous, d'ailleurs, le *Darès* est plutôt, comme nous l'avons dit, un
abrégé maladroitement fait d'un *Darès* plus étendu.

2. C'est au XI° livre des *Métamorphoses*, où l'auteur a intercalé,
d'après des sources autres qu'Ovide, les Noces de Thétis et de
Pélée, le Jugement de Pâris et l'enlèvement d'Hélène.

Et ceus qui onques en latin
Tretierent riens de ceste estoire
Tesmoignent la matere a voire
Ainsi comme Omer la treta
Et cil qui son grec translata [1].
Neïs Daires, de quoi fu fais
Li rommans Beneoit et trais,
N'est de riens contraires a lui,
— Car l'un et l'autre livre lui —,
Fors tant que plus prolixement
Dist Daires le demenement,
Les assemblees et les tours,
Les batailles et les estours
Qui furent fait par devant Troie.
Ne sai que plus vos en diroie :
Mais cil qui l'un et l'autre orra
Croie celui qui miex vaurra.

Il faut reconnaître tout d'abord qu'Homère et son traducteur (v. 11) ne peuvent être qu'une seule et même personne : le faux Pindare. Mais comment l'auteur de l'*Ovide Moralisé* peut-il dire que Darès raconte *plus prolixement* les événements qui se passèrent devant Troie ? Il s'agirait donc, non pas de notre Darès, mais d'un Darès plus développé ? A moins qu'on n'admette, ce qui semble bien difficile, que, pour lui, Darès et Benoit se confondent : or il dit nettement (et il l'a déjà dit au début du passage, que nous n'avons pas reproduit [2]) que le *Roman* de Benoit est tiré de Darès.

1. C'est-à-dire : l'Homère latin, *Pindarus Thebanus.*
2. *Dès or commenceront sans faille L'occision et le martire, La grant estoire et la matire Que trai[s]t li clers de Sainte More De Daires.*

Chapitre v. — Destinées du Roman de Troie.

§ 1. — Le Roman en prose.

Le poème de Benoit a été mis en prose de bonne heure, probablement vers le milieu du xiiie siècle. On rencontre cette rédaction isolée, à notre connaissance, dans neuf manuscrits : Paris, Bibl. nat., fr. 785, 1612, 1627, 1631 et nouv. acq. fr. 10052 ; Londres, Musée Britannique, Add. 9785 ; Saint-Pétersbourg, fr. 12, et deux manuscrits appartenant à des particuliers. De plus, elle a été réunie à certaines parties d'une histoire ancienne jusqu'à César lumineusement étudiée par M. Paul Meyer (*Romania,* XIV, 1-81), qui a signalé de cette compilation quatre mss. : B. N., fr. 254, 301, 22554 et 24396, plus un cinquième ms., Arsenal, 3685, qui offre une combinaison des deux rédactions qu'il a distinguées dans l'*Histoire ancienne* [1] avec un ouvrage analogue, le *Tresor de Sapience.*

Quelles sont les sources de ce Roman en prose ? Il est facile à première vue de reconnaître que l'auteur avait sous les yeux le poème de Benoit, qu'il abrège le plus souvent, mais que, dans certains passages, il suit dans tous ses détails, même pour la forme. Peut-être devrait-on dire : les auteurs, car il y a, au début surtout, comme nous le verrons, des différences notables dans un au moins des mss. que nous avons pu con-

---

1. Dans la première rédaction, qui se trouve dans un grand nombre de mss. (voir *Romania*, XIV, 49-51, l'histoire de Troie est racontée d'après Darès, voir *Romania*, XIV, 42 ; cf. ci-dessous, p. 313 ss.).

sulter¹, le ms. B. N., fr. 785. Mais connaissait-il aussi, comme l'affirme Joly (I, 421), sans en donner de preuve sérieuse², l'*Historia Trojana* de Guido de Columna? A la suite de M. P. Meyer, et après un examen sérieux des deux textes, nous croyons pouvoir répondre : non. En dehors des descriptions poétiques³ et des nom-

1. Je ne connais du ms. de Saint-Pétersbourg (124 feuillets à 2 col., xvᵉ siècle) que l'épilogue, que donne Joly (I, 423, note), où l'on voit qu'il supprime, comme les mss. 1631 et 785, après *trouvee*, les mots : *en l'almaire de Saint Pol de Corrinte*, qu'ont les ms. 1612 et 1627 (voir plus loin le texte, p. 268), ce qui peut être accidentel, et donne quelques variantes sans grande importance. Nous ignorons s'il suit le ms. 785, ou les autres, dans l'ensemble de l'œuvre.

2. La seule preuve qu'il en donne, sans citer le texte de Guido, est inexacte. Qu'on en juge (il s'agit de la Chambre de Beautés et du lit où Hector soigne ses blessures) : « C'est de Guido qu'il se souvient lorsqu'il se refuse à décrire les splendeurs de la Chambre de Beauté : « Et la chambre ou estoit Hector et son lit ne convient pas descrire les merveilles que il i avoit dedens tresgetees par art de nigromance, que toutes estoient besoignables et choses de grant delit. Et par ce me sofrera ge (*ms. 785* : si m'en passeray atant ; *le reste manque*), quar il i avoit or et argent et ce estoit toute la plus ville chose » (cf. *Troie*, 14937-9)*. — Or Guido (*fᵒ i 4 vᵒ, c. 1*) se contente d'abréger, alléguant trois fois Darès, c'est-à-dire Benoit : « Infra hos (menses) Hector sibi de vulneribus suis medetur, jacens tunc in aula pulchritudinis nobilis Ilion, de quibus mirabilia scripsit Dares. Dixit enim eam fuisse totaliter institutam de duodecim lapidibus alabastri, cum et ipsa esset longitudinis passuum fere viginti (*suivent sept lignes pour le pavement et les quatre colonnes*). In summitate columnarum vero ipsarum erant de auro quattuor imagines collocate, mirabili arte mathematica institute, de quibus Dares et earum aspectibus multa descripsit, que magis instar habent inanium somniorum quam certitudinem veritatis, licet ipse Dares fuerit professus ea vera fuisse. Et ideo de eis obmissum est in hac parte. »

3. Cf. la description du printemps au moment de l'expédition d'Oreste contre Égisthe, celle de l'automne au départ des Grecs de Troie, etc.

* Ici Guido a bizarrement réuni, en faussant le sens, les vers de Troie 14633-42 au vers 14922.

breuses digressions où Guido affiche une érudition
plus ou moins hors de propos [1], ou bien moralise [2],
ou encore cherche une interprétation rationnelle des
faits [3], on peut dire qu'il suit le poème pas à pas.
C'est surtout sensible à la première bataille (débarquement des Grecs), d'autant plus sensible que, dans
les autres batailles, sauf la 2e, où il est relativement
long, il abrège systématiquement [4]. Ainsi, les 6e et

1. Cf. par exemple, dès le début, la longue digression sur l'histoire de l'idolâtrie, l'origine des Mirmidons issus des fourmis
(à propos de Peleūs, qu'il donne comme l'époux de Thetis et
l'oncle de Jason; cf. l'*Histoire ancienne*), le rajeunissement magique d'Éson, les travaux d'Hercule et les colonnes plantées par
lui aux frontières du monde habitable et où parvint Alexandre,
la navigation à l'aide des étoiles, les origines troyennes, l'explication des éclipses (à propos de Médée), etc., et plus loin la
digression sur Enée, ancêtre d'Auguste, celle où il se demande
si les larmes embellissent ou enlaidissent Polyxène pleurant
Hector, et bien d'autres. — Il faut mettre à part les longs détails
que donne Guido sur la nouvelle Troie et sur Ilion, sur la beauté
d'Hélène, sur la prise du château de Ténédos, etc., détails qui
sont très probablement de son invention.

2. Cf. la diatribe de Priam contre la sottise et les sots après le
discours provocateur de Diomède, celle, sous forme de prosopopée, contre la légèreté des femmes, qui ajoute des traits satiri-
ques au poème et blâme la naïveté de Troïlus, et, également sous
forme de prosopopée, les invectives à Jason qui violera le ser-
ment fait à Médée et les réflexions sur l'inanité de l'astrologie.
Notons aussi le blâme aux Troyens qui, à la 2e bataille, laissent
échapper l'occasion d'en finir avec leurs ennemis, quand Hector
fait cesser le combat à la requête de son cousin Ajax, qu'il vient
de reconnaître; les réflexions sur la trahison d'Amphimacus, fils
de Priam, dont Anténor exige l'exil, etc.

3. Cf. l'explication de la Toison d'or par un trésor qu'Oëtès
défend par des moyens magiques, et ce qui est dit de la naissance
d'Hélène et de Castor et Pollux, de la tempête au départ des Grecs
apaisée, non par Diane, mais par le cours de la lune, etc.

4. Voici ce qui correspond aux v. 11147-255 : *Inter utramque
partem bellum letale committitur. Paris, cum illis de Persia pu-
gnantibus, cum arcubus et sagittis bellum ingrediens, innumera-
biles Grecos interficit et letalia vulnera figit in illos. Interim rex*

7° batailles (v. 12683-12802), dont la dernière dure
quatre-vingts jours, batailles pour lesquelles, il est vrai,
Benoit ne donne pas de détails précis, sont réduites à
une bataille d'un jour racontée en dix lignes. De même
pour les 13ᵉ et 14ᵉ batailles du poème, qui chez Guido
n'ont pas de numéro d'ordre; mais les 15ᵉ, 16ᵉ, 17ᵉ, 18ᵉ
et 19ᵉ batailles, qui sont réunies dans le même chapitre
et mentionnées avec les chiffres du poème [1], quoique
abrégées, n'omettent rien d'essentiel [2].

Le ms. B. N., fr. 1612, anc. 7624 (fin du XIIIᵉ siècle)
quoique un peu rajeuni, est, dans l'ensemble, plus
correct que 1627 et nous semble représenter assez bien
la forme primitive du Roman en prose : nous nous en
servirons spécialement pour l'analyse qui va suivre.

Le ms. B. N., fr. 1627 (anc. 7630, Lancelot 172)
appartenait en 1585 à Jean Lemonnier, aumônier ordi-

---

*Agamemnon bellum ingreditur, quem statim Hector aggreditur,
ipsum ab equo sternit graviter vulneratum. Achilles vero tunc inva-
dit Hectorem, cassidem ejus in ejus capite in ictuum* (éd. *ictum*)
*multorum virtute confregit. Sed illico Eneas et Troïlus irruunt in
Achillem in multitudine pugnatorum, cum ille fortissimus Diomedes irruit in Eneam, quem graviter vulneravit. Qui imprope-
rando dixit Enee.* — Et ce désir d'abréger fait qu'il attribue aux
Bâtards venus au secours d'Hector la prise de Thoas.

1. L'édition incunable d'Aix porte par erreur *duodecimum bellum*
au lieu de *quintum decimum.*

2. Un autre point où Guido abrège volontiers, ce sont les discours. Ainsi il supprime les plaintes d'Hercule à la mort de
Troïlus et donne, pour expliquer la suppression des lamentations
sur le corps d'Hector, de curieuses raisons que lui dicte sa miso-
gynie : (fᵒ i 6 rᵒ, c. 2) *Quid dicetur ergo de regina Heccuba..., quarum sexus fragilitas ad doloris angustias et lacrimas fluviales
fecit ad longam querelarum seriem proniores. Sane lamentationes
earum particularibus explicare sermonibus cum minime necessarium videretur in hoc loco, utpote inutiles, sunt obmisse, cum certum sit apud omnes quod, quantum he affectuosius diligebant, ma-
joribus dolorum aculeis vexabantur, et mulieribus sit insitum a
natura quod dolores earum nonnisi in multarum vocum clamore
propalent et impiis dolorosisque sermonibus eos divulgent.*

naire du Roi et chanoine de Chartres : il avait sans
doute auparavant séjourné en Italie, comme le montrent
les quelques mots d'italien qu'on trouve au premier
et au dernier feuillet. Le 2ᵉ feuillet recto et verso,
introduit comme feuillet de garde, contient une partie
d'un ouvrage latin que nous n'avons pu identifier. Le
texte est le même (sauf un certain nombre de variantes
sans importance [1]) que celui du ms. 1612, comme on
peut le voir par l'*Épilogue*, que nous transcrivons ici,
en insérant en italiques les variantes du ms. 1612 :

Et quant il ot tant vescu com plout a celui que (*qui*) fet
l'avoit, si s'en ala par la voie meïsmes ou vont toz les
humains cors (*meïsme ou il estoit venus*). [Si vos ai] ore menee
a fin la veraie (*vraie*) estoire de Troie, selonc ce que ele fu
trovee escritte el (*sic*) l'almaire (*tr. en l'almaire*) de Saint Pol
de Corynte (*Corrinte*) en grezois langage, et dou grezois fu
mise en latin, et ge l'ai translatee (*la translatai*) en françois,
non pas par rismes (*rimes*) ne par vers, o il convint (*covient*)
avoir par fine force (*c. p. f. f. a.*) maintes mançognes, com
font ces monestiers (*menestriers*) que (*qui*) de lor lengue font
maintes fois riz et am (*rois et amis solacier*), de quoi il font
sovent lor profit et autrui doumage, mais par droit conte,
selon ce que ge l'ai trové (*la trovai*), sanz rien covrir de
verité ne de mençogne demoustrer, en tel mainiere que nul
(*nus*) ne poroit riens ajoindre ne mermer que por veraie
deüst estre tenue [2].

Ces deux mss., comme aussi la 2ᵉ rédaction de l'*His-
toire ancienne*, ont trois chapitres sur la position de
Troie et sur la Grèce ancienne comparée à la Grèce du
XIIIᵉ siècle, pour lesquels nous renvoyons à *Romania*,

---

1. Dans ce ms., les traces de la graphie originale sont un peu
plus nombreuses que dans le ms. 1612, à peu près de la même
époque (fin du XIIIᵉ siècle), mais il est moins correct que ce dernier.

2. Voir p. 288-293, pour les variantes de ce même ms. dans
l'*Entrevue d'Achille et d'Hector* et au début de l'épisode de
Troïlus et Briseïda.

XIV, 69-70, où M. P. Meyer les a donnés d'après les ms. B. N., fr. 301 et 1612. Ils ont, de plus, une préface que nous donnons plus loin ; voir p. 278.

Le ms. B. N., fr. 1631, qui a perdu le premier feuillet, est daté de 1485 et se termine par le roman de *Mélusine*. Il commence par un sommaire, dont voici les premiers mots et les derniers :

[com]ment Calcas les fist a force demourer. Si vous dirons après comment ilz furent empoisonnez de la puantise des cors porris....

(*f° 3 r° c. 2*) Si orrez après des songes que Ulixès songa, qui mout furent merveilleux, et comment son filz, qui avoit non Theologus, qui bien l'avoit quis troys moys et plus, l'occist par mesaventure, ainsi comme l'escripture le nous raconte. Et bien vous dirons que les oeuvres qui seront trouvees en ce livre ainsi qu'eles seront devisees seront a toutes bonnes gens moult plaisans, mesmement a ceulx qui voulentiers orront paroles de belles aventures. Et sachez que moult bon les fera oyr et escouter a toutes gens de bien.

La suite diffère de la rédaction des mss. 1612 et 1627 par des abréviations et des détails de forme, et aussi en ce que les chapitres préliminaires sur Troie et la Grèce sont supprimés :

Une cité avoit en Grece qui Penelope estoit appellee, et en celle cité avoit ung roi qui Peleüs avoit nom, qui estoit seigneur de tout le pays et qui estoit riche et puissant. Ce Peleüs estoit mauvais homs et n'avoit de sa femme qu'un seul enfant moult petit, dont nous vous parlerons encor assez [1]. Mais il ot ung frere qui en son temps fut appellé Enson, et cestuy cy ot ung filz qui Jason fut nommé...

---

1. L'*Histoire ancienne* (ms. 301) dit que Peleüs avait plusieurs filles de *Titis* (« Thetis ») *et que depuis que Jason ala conquester la toison, engendra il Achillès, qui tant de proesces fist en son temps.* » Cf. P. Meyer, dans *Romania*, XIV, 71.

Fin (f⁰ 82 v⁰) : Si vous ai bien menee a fin vraiement la droite estoire de Troye, selon ce qu'elle fut trouvee ou langaige des Gregoys, qui depuis fut mise en latin, et je l'ay mise en françoys, non pas par ryme ne par vers, come font ces jongleurs qui de leurs langues dient assez de bourdes et choses controuvees pour faire leur prouffit et a aultrui dommage, mais a esté la vraie hystoire au vray translatee et cy escripte par droit compte, comme je l'ay trouvee, sans y couvrir nulle mençonge, en telle maniere que nul n'y pourroit riens adjouster qui pour verité deust estre tenu [1].

Le ms. B. N., Nouv. acq. fr. 10052 (anc. Barrois cccccxciii), sur papier (xvᵉ siècle), provenant de la vente de Lord Ashburnham (1899, n⁰ 141 du catal.), contient (avec quelques variantes) le prologue des mss. 1612 et 1627 : *Les anciens saiges, qui de philosophie estoient maistres, nous deffendent*, etc., et se termine de même : *en telle maniere que nul n'y pourroit riens adjouster ne oster que pour vray deust estre tenu.*

Un autre ms. (sur vélin, xiiiᵉ siècle), d'origine italienne, faisait aussi partie de la bibliothèque Ashburnham, et figurait sous le n⁰ 152 dans le catalogue de vente de 1899 [2] : nous ignorons ce qu'il est devenu.

Le ms. du Musée britannique, Additional 9785, écrit sur papier vers 1500 [3], contient 243 feuillets de 28 à 31 lignes à la page. Il a perdu les premiers feuillets et commence ainsi :

Apr[es] defferma Medea [un]g petit escrinher sien et traist hors une ymage par art subtillement faicte et la bailla a

---

1. Pour la comparaison de l'*Épilogue* avec les ms. 1612 et 1627, voir p. 268.

2. Voir Omont, *Bibliothèque de l'École des Chartes*, LXIII, 23.

3. D'après Ward, *Catalogue of romances in the departement of manuscripts in the British Museum*, t. I (1883), p. 57-8, à qui nous empruntons les renseignements matériels concernant ce manuscrit. M. Ward croit à tort qu'il s'agit d'une traduction de Guido.

Jason et dist : « Tu porteras cecy avec toy, car, tant com tu l'avras, riens qui soit ne te fault doubter ».

Fin : Ci vous ay orez menné a la fin de la vraye ystoyre de Troye, sellon ce qu'elle fu trouvee et escripte en l'armoyre de Saint-Poul de Chounte (*lis.* Chorinte) en grezoys langaige... que nulz n'y pourroit riens ajoindre ne muer (*lis.* mermer) qui pour vray deust estre remue (*lis.* tenue).

Ce (lis. *C'est*) *la fin de la vray*[e] *ystoire de Troye, ou tant de roys et de princes moururent en tant de douloureuses batailles pour si petit d'ocoison, comme dit est.*

Il est à peu près certain que le manuscrit, dans son état primitif, renfermait le Prologue du ms. 1612 : *Les anciens sages, etc.*, et qu'il est, par conséquent, étranger à la rédaction représentée par le ms. B. N., fr. 785. Il manque un feuillet entre les fᵒˢ 18 et 19. Cette lacune comprend le discours de Pâris pour demander à aller en Grèce, son voyage et sa première rencontre avec Hélène ; le texte reprend par ces mots : *a sa voulenté. Et quant vint le soyr, Paris et ses compaignons s'en alerent vers leurs nefs, et quant ils furent tous assemblés, Paris parla et dist...* Un autre représentant de la rédaction des mss. B. N., fr. 1612 et 1627, précieux par les belles miniatures qui le décorent au nombre d'une quarantaine, se trouvait en 1894 entre les mains de M. Capus, propriétaire au Théron, hameau de la commune de Cestayrols, canton de Gaillac (Tarn), qui m'avait prié d'en négocier la vente à la Bibliothèque nationale [1]. Les dimensions sont, m'écrivait-on, de 300ᵐ sur 200ᵐ et il contient environ 150 pages écrites à deux colonnes en belle cursive du xvᵉ siècle. La photographie

---

1. L'inventaire, dressé en 1495, du château de Montbeton, près Montauban, mentionne, pour la bibliothèque, d'ailleurs assez pauvre, une *Histoire de Troie* (Communication de M. Forestié au Congrès des Sociétés savantes). Serait-ce notre manuscrit ?

de la première page et celle d'une autre, choisie vers le
milieu (chacune avec une miniature), qui m'ont été
transmises par l'obligeance de M. Saint-Cyr Boudet,
avocat à Cestayrols, m'ont permis de me faire une idée
suffisamment exacte de ce beau ms. La page 1 donne,
au-dessus de la miniature cette rubrique : *Ci commence
li prologue de la vraye hystoire de Troye*, et au-
dessous :

Li anciens sages que de philosophie erent mectre (*sic*) [1]
nous deffendent a mener nostre vie octieusement et sans
labour, et pour ce que curieuse (*sic*) [2] esmuet et encline le
corps a doctrines. Et pour ce amerent ilz gaster et travailler leurs corps...

Le second spécimen commence ainsi :

« De Trace avoit par my le corps un confenons atout le
fer et le bras coupés en travers ...par les mains de noz
(*miniature représentant Achille jouant aux échecs avec un
compagnon*) ennemis, et voyez que tous sommes desconfiz
ne oncques vostre escu n'en voulez prendre la ou vous
deussiez nostre honte vengier, etc. »

Il faut rapprocher de ce ms., à cause de la rubrique
initiale, celui qui est signalé en ces termes dans l'Inventaire des mss. de Philippe-Marie Visconti (Pavie,
1426) : « Nº 305. Liber unus in gallico, mediocris voluminis, qui vocatur *Troianus*, scriptus in carta et littera
formata, qui incipit in rubrica : *Ci commence li pro-
louge de le veraie hestorie de Troie*, et finitur in
textu : *deust entre temer* (pour *deust estre tenue*), cum
assidibus copertis corio viridi hirsuto et clavetis et cla-

---

1. Pour *mestre*.
2. Pour *oiseuse* ; cf. ms. 1612, *ociousetez* : on voit que la correction du ms. n'est pas parfaite.

vis auricalchi » (cf. ci-dessus, p. 65). Il est très probablement perdu.

Enfin, nous devons à une gracieuse communication,
toute récente, de M. Voretzsch, professeur à l'Université de Kiel, la connaissance d'un autre manuscrit, qui
n'avait pas encore été signalé.

Ce ms. (sur papier, xve siècle) contient 115 feuillets
à 2 colonnes de 35 à 39 lignes et est orné de nombreuses miniatures. Il appartient au comte François de
Henricourt de Grunne, qui le conserve dans son château d'Ophem, près Tervueren (Belgique). Il est très
proche parent du ms. B. N., fr. 1612, dont il reproduit
le Prologue et même la longue rubrique initiale. Mais
l'Épilogue est un peu abrégé :

Et je le translatay de latin *en roman et franchois* [1], et par
droit compte, selonc ce que je l'ay trouvé, sans rien covrir
de verité ne de menchongne demonstrer, en telle maniere
que nul n'y porroit riens ajoindre ne amenrir qui pour vray
deust estre tenu.

Le ms. B. N., fr. 785, anc. 7189 (vélin, xve siècle),
diffère notablement des mss. étudiés précédemment. Il
commence ainsi [2] :

1. La justification de la préférence donnée à la prose sur les
vers est, on le voit, supprimée : c'est que nous sommes au
xve siècle, et que la prose s'impose désormais pour les récits historiques ou pseudo-historiques.

2. Voir dans Joly, *l. l.*, I, 417 ss., ce début, qui n'est, après
quelques lignes, que la mise en prose un peu délayée du *Prologue* de Benoit. Ce *Prologue* est suivi d'un sommaire qui abrège
celui du poème : *Nous vous dirons premierement... Après vous
dirons comment*, etc. [*]

[*] Nous citons le début du récit pour sa fantaisie : *Nous vous dirons premierement de Peleus, qui vesqui bien cent ans et plus, lequel ot une des plus belles
femmes du monde, des plus avenans et courtoises, nommee dame Thetis.
D'icellui Peleus et de sa femme fu né Arculès, qui moult fu preux et redoubté
et un des bons chevaliers qui feust en son temps.*

(f° *1*) Après ce que j'ay leu, releu et pourveu par maintes foiz (*Joly* : maint esforz) es livres qui sont es aumoires monseigneur Saint Denis en France, especialement en cellui qui devise appertement l'afaire de Troye la Grant, je ne me puis trop durement esmerveiller ne esmayer quant aucun preudomme n'est venu avant, qui eust entreprins a translater le latin de ce en françois [1]...

Fin (f° *138 r°*) :... Si vous ay mené jusques a la fin de la vraie histoire de Troye... en telle maniere que nulz n'y pourroit riens adjouster que pour verité deust estre tenu.
— *Ci fine le livre de la destruction de Troye la grant.*

Ce ms. se tient généralement plus près du poème que les mss. B. N., fr. 1612, 1627 et 1631, et nouv. acquis. 10052, dans certains passages qu'ils abrègent [2]. Il est

1. Ce livre latin, que l'auteur dit avoir traduit, serait-il une traduction latine du poème de Benoit de Sainte-Maure ? C'est invraisemblable : nous avons là une de ces allégations familières aux auteurs du moyen âge, destinée à donner plus d'autorité à leurs œuvres en leur attribuant comme source un texte latin imaginaire.

2. Voir, par exemple, le récit de la bataille où paraît le Sagittaire, en particulier ce passage : *Mais il y avoit un roy en la cité qui sires estoit d'Alissonnie, nommé Pestroplex* (cf. vv. 12341 et 12345), *et estoit de vers Ynde, lequel estoit venuz a merveilleuse compaignie pour Troie garnir* (ms. 1612 : *Mais dirons qu'en la ville avoit un roi de Nubie qui merveilleuse gent amena avec soi por defendre Troie*). — Et dans le passage (abrégé dans les autres mss.) où est décrit l'amour de Diomède, après la phrase suivante, étrangère au poème : *Et de ce dient* (1612 *dist*) *aucuns sages que amours est chose replenie d'antenteure de* (1612 *d'antentive*) *paour*, on lit dans 785 seul cette phrase, qui en dérive : *Pour ce doubte Diomedès, que ja ne cuide avenir a ce qu'il atent, et dit en soy meismes que s'il y fault, il n'atent autre chose que la mort* (cf. 15031-2). — De même, dans la visite à Hélène, il reproduit seul le vers 11921, mais en le détournant de son sens par suite d'une mauvaise lecture : *Polidamas se trait tout seul*, au lieu de : *P. toz sous se taist*, etc. — Par contre (mais exceptionnellement), il abrège l'autre rédaction, par ex. dans l'épisode de Briseïda, où la première rédaction ne néglige (en dehors des détails de toilette) aucune donnée du poème. (Voir p. 297, note 2.)

l'œuvre d'un scribe distrait qui a commis un certain
nombre de bévues [1] et omis ou déplacé certains passages [2]. L'auteur de la rédaction qu'il représente a cer-

1. Par exemple, dans la phrase suivante (Plaintes d'Hécube sur
le sort d'Hector) : *Por quoy peurent les dieux souffrir que ne le sui*
(1612 *que je ne fuce*) *devant vous quant vostre pere vous laissa* (lis. :
v. esperit v. l.; cf. 1612, *v. esprit parti*), *et que vous ne tre[s]pas-
sastes entre mes bras ?*

2. Il passe (sans doute par suite d'un bourdon), en suivant
d'assez près le texte du ms. 1612, du début de la 20ᵉ bataille, où
Ajax va au combat désarmé (v. 22609-16), à la fin de la 21ᵉ,
1ʳᵉ journée (cf. v. 23697 ss.) : (fᵒ 102 rᵒ) *Si trouv(er)ons* (1612
quar nos trovons) *que a celui jour les eus[sen]t tous prins [as]
pavaillons et [les] nefs arses, se la nuit ne fust venue, et le filʒ
Thideüs, sans faille, i(l) fist moult d'armes de son corps. Et quant
la nuit vint, si se partirent Troyen de la bataille...* Et il continue
jusqu'à ces mots : *Si dura la bataille ainsi tout le jour* (1612 :
si d. la b. ensi meslee t. le j. sens finer) ; puis il reprend le récit
de la lutte mortelle entre Ajax et Pâris : *S'i furent mors le roy
Ayaux, qui tant estoit outrecuidé, et sa gent. Cilʒ [aloit] desarmeʒ par le tournoy, et oyés quil* (lis. : *quel) estoit s'aventure*
(= v. 22766), laissant de côté ce qui, dans 1612, correspond aux
vers 22617-58, et allongeant notablement le texte de ce ms. à
l'aide du poème, dont il reproduit presque sans changement un
assez grand nombre de vers (en particulier le discours d'Ajax) :
ce qui semble prouver que l'auteur de cette rédaction a remanié
le texte de l'autre en vue de l'allonger en s'aidant du poème. La
phrase suivante forme la soudure : *Panthasillee et ses pucelles
sont tousjours enmi les pïpaux* (= *principaux*) *Greʒois, siques il
leur est advis qu'elles ne voient sur elles nom* (lis. : ? : *se eus non* ;
cf. 1612 : *enmi le pis as Griʒois, si qu'avis lor est que il ne voient
se lor non*). Elle vient après celle-ci, qui n'est pas dans 1612 et
semble destinée à justifier la transposition opérée, en faisant
intervenir Philimenis, qui se distingue dans les deux batailles :
*Dès ore mais puet on veoir le dommage que Cassandra avoit
promis(e) a Paris* (cf. 22850-1). *[Le corps Paris ?] en sa* (lis. : *fu)
porté a Troye sur son escu par le sort* (lis. : *soing) du noble roy
Phelimenis; puis retourne en l'estour* (joeux) *touʒ hors du sens*
(fᵒ 105), *si [se] fiert entre les Grecʒ, si les occist et detranche tant
qu'il puet.* — D'autre part, les longues plaintes d'Hélène et les
funérailles de Pâris (jusqu'au chapitre : *De la terre des femes*, qui
est supprimé, ainsi que la mention de l'arrivée de Penthésilée)

tainement connu l'autre rédaction, car il en a conservé les additions [1], qui consistent surtout en des réflexions morales; mais il ne les reproduit pas d'une façon servile et parfois il les abrège quelque peu. Voyez, par exemple, la moralité qui suit la mort de Laomédon :

Ms. 1612.

Saignor, ceste ovre devroit mostrer essemple a toutes gens de non estre vieillis ne desmesurés, mais soufrant en toutes choses meïsment (*forme habituelle*) en paroles deporter, et estre de bel acuil as estranges et de cortoise response as privés; car bone parolle est chose qui poi coste et mout vaut; et de ce dist li sages que la parolle douce debrise ire et monteplie amis et adebonairist les cuers des enemis; et ces choses puet l'en chevir par parolles sages et humbles plus que l'en ne poroit faire par force d'armes ne par autre engin....

Ms. 785.

Ceste chose devroit donner grant exemple a toutes gens de non estre trop oultrageux et mesmement de paroles malgracieuses dire ne rapporter, mais estre de bel acueil aux estrangiers et de belles parolles aux privez; car bone parole est chose qui peu couste et moult vault souventes foiz, et par belles, sages et humbles paroles vient on souvent a bonne fin, que l'en ne pourroit faire par force d'armes ne par engin....

sont reportées après le discours d'Amphimacus (ici : *Estonatus*), sans que le scribe ait cherché à modifier le récit pour lui donner un peu de suite. Par exemple, il fait suivre le discours d'Amphimacus (qui se termine ainsi, comme dans 1612 : *et pour ce avons mestier d'autre conseil*) de ces mots : *Mais qui adont veist Heleine bien pouoit dire pour v(e)oir que sa doleur fut sur toutes les autres* ; et après les mots : *mais il* (les Troyens) *n'en faisoient nul semblant* (de sortir de la ville pour combattre), vient la rubrique : *La response que Priant le roy fist de rendre Helaine aux Gregois*, et le discours de Priam (qui n'est pas autrement annoncé) : « *Seigneurs* », *fait Priant*, etc.

[1]. Il donne, par exemple, le récit de la vengeance que Médée tira de Jason, qui l'avait abandonnée dans une île déserte, en

Si, dans bien des passages, l'auteur développe souvent en se servant des termes mêmes du poème, par contre, il lui arrive aussi, quoique plus rarement, d'abréger son modèle, non parfois sans quelque maladresse, comme à la fin de la scène entre Troïlus blessé et sa mère :

Ms. 1612.	Ms. 785.
Et quant la mere ot assez parlé a son fil, et il l'ot reconfortee assés par maintes fois et par maintes belles parolles, si se torna vers les autres dames et comença a parler et a gaber soi de s'amie, qui guerpi l'avoit; si appelle tricheresses les dames et les pucelles et dit que nul ne se doit en elles fiër.	Quant la mere ot assés parlé a son filz, il la reconforta molt bel et beau, et puis se retourna vers les autres dames et pucelles et dist que nul ne se doit en elles fiër.

Une abréviation plus importante se trouve à la fin de l'Histoire de Landomata, dont les conquêtes en Asie sont simplement indiquées en deux lignes, tandis que le ms. 1612 y consacre deux pages. Une autre, bien moins importante, se rencontre au milieu du chapitre consacré aux aventures d'Énée (voir p. 307-8).

Enfin, un grand nombre de chapitres sont reproduits presque mot à mot, par exemple le commencement de l'histoire de Jason :

Ms. 1612.	Ms. 785.
Mais il ot .j. frere qui fu apelés Eason, et cil ot .j. fil qui Jason fu només. Cestui Jason fu de ml't grant beauté	Il ot un suen frere nommé Jason (sic), lequel ot un filz appelé Jason, qui moult fu de grant beaulté et de grant

mettant à mort les deux enfants qu'elle avait eus de lui. Cependant les réflexions sur l'influence fâcheuse du traître Calchas manquent.

et de grant force et gracieus sus toutes creatures, par quoi sa renommee corroit par tous les païs de Grece et par maintes autres regions. Quant Pelleüs vit que la bonté Jason montoit chascun jor, si ot .j. paour que son regne ne li tollist, quar bien veoit que se il se vousist pener, que il ne li porroit contre lui defendre...

force, gracieux sur toutes creatures; si en couroit la renommee par tout le pays de Grece et par maint autre pays. Quant Peleus vit que la bonté de Jason croissoit chascun jour, il ot grant doubte qu'il ne lui ostast son royaume, car il veoit bien que, se il s'en feust volu mettre en peine, il ne l'eust peu contredire.

Nous allons maintenant faire connaître le texte qui nous semble représenter le mieux le Roman en prose original, nous servant du ms. B. N., fr. 1612 [1], qui commence par la préface suivante [2] :

Les anciens sages qui de philosofie parlerent nous defendent a mener nostre vie ociousement et sans labour, pour ce que ciousetez esmuet le cuer et encline le cors a touz vices. Et pour ce amerent il ouvrer et traveillier le cors non mie seulement a leur propre profit, mais au comun bien de touz les autres. Car, ensi come li repos est racine de vices monteplier et acroistre, ausi a en labour et en travail norrissement et acroissance de vertuz. Et pour ce devons nous mout metre no(u)z cuers a entendre (c. 2) les euvres des anciens et les (mss. des) vieilles estoires, quar l'en i puet assés apenre des biens et des maus que il usoient en leur afaires. Et tout ce nos est necessaire chose a faire et a savoir : c'est le bien

---

1. Nous mettons en note les principales différences que fournit la rédaction représentée par le ms. 785.

2. Cette préface se trouve également, avec de très légères variantes, dans le ms. B. N., fr. 1627 et dans les mss. Capus et de Henricourt ; elle était aussi dans le ms. perdu de la bibliothèque Visconti. Elle est précédée, dans 1612 (cf. ms. de Henricourt) d'une rubrique de 15 lignes dont voici les premiers et les derniers mots : *Ci comence le prologe et le livre dou tres noble romans de Troies.... pour l'achoison de Paris, qui ravi Helene par force.*

ovrer pour nous et por no(u)s amis, et le mal por eschiver
quant auconne chose peut sorvenir que grever nos doie. Car
par les choses passees peut l'on ml't jugier de celes qui sunt
a avenir, et se puet ml't aidier en restorer la defaute ; que
Aristotes dist que jeunes honz ne peut estre sages, et a cen
prover trait il avant .j. tel argument. Car il dist que grant
sens ne puet estre, se il n'a esprové ml't de choses, et grant
espreuve ne peut estre sanz longue vie. Mais nos devons
savoir que le philosofe entendi jeunesse en .ij. manieres :
c'est d'aage et usage ; quar il ne peut chaloir se li ons est
jeunes d'eage et il soit vieus par nobles meriz et par honeste
vie. Et tels jeunes fet plus a loër que le villart qui moine
sa vie disoluement, car aveuc l'oneste et la bone maniere
que li jeunes hons a pert [1] sa bone nature et par usage la
remembrance des vielles estoires et des grans euvres et li
bons essemples (sic) dont jeunes se eslievent, alievent et adrecent [2] a vigoureusement valoir et ouvrer en euvres de vertus :
(v°) a cen que l'ame [3] est bone naturelment. Et pour ce (que)
nos entendons a traitier des ancienes estoires, non mie tant
seulement por delit et profit des autres, se nus en est mains
sachant de moi, mais pour moi meïsmes delitier et adrecier
a bien. Et ja soit cen que les romaines estoires soient plus
noblez et de greignor afaire, come celes que plus longement
durerent que celes de Troye, qui fu devant grant tens et
ml't merveillouz ; — car ml't en i ot d'une part et d'autre des
nobles homes de grant auctorité et de grant savoir et de
grant fierté as armes [4], ou il esproverent merveilleusement
l'une et [5] l'autre vertu : c'est force de cors et engin de cuer ;
— et por miaus contenir l'euvre et que vos entendés miaux
l'estre de la chose, si vos dirons qui fu celi qui la noble
cité fonda. Après vos dirons la place de terre ou ele fu fondee et quelz genz et de quel païs le vindrent a defendre et
a destruire.

1. Ms. por, 1627 par.
2. 1627 examples dountent la jounece et eslievent et adrecent
li courage.
3. Por ce que l'ame de chascuns.
4. Mot peu lisible dans 1627, mais ce n'est pas armes.
5. Ms. li un a (nous prenons la leçon de 1627).

Coment la noble citez de Troiez fu fondee.

Troye fu en une partie d'Aise que l'en apelle Turquie [1]...
(*fᵒ 2 rᵒ, c.* 2) Mais de ce laisserons ores, quar bien vos ai
demoustré, selonc ce qu'il me semble, l'estre de Troye et
dou Grizois païs, et commencerons nos(*vᵒ*)tre matiere,
c'est a raconter la vraie estoire de Troyes.

Or parle de Troie.

En .j. de ces païs de Grece dont je ai parlé desus, ce est
en la terre de Labour, avoit une cité que Penelope fu
apelee, qui hui est apelee Naple, en laquelle .j. roi avoit que
l'en apeloit Pelleüs [2], qui ml't tenoit grant partie de cel païs
que vos avés oï nomer. Cil Pelleüs estoit viaux homs et
avoit a moillier une dame que Thitis avoit a non, dont il
n'avoit c'un seul enfant mout petit [3], dont le livre parlera
assés encores, qui Achillès fu només. Mais il ot .j. frere qui
fut apelés Eason, et cist ot .j. fil qui Jason fu només... Mais
il (le mouton) estoit gardés par si fiere maniere que nus
hons vivans ne le poïst geter... Meis qui ceste garde i avoit
mise ne puet nus savoir [4].

*Pelleüs, qui pensoit de deseriter son nevou. — Coment
Pelleüs parla a son nevou :... Jason meïsmes i fu et
Hercullès, qui son compaignon estoit. — Coment Jason
ala en Colcos. — C. J. ariva en la terre Laomedon.*

1. Voir, pour ce chapitre et les deux suivants sur la Grèce, le
texte publié par M. P. Meyer, d'après les mss. B. N., fr. 3o1 et 16r2,
dans *Romania*, XIV, 69-70.

2. Cette altération de nom est déjà dans le poème, mais ne va
pas jusqu'à la confusion avec le père d'Achille. Notons que la
forme *Peleas* pour *Peleüs* se trouve dans Guiraut de Calanson :
il est vrai que c'est à la rime. Voir ch. vi, *Allusions*, p. 348.

3. Cf. 1627 et 1631. L'*Histoire ancienne* donne à Peleüs plusieurs filles et fait naître Achille après le départ de Jason. Elle
introduit ici l'histoire de Phrixus et d'Hellé. Voir *Romania*, XIV, 71.

4. Je vais donner maintenant les rubriques de 1612, ou, à défaut
de rubrique, l'indication sommaire du contenu des chapitres, en
signalant ou citant les passages intéressants qui s'éloignent du
poème (avec les variantes importantes du ms. 1627 entre parenthèses).

— *Come li message parlent* (sic) *a J.* — *Que J. respondi
as messages* (sic). — *Que le message lor respondi.* —
Coment J. ariva a Colcos (Oestès règne à *Jaconidès ;*
l'auteur dit qu'il serait trop long de raconter les merveilles de l'art de « nigromance » que pratique Médée).
— *Si come la damoiselle l'ama.* — *Come J. mercia la
damoiselle.* — *C. Medea parla.* — *Que J. respondi a la
damoiselle.* — *Que M. respondi a J.* — *Que J. li creanta
qu'il l'esposeroit.* — *Que M. respondi a J.* — *Come M.
bailla .j. ymage.* — *Coment J. se mist a la voie.* — *C.
J. arriva en l'isle* :

(*f° 6 v°*)...Et en la parfin l'en mena J. aveuc lui, dont elle
grant follie [fist]. Et ml't s'en repenti après, si come li auctor dit; quar celi le la[i]ssa sur une ille de mer, et si
estoit grosse de .ij. enfans. Et puis fist elle tant que elle se
parti de l'isle et se delivra des enfans. Et tant quist J. qu'elle
le trova, et lors tua ses .ij. enfans, si en prist les cuers et les
entrailles et les dona a mangier a J. qui engendrés les avoit
de sa char, et puis après geta devant lui les piés et les mains
des enfans, et li dist que ce estoient les me[m]bres de ses
enfans que il avoit engendrés, dont il avoit les entrailles mangiees, et qu'ele avoit (*f° 7*) cen fait en venjance de ce qu'ele
l'avoit delivré de mort et il l'en avoit rendu si aspre gueredon
comme d'elle laissier en une ille sauvage. Por quoi les sages
jugent que ceste fu la plus cruel mere qui onques fust....

Come il furent au parlement (abrégé ; préparatifs de
la 1re expédition; Jason n'en fait pas partie; il y a 3o
vaisseaux, au lieu de 15) — *C. il ariverent a Troie,* etc. [1]
— *C'est j. essample.* [2] — *Si come Priant oï novelle de
Troie* :

1. L'auteur suit ici le poème. Nous supprimons, en conséquence,
quelques rubriques (ce que nous indiquons par *etc.*) ; nous ferons
de même ailleurs, pour abréger.
2. Moralité sur la « desmesure » de Laomédon, que donne également le ms. 785. Voir p. 276.

... Or est il voirs que Prians avoit Ecuba a feme, qui
ml't estoit sage et de grant lignee, qui fille estoit d'un roi de
Perse[1]; et de lui avoit il, si come je vos ai dit, .vij. enfans[2],
les .v. vallés et les .iij. meschines. Les filles furent *Eleca*[3],
Cassandra ; l'autre fu nomee Polixena, qui de beauté passa
toutes [*1627* toutes mortés femes]. Et encores dit l'Escrit
tant que il ot autres fis qui trestous furent bons chevaliers,
mès trestous estoient de bas, toutefois furent il engendré de
nobles demoiselles [*1627 ajoute* : de parages et estoient par
non appellez] [4].

> *Si come il rapareillierent le païs. — Come le roi fu
> conseillié. — Si come le roi comanda a Antenor* [d'aler
> en Grece ?]. *— Come A. ariva a Manesse. — Com
> Pelleüs li respondi*, etc. (cf. le poème) [5]. *— C'il torne-
> rent a Troie et noncierent le respons. — Come le roi
> parla a Hector. — C. H. respondi a son pere le roi.
> — Si com Paris parla de son songe* (cf. le poème) [6]. —

1. Cf. ms. 785. La tradition la plus ancienne la fait fille de
Dymas, un roi de Phrygie; dans Euripide, elle est fille de Cissée,
un roi de Thrace. Guido ne dit rien de son origine.

2. Cf. la famille *y* des mss. du poème (v. 2930-1), qui cependant régularise le compte, en ne notant que deux filles et supprimant Andromacha (v. 2950).

3. Corruption bizarre de Creüsa ; cf. Guido (*f° 1 r°, c. 2*), *eleusa*.
Peut-être aussi la source portait-elle *Electra* ; cf. 1627 *Eleta*,
785 *Eletta*. — L'auteur n'a d'ailleurs pas cru qu'il y eût eu une
Andromacha autre que la femme d'Hector.

4. Ce passage semble à première vue manquer dans le ms.1627.
Cela tient à ce que le relieur a déplacé plusieurs feuillets. L'or
dre naturel doit être ainsi rétabli dans la pagination à l'encre :
6, 8, 7, 10, 9, 11, 12. La rectification avait d'ailleurs été faite au
crayon, mais les chiffres sont inférieurs de deux unités, parce
qu'il n'a pas été tenu compte des feuillets de garde.

5. La ville où Anténor trouve Castor et Pollus se nomme *Isse* (1627
Isseon) : *Issa*, ile et ville de l'Illyrie, ne convient pas. La leçon de
Darès (ch.V) : *in Achaiam pervenit. Inde ad Castorem et Pollucem
delatus cœpit ab his postulare*, semble d'ailleurs accuser une lacune.

6. Au lieu de *Juno*, l'une des trois déesses, les mss. 1612 et 1627
écrivent *Jouis*.

— *Si com Helenus parla.* — *Come il furent tuit uni.*
— *Come il s'acorderent a Troylus.* — *Si com Pantus parla.* — *Si come tout le peuple contredit la parolle Pantus.* — *Com Cassandra, la fille dou roi, parla,* etc. — L'enlèvement d'Hélène est abrégé, en particulier l'entrevue avec Pâris, sans doute pour esquiver les difficultés géographiques :

... Et li Troïen alerent tant qu'il ariverent a .j. isle que l'en apeloit Cithera : c'est l'ille qui est apellee Cetri [1]. Illeuques avoit une grant feste, si que tous ciaus dou païs i estoient venus au temple que il avoient fait en l'onor de Venus. Meïsment dame Elaine ou grant compaignie de chevaliers et de dames et de damoiselles i estoient venues. Paris et sa compaignie alerent offrir .j. sacrefice a la maniere de Troie mout acceptablement, si que ml't plot as Griex. Dame Elaine reguarda Paris et ml't le prisa et sa beauté et sa contenance, et Paris d'autre part, si que tant fist que ensemble palerent, et bien sambla a Paris qu'elle consentiroit auques sa volenté...

Le château sur le port s'appelle *Ysee* (*les gens dou chastel qui estoient sus le port, Ysee estoit apellés ;* le nom manque dans 785 ; *Thenedon*, où aborde Pâris, est à quinze lieues de Troie). — *Si come Menelaus se pleint a son frere Agamenon de son domage.* — *Si com il manderent lor letres par toutes les terres de Grece.* [2] — *Coment Castor et Polus se mistrent en mer por aler a Troie.*

PORTRAITS. — *Ici devise les façons des princes :*... *Dame Elaine* [*estoit*] *leur seur, et por ce qu'ele fu achoi-*

1. Cf. 1627 : aujourd'hui *Cerigo.* L'auteur, comme Guido, aime à identifier les lieux. Voir les chapitres qui suivent la *Préface.*
2. Eürialus du poème devient *Elionus* (*Eliolus* dans 1627), et Telopolus *Nopolonus* (*Neptolonus* dans 1627). Cf. les variantes du poème, *Neptolemus, Nepth., Neopt.. Neopth.,* etc.

son de ceste doulourouse euvre, la metons nos premiere-
ment. Si vos di que ce fu [*la plus belc feme*] *que l'an tro-*
vast en Grece '... [*Patroclus*] *miaux estoit tailliés au*
se(r)jorner deliciousement que a travail d'armes. —
De ce meïsme (*Un autre Ayax i avoit qu'en surnom fu*
Thelamons apellés; cf. v. 5187-8 [2]) — Après le portrait
de Nestor, il y en a un de Thoas [3]. Neptolonus (**sic**; **ms.**
785 Neptolomus) est qualifié *duc d'Athènes :* l'auteur
n'a assurément pas reconnu en lui le fils d'Achille. Il en
est sans doute de même pour Benoit, ou du moins pour
certains scribes de son poème, car *Neptolemus* (*Neopto-*
mus) est souvent une variante de *Telopolemus* (= *Tlepo-*
lemus de Darès); voir à la *Table analytique des noms*
propres, aux mots *Telopolon* et *Neptolemus.* — Polidarius, qui n'a aucun rôle dans le poème, est ici rem-

1. Rien autre pour Hélène. Il y a ici moins de détails que dans
le poème] pour ce qui concerne la description physique. Ainsi
l'auteur dit simplement de Palamède : *Palamedès fu grailles*
et bien tailliés et de belle forme (cf. *Tr.* 5251-6); mais il ajoute
un trait moral justifié par le rôle qu'il joue : *et surtout desiroit*
seignorie et honor. La caractéristique de Polidarius (cf. v. 5257-8)
a disparu, etc. C'est surtout sensible dans les portraits d'Andromaque et de Troïlus, où le côté physique est sacrifié. — Il faut
cependant faire une exception pour Polyxène, dont il décrit la
beauté non seulement en faisant son portrait, mais encore à
propos de l'amour d'Achille (*f⁰ 69 r⁰, c. 2 et v⁰*). Notons ce trait,
par lequel il termine : *Les autres beautés repostes ne font mie*
a demander ne a raconter, por ce que li cuers en parolle miauz
que la bouche.

2. Le portrait d'Ajax (fils d'Oïlée) manque, ce qui prouve que
le ms. du poème utilisé devait appartenir au groupe *A²x.* Voir
t. V, p. 5, la note au v. 5179.

3. *Thoas le roi, qui cousi(e)ns Achillès estoit, iert de maindre*
estature, si fu ml't sages et amesurés; as armes fu de merveillouse
esprouve. Ce portrait ne figure ni dans le *Darès*, ni chez les Byzantins, ni dans le ms. 785. Il s'explique peut-être ici par l'importance que l'auteur attache à l'épisode de Briseïda, l'échange de
Thoas prisonnier contre Anténor ayant été l'occasion de la réclamation que Calchas fit de sa fille.

placé par *Philitoas*, que l'auteur appelle *Pheliproas* (cf. 785 *Philiois*), tout en conservant le trait essentiel du portrait de Polidarius : *Ph. estoit de bele façon, mais il estoit si orguillous que nus ne pooit a lui durer* [1]. — Pour Machaon, le premier vers est seul reproduit : *M. iert .j. merveillous roi* (cf v. 5263). — Pour le roi de Perse, qu'il appelle *Cercès* (ms. 785 *Terces*; cf. *Troie* 5271, mss. *A²Ln*), c'est le second vers (v. 5272) qu'il développe : *Le roi C. estoit uns hons de grant porpens et ml't amoit bons chevaliers, et por cen en ot il assés a besoing a son servise.* — De Briseïda (*Brigeda*) il dit simplement que *elle fu de ml't grant biauté et de belle fachon et de grant maniere sage et bien parlans, et mout mist son cuer en amor, ensi come vos orrés.* — Le portrait de Troïlus (*Troiolus*) est abrégé; il reproduit cependant les traits des vers 5389, 5439-41, 5444. — Enfin il dit de Polidamas (*Polidomas*) qu'il *fu ml't sages et cortois sor toutes creatures et passible comme une damoiselle* [2]. — *Come Griʒois assemblerent lor gens que il orent amassé à Athènes.* — *Ci conte le nombre des nés* : quelques chiffres diffèrent, et les noms les moins connus (ici comme ailleurs) sont estropiés : *Telus* (Tolias), *Oïlenus et Aiax* (Oïleïus Aiaus), *Eminerus, de la cité de Heminois* (Hunerius, de la terre d'Essimiëis), *Diomedès, Cerilus* [3] *et Ariaus* (D. e Sthelenus e li beaus Eürialus). — Le nombre des chefs est évalué à 33, celui des vaisseaux à 1210 (cf. *Tr.*, v. 5699-702). — *Si come Agamenon parla.* — *Si c. Achilles et Patroclus sacrefierent au temple d'Apollin.* — *Si c. Calcas et A. s'entrecontrerent et l'un descovri son corage a l'autre* (digression : les idoles étaient habitées par des diables;

---

1. Il est vrai qu'il omet un trait non moins important (*tristem* dans Darès), que conserve Guido; cf. *Tr.*, 5260, *Mais toʒ jorʒ ert tristes pensanʒ.*

2. Voir t. V, p. 11, la note aux vers 8861-4.

3. Cf. v. 5677, ms. F *Calinus*, L *Scelenus.*

ces diables, quoique connaissant l'avenir, trompaient
les gens par l'obscurité et les lacunes de leurs oracles; depuis la venue de Jésus-Christ, c'est le péché
qui leur donne prise sur nous). — *Si come il orent
grant joie de la venue Calcas* '. — *Si come Agamenon ajosta .j. grant parlement.* — *Si come Ulixès
et Diomedès s'en alerent messages as Troïens,* etc.
— *Si com Achilles et Patroclus gasterent le païs*
(aucun détail : ni Télèphe ni Teuthras ne sont nommés).
— *Les noms de[s] princes qui vindrent secorre Troies :
D'un païs que l'en apelle Cactan* ², *qui ml't est loing
contre soulail levant et septentrion, vindrent .ij. roi
Pandarus et Adastrus...* (beaucoup de noms altérés).
— *Come Troïens firent grant joie de lor venue : ... Et
furent nombrés les princes a .c. et .iij.* ³ ». — *Si com
Palamedes vint a Thenedon.* — *Si com P. parla et dist.*
— *Com il s'acorderent tuit et se mistrent en mer,* etc.
(débarquement). — *Si com Hector ordena ses gens par
escielles,* etc. — *Coment Agamenon ordena ses batailles
par eschi[e]lles.* — *De ce meïsme* (généralités sur la
2ᵉ bataille). — *Si come Hector et Patroclus et lor gent
s'entrecontrerent,* etc. (Un écuyer d'Hector, *Dodinet*
(= Dodaniët) tue *un grant prince, Carli* (= *Carrut*), qui
pressait vivement son maître, d'une des deux lances
qu'il lui apportait; cf. v. 8484-99). — *Si come Hector
vint a l'encontre dou roi Calos de Tramenie* (dans le
texte : *d'Arcamenie*) ⁴ *et li fist grant domage.* — *Si come
le roi Thiseüs secoru Hector.* — *Com les .x. freres H.*
(un seul des dix est nommé) *le vindrent sorcurre,* etc.

1. La tempête et le sacrifice à Aulis sont supprimés : les Grecs
vont droit à Ténédos.
2. Ms. 1627 : *Cattan... P. et Adaforus*; ms. 785 : *certain y vint
pandarus et dastrus.*
3. C'est la leçon de la plupart des mss. du poème. Nous avons
Pris celle de *B'R,* .xxxiij.
4. *Calos d'Arcamenie* = *Ascaloꝫ d'Orcomenie* (cf. v. 8633).

— *Si come Hector fu feru d'une saiete en mi le visage
que li rois des Muors* [1] *li traï*, etc. (passage violemment
abrégé [2] : H. demande à son père 2.000 chevaliers et les
emmène avec la plupart des Bâtards, dont les noms
sont souvent, ici et un peu partout, fort estropiés (cf.
Aiasbrus pour *Bruns li Gemeaus*, *Digus* pour *Doglas*,
Vadamor pour *Né d'Amors*, comme d'autres noms
aussi : *Marrot* pour *Morin*, *Tenfer* pour *Teücer*, *Eme-
rion* pour *Merion* [3], etc.). — *Si com H. reconut son cousin, fils de Exiona, la seror le roi Priant, qui estoit en
l'ost de Grece.* — *Si come H. vint en la ville.* — *Si come
Achilles ploroit Patroclus.* — *Si com Palamidès parla
ml't irié a Agamenon.* — *Si come Agamenon apareilla
ses eschielles por combatre*, etc. (3ᵉ bataille ; les dames
sont aux fenêtres). — *Si come Grijois parlerent de la
mort Hector* (long discours d'Agamemnon). — *Come
Troïens font grant joie*, etc. (4ᵉ bataille). — *Si come
Priant fist assembler les princes et lor demanda quele
seroit de roi Thoas, qui pris estoit.* — *Si com la roïne
Ecuba parolle a Eneas et a Polidamas et a Troylus.* —
Come il respont (sic) *a la roïne E.* — *Si come il palerent
a dame Elaine, qui lor dona de ses juaus* (il y avait avec
Hélène plus de 70 dames, femmes, filles ou sœurs de
rois) :

Et elle lor fist ml't biau semblant et lor dona de ses riches joiaus. Mais sur toutes (*lis.* tous) les autres l'ot chier
Polidomas, et bien croi que plus (*que des joyaux*) en vou-

---

1. C'est Hunier (Hunerius), roi des Essimiois ; cf. *Tr.*, 9810-11
et la traduction italienne dont un fragment a été publié par M. P.
Meyer, *Romania*, XIV, 79, *il re di Ssimois*. Au Catalogue, le
Roman en prose donne *Eminerus*, de la cité *de Heminois* : des
Muors dérive plutôt de : *de Simiois*, que donne le ms. 1627.

2. Notons, comme une bévue du scribe, *Agias* pour *Agamenon*
(Agamemnon), à la fin du catalogue des chefs grecs à la 2ᵉ bataille.

3. Voir le texte, *Romania*, XIV, 79.

droit avoir, mais il n'est pas a sa volenté, ne parolle n'en
dist, ne elle a lui, dont l'en puisse retraire se cortoisie non ;
car ml't est grief chose a savoir les corages ne les pensees
as gens. Trop faillent villainement cil qui se font devin[e]ors des amors des autres : por coi je depri Nostre Seignor que tel maniere de gent puissent avant lor mort esprover semblab[l]e jugement. Si nos souferons ore de ce, et
dirons que le seneschal fist l'eve criër en la grant sale.

Si come tous ceaus de Grece estoient en grant paour
(à cause de la tempête ; cf. *Tr.*, v. 11982-90) ; 5e bataille,
le Sagittaire : *Et dist l'en que tels manieres de bestes
conversent ou parſont midi* ; prise d'Anténor. — *Si
come les princes de Grece ajosterent .j. grant parlement*
(v. 12570-626). — *Com il s'asemblerent a mortel champ*
(6e et 7e batailles ; réflexions sur les pertes des Grecs).
— *Si come Ulixès et Diomedès alerent por demander
triues* (épisode de Dolon). — *Si come Antenor fu delivrés en eschange dou roi Thoas.*
    Pour l'*Entrevue d'Achille et d'Hector*, le Roman en
prose suit la 2e rédaction du poème[1]. Nous donnons
entre parenthèses et en italique les variantes du ms.
1627 (*fº 33 rº, c. 1*), qui sont, comme on le verra, peu
importantes :

    (*fº 48 vº, c. 2*) *Si come Achillès a la veoir Hector.*
    [Achillès ala veoir Hector], lui et sa compaignie, et Hector
et les siens vindrent encontre (*envers*) lui, et salua li uns (*l'un*)
l'autre. [La veïssiez de chascune part grant richece(s) de biauz
chevauz et de dras de soie et d'or (*d'or et de soie*)]. [Si furent
sus (*sor*) une riviere] li uns d'une part et li autre d'autre, [et
se firent ml't beau semblant (*fº 49*) selonc gens qui henemis
estoient]. Si parla premierement Achillès et dist (*dit*) a Hec-

    1. Voir, en particulier, les passages que nous avons mis entre
crochets dans ces trois chapitres et qui correspondent aux vers
de Joly 12987, 12994, 13000-3, 13033-4, 13073-87, 13100-3,
13111-25, 13142-52, 13164-5, 13166-70, 13178-9.

tor : « Beau sire, voirs est que je ne vous vi onques se armé
non, et si demoustrés si bien vostre proesce vers moi que
bien puis dire que maveise amor me portez. Et certes mes
armes le tesmoignent, qui sovent sont desmaillees par les cos
de vostre spee (*le cols de vos brant*), que maintes foiz s'est
(*est*) ja moilliez de (*en*) mon sanc. Si puis bien estre (*en
estre*) certain de mort, se de vos ne me puis defendre, [que
tant se moustre vostre fellon cuers (*c. f.*) envers moi qu'il
me (*ne*) semble que vos n'aiez (*aiez*) nul autre enemi. Et ml't
avés doné en mon cuer grant duel (*g. d. en m. c.*) de Patroclus que vos oceïstes, dou quel ja mais la dolour n'oblierai,
[car]¹ il estoit la chose au monde que ge plus amoie, dont
vos m'avez tollue (*touloit*) la compaignie. Mès, se je puis, je
vos en ferai repentir (*departir*); mais ce sera a tart, quar
(*que*) miaux ameroie estre mort que je mon pooir n'en (*ne*)
face de lui vengi(*c. 2*)er]. Et ce vos mouste[r]rai (*demonstrerai*)
ge bien, se nos maintenons longement la guerre (*li affere*). Et
por ce ne vos fïés (*f. pas*) en moi, quar vostre lance dont vos
mon chier ami (*m. a.*) oceïstes toicha (*toucha*) jusques a mon
cuer, por quoi je vos di que je porpense chascun jor de faire
vostre vie finer par mes mains, ou ge porte (*port*) vostre
mort. [De (*Et de*) ce ne poés eschaper (*eschamper*) que ge
n'en conforte (lis., avec 1627 : *ne confonde*) le grant pooir
(*p. des armes*) qui en vos est; et ce sera prochanement, se
Dieu(z) plaist (*se deu p. pr.*)].

*Coment Hector respont a Achillès. (La cortoise res-
ponse H.*).

He[c]tor, qui ml't estoit sages et amesurés, li respondi
tout en riant ml't (*et m.*) simplement et dit : « Sire Achillès,
se je sui vostre henemi, ce n'est pas de merveilles (*grant
merveille*), [quar (*que*) vos savés que de guerre ne vi[e]nt pas
amor (*v. a.*). Et si devés savoir que quant il me sovient que
vos me volez desirreter et occire, que je en sui (*v°*) ml't dolent (*irrez*) : por coi je vos di que ce seroit ml't grant contraire se (*que*) je fusse vostre amis (*ami*). Quar, quant il me
membre coment vos feïstes (*fetes toz*) votre pooir de moi
deseriter, donc je (*moi domagier ge*) sui tant espris d'ire et de

1. *Car* se trouve dans le ms. 1627.

mautalent que tous li cors me tressue et tremble (*me tramble,
ms.* semble) d'angoisse], et ne poroie dire la mesaise que je ai
en (*gen ai a*) mon cuer. Mais se je puis longement vivre, assés
en ferai a vos et a tout le plus fort (*a. vos en repantiroiz encore
vos et toz li p. forz*) de vostre compaignie. Et nonporquant, si
ai je dit come vileins (*parlez villainement*), quar man[a]cier
ne parti[e]nt (*n'apartient*) pas a franc cuer, et meïsment entre
nous covient user plus ouvres (*oevre*) que parolles. Et por
ce vos di ge que li poins en est venus, [se vos avés tant de
proesce en vos come (*p. c.*) vos demoustrés ici par semblant,
et se vos avés talent de vengier Patroclus que vos tant
amastes, de quele amor aucune[s] folles gens distrent cruel
vilenie, la quel chose je ne vossice por amor de vos por .m.
mars (*c. 2*) d'or que ce fust voirs]. Mais tout ce laissons (*l.
ore*) ester et vos soiés cortois et vaillans et vos combatés a
moi cors a cors por (*par*) la vostre partie, et je por la moie,
quar a nos .ij. apent li afaires. [Et ensi porons sa[u]ver la vie
a(s) maintes gens qui n'ont pas deservi a morir]. Et por ceste
achoison, se vos me poés outrer d'armes, je vos laisserai la
terre et tout le reaume, et de cen vos ferai je bien seür. Et
se je vos puis outrer d'armes, autre chose ne vos demant,
mais que seulement me quités ma terre sens plus. [Et se moi
semble que vos ce ne devés refuser, quar ensi doit .j. frans
hons user et vengier soi de son henemi. Et puis, se vos me
conquerés en champ (*chans*), tout vostre pris en sera dou-
blés].

*Coment Achillès vout otroier la bataille, se ne fust Agame-
non.* (*C. A. fu corocié et voust la b. plevir*).
   Mult ot Achillès grant vergoigne et ire des parolles que
Hector li ot dites, [si se traist avant (*d. si se tret*) maintenant
près (*f° 50*) de lui por la bataille plevir]. Mais il ne le pot
faire, quar Agamenon et les autres (*a. princes* : leçon meilleure) ne le vostrent soufrir : dont il fu contre eaus ml't
courouciez, quar bien sachiés que devers lui n'en fust pas
demouré. Et quant la novelle fu seüe par mi la ville que
Hector se voloit combatre por eaus (*ceals*), si ne veïstes
onques si grant duel faire a nulle gent come il faisoient.
Mais qui qu'en fust dolens ne (*et*) courouciez, li roi[s] Prians
ne s'esmoie (*s'en esmoie*) point, por ce que il set ml't bien en

quoi il se fie ; si voudroit volentiers la bataille, se par les
(*li*) Grizois ne demourast.

*Coment Troïlus fu ml't corrociés que departir le covint de
s'amie belle.* (*C. Troyolus se desconforte por s'amie*).

Qui que soit en joie et en leesche, Troylus (*Troyolus*) est
durement esmaiés por la requeste de la fille Calcas, quar il
l'amoit de tout son cuer, et elle lui [1]. Et quant elle sot que

---

1. Dans l'*Entrevue d'Achille et d'Hector*, le ms. 785 suit la
1re rédaction et se tient assez près du poème : (*f° 61 r°*) Achillès
vint au parlement (*où l'on venait de décider l'échange de Thoas et
d'Anténor et la remise de Briseïda à son père*) otout mil chevaliers, desquels le plus petit estoit moult chevalereux. De Troie
et de Grece y fu toute la flour, et illec parlerent de chevaleries et
des cops feruz et de maintes autres choses et en plusieurs manieres se contralient. — *Comment Achillès parle moult grandement en
le tres fort men[a]çant de sa personne.* — « Beau sire Hector »,
dist Achillès, « oncquez maiz ne vous vy que n'eussiez la teste
armee. Moult treuve en vous dure meslee : en mon haubert y pert
assez. Soiez tout certain que moult voulontiers, se je pouoie,
vengeroie la mort Patroclus, du quel grand dueil en avez en mon
cuer mis. Mais j'espere bien, quoy qu'il demeure, que je vous
attaindray une foiz tellement qu'il vous convendra porter en
une biere. Je vous atens jusques a un jour que je verray temps :
il n'y a gueirez, j'en suy certain, car vous pouez estre asseurez
(*v°*) que je porte vostre mort entre mes mains. » — *Comment
Hector requist a Achillès de faire champ corps a corps l'un contre
l'autre.* — Hector respondi : « Je n'en puis maiz, se je vous
hez ; car trop est l'achoison grant dont je vous doy haïr. Et pour
ce soit de noz deux la bataille en ce champ : se vous me
conquerez, les Troyens touz laisseront la terre, que ja un suel n'y
arestera qu'il ne s'en fuient en terre estrange. Je vous feray
asseurer et delivrer voz hostages, et autretel vous ferez a moy.
Et je vous sens si preux que ja en vous ne tenra. Grant bien
seroit, se par noz deulx seulement estoient tant de vaillans
hommes sauvez et si mortelle guerre finie par noz corps. Et
pour ce porriez vengier la douleur du compaignon et le meffait
que tant dites que vous ay fait. » Ainsi disoient l'un a l'autre,
et tant que pour assembler se ordonnerent et partirent.
Adoncques vissiez gens mettre [soi] a l'entour d'eulx. La ot maint
conseil donné. Agamenon et li haulx hommes ne vouloyent
pas que Achillès face ceste bataille, mais pour riens ne s'en

le (*lis.* : li) (*qu'il la*) covenoit aler en l'ost, si commença a faire grant duel : « Lasse ! » fait elle, « quel dolor doi je avoir (*c. 2*) quant (*q. dolor q.*) il me covient laissier la terre ou je sui (*fu*) nee et la gent entre qui je sui norrie et aler m'ent entre gent estrange ! Hai ! Troïlus (*Troiolus*), biaus dous amis, que sur (*qui sor*) toutes choses m'avés amee, et je vos avoie si durement (*a. dou tot*) mon cuer doné que je ne sai coment je puisse sans vous durer ! Hai ! roi Priant, puis que il te plaist d'envoier moi hors de ta cité (*terre*), ou j'ai eü tous les biens et (*et toʒ*) les honors, ja Dieu ne place que je vive (*soie v.*) jusques au jor ! Veigne la mort, quar sur (*sor*) toutes choses la desir. » Troïlus vint cele nuit a lui (*a li c. n.*) si desconseilliés come celui (*com celi*) qui cuide toute terriëne joie perdre. Et plourent andui ml't tendrement, quar (*que*) bien sevent que demain seront loing l'un de l'autre ensi (*si*) que jamais n'avront joie ne loisir (*n'avront l.*) de lor volonté faire. Si prist li uns de l'autre tant come il orent (*en o.*) le loisir. Et, las ! disoient come a grant dolour les ont (*a*) mis ceaz qui departir les font. Ensi a joie mes-(*vᵒ*)lee de plour (*flor*) et entre desduit et poine si demoinent tele vie jusques (*se demonent*) a l'ajornement (*a l'ajornant*). Et quant Troïlus s'en fu alés, la damoiselle apareilla son oire et fist enmaler et trosser tout son riche tresor et ses dras de soie, et puis prist congié de maint qui ml't en furent dolent (*corrocié*) [1]. La roïne et dame Elaine et les autres dames et

veult desister, ains se plaint a eulx de ce que tant le vouloient abaisser, car pour le corps d'un chevalier ne le laissent mettre en adventure. A la royne en sont comptees les nouvelles, dont elle et les autres dames en font grant plour pour la grant doubtance de Hector. Le roy Priant vousist bien qu'il le fist, car moult se fie en son filz ; mais touz les plus riches et meilleurs des Grecs en ont fait parler en disant que l'un l'autre en ceste chose n'ont point de desonneur ; et tant firent que de ce acomplir ne faire se departirent. Qui que en eust deuil ou leesse, Troïlus fu mout couroucié pour l'amour qu'il avoit a la fille Calcas, car tout son cuer avoit en elle mis, etc.

1. Ici la 2ᵉ rédaction de l'*Histoire ancienne* (voir P. Meyer, dans *Romania*, XIV, 63 ss.), après avoir dit d'un mot que « la damoiselle fu vestue et apareilliee richement », donne la description du manteau de Briseïda (cf. *Troie*, 13341-409 et Joly, I, 425), qui

pucelles en plorerent ml't tendrement. Et celle, qui ml't estoit couroucie (*cortoise* : mieux), s'em part de la ville (*se parti de lor*) a ml't grant dolor (*m. doloros semblant*), quar trop estoit esmaiee [1]. Troïlus o grant compagnie de chevaliers la convoia, et la prist par mi la regne, come celui qui ml't l'amoit. Mais or faudra icelle amor : por quoi chascun pleure durement. Mais se la pucelle est iree, ne li durera mie longement, quar ml't tost avra changié son corage, et tornera s'amors envers qui onques mais ne la vit nul jor ne elle lui ; quar tele est la maniere des femes que lor doulor (*c.* 2) dure peu, et quant elle pleure a .j. eul, si rit elle a l'autre. Et si sont si muables par nature que ml't legiere- ment changent lor cuers, dont l'en devroit tenir toute folle la plus senee. Quar, quant elle avra assés amé .vj. ans ou plus [2], obliera en .j. jor, quar elles ne sevent contenir [3] en lor doulor. Encore ont femes un autre vice, quar ja tant n'avra elle mesfait de nulle laide chose que a lui semble que elle en doit estre reprise ne blasmee. Et ce est trop grant folie a non reconoistre ses defautes, et de tres grant povreté de sens muet. Qui en elles met son cuer, il engigne soi meïsme [4]. Et de cen dist le Sage quar qui porroit trover une fort feme, il devroit loer Nostre Seignor. Il dist : « fort », por la floibece qui est en elles, quar ml't est fort celle qui se defent d'estre sorprise de folie. Quar biauté de feme et chasteé ne s'acordent mie ensemble, quar riens nulle n'est

---

faisait sans doute partie du texte original du *Roman de Troie* en prose et a dû être supprimée comme hors-d'œuvre. Il n'est pas probable, en effet, que l'auteur de la compilation ait pris la peine de rétablir une partie du poème qui aurait été laissée de côté dans le *Roman en prose* : le contraire serait plus vraisem- blable.

1. Nous croyons inutile de continuer, pour l'épisode de Troïlus et Briseïda, la comparaison du ms. 1612 avec 1627.

2. Le poème et le ms. 301 donnent *en set anz* (var. du poème : *dous ans* et *trois ans*).

3. Lisez : *se contenir* ou *continuer*. Le ms. B. N., fr. 301 donne : *continuer en dolor*.

4. Cf. *Troie*, 13455-6. La dédicace est supprimée ; de même dans le ms. 785 et dans l'*Histoire ancienne*.

tant desiree come est beauté de feme. Por coi (*f° 51*) il avient
sovent que por le chant des precheours en sont maintes
conquises [1], quar devine merveille seroit se nulle s'en peüst
defendre a cui l'en peüst sovent parler. Et por ce, qui la
troveroit loial et belle, .j. angere de Paradis ne devroit estre
pas tenu plus chier. Et sor toutes choses poroit l'en assés
dire, mais il n'est ore ne tens ne leus ; si retornerons
nostre matiere et a nostre proposement.

Si come la demoiselle de son ami [2] *Troïlus a ml't grant
doulor.*

La damoiselle n'atent autre chose que la mort, quant elle
se voit partie de celui qu'ele soloit tant amer. Et por ce li
prie ml't doucement que il ne l'oblit mie, quar en toute sa
vie n'amera se lui non. Et cil li redit et prie (*c. 2*) que s'elle
onques l'ama, que elle ores i pense : « Et de par moi vos di
je vraiement qu'il n'enpirera de riens que tous jors ne vos
aime de fin cuer entier, si que je ne vous changerai por
nulle qui soit ». Et ce plevist li uns a l'autre.

Et tant le convoia Troïlus qu'il furent hors de la ville.
Et la la livrerent a ceaus qui l'atendoient, qui la reçu-
rent a ml't grant joie : ce fu Diomedès, Ulixès, li rois
Thelamons Ayas ; si qu'ele ploroit si durement que nus ne
la pooit reconforter. Et d'autre part Troylus s'en torne des-
confortez. Et maintenant que la damoiselle fu entre ces
chevaliers, Diomedès se mist de costé lui et li dist :

Coment Diomedès parolle a [la] fille Calcas.

« Belle suer, cil a droit se poroit prisier veraiement qui
avroit vostre amor. Et je sui celui qui volentiers avroit
vostre cuer en tel maniere que je fusse vostre tous les jors
de ma vie. Et se ne fust (*v°*) por ce que il est trop tost et
que nos somes si près des pavellons et que je vos voi si
esmaïe et pensive, je vos criasse merci que vos me receüs-

---

1. Ms. 1631 : *et advient souventes foys que les plus fortes sont
conquises par les enchantemens des pecheurs.* Lisez, avec 1627 :
por l'enchauʒ des prieurs (cf. *Troie*, 13483, leçon de *e* et de *H*).
Phrase supprimée par l'auteur de l'*Histoire ancienne*, qui a été
embarrassé.

2. Ms. *d. se ami.*

siés a vostre chevalier. Et sachiés que je ameroie miauz la
mort que je a ce ne veigne ancores. Mais grant paour me
fait que vostre cuer ne soit aïros vers moi et envers ciauz
de nostre partie, quar je croi que vos amerés tous jors les
gens entor qui vos avés esté norrie et nee : et de ce ne vos
doit nus blamer. Mais mainte fois avient de gens qui ne se
virent onques que il s'aiment de tres fin cuer. Et ce vos di
je por moi, qui onque ne vos vi ne n'amai par amors, et
or voi que Amors m'a tout doné a vos [1] : et ce ne me semble pas merveille (quar), quant je remir vostre grant biauté
dont vos estes enluminee. Et por ce veul que vos sachiez
que jamais ne quier avoir joie devant que je soie asseür
d'avoir vostre amor et que je aie de vos en(c. 2)terine joie.
Et por Dieu vos pri que il ne vos soit grief ne ne me tenés
por vilein de chose que je vos ai dite, quar vos venés en
tele part ou sont tous les princes dou monde et tous les
envosiez chevaliers, qui vos requerront. Mais sachiés que
se vos faites vostre ami de moi, vos n'i avrés se non honor,
quar de grant pris doit estre celui qui est digne d'avoir joie
de vos. Et por ce vos pri je, ma chiere dame, que se je vos
ai mon cuer doné et offert mon cors, que vos ne le refusés
pas, quar tous jors mais vos serai loial ami. Et se devés
savoir bien et croire quar maintes pucelles et maintes dames
ai je veües et ai esté lor acointes, ne onques a nule n'en
priai de lor amors avoir en la maniere que je fais vos. Et
sachiés que vos serés toute la deraine, que, se je fail a vos,
jamais por nule autre n'en serai en poine. Mais je ne croi mie
faillir, quar, se je (fº 52) puis vostre amor conquerre, je le
garderai bien sans rien fausser. Et jamais n'orois de moi
retraire chose qui grever vos doie. Et, se Dieu plaist, des
grans sospirs et des grans plors dont je vos voi chargie
(que) vostre cuer en leesche sera et se reconfortera en tel

1. Ici finit la longue citation que Joly a faite (I, 425, note), pour
l'épisode de Troïlus et Briseïda, du ms. 301, depuis les mots :
Qui que (Quiconques) soit en joie et en leesche. Cette citation
suffit amplement pour qu'on puisse voir les rapports qui existent
entre l'*Histoire ancienne* et le *Roman en prose.* Elle est d'ailleurs
suivie, dans Joly, de la jolie scène où Briseïda reçoit le cheval
que Diomède lui envoie, après l'avoir enlevé à Troïlus.

maniere dont vos recouv[er]rés joie et leesche, quar de vos
servir sui tous abandonés, come celui qui avra grant joie, se
vos me deigniés reçoivre. Et Dieuz le veulle que ensi soit,
quar celui soi travaille en vain, qui amast celui qui mortelment le harroit. »

Coment Brigida respondi a Diomedès.

Brigida, qui ml't estoit sage, li respondi briément : « Sire »,
fait elle, « il ne seroit pas avenant que je tenisse parole
d'amors a ceste fois aveuc vos, quar por legiere et por fole
me poriés tenir a(s) tous jors mais. Et se vos m'avés dit
vostre volenté, je l'ai bien entendu ; mais ne vos conois mi-
(*c. 2*)e encores bien, que je me doie dou tout abandoner a
vos ne doner m'amor. Quar maintes femes sont ja deceües
par ceaus qui se faignent d'estre loiaus amans, et par bel
semblant engignent celes qui les aiment loiaument, quar il
est ml't griez a conoistre se l'en s'i doit fiër d'amors. Et
maintes fois en riënt et en avient que, por une qui en rit,
sont .x. qui en plorent. Et por ce je sui a mesaise, si ai
ml't grant paour d'avoir pis, quar qui a tant de dolour a son
cuer come je ai, ne li covi[e]nt pas granment d'amors. Et
ml't me ti[e]ng a avillee quant me remembre quel[s] amis je
lais et que je ne cuit jamais recovrer, quar il n'estoit
richesce au siecle dont je ne fusse dame a ma volenté. Et,
quant je m'en voi dou tout hors mise, n'est pas merveille se
je ai mon cuer dolent. Et si devés savoir que pucelle de tel
pris come je sui ne doit enpenre tel amor dont je deüsse
estre blasmee, et (*v°*) meïsmement en ost. Quar, se je ai
point de savoir en moi, si m'en doi garder d'avoir blasme,
quar avient mainte fois que celes qui celeement le font
dedens lor chambre ne se pue[e]nt garder que il n'en soit
vileinement parlé aucune fois, et j'en serai ausi come [en] une
foire, sans compaignie d'autre dame ; si ne voudroie faire
chose que l'on peüst retraire a nul mal, et de ce n'ai je nul
corage. Mais tant vous conois de grant afaire et prouz et
enseigniés, selon ce qu'il me semble, que je ne vous voudroie faire acroire nule chose autre que vraie. Et por ce vos
di que il n'a au monde dame ne pucelle de si grant biauté
ne de si grant valour, se elle deüst son cuer en amor metre,
que elle [vos] deüst refuser. Ne je ne vos refuse autrement ;

mais je n'ai ne volenté ne corage d'amer vos ne autre orendroit. Et si poés estre tous certains de ce que, se vers
amors me voloie atraire, je n'en (c. 2) avroie nul plus
chier de vos ; mais je n'en ai pas ore volenté, ne ja Dieuz
me doint que je l'en aie !

Coment resp(r)ont Diomedès a Brigida.

Ml't estoit sages Diomedès, si entendi bien, atout le premier mout, qu'ele n'estoit mie trop sauvage. Et por ce li
dist il tant de ce que il pensoit : « Belle, sachiez sans
faille que je ai mis en vos mon espoir, come celui qui de tous
tens vos amera de fi(e)n cuer ; si atendra[i] tant vostre
merci que vos avrés pitié de moi ; quar, puis qu'Amors m'a
doné a vos, je ne contrediroie pas, si serai dès ore mais de
sa maisnie et a son servise, et ne li demanderai guerredon
se de vos non. Et se vos me recevés, n'avra au monde
plus riche de moi ».

Come Diomedès tolli des juaux de Brigida.

Assés en eüst plus [dit] Diomedès, mais ja estoit près des
pavellons et des tentes. Et quant il voit qu'elle ne li puet
plus parler, si li crie merci .c. fois (*fo 53*) et li tolli .j. de
ses juais (*lis.* juaus) ¹ ; si ne semble mie que il li pesast,
dont il ot grant joie ².

*Come Calcas son pere li vint a l'encontre et li fist
grant joie. — Come C. respondi a Brigida. — Coment*

---

1. Dans le poème, c'est un de ses gants.
2. Nous donnons ici, pour ce chapitre et les deux qui précèdent,
la leçon du ms. 785, qui est beaucoup moins étendue (cf. Joly, 1,
419) : (*fo 63*) Briseïda fu pros et sage : « Sire, » dit elle, « a ceste fois
n'est il lieu ne raison que d'amer vous tienne parole. Mais mon
bon ami, que jamais ne cuyde recouvrer, que tant amoye et con-
gnossoye, m'a l'en fait laisser a tort et sans cause : pour quoy
j'en ai moins cher mon corps, qui tant estoit ayant honneur. Si ne
devez pas vouloir que je feisse chose que on deust a mal retraire.
Mais tant vous cuide de hault et de grant parage et preux, selon
mon avis, qu'il n'ot au monde pucelle, tant soit elle bonne ne
belle, pour tant qu'elle voulsist amer par amour, que point vous
deust reffuser. Mais d'amer n'ai je couraige ne talent, ne jamais

li prince de l'ost conforterent ml't Br. — Si come la triue fu finee et il assemblerent a mortel champ, etc. (8ᵉ bataille ; Diomède désarçonne Troïlus).

La présentation à Briseïda du cheval de Troïlus conquis par Diomède est abrégée, en particulier par la suppression du discours du damoisel (qui n'est pas nommé).

(*f⁰ 55 r⁰, c. 2*) Diomedès ala joster a Troïlus por l'amor s'amie et le tresbucha a terre ; puis prent le destrier et le baille a .j. damoisel et dist : « Va t'en isnellement a[l] paveillon Calcas de Troye et presante le destrier de par moi a sa fille, (*v⁰*) et dirés li que je l'ai gaaignié d'un chevalier qui ml't se fait son ami, et li dirés que por Deu ne refuse mes proieres, quar en lui est tous mes espoirs. » Celui fist son comandement et vint au paveillon et salua la damoiselle de par son saignor et li presenta le cheval par la regne et dit en tel maniere que comandé li estoit : « Va, » fait elle, « et di a ton seignor que mavaise amor me porte [1], quant il heit ceaus qui moi aiment. Mais je croi qu'il en prendra restor, ne passera gaires de jors, quar il n'est pas home qui granment targe de son honte vengier. Va, retorne arieres et salue moi ton seignor, quar je avroie grant tort de lui haïr, puis que il m'aime ».

Dieu ne le me doint avoir! car j'ameroye mieulx mourir prochainement. » — « Douce dame, sachiez de vray que en vous ay mis toute mon esperance. Et quant Amour veult que vostre soye a son gré et a son plaisir, vous ameray d'amour vraie en attendant vostre mercy. » Se ne puet plus parler, et toutes fois il est moult liez de ce que point ne apparoit qu'elle en soit courroucee.

[1]. Cf. ms. 785 : (*f⁰ 66r⁰*) ... « et lui dy que je l'ay gaigné au chevalier qui moult est son *enemy* (sic), et pour Dieu lui dy qu'elle ne reffuse mes prieres et que en elle est tout mon espoir. » Si s'en va tantost et descendi devant la tente et salua la pucelle de par son seigneur en lui disant qu'il avoit le destrier de Troylus gaigné, « et vous mande que il se penne pour vous, comme celluy qui est tout vostre. » La quelle pucelle prend le cheval par la resne et dist : « Va a ton seigneur et luy dy que mauvaise amour me porte, etc. ».

Com Troïlus josta a Achillès et l'abati. — Coment les triues furent donees (Hector est soigné par Hélène et Polyxène; la Chambre de Beautés n'est pas décrite, car ce serait trop long [1]). — *Coment Diomedès est en grant dolor par amor.* — *Coment la triue fu finee* (songe d'Andromaque). — *Coment Adromata fait grant doulor por Hector qui s'en voloit issir*, etc. (mort d'Hector). — *Come tous ceus de la vile demenerent grant deul.* — *Come tous les princes et princesses estoient sus le cors* (plaintes d'Hécube : *et se je voloie raconter la verité de la doulor que chascun avoit et tous comunalment, trop i avroit a faire*). — *Coment Agamenon fist assembler tous les princes de l'ost.* — *C[t] il manderent a roi Priant por triues* (funérailles d'Hector [2]). — *Come Palamedès se plaint a conseil, oiant tous les barons*, etc. (Palamède remplace Agamemnon). — *Coment Troïens demenerent grant deul por la mort le roi de Perce.* — *C[t] Agamenon ala en furre* (inconstance de la Fortune; moralité à propos de la cherté des vivres dans l'armée : Télèphe n'est pas nommé dans le récit du ravitaillement [3]). — *Quant le terme fu complis* (sic : on y raconte l'anniversaire de la mort d'Hector). — *Quels est destinee d'amors* (Achille

---

1. Voir le texte, p. 265, n. 2.
2. Voici tout ce qui vise l'ensevelissement : *Si i mistrent* (dans la *chaiere*) *le cors Hector tout en seant, apoieχ par derieres, et en tel guise le porterent a la tombe... Et tel doulor demenant vienent au leuc ou la tombe estoit. La le mistrent sus la chaiere dedens la tombe, en tel maniere atorné de baume et d'autre aromatisement que jusques a la fin dou siecle seroit duré, se la ville ne fust destruite* (1627 ancois d.). En dehors des dix-sept rois tués par Hector et qui ne sont pas énumérés ici comme ils le sont dans le poème, Hector avait aussi tué beaucoup d'autres *grans amiraus et dus et contes, dont le livre ne fait mencion, qui plus furent de .iij. c.* (sic *1627*).
3. C'est logique, puisqu'il n'avait pas été nommé à propos de l'expédition d'Achille en Mysie.

tombe amoureux de Polyxène, dont la beauté est décrite ; cf. p. 284, n. 1). — *Coment Polixenain et les
autres dames retornerent en la cité.* — *C¹ Achillès se
plaint par amors.* — *C¹ Ach. envoia .j. message a la roïne
Ecuba*, etc. (épisode détaillé qui manque au ms. 785 ¹).
— *C¹ Ach. fist assembler tous les princes de l'ost.* — *C¹
Ach. parla devant tous les princes*, etc. (long discours
d'Achille, auquel répondent Thoas et le duc d'Athènes).
— *Un exemple* (de 4 colonnes et demie). Les conseils
que donne l'auteur sont quelque peu machiavéliques :
« *Merveilles fu,* » *ce dit Daires* ², « *coment Achillès,*

---

1. Ce manuscrit a une grande lacune comprenant les fᵒˢ 69 à
77 rᵒ, c. 1 bas du ms. 1612, après les mots : *Endemantiers que il
faisoient ce, si fu acompli li ans que Hector fu mors* (*Tr.*,v.17489-
90), qui suivent les réflexions sur l'inconstance de la Fortune à
propos du remplacement d'Agamemnon par Palamède. Cette
lacune, qui vise l'amour d'Achille pour Polyxène et ses négociations avec Hécube, doit provenir de la source que suivait le
scribe, car après la phrase citée, qui constitue à elle seule le chapitre annoncé par la rubrique : *Quant le terme fu complis*, vient
immédiatement (au bas du fᵒ 80 vᵒ) la rubrique : *Comment, finies
les trieves, la bataille rencommença, qui moult fu grant et amere,
et aussi la maniere comment Deïphebus grandement se y gouverna*,
et, après un blanc d'un tiers de page en haut du fᵒ 81, ces mots :
Les trieves furent acomplies (*Tr.*, v. 18473 ss.). — Le scribe, gêné
(à cause de la lacune) pour expliquer l'abstention d'Achille qui
motive l'ambassade d'Ulysse et de Diomède, mentionne simplement cette ambassade sans donner les discours et se contente
d'indiquer, d'après le poème, l'état d'Achille amoureux; puis
(après ces mots : *si est tout le jour de plus de cent manieres reunies
de couraige*), il passe brusquement au conseil tenu par les Grecs :
Et celle sepmaine meïsmes manda Agamenon par (lis. *por*) *touȝ
les princes pour monstrer comme ilȝ avoient fait a Palamedes* (lis.:
Achillès) *requerre aide et coment il dist qu'il ne s'en entremetra,
ançois s'esvertue a faire paix* : « *Ores regardeȝ* », *fait il,* « *que vous
en vouleȝ faire et que vous conseilleȝ sur ce, et je en feray ce que
vous en vourreȝ.* » *Sur ce respondi le Roys* (sic) *Menelaus et dist,* etc.

2. Inutile de dire que Darès est étranger à ces détails. Il en est
de même de Benoit, à qui l'auteur renvoie parfois sous le nom
de *Daire*, ou du *Livre* ou de l'*Estoire*.

qui estoit si saiges et engigneus en toutes choses, que il
descovri si tost et si apertement son corage. Quar, quant
l'en veut une chose faire de tout son cuer, se il est sages
et de grant porveance, il faint son corage maintes fois
et moustre semblant que il ne ulle (lis. *veulle, 1627*
veille) *le contraire.* (L'amour aveugle Achille, comme
tant d'autres que mentionne l'Ancien Testament : Adam,
David (« *qui fait tuer son seneschal par convoitise de*
sa femme »), Samson, « le *duc Oliferne... Merlin, qui*
tant fu sages, en fu anfouis tous vis par une a qui il n'ot
onques forfait. Virgilles li sages en fu escharnis et
gabés laidement, selon ce que l'en trouve as anciens
estoires »). — *Coment Achillès pensoit tous jors a ses*
amors. — *C*[t] *il assemblerent a mortel champ,* etc.
(12e bataille [1] ; mort du roi d'Aresse, de Sarpendon
(Sarpédon), de Palamedès et de Deïphebus ; incendie
de 700 vaisseaux ; Ajax harangue les Grecs ; *Yber*
(Heber), le fils du roi de Thrace, reproche à Achille son
inaction) [2].

Réélection d'Agamemnon. — Treizième bataille, qui
dure toute une semaine, suivie d'une trêve, pendant
laquelle Nestor, Diomède et Ulysse vont solliciter
Achille, qu'ils trouvent en proie aux peines d'amour (digression de deux colonnes, qui développe les v. 19427-48
du poème : Achille est comparé à un certain *Brunor* (?),
jaloux de son amie et aussi de toutes les autres femmes).

---

1. Voici comment sont développés les vers 18593-4 du poème,
(*Reis Telamon de Salemine O les fiz Priant s'acosine*) : « Le roi
Thelamon, qui cousins estoit les fils Priant, estoit venus en la
bataille ; si le troverent fier et felon contre nous et *mauvais cou-*
sinaige lor portoit, qui a .j. des Bastars copa le bras, etc. »
2. A partir d'ici, les rubriques manquent souvent ou sont
tronquées faute de place suffisante laissée par le scribe. Dans
ce cas, nous indiquons sommairement le contenu des chapitres,
pour qu'on puisse se rendre compte du rapport de ce texte
avec le poème et ne mettons en italiques que les rubriques
existantes.

Le conseil où les ambassadeurs rendent compte de leur démarche est développé et les divers discours reproduits assez largement. L'auteur se plaint des traîtres à propos de l'intervention de Calchas, dont il rappelle la trahison. — Quatorzième bataille (ici, quinzième), où Troïlus blesse Diomède et Agamemnon. — Trêve de six mois. — Briseïda donne son amour à Diomède (le monologue est supprimé : *Si ne laissa pas por parole que l'en en tenist qu'ele ne l'alast sovent veoir. Et si savoit elle bien qu'ele se mesfaisoit villeinement, que sans nulle achaison a si Troylus guerpi, qui si loiaument l'amoit et estoit si biauȝ chevaliers et si gracious*). — Achille permet à Agamemnon et à Nestor d'emmener ses Mirmidons au combat. — Seizième bataille, où se distingue Troïlus. — Accueil qu'on lui fait à Troie : *...Hai ! las, quoment sera son cuer* (d'Hécube) *destroit jusques a brief terme ! Ou pora elle prendre tantes larmes quantes li covendra plourer ? Las ! je ne puis penser ne en escrit trouver ou il furent li* (1627 *firent le*) *pechié por quoi tantes mescheances lor avindrent et por quoi lor fin fu si dolourouse et cruel*). Plaintes de Troïlus au sujet des femmes. — Monologue d'Achille en proie à l'amour. — 17ᵉ bataille, qui dure dix jours (huit dans le poème), et trêve. — 18ᵉ bataille, où Achille reprend les armes (Antilogus tue un des Bâtards[1] ; Achille est blessé par Troïlus et reste une semaine sans combattre).— Colère de Priam en apprenant qu'Achille a repris les armes (le poème est suivi d'assez près). — 19ᵉ bataille (ici 18ᵉ), qui dure plus de huit jours. Achille tue Troïlus et le traîne attaché à la queue de son cheval. Memnon lui arrache le cadavre et le blesse grièvement; mais il revient guéri huit jours après et coupe Memnon en morceaux. — Plaintes d'Hécube (développées en une colonne et demie). — *Coment Ecuba pensa de vengier*

---

1. C'est Brun le Gemel dans le poème, v. 20988-9.

se d'Achillès. — *Come la roïne manda por son fil Paris.* — *C'est un example por Achillès* (une col. et demie : Achille est victime de sa cruauté envers Troïlus et de son excessive confiance). — *Com Paris s'apareilla* (aveuglement d'Achille, qui est comparé à Leander, *qui se fist faire eles* [1] *et sans batel se mist en mer por aler parler a s'amie de nuit*). — *Comme Achillès se defendi* (son compagnon est nommé *Antiologus*). — *C. Achilles fu mort por amor de s'amie.* — Tombeau d'Achille (les détails portent principalement sur la statue de Polyxène).

(*f° 101 r°, c. 1*) Et ci apert une partie de lor estable corage (des femmes), que por seulement oïr parler avoit elle son cuer torné vers lui, come a celui qui si grant et cruel domage li avoit fait come de tels .ij. freres ocire et de maint autre de son lignage, et que nuit et jor pensoit de destruire sa lignie et son païs. Que doivent donques les autres faire vers ciaux qui de riens n'ont mespris vers elles ne envers lor amis, mais tant, sans plus, que il les accorent (*lis.* : amoient *avec 785 ou* aiment *avec 1627*)? Mais por tant peuent estre escuseez que naturel chose est d'amer celui qui t'aime (*sic* 1627 et 785). Et sur ce avroit asés a dire : por coi nos nos en tairons, et dirons que ceste ymage fu mise en haut sus toute l'eu[v]re, si que bien le pooient cil de Troie veoir.

Le palement des Grejois. — *Coment Ajax parla.* — *Coment le secré fu descovert* (cf. v. 22557) (discours d'Ajax : «... *cil (Licomedès) fet norir .j. valet*, fil de sa feme (*sic* 1627 et 785), *qui peut avoir encor .xv. ans : Neptolonus est apelés* »). — *Com^t Ayas ala a la bataille desarmés.* — *De la mesaventure de Paris.* — *Come*

---

1. Étrange façon de comprendre le vers 22122 du poème, *Cil qui neia en mer Ellès.* L'auteur devait suivre un ms. apparenté à nos mss. *FN* qui donnent : *Que as elles naja en mer,* leçon issue de celle de *G, Qui a elles* (= *Ellès*).

Paris ocist Ayas et il lui. — *Le duel de dame Heleine*
(plus développé que dans le poème : 4 colonnes). —
Coment Paris fu ensevelis. — *C{t} il furent assis en la
cité.* — *De la terre des femes* (la Géographie de l'Orient
est supprimée) :

« L'en list es chataloges des anciens rois, la ou les habi-
tations de la terre sont devisees, que en une partie d'Orient
si a une isle ou il n'habitent se femes non. Si avient que
quant elles ont volenté d'abiter avec home ou por volenté
d'enfans avoir ou par delit, qu'eles font les homes venir
d'autre[s] païs qui voisins lor sunt... Quar, maintenant que
elle (la fille) est nee, li copent elle[s] sa *senestre* mamelle
por estre plus delivre a l'escu porter [1], et por ce ont elles a
non *Amaʒoines*, c'est a dire : sans l'une des mameles. »

De Pantasilee.
... Si se porpensa qu'ele iroit secore la ville por .iij. choses : la premiere por esprover soi et ses damoiselles as armes
et por acroistre son pris; la seconde por ce qu'ele amoit
Hector de grant amor por le bien qu'ele en avoit oï dire; la
tierce chose fu qu'ele savoit certainement que Troïens
avoient droit et lor henemis grant tort.

Penthésilée amène 2,000 Amazones, et non 1,000;
Priam va à sa rencontre. — *La mort Pantasilee* (on jette
son corps dans *une riviere qui est Escande apelee*). —
Conjuration pour livrer la ville aux Grecs. Détails sur
les conjurés : *Eneas fu le premier et Anchise son pere* [2],
*qui fu le plus chaitif home que l'on seüst, quar en nul
bien ne trovons nos pas que il soit ramenteü en cest*

1. Orose dit : « la mamelle droite », ce qui se conçoit, car cette
mutilation avait pour but, comme il le dit, de leur permettre de
tirer de l'arc plus facilement.
2. Benoit semble ignorer qu'il fût le père d'Énée. Cf. v. 24471-
2 et 26136, où les deux noms sont simplement rapprochés. L'influence de Virgile est manifeste dans ce passage du *Roman en
prose.*

*livre, fors que nos trovons que il fu soutil en ceste ma-
lice porchacier et enseigner son fil qui tant valoit as
autres vertus* (suit une colonne de réflexions)... *L'autre
traïtour fu Antenor et Polidamas son fil, dont il me
poise, quar assés avoit d'autre bien en lui : mais je croi
que cele malice li vint de par son pere. Si en i ot autre[s]
.ij. : ce fu li cuens Dolon et li dux Gallerin* [1]. — Les
pourparlers :

(*f° 113 v°*) ... *Si tença li Rois grant piece a Eneas,*
mais a la fin li comanda li Rois que il alast porchacier la
pais... *Eneas* s'apareilla et monta sus les murs, .j. rain
d'olivi[e]r en sa main por signe de pais. Et cil li firent signe
de seürement venir a eus parler. Adonc s'en issi *Antenor* [2].

De la traïson d'Antenor (parmi les chefs qui délibè-
rent avec Anténor, le roi de Crète (cf. v. 24905) est omis
(de même 1627) ; Anténor emmène à Troie *Antilogus*
(1627 *Antilus*), au lieu de Talthybius. — Long discours
(quatre colonnes et demie) d'Anténor devant le Conseil,
à Troie. — Réponse de Priam. — Anténor et Énée sont
envoyés pour achever les pourparlers. — Les corps de
Pantasilée et de *Glasdon* (1627 *Glascon* = Glaucon), fils
d'Anténor, sont rendus. — Hélène va de nuit implorer
l'appui d'Anténor. — Ulysse et Diomède à Troie.
Anténor leur dévoile le secret du Palladion (il est
gardé par un prêtre, *Thoas*). — Anténor dit au Conseil
qu'Ajax (1627 Agamenon), Diomède, Ulysse, Thalamon
(= Ajax-Télamon) et Nestor exigent pendant dix ans,
chaque année, trente mille besants d'or fin et cent mille

---

1. Il s'agit évidemment d'Ucalégon. Cf. *Tr.*, v. 24734 et Darès,
p. 47, 2 et 48, 15. Le ms. 1627 donne la même leçon.

2. L'auteur suivait un ms. du poème qui portait au v. 24813,
comme *A²G, qu'il aille,* se rapportant à Énée, au lieu de *qu'il
aillent,* se rapportant à Énée et à Anténor, d'où la contradiction
signalée, qui se trouve aussi dans 1627.

charges de froment [1]. L'impossibilité d'allumer le feu
des sacrifices et l'aigle qui emporte les chairs présagent
des malheurs : Cassandre consultée répond simplement
que les dieux sont irrités. — Anténor séduit Thoas,
non seulement par l'appât de l'or, mais encore par
l'honneur qu'il aura d'avoir sauvé sa patrie en rendant
la paix possible :

... Mais quand il vit Antenor que il se metoit avant por
prendre le sainctuaire, si coveri son chief, quar il ne vost ce
veoir. Adonc le prist A., et grant merveille fu, ce distrent li
Troïen, que il ne li mesavint. Et por ce quiderent il que
ensi le covenoit a estre par la volenté as dieux [2].

Calchas conseille d'offrir à Minerve un cheval de
bois en échange du Palladium. — Départ des alliés :
Felimenis ne ramène que 1,100 chevaliers sur 3,000, et
428 Amazones (437 dans le poème, 436 dans le ms.
E, 426 dans *H*, 400 dans Guido). — Le cheval est
introduit dans les murs. Les Grecs reviennent de
Sigeon à la vue du grand feu « *que Sion, .j. vassal*
que il avoient laissié por ce faire, avoit alumé, qui
dedens le cheval de couvre (1627 *coure*) *s'estoit embus-*
chié. Et ce avoient fait li traitour ». — Sac de Troie. —

---

1. Cf. 1627 : *veulent avoir por .x. an*ȝ *chascuns par annee.* —
Dans Benoit (v. 25473-4), ce n'est que le blé qui est exigé pendant dix ans, ce qui est plus probable. Il est question, dans le
texte adopté par nous, de 5,000 besants d'or et d'autant d'argent ;
mais il faut sans doute lire, avec *A*² : *cent mile besan*ȝ *d'or pesé* (cf.
*M²J, cinc cen*ȝ *mil*). Chez Guido, il s'agit de 20,000 marcs d'or
et autant d'argent, le blé n'étant exigé qu'une fois, comme l'or et
l'argent.

2. Benoit parle du danger que courait Anténor, en touchant le
Palladium, d'être frappé de cécité, « *mais Minerve li consenteit* »
(v. 25660-3). Il est probable que le même danger menaçait son
gardien, s'il assistait sans protestation à l'enlèvement de cet objet
sacré. Où Benoit a-t-il pris ce détail, qui n'est pas dans Dictys ?
Le trait a bien l'air antique.

Après la mort d'Hécube, moralité sur la guerre, œuvre du Diable.

... Ensi avint il a ceaus de Grece après ce que il orent Troie destruite ; quar maintenant vint l'envie sus eauz, si que li uns ocist l'autre, li fil le pere et le nevou l'oncle, et l'un cousin l'autre, si que trestos ces princes que vos avés oï nomer, qui eschaperent de la guerre de Troie, covindrent (*lis.* : covint) puis morir par diverses manieres de tormens, et tous alerent a glaives et a perdicion, si come vos porés entendre (cf. 785).

Dispute du Palladium (Ajax ne donne aucun détail sur ses exploits et sur ceux d'Achille). — Exil d'Anténor. Enée le fait venir pour défendre les Troyens qui restaient à Troie contre leurs voisins :

... Mais entendés que Eneas avait porpensé. Bien savoit que Antenor l'avoit encusé as Grezois de Polixenain que il avoit amucee, et que por li estoit il essilliez dou païs, si le haoit mortelment. Mais quant il le vit venir, ne li moustra nul mauvais [semblant], ançois li fist grant joie, quar il pensoit bien que il le poroit sorprendre quant il vendroit a despartir et se vengier de li cruelment. Mais ne sai coment Antenor s'en aparçut, si s'en parti par nuit a larrecin, dont le peuple le haï ml't, ne Eneas n'en pot son propos mener a fin... Mais toutefois alerent il tant que il ariverent la meïsme ou est ores la cité de *Veneise*, et illeuques dedens la mer firent il la ville, por ce que il ne se vostrent metre en pooir ne en subjection de nul prince terrien ne d'autre gent, et la demorerent il grant piece et la peuplerent. Et puis après firent il la cité de *Paude* (785 *Paradis*), ou Antenor morut, et la gist son cors [1].

La partie de Antenor [2]. — Arrivée d'Enée à Carthage,

1. Voir Servius, *ad Æn.* 242 et 243.
2. Cette rubrique se rapporte par erreur au chapitre précédent Ce qui suit est un emprunt à l'Enéide et n'a rien à faire avec notre poème.

où il est aimé de Didon, qui, à son départ, se perce d'une épée qu'elle en avait reçue :

... Eneas ala tant par mer que il ariva en *Ytaille*, ou il fist puis de grans chevaleries et de grans euvres. Mais ce n'apartient pas a nostre conte : ce est a dire coment li Grizois ne finerent tant que il se partirent de Troie.

Tempête de trois jours :

... Mais par aventure en eschapa Oylus et Ayas les rois, qui firent de lor cors nef et barche... Ensi come vos poés entendre avint au roi Oylus et a Ayas ; si porés oïr des autres.

Nanpuis (*Nampuis* ; cf. 785 *Nampulus*), qui était âgé de cent ans, venge sur les Grecs la mort de son fils Pala-mède (on lui avait dit que les Grecs l'avaient tué ; aucune des deux légendes n'est rapportée ; de même dans 1627) :

Et li Grezois qui par nuit vindrent près de celle isle qui *Boan* (785 *Cerberean*) ert apelee... Mais por la grant dolor que il (le fils de Nanpuis, qu'on ne nomme pas) ot de sa mort, si ala par toutes les isles de mer, la ou il (les Grecs) devoient ariver, et se met a bataille contre ceus qui revenoient. Encore se porpensa d'un autre enging, come celui qui ml't estoit malicious.

Meurtre d'Agamemnon :

Si l'avoit (Oreste) un chevalier de la cort, qui *Antibus* (plus loin *Tantibus* ; cf. 1627 et 785) estoit non, en son ostel, si mist l'enfans sus .j. cheval devers li et l'en por[ta] a Corinthe ; et la estoit li bons rois Ydominius, qui rois estoit de Grece [1].

1. Le ms. *L* du poème donne aussi *Grece*, au lieu de *Crete* (cf. v. 28087).

Courte moralité sur les divisions que Dieu permet, à propos du projet des princes, réunis à Corinthe, d'aller châtier leurs sujets. — *Theuris* (785 *Themis*, *Tr.* 28104 *Therasis*) consent à élever Oreste — *Forancès*, roi de *Trifion* (785 *Feroncès*, roi de *Triumphon*) promet son aide à Oreste pour se venger d'*Egistius*, à condition qu'il épousera sa fille, fiancée à ce dernier, et il accepte (*et son seugre ala aveuc lui o .iij. mile chevaliers*).

Les aventures d'Ulysse sont brièvement racontées (cf. 785) après le procès d'Oreste, provoqué par sa demi-sœur, qui n'est pas nommée ici :

« En cest [tens] meïsme, solonc ce que nos trovons, ariva en Crete dans Ulixès en une nef de marcheans, quar les soues avoit il toutes perdues et quant qu'il avoit. Et quant le roi Ydomenus (*sic*), qui ml't estoit debonaires, le vit, si li demanda coment ce estoit, et cil li raconta toutes ses mescheances, et comant les parans de Thalamon Ayas le pristrent et coment il se delivra ; et que après ce il recheï entre les mains au pere de Palamedès, et que chascun l'eüst mort, se il ne lor fust eschapés par grant enging et par maiestere. Et li rois de Crete, qui grant pitié en ot, li bailla .ij. nés ml't bien governees, et il l'en mercia ml't et s'en parti et vint au roi *Alcheon* (*Tr.* *Alcenon*), qui ml't près d'Achaie estoit. Et la ot il novelles coment *Penenople* sa feme avoit esté requise de maint prince, qui la voloient prendre a feme et li faisoient entendant que ses sires estoit mors et languissoient ml't en sa maison meïsme. Et quant Ulixès ot ce, si en ot grant duel et pria Alcheon que il li venist aidier, et il si fist. Ensi s'en alerent priveement en Achaie, et en celle meïsme ocist tous ceaus qui tort li faisoient, et fu receüz de sa gent a ml't grant joie. Mais orendroit laisserons a parler de lui et retornerons a[l] fil Achilles » [1].

1. Il rappelle ces faits avant de raconter la mort d'Ulysse, mais il n'en mentionne pas de nouveaux, bien qu'il semble y faire allusion, sauf l'aventure avec Circé (voir p. 311) : *Bien avès entendu coment Ul. ot grant poine et plesurs mescheances avant*

Pyrrhus venge son aïeul Peleüs (ordinairement écrit *Pelcus*) :

> ... Et andeus Pelcus et Acastus (*souvent écrit* Castus ; *de même dans 785*) estoient ses aiolz ; mais Acastus, qui peres de sa mere estoit, avoit tous jors ml't haï son lignaige et domagié par maintes fois (*les deux chevaliers envoyés a* Thesaille *comme espions ne sont pas nommés*)... Et maintenant fist (Pyrrhus) ariver ses compaignon(on)s, quar aller voloit envaïr ceaus que il het de mortel haïne. Mais n'estoient mie grantment loing dou port que di[t] li fu que les fils Acastus venoient au bois por chacier ; si estoient ses .ij. oncles [freres] sa mere. Et quant il oï ce, si pensa que il s'e[n]contreroit a ceaus et lour moustreroit que il ne les aime gaires ne lor parenté. Et maintenant fist retorner toute sa gent arriere a la navie, et il se vesti.

Titis (aussi *Tytus* et *Tyrus*, dans 785 *Thetis* et *Titus*) dit à Acastus son père que Pyrrhus le cherche avec plus de 300 chevaliers ; elle obtient qu'ils se réconcilient. — Oreste tue Pyrrhus ouvertement. *Devenu veuf*, il avait épousé la fille de Ménélas et d'Hélène :

> « Pirrus ama ceste feme de grant amor et tant fist que il la tolli a Orestès, son baron, et cele l'ama. Dont le proverbe dist que maindre mal est de prend[r]e de la putain que de sa fille. Et par cestui fu auques averez cestui proverbe, quar après que Pirrus ot ceste feme ravie, Orestès, son baron, en fu si courouciez que il ne fina puis d'espïer coment il li peüst tollir la vie, mais ne veoit mie coment...

Mort d'Ulysse :

> Si ordena son regne et refist les lois, et vivoit si en pais que [de] tout le travail que il avoit eü a Troie et en son revenir

---

qu'il peüst revenir en son païs et coment il perdi toutes ses nés et pleuseurs de ses compaignons et tout l'avoir que il avoit aporté de Troie, ensi come vos avés entendu. Il y a peut-être une lacune.

ne li sovenoit mie.... Or vos ai dit c'Ulixès aloit tormentant
par la mer longuement [1]. Or avint chose que il ariva en l'isle
d'*Ely* (1627 *Oely*), dont *Ciris* (785 *Cirse*) estoit roïne et
dame. Ceste *Cyris* si savoit merveillousement en l'art de
nigromance, si arriva (*lis., avec 1627, atira*) Ulixès en tel
maniere que de grant piece ne s'en pot partir. Mais a la fin
fist tant que il s'en delivra. Et celle remest grosse d'un enfant, et, quant il fu nés, si l'apella *Theologus* (plus loin *Theo-
logius*, dans 785 *Theologus* et *Theologonus*).

Thalemacus garde avec lui son frère deux ans.

On lit à la suite (fᵒ 139 rᵒ, c. 2 — 141 rᵒ, c. 1) l'histoire
des conquêtes en Asie de Landomatha, fils d'Hector, à
qui son demi-frère *Anchilidès* (= Achillidès), fils de
Pyrrhus et d'Andromaque, avait donné la souveraineté
de Troie[2]. Ce petit roman, dont on peut lire l'analyse
dans Joly, I, 415-6 et dont les premières lignes et les
dernières ont été publiées par M. P. Meyer dans *Romania*, XIV, 73 et 80, ne doit rien à Benoit que le nom
du héros (cf. *Laudamanta*) : l'auteur est peut-être celui-
là même qui a écrit les chapitres sur la Grèce du début
et qui avait sans doute à sa disposition une source
byzantine [3].

---

1. Ces mots semblent confirmer l'hypothèse, que nous avons
émise plus haut, d'une lacune. Cependant les détails qui suivent
pourraient bien être dus au besoin d'expliquer l'existence de Télégonus.

2. Voici les rubriques que donne, pour cet épisode final, le ms.
1627 : *Coment Landomatha, li fil Hector, retorne a Troye* (où il
attaque et tue Drual, neveu d'Anténor). — *C. Landomata fist finer
Calcas de Troye* (il l'emmura, en lui faisant donner seulement du
pain et de l'eau). — *C. L. restora le païs de Troye.* — *C. Landomatha esposa la fille dou roi douine* (lis. *dou Coine*) *et fu roi
et sire de toute Turchie.* — *C. L. conquist le roiaume de Jorgie(s)*
(avec l'aide de son frère Anchilidès). — *C. L. conquist le roiame
d'Ermenie.* — *C. L. fist morir li* (lis. *le*) *roi d'Ermenie.* — *C. L.
ot en pooir tot le païs d'Oriant, sin fu roi.* — *C. fina sa vie.*

3. Cf. P. Meyer, *l. l.*, p. 67.

Vient enfin l'*Épilogue*, où l'auteur se réfère à une histoire grecque trouvée *en l'almaire de Saint Pol de Corinte*, qui aurait d'abord été traduite en latin et qu'il aurait ensuite traduite du latin en français, assertion qui ne nous semble pas, non plus qu'à M. P. Meyer [1], devoir être repoussée *a priori*.

De l'examen minutieux que nous venons de faire, il résulte que l'auteur du Roman en prose, s'il abrège souvent son modèle, le poème de Benoit, le suit du moins pas à pas et le reproduit parfois avec beaucoup de détails, surtout dans les épisodes, qu'il considère comme devant plus particulièrement intéresser ses auditeurs ou ses lecteurs. Le nombre des cas où les termes mêmes de Benoit sont reproduits est trop considérable pour qu'il soit utile d'en faire un relevé complet. Voici, du moins, quelques passages, avec le renvoi aux vers du poème : *Laide chose est de manacier* (cf. v. 1109) ; — *je vi Mercurion* (cf. v. 3874) ; — *.j. sacrefice a la maniere de Troie* (cf. vv. 4291 et 4293) ; — *et n'avoit (Hécube) en ml't de choses femenin tallent* (cf. v. 5515) ; — *quar gresille ne pluie ne chiet si espessement come saietes et dars* (cf. v. 19263-5) [2] ; — *Agamenon fu entrepris trop malement* (cf. v. 11207) ; — *et bien sai que plus en voudroit avoir, mais il n'est pas a sa volenté* (cf. v. 11923-4) ; — *si poés savoir que la ou il ot .vj. rois ocis, que mout i ot mort d'autre gent ; mais auques les reconforte ce que Hector a fait, que il tout seul en a mort .vij.* (cf. v. 12653-8) ; — *et li cuirs lor estoit faillis des mains* (cf. v. 12747) ; — *et vint en mi le palais, la ou il cha[u]çoit ses genoillieres* (cf. v. 15465-6) ; — *et si ont assés de coi parler, et Achillès de quoi penser*

---

1. Cf. P. Meyer, qui a donné le texte de l'*Épilogue, l. l.*, p. 66.
2. Cette comparaison figure dans le passage correspondant aux v. 10800-2, où il n'y a pas de comparaison, ce qui montre la connaissance intime que l'auteur avait du poème.

(cf. v. 18405-6); — *quar la farine qui se sassist ne chiet si espessement come faisoient saietes et dars* (cf. v. 18894-6) ; — *adonc comença li cris et la noise si grant que l'en [n']oïst Dieu tonant* (cf. v. 21376-8). Voir encore les passages correspondant aux vers 1291-2, 2025-6, 2030, 4920-1, 5089-90, 5341, 5344, 5353-5, 5381-3, 5389, 5439-41, 5444, 5453, 5461-2, 5481-2, 11895-6, 12232-4, 13248, 18251-2, 19734-40, 19770-6, etc.

Ajoutons que le manuscrit suivi par l'auteur appartenait à la 2ᵉ famille, 1ʳᵉ section (*y*), et qu'il était plus particulièrement voisin de *H*¹, et rappelons qu'il contenait la 2ᵉ rédaction (postérieure) de l'*Entrevue d'Achille et d'Hector* (voir p. 288).

Le court chapitre où est racontée, après le départ d'Anténor, l'histoire d'Énée, et qui se termine par ces mots caractéristiques : *mais ce n'apartient pas a nostre matiere, et si nos en partirons et retornerons a parfaire nostre conte*, nous semble montrer nettement que l'auteur écrivait postérieurement à la composition de la première rédaction de l'*Histoire ancienne* (dont il résume la 6ᵉ section), et probablement vers le milieu du xiiiᵉ siècle. Nous ne nous dissimulons pas que cette opinion est contredite, en apparence, par cette déclaration du compilateur de l'*Histoire ancienne* (ms. B. N., fr. 20125, fᵒ 123 vᵒ, c. 2) : *Or vos conterai de la destrucion de Troies et l'ochoison mout briefment, quar ensi le me proie mes sires, por ce que l'estorie est tant oïe; mais n'avenroit mie que de si grant fait com la ot ne feïst on entre les autres ramembrance la ou ele devroit estre.* Si l'on admet, avec M. Paul Meyer (*Romania*, XIV, 56-57), pour cette compilation, la date entre 1223

---

1. Cf. le passage correspondant aux v. 25470-2, réduits dans (*E*)*HLM*¹*P*² à un vers, et où il y a *xx. mile marcs*, au lieu de *cinq mile*, ou de *cent mile*, si l'on admet la leçon proposée plus loin, à l'*Errata* final.

et 1230, il faut voir dans les mots *mout briefment* et *l'estorie est tant oïe* une allusion à une rédaction latine étendue ou à un Darès développé. La langue du *Roman en prose*, qui atteste une date un peu postérieure à celle de l'*Histoire ancienne*, comme aussi les divergences qu'on peut relever entre les deux textes, appuie cette solution du problème [1].

APPENDICE.

Qu'on nous permette ici d'apporter une modeste contribution à l'étude de l'*Histoire ancienne jusqu'à César* si brillamment commencée par M. P. Meyer, en donnant quelques détails sur le plus ancien ms. (fin du XIIIe siècle) de la 1re rédaction, Bibliothèque nationale, fr. 20125, en particulier sur la partie de cette rédaction qui concerne l'histoire de la destruction de Troie.

Ce ms. donne au début la rubrique suivante : (fo 1) *Ci comence li prologues ou livre des estoires Rogier* [2], et la porsivance...* — (fo 123 ro, c. 2) *De quel lignee li roi de Troie furent et qui la cité estora premerainement...* — (vo) *Ci comence la veraie estoire de Troies.*

Or vos conterai de la destrucion de Troies et l'ochoison mout briefment, quar ensi le me proie mes sires, por ce que l'estorie est tant oïe, etc. [3].

1. C'est une question dont nous devons ajourner l'étude détaillée : nous la reprendrons au moment de la publication du *Roman en prose*, que nous espérons donner avant peu.

2. Ce mot, oublié sans doute par l'imprimeur en tête du prologue en vers qu'a découvert et publié M. P. Meyer, dans *Romania*, XIV, 53-6, a une grande importance, puisqu'il est destiné à attirer l'attention sur le nom du personnage à qui est dédiée la compilation (cf. v. 260-5), lequel est simplement désigné par le mot *mes sires* dans les quelques lignes d'introduction placées, dans ce ms. et dans plusieurs autres, au début de l'histoire de Troie, qui commence ici au fo 123, vo, c. 2. Voir P. Meyer, *l. l.*, p. 42, n. 3.

3. Voir ci-dessus, p. 313.

Ci comence l'uevre.

Peleŭs li rois ot un frere, Eson estoit apelés '....

Le compilateur suit exactement Darès dans l'ordre du
récit et le traduit parfois d'assez près, mais, outre qu'il supprime les *Portraits*, comme tous les mss. de cette rédaction que nous avons vus, il s'inspire du poème ou d'une
autre source qui lui permet d'entrer dans plus de détails et
de transporter dans son sujet les mœurs du moyen âge.
Après la brève indication de la mort de Polyxène viennent
ces lignes, qui se rattachent à Darès, ch. xliii.

(*f° 145 r°*, c. 2) Ensi fu morte Polixena la bele. Et lors fu
la mers apaisee et li Grijois entrerent ens, qui mout desiroient a
repeirier en lor regnes. Mais ansois qu'il ississent dou port,
comanderent il a Eneas qu'il issist de la contree por ce qu'il
avoit Polixena tant tenue amussee et celee. Eneas apareilla ses
nés, quant il sot et entendi que li Griu estoient vers lui en ire.
E dame Heleine fu rendue au roi Manelau plus dolante que
l[i]ee ². Ensi se departirent li Griu dou port de Troies, o il orent
esté .x. ans et .viij. mois et .xij. jors a[l] siege, si i ot mors et ocis
de lor gens .viij. c. et .vj. mile homes ³, et des Troïens .vj. c. et

1. C'est le même texte que celui du mss. 246, publié par M. P.
Meyer, *l. l.*, p. 42, sauf deux membres de phrase ajoutés (*Quant
il ot ce pensé et douté* devant *il lapela*, et *a sa vertu et a sa prouece*
après *droiture*), et la substitution de *visage* à *Toison* *.

2. Voici à quoi se réduit le texte de Darès pour ce passage
(ch. xliii) : « *Agamemnon, iratus Æneæ quod Polyxenam abs-
conderat, eum cum suis protinus de patria excedere jubet. Æneas
cum suis omnibus proficiscitur. Agamemnon postquam profectus
est, Helena, post aliquot dies, mæsta magis quam quando venerat,
domum reportatur cum suo Menelao* ». La phrase qui suit (*Helenus cum Cassandra sorore et Andromacha Hectoris fratris uxore
et Hecuba matre Cherronensum petit*) n'est pas traduite ici : elle
est reportée (comme dans les autres mss. de la 1ʳᵉ rédaction de
l'*Histoire ancienne*) au second des cinq chapitres placés en tête
de l'histoire d'Énée.

3. Darès (ch. xliv) donne le chiffre de 886,000 et pour les
Troyens 676,000 : il ne fournit pas d'autre chiffre.

* Le ms. de la source latine (voir à la page précédente) portait sans doute
vellerem (pour *vellus*), que l'auteur a lu *vultum* (cf. *viaire* dans B. N.,
fr. 12586), tandis que le scribe du ms. B. N., nouv. acquis. fr. 3650, lisait
ventrem et traduisait par *venlre*.

.lxxvj. mile dusques a tant que la cités fu traïe, et puis en i ot
ocis .cc. et .lxxviij. mile. Li some de toz ces qui furent ocis, des
Grius et des Troïens ensemble, si est mil miliers et .vij. c. miliers et .lx. milliers par conte.

*Qui ceste ystoire de Troies escrist, por quoi hom la tient a
veritable* [1]....

M. P. Meyer (*l, l.*, p. 52) a constaté que le ms. 20125 (et le
ms. de Vienne, Bibl. imp. et roy., n° 258) se distinguaient
des autres mss. de la 1ʳᵉ rédaction de l'*Histoire ancienne,*
non seulement par un prologue en vers, qu'il a publié, mais
encore par des réflexions morales également en vers. Un de
ces passages au moins est en prose. En voici la partie la plus
intéressante (il s'agit des jeux funèbres donnés par Agamemnon à l'occasion des funérailles d'Achille).

(*f° 140 r°, c.* 2) Le rois Ag. le (*12586* li) fist mout richement
faire, et si fist faire mout de gius divers, si com estoit adonques
le costume as cors a faire [2]. E bien sachés, vos qui entendés,
segnors et dames, que de cele costume païene et anciene tienent
encore un mauvais rain la vilaine gens crestiene. Quar, la nuit
qu'il lor cors guardent por l'endemain doner a sepouture, s'as-
semblent li pluisor, homes et femes, a la maison o li cors est en
presence, si i corolent (*lis.* car.) et chantent, dont li dolente arme,
si m'aït Dés, n'avroit cure. Et puis après i font gius vilains et
oribles qui representer ne faire ne devroient. E! por Deu, segnors
et dames, quels gius i monte a faire ? Nos avons oils por veïr, si
ne veons gote; nos avons cuer por retenir et por aprendre, si ne
volons nient entendre. Por quoi demenons nos leece, quant veons
nostre grant tristece ? O tu, crestiens, et tu, crestiene, e! n'avient
il maintes fois que tu vois l'ome o la feme aler tot lié et tot aitié

---

1. Pour la 1ʳᵉ partie de ce chapitre et les cinq chapitres qui
suivent jusqu'à l'histoire d'Énée, voir P. Meyer, *l. l.*, p. 43-4.

2. On pourrait comparer les reproches indignés de saint Augus-
tin aux Chrétiens, qui célébraient par des festins sur les tombeaux
la mémoire des martyrs. A partir d'ici, les autres mss. (en tout
cas 20126 et 12586, qui sont parmi les plus anciens : nous n'avons
pu vérifier les autres) abrègent notablement : (12586) « Et celle
coutume maintiennent encore maint fol crestien, qui, quant li
cors est mort, se rassemblent la nuit pour le gaitier, et chantent
et carolent, dont l'ame n'avoit cure. Et cil qui chantent devroient
mieux plourer luy meïsmes. »

par semblance son chemin et sa voie, et dedens les .viij. jors o mains le vois tu gesir en biere, et l'endemain porter a la fosse ? Por Deu, quar te porpense coment pues tu de ce chanter ne coroler (*lis.* car.), qui por toi meïmes plorer en devroies ?... Nos somes tuit esmarri et fors dou sens, qui de ce ne nos porpensons dont il nos seroit plus grans besoigne.

Dans les digressions comme celle que nous venons d'indiquer, il peut être difficile de distinguer si le ms. 20125 développe l'original, ou si ce sont les autres manuscrits qui abrègent. Mais pour le corps du récit, où l'on a Darès comme terme de comparaison, on peut, croyons-nous, affirmer que, dans la plupart des cas, il représente (ou à peu près) l'original. Voyez par exemple, ce passage :

« Mais or prendés guarde, » fait Synon, « beau segnor, se vos bien volés tenir les lor convenances, si com vos l'avés faite (*sic*) et ele vos est devisee. » A toz plot bien, et si distrent que bien voloient c'om lor guardast et tenist tote lor devise, et que par sairemens fust confermee la fiance si c'onques nus ne s'en peûst retraire par nulle mauvaise covoitise ariere. Adonc fu bien encore ramentaü[e] et renovelee la parole qu'Anthenor et Anchisès et Eneas et Polidamas et Dolon, et tuit lor parent et lor enfant et lor femes, et toz lor proismes qui tenir se voudr[oi]ent a ceste convenance, en porroient porter totes lor chozes et demorer o aler tuit delivre la ou meaus lor plairoit, sans avoir nulle destorbance.

Le ms. 20126 dit simplement : « *Mais donnez vos garde que vos lor tenez lor convenances.* » *Il plot a toz et distrent qu'il voloient bien c'on les gardast et tenist ensi com ele estoit devisee.* — La comparaison avec Darès (p. 48, 12-19) montre que nous avons ici un abrégé de l'original, représenté dans l'ensemble par 20125, malgré les petites additions particulières qu'il présente. — Nous pouvons signaler au moins une de ces additions : il s'agit de la trêve de six mois qui suit la bataille où Troïlus blesse Diomède et Agamemnon (Darès, p. 37, 8 ss.) :

A ce faire (*à ensevelir leurs morts*) mistrent assés lonc termine, quar contre ce qu'il haut home estoient lor faisoient il hautes piramides, c'estoient sepoutures. Et tot ou som el pomel metoient il la cendre dou cors qui ars estoit, et c'estoit ramenbrance

de sa proece et de sa hautece. La piramide estoit aussi faite a
.iiij. costés o reonde com uns clochers, et au faire metoient grant
entente. A Rome en a encore une mout anciene, c'om claime
l'aiguille de Rome : cele fut faite par grant diligence. La sunt
encore tot en som ou pomel les cendres dou roi Jule Cesar, ce
dient li pluisor et content. Segnors, por ce le vos ai dit et devisé
qu'ensi en celui tans, et puis ausi après ce grant tans, enterroient
lor haus homes, et quant il avoient les longes triues, a ce faire
se travailloient [1].

§ 2. — *L'*Historia Trojana *de Guido de Columna.*

Parmi les textes dérivés du poème de Benoit, le plus
intéressant, après le Roman en prose, non pas tant
pour sa valeur intrinsèque que pour les questions d'origine qu'il soulève, est assurément l'*Historia destructionis Trojæ* (ou *Historia Trojana*) de Guido de Columna [2].
Bien que l'auteur, qui cite souvent Darès et Dictys, ne
nomme jamais Benoit, il est certain qu'il l'a eu sous
les yeux, et qu'en ne le citant pas, il a cédé, tout comme
l'auteur du Roman en prose française, à la tendance,
très commune au moyen âge, d'indiquer de préférence
la source la plus ancienne, qui semblait devoir donner
plus d'autorité aux faits affirmés. Ainsi, dans la liste
des portraits, figure celui du roi de Perse [3] :

1. Cette digression ne se trouve ni dans B. N. fr. 20126, ni
dans B. N. fr. 12586, qui sont parmi les plus anciens : nous
n'avons pas vérifié les autres.

2. Guido de Columna fut juge à Messine de 1257 à 1280 : il
doit être identifié, contrairement à l'opinion de M. E. Gorra, avec
le poète lyrique de ce nom (voir *Romania*, XXII, 631). Son œuvre,
entreprise sur l'invitation de Mathieu de Porta, évêque-comte de
Salerne, interrompue après le livre Ier à la mort de ce dernier
(1272), fut reprise en septembre 1287 et terminée au mois de
novembre de la même année.

3. Nous citons d'après l'incunable de la Bibliothèque Méjanes
d'Aix, n° 118, qui contient aussi (en tête) l'*Historia Alexandri
Magni*. L'édition est datée d'Argentina (Strasbourg) 1494, et les
n[os] des chapitres, qui avaient été laissés en blanc à l'impression,

(*f° e 2 r°, c. 2*) Preter hos et alios majores scripsit idem Dares in Grecorum auxilium Persarum regem in multa venisse militum comitiva, cujus colorem et formam inter ceteros non omisit. Scripsit enim eum fuisse magne stature, vultum habuisse pinguissimum, faciem lentiginosam, capillos et barbam velut igneam rubicundam.

Cf. *Troie*, 5271-4: *Li reis de Perse fu mout granz E mout riches e mout poissanz; Le vis ot gras e lentillos, De barbe e de cheveus fu ros.* Ici, les mots *scripsit idem Dares*, s'ils devaient être pris au sérieux, constitueraient une preuve directe de l'existence d'un *Darès* développé. Malheureusement, Guido emploie parfois la même formule là où il s'agit d'un ornement dû à Benoit, par ex. dans ce passage (f° g 6 r°, c. 2) : *rex vero Celidis, qui diebus suis omnibus aliis in forma pulchritudinis fuit prelatus, de quo scripsit Dares quod ejus formam nullus describere potuisset, quem regina,* etc. (cf. *Tr.* 8839-40, et les vers qui précèdent pour l'amour que lui portait la reine de *Femenie*); ou quand il s'agit d'un chiffre stéréotypé de morts qui tombent sous les coups d'un héros ou dans une bataille : (f° h 2 v°, c. 1) *Qui Hector tunc, ut scripsit Dares, mille milites interfecit ex Græcis* (cf. *Tr.* 10011-2); (f° l 6 v°, c. 2) *scripsit enim Dares quod decem milia Trojanorum tunc in furore gladii perierunt* (cf. *Tr.* 24364-5, *Ço dit l'Escriz, plus de dis mile En ocistrent a l'entasser*); — ou encore du nombre des combattants : *.c. l. milia pugnatorum* (f° h 4 v°, c. 2, *Tr.* 11138; f° k 1 v°, c. 2, *Tr.* 17092, 2⁰ famille); — et cela d'accord avec Benoit, ce qui, il est vrai, ne prouve rien pour un Darès développé, mais prouve la connaissance que Guido avait de Benoit[1].

ont été écrits à la main au xvi⁰ siècle, tant à la Table qu'aux Rubriques : il n'y a pas, comme ailleurs, de division en livres.

1. Nous donnerons ici une preuve, qui nous semble convainquante, de l'intention qu'a Guido d'opposer à son Darès, qui est

Ce qui est plus concluant, ce sont certäins mots français latinisés qu'on trouve dans Guido. Ainsi, au Catalogue des vaisseaux (f° c 3 v°, c 1) on lit : *De regno*
autem suo quod demenium *dicebatur Thelamonius* [1]
Oïleus .lvj. naves adduxit. Cf. *Tr.* 5633-5, *Trente e*
set en ot li vassaus Oïleïus Aïaus De Logres, sa terre
demeine. — Signalons encore, dans le même ordre
d'idées (après Greif, p. 59) : 1° (f° i 1 v°, c. 2) *Ex*
guerra *enim amor procedere nunquam potest* (cf. *Tr.*
2° réd., v. 13111 de l'éd. Joly, *Amors de guerre pas ne*
vient [2]) ; — 2° (f° o 4 r°, c. 2) *Rex Acastus mandavit*
omnibus de Thessalia ut sacramentum fidelitatis et
homagii *Pirro præstare deberent* (cf. *Tr.* 29516-7,
Mandé furent communaument ; Ses homages lor fist
refaire).

L'exemple suivant (f° e 6 r°, c. 1) : *quidam Trojanus,*
nomine Calcas, antistes, Nestoris *filius,* n'est pas con-

sans doute le poème de Benoit ou un de ses dérivés, une autre
source qu'il croit meilleure : (*f° f 1 r°, c. 1*) « *Hujus autem castri*
(celui que les Grecs assiègent et prennent avant celui de Ténédos)
nomen et portus Frigius Dares in suo codice obmisit, forte pro eo
quod Grecorum exercitus paucis diebüs fuit moratus in illo. Sed
hoc erratum, ut in aliis codicibus invenitur, quod Sarronaba
ab incolis vocabatur. » Rappelons que Benoit, qui tout d'abord ne
nomme pas, en effet, le premier château (cf. v. 5991-2), le
nomme plus loin, v. 6065-6 (*Quant conquis furent li chastel, Tenedon*
et Auriëntel), là où Guido ne dit rien. Il est probable que Guido
était fier de ce que son manuscrit lui permettait de se montrer
mieux informé que Benoit. En revanche, il déclare franchement
que les deux chefs qui vinrent d'Agreste au secours de Priam (*Fion*
et *Edras* dans Benoit, *Adrastus* et *Amphius* dans Darès) ne sont pas
nommés.

1. L'emploi de ce mot comme synonyme d'*Ajax*, alors que, dans
Benoit, *Telamon* n'est employé seul que pour désigner Ajax, fils
de Telamon, montre avec quelle liberté Guido use de cette source.
Nous pourrions citer bien d'autres exemples de ce fait.

2. L'emprunt résulte cependant ici plutôt de l'idée exprimée que
du mot *guerra*, dont se sert couramment Guido, par ex. à la
ligne précédente.

cluant ; car, si les mss. *KR* [1] de *Troie* donnent : *Fiz
ert Nestor*, le ms. *L* de Darès porte, de son côté, *Calchas de Nestore natus*, ce qui s'explique par ce fait que
Thestor était inconnu des scribes, tandis que *Nestor*
leur était, au contraire, très connu.

Si l'on met à part, chez Guido, les prosopopées, les
réflexions morales [2], les descriptions poétiques et les
digressions savantes ou pseudo-savantes [3], qui font de lui
un « rhétoriqueur » avant la lettre, il reste un récit qui
semble se placer entre la riche et parfois diffuse narration
de Benoit et la rigide simplicité de Darès. La parenté
de son œuvre avec le *Roman de Troie* est évidente.
Mais cette parenté provient-elle toujours d'emprunts
directs ? Les exemples comme ceux que nous venons de
signaler ne sont pas fréquents : ce qui est plus probant,
c'est la concordance avec Benoit pour des détails inventés par ce dernier, comme le tombeau d'Hector, comme
la *Chambre de Beautés* où Hector soigne ses blessures :
(f° i 4 v°, c. 1) *infra hos Hector sibi de vulneribus suis
medetur, jacens tunc in aula pulchritudinis nobilis Ilion,
de qua mirabilia scripsit Dares* (suit la description) (cf.
Tr. 11753-8 et 14631-958), — ou qui, du moins, ne se

1. Cf. v. 9213, où, au lieu de *Pitagorus*, M²GR donnent *Jeco-
nias* et *H Jeconiax* (d'où les leçons isolées de *F, L* et *N*).
2. La mysogynie de Guido a été souvent signalée : elle se
donne libre carrière, non seulement à propos de Briséïda, mais
ailleurs. Cf. i 6 r°, c. 2 : *Sane lamentationes earum particularibus
explicare sermonibus cum minime necessarium videretur in hoc loco,
utpote inutiles sunt obmisse, cum... et mulieribus sit insitum a
natura quod dolores earum nonnisi in multarum vocum clamore
propalent et impiis dolorosisque sermonibus eos divulgent.*
3. Par exemple, il sait qu'Hercule est fils de Jupiter et d'Alcmène, épouse d'Amphitryon, et connaît plusieurs de ses grands
travaux. Il n'est pas fâché qu'on croie qu'il sait l'hébreu :
ainsi, à propos des colonnes d'Hercule, il dit : *Et locus ille in
quo predicte columne Herculis sunt affixe dicitur sarracenica
lingua saphis, a quo non sufficit ultra ire.*

trouvent pas dans notre Darès, comme le Sagittaire, les rapports entre Télémaque et Télégonus après la mort d'Ulysse, etc. '. Ce qui est décisif surtout, ce sont les erreurs communes, comme celle qui a fait prendre à Benoit (v. 4239-41) *Clytemestra* (= Clytemnestra) pour un nom de ville ; cf. Guido (f° d 2 v°, c. 2) : *soror Castoris et Pollucis regum qui tunc in Samestor civitate de eorum regno insimul morabantur*; — ou inversement un nom de pays pour un nom d'homme ; cf. *Forensis* (*Tr.* 28329, *Forenses*, var. *Floranses*, etc.; Dar. *Phocensis*) ; — ou encore un nom de peuple pour un nom de ville ; cf. Guido (f° n 6 r°, c. 1) : *in portum qui dicitur Calotofages salvus perveni* ; cf. *Tr.* 28697, *Qu'a Lotophagos* ² *pristrent port.*

D'autre part, on a mis en doute que Guido ait connu le Darès actuel ³ : c'est tout à fait inadmissible, à moins qu'on ne tienne aucun compte de ces mots du *Prologue* : *Cornelius, dum laboraret nimium brevis esse, particularia historie ipsius que magis possunt allicere ani-*

---

1. Voyez encore : (f° k 2 r°, c. 2) *Quarum indutiarum tempus in libro non invenitur expressum* (Tr. 17347-8); (f° i 3 v°, c. 1). *Sed Hector tunc elevatis oculis ad muros civitatis direxit intuitum et vidit Helenam nec non ejus uxorem et sorores suas stantes in muris utriusque partis prelia contemplantes* (*Tr.* 14129-33); (f° b 5 v°, c. 1 et 2 et b 5 r°, c. 1) Cédar et son cousin Securidan, Heliachim, neveu de Laomedon, ont le même rôle que chez Benoit dans la 1ʳᵉ prise de Troie (cf. 2507-10, 2552 ss., etc.). — Guido ne peut préciser (f° 1 r°, c. 1) l'endroit où Priam se trouvait pendant que Troie était prise et son père tué (cf. *Tr.*, 2867-9), tandis que Darès (où d'ailleurs cette phrase est mal placée) dit : *Priamus in Phrygia erat.* — Il convient surtout de noter, pour l'ensemble et même le plus souvent pour les détails, les amours de Médée et de Jason et la conquête de la Toison, la liste des Bâtards, et celle des alliés de Priam, que Guido prétend n'avoir pas été donnée par Darès et qui devait manquer à son exemplaire.

2. La forme de ce mot s'explique par l'inintelligence des mots *Qu'a Lotophagos* et par l'utilisation directe de Benoit.

3. R. Barth, *Guido de Columna*, p. 18.

mos auditorum pre nimia brevitate indecenter omisit,
et qu'on prétende que c'est à Benoit qu'il a pris l'idée
de reprocher à Darès son extrême sécheresse ; et qu'on
n'attribue, d'autre part, à un copiste l'*Épilogue* qui se
trouve immédiatement à la suite du texte, après les
mots : *Ulixes autem vixit annis nonaginta tribus et
infeliciter mortuus est in regno suo*. Donnons d'abord
cet *Épilogue* :

(*f° o 6 r°, c.* 2) [Et in hoc loco Dares presenti operi finem
fecit, sicut et Cornelius. Reliqua ergo sunt de libro Ditis,
licet] Dares in captione Troje operi suo finem fec(er)it, qui
postea in libro suo ulterius non processit : reliqua vero sunt
de libro Ditis ipsius usque ad finem, qui integre facere voluit
librum suum. Et ideo, si quid huic operi supperadditum inveniatur, credendum est non esse de veritate operis ipsius, sed
de operis (*lis.* operatoris) fictione. Verumtamen Dares et Ditis,
qui tempore ipsius Trojani belli in ipso bello fuere presentes,
in compositione operum eorum inventi sunt pro majori
parte concordes et in paucis inventi sunt discordes. Quod
autem Anthenor et Eneas fuerint actores proditionis ipsius
Troje, bene conveniunt. Dixit tamen Dares quod Polidamas, Anthenoris filius, de nocte accessit ad Grecos, qui de
modo captionis civitatis cum Grecis ea nocte tractavit et ut
signo dato per eum Ilion aggredi procuraret. Dixit etiam
quod Greci de nocte Trojam intrarunt, et non per murum
ruptum occasione equi erei (*lis.* lignei) facti per Grecos,
cum de equo ipso nullam fecerit mentionem, sed fuisse dixit
ingressus per portam eream (*Darès* : Sceam), unam de (*v°*)
portis civitatis Troje, in cujus porte summitate erat fabrica-
tum et infixum de marmore quoddam magnum caput equi,
licet Virgilius de equo ereo (*lis.* ligneo) cum Dite concordet
et in hanc portam eream (*Darès* : Sceam) dixit Dares Anthenorem et Eneam cum Polidama recepisse Grecos et eis
exinde aditum prestitisse et per eos ea nocte fuisse magnum
Ilion interceptum et in illud primo Neptholomum, filium
Nestoris (*lis.* Achillis) introductum. Dixit etiam idem Dares
Eneam non solum Polixenam occultasse, verum et ejus ma-
trem Heccubam cum eadem, et hac de causa exilio fuisse

damnatum. De morte vero ipsius Heccube nihil dixit. In fine
tamen operis sui hoc addidit : « Pugnatum est annis decem,
mensibus sex, diebus duodecim, et de Grecis fuerunt apud
Trojam octingenta sex milia pugnatorum. Trojani vero
pugnantes, qui pro civitate ipsa defendenda pugnaverunt,
fuerunt sexcenta milia septuaginta sex. »

Dixit etiam naves cum quibus exulavit Eneas fuisse ducen-
tas et cum quibus etiam Paris in Greciam fuit profectus.
Trojani vero qui secuti sunt Anthenorem fuerunt duo milia
quingenti : ceteri secuti sunt Eneam.

Trojani autem et Greci utriusque partis majores qui et a
quibus interfecti fuerunt sunt hi, ut scripsit idem Dares
(suit la liste qui figure, avec des variantes, dans certains
mss. de Darès et qu'a publiée Meister dans son *Introduction*,
p. VIII-X, non sans quelques erreurs et des noms estropiés).

M. H. Morf (*Romania*, XXI, 18 ss.) croit pouvoir
affirmer que cet Épilogue est une glose transportée à la
fin de l'ouvrage du l. XXXI (ch. LV de l'incunable d'Aix),
intitulé *de direptione Troje*, où elle était à sa place.
S'il en était ainsi, on ne voit pas comment cette glose
aurait pu se terminer par le ch. XLIV et dernier de Darès
et par les listes des principaux morts, que l'on trouve
à la fin de certains ms. Il faudrait admettre que cette
double addition a été faite au moment où avait lieu le
déplacement supposé. Il nous semble plus simple d'admettre que, son œuvre terminée, Guido, pris de scru-
pules, fait un retour en arrière pour indiquer la part
qui revient à chacune de ses deux sources principales,
et en profite pour donner la version de Darès en ce qui
concerne le rôle de Polydamas dans les pourparlers avec
les Grecs, la prise de Troie et ses suites : *Dixit* tamen
Dares quod Polidamas, etc. Ce *tamen* indique que,
bien qu'ils soient d'accord pour attribuer la chute de
Troie à la trahison d'Anténor et d'Énée, Darès et Dictys ne racontent pas de la même façon les pourparlers
et l'entrée des Grecs à Troie. L'authenticité du mor-

ceau est donc plausible, au moins à partir de *verum-tamen Dares et Ditis*. Examinons-en maintenant la première partie [1].

A travers cette phraséologie encore obscurcie par les répétitions, on voit que Guido, se substituant à Benoit, qu'il ne veut pas nommer parce qu'il considère un poète du xii° siècle comme une autorité insuffisante pour un historien sérieux comme il prétend l'être, a voulu indiquer qu'*il* (c'est-à-dire : *Benoit*) a pris comme source d'abord Darès, puis, au moment où celui-ci faisait défaut, Dictys, qui seul est complet. On aurait donc un sens acceptable en supprimant les mots mis entre crochets : *Et in hoc loco... licet* et corrigeant *fecerit* en *fecit* (question de sigle), ce qui donne : *Dares in captione Troje operi suo finem fecit, qui*, etc. L'addition des mots que nous supprimons serait l'œuvre d'un scribe inintelligent, qui, jugeant l'épilogue mieux à sa place à l'endroit du récit où Benoit commence à suivre Dictys, l'y aurait transporté *(en marge)* en le faisant précéder des mots caractéristiques *et in hoc loco*, auxquels il a ajouté le rabâchage qui suit jusqu'à *licet*. Un autre scribe, qui avait plus de bon sens, mais qui n'osait toucher au texte, a transporté simplement cette note marginale telle quelle à la fin du ms., où elle est restée [2].

Les mots *sicut et Cornelius*, qui opposent à *Darès*

---

1. La phrase qui précède immédiatement *verumtamen* (*Et ideo, si quid huic operi superadditum inveniatur, credendum est non esse de veritate operis ipsius, sed de operis* (lis. *operatoris*) *fictione*), quoique peu claire, semble bien viser les embellissements auxquels s'est complu Guido, et elle constitue, ce nous semble, une preuve sérieuse de l'authenticité de cet Épilogue.

2. Nous ne croyons pas devoir accepter l'explication de M. Barth, qui estime que le passage dont nous venons de parler a été transporté d'un ms. du *Roman de Troie*, où l'avait placé un scribe qui connaissait Darès.

un personnage distinct, soulèvent quelque difficulté.
Dans la 2ᵉ partie du *Prologue*, dont l'authenticité ne
saurait être discutée, nous lisons :

Ea, quæ per Ditem Grecum et Phrygium Daretem, qui
tempore Trojani belli continue in eorum exercitibus fuere
presentes et horum que videre fuerunt fidelissimi relatores,
[*narrata sunt* ?] ¹, in presentem libellum per me, Guidonem
de Columna, judicem de Messana, transsumpta legentur,
prout in duobus libris eorum inscriptum quasi una vocis
consonantia inventum est Athenis. Quanquam autem *hos
libellos* quidam Romanus, *Cornelius* nomine, Salustii magni
nepos, in latinam transferre curaverit, tamen, dum laboraret nimium brevis esse, particularia historie ipsius que
possunt allicere animos auditorum pre nimia brevitate indecenter omisit. In hac igitur serie libelli totum invenietur
inscriptum quod de tota historia universaliter et particula-
riter gestum fuit : que fuit origo.... cujus ictu : de quibus
omnibus pro majori parte *Cornelius* nihil dicit. Superest
igitur ut ad ejus narrationis seriem accedatur.

Comme on le voit, d'après le *Prologue*, Cornelius
n'est pas dédoublé ; au contraire, il est à la fois le traducteur de Darès et celui de Dictys, dont les deux ouvrages ont été trouvés à Athènes : d'où l'on peut conclure
que Guido n'a pas connu du tout l'*Ephemeris*, et que,
s'il invoque Dictys, c'est uniquement d'après Benoit ou
d'après ses dérivés directs ². S'il avait lu l'*Ephemeris*,

---

1. Les mots entre crochets manquent à l'incunable 118 d'Aix,
qui donne ensuite : *per me judicem G. de C. messana t. l.* —
Gorra, *Testi inediti di storia Trojana* (Torino, 1887), p. 143,
donne un texte tronqué, sans doute par l'oubli d'une ligne : *et
horum que viderunt fuerunt fidelissimi relatores, in Messana
transsumpta legentur.*

2. C'est également à Dictys seul qu'il se réfère dans le 2ᵉ épilogue, assurément authentique*, dont voici le début : *Et ego,*

* Je ne saisis pas bien pourquoi M. H. Morf (*Romania*, XXI, 18 ss.)
dit des mots *pro eo quod ipse Dites perfectum et completum fecit* qu'ils ne
sont de Guido ni pour le fond ni pour la forme.

il ne dirait pas que les récits de Darès et de Dictys sont d'accord *quasi una vocis consonantia*.

Il n'est d'ailleurs nullement scrupuleux dans l'indication de ses sources : non seulement il ne nomme pas Benoit, mais encore, pour mieux égarer ses lecteurs, il n'est pas fâché de laisser croire qu'il a lu Darès dans l'original grec (f° 21 v°, c. 1) : *Asseruit enim Dares in codice sui operis lingua greca composito omnes illos suis oculis conspexisse.* Or il est à peu près certain qu'il ne savait pas le grec, car ce qu'il dit sur l'étymologie de *Delos* (= *manifestus* en latin) et de l'autre nom de cette île, *Ortygia* (*eo quod ibi primum natæ fuerunt coturnices, quas Greci ortigias* (sic) *vocant*) est simplement copié dans Isidore, *Etymol.*, XIV, 6. Mais il était en partie de bonne foi, car il croyait voir dans le poème de Benoit le représentant d'un Darès grec, en quoi il ne se trompait qu'à moitié, puisque nous avons admis que la source principale de Benoit était un Darès latin développé [1].

Guido de Columna, judex de Messana, predictum Ditem grecum in omnibus sum secutus, pro eo quod ipse Dites perfectum et completum fecit in omnibus opus suum ad litteratorum videlicet solacium, ut veram noticiam habeant presentis historie et ut magis delectentur in ipsa. Il ne peut s'agir ici, comme dans le *Prologue*, de Dictys considéré comme traducteur des deux ouvrages de Darès et de Dictys, puisqu'il se sert de l'expression *Ditem grecum.* Il s'agit donc du Dictys qui a raconté les événements d'une façon plus complète que Darès, et qu'il déclare avoir suivi *en tout point*, oubliant qu'il a d'abord invoqué souvent Darès comme source : cela revient à dire qu'il n'a qu'une source unique, qui est Benoit ou ses dérivés.

1. C'est cette source, quelle qu'elle soit, qu'il appelle ordinairement *historia* ou *præsens historia*. Mais parfois il l'invoque pour des développements qui lui appartiennent. Par ex. (f° a 5 v°, c. 2), après avoir reproché à Oëtès l'imprudence qu'il a commise en invitant sa fille à s'asseoir à côté de Jason, il ajoute : *Nam quod tibi proinde revera successit ecce subjungit historia, successus congruos et incongruos non obmittens.*

Un exemple caractéristique suffira pour montrer la préoccupation de Guido de faire croire à son indépendance et à son amour de la vérité, sans toutefois nommer ses sources. Nous avons vu plus haut que Benoit réunissait les deux versions de la mort de Palamède en un récit unique qui était censé avoir été fait à son père Nauplius [1], mais sans se prononcer clairement sur son authenticité. Guido, qui se dit historien, est plus net. Après avoir rappelé le départ de Palamède pour Troie et son élévation au commandement suprême, il dit :

Qui Palamides demum in conflictu belli mortuus expiravit, ut de his omnibus et de eo satis supra est suo loco relatum. Sed quidam, quibus aliorum placet interitus et qui semper in eorum malitiis gloriantur, regi Naulo [2] et ejus filio Oeto [3] de morte Palamidis falsis adinventionibus et subornatis in multa fictione commentis aliter sunt testati. Dixerunt ergo Palamidem non in bello peremptum, sed... (*Ulysse, voyant que Palamède proposait pour se défendre le duel judiciaire* [4], *se tourne de son côté et lui fait rendre le commandement de l'armée*). Addiderunt etiam predicti commentatores adinventionibus suis quod non post multos dies... (*suit l'histoire du trésor caché au fond d'un puits*).

Cependant, dans un certain nombre de cas, on constate chez Guido, par rapport à Benoit, des différences dont

1. Il semble bien que Benoit n'ait pas oublié qu'il avait, d'après Darès, fait mourir Palamède sur le champ de bataille ; mais il ne dit pas expressément que le récit qu'on avait fait à Nauplius fût faux.

2. Notez la forme du nom (*Tr.* Nauplus), qui montre, ce que nous avons vu déjà, que Guido se servait d'un ms. de la 2º famille.

3. Plus loin, au génitif *Oetis*, au nominatif *Oetes*, où l'on est surpris de lire ensuite ces mots : *sive Peleus, dum esset binominis*. Aucun des mss. de *Troie* (t. crit. *Oēaus*) ne met sur la voie de cette forme. Guido a reproduit simplement le nom du père de Médée.

4. Notons en passant que cette mention du duel judiciaire accuse un emprunt à Benoit.

il est difficile de découvrir le motif. Par exemple, pourquoi remplace-t-il l'*Alcenon* (*Alcinoüs*) de Benoit par
un *Anthenor*, qui n'a sans doute, dans sa pensée, aucun
rapport avec celui qui livre Troie aux Grecs ? On peut
admettre, à la rigueur, des altérations successives du
mot dans les mss. (*Altenon, Autenon, Antenon*), mais
comment Guido n'a-t-il pas constaté cette identité des
deux noms dans son ms. et n'a-t-il pas affirmé la distinction des deux personnages ? — Dans le portrait de
Patrocle (v. 5171-8), *Patroclus* est remplacé par *Tantalus* (fº e 1 vº, c. 2), et il semble qu'il y ait un mélange
de Darès et de Benoit. Darès : *Patroclum pulchro corpore, oculis cæsiis, viribus magnis, verecundum, certum,
prudentem, dapsilem ;* Guido : *Tantalus vero fuit corpore grandis, fuit fortis multum, variis oculis, candidus rubore permixto, veridicus, humilis, lites fugiens,
sed prelia justa peroptans* [1]. — L'appareil destiné à
conserver le corps d'Hector est bien plus compliqué et
parcourt toutes les parties du corps. Le bassin qui est
aux pieds reçoit les parfums liquides introduits par la
tête et qui viennent d'un second bassin : ce qui est sans
doute dû au désir de rendre plus vraisemblable l'invention de Benoit.

Jason se joint à Hercule et aux autres chefs, dans la
1ʳᵉ expédition contre Troie, et fait partie de l'embuscade.
— Les Grecs débarquent, non pas à Sigeum, mais à
Simoïs (comme au premier voyage) : *portum intrant
propria appellatione Simeonta* ; ils n'ont que 15 vaisseaux dans Benoit, alors que Pelée en avait déjà pré-
paré 20 avant l'arrivée des alliés. — Tandis que Benoit
dit (v. 2061-6) qu'il s'abstient de raconter la fin de Jason
et de Médée parce que Darès n'en dit rien [2], Guido,

1. Il convient d'ajouter que ce n'est pas le seul portrait où
Guido fasse preuve d'indépendance.
2. Il a dit cependant plus haut (v. 2030-42) que les dieux
punirent cruellement Jason de sa trahison envers Médée.

sans être tout à fait clair, en dit cependant plus que
Benoit et semble avoir connu, sinon le *Roman en
prose*¹, du moins une source latine apparentée pour ce
passage :

(*fº b 3 rº, c. 2*) Sane diceris (*il s'adresse à Médée*) perve-
nisse Thesaliam, ubi, per Thesalum Jasonem civibus inve-
neranda Thesalicis, occulta nece post multa detestanda
discrimina vitam legeris finivisse. Sed, quamvis ultione deorum Jason martyrio multo fuisset exposuitus antequam ipse
decederat, et ejus decessus tanquam damnatus a diis fuisset
damnabili morte conclusus, dic, quid tibi profuit in Jasone
gravis ultio et vindicta deorum postea subsecuta?

La dépendance étroite dans laquelle se trouve Guido
par rapport à Benoit ² nous empêche d'affirmer nettement qu'il ait eu sous les yeux un Darès développé,
auquel il devrait les particularités qu'il présente et dont

---

1. Cf. ms. B. N. fr. 1612, fº 6 vº, c. 2 : *Et en la porfin l'en
mena Jason aveuc lui, dont elle grant follie [fist] et ml't s'en repenti après, si comme li auctor dit (sic), quar celi le la[i]ssa sur
une ille de mer, et si estoit grosse de .ij. enfans. Et puis fist elle
tant que elle se parti de l'isle et se delivra des enfans ; et tant
quist Jason qu'ele le trova, et lors tua ses .ij. enfans, si en prist
les cuers et les entrailles et les dona a mangier a Jason, qui engendrés les avoit de sa char, et puis après geta devant lui les
piés et les mains des enfans et li dist que ce estoient les me[m]bres
de ses enfans que il avoit engendrés, dont il avoit les entrailles
mangiees, et qu'ele avoit (fº 7) cen fait en venjance de ce qu'ele
l'avoit délivré de mort et il l'en avoit rendu si aspre gueredon
comme d'elle laissier en une ille sauvage. Por quoi les sages
jugent que ceste fu la plus cruël mere qui onques fust. Et si ne
parlerons plus de li, etc.*
2. Dans l'*Entrevue d'Achille et d'Hector*, où Guido supprime
(sans doute par pudeur) les reproches d'Hector à Achille sur
ses amours avec Patrocle, il n'en représente pas moins Achille
comme indigné des paroles d'Hector (*ad verba Hectoris ira totus
incaluit*), qui cependant s'est contenté de lui offrir de régler les
différends existant entre les Grecs et les Troyens par un combat
singulier qu'Achille accepte lui-même.

nous venons de signaler les principales [1]. La chose
n'est cependant pas impossible, quoiqu'il y ait des
chances pour que, dans l'intervalle entre la composition du *Roman de Troie* et celle de l'*Historia*, ce Darès
développé se soit perdu [2]. Il y aurait une autre question
à examiner, celle de savoir si la vraie source de Guido
ne serait pas une rédaction en prose, française ou italienne, du poème. Les matériaux nous manquent pour
étudier la question d'une source italienne ; mais l'étude
minutieuse que nous avons faite, au chapitre précédent, du Roman en prose française nous permet d'être
plus explicite quant à la source française et de donner
notre avis en connaissance de cause.

Si nous laissons de côté, dans l'*Historia Trojana*,
tout ce qui doit être attribué à l'auteur, comme les
explications rationnelles des légendes mythologiques,
les réflexions morales [3], les descriptions [4], etc., voici un

1. Certaines différences peuvent s'expliquer par les variantes
du ms. qu'il suivait. Par exemple, chez lui (f° n 6 r°, c. 1), Oreste
est fait chevalier à 24 ans au lieu de 15 (v. 28287-8); mais le
ms. *H* de *Troie* donne 25 ans (*Qu'il ot .xxv. ans enters*), ce qui se
rapproche beaucoup.

2. Il n'y a pas lieu d'attacher d'importance à l'affirmation
d'un Darès grec chez Guido. Il dit à propos des portraits : « *Asseruit enim (Dares) in codice operis sui greca lingua composito
omnes illos suis oculis inspexisae. Nam sepius inter treugas, etc.*;
mais il a pu trouver cela dans notre Darès (cf. ch. xii, au début).
Le plus souvent, par le mot *Darès*, il désigne Benoit : c'est ce que
prouve, entre autres exemples, le peu qu'il dit des merveilles de
la Chambre de Beautés, où il invoque l'autorité de Darès.

3. Il est vrai que le *Roman* se complaît aussi à ces moralisa-
tions et les place parföis au même endroit, par exemple après la
consultation de l'oracle à Delphes (explication des oracles) et au
milieu de l'épisode de Briseïda (contre les femmes), mais elles
n'en sont pas moins indépendantes, et leur présence dans les deux
textes s'explique par l'opportunité qu'offraient les événements à
deux auteurs d'une mentalité et d'une éducation semblables.

4. Citons en passant, parmi les détails nombreux dus à son
imagination dans la description de la nouvelle Troie, cette indi-

certain nombre de points où cette œuvre se rapproche
du poème et où le *Roman en prose* diffère, ce qui
empêche qu'il soit la source de l'*Historia*. Ainsi le
Roman supprime la tempête et le sacrifice à Aulis.
Il n'a pas le passage où Protésilas, fatigué du carnage,
va s'asseoir à l'écart sur le rivage. Il affirme seul
qu'Hécube était la fille d'un roi de Perse. Il supprime
le portrait d'Ajax, fils d'Oïlée, et donne seul un portrait
de Thoas. Achille fait l'expédition de Mysie avec Patrocle : ni Téléphe ni Teuthras n'y jouent de rôle. Le
Roman abrège la 2ᵉ bataille beaucoup plus que Guido.
Il en est de même de la description du tombeau
d'Hector (voir p. 299, n. 2), où l'*Historia* développe,
au contraire, le poème. Il contient une indication,
d'ailleurs erronée (cf. p. 304 et n. 1), sur l'habitude de
couper le sein gauche aux Amazones, détail que ne
donnent ni le poème ni l'*Historia*. La ville que fonde
Anténor est sur l'emplacement actuel de Venise, et il
va ensuite fonder Padoue, où il meurt (rien de Corcyra Melæna ni d'Oënidus). Les espions envoyés par
Pyrrhus en Thessalie ne sont pas nommés, etc.

Voici maintenant d'autres passages où l'*Historia*
est indépendante, tandis que le *Roman* se rattache au
poème. L'*Historia* donne un rôle à Jason dans la première expédition contre Troie. Elle supprime, dans la
liste des chefs qui se groupèrent autour de Ménélas et
d'Agamemnon après l'enlèvement d'Hélène, les deux
derniers, dont le nom était moins connu, *Eürialus* et
Telopolus dans le poème (*Elionus* et *Nopolonus* dans le
Roman, ms. 1612). Elle substitue Anténor à Polydamas dans la visite à Hélène (v. 11845 ss.), et Antilogus
à Talthybius dans les négociations engagées par les trai-

cation qu'elle est traversée par le *Xanctus*, qui actionne de nombreux moulins à farine et assainit la ville en recevant les égouts,
comme le Tibre assainit Rome, qu'Énée voulut bâtir sur le modèle de Troie.

tres au sujet de la reddition de Troie. Elle supprime les
discours de Thoas et de Menestheüs en réponse à celui
d'Achille demandant au Conseil de lever le siège, et ne
fait que les mentionner, ce qui peut être dû au désir
d'abréger. Elle fait ensevelir Achille à Troie, à l'entrée
de la porte de Thymbrée, avec la permission de Priam :
cette erreur provient du ms. que suivait Guido, lequel,
au v. 22388 du poème, donnait *face* au lieu de *facent*,
comme nos mss. *FN* et *KM*. Les noms de Dolon et
d'Ucalégon ne figurent pas parmi les traîtres. Le trait de
Thean qui se couvre les yeux pour ne pas voir Anténor
enlevant le Palladium est supprimé. Le cheval offert à
Minerve est d'airain, et non de bois, etc.

Enfin, voici d'autres passages où l'*Historia* s'éloigne
également du poème et du *Roman*, ce qui prouve, de
plus, l'indépendance de Guido et de l'auteur du
Roman. Ce dernier dit qu'il a trouvé l'histoire dans
l'armoire de saint Paul de Corinthe ; Guido fait traduire le texte grec de Darès et celui de Dictys, trouvés à Athènes, par Cornelius, neveu de Salluste (ce qui
est assez près du poème, sauf pour Dictys). L'auteur
du *Roman* fait venir Pandarus et Adastrus (le 3e chef
manque) d'un pays qu'on appelle *Caetan* (Benoit :
de Sezile ; Guido : *de regnis eorum* ; le 3e roi est chez lui
Thabor au lieu de *Ampon*). Il fournit des détails (en partie exacts) sur la vengeance que tira Médée de l'abandon
de Jason dans une île déserte [1], tandis que l'*Historia*
fait de vagues allusions à la mort violente de Jason et
de Médée par punition divine. Il ne mentionne pas
Philoctète comme guide de Jason et ne dit pas à quel
point de la côte près de Troie il aborde, Simoënta
(Guido *Simeonta*). Il fait enlever par Diomède à Briseïda un de ses *juais* (et non un gant). Cassandre, consultée sur les prodiges qui se sont produits au sacrifice

---

1. Voir le texte p. 33o, n. 1.

qui précède la prise de Troie, répond simplement que
les dieux sont irrités, tandis que le poème explique que
c'est à cause de la profanation du temple d'Apollon par
la mort d'Achille, et que Guido donne, comme explication particulière du prodige de l'aigle, que l'on trahit la
ville au camp des Grecs [1], etc.

Pour ne rien laisser de côté de ce qui peut contri-
buer à la solution du problème, il convient d'indiquer
que la *Géographie de l'Orient* manque également dans
le *Roman en prose* et dans l'*Historia Trojana*. Mais la
description des mœurs des Amazones, qui suit immédiatement, accuse une différence assez importante :
dans le *Roman*, les Amazones habitent une île, tandis
que, dans l'*Historia*, cette île est exclusivement peuplée
d'hommes, que les femmes, quittant leur province, vont
trouver au printemps, ce qui est plus voisin du poème,
qui fait de l'île un terrain neutre où a lieu la rencontre.
Ajoutons que Guido fait nourrir trois ans les enfants
mâles, tandis que, dans le poème, ils ne le sont qu'un
an [2]. L'accord pour supprimer un passage, en somme
peu intéressant pour les hommes du xiiie siècle à cause
de l'éloignement des lieux, s'explique facilement sans
qu'on soit obligé d'admettre que l'un des deux auteurs
dépend de l'autre [3].

1. Il fait d'ailleurs ordonner de rallumer le feu au tombeau
d'Achille, et non au tombeau d'Hector, comme le dit le poème.

2. Il ne semble pas qu'il faille ajouter grande importance à
ce trait final du portrait de Nestor, que sa colère, qui était déme-
surée (cf. Benoit), durait peu. Ce correctif a pu, à la rigueur,
venir à la fois à l'idée de deux auteurs différents.

3. Nous ne dirons rien des dérivés directs de Guido, qui non
seulement a été traduit de bonne heure dans toutes les langues,
mais encore assez souvent imité, par exemple, par Jacques Mi-
let dans un *Mystère* composé en 1450-54, mais imprimé seulement en 1484 (cf. la reproduction phototypique de l'éd. de
Dresde par Stengel, 1883), et par Raoul le Fèvre, au l. III de son
Recueil des Hystoires Troyennes, où il cite souvent Darès, mais
non Guido. Pour les rédactions italiennes, voir ci-dessous, p. 335.

§ 3. — Autres dérivés du Roman de Troie.

Les légendes troyennes ont, de tout temps, eu un
grand succès en Italie, succès dû non seulement à la
popularité des poèmes français en général dans l'Italie du Nord, mais encore à la croyance aux origines
troyennes de la race. On n'a pas signalé jusqu'ici,
sur la matière de Troie (en dehors de Guido), moins
de quatre poèmes italiens (le *Poema d'Achille*, le
Trojano de Domenico da Montechiello, le *Trojano*
imprimé et le résumé de l'*Intelligenƶa* en 44
strophes), auxquels il faut joindre seize rédactions en
prose, qui ont été étudiées d'abord (en partie seulement) par MM. Mussafia[1] et P. Meyer[2], puis (pour
la plupart[3]) par MM. Egidio Gorra[3] et H. Morf[4].
Mais, outre que plusieurs de ces textes dérivent en
tout ou en partie de Guido, il en est plusieurs sur
lesquels il reste encore bien des recherches à faire :
c'est une tâche que l'éloignement des matériaux, encore
en partie inédits, et le défaut de temps nous obligent
à laisser à d'autres[5].

1. *Sitƶungsberichte der Wiener Akad., philol.-histor. Cl.*,
LXVII (1871), 297-344.
2. Dans *Romania*, XIV, 77 ss.
3. *Testi inediti di storia Trojana* (Torino, 1887).
4. Dans *Romania*, XXI (1892), 18 ss.
5. Un mot seulement sur la version en prose de Binduccio
dello Scelto du ms. de la Bibliothèque nationale de Florence,
Magliabecchiana, IV, 46. M. H. Morf émet l'idée que certaines
différences (suppressions et déplacements) constatées entre ce
texte et le poème, dont il dérive certainement, disparaîtront
quand nous serons mieux renseignés sur les mss. du *Roman de
Troie*. Nous constatons, il est vrai, la présence de la matière des
v. 10825-76 (qui manquent dans l'édition Joly et les mss. de la
deuxième famille), ce qui prouve simplement que l'auteur se
servait d'un ms. appartenant à la première. Mais il n'en est pas
de même des suppressions opérées, où tous les mss. s'accordent.

Une preuve indirecte de cette popularité des légendes
troyennes en Italie se trouve dans un poème français,
de valeur médiocre, écrit dans l'Italie du Nord. C'est le
roman en vers d'Hector et Herculès, dont on connaît
cinq mss. [1] : Hector, allant secourir Philimenis assiégé
dans sa ville de Termachi par Herculès, tue celui-ci en
combat singulier, vengeant ainsi la mort de son aieul
Laomédon. L'origine franco-vénitienne de ce poème
semble certaine. Mais M. H. Morf nous paraît s'avancer beaucoup, quand il donne comme également italien
le roman de Landomatha [2], fils d'Hector, qui termine

C'est du côté du *Roman en prose* que doivent être dirigées les
recherches. — Ajoutons que M. Giulio Bertoni a récemment
découvert à Este, et publié dans la *Romania*, XXXIX, 570 ss., un
feuillet de papier in-f° ayant servi de couverture à un registre et
remontant au xive siècle, feuillet qui contient une traduction vers
pour vers, en vénitien mêlé d'italien pur, des vers 8427-8508 du
Roman de Troie. A part d'assez nombreuses erreurs d'interprétation [*], la traduction est littérale, ce qui amène forcément des
vers trop longs ou trop courts et d'autres qui riment mal. Cette
littéralité a amené M. Bertoni à conclure, ce qui est peut-être un
peu hardi, qu'il s'agissait, dans le manuscrit perdu, non d'une
traduction, mais du résultat d'une série d'altérations dues aux
jongleurs qui récitaient le poème sur les places publiques (cf.
Pio Rajna, *Il teatro di Milano e i canti intorno ad Orlando e
Ulivieri*, dans l'*Archivio Stor. Lomb.*, S. II, a. IV (1887), p. 21-2),
altérations qui auraient amené le texte français à la forme franco-
vénitienne, puis par degrés à la forme actuelle. — M. B. suppose
comme base un manuscrit offrant réunies des particularités de
divers mss. qui nous sont parvenus : c'est une erreur. Voir
ch. Ier, § 1, C, (V).

1. Voir ce que nous en avons dit dans la description du ms. *F*
(ch. 1, § 1, p. 48).

2. Cf. notre *Table anal. des noms propres*, s. v. *Laudamanta*,
et *Laodamanta* (de *Laodamas*), dans Dictys, III, 20 (*Laodamante*,
VI, 20).

* Cf. 8466, *so ronsom* = son arçon ; 8468, *Tropo molto ge pare de bom
afere* = Trop par en fait que de bon aire ; 8472, *che elo no cade* = s'il ne se
plaint ; 8473, *Per gi colpi onde era tanto apresato* = Des colees dont tant
a prises, etc.

la rédaction en prose de *Troie* (voir ch. v, p. 311)[1]. Il se base pour cela sur une variante d'une version vénitienne, qui substitue *Anchona* à *Coine* pour la capitale de Landomatha. L'argument est bien faible, étant donné que rien ne prouve que le roman de Troie en prose ne soit pas l'œuvre d'un Français, et que, d'autre part, le contexte montre que c'est en Asie que *Le Coine* doit être cherché. Rappelons d'ailleurs que le poème connaît *Licoine*, qui représente sans doute la Lycaonie, entre la Phrygie, la Cappadoce et la Cilicie (Voir ce mot à la *Table anal. des noms propres*).

Nous ne pouvons nous occuper ici en détail des dérivés particuliers de l'épisode de Troïlus et Briseïda, qui a eu une si belle fortune : ce serait une œuvre de longue haleine et qui sortirait un peu de notre cadre. Le *Filostrato* de Boccace (vers 1341 [2]), centre de cette riche floraison littéraire, est, comme on sait, une œuvre de passion, une sorte d'autobiographie, où l'auteur, momentanément éloigné de son amie *Fiammetta* (la princesse Marie d'Aquino, fille naturelle du roi Robert de Naples), s'est peint lui même sous les traits de *Troïlo*, ce qui l'a amené à faire de ce personnage un type d'amoureux plutôt qu'un héros passionné pour les armes, et à reléguer au second plan *Griseida*, qui, chez Benoit, occupait incontestablement le premier. L'introduction du personnage de *Pandaro*, l'ami complaisant qui amène la belle veuve, sa cousine, à se donner à Troïlo,

---

1. M. Egidio Gorra s'était contenté d'affirmer qu'au moment où il écrivait son poème, Benoit connaissait une histoire complète des conquêtes de Landomatha et d'Achillidès son frère, à laquelle il ferait allusion v. 29797-810. La vérité, c'est qu'il n'est fait allusion dans ces vers qu'à la reconquête du pays autour de Troie sur les fils d'Anténor, et que cette tradition était bien connue d'après la *Chronique* d'Eusèbe.

2. Voir Crescini, *Contributo agli studi sul Boccacio* (1887), p. 90-91 et 197-208.

et d'autres changements moins importants montrent l'aisance avec laquelle Boccace imite son modèle, et ce serait méconnaître étrangement son originalité que de lui chercher ici une autre source que le poème de Benoit ou ses dérivés directs, parmi lesquels l'*Historia Trojana* de Guido [1], dont certains passages semblent bien avoir été imités par Boccace [2].

Le long poème de Chaucer, *Troylus and Criseyde* (vers 1360), remonte directement [3] à la connaissance qu'a pu avoir Chaucer du *Filostrato* par un ms. de Florence [4]. Plusieurs passages (environ 1200 vers) sont traduits littéralement, mais un éditeur de Chaucer (1822), M. W. W. Singer, n'a pas relevé moins de 2700 vers (sur 8251) qu'on peut considérer comme des additions à la source principale. Pour la plus grande partie de ces

1. Voir Gorra *l. l.*, 339-40.

2. Le *Cantare di Insidoria* est une imitation directe du *Filostrato* (Gorra, *l. l.*, 359 ss.). Pour une traduction française du poème de Boccace par Pierre de Beauvau (fin du xive siècle), voir Moland et d'Héricault, *Nouvelles françaises en prose du xive siècle : Troïlus*.

3. Voir Rossetti, *Chaucer's « Troylus and Cryseide » compared with Boccacio's « Filostrato »* (1873).

4. M. P. Rajna, qui a examiné la trentaine de mss. qui s'y trouvent actuellement, n'a pu y découvrir l'origine de l'étrange erreur de Chaucer, qui cite deux fois (I, 394; V, 1653) comme sa source *Lollius* et le place, dans sa *House of Fame*, parmi les historiens de Troie. Que cette erreur soit volontaire et ait eu pour but de faire croire à une rare érudition, ou qu'elle provienne d'une mauvaise lecture du vers d'Horace (*Ep.* I, 2, 1), *Trojani belli scriptorum maxime Lolli, ...te legi*, au lieu de : *scriptorem, M. L. ...relegi*, ou encore d'une interpolation d'un ms. annonyme du *Filostrato*, peu importe. Chaucer a d'ailleurs pu connaître, en Italie ou en France, une rédaction en prose du *Roman de Troie*. Sur la question de Lollius, voir G. L. Hamilton, *The indebtedness of Chaucer's « Troïlus and Criseyde » to Guido delle Columne's Historia Trojana* (1903) et P. Rajna, *Le origini della novella narrata dal « Frankeleyn » nei* Canterbury Tales *del Chaucer* (Romania, XXXII, 204 ss.).

additions, il est difficile de dire si elles proviennent de
Benoit ou de l'un de ses dérivés directs, ou encore de
Guido : c'est le cas, en particulier, pour les discours
échangés entre Briseïda et Diomède et entre Briseïda et
son père. Mais en somme, même dans ce passage, c'est
Benoit qui domine comme source ; voyez, de plus, le
monologue de Briseïda sur le point de se donner à Diomède, qui est très abrégé dans Guido, etc. [1]. On a relevé
encore d'autres emprunts : par exemple, c'est au *De
Consolatione Philosophiæ* de Boèce qu'est dû le passage qui traite de la prédestination.

C'est probablement de Chaucer que Gower (mort en
1408) a tiré sa mention de *Troylus* et de *Creseide* :
Mirour de l'omme, 5253 : « U qu'il oït chanter la geste
de Troylus et de la belle Creseïde ». D'autre part,
c'est assurément de Chaucer, et accessoirement de son
brillant disciple Lydgate (dont le *Troye-Boke* était
imprimé depuis 1513) [2], que s'est inspiré Shakespeare
pour sa pièce de *Troylus and Cressida* (1599); mais
son indépendance à l'égard de ses modèles rend très difficile une étude minutieuse de ses sources. Nous n'a-
vons pu voir la « tragédie » de Duker et Chettle, intitulée : *Troyelles and Cressida*, que mentionne Joly,
I, 515.

Les versions espagnoles de l'histoire fabuleuse de
Troie sont moins bien connues que les versions italiennes, à cause de l'insuffisance des renseignements donnés
par Amador de los Rios (*Historia critica de la literatura
española*, 1863, p. 344 ss.) et par les critiques postérieurs.

---

1. En somme, Guido semble devoir être exclu (cf. Ten Brink,
Geschichte der Englischen Litteratur, 1893, p. 116). — Relevons
une allusion intéressante dans le *House of Fame*, 397-8 : « Eek lo!
how fals and reccheles Was to Briseida Achilles » !

2. Lydgate a connu également Guido et Benoit, ou du moins une
de ses rédactions en prose ; mais il semble qu'il doive davantage
à Guido.

Cependant M. Mussafia[1] a démontré que les deux mss.
de l'Escorial H. I, 6 (castillan), et de la Bibliothèque
du duc d'Ossuna I, N, 16 (galicien) renferment un même
texte, dû à Nicolas Gonzalès, texte assez étroitement
apparenté à Benoit. Il a fait la même démonstration
(*l. l.*, p. 48 ss.) pour le poème de l'Escorial L, II, 16.
Il y a d'ailleurs en Espagne, outre les mss. signalés,
d'autres mss., à peu près inconnus, qui sollicitent la
curiosité des savants qui s'intéressent aux études troyennes.

Les fragments écrits en moyen néerlandais sur l'histoire de Troie, de Segher Dieregotgaf, sauf un (*Dits't
prieel van Troyen*), qui est traité avec assez d'indépendance, se rattachent étroitement à Benoit, bien que
Darès seul soit nommé : ils ne fournissent rien de probant pour la question qui nous occupe. Notons toutefois que Segher supprime entièrement les amours de
Troïlus et Briseïda, sans doute, comme le pense Ver-
dam[2], parce qu'il était clerc, et que, d'autre part,
dans l'Entrevue d'Achille et d'Hector, qui précède,
on nous dit que l'entrevue eut lieu sur la rivière de
Clarente (*op die rivieren van Clarenten*, v. 970) : ce
qui montre, comme aussi l'ensemble du passage, qu'il
suivait un ms. de la 2ᵉ famille; cf. t. IV, p. 400,
v. 12994 de l'éd. Joly.

Maerlant, contemporain de Segher (xiiiᵉ siècle), mais
qui a écrit un peu après lui son *Istory van Troyen*[3],
indique lui-même Benoit comme sa source[4] : il est vrai
qu'il nomme aussi Virgile, Ovide, Stace, et même

---

1. *Ueber die spanischen Versionen der Historia Trojana (Sit-
zungsber. der Wiener Akad.*, etc., LXVII (1871), p. 39 ss.).

2. *Episodes uit Maerlant's Historie van Troyen*, p. 16.

3. Publiée par de Paw et Gaillard (3 vol.), Gand, 1889-91 (un
4ᵉ volume est annoncé).

4. *Dat hevet hi in Walsch bescreven Een hiet Bonoit de Sainte
More.*

Homère, ce qui vise sans doute le Pseudo-Pindare. De plus, à propos de la première destruction de Troie, il est plusieurs fois question d'un fils de Laomedon (*Laome-doen*), nommé *Vulcoen*, dont la source première est dans Darès : le ms. *G*, que Meister aurait bien dû suivre, ici et dans plusieurs autres passages, nomme en effet (p. 5, l. 17) trois fils de Laomedon comme morts avec leur père : *Hypsipilus, Volcontis, Ampitus* (cf. Josephus Iscanus, I, 446 : *Amphitus, Hysiphilus, Volcontus*). Mais où Maerlant a-t-il pris ce qu'il dit de Vulcoen, qu'il nomme seul ? « C'est une énigme », dit Greif. Ne l'aurait il pas pris par hasard dans un Darès plus développé que celui que nous possédons ? Et ne pourrait-on pas expliquer de même d'autres particularités qu'il présente ? Mais le temps nous manque pour examiner de près, à ce point de vue, les 40,000 vers de son poème et nous sommes obligé de laisser ce soin à d'autres [1].

Nous ne dirons qu'un mot des dérivés en moyen haut-allemand de notre poème, en particulier du *Liet von Troye* de Herbort de Fritzlâr (plus de 18,000 vers, commencement du xiiie siècle) [2], de l'immense compilation de plus de 60,000 vers (interrompue par la mort de l'auteur en 1287), de Konrad de Wurzbourg [3], et du poème de 30,000 vers (inédit) du faux Wolfram d'Eschenbach (fin du xive ou xve siècle) [4]. Herbort abrège son modèle

---

1. Naturellement, lorsqu'il s'agit de Maerlant, comme lorsqu'il s'agit de Herbort et de Konrad, dont il va être question, Greif[²] (p. 74 ss.), qui n'admet nullement l'existence de ce Darès pour Benoit, ne l'admet pas, à plus forte raison, pour ses imitateurs.

2. Publié par K. Frommann (5 vol. de la *Biblioth. der gesammten Deutsch-National-Literatur*), Quedlinburg et Leipzig, 1837, et comparé par lui avec le poème de Benoit dans *Germania*, II, 49 ss.

3. Publié par A. von Keller dans la *Bibl. des liter. Vereins zu Stuttgart*, t. XIV (1858). Cf. les notes de Bartsch, *ibid.*, t. CXXXIII (1878). Plusieurs autres fragments ont été publiés depuis.

4. Pour ce dernier, qui n'utilise qu'indirectement Darès et Konrad, il suffit de renvoyer à Dunger', 71 ss. et à Greif', 125-9.

(Benoit) : ses abréviations portent principalement sur
les discours, les détails romanesques, les descriptions et
les réflexions personnelles qui ne sont pas indispen-
sables à la marche régulière du récit. M. Fischer[1] croit
que ces suppressions et ces changements doivent être
attribuées à la source latine commune de Benoit et
d'Herbort, c'est-à-dire à un Darès et à un Dictys développés. Greif[1] ne pouvait ici que rester fidèle à son système, et il attribue sans hésiter ces modifications à
l'initiative intelligente d'Herbort. Si nous reconnais-
sons avec lui qu'il n'est pas exact que la forme des
noms propres chez Herbort, d'ailleurs souvent très
altérée, nous reporte, comme le veut Fischer, à une
source latine, nous devons, par contre, contester que,
au moins pour une des différences qu'il signale, Benoit
et Darès soient vraiment d'accord : tout ce qu'on peut
dire, c'est qu'ils ne se contredisent pas formellement,
mais Benoit donne des détails qu'il n'y a pas dans
Darès[2]. Cela ne nous empêche pas d'admettre avec
Greif[1] que Herbort est sa propre source quand il s'in-
génie à nous montrer la loyauté d'Achille, aussi bien
lorsqu'il tue Hector et Troïlus dans un combat régulier
que lorsque, dans sa réponse à Ulysse sollicitant son
retour aux combats, au lieu d'alléguer qu'il ne veut

---

1. *Der altfranzœsische* Roman de Troie *des Benoit de Sainte-
More als Vorbild für der mittelhochdeutschen Trojadichtungen*
(Dissertation de Münster, 1883). — M. Fischer en a publié une
seconde édition remaniée dans les *Neuphilol. Studien* de Kœrting,
II, que nous ne connaissons que par les citations et les allusions
de Greif[1].

2. Nous voulons parler de ce qui concerne la mort de Penthesilée. Darès dit simplement (p. 44, l. 13) : » *Penthesilea Neo-
ptolemum sauciat : ille dolore accepto Amazonidum ductricem
Penthesileam obtruncat.* Dans Benoit, Pyrrhus blessé coupe le
bras à P., la jette à bas de son cheval et l'achève. Herbort, qui
abrège systématiquement, lui fait couper la tête par Pyrrhus
sans qu'il ait été blessé lui-même.

plus exposer sa vie pour assurer la reprise d'Hélène, il
déclare que l'honneur seul inspire sa conduite. Il y a
d'ailleurs, entre Herbort et son modèle ordinaire, un
assez grand nombre de différences de détail qu'il est
difficile d'expliquer, et toutes les particularités qu'il
offre n'accusent pas aussi nettement leur source que la
description des Sirènes (Ovide, *Art d'aimer*, III, 3 ss.)
ou la Jeunesse d'Achille (Stace, *Achilléide*), pour lesquelles on peut d'ailleurs admettre une source secondaire en prose des deux poèmes [1]. Il faudrait donc
reprendre par le menu cette comparaison, ce que nous
ne pouvons faire en ce moment.

Pour Konrad, en raison même des développements
qu'il donne à sa matière, l'étude des sources est encore
plus difficile que pour Herbort. Greif' (*l. l.*, p. 121)
n'admet pas, pour lui non plus, l'utilisation d'un Darès
et d'un Dictys développés, mais, en ce qui concerne la
partie du début où est longuement racontée l'Enfance
de Pâris et le Jugement des trois déesses, il croit à un
texte latin qui aurait servi également pour l'*Iliade* de
Simon Chèvre-d'or [2], abbé de Saint-Victor, pour la
Trojumanna Saga [3], pour le poème en moyen anglais
Seege (ou *Batayle*) *of Troye* [4] et pour le récit en slave

1. Voir, par exemple, la façon dont est racontée la reconnais-
sance de Pâris, comparée au récit d'Hygin (fab. 91) et à celui
de Servius (*ad Æn.*, V, 370).

2. *Iliade latine* (vers 1152) en deux livres (dont le premier seul
concerne Troie, le second racontant les aventures d'Énée), imprimée d'abord, en partie seulement, dans l'*Histoire littéraire de la
France*, XII, 487 ss., puis par Merzdorf (Leipzig, 1875), à la
suite du *Troïlus* d'Albert de Stade, poème en distiques latins
dérivé de Darès, terminé en 1249.

3. Récit en prose (vieux nordique), publié par Jon Sigurdsson
dans *Annaler for Nordisk Oldkyndighed*, 1848, qui est d'ailleurs,
excepté dans les six premiers chapitres, un dérivé de Darès.

4. Publié par August Zietsch dans l'*Archiv* de Herrig, t. LXXII.
Sur ce poème, voir Zietsch (*Ueber Quelle und Sprache des mit-*

du sud (vieux bulgare ou vieux serbe) sur les légendes Troyennes qui nous a été conservé [1]. Pour les passages, assez nombreux dans le corps du récit, où Konrad, d'accord avec Herbort, diffère de Benoit, Greif' suppose, sans pourtant l'affirmer, qu'il a pour source Herbort. Il n'ose pas, semble-t-il, émettre l'hypothèse d'un autre texte latin, de peur de prêter le flanc aux attaques des partisans d'un Darès (et d'un Dictys) développé et d'être taxé d'inconséquence [2]. Nous croyons cependant que ce serait l'explication la plus simple. Il a dû exister au moyen âge, ne craignons pas de le répéter, non pas seulement un Darès (et un Dictys) latin plus étendu que le nôtre et remontant à l'antiquité, mais divers récits (postérieurs) d'histoire ancienne écrits en latin et offrant entre eux des ressemblances, mais aussi des différences, suivant les sources utilisées par leurs auteurs. C'est à ces récits, composés en grande partie avec les scholies de Virgile, d'Ovide et de Stace, plutôt qu'aux œuvres mêmes des poètes, qu'ont eu recours, en particulier pour les histoires Troyennes, les versificateurs français du XIIe siècle et leurs imitateurs du XIIIe et du XIVe en France et dans les pays voisins [3].

---

telenglischen Gedichtes « Seege oder Batayle of Troye », 1883, Dissert. de Gœttingen), qui établit à tort la comparaison des trois mss. qui nous sont parvenus uniquement avec le texte de Darès, alors qu'il est certain que la base est (sauf pour les additions du début) un dérivé du poème de Benoit.

1. Publié par Fr. Miklošić dans Starine na sviet iʒdaje jugoslavenska akademija ʒanosti i umjet nosti, t. III, Agram, 1871.

2. Notons en passant, à propos de la rectification par Greif', § 126, d'une erreur commise par Fischer, que les v. 10825-76 de Troie (qui suivent le v. 10760 de Joly) ne sont pas seulement dans le ms. G, mais encore dans AA'FILL'NRSS'.

3. Ces idées, qui sont depuis longtemps les nôtres (cf. La légende d'Œdipe, 1881, p. 275-8, et le Roman de Thèbes, 1890, Introd., p. CXIX), semblent gagner du terrain depuis quelques années· Cf., en particulier, F. M. Warren, On the latin sources

of Thebes *and* Eneas (Publications of the Modern Language Association of America, XVI, 1901, p. 375 ss.) : « These romances (ces romans latins du xiiᵉ siècle) would be in prose, like the Dares, the Dictys and the stories concerning Alexander the Great. Into the outline borrowed from the Thebaid and the Æneid they would insert episodes of love and combat, and would embellish the whole narrative with passages of classical learning. These narrations then turned into the vernacular would receive descriptions suited to the taste of the public. » Cf. aussi G. L. Hamilton, *Gower's use of the enlarged « Roman de Troie »* (ibid., t. XX, 1905), et ce que dit, à propos des lais, M. Lucien Foulet dans son article sur *Marie de France et la légende de Tristan*, dans la *Zeitschrift für rom. Phil.*, XXXII, 288, note 2.

Les allusions au poème de Benoit ou à ses dérivés (il est le plus souvent impossible de trancher la question) sont si nombreuses qu'il y aurait présomption à prétendre en donner une liste à peu près complète, même en se bornant aux cas où l'on ne peut admettre une source classique. Quand a paru, en 1904, la dissertation de M. Rudolf Witte intitulée : *Der Einfluss von Benoit's* Roman de Troie *auf die altfranzœsische Litteratur*, le présent chapitre était rédigé, et nous n'avons pas cru devoir le supprimer et laisser inutilisées les notes que nous avions amassées depuis vingt-cinq ans. Mais nous nous sommes fait scrupule de rien emprunter à ce travail consciencieux, comme aussi à celui de M. Robert Danedde, qui nous avait d'abord échappé, *Ueber die dem altfranzœsischen Dichtern bekannten epischen Stoffe aus dem Altertum*, dissertation de Gœttingen de 1887, dont le sujet est beaucoup plus étendu et qui, par suite, offre un peu moins de détails pour le sujet qui nous intéresse.

Nous avons séparé les citations provençales des citations françaises et rangé les unes et les autres, autant qu'il était possible, dans l'ordre chronologique, renonçant à les grouper autour des principaux personnages, ce qui aurait entraîné des répétitions fâcheuses et aussi quelque confusion.

A. — *Provençal* [1].

En provençal, on trouve des allusions au *Roman de Troie* dès le dernier quart du XIIe siècle, elles sont assez abondantes au XIIIe.

1. Cf. Ad. Birch-Hirschfeld, *Ueber die den Provenzalischen Troubadours des XII und XIII Jahrhunderts bekannten epischen Stoffe.*

Bertran de Born (*Fulheta, vos mi prejat que ieu chan*, A. Thomas, *Poésies polit.*, XXI, 33) : *Mas anc al setje de Troia Non ac tan duc, prince ni amiran Com eu n'ai mes, per chantar, a mon dan.*

Arnaut de Mareuil : 1° (*Tant m'abellis em plat* v. 146 ss., C. Chabaneau, *Rev. l. rom.*, XX, 53 ss.) : *Qu'anc, Domna, ço sapchat, Non fo neguns amans Que tant be ses engans Ames com eu am vos, Neih Leander Eros, Ni Paris Elenan*, etc. — 2° (*Bel m'es quan lo vens m'alena*, Bartsch, *Chrestomathie prov.[6]*, 101, 20) : *Plus blanca es que Elena.* — 3° (*Domna genser que no sai dir*, ibid., 106, 30 ss.) : *Tibes ni Leida ni Elena... Non agro la meitat de joi Ni d'alegrier ab lor amis, Com eu ab vos, so m'es avis.*

Arnaut Daniel (*Can chai la fueilla*, Canello, III, 45-8) : *Tals m'abelis, Don ieu plus ai de joia Non ac Paris D'Elena, cel de Troia.*

Guiraut de Borneil (Mahn, *Gedichte*, 948, 2) : *Cellui quier be A cui sui plus fils Qu'Elena Paris.*

Rambaut de Vaqueiras (*Truan, mala guerra*, Bartsch, *Prov. Lesebuch*, 112, 36) : *Fag an ciutat et an li mes nom Troya* (les dames jalouses de Béatrix et qui lui déclarent la guerre construisent une forteresse, qu'elles appellent Troie).

Arnaut Guilhem de Marsan (*Qui comte vol aprendre*, Bartsch, *Prov. Lesebuch*, 134, 61) : *Apenret d'En Paris, Com Elena conquis, Las penas els mals trat, Los cossiriers els fat, Aissi com iel sai tot, Que no m'en falh us mot.*

Peirol (*Mout m'entramis*, Mahn, *Ged.*, 72 B (260 S, 3), 5-7) : *Eu ai dich mal, anx* (lis. *an) follei follamen, Qu'anc Narcisus, qu'amet l'ombra de se, Si bes mori, non fo plus fols de me* [1].

---

1. Voir la note au v. 17691. Nous n'oserions affirmer que l'allusion de Bernart de Ventadorn (*Quan vei la laueta mover*, Bartsch,

Guiraut de Cabreira (*Cabra juglar*, Bartsch, *Denk-mœler der Prov. Litt.*, 91, 22-4; 92, 32 et 93, 27) : *Jes non saubes, Si m'ajut fes, Del setge qe a Troja fon... Ni de Paris... Ni de Calcan, lo rei felon.*

Cadenet (*Ai! doussa flor e benolens*, Mahn, *Ged.* 3o3, 2) : *E s'ieu per vos jauzens De quis volgues fos Paris, O agues domnas conquis Quis volgues fos manens.*

Anonyme (cité par Fauriel, III, 494) : *Ab largeza quel reis Paris fazia Ad Elena e trac de son estalge* (lis. : *estatge*), *Qu'anc noi fes colp de s'espaza forbia.*

Rambertino Buvalelli (*Pois vei quel temps s'aserena*, 65, 6, éd. Giulio Bertoni, p. 55) : *Qu'ieus am plus senes misura Que no fetz Paris Elena.*

Raimon Jordan (*Quan la neus chai*, 27-8) : *E serai li leyals Mielhs qu'Elena no fo al franc Ector.*

Bertran de Paris de Rouergue (*Guordo, ieus fas*, Bartsch, *Denkm. der Prov. Litter.*, 86, 2 et 17-18; 87, 1, 3 et 7) : *Ni cos perdet Narcisis*[1] *en la fon... De Priamus lo rey no sabetz re Ni de sos filhs, si fero mal o be... Ni no sabetz d'Agamenon*[2] *lo gran, Ni d'Ateon, lo fol orat que fe, Ni d'Achilles no cug que sapiatz re, Ni d'Eneas*[3]*, que sufric mant afan, Ni no sabetz qui fetz Hector aussir*[4]*.*

Guiraut de Calanson (*Fadet joglar*, Bartsch, *Denkm. der Prov. Litter.*, 96, 14 ss.; 97, 4 ss.; 99, 32) : *Pueis aprendras De Peleas*[5]*, Com el fetz Troja destruir*;

Chrest. Prov.[6], 69, 7), *Qu'aissim perdei cum perdet se Lo bel Narcisus en la fin*, vise notre poème, mais ce n'est pas impossible. Il n'en est pas de même de l'allusion de *Flamenca* citée plus loin. De même pour celle de Bertran de Paris, ci-dessous.

1. Ed. *Marsilis* (corr. de M. P. Meyer).
2. Ed. *d'Adamelon* (corr. de M. Jeanroy d'après le ms. *a*).
3. Ed. *De Danias* (corr. de M. Jeanroy d'après le ms. *a*).
4. *Fetz aussir*, périphrase pour *aussis*, tua. Cf. ci-dessous (à Guiraut de Calanson), *fetz destruir*, détruisit.
5. *Peleas* pour *Peleüs*, qui fut, avec Hercule, le véritable chef de la première expédition contre Troie : confusion analogue, mais

D'Assaracus [1], *De Dardanus, Qe premier la feron bas-*
tir; *D'Eufraȝion* (?) *E de Jaȝon, Con anet lo vell con-*
querir [2].... *Apren del pom Per que ni com Discordia lo*
fes legir [3]... *D'Artasenes E d'Ulixes, Com Palamedus* [4]
fes perir; *De Peleüs* [5] *E de Pirrus, Que Licomedes* [6]
fes noirir... *E de Ditis* [7], *De Guamenon* [8].

Peire de Corbian (*Lo Teȝaurs*, Bartsch, *Chrest. Prov.*[6],
234, 29 : *Mais las gestas majors sai be triadamens, De*
Troja e de Tebas com fol destruimens E com en Lom-
bardia venc Eneas fugens [9].

Roman de Flamenca, v. 613 ss. : *Quar l'us comtet de*
Priamus E l'autre diȝ de Piramus; *L'us comtet de la*
bell' Elena, Com Paris l'enquer, pois lan mena; *L'autre*
comtava d'Ulixes, L'autre d'Ector e d'Achilles;...
L'autre d'Ero e de Leandri;... *L'autre comtava de Jason*
E del dragon que non hac son;... *L'us dis com neguet*

contraire, à celle qui a fait nommer par Benoit Peleüs, l'oncle de
Jason, *Pelias*. La rime est-elle responsable? Cf. le *Roman en*
prose, qui spécifie que Peleüs, l'oncle de Jason, était le mari de
Thétis et devait être le père d'Achille.

1. Ed. *E de Argus*, ms. *Dedaracus* (corr. de M. Ad. Birch-
Hirchfeld, *l. l.*).

2. Ed. *bon querir*.

3. Cf. *Troie*, 3860 ss. Mais la mention de la Discorde, qui
n'est pas dans Benoit, semble indiquer une source complémentaire, peut-être *Éneas*, v. 99 ss. Cf. p. 358, n. 1.

4. *Palamedus* pour *Palamedes*, ms. *la uenus los fes*, éd. *dea*
Venus f. p.; M. P. Meyer propose *Polyphemus* (cf. *Tr.*, 26671
ss.)

5. Ms. et éd. *Pelaus*. C'est l'aieul de Pyrrhus, qu'Achille eut de
la fille de Lycomède.

6. Ms. et éd. *Nicomedes* (corr. de M. Ad. Birch-Hirschfeld, *l.l.*).
Cf. *Tr.*, 22563 ss.

7. Peut-être y a-t-il là une allusion à la partie du poème que
Benoit a empruntée à Dictys.

8. *De Guamenon*. Cf. *Tr.* 19795 et 21798, *a Guamennon*, où
nous avons imprimé à tort *Agamennon*. Voir ch. II, § 4, C,
p. 151.

9. Cf. *Tr.*, 28253-6.

en la fon Lo bel Narcis, quan s'i miret. — Et dans le
portrait du héros, Guillaume de Nevers, on lit
(v. 1583-6) : *Paris, Hector et Ulixes, Que totꝣ tres en
un ajostes, Quant a lui non foran presat Per sens,
per valor, per beutat.*

Guilhem de Tudela, *Croisade albigeoise*, 452-8 : *Er
cuh que aquels dedins cresca trebalhs e pena, C'anc la
ost Menalau, cui Paris tolc Elena No fiqueron tant trap
els portꝣ desotꝣ Miscena, Ni tan ric pavalho, de nuits, a
la serena, Com cela dels Frances...*

Nous mettrons à part, comme particulièrement intéressante, l'allusion à Briseïda qu'on trouve dans un
salut d'Azalaïs d'Altier à Clara d'Anduze, l'amie du trou-
badour Hugues de Saint-Circ (vers 1230) (Crescini,
Zeitschr. für rom. Phil., XIV, 128-32, v. 59-64) : *Eꝣ
intrares in folla bruda, Si est per canꝣaritꝣ tenguda,
Qu'esquern fai de si mal retraire Briꝣeida, qar ilh fo
cangiaire Sos cors, qar laiset Troïlus Per amor lo fil
Tideus* [1].

Boniface de Castellane (*Era, pueis yverns es el fil,*
Chabaneau, *Varia provincialia*, 36), str. 2, v. 4) : *Mal
resenblan al pro N'Ector* (en parlant de mauvais barons).

Serveri de Girone dit, dans une de ses pastourelles (éd.
Kleinert, Halle, 1890, dissertation de docteur), III, 13 :
*C'a Floris ab Blanxaflor, Ne Paris ne Elena, Non
pogren dar gaug major, Car toꝣa, blanx'e lena.*

Matfre Ermengau, *Breviari d'amor* (éd. G. Azaïs, II,
431, v. 27837 ss.) : *Ni fo anc plus fis en amor De me
Floris am Blancaflor, Ni Tisbes anc ni Piramus, Ni
Serena ni Elidus, Alion ni Filomena, Ni Paris anc ni
Helena.*

Il faut aussi signaler deux pièces du Catalan Andreu
Febrer (*ou* Fabrer) : 1° *Sobrel pus naut alament* (citée

---

1. Cf. p. 351. Pour des allusions en français, voir p. 371, 377,
389, 390 et 394.

par Milà y Fontanals, *Rev. des l. rom.*, XIII, 81), pièce allégorique où sept reines de l'Antiquité rivalisent avec les sept planètes : *Eʒenea, Deïphile, Sinope, Semiramis, Tauraris, Lampheto, E la valen de cor Pantasilea, Qu'ins lo palais de gloria mundana Fero per .vij. miralls del mon [e]scrites, On pres grans laus natura femenina ;* — 2° *Del cor pregon* (extrait cité par Milà y F., *Rev. des l. rom.*, XIII, 83) : *Qu'ieu suy pus rich, dona, d'aço qu'eus quer No fo Jaʒon del velhor conquistar, Quan los perils del drach fier poch obrar E mays dels bous quel cuidaven aucir.*

Dans son *Essai sur l'Histoire de la littérature catalane* (Paris, 2ᵉ éd. 1858), Cambouliù a signalé la présence, dans un ms. de la Bibiothèque nationale de la fin du xivᵉ siècle intitulé : *Cançoner d'obres enamoradas,* la présence d'une comédie de Rocaberti (?), *la Gloria d'amor,* où l'auteur (ch. v) déclare avoir vu dans le Jardin d'amour les grands amoureux et les grandes amoureuses de la Grèce et de Rome, parmi lesquels Jason (qui regrette sa perfidie), Hélène (à propos de laquelle l'auteur se réfère à Darès, c'est à dire au *Roman de Troie*), Achille (qui raconte son amour pour Polyxène), Diomède (mis au nombre des amants heureux), enfin Bryseida [1], qui était nue dans une fosse, à cheval sur un minotaure effrayant que perçaient de flèches des Centaures (supplice emprunté à Dante, *Enfer,* XXII).

Signalons encore, dans une complainte anonyme (*Archiv.*, XXXIV, 431), *E trauch per vos trop major pena Que non fesʒ Paris per Helena ;* — et dans une tenson de Guilhem de Mur avec Guiraut Riquier (Mahn, *Werke,* IV, 242) (Guilhem) : *Et yram mielhs qu'a Pari.*

---

1. En marge, le ms. donne, vis-à-vis du mot, cette note : *Fon filla de Calchas, bisbe de Troya.*

Notons enfin que *lou Rey de Troya la grand* est un des neuf rois que le chef Sarrazin Tersin chassa d'Arles lorsqu'il s'en empara [1], et que Troie (*la grant Trojo*) est encore mentionnée dans le *Mystère de saint Pons* [2] (xve siècle), v. 3o8.

Passons aux allusions françaises [3].

B. — *Français.*

Wace, *Roman de Rou*, I, 23 ss., parlant des plus célèbres villes de l'antiquité, dit : *De Thebes est grant repallance, E Babiluine out grant puissance, E Troie fut de grant podnee, E Ninive fu grant e lee* (cf. III, 85 ss.).

Beneeit, l'auteur de la *Chronique des Ducs de Normandie* (I, 645 ss.), fait descendre les Danois (ou Normands) d'Anténor :

> Icist Daneis, cist Dacïen
> Se rapeloënt Troïen.
> E dirai vos en l'achaisun :
> Quant craventez fu Ylion,

1. Voir P. Meyer, *Tersin*, tradition arlésienne, dans *Romania*, I, 63. Les textes en prose du xve siècle qui y sont publiés remontent sans doute à un poème du xiiie siècle.
2. *Revue des l. rom.*, XXXI, 33o.
3. Les allusions à la puissance ou à la richesse de Troie sont trop nombreuses dans les poèmes français pour que nous puissions même essayer d'en dresser la liste. Cf. en particulier Conon de Bétune (dans Bartsch, *Rom. und Pastour.* 76, 27-8), Fabliaux (Montaiglon, I, 172, 127-8), *Partonopeus de Blois*, 143-4, 189 ss., *Hugues Ca et*, 1951 ss., etc. Les allusions à sa destruction ne sont pas moins nombreuses. — Nous plaçons ici une allusion latine intéressante, contenue dans un *planctus* composé à l'occasion de la mort du jeune roi Henri, frère de Richard Cœur de lion, dont Gervais de Tilbury cite cet extrait dans ses *Otia imperialia* (1211), I, 20 : *Unum in ejus planctu memini dixisse : « Rosa formæ singularis Marcet, perit alter Paris, Hector alter occubuit, Alter primus, non secundus: Illi Troja, huic mundus Et jus omne periit. »* — Pour *Éneas*, voir notre ch. iii, § 2.

Sin fu exilliez Antenors,
Qui mult en porta granz tresors.
Od tant de gent cume il out,
Sigla les mers que il ne sout :
Mainte feiz i fu asailliz
E damagiez e desconfiz,
Tant que il vint en cel païs
Que vos oëz, dunt jeo vos dis.
Ci prist od ses genz remasance :
Unc puis tolte ne desevrance
Ne l'en fu par nul home fait,
Et de lui sunt Daneis estrait.

La flotte qui va conquérir l'Angleterre lui rappelle la flotte grecque allant assiéger Troie (II, 27934-5) :

Ne sai cum l'estoire Gresesche
Fust unc plus grant de la Danesche.

Ailleurs (II, 31359 ss.), il compare à Hector le fils qui doit naître du duc Robert et d'Harlette :

Si dunc seüst estre devine,
Mult par eüst sis quers grant joie ;
Kar dès Hector le proz de Troie,
Cil (lis. : Cel) qui fu fiz del rei Priant,
Ne sui recorz ne remenbrant
Que meudres princes fust puis nez.
Qu'en li fu la nuit engendrez.

Plus loin encore (II, 37639 ss.), la durée du siège de Troie est rappelée :

Veez, merveilles poëz entendre,
Qu'en vos deit mostrer e aprendre,
Qu'Agamenon ne li Grezeis
Ne bien plus de quarante reis
Ne porent Troie en dis anz prendre,
Onques n'i sorent tant entendre :

[E] icist dux od ses Normanz
E od ses autres buens aidanz
Conquist un reaume plenier
E un grant pople fort e fier,
Qui fu merveille estrange e grant,
Sol entre prime e l'anuitant.

Jason et l'île de Colchos sont mentionnés dans *Fierabras* (éd. A. Krœber et G. Servois), v. 2030 ss. :

D'un rice singlatum ot mantel affublé :
Une fee l'ovra, par grant nobilité,
En l'isle de Corcoil, dont on a mout parlé,
La ou Jason ala, la u fu endité
Por l'ocoison (*lis.* : la toison) d'or fin, ce diënt li letré ;
Por ce fu puis destruite toute (*lis :* Troie) la grant cité.

Et dans *Foulques de Candie*, qui est peut-être un peu antérieur, il est question de *Troie la grant* (v. 2034).

Chrétien de Troyes, qui doit en grande partie aux romans imités de l'antiquité ses procédés littéraires et son style, n'offre que peu d'allusions au *Roman de Troie*. On trouve cependant dans *Érec* (v. 6343-5) une allusion à Hélène, qui est comparée à la cousine d'Énide ; et dans *Cligès* (v. 5298 ss.), il est question de sa réception à Troie :

Or gardez qu'an vos ne remaingne,
Qu'onques ne fu a si grant joie,
Elainne receüe a Troie,
Quant Paris l'i ot amenee,
Qu'ancor ne soit graindre menee
Par tote la terre le roi,
Mon oncle, de vos et de moi.

Il y est aussi fait mention de Médée (v. 3028-31), que Thessala, la « maistre » de Fenice, surpasse par sa science de la magie.

Le souvenir de *Troie* se trouve réuni à celui du *Roman de Thèbes* et d'*Éneas* dans le *Donnei des Amanz*, poème anglo-normand de la fin du XII⁰ siècle (publié par G. Paris, *Romania*, XXV, 5oo et s.), v. 391 ss. :

> Or pernez garde de Heleine,
> Et de Didun et de Ymaine
> Et de Ydoine et de Ysoud…
> Bele amie, garde pernez
> Quei fit Didun pur Eneas,
> Et Ydoine pur Amadas,
> Pur Itis quei refit Ymaine,
> Et pur Paris la bele Eleine,
> Et quei fit Ysoud pur Tristran.

Troie est mentionnée dans le lai de *Graelant*, v. 36, et Hélène dans le lai de *Tyolet*, ce qui a paru suffisant à M. Lucien Foulet[1] pour affirmer que ces deux poèmes ne pouvaient être de Marie de France, qui semble bien avoir publié ses *Lais* avant l'apparition du *Roman de Troie*.

Les légendes troyennes étaient aussi connues de l'auteur du *Roman du Comte de Poitiers* (vers 1180), et de celui de *Morice de Craon* (fin du XII⁰ siècle), qui, développant l'idée exprimée au début du *Cligès* de Chrétien, nous apprend que la chevalerie a commencé chez les Grecs lors du siège de Troie, et que, ceux-ci l'ayant négligée, elle passa chez Alexandre, puis à Rome et enfin en France où elle est restée[2].

Nous voyons, d'autre part, Benoit de Sainte-Maure, qui *de Troies translata l'estoire*, mis au nombre des poètes les plus estimés de son temps[3] par l'auteur d'un

---

1. *Marie de France et les lais bretons*, dans *Zeitschrift für romanische Philologie*, XXIX, 19 ss.

2. Voir G. Paris, dans *Romania*, XXIII, 474.

3. A côté de Chrétien de Troyes, et, ce qui est plus surprenant, de Gautier d'Arras, de Guiot, de La Chèvre, auteur d'un poème

conte dévot (fin du xiie siècle) récemment découvert et publié par M. Gröber, dans le volume que les élèves et les amis de M. W. Foerster lui ont offert pour le 25e anniversaire de sa nomination à Bonn.

Dans la 2e partie de la 4e branche du *Roman d'Alexandre*, en vers de 12 syllabes, Pierre de Saint-Cloud fait intervenir, à propos d'Alexandre, Pâris et Hélène (édition Michelant, 535, v. 1-2). Dans la branche du Roman due à Alexandre de Bernay, la tente d'Alexandre (éd. Michelant, p. 53, v. 26 — 56, v. 29) représente, entre autres merveilles, l'histoire d'Hercule et celle de Troie.

L'auteur de *Partonopeus de Blois*, au début du poème, raconte la trahison qui livra Troie aux Grecs et y attribue le rôle prépondérant à Anchise, et non à Énée, qui n'est plus que le *fillastre* d'Anchise, et non son fils (cf. v. 251-6 et 299) [1].

Dans *Floire et Blancheflor*, sur la coupe, œuvre de Vulcain, qui figure dans le prix payé par les marchands auxquels est vendue Blancheflor, sont représentés le siège de Troie et l'enlèvement d'Hélène (Éd. du Méril, v. 438 ss.) :

> El hanap ot paint environ
> Troie et le riche doignon,
> Et com li Griu dehors l'assaillent,
> Com au mur par grant aïr maillent.
> Et delez çou ert painte Helaine,
> Comment Paris ses drus l'en maine :
> D'un blanc esmail fu fais l'image
> Assise en l'or par artimage.

---

perdu sur Tristan, et d'un certain Rogier de Lisaïs (Lisieux ?), auteur d'un roman sur *Isaïre et Tentaïs*, également perdu. Cf. G. Paris, *Mélanges de littérature française du moyen âge*, 1re partie, p. 81, n. 1 et 256, n. 4.

1. Voir le *Roman en prose*, p. 304-5. Il faut sans doute reconnaitre là l'influence de Virgile.

Après i est com ses maris
La siut par mer, d'ire maris,
Et l'ost des Grius, com il nagoient,
Et Agamennon, qu'il menoient.

Et le couvercle représente le Jugement de Pâris [1], à la suite duquel viennent ces vers :

Et tres bien mostroit la painture
L'amor Paris et la grant cure,
Come il ses nes aparilloit.

Plus loin, Floire et Blancheflor sont donnés comme types de beauté et comparés à Pâris de Troie et à « Elydas, la fille Elaine » (v. 2839 ss.).

Il est question d'épées apportées de Troie dans la *Naissance du Chevalier au cygne* [2] :

Il a doné cinc brans de la forge Galant :
Li doi furent jadis le roi Octeviant...
La les orent pieç'a aportés Troïant;

Le Roman *d'Athis et Profilias*, d'Alexandre [3], décrit longuement les tapisseries de la tente du roi Bilas, tente envoyée par la reine Candace à Alexandre, que l'on peut rapprocher par certains côtés de celle d'Adraste dans le *Roman de Thèbes* (v. 2921-2962 et

---

1. Cet épisode n'est sans doute pas emprunté à *Éneas*, qui fait jeter la pomme d'or par la Discorde, ce que ne dit pas *Troie*. Il est vrai qu'il n'est pas non plus question de Mercure amenant à Pâris les trois déesses (*Troie*, 3873 ss.); mais ce trait a moins d'importance.

2. Publiée par H. Alfred Todd, Baltimore, 1889.

3. L'auteur se nomme ainsi trois fois, au début et à la fin. C'est peut-être à tort que, depuis Ginguené, on attribue le poème à Alexandre de Bernay. Cf. Lage F. W. Staël von Holstein, *Le Roman d'Athis et Prophilias, étude littéraire sur ses deux versions*, Upsal, 1909 (thèse de doctorat), p. 93 ss.

3979-4078), de celle d'Énée dans *Éneas* (v. 7293-322)
et de celle d'Alexandre dans le roman de ce nom (éd.
Michelant, p. 53, 27 — 56, 23).

J'y relève, outre un long passage sur Œdipe et la
guerre de Thèbes, le passage suivant, qui vise directement notre poème [1]. Après avoir rappelé les suites de
l'enlèvement d'Hélène (*Toute en fut Troie arse et
destruite*), l'auteur ajoute :

> La veïssiés el tref escrit
> Miauz que por boche (*ms.* parole) n'iert ja dit
> Comant Hector et danz Paris
> Et Troylus furent ocis,
> Tuit ensamble li trente frere
> Avoec Priant le lor chier pere.
> La terre en fu toute gastee,
> La vile esprise et anbrasee
> Et traïe par un cheval.
> Tuit i furent mort li vasal,
> Fors Eneas, qui eschapa, etc.

Et l'auteur dit d'un de ses héros, fils de Télamon :

> Ses ancestres fus Aïaus,
> Qui fu sur Troie tex vassax
> Et bien fist de chevalerie,
> Dont maint prodome orent envie [2].

---

1. Le *Jugement de Pâris*, qui précède, rappelle plutôt *Éneas*
que le *Roman de Troie*, à cause du rôle donné à la Discorde (voir
au ch. iv, p. 236). Quant au songe menaçant d'Hécube, grosse
de Pâris, qui précède le Jugement, nous le retrouvons dans
Maukaraume (voir la *Description des manuscrits*, sous *G* et
Variantes complémentaires, t. IV, 389). La source commune est
sans doute un texte latin qui s'inspirait d'Ovide, d'Hygin, d'Apulée, et surtout de Dictys, III, 26.

2. Nous citons, pour les deux passages le manuscrit B. N., fr.
794 (notre *E*) de préférence au ms. de Stockholm, qu'a fait

Le portrait d'Athis rappelle, parfois textuellement, celui de Troïlus (v. 5393-5440), et de même les portraits de Cardyonès, de Gaÿte et de Savinne font songer à celui de Polyxène (v. 5545 ss.) [1]. De plus, M. Staël von Holstein a relevé dans le style de son poème un certain nombre de particularités qui semblent avoir leur source dans *Troie* [2].

Dans le *Chevalier as deus espees*, une jeune fille de dix-sept ans, que Gauvain voit au château appelé Chastel du port, « *lisoit d'un romans de Troie K'ele avoit tantost commencié* (éd. W. Foerster v. 4272-3).

L'auteur de *Gilles de Chin*, au début de son poème, compare son héros aux héros les plus célèbres de l'antiquité :

> Onques Ector ne Achyllès
> Ne Patroclus ne Ulyxès,
> Polynetès ne Tydeüs,
> Ne Tyoclès ne Adrastus,
> Li fort roy dont on tant parole,
> Dont cil clerc lisent en escole,
> Rois Alixandres ne Porrus...
> Ne furent tel, ne tant n'avint,
> Com a cestui que je veul dire.

Cf. 2406 ss. (récit d'un combat entre 40 Chrétiens et 800 Sarrasins) :

> Onques Alixandres d'Alier,
> Hector li prex ne Tydeüs,
> A cui d'armez ne se prist nus,
> Ne porent mais tant cox donner.

connaître par une analyse accompagnée de citations. M. Lage F. W. Staël von Holstein. La description de la tente est publiée en entier dans son livre.

1. Cf. Staël von Holstein, *l. l.*, 109-10.
2. Cf. Staël von H., *l. l.*, p. 100.

L'héroïne du charmant poème de Renaud, *Galeran de Bretagne*, dépasse en beauté les plus renommées :

> Car de toutes graces fu pleine (Fresne).
> Yseut ou Lavine ou Heleine
> Meïssiez de vo cuer arriere,
> Aussi com une chamberiere,
> Envers Fresne, qui tant fu belle (v. 1222 ss.).

Le jour de ses noces, sa mère Gente la pare du mieux qu'elle peut, cherchant à en faire *belle Heleine, Ou Lavine, ou Ysolt la blonde* (v. 6877-82). Et au couvent, entre autres occupations qui conviennent à une jeune fille noble, on mentionne la lecture des romans de *Troie* et de *Thèbes,* et ces poèmes sont mentionnés exclusivement : *Oyr de Thèbes ou de Troye* (v. 3883).

La beauté de Florence de Rome est comparée à celle d'Hélène dans le roman de ce nom, v. 5047-8 (éd. Wallensköld, t. II, 1907) :

> El fu asez plus belle c'onques ne fu Isaut
> N'Elaine la roïne, la femme Menelaut [1].

Le remaniement du premier tiers du xive siècle, v. 28-32 (éd. Wall., t. I, 1909), dit à son tour :

> Or est ainssi que chelle dont je vous voy parlant
> Fu tant bielle et jolie et de tel avenant
> Que Paris ou Elainne et l'amie Tristant
> Ne furent de biauté a cestuy affreant (*lis.* : afferant) [2].

---

1. Le ms. *P* ajoute ces trois vers, que l'éditeur a peut-être eu tort de rejeter en note : *Que Paris li tolli, puis en fist maint asaut A la cité de Troie que tint li rois Priaut. Lui et Agabalon* (= *Agamemnon*)*, que de guerre ne faut.* Au début (v. 1 ss.), le conte est rattaché à la ruine de Troie, qui *ainz qu'ele fust fondue, a ardoir mist set anz.* Cf. la 1re rédaction de l'*Histoire ancienne*, en particulier le ms. B. N., fr. 20125, f° 146 v°.

2. Un témoignage semblable, mais plus complet, se trouve dans Gerbert de Montreuil, *Roman de la Violette,* v. 873 ss. (il

Les principaux événements de la guerre de Troie sont représentés, brodés à l'aiguille, sur la robe de l'impératrice Liénor, dans *Guillaume de Dole* (éd. Servois), v. 5318 :

> Einsi com Helaine fu nee,
> I estoit l'istoire portrete :
> Ele meïsme i fu retrete,
> Et Paris et ses frere Hectors,
> Et Prians li rois et Mennors,
> Li bons rois qui toz les biens fist ;
> Et si com Paris la ravist,
> I sont d'or fetes les ymages,
> Et si come li granz barnages
> Des Grieus la vint requerre après ;
> Si i fu aussi Achillès,
> Q'ocist Hector, dont granz diels fu ;
> Et si com cil mistrent le fu
> En la cité et el donjon,
> Q'en avoit repost a larron
> El cheval [1] de fust et tapis
> En ce qu'il jut soz [2] les tapis.
> Desroubee fu la navie
> Des Grieus [3]....

Dans le *Girard de Vienne* de Bertrand de Bar-sur-Aube, Olivier revêt, pour lutter contre Roland, une cuirasse qui a appartenu à Énée, et l'auteur dit à ce propos (p. 129) :

> Rois Eneas la tolli Elinant
> Par devant Troies, en le bataille grant .

s'agit de la beauté d'Euriant) : *Gaïte, qui fu femme Atis, Polisena ne dame Helainne, Dido la roïne n' Ismaine, Antigone n' Iseus la blonde, Galienne ne Claramonde N'orent pas la desme biauté, etc.*

1. Ms. et éd. *Es chevax.*

2. Ms. et éd. *sor.*

3. De plus, *le grand siege de Troie* est mentionné au v. 40 et *le tems Paris de T.* au v. 1598.

> Li empereres (Hector), le fil au roi Briant (Priant),
> Ne tuit si frere n'orent de mort garant.
> N'i remeist tors ne haus murs en estant,
> Que contre terre ne fussent tuit gissant :
> N'en eschapa nus de mere vivant,
> Fors Eneas, que Deus paramoit tant,
> Qui s'en torna o son pere fuiant, etc.

On trouve deux allusions à l'incendie de Troie dans l'*Escoufle* (composé vers 1230), v. 112 et 7908, et une à l'arrivée d'Hélène à Troie aux v. 7674-5.

L'onor de Troie est vantée dans un poème moral dont un fragment a été signalé par M. P. Meyer (*Romania*, XXXV, 87) :

> Molt l'ot chere et molt l'ama meuz
> Que ne feïst l'onor de Troie.

Philippe Mousket (premier tiers du XIIIe siècle) commence sa *Chronique* [1] (après quelques vers de prologue) par le récit sommaire de l'enlèvement d'Hélène, du siège de Troie et de la prise de la ville, grâce à la trahison d'Anténor et d'Énée. Priam, Pâris et tous ses frères y périrent « a grant misere » (v. 102-7) :

> Ensi fu Prians damagiés
> Et li rois Menelaus vengiés.
> Es nes entrent, par mer nagierent,
> En leur païs s'en repairierent (v. 118-21) [2].

Plus loin, il choisit comme type de prouesse Ogier, Hector et Judas Macchabée, le premier représentant

---

1. Publiée par le baron de Reiffenberg, Bruxelles, 1840, 2 vol.
2. Cf. Alfred Dressler, *Der Einfluss des altfranzœsischen Eneas Romanes auf die altfr. Litteratur* (Dissertation de Gœttingen, 1907), p. 37.

les chrétiens, le second les payens, le troisième les Juifs (v. 7672-89). Voici ce qu'il dit d'Hector :

> Li mioudres paiens fu Etor :
> Cil ot le cuer plus gros d'un tor.
> Ja, s'il n'euïst la vie outree,
> Troie ne fust si desiertée :
> Etor trencoit os, car et niers,
> Vers lui ne duroit fus ne fiers.

M. Paul Meyer a montré [1] que c'était là le point de départ du choix de neuf héros de l'antiquité, dont trois payens (*Hector*, Alexandre, César), trois Juifs (Josué, David, Judas Macchabée) et trois chrétiens (Artus, Charlemagne, Godefroy de Bouillon), donnés comme types de prouesse [2], et que Jacques de Longuyon (vers 1312), dans ses *Vœux du Paon*, faisant l'éloge de Porus, les a le premier mis en scène. Voici ce qui a trait à Hector [3] :

> Voirs est qu'*Ector* fu large desmesureement,
> Car, si com les poëtes nous vont ramentevant,
> Quant li rois Menelaus a son efforcement
> Vint assegier en Troie le riche roi Priant
> Pour Elayne sa fame, qu'il amoit durement,
> Que Paris ot ravie ainz cel assamblement,
> Hector de la cité prist le gouvernement,
> Es issues c'on fist par son enortement
> Tua .xix. rois sus son cors deffendant,
> Et amiraus et contes, ce croi je, plus de .c.,
> Puis l'occist Acillez mout traïteusement.

Hector figurait également parmi les neuf preux dans une cavalcade qui eut lieu à Arras en 1336, d'après la

1. Voir *Bulletin de la Société des Anc. textes fr.*, 1883, p. 45-54.
2. Ogier a, comme on sait, disparu de la liste.
3. Nous empruntons ce texte à l'article de M. P. Meyer.

Chronique de Flandre publiée d'abord par Buchon, puis par M. le baron Kervyn de Lettenhove, sous le titre de *Récits d'un bourgeois de Valenciennes* (Bruxelles, 1877)[1].

Nous lisons dans la traduction française (faite sur l'allemand de Kolbing) de la saga norvégienne imitée, au xiiie siècle, de la chanson de geste d'*Élie de Saint Gille*, cette addition à la laisse LX (il s'agit du heaume dont Rosamonde arme la tête d'Élie) :

« Ce heaume fut perdu par Pâris, le roi de Troie, qui enleva la reine Hélène de Grèce, le jour où le roi Ménélas le renversa de sa selle et lui trancha la tête à cause de sa belle femme, que Pâris avait enlevée par ruse ; et Troie toute entière fut détruite et complètement ruinée et désertée[2]. »

Joïe est comparée à Hélène dans la *Manekine*[3] :

> Fors Joïe, qu'ele (Nature) aourna
> De plus grant beauté que Elayne,
> Dont as Troïens crut tel peine

---

1. Pour d'autres mentions des neuf preux, voir P. Meyer, *loc. laud.*, 46-8, et *Le débat des Hérauts d'armes de France et d'Angleterre*, p. 2 et 127-9.

2. Cf. les vers 22779 ss. de *Troie*, où est racontée, d'après Darès, la mort de Pâris : il meurt (à la 20e bataille) d'un coup de pointe donné par Ajax-Télamon, qu'il a blessé à mort. A la 4e, il blesse Ménélas d'une flèche à la cuisse, et celui-ci, après s'être fait panser, revient sur lui, et il aurait été tué sans l'intervention d'Hector et d'Énée, qui protègent sa retraite vers la ville, où il se réfugie parce qu'il était désarmé. Je relève encore les vers 20937-8 : *O Paris josta Menelaus, Que jus chaïrent des chevaus.* — Dans Dictys (IV, 19), Pâris est tué à coup de flèches par Philoctète en combat singulier. On ne voit pas bien où a pu puiser l'auteur de l'*Elissaga*, il n'avait sans doute sous les yeux ni le poème, ni une des rédactions en prose, et ses souvenirs étaient un peu confus.

3. *Œuvres poétiques de Philippe de Remi, sire de Beaumanoir*, publiées par H. Suchier pour la Société des anciens textes français, 1884-5.

Qu'il en furent tuit perillié,
Mort et vaincu et escillié.

Il est question d'un roman d'*Hélène*, qui est sans doute notre poème, dans la pièce intitulée *Rêveries*, publiée dans la *Chrestomathie* de Bartsch (9e éd. par Leo Wiese, 1908), v. 47-8 : *Je sai le romans d'Elaine De chief en chief.*

Dans *Li Commens* (« commencement ») *d'Amours*, Richard de Fournival, l'ingénieux auteur du *Bestiaire d'amours*, nous dit que l'amant, après une période de soupirs et de regards habilement dirigés, devra exciter l'amour de la dame *par aucun biau mot, si comme d'amoureuses hystoires de Troies ou d'autres*[1], *et en contant de biaus examples, si comme Paris ravi Helayne et Tristrans Yseut.* Et un peu plus loin, l'auteur raconte comme « example » l'histoire « de Medea et de Jason »[2].

En 1288, Jacquemard Gelée, dans son *Renart le nouvel*, vantant la vaillance de Renart, dit :

Ki lors veïst Renars capler
D'un grant fausart et gent ocire
Bien peüst en verité dire :
« Hardis est et preus de sen cors,
Com se ce fust li bons Ectors,
U Accillès, u Tideüs ».

Dans la 1re partie du *Roman de la Rose* (v. 14176-203), c'est à Ovide, *Métamorphoses*, III, 339 ss., que Guillaume de Lorris emprunte le récit de la mort de Narcisse (v. 1447-1518) ; mais dans la 2e partie (v. 14170-203),

1. De même, dans l'introduction du *Bestiaire d'Amours*, Richard signale le profit qu'on peut tirer d' « une estoire ou de Troies ou autre. »

2. Ernest Langlois, *Quelques œuvres de Richard de Fournival* (Notice du ms. de Dijon, Bibl. munic., 526), dans la *Bibliothèque de l'École des Chartes*, 1904, t. LXV.

c'est probablement d'après Benoit que Jean de Meun
raconte comment Médée fit conquérir la Toison par
Jason ¹. Il ajoute, il est vrai, le rajeunissement d'Eson
et le meurtre des enfants de Jason, ce qui semble indiquer comme source secondaire Ovide ², *Métamorphoses*, VII, début, ou peut-être un texte latin du
moyen âge qui en dérivait. Plus loin (v. 14818), il loue
la beauté de Pâris, dont il a déjà raconté les amours
avec Œnone (v. 14156-69), et il parle de la beauté d'Hélène (v. 21818-22) et du temps d'Hélène (v. 14870),
traduisant ainsi le *ante Agamemnona* d'Horace (*Odes*,
IV, ix, 25). Signalons encore une mention d'Hécube
(v. 7505-7) et une autre de l'honnête Pénélope, dont
on ne trouverait pas ailleurs la pareille (v. 9404-7), et
celle-ci de Médée et de Circé :

> Onques ne pot tenir Medee
> Jason por nul enchantement,
> N'onc Circé ne tint ensement
> Ulixès qu'il ne s'en foïst.

Il est curieux de lire une citation de notre poème
dans le *Traité des quatre âges de l'homme*, de Philippe
de Novare, § 176-177 (de l'orgueil) : *E por ce qu'il
seroit anuiz et longue chose de dire trop, li contes vos an
retraira .i. que Agamenon, li chevetains des Grezois,
dist au siege de Troie :*

> « Seignor » dit il, « monstrer vos vueil   6081
> Que mout doit on haïr orgueil :   6082

---

1. Il avait déjà (v. 10255 ss.) dit un mot de Jason partant pour
aller conquérir la Toison, au grand émoi de Neptune et des divinités marines, à propos de la première tentative des hommes
pour se procurer de l'or.

2. On sait d'ailleurs combien Ovide était familier à Jean de
Meun. Voir Ernest Langlois, *Origines et sources du Roman de la
Rose*, en particulier, p. 119 ss.

	Qui par orgueil vuet oevre faire,	6085
	Il n'an doit pas a bon chief traire.	6086
5	Contre un ami ou contre deus,	6099
	Que puet avoir uns orgueilleus,	6100
	S'a il .c. annemis mortaus.	6101
	Ce est des vices li plus maus :	6102
	Qui en orgueil se fie et croit,	6103
10	S'il l'en meschiet, ce est a droit.	6104
	Raisons, et sens est bien paroil,	6135
	Doit governer nostre consoil,	6136
	Car Dieus n'ot onques d'orgueil cure :	6091
	Chascuns doit douter desmesure [1] ».	6092

La 2ᵉ branche du *Roman de Renart* [2] débute ainsi :

> Seigneurs, oï avez maint conte
> Que maint conterre vous raconte,
> Conment Paris ravi Elaine,
> Le mal qu'il en ot et la paine.

Dans le roman de *Fergus*, ce héros est comparé par Galiène, pour la beauté, à Achille, à Diomède et à Ménélas [3] :

> D'armes ne valut deus boutons
> Ains Acillès ne Cornaiaus,
> Diomedès ne Menelaus,
> Partenopex ne Tideüs,
> Avers içou que fu Fergus.

1. Cf. notre texte critique, dont nous plaçons les chiffres en marge, à droite. — *Variantes* : 1 fait il (*de même les mss.* BE *de ce texte*) — 3 s'uevre — 4 A peine en puet a — 6 Que ja avra — 7 A il — 8 De toz vices est; *ms.* E vices, *éd.* nices — 9 Et qui mal aime e en mal creit — 10 Se maus l'en vient, c'est a bon d. — 11-2 Sens e mesure, icest pareil Deivent estre n. c. — 13 Li deu n'orent onc — 14 Ainz le heent a d. — *La leçon du vers 8 montre que le ms. utilisé appartenait à la 2ᵉ famille.*

2. *Le Roman de Renart*, publié par Ernest Martin (1882), I, 91.

3. Cité par Gustav Otto, *Der Einfluss des Roman de Thebes auf die altfranzœsische Literatur* (Gœttingen, 1909), p. 56.

Comme types de beauté féminine, on voit citées dans le *Roman de la Violette* de Gerbert de Montreuil (vers 1225), à côté de Gaïte, femme d'Athis, de Didon, d'Antigone, d'Ismène, etc., *Polixena* et *dame Heleine*, au-dessus desquelles l'auteur met Euriant.

Rutebeuf, marié, compare son malheur à celui de Troie :

> Nis la destructions de Troie
> Ne fu si granz come est la moie [1].

Le *Lapidaire* de Berne invoque l'autorité d'Hector, d'Achille et de Diomède pour vanter l'onyx, qui donne la bravoure :

> Por ce le tiennent a malvais
> Cil qui n'ont cure des tornois :
> Mais Alixandre li Grigoys,
> Hector et li preus Achillès,
> Tydeüs et Dyomidès
> N'avoient pas cure de chiches,
> Ne ne disoient que oniches
> Ne fust bien digne de porter.
> Sovent s'aloient deporter
> Cilz barons es dures batailles :
> Oniches avoient sans failles
> Ly barons...

Dans la rédaction de *Barlaam et Josaphat* due à Gui de Cambrai, la trahison d'Énée est racontée d'après Darès (cf. 192, 14), c'est-à-dire sans doute d'après Benoit, et sévèrement jugée. Cf. 192, 13-16 et 22-26 ; 194, 1-3 et 9-10.

La douleur d'Hécube est éloquemment décrite dans

---

1. *Rustebuef's Gedichte*, herausgegeben von Ad. Kressner, Wolfenbüttel, 1885, p. 31, *le Mariage Rustebuef*.

une *Complainte* d'Agnès de Navarre-Champagne, dame de Foix (éd. Tarbé, *Compl.*, II, p. 10, v. 1-10) :

> Quant Ecuba vit la destruction
> De la cité de Troie et d'(e) Ylion,
> Et mettre a mort sa belle porteüre,
> Le roy Priam mis a desconfiture,
> Et li mener en estrange servage,
> Mise en liëns comme beste sauvage,
> Certes ce fu dure chose et piteuse,
> Et si senti doleur si doloreuse
> Que je croy bien qu'onques femme ne mere
> Ne senti mal ne doleur plus amere.

Girard d'Amiens, dans *Escanor* (éd. Michelant), v. 15597-733, décrit longuement les peintures murales de la chambre de Brian, dont trois côtés sur quatre reproduisent les scènes de la guerre de Troie, y compris les amours d'Achille et de Polyxène, tandis que le quatrième est réservé à l'histoire d'Énée :

> Portraite i fu la granz dolors,
> Conment Paris ravi Elaine,
> Et li meschiez et la grant paine
> Que cil de Troyes en soffrirent.
> Paint estoit conment Griu issirent
> Des nez pour Menelaut vengier,
> [Et] con cil (qui) quidoit erragier
> Pour sa femme, qu'il ot perdue;
> Conment l'ost de Gresse esperdue
> Fu a la rive et mesmenee,
> Et que, se ne fust Destinee
> Qui a Troyens fu amere,
> Des Grix estoit bien chose clere
> Qu'il fussent mort ançois la nuit, etc.

Au premier tiers du xiv⁰ siècle, nous trouvons dans le *Roman de la dame a la lycorne et du biau chevalier au lyon* (éd. Friedrich Gennrich, Dresde, 1908), une allusion à la beauté d'Hélène :

> Ch'est ma dame que tant prison :
> Des dames ch'est la souverainne,
> De tout elle surmonte Helainne (v. 3441-3) ;

et une autre à la vaillance d'Achille et d'Hector, v. 4959.

Il est question du « *temps Priant* » dans *Brun de la Montaigne*, v. 1141-2.

Dans la vaste compilation du xivᵉ siècle qui a pour titre *Renard le Contrefait*, il y a de nombreuses allusions au cycle Troyen[1]. Quand Renard veut détourner le Loup de dévorer Barbue (la Chèvre), qui peut prouver que le pré où elle broutait lui appartient, il l'engage à suivre les bons conseils et non pas les mauvais, afin d'éviter le sort de *Priam* et d'autres qu'il cite. Dans le pavillon de Renard, où se trouve Tibert (le Chat), quand il va le chercher pour le fairé comparaître devant le Lion sur la plainte en adultère d'Isengrin (le Loup), sont peintes la prise de Troie, les aventures d'Énée, la destruction de Thèbes, le combat d'Hector et d'Achille, l'histoire de Médée et de Jason, etc. Plus loin, il y a une allusion aux malheurs d'Hécube ; plus loin encore, Pinte (la Poule) dit à Chantecler (le Coq), qui a rêvé qu'il était pris, que les hommes ne devraient pas dédaigner les avis des femmes (allusion à Hector refusant de tenir compte du songe d'Andromaque). Et dans la seconde rédaction, on nous dit que les héros de la guerre de Troie ont été, comme Adam et saint Jean-Baptiste, les victimes de la luxure.

Dans le *Roman de Girart de Roussillon*, composé

---

1. Voir Gaston Raynaud, *Renart le Contrefait et ses deux rédactions* (dans *Romania*, XXXVII, 245 ss.), à qui nous empruntons ces détails.

entre 1330 et 1334, qu'a édité Mignard, on lit (p. 75),
à propos des pertes subies par Girart et par Charles :

> Onc tel meschiés ne fut en ung jour devant Troie,

et p. 165 :

> Saichés ne fist tant d'armes en ung jour Renoars,
> Hector ne Achillès, au grant siege de Troie,
> Comme fist dans Girars touz seulz : tous les mestroie.

Dans le mystère de *Griselidis* (1395), on compare
à Ulysse un vieux chevalier qui est envoyé à Gautier,
marquis de Saluces, futur mari de Griselidis, pour
l'engager à se marier :

> Si est soubtilz et beau parlier,
> Si que Ulixès le conseillier,
> Se ne feüst o nous en vie,
> Je croy, ne l'en passeroit mie [1].

Parmi les allusions aux amours de Troïlus et Briseïda, plus rares qu'on ne s'y attendrait chez les poètes
français [2], la plus intéressante est assurément celle-ci,
qui résume l'histoire et qui se lit dans les *Cent Ballades*
de Jean le Seneschal [3] (xiv⁰ siècle), 2⁰ réponse par Jean
de Chambrillac, v. 13 :

> Bien ai oÿ de Troÿluz
> Le beau, le preux de hault pouoir,
> Qui a Briseÿda fu druz,
> Ne d'autre amer n'ot nul vouloir.

---

1. Bibl. nat., fr. 2203, fol. 6 v°.
2. Pour une allusion en provençal, voir ci-dessus, p. 350. Pour
d'autres allusions en français, voir p. 350, n. 1.
3. Edition de la Société des anciens textes français, par G. Raynaud (1905), p. 203.

> Le bien qu'il en pot recevoir
> Fu qu'il demoura sans amie;
> Car, quant de Troie fu partie,
> Dyomedès en fu saisiz :
> Sa dame fu, il ses amis.

Et Chambrillac ajoute qu'aux amours vagabondes de Gauvain et d'Aubri le Bourgoing, il préfère la passion malheureuse de Troïlus pour Briseïda et de Palamède pour Iseut.

Jean de Condé place une rencontre de Mars et de Vénus avant les sièges de Thèbes et de Troie et l'expédition d'Hercule et de Jason en Colchide[1] :

> Ansçois que Troie fust assise,
> Qui fu a destruision mise,
> Ne ains c' Ierculès ne Jelzon
> Alaissent querre la toizon,
> .I. siege devant Tebes ot
> Mout grant, tous li monde le sot,
> Ou maint cembiel d'armes ot fait :
> Biel en sont a oïr li fait.
> Devant si lonc termine sisent
> Que la citét a force prisent
> Li Griguois, par leur grant desfort,
> Qui a ce tans ierent mout fort,
> Et li hoir qui de ciaus issirent
> Apriès çou Troies destruisirent...
> Devant ces .ij. sieges lonc tans, etc.

(*Li Recors d'armes et d'amours*, 35 ss.)

Guillaume de Machaut, qui, lorsqu'il développe un sujet tiré de l'antiquité déjà traité en français, insiste habilement sur les points sur lesquels son prédécesseur

---

1. *Dits et contes de Baudouin de Condé et de son fils Jean de Condé*, publiés par Aug. Scheler (Bruxelles, 1866-7), t. II, p. 98.

a passé rapidement ou qu'il a laissés de côté, emploie en particulier ce procédé dans le *Jugement du roy de Navarre* [1] (v. 2770-2804), où il insère, outre l'histoire de la mort de Didon et de l'abandon d'Ariane par Thésée, l'histoire de Jason et de Médée [2]. Benoit avait seulement laissé entrevoir la punition de la perfidie de Jason : Machaut développe ce point d'après le viie livre des *Métamorphoses*, ou plutôt d'après un texte qui n'en dérivait qu'en partie (cf. p. 281), et raconte le meurtre par Médée des deux enfants qu'elle avait eus de Jason et sa fuite à Athènes sur un char attelé de dragons. — Plus loin (v. 3221 ss.), il raconte assez longuement la mort de Léandre (*Leandus*), qui, par une tempête horrible, ne sut pas résister à l'appel de son amie Héro, et le désespoir de celle-ci, qui se jeta du haut de sa tour sur le cadavre de son ami et se noya avec lui. Mais les six vers de Benoit (v. 22121-6), s'ils ont été la source de Machaut, n'ont pas été sa source unique : il a dû avoir sous les yeux soit le quatrième livre de l'*Ovide moralisé*, soit les sources (encore à déterminer) de cette indigeste compilation, où l'on trouve également (l. XI) les noces de Thétis et Pélée, le Jugement de Pâris et l'enlèvement d'Hélène, épisodes qui ne proviennent pas d'Ovide.

Dans la *Prise d'Alexandrie*, composée vers 1370, Machaut place dans la bouche de Mars un discours où

---

1. *Œuvres de Guillaume de Machaut*, publiées par Ernest Hœpffner (Soc. des anc. textes fr.), t. I (1908), p. 232 ss.

2. Cette histoire ne figure pas dans les *Métamorphoses* d'Ovide : le frère mineur qui est l'auteur de l'*Ovide moralisé* (voir A. Thomas, *Romania*, XXII, 271) a dû puiser dans les 18e et 19e *Héroïdes*, que le moyen âge attribuait faussement à Ovide ; mais, le dénouement n'y figurant naturellement pas, il l'a sans doute emprunté au commentaire de Servius sur Virgile, *Géorgiques*, III, 258. (Sur Servius au moyen âge, voy. J. Bédier, *Le Roman de Tristan* par Thomas, II, 139). On peut aussi admettre qu'il n'a fait que versifier un texte latin du moyen âge basé sur ces sources.

ce dernier déclare « ses bons et chers amis » les neuf preux, parmi lesquels est Hector.

Mais les allusions à notre poème sont surtout nombreuses dans le *Voir dit* [1] : (v. 1996 ss.) *Se tu avoies La vaillance d'Ector le fort.... Et la proesce de Ayaus* [2]; — (v. 3291 ss.) *Et lors me dist* (la Dame) *en sousriant* : « *Se vous estiés le roy Priant, Si vous faites vous bien attendre* »; — (v. 3947 ss.) *Quant j'oÿ la rescription* (de la Dame), *Se l'ymage Pymalion, Polixena la Troyenne, Deyamira et belle Heleine, La belle Roÿne d'Irlande* (l'amie de Meliadus), *Me priassent, en ceste lande, que je par amours les amasse, Certes toutes les refusasse;* — (v. 5565 ss.) *Qu'onques Jason belle Medee ... ne Helaine Paris N'amerent tant, soies en fis, Com je t'aime.* — Autres allusions à Hélène, v. 3170 ss.; à Pâris, v. 5837 ss., 6089; à Pâris et Hélène, v. 6080 ss.; à Hector, v. 4625 ss., 6982 ss.; à la conquête de la Toison d'or, v. 6768; cf. v. 6753 ss. : *Quant Theseüs, Herculès et Jason Cerchierent tout, et terre et mer profunde, Pour acroistre leur pris et leur renon*, où la mention de Theseüs fait difficulté), et, pour la première destruction de Troie, v. 5883 ss. (où Hercule seul est mentionné); à la sagesse et à l'éloquence d'Ulysse, v. 6776 ss. ; (peut être) à ses amours avec Circé et Calypso, v. 5592 ss., *L'amour des deesses de mer Conquist Ulyxès par rouver Et par cortoisement parler Et doucement* [3]; enfin à Léandre (*Leandon*), v. 6063 ss.

On trouve les vers suivants dans un lai attribué à tort à Alain Chartier, et qui a été depuis peu reconnu comme l'œuvre de Guillaume de Machaut (voir A. Piaget, *Le miroir aux dames*, Neufchâtel, 1908, p. 29).

---

1. Nous citons d'après l'édition de Paulin Paris.
2. Les mentions d'Ajax sont très rares partout.
3. Benoit, il est vrai, ne lui fournissait pas ces détails, mais ils découlent de la réputation de « faconde » d'Ulysse.

Amis, encor bien dire l'os,
Qu'oncques Tristans ne Lancelos,
Paris, Guenevre, Yseult n'Heleinne
N'ensuïrent si le pourpos
De loyauté et les esclos,
Comme je fais, n'a tant de peinne [1].

Les poésies de Froissart, étant essentiellement des poésies amoureuses et parlant souvent des amants célèbres, offrent, naturellement, de fréquentes allusions à notre poème. Dans le *Paradys d'Amours*, Pâris et Troïlus figurent parmi les hommes que l'on voit à la cour du dieu d'Amours [2], et Polyxène et Médée parmi les dames [3]. Les amours de Pâris et d'Hélène sont encore visées dans le *Joli buisson de Jonece*, v. 3336 ss.; *Méliador*, v. 239, 2138, 6165, 25097; Hélène, dans le 10ᵉ lai (v. 157), dans la 11ᵉ pastourelle, v. 44-6, dans la 9ᵉ et la 39ᵉ ballade amoureuse, en particulier v. 23, et, dans la 32ᵉ, v. 13-4, où on lit : *Et Acillès çaindi l'espee Pour Helainne contrevengier.* L'amour d'Achille pour Polyxène est longuement décrit, d'après Benoit, dans le *Joli buisson de Jonece*, v. 625 ss., mais la mort d'Achille est brièvement mentionnée, sans qu'il soit fait

1. Nous citons d'après l'édition toute récente de Chichmaref (v. 165-170), où ces vers offrent un texte quelque peu différent de celui qu'avait donné, en 1890, A. Piaget dans *Romania*, XIX, 445.

2. *Paradys d'Amours*, 971 ss., dans *Œuvres de Froissart, Poésies*, publiées par Aug. Scheler (Bruxelles, 1870-2), t. I.

3. Je laisse de côté Héro (et Léandre) dont parle plusieurs fois Froissart, mais qu'il connaissait d'après Ovide (et non pas seulement par les vers 22121-6 de *Troie*), comme le montrent les détails dans lesquels il entre ailleurs (cf. *Espinette amoureuse*, 1313-4; *Dit dou bleu chevalier*, 244-7; *Joli buisson de Jonece*, 3192-3207; 7ᵉ et 39ᵉ ballade amoureuse; *Méliador* (éd. Longnon) 9122-4 et 19267-8). Même observation pour Narcisse amoureux d'Écho; cf. *Joli buisson de Jonece*, 3252-3335; *Prison amoureuse*, 163 et 176 ss.; *Méliador*, 9125 (aux vers 12247-50, 12553 et 19265, Écho n'est pas mentionnée).

mention de Pâris, comme on peut le voir par ces vers :

> Ensi Fortune le demainne,
> Qui jusques a la mort le mainne,
> Car, ens ou temple ou le cop prist
> De Cupido, quant il l'esprit
> De l'amour de la dame ditte.
> Pour lui fu la terre entreditte.
> La fu occis tout par sa coupe :
> Mais de la mort de li j'encoupe
> Amours et di qu'il en fu cause,
> Ensi com l'ystoire le cause
> Des Grigois, qui bien le remire.

Et l'auteur y revient plus loin en quelques vers (3350 ss.) [1]. La 35e ballade amoureuse est d'ailleurs consacrée au même sujet, auquel il est fait une simple allusion dans l'*Espinette amoureuse*, v. 1315-6.

Les amours de Jason avec Médée, qui lui donne les moyens de conquérir la Toison d'or, sont joliment racontées, dans la 16e pastourelle, par le très jeune fils d'un vieux berger et d'une vieille bergère, qui font du récit d'une fable la condition de la remise du goûter qu'il doit emporter à l'école [2]. Il en est encore question dans la 36e ballade amoureuse et, par allusion, dans la 6e, v. 1 et la 32e, v. 21-4.

Le *Jugement de Pâris* est ingénieusement introduit dans l'*Espinette amoureuse* (391 ss.), où Mercure apparaît à l'auteur avec les trois déesses et essaie de lui faire réformer la décision de Pâris, ce à quoi il se refuse.

---

1. Dans les deux passages, il est question d'une « image » de Polyxène, qui entretient et excite l'amour d'Achille. C'est sans doute une invention de Froissart.

2. Ces mots, *En Colque, en l'ille d'Astropole* (v. 34), montrent que, pour Froissart, Colchos était une île, ce qui semble indiquer (à part le nom fantaisiste d'Astropole) que la source est plutôt Benoit qu'Ovide.

Nous signalerons enfin plusieurs mentions du vaillant
Hector (*Prison amoureuse*, 3857 ; *Temple d'onnour*,
436-8; *Méliador*, 18613 et 21268), dont le nom est
donné à un lévrier (8ᵉ pastourelle, 25); deux de Priam,
(4ᵉ lai, 116, et *Méliador*, 9126, où il faut sans
doute corriger *Piramus*); une de Memnon (*Méliador*,
9127), une de Laomédon (*Joli buisson de Jonece*, 3720),
une d'Achille (*Méliador*, 9130), et une de Calchas et
Hélénus prédisant l'arrivée de Brutus en Angleterre
(*Ball. am.*, XXXI).

Dans le *Miroir de mariage* (v. 9097 ss.), Eustache
Deschamps oppose la vérité de l'Écriture aux inven-
tions de l'histoire de Troie et fait sans doute 'allusion à
Hélène et à Briseïda :

> Car j'oseray gaigier et mettre
> Que, pour une qu'on treuve en lettre
> Qui a mal fait, j'en trouveray
> Mille bonnes et prouveray
> En sainte Escripture esprouvee,
> Non pas en histoire trouvee
> D'Erculès ou des Troïens.
> Et puet estre ne fust il riens
> Des laidures qu'on leur met seure :
> Toudis vient li biens au desseure.

Et plus loin (v. 11206 ss., il déplore la folie des
Troyens.

Il semble bien que ce soit à Benoit qu'il emprunte
cette idée qu'Hélène ne fut pas ravie malgré elle :

> L'istoire dit et si raconte
> Qu'elle fu a force ravie ;
> Mais verité ne le dit mie,
> Que, quant l'ardent amant senti,
> A son depart se consenti
> Et cria par parole fainte,

> Afin qu'elle eüst plus grant plainte,
> Que on l'en menoit maugré sien ;
> Mais Dieux scet qu'il n'en estoit rien (v. 2672 ss.).

L'ensemble du *Roman de Troie* est ensuite résumé en quelques vers avec l'indication des pertes, et aux vers 2502-86 on trouve un récit assez détaillé du meurtre d'Agamemnon et de la terrible vengeance qu'en tira son fils Oreste.

Dans la ballade 1155, v. 11-20, la guerre est ainsi résumée :

> Comment osa Jason la Toison prendre?
> Ly premiers fu qui fist faire grans nefs.
> Comment osa ravir ne entreprendre
> Helaine puis Paris li forsenez?
> Troye, Ylion en furent deffinez,
> Hector li preux, destruite la contree.
> Agamenon, Gregois et leur armee
> Destruirent tout ; mais a leur revenir
> Perirent tuit, po de gent exceptee :
> Toudis advient ce qui doit advenir.

Et dans *Un traictié de Geta et Amphitriom mis du latin en français*, v. 70 ss., Deschamps nous dit que la chambre d'Alcmène était tendue de tapisseries représentant l'histoire de Troie et les « faiz Herculès et Jason »[1].

Clitemetra[2] et Hélène sont rapprochées comme ayant causé la perte de leur époux (*Lettres*, 1407, 228); Narcisse mourant dans la fontaine est rappelé, III, 182; III, 318, 342, 361 ; IV, 346 (ailleurs, il est fait mention d'Echo; cf. *Ball.* 1220, 22).

---

1. Aux v. 1026 ss., l'esclave Birrea, parlant de la lâcheté de Geta, dit : *Se Grece eüst ses os De tel gent, Troie fust encore.*

2. La forme de ce mot (aussi *Clitemestra*) montre bien qu'il n'est pas emprunté au latin classique. Darès et Dictys donnent, du reste, *Clytemestra* (Rom. de Troie, *Clitemestra*).

L'histoire de Jason et de Médée fournit de nombreuses allusions ; voir dans l'éd. de Queux de Saint-Hilaire et G. Raynaud, t. II, 70, 182, 198, 210, 336 ; III, 114, 242, 303, 308 ; VI, 89 ; VII, 289 ; VIII, 149, 214 (*J. conquerant*) [1].

Nous relèverons encore : *Priant*, II, 200 ; III, 193 ; VII, 149 ; VIII, 149, 162, 196 ; IX, 270 ; — *Hécube*, I, 295 ; III, 303 ; IV, 110 ; VII, 289 ; — *Panthasillee*, I, 200 (preuse) ; II, 198 (amoureuse) ; III, 192, 193 ; VII, 230 ; — *Penelope (-pé, -pee)*, III, 113, 183, 303, 389, 390 ; VII, 14 ; X, XLIX ; — *Éneas* et sa trahison, V, 241 ; VI, 286 ; — *Agamemnon*, II, 198 ; IX, 85, 86, 182 ; — *Patroclus*, IX, 91 ; — *Achille*, II, 325 ; III, 148 ; VIII, 149 ; IX, 191 ; — *Palamedès*, III, 114, 315 ; IX, 91 ; — *Ulixès*, VIII, 196 ; IX, 270 ; X, p. LIV ; — *Ference*, beau-père d'Egisthe (Ben. *Focensis*), IX, 86 (*Diomedès* ou *Dyonidès*, navigateur et fondateur de villes, II, 325 ; III, 114 ; IV, 342, a sans doute une autre source et ne dérive qu'indirectement de *Troie*). Mais nous croyons inutile de noter les très nombreuses mentions de Troie et d'Ilion, d'Hector, et de Pâris et Hélène, soit seuls, soit réunis. Cf. en particulier, II, 198 et la mention d'Hector parmi les neuf preux, I, 86 et 199.

En 1404, le jeune Guillebin de Lannoy [2] compare la dame de ses pensées à Hélène :

> Plus belle que Iseult n'Helaine.
>
> (*Ball.* XXIII, 1).

Les poésies de Christine de Pisan offrent de nom-

---

1. A rapprocher le curieux début de la ballade LX (*Pièces attribuables à Deschamps*, t. IX, p. LXVI) : *Quant Theseüs, Herculès et Jason Cercherent tout*, etc. (voir ci-dessus, p. 374).

2. Le même que Guillebert de Lannoy, célèbre voyageur et diplomate. Cf. Arthur Piaget, *Ballades de Guillebert de Lannoy et de Jean de Werchin*, dans *Romania*, XXXIX, 324 ss.

breuses allusions à notre poème ou à ses dérivés. Ainsi
on lit dans le *Debat des deux amans*, v. 650 ss. :

> ... Ainsi furent meris
> Jadis pluseurs amans : meismes Paris,
> Qui belle Helaine
> Ot ravie en Grece a moult grant peine,
> Dont Troye, qui tant fu cité haultaine,
> Fu puis arse, destruitte e de dueil pleine,
> Ou fu perie
> La plus haulte et noble chevalerie
> Qu'ou monde fust, et si grant seigneurie;
> Meisme a Paris durement fut merie
> L'amour, sanz faille,
> Car Thelamon l'occist en la bataille.

Puis viennent les histoires abrégées de Pyrame et
Thisbé, de Héro et Léandre, probablement empruntées
à Ovide, et, à la suite (v. 693 ss.) :

> Et Achillès aussi pour Polixenne
> Ne morut il, quant en promesse vaine
> Il se fia, dont mort lui fu prochaine ?
> Ne fut donc mie
> Raison en lui bien morte et endormie,
> Quant il eslut pour sa dame et amie
> Celle qui ert sa mortel anemie ?
> Mal lui en prist.

La trahison qui livra Troie aux Grecs est donnée
comme une preuve de la fausseté des hommes dans
l'*Epistre au dieu d'amours*, 538 ss. (*Œuvres poét.*, II, 18).
La beauté d'Hélène est mentionnée dans le *Livre du
Duc des vrais amans*, v. 1579, et ses amours avec Pâris,
dans le *Debat des deux amans*, v. 825 et dans les *Cent
ballades d'amant et de dame* (*Œuvres poét.*, III, p. 247),
Ball. xxvii, v. 28-29. — Il est question des amours de
Jason et Médée dans le *Debat des deux amans*, v. 1455

(*Œuvres poét.*, II, 92) et dans le *Lay de dame*, 70-84 (*Œuvres poét.*, III, 310). — Dans les *Enseignemens moraux* à son fils, Christine dit (LXXVIII) : *Se tu veulᶎ lire des batailles Et des regnes les commençailles, Si lis Vincent et aultres mains, Le* Fait de Troye et des Romains (*Œuvres poét.*, III, 39). — Voir encore *Chemin de long estude,* 1296 ss.: *La fu Troie,* etc. (passage imité de Jean Maundeville) ; le *Dit de la pastoure,* v. 1324-1421 (*Œuvres poét.*, II, 264), où est racontée l'enfance de Pâris et ses amours avec Œnone (*Senoné*), sans doute d'après une rédaction en prose du *Roman de Troie* qui avait utilisé l'addition de Maukaraume (voir notre t. IV, p. 389) ; et, pour Héro et Léandre, le *Debat des deux amans,* 681 ss. [2]. — Hector est cité parmi les neuf preux (Ball., XCII, v. 5 : *Du preux Hector vous ensuivez l'adrece (Les Cent ballades d'amant et de dame, Œuvres poét.*, I, 92). Voir plus haut, p. 363 [4].

Il est question des amours de Jason et de Médée dans le *Debat des deux amans,* v. 1455 ss. :

> Jason jadis, si com l'ystoire tient,
>   Fu reschappé
> De dure mort, ou estoit entrapé,
> Se du peril ne l'eüst destrappé
> Medee, qui de s'amour ot frapé
>   Le cuer si fort

1. Christine a certainement connu la rédaction en prose développée du *Roman de Troie*. Voir Maurice Roy, *Œuvres poétiques de Christine de Pisan,* II, 313, note.

2. *Œuvres poét. de Christine de Pisan,* II, 68.

3. La mention du « fin amant Palamedès » dans le *Dit de Poissy* (éd. M. Roy, III, 184) vise, non le *Roman de Troie,* mais celui de *Palamède* en prose (roman de la Table-Ronde).

4. Le jugement de Pâris du *Chemin de long estude,* 6149-92, dérive surtout d'Hygin, parce qu'il fait suite aux noces de Thétis et de Pélée. Cf. Alfred Dressler, *Der Einfluss des altfr. Eneas-Romanes auf die altfr. Litteratur* (Dissert. de Gœttingen, 1907), p. 50.

Que le garda et restora de mort,
Quant la Toison d'or conquist par le sort
Que lui aprist en Colcos, quant au port
    Fu arrivé.
Qui qu'en morust, cellui fu avivé
Par telle amour ; mais trop fu desrivé,
Quant faulte fist a celle qui privé
    L'ot du peril.

Et dans les *Cent ballades d'amant et de dame*
(*Œuvres poétiques*, III, 310), Christine insiste sur la
passion de Médée, que toute sa science n'empêcha pas
d'être subjuguée par l'amour : *Medee, qui fu tant
aprise*, etc.

Les *Cent hystoires de Troye* de Christine (avant
1402), bien que comprenant diverses fables étrangères
au sujet, — ce qui s'explique tant bien que mal par ce
fait qu'il s'agit de conseils donnés, sous forme de quatrains octosyllabiques, à Hector de Troie par Othea,
déesse de prudence [1], — donnent cependant l'essentiel
de la légende Troyenne, d'après une rédaction en prose
du *Roman de Troie*, et non d'après une traduction de
Darès, comme le prouve la présence de l'épisode de
Briseïda (n° 84) :

    S'a Cupido tu veulx dónner
    Ton cuer et tout abandonner,

---

1. Chaque quatrain est, comme on sait, suivi d'une *Glose* expli-
cative et d'une *Allégorie* (interprétation mystique du fait). Nous
citons d'après la première édition, chez Philippe Pigouchet, sans
date (Bibl. nat., Ye 286). Sous-titre : *L'epistre de Othea deesse de
prudence envoyee a l'esperit chevalereux Hector de Troye avec
cent hystoires.* — Rubrique : *Cy commence l'epistre que Othea la
deesse envoya a H. de T. quant il estoit en l'aage de quinze ans.*
— Cet Hector, que Christine fait fils de Mars et de Minerve et
descendant des Troyens, désigne, sous le voile de l'allégorie,
Louis, duc d'Orléans, fils du roi Charles V. Quant à Othea, on
n'a pas encore donné de ce nom d'explication satisfaisante.

Gard Briseyda n'acointier,
    Car trop a le cuer villotier.

GLOSE : « Briseïda fut une damoiselle de moult grant
beaulté et encor plus cointe et de vague attrait. Troylus, ly
moinsné des filz Priam, qui trop fut plain de grant prouesse,
de beaulté et de gentillesse, l'ayma de grant amour, et elle
luy donna s'amour et a tousjours promist de la non faulcer.
Calcas, pere a la domoiselle (sic), qui par science savoit que
Troye seroit destruite, si fist que sa fille lui fut rendue et
tiree hors de la cité et menee au siege. Grant fut la douleur
des deux amans a la departie : neantmoins, dedens brief
temps, Diomedès, qui hault baron estoit des Grecz et mout
vaillant chevalier, s'accointa de Bryseïda et tant fist par son
pourchas que elle l'aima et du tout oublia son bon amy
Troyolus[1]. Et pour ce que ainsi eut Briseyda legier courage,
dit (Othea) au bon chevalier que se il veult son cuer donner,
que il se garde d'accointer semblable dame que fut Briseÿda.
Et dit Hermès : « Garde toy de la compaignie des mauvais,
que tu ne soyes comme ung d'eulx ».

Nous nous contenterons de citer les quatrains qui se
rapportent à des sujets empruntés à notre *Roman*, en
y mettant un peu d'ordre et donnant en note les observations qu'ils suggèrent [2].

1º Amours de Jason et Médée : (nº 54) *Ne ressemble
mye Jason, Qui par Medee la toison D'or conquist,
dont puist luy tendit Tres mauvais guerdon et rendit* [3].

---

1. Cette forme, qui ne se trouve pas parmi les variantes du poème
(*Troiulus* se rencontre pourtant exceptionnellement dans le ms. *R*)
appartient à la plupart des mss. du *Roman en prose* : ce qui confirme ce que nous avons dit plus haut sur la source de Christine.

2. Nous laissons de côté ce qui concerne les légendes plus probablement empruntées à Ovide, comme celle de Narcisse, qui
renferme des détails inconnus au *Roman de Troie*.

3. On lit à la fin de la Glose : *mais après foy lui mentit et aultre
ayma et du tout la laissa et ralenquit, nonobstant fust elle de sou-
veraine beaulté.* Cf. *Troie*, v. 2030 ss., en particulier le v. 2040 :
Laidement li menti sa foi.

— (n° 58) *Ne laisse ton sens avorter A fol delict, ne emporter Ta chevance, se demandee T'est, et te mires en Medee.*

2º Première prise de Troie : (n° 37) *Avise toi ains que parole De grant menace nice et fole De ta bouche ysse par trop d'ire, Et en Laomedon te mire.* — (n° 61) *N'oublies mie le meffait, Se (tu) l'as a qui que ce soit fait, Car il t'en garde le guerdon : Destruit en fu Leomedon* (sic). — (n° 66) *S'il advient que ennemis t'assaillent, Gard(e) que toy ne tes gens ne faillent Contre eulx, dont la cité desample*[1] *: Prens a la prime Troye essemple.*

3º Jugement de Pâris : (n° 60) *Fuys la deesse de discorde : Maulx sont ses liens et sa corde. Les nopces Peleüs troubla, Dont puis mainte gent assembla.* — (n° 68) *Ne fondes sur avision*[2] *Ne dessus fole illusion Grant emprinse, soit droit ou tort, Et de Paris ayes recort.* — (n° 73) *Comme Paris ne juge pas, Car on reçoipt maint dur repas Par male sentence ottroyer : Maintz en ont eu maulvais loyer.*

4º Expédition de Pâris en Grèce : (n° 77) *Ne desprises pas le conseil Helenus, je le te conseil, Car souvent advient maintz dommages Par non vouloir croire les sages.* — (n° 80) *A conseil d'enfant ne t'acordes Et de Troÿlus te recorde ; Croy les viellars et les expers, Mais charge d'armes les appers.*

---

1. *Desample* (lis. : *desemple*), se desemplit, se vide. Cf. la Glose : *Adonc luy et toute la gent que il peult avoir en la cité saillirent dehors et allerent contre eulx au rivage, et la s'assemblerent par molt fiere bataille, et fust la cité reverse de gens et vuidee,* etc. La source est évidemment le poème, ou plutôt un de ses dérivés en prose. (Voir note 2).

2. Allusion au songe où Pâris reçoit de Vénus la promesse qu'elle lui donnera la plus belle femme de Grèce ; cf. *Troie*, 3860-3921. La Discorde n'est d'ailleurs pas nommée dans Benoit (cf. ci-dessus, p. 260-1), ni dans le *Roman en prose.* Christine a pu trouver ce renseignement dans Hygin, ou plutôt dans un manuel d'histoire ancienne qui l'avait utilisé.

5° Pâris et Hélène : (n° 43) *Rens Helaine son* (« selon ») *la demande, Car en grant meffait gist amende, Et mieulx vault tost paix consentir Que tard venir au repentir.* — (n° 75) *Pour guerre emprendre et avancer, Ne fay pas Paris commencer, Car mieulx sçavroit, je n'en doubt mye, Soy deduire es beaulx bras s'amye* [1].

6° Hector : (n° 36) *Menimom* (Memnon) [2] *ton loyal cousin, Qui a tout besoin t'est voisin Et tant t'ayme, tu (le) doibs aymer Et pour son besoin toy armer.* — (n° 85) *Quant Patroclus occis aras, Lors d'Achilès te garderas, Se tu m'en crois, car c'est tout ung : Leurs biens sont entre eux deux commun.* — (n° 88) *Aussi te fays je mencion D'Andromaca la vision : Ta femme du tout ne desprises, Ne d'aultres femmes bien apprises.* — (n° 90) *Hector, noncer me fault ta mort, Dont grant douleur au cuer me mort : Ce sera quant le roy Priant Ne croiras, qui t'ira priant.* — (n° 91) *Encor te vueil je faire sage Qu'en bataille n'ayes usage De tes armes toy descouvrir, Car ce sera la mort ouvrir.* — (n° 92) *De Pollibetes ne convoites Les armes : ilʒ (sic) soient maloites, Car au despoiller s'ensuyvra Ta mort par cil (sic) qui te suyvra* [3]. — (n° 15) *Ayes chiere Panthas-*

---

1. Christine est influencée par la tradition classique quand elle représente Pâris comme efféminé : Benoit, tout en le faisant amoureux, ne lui refuse pas la bravoure. Cf. Ovide, *Her.*, XVI (Lettre d'Hélène à Pâris), 251 ss. : « *A verbis facies dissidet ista suis, Apta magis Veneri quam sunt tua corpora Marti : Bella gerant fortes : tu, Pari, semper ama* ».

2. Il n'est pas dit dans le poème que Memnon fût cousin d'Hector.

3. Dans le poème, Achille ne tue pas Hector à ce moment : il est blessé par lui et va se faire panser, puis revient de la bataille et profite de ce qu'Hector, qui emmenait un prisonnier, avait le corps découvert, pour le frapper mortellement par derrière. La *Glose* dit : *Et pour ce que moult estoit armé de belles armes et riches, Hector les convoita et s'abaissa sur le col de son cheval*

selee : De ta mort sera adoulee (« affligée ») [1]. *Tel femme doibt bien estre aymee Dont si noble voix est semee.*

7º Achille : (nº 71) *Se droitz chevaliers veulz congnoistre, Et fussent ilz enclos en cloistre, L'essay qu'on fist a Achilès T'apprendra a esprouver les* [2]. — (nº 93) *D'amour estrange ne t'assotes ; Le fait Achillès pense*

pour le (col) despouiller. Et adonc Achilès, qui par derriere le suivoit tout de gré pour le prendre a descouvert (cf. nº 91) le ferit par dessoubz en la faulte de ses armes et a ung coup le getta mort. Il faut peut-être voir ici simplement le désir d'abréger.

1. Cf. *Troie,* v. 23383-90.

2. *Glose* : « Achilès, ce dit une fable, fut filz a la deesse Thetis, et pour ce qu'elle sçavoit, comme deesse, que se son filz hantoit armes, que il y mourroit, elle, qui trop l'aymoit de grant amour, le cela en vesture de pucelle *et voiler le fist comme nonne en l'abbaye de la deesse Vesta.* Longuement fut celé Achilès tant qu'il fut presque parcreu. Et dit la fable que la engendra Pirrus, qui après fut moult chevalereux, en la fille du roy Ystrus. Adonc commencerent les grans guerres troyennes, et sceurent les Grecz par leurs sors que necessité leur estoit d'avoir Achilès. Par tout fut quis, mais nouvelle n'en peut estre ouye. Ulixès, qui trop fut plain de grant malice, par tout le queroit, si vint au temple ; mais comme il n'en peust appercevoir la verité, s'avisa de grant cautelle. Adonc Ulixès print aneletz, guimples, couroyes, aulmosnieres et joyaux a dames, et avec ce armeures a chevaliers belles et cointes, si getta tout emmy la place present les dames, et dist que chascune prensist le mieulx a sa plaisance. Et adonc, comme toute chose traye a sa nature, les dames coururent aux joyaux et Achilès print les armeures. Et lors le courut embrasser Ulixès et dist que c'estoit ce qu'il queroit, etc. ». — La légende d'Achille déguisé en fille ne provient pas d'un dérivé du ms. G, qui l'applique à Pyrrhus. L'*abbaye* de Vesta où Achille réside comme *nonne* est sans doute un souvenir des *Vestales* habillé à la mode du moyen âge et doit remonter à un manuscrit de l'*Histoire ancienne* où se trouvaient déjà mêlés des souvenirs classiques. Notons que dans *El poema de Alejandro* de Juan Lorenzo Segura d'Astorga (2ᵉ moitié du XIIIᵉ siècle), la mère d'Achille le cache dans un couvent de religieuses. Cf. de Puymaigre, *Les Vieux auteurs castillans,* I, 359.

et notes, Qui follement cuida s'amie Faire de sa plus ennemie.

8º Pyrrhus : (nº 31) *Croy que Pirrus ressemblera Son pere et encor troublera Ses ennemis : par grever les, La mort vengera d'Achilès*.

9º Calchas : (nº 81) *Hays Calcas et ses complices* [1], *Dont les infinies malices Trayssent regnes et empires Il n'est au monde aultres gens pires*.

10º Ulysse : (nº 19) *Ne ayes ne trop long ne prolixe A toy garder de la malice Ulixès, qui l'œil au geant Embla, tant fust il cler veant* [2]. — (nº 39) *Croy pour la santé de ton corps D'Esculapion les rapors, Et nom* (sic) *pas de l'enchanteresse Circès, qui trop est tromperesse*. — (nº 98) *Le port escheves de Circès, Ou les chevaliers Ulixès Furent tous en porcz convertis* [3] *: Souvienne toi de ses partis* [4].

11º Prise de Troie : (nº 95) *Anthenor exille et chace, Qui contre son pays pourchace Trahyson fausse et desloyale, Si luy en rendz souldee male*. — (nº 96) *Au temple Minerve souffrir Ne doibs tes ennemis offrir. Mire toy au cheval de fust : Encor(e) fust Troye, s'il ne fust* [5]. — (nº 97) *Ne cuides avoir seur chastel, Car*

1. La *Glose* raconte la rencontre de Calchas avec Achille à Delphes, mais ne dit rien de ses *complices* dans sa trahison : il s'agit sans doute des Grecs.

2. Polyphème n'est pas nommé dans la *Glose*. Christine utilise ici de vagues souvenirs classiques et n'a rien de commun avec le poème, où Poliphemus n'est nullement un géant ni un Cyclope, et perd un œil dans un combat contre Ulysse et ses compagnons qui avaient enlevé sa sœur Arène. Cf. 28627 ss.

3. Il n'est pas question de cette métamorphose dans le poème : la source est donc ici probablement Ovide ; cf. *Met.*, XIV, 273 ss.

4. Au nº 83, il est dit que, pendant les trèves, Ulysse inventa des jeux « soubtilz et honnestes », en particulier le jeu des échecs. Nous ne voyons pas quelle peut être ici la source de Christine.

5. *Glose* : « ... et quant la nuit fut venue, adoncques saillirent hors les chevaliers qui ceulx de dehors mirent en la ville, etc. »

Ylion, le fort chastel, Fut prins et ars, aussi fut Thune[1] :
Tout est entre les mains Fortune.

12° Imprudence d'Ajax : (n° 94) *N'entreprens mie
foles armes, — C'est peril pour corps et pour ames, —
Ung bras nud ne sans escu prendre : Par Ayaulz le
peulz tu apprendre*[2].

13° Cassandre. (n° 32) *Frequente le temple et hon-
neures Le dieu des cieulx en toutes heures, Et de Cassandra tien l'usage, Se tu veulx estre tenu sage*[3].

Je relève une allusion aux richesses de Troie dans
un petit poème inédit signalé par M. A. Piaget (*Romania*, XXIII, 198 ss.) dans le ms. fr. 1725 de la
Bibliothèque nationale, et qui est intitulé : *Le Pin
maistre Jehan Castel* (le fils de Christine de Pisan) :

> Tous les rubins de Troie et les balaiz
> Et les tresors de Lyon (*lis.* : d'Ilion) le palais,
> Ne qu'en mer sont de la jusqu'a Calaiz,
> Ne me feroient le (*le pin*) mectre a non chaloir.

Dans le poème, il n'y a dans le cheval que Sinon, qui en sort
pour allumer le feu qui signalera aux Grecs que tout est calme
dans la ville et qu'ils peuvent entrer. Christine a donc connu la
première rédaction de l'*Histoire ancienne* ; cf. ms. B. N., fr.
20125, f° 146 r°, c. 2.

1. Tunis, c'est-à-dire l'antique Carthage.
2. Cf. *Troie*, 22759 ss. Ajax meurt de ses blessures après avoir
tué Pàris (cf. 22834 ss.); mais Benoit, qui est passé de Darès à
Dictys, le fait revivre, et il meurt assassiné à la suite de la dispute du Palladium.
3. La piété de Cassandre n'est pas expressément signalée dans
le poème ; mais on peut la supposer d'après le don de prophétie
qui lui avait été concédé. Christine, d'ailleurs, a sans doute connu
Hygin, *Fab.* xciii (*Cassandra, Priami et Hecubæ filia, in Apollinis fano ludendo lassa obdormisse dicitur. Quam Apollo cum vellet
comprimere, corporis copiam non fecit, ob quam rem Apollo fecit
ut, cum vera vaticinaretur, fidem non haberet*), ou Servius, *ad Æn.*,
iii, 247, qui dit que Cassandre avait promis ses faveurs à Apollon
à condition qu'il lui accorderait le don de prophétie et qu'elle
manqua à sa parole.

La richesse du *chastel d'Ylion*, dans le *Quadrilogue invectif* d'Alain Chartier, semble bien un souvenir de notre poème (éd. André Duchesne, Paris, 1617, p. 404) : *Que dira l'en de Troye la riche et tres renommee? Et de Ylion, le chastel sans per, dont les portes furent d'ivoire et les colonnes d'argent, et maintenant a peine en reste le pié des fondemens, que les haulx buissons forcloent de la veue des hommes?* Et plus loin (p. 411), on lit ceci : *Et nous souveigne que, comme tesmoignent et racomptent les anciennes histoires, les Troyens, pour leur pays desfendre, soustindrent le siege des Greux dix ans entiers devant leur cité.* Plus loin encore (p. 450), Chartier loue « la proesse d'Hector » et « les cautelles d'Ulixès », et il nous fait savoir (p. 451) que *la constance et courageuse admonition du Roy Priamus redoubla la prouesse du vaillant Hector.* Enfin la beauté d'Hélène est rappelée dans le *Curial* (Duchesne, p. 397).

L'auteur de la *Ballade de Fougières*, dirigée contre les Anglais qui s'étaient emparés de cette ville en pleine trève, en 1448, dit au sujet de la mort d'Agamemnon (Duchesne, p. 710) : *Agamenon le Capitaine Des Grecz, qui prindrent la grant Troye, Quant il revint à son demaine De grace comme droit l'octroye, N'eut pas a sa femme la joye D'une nuit sans estre tué : Grant orgueil est tantost mué;* et plus loin (v. 718), il flétrit la perfidie de Jason : *Pour ce n'est point mis a la table Des preux l'image de Jason : Qui, pour emporter la Toison De Colcos se veult parjurer : Larrecin ne se peult celer,* et donne la destruction de Troie (et de Carthage) comme une punition de l'orgueil de ces deux villes.

Charles d'Orléans (1391-1465) connaît les infortunes amoureuses de Troïlus : *Lire vous voy faiz merencolieux De Troïlus plains de compassion : D'amour martir fut en sa nascion* (p. 307). Ailleurs (p. 126), il vante la beauté de Briseïda.

Dans le recueil de *Rondeaux et autres poésies du xve siècle*, publié par G. Raynaud (Société des anc. textes fr., 1889), on lit (cxxvi, Blosseville) :

> Vous qui parlés de la beauté d'Elaine
> Qui de Paris fut en Grece ravie...
> Avoir deussiez de parler plus d'envie
> D'une pour qui bien devons priser l'M,
> Qui en estoit par trop plus assouvie :
> Je requier Dieu qu'il en vueille avoir l'ame.
> De cela fu Polissenne moult plaine,
> Dont Achillès vouloit faire s'amye.

Dans l'*Hôpital d'Amour* d'Achille Caulier de Tournay [1], le poète a une vision dans laquelle il est transporté dans un lieu désolé (Montjoye de douleurs), où les fleuves, les puits, les fossés sont remplis de cadavres de gens morts malheureusement : il y voit ceux d'Héro et de Léandre, de Narcisse, etc. Au-delà du cimetière d'amours, où sont les amants célèbres, se trouve une vallée où l'on jetait les corps des amants déloyaux. On y voyait, étendus sans sépulture, les corps de *Jason* et de *Briseïda* : (éd. Duchesne, p. 733) *La viȝ je le corps de Jason, Pour ce qu'il fu faulx a Medee... Ilec Briseÿda couchoit, Qui foy mentit a Troïllus.*

Je relève une allusion à notre Roman chez Jean Regnier (xve siècle) [2] :

> En mon temps j'ai leu pour apprendre
> Trestout le livre d'Alexandre,
> Et puys celui de Troye la grande ;

---

1. Et non d'Alain Chartier, ce que pensait déjà Clément Marot (Epistre a Estienne Dolet, juillet 1538). Voir A. Piaget, *La belle Dame sans merci et ses imitations*, dans *Romania*, XXXIV, 559 ss.

2. Cité par Legrand d'Aussy, *Extraits des mss.*, t. V, p. 102.

Dans une longue diatribe contre la jeunesse d'Auvergne, l'auteur de la *Passion d'Auvergne* [1] dit :

> Quant jeunesse a rempli sa pance,
> Il n'est Godeffroy ne Hector
> Qui fist oncques si grant vaillance
> Que le jeune, tant s'est fait fort.

Michault Le Caron, dit *Taillevent*, valet de chambre et « rhetoricien » du duc de Bourgogne Philippe le Bon (1re moitié du xve siècle), a écrit un *Songe de la Thoison d'Or* qui a été publié par M. Gratet-Duplessis; et parmi les cinq petits poèmes de lui qui se trouvent dans le ms. de l'Arsenal 3521 [2], il y en a un, le *Congié d'Amours*, qui est composé de six ballades concernant les héros et les victimes de l'amour, dont une sur Jason et Médée, et un autre, la *Bien Allée*, comprend sept ballades, dans l'une desquelles l'auteur loue *Pénélope*, « qui n'eut pas d'amour et s'en trouva bien [3] ».

Jean Molinet auteur de la *Passion de Monsieur saint Quentin* (vers 1465), récemment publiée par M. H. Chatelain, accumule dans la bouche de la mère de saint Quentin les allusions aux amours d'Énée et de Didon et aux malheurs d'Hécube (v. 3596 ss.) :

> Dido de deuil fourcenee,
> Ne pleure plus pour Énee
>   Ceste annee :
> Ploure au deuil que mon cuer a...
>   Hecuba,
> Ne ploures Priant ne Hector,
> Ne Troÿlus son restor,

---

1. Voir Ém. Roy, *Le Mystère de la Passion en France du xive au xvie siècle*, 2e partie, dans *Revue Bourguignonne*, XIV, p. 359 ss.

2. Voir A. Piaget, *Pierre Michault Taillevent*, dans *Romania*, XVIII, 439 ss.

3. A. Piaget, *ibid.*, p. 448.

Ne perte de ton tresor,
    Mès dès or
Plore mes doleurs grevaines.

Et Sophie, la servante de Bayon, seigneur de Villers en Picardie, connaît aussi Hector (v. 13509-10) : *Onques Hector, qui fu des preux, N'eust la face aussi rouvelente*, dit-elle en s'adressant à son maître. — On trouve d'ailleurs, parmi les 267 personnages du mystère où l'auteur montre une érudition aussi vague qu'abondante : *Polidamas*, duc de Dardanie (v. 1095-6, 1111-8, 1135-8, 1147-50), et de plus *Ylion* de Troyes (!), chevalier (v. 1119-26) et *Dardan*, citoyen (v. 1333).

Une rapide lecture nous a permis de relever dans le *Jardin de plaisance et fleur de rethorique*[1], récemment mis à la portée de tous, les allusions suivantes[2] :

(F° ot ij, r°) Et au millieu[3] une auditoire
        Je veiz de verde marjolaine,
        Ou de maintes fleurs veiz l'hystoire
        Faicte de Paris et de Helaine,
        Et du Vergier la Chastelaine,
        Qui servirent amours jadiz
        Sans avoir pensee villaine
        En faitz, en pensees et en ditz[4].

1. Daté d'avril 1459. — Reproduction phototypique de l'édition Vérard (vers 1501) (Société des anciens textes français, 1910).
2. F° c vj, v°, il y a une allusion à la vieillesse de Nestor (et l'auteur renvoie à *Homère le Meonyen*, ce qui semble exclure notre poème comme source); un peu plus loin, il y en a une aux aventures d'*Ulysse* (source douteuse) et à *Tethis* cherchant en vain à empêcher l'accomplissement de la fatale destinée d'*Achillès* : *Cuyda virer sa dure destinee Pour l'atourner en femelle semblance; Mais sa pensee en fu contreminee.*
3. Au milieu du jardin que l'auteur voit en songe.
4. Dans le *Parlement d'amour*, attribué à tort à Alain Chartier (éd. Duchesne, 696).

(*F° d j.*, *r°*) *Doleance de Megère* (c'est Mégère qui parle) :

Me tairay je des larmes Yliades [1]
De Andromache, Pollixene et Cassandre,
Et des autres Priamides [1] malades ?
Quant sur eulx tous voulz ma vieille ire espandre,
J'enracinay sur eux une malandre,
Qu'entendement n'y sceut remediër,
Que les Gregeois n'allassent deffiër
Le fort Hector, le puissant roy Priame.
Puis fis japper de rage et furiër
Du grief desroy Hecuba, la grant dame.

(*F° gg 6*, *v°*). L'amant énumère à Cupido les amants célèbres que l'amour a rendus malheureux. Après avoir cité *Narcissus*, qui dédaigne *Echo* (cf. Ovide, *Met.*, III, 356 ss.), *Dido*, *Thibee et Piramus*, il dit :

Quant Jason fut amoureux de Medee,
Elle l'ayma si fort que on n'eust peu plus.
Vous sçavez bien sa faulse destinee,
Comme elle fut par despit forcenee,
Dont son renom estoit par tout diffuz.
Voyez la fin des amours de Paris
Et Helaine : ce fut toute douleur.
Polixenne, plus belle que le liz,
N'appoincta point pour Achillès grant riz,
Mais tourna tout en angoisseux malheur.

Dans son *Livre du Cuer d'Amours espris* [2], où il fait preuve de plus de lecture que de talent, le bon roi René (mort en 1480) décrit les tombeaux ornés d'inscriptions des amants infortunés que l'on voit dans l'Hôpital d'Amours. Nous y relevons celui de Pâris, sous les armes duquel est gravé un « blazon » où il est

1. Formes savantes qui pourraient faire songer à une source classique ; mais voyez la citation qui suit.
2. Edition de Quatrebarbes, 1841, t. III, 111-2.

fait allusion au jugement des trois déesses et à l'amour du héros Troyen pour Hélène, et aussi celui d'Achille, qui aima Polyxène ; de plus, ceux de Troïlus et de Diomède, dont nous croyons devoir reproduire les inscriptions, qui visent évidemment notre poème :

Icy sont les vers qui escriptz estoient soubz les armes de Troÿlle :

> *Troÿlle* suys nommé, qui ay eu en mon temps
> Assez force et beauté, et fuz homme puissans.
> Maintes vaillances fis, dont on scet a parler,
> Et de faiz d'armes maint, qui moult sont (*lis.* font) a louer ;
> Mais, neantmoins tout ce, j'ay esté combatu
> D'amours et assailli a oultrance et vaincu
> Par *Grisa[ÿ]de*, dont j'eus le cuer si esprins.
> Que fu en ses lyëns fort enserré et prins.
> Pour quoy le dieu d'Amours veult que je m'entremette
> De venir ou portal et mon blazon y mette ;
> Si lui ay apporté en faisant mon devoir
> Et la luy ay posé, ou chascun le peut veoir.

Icy sont les vers qui escriptz estoient soubz les armes de Deomedès :

> Deomedès, ainsi on me nomma,
> Puissant et vertueux, que fort on redoubta.
> En maint cruel estour mon corps bien l' (*lis.* s') esprouva ;
> Mais a Amour fus serf, qui a soy me tourna
> Pour *Grisaÿde* amer, que *Troÿlle* emmena
> Et en fu amoureux ; puis elle le trompa,
> Car par sa volenté gueres ne demora
> Que des mains lui ostay, comme elle l'ordonna.
> Le feu ardent d'Amours pour elle m'embraza
> Tant que je fu contraint de venir par decza
> Aporter mon blazon, ainsi le commanda,
> Et a cest hospital a la fin m'envoya [1].

---

1. Notons encore une mention d'Hector (p. 55) : *Le cuer lor crut tellement que n'y eust si petit qui a celle heure ne cuidast bien valoir Lancelot ou Hector de Troyes.*

M. A. Thomas a récemment découvert, sur le f⁰ 203 du ms. Bibl. nat., fr. 2861, et publié dans la *Romania* une strophe isolée d'une ballade inconnue, qu'il date de la fin du règne de Louis XI. Cette strophe se retrouve dans le ms. 907 de Tours, f⁰ 86 v⁰. Voici le texte du ms. de Paris[1] :

> Nul ne se doit esmerveillier
> Aujourduy de chose qu'on voye.
> S'on voit tollir, s'on voit pillier,
> S'on voit le monde[2] qui se desvoye,
> Ainsy fust il du temps de Troye,
> Du temps David et Daniël,
> Car ou monde[2], se Dieu me doint joye,
> Soubz le ciel n'a rien de nouvel.

Dans une ballade, généralement attribuée à Villon[3], on lit :

I, 1	Rencontré soit des bestes feu jettans
2	Que Jason vist, querant la Toison d'or;
	....
5	Ou perte i ait ou guerre aussi villaine
6	Que les Troyens pour la prinse d'Helaine[4]...
	....
11	Qui mal vouldroit au royaume de France...
II, 18	....
	Ou soit noié[5] comme fut Narcisus[6].

1. M. A. Thomas donne les deux textes, d'ailleurs très voisins, dans *Romania*, XL, 17-8.

2. Corrigez : *mont*; de même au 7ᵉ vers.

3. *Débat des Hérauts d'armes de France et d'Angleterre* par L. Pannier et P. Meyer (Soc. des anc. textes fr., 1877), p. 184 (note de M. P. Meyer).

4. Dans le *Jardin de plaisance et fleur de retorique* (cité dans le *Débat*, p. 187), ces deux vers sont rejetés à la str. II, devant le v. 18, avec quelques variantes : *Ou il y ait g. ou p. v., Comme eut Troye en la prinse d'Helaine.*

5. *Jardin de Pl.*, II, 18 : *Ou condampné.*

6. Ce vers a son équivalent dans la réponse de John Coke, v. 56, *Drowned he be, as was N.* Aux vers 5-6 correspondent

Et dans son *Grand Testament*, 129, Villon lui-même a dit : *C'onques fist Hector ne Troïle*, et v. 313, *Et meure Paris et Helaine, Quiconques meurt, meurt a douleur*, etc.

John Coke, dans sa réponse au *Débat des hérauts d'armes de France et d'Angleterre* (voir à la page précédente, note 6), qui est daté de 1549, n'oublie pas de mentionner (§ 186) ce que dit le traducteur français d'Orose au sujet d'Anténor, qui serait passé en Hongrie et dont descendraient les Français ; et il ajoute que, s'il en était ainsi, les Français descendraient d'un traître : *If that were true, then they discended of a traytour, for Antenor mooste judasly betrayed the noble cytie of Troye, causynge his naturale lorde kynge Pryamus, Polixene his doughter and many thousandes of Troyans pyetefully to be murdred, slayne, and putte to most cruell death, and the cytie spoyled, bumed and utterly dystroyed.*

L'auteur français du *Débat* (antérieur d'un siècle) n'a d'autre allusion à la guerre de Troie que la mention d'Hector parmi les Preux (§ 4).

Guillaume Alexis, moine de Lyre et prieur de Bucy (Normandie), qui écrivait dans la deuxième moitié du xve siècle, fait montre d'une érudition abondante où l'antiquité et les légendes troyennes ont leur bonne part. Ainsi, dans le *Debat de l'omme et de la femme*, str. 15 [1], on lit :

> Priam, Paris, Deïphebus,
> Troïlus, Hector, Helenus [2],

indirectement les vers 31-2 : *Or suche losse as the Grekes coulde not withstande Returnyng from Troy with spoyles and apparell.* Les vers 1-2 n'y figurent pas.

1. Édit. Arthur Piaget et Émile Picot (Soc. des Anc. textes fr.), I, 136.

2. Hélénus ne périt pas, comme on sait, au siège de Troie : son nom est sans doute amené par la rime.

Tuez, quand Troye on spolia :
Bien eureux est qui rien n'y a.

Et dans le *Blason des faulses amours*, str. 57, la plupart de ces noms reparaissent :

> Voyez... l'estat muable
>   Et fin pitable
>   De Priamus.
> Regardez plus de Troÿllus
> Et d'Hector, chevalier notable,
> La mort, et de Deïphebus,
> Qui, pour ung amour plain d'abus ¹,
> Furent mis a fin miserable.

Notons encore *Medee, Panthasilee, Thetis* et *Helaine* dans le *Contreblason des faulses amours*, str. 25; *Demofon, Enee, Paris, Troÿlus, Achilès, Jason* (et aussi *Darès*), ibid., str. 105, 106, 107 ; Pâris et Hélène et la prise de Troie, ibid., str. 56. Enfin la conquête de la Toison d'or est mentionnée rapidement avec le châtiment du parjure de Jason, *Blason*, str. 55 et *Martyrologe des faulses langues* (éd., II, 321), et Jason est flétri comme un mauvais amant (avec Hercule et Attila), dans le *Contreblason*, str. 39.

Il faut encore signaler, au commencement du xvi⁰ siècle, un abrégé de notre roman en 51 strophes de quatre vers de 12 syllabes, qui, dans l'un des 4 manuscrits connus (B. N., fr. 1671), est précédé d'une dédicace au connétable de Bourbon en 13 vers (5 + 3 + 5), à qui l'auteur demande de le recommander à Brinon pour un emploi ² :

---

1. L'amour de Pâris pour Hélène.
2. M. Molinier croit qu'on pourrait attribuer le poème à Henri Baude, né à Moulins vers 1430, mort vers 1495, élu du Bas-Limousin, mais M. A. Thomas nous fait observer que les dates s'y opposent, car le connétable Charles de Bourbon est né en

> Jason et Herculès vers Colcos s'en aloient :
> A l'un des pors de Troies rafreschir se vouloient,
> Mais tost les fist partir le roy Laomedon,
> Dont Troyes fust puis arse et lui mort sans pardon.

Les derniers vers de ce poême montrent que l'auteur a eu sous les yeux un exemplaire de Darès plus ou moins corrompu, au moins dans son dernier chapitre, ou, plus probablement (cf. ci-dessus, p. 314 ss.), la traduction de Darès qui figure dans la première rédaction de l'*Histoire ancienne* étudiée par M. P. Meyer, dans *Romania*, XIV, 36 ss. :

> Dix ans dura le siege, .xij. jours et .vj. mois ;
> .viij.$_c$. et .vi$_m$. hommes y moru des Grigois,
> De milliers de Troiens .vi$_c$. lvj.
> Cy fine l'abregié selon Daire et Dithis.

On peut rapprocher de ce poême un petit poème italien du XIVe siècle, en 39 octaves, véritable catalogue de jongleur déguisé sous une forme littéraire, comme le montre la solennelle invocation à Apollon par laquelle il débute [1]. Sept octaves y sont consacrées à la légende de Troie, où la plus grande place est donnée à Pâris. Voici les trois plus intéressantes :

> 12   Questa storia, signior, molto si spande,
>   Perch' è divisa in trenta dua cantare :
>   Di Lamedon è 'l primo, ed è si grande,

1489. Brinon occupa plusieurs hautes charges financières à cette époque. Voir Burger, Programme de Breslau, 1878, p. 4, à qui nous empruntons ce renseignement et la citation. Joly (*Benoît de Sainte-More et le Roman de Troie*, I, p. 174), qui donne des extraits du ms. B. N., fr. 1671 et 2861, croit à tort à l'existence de deux poèmes distincts.

1. Publié par M. Pio Rajna dans *Zeitschr. für rom. Phil.*, II (1878), 220 ss., sous ce titre : *Il Cantare dei Cantari e il Serventese del Maestro di tutte l'Arti.*

Chi 'l fè morire, e Troia fè disfare ;
Po segue di Gianson, per molte bande,
D'Oëte e di Medea il loro affare.
E'l terzo in Grecia Esiona mena,
Qual fu principio d'infinita pena.
....

14   Molti comincian da' fatti di Troia
Da Paris, ch' Alesandro fu chiamato :
Fanol pastore, e po' il mettono in loia,
Come nesun suo pari inamorato.
Giudicate a le dee ; a l'alta gioia,
Che Venus gli 'n promise, è inalzato ;
Al padre suo n' andò, con grande onore
Ch' ognun li fè, ma sopra tutti Ettore [1].
....

18 [2]   D'Ettor la forza e di tutte e frategli,
D'ogni Trojano ancor vi canteraggio ;
L'andar d'Achille e de' Greci e drapegli,
La morte di ciascun vi piangeraggio ;
Enea fugendo quegli asperi martegli
A Ostia, in sul Tever, porteraggio ;
Vincerà Turno e prenderà Lavina,
Signioregiando ogni terra vicina.

1. Octave consacrée à l'enfance de Pâris. Les mots *Molti co-*
mincian da' fatti di Troja da Paris montrent que l'auteur connaissait une version poétique, sans doute italienne, de l'histoire
de Troie que M. Gorra (*Testi inediti di storia Trojana*, p. 291)
identifie avec un poème de la Laurentienne, Med. Pal. 95, qui
porte à tort le titre de *Poema d'Achille*. La même particularité
s'observe du reste dans la *Fiorita* d'Armannino Giudice, contes 5
et 10 (voir Gorra, *l. l.*, p. 538 ss.). Inutile de rappeler que la
source ne saurait ici être Benoit : peut-être est-ce l'*Iliade* latine de
Simon Chèvre-d'Or (milieu du xiie siècle).

2. L'octave 13 traite de la reconstruction de Troie, dont les
murs sont refaits par Priam et *Apollon*, ce qui décèle l'affecta-
tion de connaissances classiques. L'oct. 15 célèbre la beauté de
Pâris et son désir constant de plaire aux dames, d'où (à l'oct. 16)
l'enlèvement d'Hélène et l'arrivée à Troie des Grecs qui y restent dix ans et six mois (cf. Darès et les rédactions en prose).
L'oct. 17 est un tableau pompeux des combats livrés devant la ville.

Jean Marot (1463-1523), qui ne connaissait pas le latin, devait évidemment au *Roman de Troie*, ou à une de ses rédactions en prose, sa connaissance de l'histoire de Jason, qui

> La toyson prist et Medee saisit,
> Laquelle peu de son amour se aisit [1].

Et son fils Clément (1495-1544), qui connaissait mieux la littérature en langue vulgaire que les œuvres classiques, dans l'épître qu'il fait écrire par la belle Maguelonne à son ami Pierre de Provence, dont elle se croit abandonnée, rappelle tour à tour la beauté d'Hélène et la trahison de Jason (c'est d'abord Pierre, puis Maguelonne qui parle) :

> « O beau Paris, je ne croy pas qu'Helaine,
> Que tu ravis parvenu dedans Grece,
> Eust de beauté autant que ma maistresse :
> Si on le dict, certes ce sont abus. »
> . . . .
> « Certes tu es le plus cruel amant
> Qui oncques fut, d'ainsi m'avoir fraudee.
> Ne sui je pas la seconde Medee?
> Certes ouy, et a bonne raison
> Dire te puis estre l'autre Jason [2]. »

C'est bien *Troie* et *Éneas* que visent ces vers de Gilles Corrozet (1510-68) [3] proscrivant les peintures et les tapisseries profanes :

> Donques ostez de vos maisons et salles
> Tant de tapis et de painctures salles;

1. *Œuvres de J. Marot*, III, 289 (cité par Raynouard, *Lex. rom.*, II, 42, s. v. *aiʒir*; cf. Godefroy, s. v. *aisir*).
2. *Œuvres de Cl. Marot*, éd. Pierre Jannet, I, p. 128 et 130.
3. Cités par Dinaux, *Trouvères belges*, II, 19 ss.

Ostez Venus et son fils Cupido.
Ostez Heleine et Phyllis et Dido,
Ostez du tout fables et poesies,
Et recevez meilleures fantasies.

Il semble bien que le succès du poème de Benoit se soit prolongé jusque dans la 2ᵉ moitié du XVIIᵉ siècle. Ainsi on lit dans les *Divertissements de la Princesse Aurélie*, espèce d'hexaméron dû à la collaboration de Mˡˡᵉ de Montpensier et de Segrais, son secrétaire des commandements : « Il faut trouver (dit Aurélie) des aventures extrêmement naturelles, tendres et surprenantes, et nous les aimerons autant passées dans la guerre de Paris que dans la destruction de Troie [1] ».

Peut-être est-ce encore au *Roman de Troie* qu'il faut rapporter l'allusion que renferme un quatrain du Toulousain François Maynard (1582-1646) cité dans les *Annales du Midi* de 1909 (t. XXI, 80) :

Saches que la terre n'est pleine
Des chansons de vos favoris
Que parce que la belle Hélène
Quitta Ménélas pour Pâris [2].

Il suffit de rappeler d'un mot que la popularité de certains héros de la guerre de Troie s'est perpétuée jusqu'à nos jours et que, par exemple, les prénoms d'Hector et d'Achille se rencontrent un peu partout. Mais il n'est pas sans intérêt de noter que, dans un roman italien récent de Grazia Deledda, *La mort*

1. Citation de M. Morillot, *Le Roman de 1660 à 1700*, dans *Histoire de la langue et de la littérature françaises* de Petit de Julleville, V, 557.

2. « Ce quatrain est une variante — plus décente — de la fin de la priapée : « Muses, trève de modestie, » qu'on retrouve dans le ms. A, f⁰ 218 (*Priapées*, p. 6-7 et Lettre 228, à Pressac) » [G. CLAVELIER].

et la vie, dont la traduction française a paru en 1909
dans la *Revue de Paris*, le nom de *Priamo* est donné
au principal personnage, et que celui de lady *Cressida*
Raith figure dans un roman anglais de Edith Wharton,
dont la traduction a été publiée en 1907 par la même
revue, — bien qu'on soit en droit de se demander jusqu'à quel point des souvenirs littéraires ont pu influen-
cer les auteurs. La même question se pose au sujet de
l'existence, attestée au xvi⁰ siècle par des témoignages
historiques (le roman de *Troïlus* est de la fin du
xiv⁰ siècle), d'un *Troïlus de Mesgoueʒ* (filleul de Troïlus de Mondragon), sieur de La Roche et autres lieux
(1530?-1606), favori de Catherine de Médicis, à qui il
dut sa brillante carrière, en particulier sa nomination
de vice-roi des Terres-Neuves (Floride, Canada, etc.) ¹.
Les souvenirs de Troie ne manquent pas d'ailleurs
chez les auteurs de nouvelles des xiv⁰ et xv⁰ siècles, et
l'on trouve, par exemple, un chef de parti à Nice du
nom de *Troïlo* Soderini dans une nouvelle de Ser-
cambi ². Dans le même ordre d'idées, il est curieux de
trouver le nom de *Polidamas* dans une chanson pieuse
française de la fin du xiii⁰ siècle, sans qu'il soit fait
d'ailleurs aucune allusion à son rôle dans le *Roman de
Troie* ³.

Au moment où s'achève l'impression de ce travail,
dont nous ne nous dissimulons pas les imperfections,
malgré les soins minutieux que nous y avons consa-

---

1. Voir Jean Pommerol, *Messieurs les gens de Morlaix*,
dans *Revue de Paris*, 1ᵉʳ mars 1908.
2. Edition Rod. Renier (Turin, 1889), n⁰ 103. — Il est vrai
qu'il y a à côté un *Achille*, et même un *Mida*.
3. C'est simplement l'ami du trouvère. Ce nom a déjà été identifié par M. Jeanroy, *Romania*, XL, 126, dans son compte rendu
de Jœrnstrœm, *Recueil de chansons pieuses du XIII⁰ siècle*, qui
avait imprimé sans explication, d'après le ms., *poli damas*.

crés pendant plus de vingt ans, nous devons adresser nos remerciements bien sincères à notre commissaire responsable, M. Antoine Thomas, qui a bien voulu, sans jamais se lasser de cette ingrate besogne, revoir en détail les épreuves et nous aider de ses conseils éclairés au cours de ce long labeur.

Qu'il nous soit permis également de donner un souvenir ému à notre regretté maître Gaston Paris, dont l'indulgente bienveillance nous a encouragé à entreprendre notre travail, qui lui doit beaucoup, particulièrement en ce qui concerne la graphie adoptée pour le texte du poème.

Aix-en-Provence, novembre 1911.

ADDITIONS ET CORRECTIONS

TOME I (5e COMPLÉMENT).

1º *Texte* :

V. 2068, *lis.* vueut.

2º *Variantes* :

Page 411, *l.* 15, *au lieu de* : Notes, *lis.* Variantes complémentaires (pour ces vers *de A'*, *voir t. V, p. 331, l. 6)* — 435, *l.* 14, *lis.* soient (*c'est la graphie de M²*).

TOME II (4e COMPLÉMENT).

1º *Texte* :

V. 13822, *lis.* sororge.

2º *Variantes* :

Page 145, *l.* 11, *au lieu de* : Notes, *lis.* : Variantes complémentaires *(pour ces vers de S', voir t. V, p. 331, l. 15), et ajoutez* : 10877-960 *m. à L²* — 243, *l.* 20, *lis.* : *A'BB²CDJK*

L'PSS'y aj. 20 v.; *voy. aux* Variantes complémentaires — 277, *l.* 3, *au lieu de* : Notes, *lis.* : Variantes complémentaires, *t. IV, et de même partout, excepté t. I, p. 352, l. 17, où il faut lire : variantes.*

TOME III (3ᵉ COMPLÉMENT).

1º *Texte* :

V. 18160 veiziiez — 20254 veiziié.

2º *Variantes* :

Page 18, *l.* 1, *lis.* 15101 — 18, *l.* 8, *effacez* : *x* anfanz (*cf. l. 11*) — 444, *l.* 13, *lis.* : *Texte*.

TOME IV (2ᵉ COMPLÉMENT).

1º *Texte*.

V. 29119, *lis.* : veiziié.

2º *Additions et corrections*.

Page 442, *l.* 26, *lis.* demeigne.

TOME V (COMPLÉMENT).

Page 16, *l.* 20, *ajoutez* : M. L. Staël von Holstein, *Athis et Prophilias*, p. 108, allègue Andria en Vénétie — 21, *l.* 18, *lis.* : INTRODUCTION, ch. IV, *Les sources* (le passage visé se trouve au t. VI, p. 258 — 19, *n.* 1, *l.* 1, Meister — 55, *c.* 1, *l.* 1, *Gré* (r. sg. et s. pl. — *l.* 3, 9019, 20998 et 27355 — 59, *c.* 1, *l.* 12, IDOMENEUS invar. 5643, 8226, 8425, 28279 (exception *Idomeneu* rég. 28289), *Idomeneüs* (invar.) 28081 (: *Taltibius*), 25825 (: *Emelius*), 28098 (intér.), *Idomenés* (s.) — 63,

c. 1, *l.* 5, Lydie? — 73, *c.* 1, *l.* 28 (: *hom*), 13417, Patrocle
— *c.* 2, *l.* 23, Peleüs (invar.) — 79, *c.* 1, *l.* 23, 2415, 2433,
· 2603 — 81, *l.* 33, *l'article* Prothenor *doit être placé après*
Protexelaus — 105, *c.* 2, *l.* 12, *mettre* *Ancommensai *avant*
Ancor — 112, *c.* 2, *l.* 2 *du bas, virg. après* : adj. — 113, *c.*
2, *l.* 21, *lis.* : 16699 (: *bel*) — 119, *c.* 1, *l.* 43, 6345, 9255 —
123, *c.* 2, *l. dern., aj.* : 14422 — 124, *c.* 1, *l.* 1, *aj.* : 22594 —
141, *c.* 2, *l.* 5 *du bas, lis.* : (*passim*) (9051 *tel* :) — 223, *c.* 2,
l. 17, De lui a l'om greignor pitié Que de Paris l'une meitié
23023-4 — 232, *c.* 2, *l.* 28, 4151 — 272, *c.* 1, *l.* 7, *Pr.* 3 —
288, *c.* 2, *l.* 19, *aj.* : 15635 — 294, *c.* 1, *l.* 42, *lis.* : Sororge,
n. m., *beau-frère* 13822; *n. f., belle-sœur* 15490, 26347 —
307, *c.* 1, *l.* 24, tribous 29141 — *l.* 26, *var.* (*au lieu de* : var.)
— 327, *l.* 7, *effacez* : 25113 maient (*corr. inutile*) — 333,
l. 26, *lis.* : Ferd. Meister (*au lieu de* : Fr. Meiser). — 335,
l. 12, *les mots* : 50, *c.* 1, *l.* 9... 9007-8 *doivent être placés
deux lignes plus bas. avant* : 51, *c.* 2, *l.* 13 — *l.* 34, *lis.* :
Meister — 337, *l.* 5, *lis.* 2198, 7202.

Tome VI.

Page 6, *n.* 2, *l,* 2, *lis.* : avoir changé (à partir du v. 4931-
2; voir § 2, *Classification*, p. 86) — 16, *l.* 18, *Classification*,
p. 95 ss. En revanche, les vers 29975-97 sont transcrits deux
fois, la seconde fois avec des variantes sans importance. —
63, *l.* 1, *après* 319-43, *aj.* : (323-6 manquent).

Page 67, *ajoutez* : Un récent article de M. A. Thomas
paru dans la *Romania*, XL, 464-6, où il rend compte de l'ouvrage de M. Pierre Champion, *La librairie de Charles
d'Orléans*, nous apprend l'existence dans cette librairie d'un
exemplaire, aujourd'hui perdu, du *Roman de Troie*. L'inventaire de 1408 (livres de Valentine de Milan), art. 4, est
ainsi conçu : « Item, l'Istoire de Troye, ou second feuillet
n'y mecte. » Ces trois mots, comme le fait remarquer
M. A. Thomas, reproduisent le début du v. 143 de notre édition (avant-dernier vers du Prologue). La graphie montre
que le manuscrit ne devait être guère plus ancien que l'inventaire.

Page 154, *l.* 2, *aj.* : 11501, *S'ont fait passer les fuz frais-nins* — 222, *n.* 2, *l.* 8, *lis.* : *præbes* — 236, *la note 3 doit prendre la place de la note 1 de la page suivante, et récipro-quement* — 241, *l.* 14, *au lieu de* : n'a pas toujours, *lis.* : n'a pas assez — 259, *l.* 23, *Met.* (*au lieu de* : *Mét.*) — 267, *l.* 10, *virg. à la fin* — 270, *l.* 10. Un examen minutieux des mss. B. N. fr. 785 et 1631, fait après l'impression de cette feuille et de la suivante, nous a permis de reconnaître que ces mss. sont très étroitement apparentés et constituent un véritable remaniement (voir p. 273 ss.). Seulement le ms. 1631 rectifie et complète assez souvent 785. Il ajoute, en particulier, après la sépulture de Memnon, deux chapitres (qui manquent à 785, ce qui nuit à la clarté de la suite), où il fait offrir spontanément par Priam la main de Polyxène à Achille, qui ne l'a pas encore vue. Achille accepte et cher-che en vain à faire lever le siège. La source est probable-ment une histoire ancienne en latin. Nous examinerons plus en détail la question dans l'Introduction du *Roman de Troie en prose* que nous allons mettre sous presse. — *l.* 27, *lis.* : escrinhet (*ms.* escrinher).

TABLE DES MATIÈRES

Publications de la Société des Anciens Textes Français
(*En vente à la librairie* Firmin-Didot et Cⁱᵉ, *56, rue
Jacob, à Paris.*)

Bulletin de la Société des Anciens Textes Français (années 1875 à 1911).
N'est vendu qu'aux membres de la Société au prix de 3 fr. par année, en
papier de Hollande, et de 6 fr. en papier Whatman.

Chansons françaises du xvᵉ *siècle* publiées d'après le manuscrit de la Bibliothèque nationale de Paris par Gaston Paris, et accompagnées de la musique transcrite en notation moderne par Auguste Gevaert (1875). Epuisé.

Les plus anciens Monuments de la langue française (ixᵉ, xᵉ siècles) publiés par Gaston Paris. Album de neuf planches exécutées par la photo-
gravure (1875). . . . . 3o fr.

Brun de la Montaigne, roman d'aventure publié pour la première fois, d'a-
près le manuscrit unique de Paris, par Paul Meyer (1875) . . . . . 5 fr.

Miracles de Nostre Dame par personnages publiés d'après le manuscrit de
la Bibliothèque nationale par Gaston Paris et Ulysse Robert; texte complet t. I à VII (1876, 1877, 1878, 1879, 1880, 1881, 1883), le vol. . 1o fr.

Le t. VIII, dû à M. François Bonnardot, comprend le vocabulaire, la
table des noms et celle des citations bibliques (1893). . . . . 15 fr.

Guillaume de Palerne publié d'après le manuscrit de la bibliothèque de l'Arsenal à Paris, par Henri Michelant (1876). Épuisé sur papier ordinaire.

L'ouvrage sur papier Whatman. . . . . 2o fr.

Deux Rédactions du Roman des Sept Sages de Rome publiées par Gaston
Paris (1876). . . . . Épuisé sur papier ordinaire.

L'ouvrage sur papier Whatman. . . . . 16 fr.

Aiol, chanson de geste publiée d'après le manuscrit unique de Paris par
Jacques Normand et Gaston Raynaud (1877). Épuisé sur papier ordinaire.

L'ouvrage sur papier Whatman. . . . . 24 fr.

Le Débat des Hérauts de France et d'Angleterre, suivi de *The Debate be-
tween the Heralds of England and France, by* John Coke, édition commencée par L. Pannier et achevée par Paul Meyer (1877). . . . . . 1o fr.

Œuvres complètes d'Eustache Deschamps publiées d'après le manuscrit de
la Bibliothèque nationale par le marquis de Queux de Saint-Hilaire,
t. I à VI, et par Gaston Raynaud, t. VII à XI (1878, 1880, 1882, 1884,
1887, 1889, 1891, 1893, 1894, 1901, 1903), ouvrage terminé, le vol. 12 fr.

Le saint Voyage de Jherusalem du seigneur d'Anglure publié par François
Bonnardot et Auguste Longnon (1878) . . . . 1o fr.

Chronique du Mont-Saint-Michel (1343-1468) publiée avec notes et pièces
diverses par Siméon Luce, t. I et II (1879, 1883), le vol. . . . . . 12 fr.

Elie de Saint-Gille, chanson de geste publiée avec introduction, glossaire
et index, par Gaston Raynaud, accompagnée de la rédaction norvégienne
traduite par Eugène Koelbing (1879). . . . . 8 fr.

Daurel et Beton, chanson de geste provençale publiée pour la première fois
d'après le manuscrit unique appartenant à M. F. Didot par Paul Meyer
(1880). . . . . 8 fr.

La Vie de saint Gilles, par Guillaume de Berneville, poème du xiiᵉ siècle
publié d'après le manuscrit unique de Florence par Gaston Paris et
Alphonse Bos (1881) . . . . 1o fr.

La Chirurgie de Maître Henri de Mondeville, traduction contemporaine de l'auteur, publiée d'après le ms. unique de la Bibliothèque nationale par le Docteur A. Bos, t. I et II (1897, 1898). . . . . 20 fr.

Les Narbonnais, chanson de geste publiée pour la première fois par Hermann Suchier, t. I et II (1898). . . . . 20 fr.

Orson de Beauvais, chanson de geste du xii* siècle publiée d'après le manuscrit unique de Cheltenham par Gaston Paris (1899). . . . . 10 fr.

L'Apocalypse en français au XIII siècle* (Bibl. nat. fr. 403), publiée par L. Delisle et P. Meyer. Reproduction phototypique (1900). . . . 40 fr.
— Texte et introduction (1901). . . . . 15 fr.

Les Chansons de Gace Brulé, publiées par G. Huet (1902). . . . . 10 fr.

Le Roman de Tristan, par Thomas, poème du xii* siècle publié par Joseph Bédier, t. I et II (1902-1905), le vol. . . . . 12 fr.

Recueil général des Sotties, publié par Ém. Picot, t. I et II (1902, 1904), le vol. . . . . 10 fr.

Robert le Diable, roman d'aventures publié par E. Löseth (1903). . . . 10 fr.

Le Roman de Tristan, par Béroul et un anonyme, poème du xii* siècle, publié par Ernest Muret (1903). . . . . 10 fr.

Maistre Pierre Pathelin hystorié, reproduction en fac-similé de l'édition imprimée vers 1500 par Marion de Malaunoy, veuve de Pierre Le Caron (1904). . . . . 6 fr.

Le Roman de Troie, par Benoit de Sainte-Maure, publié d'après tous les manuscrits connus, par L. Constans, t. I, II, III, IV, V et VI (1904, 1906, 1907, 1908, 1909, 1912), le vol. . . . . 15 fr.

Les Vers de la Mort, par Hélinant, moine de Froidmont, publiés d'après tous les manuscrits connus, par Fr. Wulff et Em. Walberg (1905). . . . 6 fr.

Les Cent Ballades, poème du xiv* siècle, publié avec deux reproductions phototypiques, par Gaston Raynaud (1905). . . . . 10 fr.

Le Moniage Guillaume, chansons de geste du xii* siècle, publiées par W. Cloetta, t. I et II (1906, 1911), le vol. . . . . 15 fr.

Florence de Rome, chanson d'aventure du premier quart du xiii* siècle, publiée par A. Wallensköld, t. I et II (1907, 1909), le vol. . . . . . 12 fr.

Les deux Poëmes de La Folie Tristan, publiés par Joseph Bédier (1907). 5 fr.

Les Œuvres de Guillaume de Machaut, publiées par E. Hœpffner, t. I (1908). . . . . 12 fr.
— t. II (1911). . . . . 15 fr.

Les Œuvres de Simund de Freine, publiées par John E. Matzke (1909). 10 fr.

Le Jardin de Plaisance et Fleur de Rethorique, reproduction en fac-similé de l'édition publiée par Antoine Vérard vers 1501 (1910). . . . . 40 fr.

Le Mistère du Viel Testament, publié avec introduction, notes et glossaire, par le baron James de Rothschild, t. I-VI (1878-1891), ouvrage terminé, le vol. . . . . 10 fr.
(Ouvrage imprimé aux frais du baron James de Rothschild et offert aux membres de la Société.)

Tous ces ouvrages sont in-8°, excepté *Les plus anciens Monuments de la langue française* et la reproduction de l'*Apocalypse*, qui sont grand in-folio, et la reproduction du *Jardin de Plaisance*, qui est in-4°.

Il a été fait de chaque ouvrage un tirage à petit nombre sur papier Whatman. Le prix des exemplaires sur ce papier est double de celui des exemplaires sur papier ordinaire.

Les membres de la Société ont droit à une remise de 25 p. 100 sur tous les prix indiqués ci-dessus.

La Société des Anciens Textes français a obtenu pour ses publications le prix Archon-Despérouses, à l'Académie française, en 1882, et le prix La Grange, à l'Académie des Inscriptions et Belles-Lettres, en 1883, 1895, 1901 et 1908.

Le Puy-en-Velay. — Imprimerie Peyriller, Rouchon et Gamon.